LA ROSA DE HEREFORD

LA ROSA DE HEREFORD

Brenna Watson

VERGARA

Papel certificado por el Forest Stewardship Council®

Primera edición: febrero de 2021

© 2021, Brenna Watson
© 2020, Penguin Random House Grupo Editorial, S.A.U.
Travessera de Gràcia, 47-49. 08021 Barcelona

Printed in Spain – Impreso en España

ISBN: 978-84-18045-64-6
Depósito legal: B-20.605-2020

Compuesto en Llibresimes

Impreso en Romanyà Valls
Capellades (Barcelona)

VE 4 5 6 4 6

A mis padres, Celso y Pilar,
que nos dejaron tan pronto.

A mis tíos Gloria y José, que desde entonces
han sido como unos segundos padres.

Y a mi suegra María, que me trata como a una hija.

PRIMERA PARTE

LA PROMESA

Prólogo

Villafranca del Bierzo, León, 3 de enero de 1809

Tres días llevaba sin poder quitarse ni siquiera las botas, con el frío tan pegado al cuerpo como su camisa andrajosa y su casaca en otro tiempo encarnada. Ya no era capaz ni de escuchar los ruidos de su estómago vacío, como si este hubiera dejado de implorar un alimento que intuía no habría de llegar.

«Así es que la guerra es esto», pensó Nicholas Hancock, hermano del conde de Sedgwick, al contemplar la plaza del mercado repleta de soldados británicos preparados para presenciar la ejecución. Flanqueado por sus dos amigos, Arthur Chestney, tercer hijo del conde de Marney, y Julien Hodges, segundo vástago del marqués de Crawley, permanecía tan tieso como sus compañeros, viendo cómo el general Moore asistía al fusilamiento de uno de sus hombres.

Nicholas había perdido la cuenta de cuántos días llevaban caminando sin descanso, en jornadas de hasta diez y once horas de marcha, huyendo de las tropas francesas del general Soult y del mismísimo Napoleón al mando de sus Invencibles, como era conocido el cuerpo de élite de su Guardia Imperial. ¿Cómo había podido siquiera pensar en la guerra como en algo heroico y romántico? ¿Honorable incluso? Solo unos meses atrás, al abandonar Lisboa como parte del 50.º Regimiento de Infantería de lord William Bentinck, aún soñaba con aquellas gestas que los tres amigos habían leído juntos en Eton, suspirando por convertirse en los siguientes héroes que llenarían las páginas de la Historia.

España no había sido, ni de lejos, ese campo de batalla en el que los tres jóvenes oficiales aspiraban a destacar. De hecho, batalla no se había producido ninguna, solo algunas escaramuzas aisladas que los húsares del general Paget habían solventado con cierto éxito. Madrid había caído, o eso decían, y no existía mando alguno que impusiera un poco de orden en aquella tierra en la que cada uno parecía bregar en una dirección distinta. El general Moore, aislado, solo, y sin órdenes concretas, había estado a punto de ser rodeado por los franceses en una maniobra de pinza de la que llevaban varios días intentando salir. De ahí las marchas forzadas. De ahí el hambre, la fatiga, la desesperanza... Y la vergüenza. Muchos no lograban entender cómo el general no plantaba cara a aquellos sucios gabachos, aunque les superasen en número, en artillería y en preparación. Nicholas había sido uno de ellos, igual que Arthur y Julien. Eran jóvenes, eran arrogantes. Pero solo había tardado un par de días en comprender que sir John Moore no tenía otra opción si no quería sacrificar a todo el ejército británico. ¿De qué habría servido eso? Era mejor sobrevivir para poder luchar otro día, y con aquella máxima se había iniciado una carrera que los había llevado hasta allí, hasta aquel pueblo que solo era un punto sobre el mapa.

El sonido de veinte mosquetes disparando a la vez lo sacudió. El pobre soldado había sido sorprendido robando un jamón en una casa pese a las órdenes expresas del general de no molestar a los lugareños, y condenado a muerte en el mismo instante. Días llevaba la soldadesca arrancando matojos de las lindes de los caminos, hurtando en las huertas lo poco que aquel frío glacial había dejado bajo la tierra y colándose en casas y cobertizos en busca de algo que echarse a la boca. El hambre no entiende de órdenes ni de rangos. Mucho menos de honor.

El cuerpo desmadejado del soldado quedó tumbado frente al árbol que le había visto caer, y el resto de la tropa fue obligado a pasar junto a él como advertencia. Nicholas ni siquiera le echó una mirada, ya había visto suficiente.

Tras unas breves horas de descanso, llegó la noticia de que los franceses estaban cerca, muy cerca. Alguno incluso bromeó con que había podido escuchar las ventosidades del general Soult, lo que hizo reír solo a unos pocos. Todo el mundo sabía lo que eso significaba. Cuando llegó la orden de ponerse en marcha de nuevo, el descontento se generalizó. Moore pretendía cruzar las montañas en dirección a Lugo. Más de cien kilómetros bajo un tiempo infernal, con lluvia, nieve y un frío que hacía temblar hasta los dientes.

Pero Nicholas tuvo que guardarse sus opiniones. Era un oficial y debía dar ejemplo, lo mismo que Arthur y Julien. Intercambiaron una mirada con la que se dijeron todo lo que necesitaban saber y arengaron a sus subordinados, o a lo que quedaba de ellos.

Durante las primeras horas aún fue viable guardar cierto orden de avance, luego ya fue imposible. Los soldados caían sobre la nieve, sin fuerzas ya para dar ni un solo paso, y no había nadie con la energía suficiente como para alzarlos o transportarlos. Nicholas apretaba las mandíbulas, intentando en vano hacer oídos sordos a aquellos hombres que suplicaban por un mendrugo o por unas horas de descanso. Seguía las huellas ensangrentadas que algunos pies descalzos iban dejando sobre la nieve. Sus propias botas se sostenían a duras penas a base de una complicada maraña de cuerdas y nudos que mantenían la suela sujeta al empeine, y no sabía cuánto tardarían en deshacerse por completo. Observó el calzado de Arthur y Julien, que no mostraba mucho mejor aspecto. Sus rostros pálidos y macilentos, tan demacrados como debía de estar el suyo, le aguijoneaban las entrañas. De él había sido la gloriosa idea de alistarse en la campaña para luchar contra Napoleón.

A pesar de avanzar con la cabeza gacha, protegiéndose de la ventisca, Nicholas creyó percibir un revuelo un poco más adelante. Cuando llegaron a su altura comprendió a qué se debía. Muchas mujeres, sobre todo esposas de oficiales, habían salido de Lisboa con ellos, viajando en la retaguardia y ahora huyendo junto a sus maridos a través de aquel infierno en vida. Ya habían sufrido la desdicha de ver algunos de sus cadáveres jalonando los caminos de aquella tierra, y Nicholas decidió que lo mejor era no alzar la vista, continuar su avance y evitar añadir un horror más a su ya larga cuenta. Pero Arthur se detuvo, y Julien lo imitó. A pocos metros de la senda, una mujer acababa de dar a luz y tanto ella como el recién nacido yacían sobre la nieve, inertes. El bebé, un varón según pudo apreciar, emitió un débil llanto que acabó confundido con el ulular del viento antes de apagarse para siempre. Si Nicholas hubiera tenido la suerte de echarse algo al estómago unas horas atrás, sin duda lo habría vomitado en ese instante. Ni siquiera la abultada y rígida mochila que transportaban, ya casi vacía de cuanto no fuera esencial, había pesado nunca tanto como entonces, llena de tristeza y vergüenza.

En algún momento, en mitad de la noche, Arthur cayó al suelo, incapaz ya de continuar. ¿Cuántas horas llevaban caminando? ¿Catorce, dieciséis? ¿Veinte? Nicholas tenía la sensación de que jamás había hecho otra cosa que poner un pie delante de otro sobre aquel manto de nieve, azotado por el viento y el frío. ¿Cuántos hombres se habían quedado junto al camino? Docenas, centenas de soldados sin nombre ni rostro que engrosarían unas estadísticas que no le importarían a nadie, que ya no le importaban ni siquiera a él. Pero Arthur no. No sería uno de ellos, se prometió Nicholas, que se arrodilló a su lado.

—No puedo más —susurró su amigo, con los labios agrietados y las pestañas llenas de escarcha.

—Tienes que continuar, Arthur. —Nicholas se sorprendió del sonido ronco de su propia voz.

—No... no puedo. Dejadme... Dejadme aquí.

—Ni hablar, amigo. —Julien también había hincado una rodilla en tierra.

Entre ambos pusieron a Arthur en pie y se colocaron a ambos lados, para que se apoyara en ellos. Nicholas echó un vistazo en derredor, buscando un sitio en el que cobijarse.

—Descansaremos un rato ahí, bajo ese saliente —dijo, señalando hacia al frente.

—¿Y los franceses? —balbuceó Arthur.

—Dudo que estén avanzando mucho más rápido que nosotros.

—Yo prefiero morir luchando —repuso Julien, cuyo cabello rubio apenas se distinguía bajo la capa de nieve que cubría su cabeza.

Nicholas no añadió nada más, estaba de acuerdo con su amigo. Si iban a morir esa noche, mejor hacerlo con la espada en alto.

Arrastraron a Arthur y lo sentaron con la espalda apoyada sobre la roca. Nicholas se situó a su derecha y Julien a su izquierda. El improvisado techo de piedra los protegía de lo peor del temporal. Sacaron las mantas de campaña y se cubrieron con ellas. No abrigaban demasiado, pero no había nada más, y encender un fuego estaba muy lejos de sus posibilidades. Nicholas incluso se atrevió a cerrar los ojos unos minutos, sintiendo cómo su cabeza parecía alejarse de él. Volvió a abrirlos, aturdido por la sensación.

—Siento mucho haberos metido en esto —les susurró.

—Tú no nos has metido en nada —replicó Julien.

—Fue mía la idea de alistarnos.

—Claro, claro, porque a nosotros ni siquiera se nos había ocurrido —insistió Julien—. No te apuntes el mérito, Hancock. Si no hubieras sido tú lo habría hecho yo.

—O yo —convino Arthur, que aún respiraba con dificultad.

Nicholas se limitó a asentir, no muy convencido. Tenían dieciocho años, por Dios. ¿Qué diablos estaban haciendo allí? ¿Jugando a ser soldados?

Durante varios minutos, ninguno dijo nada. Se limitaron a observar el cansino avance de la tropa, un desfile de fantasmas recortados sobre la claridad de la nieve que, a veces, Nicholas confundía con los troncos de los árboles. Uno de los soldados alzó la vista y los contempló allí, arrebujados. Debió de pensar que no era mala idea porque, en un instante, sin encomendarse a nadie, tomó asiento junto a Julien y se cubrió con su propia manta. Un par de segundos después roncaba como un bendito.

—Una cama, lo que daría por una cama limpia y mullida —suspiró Julien al cabo de un rato.

—Un asado, yo mataría por un buen asado de cordero.

—Nicholas, no hables de comida, por lo que más quieras —ladró su amigo, cuyo estómago rugió con furia.

—Hablemos entonces de mujeres —musitó Arthur, que parecía haber estado cavilando.

—¿De mujeres? —Nicholas no pudo evitar sonreír—. Hace

unos minutos estabas muriéndote, tirado en la nieve. Te has recuperado rápido.

—Hablo en serio.

Nicholas intercambió una mirada extrañada con Julien. ¿Arthur estaba perdiendo la cabeza?

—Tú tienes una hermana, Nicholas —continuó su amigo—. Julien, tú tienes dos, igual que yo.

—¿A esas mujeres te refieres? —repuso Julien, asombrado y algo desilusionado.

—Nos conocemos desde niños, sois mi familia, ahora más que nunca. —Arthur pareció haber recuperado parte de sus fuerzas, porque habló con claridad y sin interrupciones—. Cuando volvamos a casa, si es que volvemos, me gustaría que siguiera siendo así.

—¡Por supuesto que regresaremos! —le interrumpió Nicholas—. ¡Ni se te ocurra siquiera sugerir lo contrario!

—Quiero que hagamos una promesa —continuó Arthur, que ignoró el comentario de su compañero—. Quiero que prometamos que cada uno de nosotros se casará con la hermana de otro.

—¿Eh?

—La vida nos separará, chicos, nos llevará por caminos distintos, nos separaremos —filosofó Arthur—. Si somos familia, de algún modo estaremos siempre juntos.

—Bueno, no sé qué dirá mi hermana al respecto, aunque estoy convencido de que nuestras familias se mostrarán conformes.

—Nicholas, las mujeres de nuestra posición no eligen a sus maridos. ¿No te parece que Julien será un candidato más apropiado para Sophie que cualquier otro petimetre que se cruce en su camino?

—Sin duda.

—Yo tampoco imagino una candidata más apropiada que cualquiera de las dos hermanas de Julien —continuó Arthur—. Y mi hermana Candance sería perfecta para ti.

Nicholas recordaba bien a Candance, una joven bastante bonita y de buen carácter que probablemente se convertiría en una hermosa mujer llegado el momento.

—Aún son jóvenes.

—No estoy hablando de contraer matrimonio en cuanto volvamos a casa, Nicholas. ¡Si solo son unas crías!

—De acuerdo, de acuerdo...

—Me hace feliz pensar que ninguna de ellas acabará con un bruto como marido.

—¿Y qué te hace creer que yo no lo seré? —bromeó Julien.

—Porque te mataría con mis propias manos, por eso lo sé —le amenazó socarrón Nicholas.

—Hummm, tu argumento me ha convencido.

—¿Entonces estáis de acuerdo? —preguntó Arthur, con un hilo de voz. Estaba llegando al límite de sus fuerzas, y ambos amigos lo sabían.

Nicholas extendió su mano. Arthur colocó la suya encima y Julien los imitó.

—Trato hecho —dijeron los tres al unísono.

Arthur respiró profundamente.

—Creo que ahora voy a dormir un poco.

Nicholas se pegó más al cuerpo de su amigo, intentando transmitirle su escaso calor, y sintió que Julien hacía lo mismo. Unos segundos después, el sueño los vencía.

* * *

El cielo clareaba cuando abrieron los ojos. Arthur parecía bastante recuperado, lo que los reconfortó a ambos. Se pusieron en pie, se sacudieron las ropas y guardaron las mantas. El hombre que se había sentado junto a Julien había muerto durante la noche, sin que ninguno de ellos se percatara. Otro nombre que añadir a una larga lista de bajas.

Se lavaron la cara con un puñado de nieve, hicieron sus necesidades a unos pasos del camino y reanudaron la marcha, mezclados con los rezagados del ejército de Moore.

Coronaron la montaña y, al caer la noche, entraron en la ciudad de Lugo como tres almas en pena, pero vivos. Habían sobrevivido a la parte más ardua de aquella marcha de la muerte, pero no a la última.

En los días siguientes, hasta alcanzar La Coruña, aún iban a sufrir jornadas casi tan duras como aquellas, y el día 16 de enero se iban a enfrentar al fin a los franceses en aquella ciudad que se iba a convertir en la tumba del general sir John Moore.

Y también en la de Arthur Chestney, tercer hijo del conde de Marney.

1

Londres, Inglaterra, otoño de 1813.
Cuatro años después

Nicholas Hancock se aburría, y mucho. Aquella era la cuarta fiesta a la que acudía desde que, por un inesperado giro del destino, se había convertido en el nuevo conde de Sedgwick tras la muerte de su hermano Robert a causa de una gripe. Sentado en el salón junto al resto de los caballeros con los que compartía la velada, asistía impertérrito a las conversaciones que se desarrollaban a su alrededor, totalmente ajeno a ellas. Ni siquiera intervenía en las que atañían a la guerra que aún se libraba en el continente contra Bonaparte. Había decidido que no merecía la pena dejar en evidencia a aquellos aristócratas que tanto parecían saber de una lucha en la que no habían participado ni participarían jamás. A la guerra solo iban los pobres y los soñadores; el resto permanecía cómodamente en su casa opinando al respecto y clamando al cielo por la escasez de victorias decisivas.

Pensó que ni siquiera merecía la pena que les hablara de su propia experiencia. En La Coruña, bajo un intenso fuego enemigo, había cargado con el cuerpo de Arthur para alejarlo de la refriega, y hasta los franceses, tan asombrados como sus propios hombres, hicieron un alto el fuego para que lo sacara de allí. Tampoco serviría de nada, reflexionó, que les explicara que meses después de aquello, Julien y él volvieron a alistarse. Ni habrían entendido que le dolieran los huesos al no poder unirse a su amigo para continuar la lucha, porque ahora se debía a su familia y a su recién estrenado título.

Se arrellanó en el sillón, calentando entre las manos una copa de brandy de la que apenas había bebido un par de sorbos, junto a un fuego que crepitaba con una alegría que le resultaba casi ofensiva. ¿Dónde estaría Julien en ese momento? Ambos habían combatido juntos en la batalla de Vitoria hacía apenas cuatro meses, bajo el mando del general Wellesley. Derrotaron a los franceses y, de alguna forma, sintieron que se cobraban venganza por la muerte de Arthur. En los estertores de aquella refriega, una bala de mosquete atravesó el hombro de Nicholas y casi le arrancó la vida. En el improvisado hospital de campaña, rodeado de los gritos y la sangre de sus compatriotas, fue donde se enteró de que su hermano mayor había fallecido y de que se esperaba su regreso a Londres de inmediato. No había vuelto a ver a su amigo desde entonces, y solo había recibido un par de escuetas misivas. Las tropas aliadas se preparaban para enfrentarse una vez más a aquel corso que había arrasado Europa a su paso y que, poco a poco, parecía ir perdiendo su fuerza.

Nicholas no era dado a rezar. De hecho, ni siquiera estaba convencido de creer en Dios. Pero había ocasiones en las que deseaba poseer una ardiente fe que le permitiera comunicarse con su Creador para pedir por la vida de Julien, de su hermano de sangre.

Alzó la vista de su copa y contempló a los hombres distribuidos por el salón. Formaban pequeños grupos mientras fumaban o charlaban, con sus ropajes planchados y sus zapatos lustrosos, y las manos tan limpias que podrían haber comido con ellas. Le costaba identificarse como uno de ellos. No tenían absolutamente nada en común, nada salvo el haber nacido en el seno de alguna de las familias más privilegiadas de Inglaterra. Eso era todo.

De repente, sintió frío en los pies, como si volviera a tenerlos sumergidos en la nieve, y tuvo que aguantarse las ganas de sacarse las botas y comprobar que todos sus dedos seguían allí, al menos los que aún conservaba. En el camino de Lugo a La Coruña, casi tan infernal como el cruce de la montaña, había perdido finalmente una de las botas y se había visto obligado a culminar la marcha con el pie izquierdo envuelto en su manta de campaña. Como resultado, sufrió la amputación de dos dedos. Nadie lo sabía. No se notaba y no caminaba nunca descalzo. Las escasas mujeres con las que se había acostado desde entonces tampoco se habían percatado. ¿Quién le mira los pies al hombre con el que comparte el lecho?

Incapaz de arrancarse aquella sensación, se levantó. Como si él hubiera dado la orden de salida, los caballeros le imitaron y comenzaron a abandonar la estancia para reunirse con las señoras en el salón. Allí estaba su madre, Maud Hancock, en compañía de la anfitriona, lady Chapman. Ambas mujeres eran amigas de la infancia y, de joven, Nicholas había pasado casi tanto tiempo allí como en su propia casa. De hecho, el segundo hijo de la condesa había sido un buen amigo: Anthony. Y Anthony se encontraba en ese momento de viaje de novios con Candance, la hermana de Arthur Chestney. Al volver de la guerra, había descubierto que la mujer que debía haberse convertido en su esposa era la prometida de uno de sus mejores amigos. El destino la había alejado de él.

Junto a su madre y a lady Chapman se encontraba la baronesa Radford, una mujer de origen francés cuyo acento lo sacaba de quicio cada vez que la oía, que era con más frecuencia de la deseada. Su madre y ella eran casi amigas, o al menos lo habían sido sus respectivas madres, lo que las convertía en algo más que en simples conocidas. Nicholas recordaba haber oído en alguna ocasión que las damas francesas eran las más elegantes de todas las cortes europeas. Aquella señora debía de hacer muchos años que no pisaba París, a juzgar por los colores chillones y los ostentosos adornos con los que se acicalaba. Lo peor, sin embargo, era que obligaba a su hija a imitarla. Nicholas ni siquiera sabía cómo se llamaba aquella joven tímida y tan delgada como un suspiro, con unos grandes y bonitos ojos verdosos, pero tan llena de lazos, tirabuzones y fruslerías que era imposible fijarse en otra cosa que en sus muchos abalorios. Se la habían presentado ya en dos ocasiones, quiso recordar, pero no había sido capaz de retener su nombre. En ese momento se encontraban las matronas solas, y se preguntó dónde andaría escondiéndose aquella pobre criatura.

Nicholas saludó a su madre y a sus acompañantes y permaneció unos minutos junto a ellas, como mandaban las más elementales reglas de cortesía. La velada apenas había alcanzado el ecuador y él ya estaba deseando marcharse de allí.

—¿Me haría usted el favor, milord? —decía en ese momento la baronesa, arrastrando las erres.

—¿Cómo dice? —se disculpó. Se maldijo por no haber prestado atención a la conversación.

—Le preguntaba si sería tan amable de ir a buscar mi chal —le dijo la mujer, con una sonrisa bobalicona—. Creo que lo olvidé en la salita de invierno.

—¿Tienes frío, Suzanne? —le preguntó lady Chapman.

—A cierta edad, querida, una siempre tiene frío —respondió la baronesa.

—Querido, ¿nos harías el favor...? —Su madre se dirigió a él y Nicholas asintió, casi agradecido por tener una excusa para abandonar el salón, aunque solo fuesen unos minutos.

No necesitó pedir indicaciones a nadie, podría haber recorrido aquella casa con los ojos vendados y sin tropezarse con nada. La salita de invierno quedaba bastante alejada del centro de la reunión e intuyó que las tres mujeres habían disfrutado de un breve descanso allí, tal vez incluso antes de que se iniciara la noche. Era una estancia situada frente al jardín, con las paredes de cristal para dejar entrar el calor y la luz del día, adornada con multitud de plantas y muebles cómodos y funcionales. En invierno, se encendía la gran chimenea situada en uno de los extremos y, si el día era soleado, uno casi podía creer que había llegado la primavera, aunque al otro lado del cristal la nieve se alzara varios centímetros.

Abrió la puerta y, durante unos segundos, permaneció quieto, dejando que sus ojos se acostumbraran a la escasez de luz. Sabía dónde se encontraban las lámparas, solo tenía que acercarse a una y encenderla. Un movimiento al fondo de la estancia le detuvo. No estaba solo.

* * *

Madeleine Radford odiaba a su madre o, para ser más exactos, odiaba a la persona en la que la estaba convirtiendo. Como si en su interior se librase una batalla entre su naturaleza y la que su progenitora le imponía, siempre tenía la sensación de hallarse desubicada, descompuesta, descosida. Según su madre, la moda imperante en la alta sociedad valoraba de forma especial a las jóvenes en extremo delgadas, pálidas como un manto de nieve y con los cabellos dorados. Si la naturaleza no había considerado oportuno obsequiarla con esos dones, en su mano estaba alcanzarlos por otros medios. Así, tenía prohibido salir de casa durante las horas de más luz y, en las restantes, debía proveerse de guantes, sombreros y sombrillas tan tupidas que, si se aventuraba a alzar la vista, no podía ver más que una intrincada red de hilos oscuros que cerraban el paso a cualquier atisbo de claridad. Su cabello castaño era sometido con frecuencia a todo tipo de lavados para aclararlo, desde tónicos elaborados con manzanilla hasta productos cuya composición jamás se había aventurado a dilucidar. Algunos emitían un olor tan intenso y desagradable que la obligaban a permanecer encerrada en su cuarto durante días. Era cierto que había conseguido un tono mucho más claro, pero también que su cabello apenas tenía brillo y era tan quebradizo que cada noche, al cepillárselo, acababa con un buen manojo entre los dedos. Su madre sabía lo que hacía, o al menos eso insistía en afirmar en cuanto ella encontraba su propia voz para emitir una queja. Sin embargo, lo que peor llevaba era la rigurosa dieta a la que vivía sometida desde los trece años, cuando su cuerpo comenzó a adquirir cierta forma femenina. Los dulces estaban absolutamente prohibidos, así como el abuso de carnes, salsas, panecillos o cualquier delicia que se le pudiera presentar. Debía comer poco, muy poco, porque a un hombre no le gustaban las mujeres glotonas y, mucho menos, las entradas en carnes. Su figura debía ser estilizada, como la de un junco. Y Madeleine pasaba hambre, mucha hambre. Cuando tenían la oportunidad de asistir a algún acontecimiento social, sentía sobre sí la mirada de halcón de su madre, que vigilaba lo que le era servido en el plato y lo que le retiraban al concluir. Si había cometido la imprudencia de comer más de lo que tenía prescrito, la obligaba a guardar ayuno todo el día siguiente, así es que, por más que le doliera, procuraba no saltarse las reglas.

A veces, Madeleine se decía que su madre tenía razón, que todo aquello era por su bien. Suzanne Radford había huido de la Francia revolucionaria siendo una jovencita impresionable y se había casado con un barón inglés de generosa fortuna que no le había dado más que una hija. A la muerte de su padre, el título pasó al siguiente varón de la familia, un primo lejano que se quedó con el título y las rentas, excepto una asignación menos sustanciosa de lo que la viuda había esperado y una pequeña dote para ella. También les legó una modesta mansión al norte del condado de Hampshire, a tres días de distancia de Londres, donde ambas se instalaron. Allí llevaban una vida tranquila y confortable, aunque sin excesivos lujos. Su madre había puesto todas sus esperanzas en su hija, esperando casarla con algún noble adinerado y manejable que no precisara de la escasa aportación de la muchacha. Por ello había invertido gran parte de sus ahorros en preparar esa única temporada, que decidió iniciar ese otoño en lugar de esperar a febrero o marzo, como era habitual. Normalmente, las jóvenes casaderas participaban en varias antes de obtener alguna propuesta de matrimonio, pero Suzanne Radford no disponía de tantos fondos. Asistir a los actos que se celebraban requería de una considerable inversión. No solo era necesario alquilar una casa en Londres, también hacían falta vestidos, lacayos, carruajes, accesorios y un sinfín de nimiedades que solo servían para aparentar no necesitar el dinero de nadie.

Apenas llevaba un mes asistiendo a aquellos eventos y Madeleine ya estaba bastante aburrida. Se entretenía observando a las demás jóvenes y ninguna se parecía a ella. Debía de ser cierto que los caballeros las preferían delgadas, pálidas y rubias, porque casi todas respondían a esa descripción, o procuraban acercarse cuanto les fuera posible. Pero ninguna mostraba su aspecto macilento, ni el semblante anguloso que ella contemplaba cada mañana en el espejo, donde aún destacaban más sus ojos verdosos, demasiado grandes para tan exiguo rostro. Y, por supuesto, ninguna llevaba aquellos peinados llenos de tirabuzones y artificios que tan de moda habían estado en el siglo anterior y que su madre insistía en hacerle. Ni aquellos vestidos recargados y de colores poco apropiados con los que se empeñaba en vestirla, alegando que los ingleses no poseían ningún sentido de la moda. Madeleine había conseguido atenuar los excesos de su progenitora, pero, aun así, la mayor parte del tiempo se sentía como un animal de circo. Era consciente de las risitas y los comentarios del resto de las jóvenes, que se burlaban sin tapujos de su aspecto, y solo deseaba que aquella temporada que acababa de comenzar finalizase cuanto antes para poder olvidarla.

Esa noche había sido especialmente desagradable, porque no había comido en todo el día después de haberse concedido una galleta en el té del día anterior en casa de lady Wallace. A ello se sumaba que llevaba un vestido especialmente incómodo y que el carmín con el que su madre la había maquillado era demasiado subido de tono, para resaltar aún más la palidez de su rostro. Cuando se había contemplado en el espejo había sentido la necesidad de echarse a llorar y solo su férreo autocontrol, que llevaba años ejercitando, le permitió salir del trance sin derramar ni una sola lágrima.

Tal vez por eso, cuando su madre le pidió que fuera a buscar su chal, decidió permitirse un acto de rebeldía, aunque le acarrease una semana de ayuno y un mes de reproches. Pasó por la mesa de refrigerios, cogió un plato y lo llenó con todo tipo de dulces, que acompañó con un vaso de limonada. Así provista recorrió el largo pasillo hasta aquella estancia que, esa misma tarde, le había parecido tan encantadora. Ni siquiera se molestó en buscar el maldito chal, que estaba convencida de que su madre no había llevado ese día. Con su pequeño botín entre las manos, se sentó en un rincón en penumbra, junto a uno de los ventanales, colocó sobre una mesita el plato y el vaso y se dispuso a darse un festín. Esa noche, al menos, dormiría con el estómago lleno.

O tal vez no, porque apenas había comenzado a disfrutar de un pastelillo glaseado cuando la puerta se abrió y un hombre entró en la estancia.

*　*　*

Tras encender una de las lámparas, Nicholas se resistió a la tentación de darse la vuelta y abandonar la habitación en cuanto comprobó quién se encontraba en ella. Algo le detuvo. Tal vez el aspecto de aquella criatura que parecía una de las jóvenes obreras de cualquier fábrica en el East End, disfrazada para la ocasión, y que estaba disfrutando de un banquete íntimo que él, a todas luces, había interrumpido. Tal vez fue el miedo que vio en sus ojos, tan abiertos que parecían comerse todo su rostro. O cómo se levantó y se colocó frente a la mesa, para ocultar lo que había estado haciendo, sin darse cuenta de que él ya lo había visto. De repente, aquella joven tan poco agraciada despertó su curiosidad y avanzó un par de pasos. Vio una delgada línea blanca adornando su labio superior, prueba evidente de que había estado comiendo uno de esos pastelillos que se encontraban sobre la mesa. Tuvo que refrenar el impulso de elevar su mano y retirársela con el pulgar.

—Buenas noches, milord —le saludó ella, en voz tan baja que él apenas fue capaz de entender las palabras.

—Discúlpeme, señorita Radford. No sabía que había alguien en la habitación.

—No, yo...

—Lamento haberla perturbado.

—Eh, no... no estaba haciendo nada en realidad.

—¿Descansando, tal vez?

—Sí, eso —Una sonrisa tímida se asomó a sus labios y dulcificó todo su aspecto. Nicholas reconoció que era más bonita de lo que aparentaba a simple vista.

—¿Me permite que la acompañe?

—No creo que sea apropiado, milord.

—Dudo mucho que alguien interrumpa nuestro descanso.

—¿Usted también se siente agotado?

Nicholas se llevó una mano al hombro dolorido, cuya herida aún no había curado del todo y que ese día le molestaba de forma especial, tal vez porque tenía todo el cuerpo en tensión.

—Oh, discúlpeme —dijo ella, contrita—. Había olvidado lo de su herida.

Nicholas era consciente de que todo el mundo en su círculo

conocía los pormenores de su estado de salud, pero oírselo mencionar no le agradó, tal vez porque esa cicatriz pertenecía a una parte oscura y miserable de su vida, una a la que ninguna joven inocente debería verse expuesta. Se atrevió a dar un paso más, acortando la distancia entre ambos. El aleteo de aquellas pestañas fue como una invitación y cuando vio cómo ella se mordía con sensualidad uno de los labios pintados de un tono que no la favorecía en absoluto, pensó en cómo sería borrarle aquel horrible carmín y aquella delgada línea de azúcar a fuerza de besos.

✻ ✻ ✻

Madeleine no poseía ninguna experiencia con los hombres. Jamás había estado a solas con uno y, aun así, intuyó los pensamientos de lord Sedgwick como si los llevara escritos sobre su despejada frente. Tampoco recordó uno de los muchos consejos de su madre, que la animaba a dejarse seducir por cualquier noble con el que tuviera la oportunidad de encontrarse a solas; una seducción inocente, por supuesto, para el resto debería esperar al matrimonio. Se mordió los labios mientras intentaba pensar en algo interesante o ingenioso que decirle, aunque solo era capaz de concentrarse en la mirada azul oscuro de ese hombre que la observaba como ella había observado unos minutos atrás su plato lleno de dulces. Por eso no se retiró cuando él cubrió la distancia entre ambos e inclinó la cabeza en su dirección.

Era inesperadamente dulce, eso fue lo que pensó Nicholas un segundo después de atrapar aquella boca con sus labios. Ni entonces ni nunca fue capaz de explicarse qué impulso había empujado su cuerpo hacia aquella mujer, qué sortilegio había barrido sus convicciones en un solo segundo. Solo unos días antes había tomado una decisión que tal vez explicase ese arrebato. Había decidido que, ya que Candance Chestney había contraído matrimonio, se desposaría con su hermana menor, Evelyn, que a la sazón solo contaba catorce años. Aguardaría hasta el momento en el que alcanzara la edad apropiada para pedir su mano y, mientras tanto, disfrutaría de la vida y de los placeres que esta pudiera depararle, porque en el futuro no pensaba serle infiel a la hermana del que había sido uno de sus dos mejores amigos. Solo que en sus planes no entraba seducir a muchachas inocentes, había pensado más bien en jóvenes viudas o en casadas insatisfechas, cuyas atenciones había estado ignorando desde su regreso.

Nada de eso, sin embargo, ocupaba los pensamientos de Nicholas en ese instante, perdido en aquella boca que ahogaba los suspiros junto a sus labios y en aquel cuerpo que, de repente, necesitaba sentir pegado al suyo. Con la mano diestra comenzó a juguetear con uno de los menudos pechos de la joven, que tembló ante el contacto. El deseo asaltó los instintos de Nicholas con una fuerza arrolladora. Apenas recordaba la última vez que había yacido con una mujer, la aburrida esposa de algún oficial demasiado centrado en sus propios logros como para dedicarle la atención que merecía.

Con destreza, consiguió liberar uno de los senos del apretado corsé, cuya palidez brilló bajo la escasa luz de la estancia. Pellizcó con delicadeza aquella protuberancia rosada y se bebió el gemido de la joven con gran deleite. Y eso fue lo último que hizo, porque en ese preciso instante se oyó un grito junto a la puerta. Su instinto lo llevó a colocarse frente al cuerpo de la muchacha para protegerla de un posible ataque, una idea harto estúpida teniendo en cuenta dónde se hallaban.

En la entrada se encontraba la anfitriona, lady Chapman, con los ojos tan abiertos que parecían querer escaparse de su cara y en el otro extremo su propia madre, con una expresión bastante similar. Entre ambas la baronesa Radford, que cubría su boca con la mano, y lady Wallace, la mayor cotilla de todo Londres y a todas luces satisfecha con la escena que contemplaba.

Antes de abrir siquiera la boca, Nicholas comprendió que acababa de perder su destino.

2

Nicholas cabalgaba como si tuviera una cita con el mismísimo diablo, como si con ello pudiera arrancarse el recuerdo de aquella noche aciaga. Ni siquiera se molestó en echar la vista atrás. El carruaje en el que viajaba aquella joven, Madeleine se llamaba, ahora convertida en Madeleine Hancock, condesa de Sedgwick, se encontraría al menos a dos horas de distancia.

Llegó a la posada y bajó casi de un salto del caballo, que piafó nervioso tras varias horas de intensa marcha. Si no iba con cuidado, pensó tratando de refrenarse, acabaría por reventarlo, y le tenía demasiado aprecio. Entró en el modesto local como una tromba, asustando a los presentes al abrir la puerta con estrépito. Pidió de malos modos un par de habitaciones, ordenó que le fuese subida la cena, dejó instrucciones para que atendiesen a su esposa a su llegada y se retiró hasta el día siguiente. Había actuado del mismo modo durante los tres días que llevaban de viaje, incapaz de compartir el mismo espacio con aquella arpía que lo había manipulado para convertirse en su esposa. Ella y aquella bruja de su madre. ¿Cómo había sido capaz de caer en una de las trampas más viejas del mundo? ¿Cómo se había dejado seducir por aquella joven huesuda y sin gracia, hasta el punto de verse obligado a romper la más sagrada promesa que había hecho jamás, la de casarse con una de las hermanas de Arthur Chestney? Cada vez que lo pensaba, cada vez que su mente rememoraba la sucesión de acontecimientos que aquella noche había desencadenado, sentía el deseo de golpear y destrozar cuanto encontrase a su paso, de quemar hasta los cimientos todo lo que conocía.

Siempre se había vanagloriado de ser un hombre de honor. De haber sido otra su naturaleza, habría abandonado aquella habitación sin importarle quién estuviera presente, dejando a aquella muchacha a su suerte, pues bien merecido se lo tenía. Ni siquiera la presencia de su propia madre habría sido capaz de detenerle. Pero no, él no podía hacer eso, ni siquiera sabiendo que le habían tendido una emboscada. ¡Francesa tenía que ser aquella mujer! Y francesa era la mitad de la sangre que corría por las venas de su ahora esposa. ¡Qué increíbles agentes había perdido Napoleón con aquellas mujeres! Él había hecho lo que, según las reglas sociales, debía hacer: casarse con ella. Una ceremonia rápida, sencilla y sin lujos a la que se había sometido con el ánimo sombrío. Ni siquiera les había permitido a sus hermanos asistir. Si la baronesa de Radford esperaba un acontecimiento social que la encumbrara no iba a ser él quien se lo proporcionara. Había aceptado casarse con la joven, pero bajo una serie de condiciones muy específicas e inexcusables. La primera y más importante de ellas estipulaba que la baronesa no mantendría contacto directo ni con su hija ni con nadie de la familia Hancock. Podía escribir cuantas cartas quisiera, pero jamás sería recibida en ninguna de sus muchas propiedades. Para asegurarse de ello, Nicholas le había hecho entrega de una más que generosa cantidad con la que poder instalarse en cualquier otro lugar de Inglaterra o del mundo, a él le traía sin cuidado. La mujer no se había negado, ni siquiera pestañeó cuando le explicó los términos del acuerdo. Nicholas sabía muy bien que ella confiaba en que, con el tiempo, él se relajaría y acabaría aceptándola en el seno de su familia, sobre todo cuando llegaran los hijos. ¡Qué poco le conocía!

Para el enlace, la baronesa le había hecho llegar una lista de invitados que incluía a casi todos los nobles de Londres, una lista que él rompió en mil pedazos. Decidió no proporcionarle esa satisfacción y el evento, por orden suya, se celebró finalmente en la pequeña capilla de su propiedad en Essex. Como únicos asistentes los novios, sus respectivas madres y un puñado de criados de la casa, para deslucir aún más la ceremonia. Ni siquiera hubo banquete. Pese al suplicio que supuso para él aquella especie de farsa, no pudo evitar deleitarse con el rictus amargo de la baronesa, que había visto frustrados sus planes. En cuanto a la novia, ni siquiera era capaz de recordar qué vestido llevaba o cómo la habían peinado para la ocasión, porque no le dedicó ni una sola mirada. Ni siquiera cuando llegó el momento del beso se detuvo a hacerlo. Simplemente cerró los ojos, posó sus labios sobre los de ella y salió de la capilla.

Nicholas le había hecho saber que, tras el enlace, partirían de inmediato hacia el norte, sin proporcionarle detalles concretos, y llevaban viajando desde entonces, él adelantándose a lomos de su caballo y ella siguiendo su estela cómodamente instalada en el carruaje. Ya quedaba poco, muy poco, para alcanzar su destino. Las últimas millas quería hacerlas junto a ella, y esta vez sí quería mirarla, quería observar sus reacciones cuando comprobara cómo era el lugar al que la llevaba.

✻ ✻ ✻

Madeleine no había sido capaz de dormir ni una sola noche entera desde que su vida había dado aquel inesperado giro. Ni siquiera necesitaba respetar la rigurosa dieta a la que su madre la tenía acostumbrada, porque se sentía incapaz de probar bocado.

Un hombre atractivo y honorable la había besado hasta hacerle perder el sentido y luego todo había comenzado a girar a su alrededor a velocidad de vértigo. Lo peor de todo, sin embargo, había sido comprobar cómo aquel caballero, que en un primer momento se había colocado frente a ella para protegerla de un potencial peligro, se había girado de pronto en su dirección para dirigirle una mirada tan cargada de desprecio y de odio que sintió el deseo de morirse allí mismo. Luego todo el mundo había comenzado a hablar a la vez y su madre había corrido hacia ella para ayudarla a recolocarse la ropa. Su sonrisa de satisfacción, que logró ocultar a todos menos a ella, le revolvió las tripas. No sabía cómo, pero estaba convencida de que la baronesa había orquestado todo aquello y que su plan había salido a la perfección.

Apenas hubo preparativos antes de la boda, a la que ella asistió con un vestido que su madre había comprado tiempo atrás, en previsión de que sucediese algo semejante. Era verde y dorado, y el más bonito que había tenido jamás. Solo que, al ponérselo, estaba tan nerviosa y confusa que apenas fue capaz de apreciarlo. Su madre estaba disgustada porque el conde no había accedido a organizar la ceremonia que ella llevaba planeando tanto tiempo. Lo que no lograba entender era por qué eso la sorprendía. Ella, en su lugar, las habría expulsado de Londres, de Inglaterra incluso. Por otro lado, ese enlace tampoco la hacía en absoluto feliz a ella. Casarse con alguien solo porque esa persona consideraba que era su deber no era precisamente el matrimonio con el que había soñado. Y si esa persona parecía odiarla tanto como el conde aparentaba, aún menos. Aun así, no dijo nada. Se plegó a los deseos de todos, de su madre, del conde, de su futura suegra... Ni siquiera rechistó cuando la baronesa le comunicó que él le había entregado una generosa suma con la que pensaba sobrevivir hasta que la situación se calmase. Ella dudaba mucho que eso fuese a suceder, al menos en un futuro inmediato, pero no quiso contradecirla.

Ahora, sentada en ese carruaje que se balanceaba como si fuera un barco en mitad de una tormenta, Madeleine batallaba con las náuseas y con la angustia de no saber hacia dónde se dirigían ni el motivo por el que el viaje no podía esperar. Valoró incluso la posibilidad de que él hubiera decidido pasar la luna de miel en algún rincón apartado, para poder acostumbrarse a la idea de que ahora eran marido y mujer. Tal vez por eso la había obligado a viajar sin su doncella. Fuera como fuese, Madeleine estaba decidida a esforzarse al máximo para hacerle feliz y que jamás se arrepintiera de la decisión que se había visto obligado a tomar.

No había visto al conde en los tres días que llevaban de marcha. Partía a primera hora, antes de que ella hubiera desayunado, y ya se había retirado a sus aposentos cuando ella llegaba al atardecer, lo que no dejaba de parecerle un comportamiento sumamente descortés pese a las circunstancias. A la mañana siguiente, sin embargo, se sorprendió al encontrarle junto al carruaje. Era indudable que se trataba de un hombre muy atractivo, de rostro cuadrado y varonil, donde refulgían aquellos ojos azul oscuro que ahora la miraban con frialdad. Sin darle ni los buenos días, le abrió la portezuela y la ayudó a subir. Para su mayor asombro, él también lo hizo y se sentó frente a ella. De repente, aquel habitáculo, que tan espacioso le había parecido durante los días precedentes, se tornó un lugar angosto, frío e inhóspito. Madeleine habría jurado que de la apuesta figura del conde emergía un caudal helado que la obligó a arrebujarse en su capa. Él, totalmente ajeno a ella, como si ni siquiera estuviera presente, estiró las piernas, apoyó las botas en el asiento, y se acomodó.

Madeleine no sabía qué hacer o qué decir. Quiso pronunciar algunas palabras de acercamiento, para romper siquiera un poco la escarcha que se había instalado entre ellos, pero fue incapaz de iniciar ninguna frase con sentido y decidió aguardar a que él dijera algo. Giró levemente la cabeza hacia la ventanilla para observar la campiña. Suaves y ondeantes colinas salpicadas de reses daban paso a extensos campos de labranza y, más allá, a enormes extensiones de bosque. Alguna granja aislada rompía la monotonía del paisaje, que se fue tornando más agreste. Por el rabillo del ojo, permanecía atenta a los movimientos del conde, que no se movió ni un centímetro. El sonido de su voz la sobresaltó.

—Estamos en los límites de Falmouth —dijo, con tono seco y distante.

—¿Ya hemos llegado? —preguntó ella, sin poder ocultar la ansiedad en su voz.

—Casi.

Madeleine se concentró en lo que podía verse más allá del cristal y vislumbró a lo lejos los contornos de lo que parecía ser un pueblo. A medida que se aproximaban, comprendió que se trataba de un pequeño enclave de casas modestas, con una sencilla iglesia cuyo campanario sobresalía por encima de los tejados. Atravesaron la localidad y Madeleine se preguntó si sería uno de esos pueblos fantasmas que parecían jalonar la geografía de Inglaterra, porque no vio ni a un alma por sus calles. Miró al conde y le sorprendió mirándola a su vez. Ambos apartaron de inmediato la vista, ella con cierto sofoco arañando sus mejillas.

Dejaron atrás la población mucho antes de que Madeleine hubiera tenido tiempo de apreciar sus verdaderas dimensiones y, poco después, el carruaje tomó un camino hacia la derecha y se internó por una alameda. El corazón de Madeleine comenzó a latir furioso entre sus costillas, y casi perdió el ritmo cuando cruzaron unas verjas y el vehículo se detuvo frente a una mansión. De planta rectangular, constaba de dos pisos más un tejado abuhardillado y Madeleine contó ocho ventanas por planta, varias de ellas con los marcos desconchados y una incluso con un cristal roto. Las ramas de una enredadera marchita cubrían parcialmente la fachada de piedra, como los tentáculos de un monstruo mitológico. Los extremos casi alcanzaban la figura que, a modo de blasón, presidía la fachada: una rosa tallada en piedra negra que destacaba sobre la superficie mucho más clara del resto. Bajo ella, un tejadillo cubría el diminuto porche, al que se accedía por una escalinata con un par de peldaños mordidos por el tiempo. Desde su posición podía observar la puerta principal, que en otro tiempo debió de ser magnífica a juzgar por su factura, pero que ahora mostraba la madera deslucida y agrietada. Los extensos jardines estaban descuidados, con la hierba cortada de cualquier manera, sin flores ni parterres, y con media docena de árboles que necesitaban de una poda urgente. Madeleine se preguntó por qué se habían detenido justo allí, y si el conde había decidido hacer una parada antes de llegar a su destino. Si era así, ¿a quién habían ido a visitar a un lugar tan decadente?

* * *

Nicholas no había perdido detalle de los cambios de expresión de aquel rostro macilento. Le había alegrado comprobar que el viaje no le estaba sentando especialmente bien a su esposa, y ni siquiera sintió remordimientos ante un pensamiento tan poco piadoso. Primero había reparado en cómo observaba, casi con lástima, aquel pueblo alejado de la mano de Dios y ahora, cómo miraba esa casona medio en ruinas. Incluso a él le sorprendió el deterioro de la propiedad, que había heredado tras la muerte de su hermano Robert y que aún no había tenido la oportunidad de visitar. Únicamente la había escogido por su ubicación, catorce millas al norte de la ciudad de Hereford, que daba nombre al condado. El aspecto poco confortable del edificio no hizo sino aumentar su sensación de triunfo. Intuyó a la perfección el pensamiento que estaría cruzando por aquella cabecita maquiavélica y pronunció con gran deleite sus siguientes palabras.

—Bienvenida a Blackrose Manor, Madeleine.

Abrió la portezuela, bajó de un salto y la ayudó a salir del carruaje. En cuanto estuvo a salvo en el suelo, soltó su mano, que había sentido como si quemara incluso a través del guante de seda. El administrador salía en ese momento de la casa e iba acompañado de su esposa, que ejercía como ama de llaves y cocinera, y de una joven menuda que imaginó sería la criada.

Los tres bajaron los peldaños, esquivando las muescas de los dos últimos, para colocarse frente a ellos y realizar una torpe reverencia. Nicholas no sabía por qué su hermano había mantenido a aquel hombrecillo en su puesto, quizá porque no había encontrado a nadie más que quisiera ocupar un cargo tan modesto y alejado de todo. Era delgado y desgarbado, con unos ojos demasiado pequeños cubiertos por unas cejas demasiado tupidas, que lograban mantener siempre su mirada en la sombra. A un paso tras él, se encontraba su esposa Prudence —Nicholas había tenido que consultar sus registros para conocer los nombres de todos ellos—, una mujer más bien oronda, de cabello abundante y con el rostro marcado por la viruela. La jovencita menuda y apocada debía de ser Nellie, una sobrina de Prudence, que intuía debía de encargarse de los trabajos más duros en la mansión. Nicholas sospechaba que la cocinera había pasado a convertirse prácticamente en la dueña del lugar. Casi lamentó perderse lo que sucedería allí en los próximos días.

—Bienvenidos, milord —saludó el administrador, que estrujaba un sombrero roñoso entre las manos.

—Gracias, Edgar —saludó el conde—. Les presento a lady Sedgwick.

—Bienvenida, milady. —El hombre inclinó la cabeza y las mujeres lo imitaron.

—¿Está todo listo?

—Por supuesto, milord. Permítame que le diga, una vez más, lo felices que nos hace con su visita. Podrá comprobar que todo marcha a la perfección y que yo personalmente me he ocupado de que Blackrose Manor no pierda ni un ápice de su antiguo esplendor.

—Gracias, Edgar. —Después de lo visto, Nicholas dudaba mucho de la palabra de aquel hombre, cuya presencia le resultaba ingrata por momentos, pero lo siguió hasta el interior después de ofrecer el brazo a la que ahora era su esposa. Lo que hubiera entre ambos no era asunto de nadie más que de ellos, y no deseaba que los criados comenzasen a murmurar antes de tiempo. Le pareció notar cierto temblor en el cuerpo de ella y cruzó el umbral con un gran gesto de complacencia.

*　*　*

Madeleine no sabía si gritar o echarse a llorar. ¿Aquel iba a ser el lugar donde iban a pasar su luna de miel? ¿Aquella casa horrible y llena de costras, y con aquellas personas tan desagradables? Se mordió el labio mientras el conde hablaba con el administrador y luego aceptó el brazo que le ofrecía para conducirla al interior.

El recibidor, al menos, no presentaba tan mal aspecto como parecía indicar el exterior del edificio. La alfombra que lo cubría era vieja, pero parecía limpia. Los suelos de madera que quedaban al descubierto estaban recién lustrados, así como el banco situado junto a la entrada. Al otro lado, un mueble antiguo y una lámpara de aceite encendida daban calidez al ambiente, un tanto frío. Echó un vistazo a la escalera que ascendía al piso superior, cubierta por una alfombra, y creyó distinguir un par de agujeros. También era evidente que la habían limpiado hacía poco.

—Señora Powell, ¿podría acompañar a mi esposa hasta sus habitaciones, si es tan amable?

—Por supuesto, milord —respondió la señora gruesa—. Mi Edgar subirá enseguida el equipaje.

El conde la soltó y Madeleine se sintió de repente desamparada. Pero ¿cuánto tiempo iban a permanecer allí? Rogó para que solo fuese una parada en el camino, porque no se le ocurría un sitio más desangelado que aquel para iniciar con buen paso su matrimonio.

Miró al conde, que dio muestras de haberse desentendido por completo de ella, y siguió a la mujer hacia el piso de arriba. Pudo comprobar mientras ascendía que, en efecto, la alfombra tenía un par de agujeros y se preguntó cómo un hombre como Hancock podía permitir que una de sus propiedades presentase semejante aspecto.

El rellano recibía la luz de un ventanal situado en el extremo del corredor que se abría a la derecha, y presentaba el mismo aspecto descuidado pero limpio que el piso de abajo. La señora Powell tomó precisamente esa dirección y se detuvo frente a la última puerta, que abrió y cruzó sin esperar siquiera a que ella llegara a su altura. Madeleine imaginó que no estaba al corriente de las reglas de etiqueta y la siguió al interior de la estancia.

Una enorme cama, colocada sobre una tarima y con columnas torneadas en sus cuatro extremos, dominaba la estancia. Le hizo pensar en los antiguos tálamos de la realeza del siglo XVI y se preguntó si no sería una reliquia de la familia Hancock. Gruesas alfombras, algo descoloridas, amortiguaban el sonido de sus pasos. Un par de amplios ventanales se abrían frente a ella y, entre ambos, un secreter y una silla cuyo tapizado había visto tiempos mejores. A la derecha, una gran chimenea de mármol, apagada en ese instante, y dos sillones a juego. Había algunos muebles más diseminados por la estancia: un tocador, una cajonera, un baúl, un lavamanos y un par de mesitas con palmatorias. El ambiente, aunque frío, olía ligeramente a jabón.

La señora Powell le indicó un tirador situado en una de las esquinas, para llamar cuando necesitara cualquier cosa, y se retiró. Aún no había terminado Madeleine de contemplar la habitación a su antojo cuando unos golpes en la puerta precedieron al administrador y a la joven criada, que traían su equipaje. No era mucha cosa. El conde no le había dicho cuánto tiempo permanecerían ausentes ni qué tipo de prendas debía llevarse, así es que decidió no cargar con excesivos bultos.

El administrador se presentó como Edgar Powell y, mientras encendía la chimenea, le dijo que el señor conde iba a estar muy ocupado el resto de la jornada y que se verían a la hora de la cena. Madeleine supuso que hacía mucho tiempo que no visitaba aquella propiedad y que había decidido ponerse al día. Comió a solas en su cuarto, después de que la muchacha, que se llamaba Nellie Harker, le subiera una bandeja con algunas viandas. La cocina no parecía ser uno de los puntos fuertes de la señora Powell, a juzgar por la calidad de sus platos, y se limitó a picotear un poco de aquí y de allá. La ternera estaba demasiado hecha, las verduras crudas y el vino aguado.

Una hora más tarde, la joven regresó a recoger la bandeja y le preguntó si necesitaba ayuda para deshacer el equipaje. Madeleine la rechazó. Estaba demasiado nerviosa como para someterse al escrutinio de una criada, y tampoco sabía cuánto tiempo permanecerían allí. Sí sospechó, en cambio, que probablemente esa noche el conde consumaría el matrimonio, y eso la llenó de nuevo de aprensión. Le pidió que le subieran agua caliente y se pasó la tarde lavándose de arriba abajo.

Se engalanó con su mejor vestido, una pieza confeccionada en seda azul cielo con algunos adornos en tonos violeta, y se sentó a esperar a que llegara la hora de la cena, sin saber muy bien qué hacer con el tiempo que restaba. ¿Tenía permiso para deambular por aquella casona? ¿Realmente deseaba hacerlo? Pensó en leer un poco y cayó en la cuenta de que no se había traído ningún libro con ella. Había supuesto que el conde y ella estarían demasiado ocupados dedicándose a lo que se dedicaban los matrimonios en sus primeros días, un pensamiento que la hizo enrojecer. Suponía que disfrutarían de largas y amenas charlas para intentar conocerse mejor porque, en realidad, no sabían absolutamente nada el uno del otro, excepto los pocos detalles de dominio público que de bien poco servían en aquellas circunstancias.

Se situó junto a una de las ventanas y comprobó que daba a la parte delantera de la mansión, si es que aquel edificio podía denominarse así. Desde arriba, el jardín aún presentaba peor aspecto. Más allá del muro de piedra que circundaba la propiedad se extendían campos yermos y suaves colinas. Hacia la izquierda, a lo lejos, vio grandes extensiones de árboles, cuyas ramas parecían enmarañarse unas con otras por falta de cuidados. Pese al aspecto poco halagüeño de cuanto la circundaba, la suave luz del atardecer teñía de colores ocres todo el conjunto, y eso logró serenar un poco su ánimo.

Finalmente, llegó la hora de reunirse con el conde y bajó las escaleras con vacilación, precedida por la joven criada. Esta la condujo hasta el comedor, una estancia bastante grande, aunque la escasa iluminación le impidió apreciar la calidad de muebles y alfombras. El conde se levantó para recibirla, aunque no la acompañó a su asiento, situado en el otro extremo de la larga mesa. Madeleine se sentó frente a un servicio completo de vasos, cubiertos y copas de buena factura y le dedicó una sonrisa amable que él no correspondió.

Hancock volvió a ocupar su silla, les sirvieron la cena y se concentró en la comida, como si ella no se encontrase allí. Madeleine quiso decir algo, pero no sabía por dónde empezar.

—¿Hace mucho que posee esta propiedad? —preguntó al fin, en un intento de romper el hielo.

—No acabamos de heredarla, si es eso lo que preguntas —respondió él, tuteándola de forma deliberada. Llevaba haciéndolo desde aquella comprometida noche, como si con cada una de sus palabras pretendiera darle a entender lo poco que la respetaba. Como tantas otras veces, Madeleine no hizo ningún comentario al respecto.

—No pretendía insinuar tal cosa, milord. Solo trataba de iniciar una conversación.

—Puedes ahorrarte las molestias —replicó él, cortante—. Cenaremos en silencio y luego subiremos a tu habitación.

Madeleine casi se atragantó con un bocado del asado que estaba comiendo, bañado en tal cantidad de vino que apenas tenía sabor. Adivinó lo que implicaban las palabras del conde, y se sintió herida por el tono en que las había pronunciado. No esperaba nada romántico, claro, pero tampoco que sonara como una transacción comercial. Maldijo una vez más a su madre por haberla colocado en aquella tesitura y simuló centrarse en el contenido de su plato, sabiendo que ya no podría comer nada más. Su deseo habría sido levantarse y abandonar la estancia con toda la dignidad que fuese capaz de reunir, pero la figura del conde resultaba demasiado intimidante, y no quería añadir más leña a un fuego que no había cesado de arder desde su primer encuentro.

El conde, por el contrario, parecía gozar de buen apetito, porque solo le faltó rebañar el plato. Se sirvió una segunda copa de vino y se la bebió de un solo trago. Madeleine temió, de repente, que acabara embriagándose y comportándose como un bruto con ella.

—Será mejor que subas ahora —anunció él, sin dignarse mirarla—. Yo me reuniré contigo enseguida.

A Madeleine comenzaron a temblarle las piernas y no supo si sería capaz de seguir una orden tan sencilla. Se mordió los labios e intentó con todas sus fuerzas que sus extremidades respondieran a las órdenes de su cerebro.

—¿Has perdido el oído? —La mirada acerada del conde se posó en ella, esta vez sí, y no vio en sus ojos más que una fría determinación y una elevada carga de desprecio.

Madeleine se puso en pie como activada por un resorte, con la piel fría y el ánimo encendido. No se merecía aquel trato despectivo. Comprendía que siguiera enfadado, también ella lo estaba, pero no iba a consentir que la tratase como a una cualquiera. Solo que todo lo que pensaba decirle se quedó atrapado entre su cabeza y su garganta, y lo único que fue capaz de hacer fue sostenerle la mirada, desafiante. Él ni siquiera pestañeó.

Con las lágrimas ardiéndole bajo los párpados, salió del comedor y subió las escaleras, enhebrando mentalmente todas las frases que quería haberle dicho a aquel miserable y que solo ahora parecían encontrar el camino de salida.

Intuyó que iba a ser una noche muy larga.

3

Nicholas no se sentía especialmente satisfecho consigo mismo. Era consciente de estar comportándose como un canalla y, aunque aquella mujer merecía cada uno de sus desplantes y cada uno de sus desprecios, no le hacía feliz actuar del modo en que lo hacía.

Tras unos minutos, se levantó y dejó la servilleta sobre la mesa, deseando acabar con aquello cuanto antes. Le había dado tiempo suficiente para que se quitase aquel vestido, casi tan horrendo como otros con los que la había visto en ocasiones anteriores. Ni siquiera le tembló el pulso cuando salió del comedor, ni cuando subió las escaleras, ni al internarse en el corredor que conducía a la habitación, cuya puerta abrió tras golpearla suavemente un par de veces. La imagen de la joven, sentada junto al fuego encendido, y ataviada con lo que parecía una vaporosa bata, fue lo único que consiguió alterar el ritmo de su corazón, aunque solo fue un instante. Con el cabello suelto cayendo en cascada desde uno de sus hombros, parecía una mujer deliciosa... e inocente.

Nicholas cerró la puerta, recorrió en dos zancadas la distancia que lo separaba del lecho y comenzó a desvestirse, de espaldas a ella.

—Métete en la cama —le ordenó.

Comprobó con satisfacción que ella obedecía, lo que acabó por resultarle amargo. Era más que probable que aquella muchacha fuese a perder la virginidad con un hombre que no solo no la amaba, sino que había prometido no hacerlo jamás. Con un hombre que ni siquiera la respetaba y que la odiaba con cada fibra de su ser. Independientemente de lo que hubiera hecho, no se merecía una primera vez como la que había tenido en mente desde la discreta ceremonia en la capilla, y con la que tanto se había regodeado. Intentaría dejar sus sentimientos fuera del lecho y que esa noche, con suerte la única que tendrían jamás, fuese lo menos traumática posible.

Alzó la vista y la vio, con la sábana hasta la barbilla y los ojos tan abiertos que parecía que iban a escapar de su cara.

—No tengas miedo —le dijo, en un tono casi dulce—. No te haré daño. Al menos, no más del necesario.

Creyó ver el brillo de una lágrima en una de las comisuras de aquellos ojos verdosos, pero no quiso pensar en ello. Totalmente desnudo y con su virilidad a punto de entrar en batalla, retiró la ropa de cama y se metió dentro. Pegó el cuerpo al de ella, que sintió temblar a su lado y pasó el brazo por debajo de su cuello, para atraerla. No se atrevió a detenerse en su mirada asustada y se limitó a cerrar los ojos y a posar sus labios en los de la mujer, que se abrieron casi al instante.

Durante unos minutos, Nicholas casi olvidó quién era él... y quién era ella. Perdido en aquellos labios, dejó que sus manos exploraran aquella piel sin mácula, tan pálida que el reflejo del fuego dibujaba arabescos sobre ella. Se dejó vencer por sus diminutos pechos, y recorrió la hondonada de su cintura, con los huesos de sus caderas trazando una cordillera en la que ancló sus besos. Estaba aún más delgada de lo que había supuesto, pero aun así apetecible.

La escuchó gemir de placer mientras él buceaba en sus rincones más secretos y, cuando al fin se colocó sobre ella, la encontró más que dispuesta. Cruzó la frontera de su cuerpo con una única y suave embestida, en la que Madeleine se aferró a sus antebrazos durante unos segundos, hasta que su cuerpo se habituó a tenerle dentro y comenzó a moverse al compás de sus envites.

Nicholas debía hacer un esfuerzo titánico para no buscar su

mirada porque intuía que, de hacerlo, de recordar de repente quién estaba bajo él, le impediría continuar, así es que se centró en su boca, en aquellos labios corrientes que de pronto le resultaron fascinantes. Le embriagó contemplar cómo se abrían buscando atrapar el aire que fluía entre los dos, cómo se los mordía para evitar gritar demasiado fuerte y cómo al fin caían vencidos por la oleada de placer que ascendió por su vientre hasta eclosionar. Aguantó a duras penas hasta que ella comenzó a relajarse y solo entonces se dejó ir, saliendo de su cuerpo y derramándose sobre las sábanas.

Y entonces la miró, y la rueda de su destino volvió a marcar el paso y a trazar aquella frontera entre ambos, frontera que se prometió no volvería a cruzar. Ella bajó los ojos y comprendió el significado de lo que había hecho. Sus miradas se enredaron un instante. En la de la mujer había decepción, y tristeza.

—¿Qué esperabas? —le espetó él, de repente furioso, consigo mismo y con ella.

Nicholas se levantó, mojó una toalla en la palangana y se aseó sin importarle si resultaba o no decoroso. Luego fue a los pies de la cama y cogió su camisa. La mirada de Madeleine seguía fija en él.

—¿Creías que iba a dejarte atraparme de nuevo, esta vez con una criatura? —siseó.

—Yo... pensé que ahora que somos marido y mujer...

—Piensas demasiado.

—Pero necesita un heredero, milord.

—¿De veras lo necesito? —Sonrió con sarcasmo—. Aún tengo dos hermanos varones, el título está a salvo de momento.

—Yo... no comprendo.

—No hay nada que comprender. El matrimonio ha sido consumado según marcan las leyes y según dicta la costumbre. Es todo lo que obtendrás de mí.

—Milord...

—¡No! —la interrumpió, al tiempo que comenzaba a ponerse los pantalones—. Ahora yo hablo y tú escuchas. Te quedarás aquí, en esta casa.

—¿Aquí? ¿Cuánto...? ¿Cuánto tiempo?

—Para siempre, querida, para siempre —pronunció las palabras con auténtico deleite—. Has logrado convertirte en la condesa de Sedgwick, pero te garantizo que no disfrutarás del título ni un solo día. Yo me instalaré en Londres y retomaré mi vida en el punto en el que la dejé antes de... todo esto. —Hizo un arco con el brazo, abarcando toda la estancia—. No podrás viajar a la ciudad, ni ausentarte de aquí, ni alojar a nadie que no cuente con mi aprobación, especialmente a tu madre. Te comportarás con el decoro que representa el título que ahora llevas y no provocarás ningún escándalo que pueda dañar la reputación de mi familia. No quiero volver a verte, no quiero volver a saber de ti, ni siquiera quiero que me escribas, porque no me molestaré ni en abrir tus cartas. ¿Ha quedado claro?

Hizo una pausa y la miró. Vio sus mejillas surcadas por las lágrimas, pero no sintió ni un ápice de compasión por ella. Parecía petrificada.

—¿Me he expresado con claridad? —repitió, deseando salir cuanto antes de aquella habitación.

Ella se limitó a asentir, con los puños apretados sosteniendo las sábanas a la altura de su pecho. Nicholas terminó de vestirse.

—Le he dejado a Edgar los datos de mi administrador en la ciudad, Barry Dawson. Él será la persona a la que deberás dirigirte para solucionar cualquier cuestión. He establecido una renta para ti de doscientas libras al año. No es mucho —hizo una mueca cargada de cinismo—, pero ya que no vas a asistir a las veladas en Londres no necesitarás un guardarropa nuevo cada año. Si te administras bien, podrás vivir de manera holgada.

—¿Y qué se espera de mí, milord? —preguntó la joven. Se había limpiado las lágrimas con el dorso de la mano y recuperado un poco la compostura.

—Absolutamente nada —respondió él, con dureza—. Con un poco de suerte, en unos días olvidaré que estoy casado contigo, aunque a ti tal vez te cueste un poco más hacerlo.

—Veo que esta situación le divierte.

—Más de lo que había llegado a imaginar —reconoció él, sin

pudor—. Supongo que no ignoras que la ley me permite hacer contigo cuanto desee, espero que lo recuerdes si no quieres acabar repudiada y en la ruina.

—¿Y qué voy a hacer aquí?

—Me trae sin cuidado. Lee, pasea, cultiva flores... Si lo piensas bien, no tiene por qué ser una vida aburrida. De hecho, creo que es más de lo que te mereces.

—¿Y mis cosas? ¿Y mi doncella?

—Tus pertenencias llegarán en breve. En cuanto a tu doncella, me temo que deberás buscar una sustituta. Seguro que encontrarás a alguna joven bien dispuesta en la aldea —apuntó, con el convencimiento de que ninguna muchacha de los alrededores poseería la preparación necesaria para contentar a una dama de la categoría de aquella.

—¿La ha... despedido? —Creyó detectar cierto temblor en su voz.

—Creo que estaba en mi derecho, a fin de cuentas era yo quien debía pagarle el sueldo. Estoy convencido de que aquí hallarás a alguien que te resulte menos oneroso.

—Así es que debo darle las gracias...

—Tu agradecimiento no me puede resultar más indiferente.

—Ese administrador suyo...

—El señor Dawson.

—¿Tiene potestad para solucionar cualquier cuestión?

—Prácticamente, sí.

—¿Y si deseo contratar a personal nuevo? ¿O hacer alguna reparación en la casa? ¿O...?

Nicholas se llevó una mano a la cabeza, un gesto que interrumpió la cháchara de la mujer. Imaginó un sinfín de cartas llegando a su mansión en Mayfair repletas de peticiones absurdas solo para recordarle que aún tenía una esposa. Su mente trabajó con rapidez y repasó los números que había consultado unos días antes. Era una propiedad menor, poco más de mil ochocientas hectáreas, cultivada solo en una quinta parte. El resto eran bosques, colinas y tierras baldías que languidecían por falta de brazos para trabajarlas. Al parecer, aquella zona se había ido despoblando en los últimos años y los hombres que no estaban luchando contra Napoleón o en la nueva guerra contra los Estados Unidos de Norteamérica, habían emigrado a las ciudades en busca de una oportunidad. Aquella zona, además, poseía una de las rentas más bajas de toda Inglaterra y el número de arrendatarios era tan escaso que solo le reportaba unas ciento cincuenta libras anuales. Blackrose Manor era una nimiedad en comparación con las más de veinte mil hectáreas que poseía en Surrey o las casi quince mil de Essex. Una minucia si la comparaba incluso con otras propiedades menores, ninguna de las cuales bajaba de las cuatro mil. Llegó a lo que le pareció la conclusión más sencilla.

—Haré que redacten los documentos para cederte el control de esta propiedad con carácter vitalicio —le dijo—. Revocable, por supuesto, si en algún momento cambio de opinión. De ese modo no será preciso que escribas a mi administrador —ni a mí, quiso añadir— cada vez que lo consideres preciso.

—Comprendo.

Nicholas se dio cuenta de que sí, de que había comprendido perfectamente sus intenciones.

—Podrás quedarte con las rentas, e invertirlas como mejor consideres. —Era consciente de que estaba siendo más generoso de lo que había pensado en un principio, todo fuera por no tener que volver a saber de aquella mujer en lo que le quedara de vida.

—¿Algo más? —preguntó ella, con el mismo tono sarcástico que él había usado durante toda la conversación.

—En cuanto amanezca regresaré a Londres. Me gustaría poder decir que ha sido un placer conocerte, milady, pero ambos sabemos que no es el caso.

—Que tenga un buen viaje, milord.

Nicholas inclinó la cabeza a modo de despedida y salió de la habitación. En cuanto cerró la puerta se apoyó en ella, con el pulso un tanto acelerado. Había obtenido su pequeña venganza y, aunque había gozado con cada estocada, también se había sentido ruin, miserable. Hablarle de esa forma a una mujer, aunque fuese a una como ella, justo después de haberse acostado juntos, había supuesto un duro trance. Pero entonces recordó a Arthur, pensó en su hermana Evelyn, que ya jamás sería su esposa, en Julien y en la promesa incumplida, y en la noche en la que la baronesa Radford y su hija le habían robado su futuro. Todo lo anterior dejó de importarle. Con paso resuelto, recorrió el pasillo en dirección a su propio cuarto.

En unas horas, abandonaría aquel lugar para siempre.

4

Londres, abril 1824. Once años después

A Nicholas Hancock, conde de Sedgwick, le gustaba desayunar solo, y no le importaba levantarse un poco antes para poder disfrutar de ese pequeño privilegio. Mientras degustaba unos huevos con jamón y un panecillo untado con mantequilla, leía la prensa de la mañana, en concreto *The Times* y *The Observer*. En la casa se recibían otras publicaciones diarias, semanales y mensuales, en las que le gustaba sumergirse después de la cena, pero, para primera hora del día, prefería de lejos los dos periódicos más importantes de Londres.

Esa mañana, sin embargo, se veía obligado a acortar su pequeño ritual. La familia no tardaría en salir de viaje hacia Brighton para asistir a una fiesta organizada por el mismísimo rey Jorge IV. Los tres carruajes estaban ya preparados junto a la escalinata de la entrada y los criados bajaban con baúles y maletas, rompiendo el silencio acostumbrado de aquella hora. Le resultaba increíble la cantidad de cosas que debían transportar para un viaje de apenas dos días.

Su hermano Howard, a quien solo llevaba dos años, fue el primero en reunirse con él. Le saludó con una leve inclinación de cabeza y se dirigió hacia el aparador, donde se sirvió un generoso plato de huevos escalfados con tostadas. Tomó asiento a su derecha.

—¿Todo listo? —preguntó Nicholas.

—Beatrice está ultimando algunos detalles con su doncella —contestó Howard—. Se unirá enseguida a nosotros.

Unos minutos más tarde, Nicholas se levantó para recibir a su otro hermano, Patrick, y a la esposa de este, Evelyn. Nunca dejaba de asombrarle lo mucho que la joven se parecía a Arthur Chestney y, en su fuero interno, se alegró de no haber sido él quien la desposara. Le habría resultado en extremo doloroso despertar a diario junto a alguien que le recordara tanto la pérdida de su amigo. No obstante, le alegraba enormemente que ella formara parte de su familia porque, de algún modo, había conseguido cumplir la promesa hecha tantos años atrás. Y, lo que le hacía más feliz aún, ni siquiera había tenido que forzar aquel matrimonio. Solo había dirigido de forma sutil los pasos de Patrick, que había caído rendido a los muchos encantos de la muchacha. Formaban una hermosa y bien avenida pareja. Hacía poco más de dos años que habían celebrado el enlace y ya tenían un hijo de ocho meses, Henry, que se criaba junto a Brendan y Louise, sus otros sobrinos por parte de Howard. Si todo iba según lo previsto —y Nicholas Hancock no tenía motivos para sospechar lo contrario— su sobrino mayor, Brendan, que en ese momento solo contaba seis años, se convertiría en el sexto conde de Sedgwick. En el caso de que Nicholas falleciera antes de que alcanzara la mayoría de edad, el título recaería en Howard.

Evelyn tomó asiento junto a su esposo, que ocupaba la silla situada a la izquierda de Nicholas, como era su costumbre.

—Estoy nerviosa —reconoció la joven, con una risita.

—No debes estarlo, querida. —Patrick palmeó con cariño la mano que ella tenía extendida sobre el mantel.

—¿Es cierto que el rey y tú sois amigos, Nicholas?

—Más o menos, sí —respondió él, que prefirió no dar más detalles. Después del «desastre», como todos se referían a su desafortunado matrimonio, se había instalado en Londres y no había tardado en unirse a la camarilla del entonces regente, cuyas fiestas habían sido legendarias. Durante un tiempo incluso se había dejado arrastrar por aquella vida disoluta y llena de excesos, hasta que

Julien lo había sacado de ella. Su fiel Julien, el hombre que luego había convertido a su hermana Sophie en su esposa, cumpliendo así su parte de aquella promesa que a veces parecía un sueño lejano. También ellos parecían una pareja feliz. Su hermana estaba encinta del que sería el primer hijo de la pareja, y ni ella ni Julien asistirían a la fiesta del rey, cosa que Nicholas lamentaba profundamente.

—Imagino que no ha habido un cambio de planes, ¿verdad? —preguntó Patrick, dando un buen mordisco a su panecillo. Nicholas sabía que esa noche se celebraba un combate de boxeo en la ciudad, un deporte al que todos los hermanos eran muy aficionados, y que no se habría perdido si las circunstancias fuesen otras.

—¿Y por qué debería haberlo, querido? —Evelyn miró a su esposo y luego a Nicholas.

—¿No recuerdas que estuvo enfermo no hace mucho?

En febrero, el rey no había podido pronunciar su habitual discurso de apertura del Parlamento por motivos de salud.

—Al parecer se halla totalmente repuesto —contestó el conde.

—Si es para una fiesta, seguro que sí —ironizó Howard.

—Es mi primera aparición en público después de Henry —señaló Evelyn, que hacía alusión a su hijo de ocho meses.

—También la mía —bromeó su marido. Evelyn golpeó con su servilleta el antebrazo de su esposo.

—¿Tienes un vestido apropiado, Patrick? —Howard soltó una carcajada ante su propio chiste.

—Por supuesto —Patrick contestó aleteando las pestañas, una imagen ciertamente cómica que los hizo sonreír a todos—. Me lo ha confeccionado la misma modista que ha hecho el tuyo.

—*Touché* —replicó Howard.

Los tres hombres se levantaron cuando Beatrice entró en la estancia. Su cuñada era una mujer espigada y bien parecida, pero demasiado estricta para el gusto de Nicholas que, sin embargo, agradecía que llevase las riendas de la mansión Sedgwick. Desde que su madre se había instalado de forma definitiva con su tía Margaret precisamente en Brighton, era ella quien se ocupaba de todo. A Nicholas no le había parecido mal aquel cambio de papeles, teniendo en cuenta que su hijo estaba destinado a sucederle.

Beatrice dio los buenos días, se sirvió una pequeña ración de fruta y una tostada sin mantequilla, y ocupó la silla junto a Howard. Nicholas los observó a todos durante un instante. Aquella era su familia, o al menos una parte de ella. Sophie y Julien no vivían lejos y su madre, a pesar de la distancia, los visitaba con cierta frecuencia. Y luego estaba su abuela paterna, lady Claire Hancock, cuyo delicado estado de salud la mantenía en sus habitaciones de la planta baja. En los últimos años parecía haber perdido un poco la cabeza, confundía a sus nietos con sus hijos e incluso con sus hermanos, todos fallecidos, y hablaba sobre cuestiones tan alejadas en el tiempo que ni ellos las recordaban. La mansión era lo bastante grande como para que todos gozaran de espacio e intimidad y Nicholas poseía, además, un apartamento de soltero en Belgravia, donde podía refugiarse siempre que necesitara algo más de privacidad. Como cuando deseaba encontrarse con una mujer.

Ese pensamiento le trajo la imagen de la vizcondesa viuda Isobel Webster, su actual amante, con la que pensaba reunirse en unas horas.

*　*　*

Nicholas había visto los planos del Royal Pavilion y, hacía unos años, incluso había acompañado a Prinny —como sus amigos conocían al entonces regente— a dar un paseo mientras se llevaban a cabo las obras. El resultado final, sin embargo, lo dejó boquiabierto.

Bajó del carruaje y ayudó a su madre, Maud Hancock, condesa viuda de Sedgwick, a bajar de él. Con ella del brazo, recorrió los metros que lo separaban de la puerta principal, donde varios invitados contemplaban también aquella monumental obra llevada a cabo por el arquitecto favorito del rey, John Nash. Una enorme cúpula en forma de cebolla coronaba el edificio, que parecía extraído de un cuento de *Las mil y una noches*, una sensación que se veía acentuada con las celosías y columnas que adornaban la fachada.

En el interior, la influencia oriental, tanto china como india, se dejaba ver en muebles, alfombras y decoraciones, dominadas por rojos, dorados y azules. Su madre incluso se inclinó a observar de cerca las ramas y hojas pintadas directamente sobre los muros. Nicholas ni siquiera se atrevió a imaginar la ingente cantidad de libras que habría costado todo aquello.

—Esto es una extravagancia —señaló la mujer, en un susurro.

—Los reyes pueden permitirse ser extravagantes, madre —repuso él. Jorge IV era conocido por sus excentricidades y sus escándalos financieros, así es que aquello no le sorprendía lo más mínimo.

—Que puedan hacerlo no implica que deban, querido.

Tras él, escuchó los comentarios de Beatrice y Evelyn, la primera en el mismo tono admonitorio que su madre, y la segunda, fascinada por aquel despliegue de sofisticación. Nadie parecía indiferente en aquel escenario. Vio, a solo unos pasos de ellos, al conde de Liverpool —a la sazón Primer Ministro de Inglaterra— y a su segunda esposa, que parecía tan encandilada como su joven cuñada. Y algo más allá, al duque de Molloy, en compañía de su esposa y de sus dos hijas, también murmurando junto a otro mural.

La gente se movía despacio, deteniéndose a cada paso en su camino hacia el salón de banquetes, que Nicholas sabía era una de las estancias más suntuosas de aquel palacio. Cuando finalmente llegaron a él, no se sintió decepcionado. Era tal y como Prinny le había descrito: enorme y excesivo. Del techo, en forma de cúpula y adornado con un dragón, colgaba una espectacular lámpara adornada con flores de loto de cristal, rodeada de otras cuatro situadas en las esquinas. Las mismas figuras florales ornamentaban las paredes, decoradas con murales, molduras y cortinas.

Distinguió a Isobel que, como siempre, acudía acompañada de su prima Edora, la hija del marqués de Forworth, quien se había convertido en su carabina oficial. Edora superaba ya los veintiocho años y, por inexplicable que le pudiera parecer a él y a todos, había decidido rechazar cuantas propuestas de matrimonio había recibido a lo largo de la última década, y a Nicholas le constaba que habían sido muchas. De hecho, su hermano Howard había sido uno de los primeros en intentar cortejarla antes de recibir un rotundo no por parte de ella. Por fortuna, se había recuperado pronto de su maltrecho orgullo y había puesto las miras en otra joven debutante: Beatrice.

Nicholas se disculpó con su familia y fue a saludar a las dos mujeres. Isobel había clavado en él su mirada al verle entrar por la puerta, y no la había desviado ni un instante. Nicholas la conocía bien. Hacía casi ocho meses que eran amantes y podía leer en aquellos ojos color miel como en su propia piel. A medida que se aproximaba, sintió cómo su sangre se calentaba ante las promesas que encerraba aquel lenguaje secreto entre ambos.

—Buenas noches, miladies —saludó al llegar, y besó la mano de las dos damas con la debida cortesía, aunque retuvo la de Isobel un poco más.

—Milord, es un placer verle de nuevo. —Edora sonrió y Nicholas pensó, no por primera vez, que era una mujer bastante hermosa.

—Confío en que el viaje desde Londres haya resultado agradable, milord —apuntó Isobel, que aleteó sus largas pestañas.

—No demasiado, aunque sin duda ha merecido la pena. —Nicholas deseó encontrarse a solas con aquella mujer para hundirse en su boca una vez más, en lugar de rodeado de un montón de invitados que pululaban por la sala.

—Es usted un adulador.

—Solo si la ocasión lo merece.

—¿Se aloja en Brighton, milord? —preguntó Isobel, como si no supiera ya aquella información.

—Compré una casa aquí hace años, cuando el rey visitaba la zona con frecuencia —respondió no obstante, incluyendo a Edora en la conversación—. Ahora la ocupan mi madre y mi tía, y he de decir que este clima les sienta de maravilla.

Muchos nobles habían adquirido una propiedad en las cercanías, el padre de Edora entre ellos, y era allí donde ambas se alojaban. Habría resultado impropio que él se colase en la mansión Forworth para mantener un encuentro furtivo con Isobel, y citarse en casa de su madre quedaba también descartado. No es que su relación fuese del todo secreta, pero habían decidido llevarla con la mayor discreción para evitar un posible escándalo. Esa noche no podrían disfrutar el uno del otro, pero no faltarían ocasiones a su regreso a Londres, algo que Nicholas estaba deseando que sucediera.

Se despidió de las jóvenes hasta después de la cena y volvió a reunirse con su familia. Su Majestad Jorge IV no tardó en hacer acto de presencia y Nicholas lo encontró claramente desmejorado. Parecía haber aumentado aún más de peso y cojeaba un poco al andar, lo que indicaba que la gota que padecía no había mejorado en absoluto. Iba acompañado por William Cavendish, sexto duque de Devonshire, uno de sus más queridos amigos. Había participado incluso en su ceremonia de coronación, tres años atrás, aunque Nicholas era incapaz de recordar el papel que había desempeñado en ella. ¿Portaba el orbe, quizá? El duque padecía una ligera sordera y no se prodigaba mucho en fiestas ni actos sociales, excepto si el rey estaba presente. A Nicholas nunca dejaba de sorprenderle la amistad que parecía existir entre ambos. Cavendish era de su edad, y el rey pasaba ya de los sesenta. El duque era alto, elegante, inteligente y bien parecido, todo un partido —a pesar de su falta de oído— que ninguna dama había logrado aún atrapar. No en vano se había ganado el sobrenombre de El Duque Soltero. Nicholas había oído comentar que, años atrás, se había enamorado de una mujer, lady Caroline Lamb, una prima suya que había decidido casarse con otro y que más tarde se había convertido en amante de lord Byron. Al parecer, Devonshire jamás había superado aquel trance. Nicholas lo lamentaba, porque le parecía un hombre notable, gran aficionado a la horticultura y un inestimable apoyo para los *whigs* en el Parlamento. A Nicholas le gustaba presumir de su independencia con respecto a los dos bandos que parecían dominar la vida política, aunque era cierto que votaba con los *whigs* con más frecuencia que con los *tories*.

Tras los saludos de cortesía iniciales, los invitados tomaron asiento en las largas mesas y disfrutaron de una cena compuesta por casi una cincuentena de platos, lo que a su madre le pareció el culmen del despilfarro. Nicholas prefirió no contarle que, en enero de 1817 y en ese mismo pabellón, aún no remodelado, había asistido a una cena en honor al Gran Duque Nicolás de Rusia compuesta por un centenar de preparaciones orquestadas por el que era entonces el chef del regente, Antonin Careme. Mientras degustaba un delicioso faisán a la trufa, se preguntó dónde andaría el famoso cocinero francés, que había abandonado a Prinny tras su coronación.

Nicholas, como la mayoría de los asistentes, se limitó a picotear un poco de cada plato y algunos regresaron a las cocinas intactos. De vez en cuando, intercambiaba alguna mirada cargada de intenciones con Isobel, sentada en diagonal media docena de sillas más allá, y charlaba con sus vecinos más próximos sobre temas comunes e inofensivos. Con buen criterio por parte del organizador de la velada, habían dividido a los invitados para que los más allegados no ocupasen asientos contiguos a fin de favorecer las conversaciones.

Tras la opípara cena, el rey guio a sus invitados hacia el Gran Salón, que también había sido restaurado y que ocupaba justo el espacio situado bajo la cúpula que habían contemplado en el exterior. Grandes espejos y pesados cortinajes rojos y dorados cubrían las paredes, y una enorme chimenea presidía la estancia. En un extremo aguardaban ya los músicos, que comenzaron a interpretar una pieza en cuanto el rey cruzó las puertas. Este, ignorando tanto su obesidad como las molestias de la gota que padecía, inauguró el baile de la mano de su cuñada Adelaida de Sajonia-Meiningen, esposa de su hermano Guillermo, duque de Clarence y St. Andrews. El monarca había enviudado de su nada apreciada esposa pocas semanas después de ser coronado en la abadía de Westminster, en julio de 1821, y no era infrecuente que la duquesa Adelaida actuara como anfitriona en las cada vez más escasas apariciones públicas de Jorge IV. Muy pronto, el salón se llenó de nuevas parejas y el rey se retiró, como era su costumbre, a una esquina de la sala. Allí se había habilitado una tarima para que el monarca pudiera disfrutar de la velada sin participar activamente en ella.

Nicholas bailó primero con su madre y luego fue a buscar a Isobel. Sentir de nuevo el cuerpo de aquella mujer entre sus brazos le hizo bien a su alma, y disfrutó del breve encuentro como un joven debutante en su primer año. Bailó después con Edora y luego con sus dos cuñadas antes de repetir con Isobel, a quien acabó llevando a un apartado rincón para robarle unos cuantos besos que le hicieron hervir la sangre.

A Nicholas le encantaba la música y le gustaba bailar, y lo hacía francamente bien, según decían. Era una sensación extraña y placentera dejarse mecer por las notas de los violines, como si sus pies, más que deslizarse, flotaran, sin notar siquiera la ausencia de dos dedos en uno de ellos. Como hombre casado que era, podía permitirse el lujo de invitar a cuantas debutantes con pocas posibilidades hubiera en cualquier fiesta, lo que las hacía sentir importantes por unos minutos y a él le permitía alargar un poco más aquel inconfesable placer. Siempre procuraba, no obstante, no excederse en demasía, aunque se quedase con ganas de más, todo por no llamar la atención de los siempre puntillosos nobles.

Tras acompañar a su sitio a una joven bastante insulsa, pero con un sentido del ritmo encomiable, se dirigió a la mesa de refrigerios con la intención de refrescarse un poco. Su mirada se cruzó con la del rey, que parecía estar disfrutando de la velada y que le hizo un gesto con la mano. Nicholas, solícito, acudió a su encuentro.

—Alteza. —Inclinó la cabeza con respeto.

—Déjate de monsergas y siéntate un rato conmigo.

—Por supuesto, Alteza. —A Nicholas le sorprendió que el monarca se encontrara solo, cuando era frecuente verlo rodeado de amigos, aduladores y arribistas.

—Prinny, Nicholas.

—No sé si es adecuado llamarle así en una fiesta como esta.

—Hace casi una década que nos conocemos, Hancock, y hemos compartido más de una buena juerga, ¿o acaso lo has olvidado?

—En absoluto, Señor. —Había recuerdos de aquella época que Nicholas preferiría incluso no poseer.

—Hace mucho que no tenemos el placer de disfrutar de tu compañía. Windsor no está tan lejos, ¿lo sabías?

Jorge IV vivía prácticamente recluido —aunque no alejado de

los asuntos políticos— en el castillo de Windsor en compañía de su amante más reciente, lady Elizabeth Conyngham, cuyo marido había recibido unos años atrás el título de marqués.

—Será un honor acudir a visitaros, Majestad.

—Bien, bien.

Siguió la dirección de la mirada del rey, que parecía haberse desentendido de él para contemplar embelesado a una joven belleza que bailaba con un caballero que le resultaba desconocido. Había más de cien personas allí, no era extraño, pero le incomodó el brillo lascivo que vislumbró en las pupilas del monarca. Esperaba que no decidiese convertir a aquella muchacha inocente en una de sus amantes. A saber a quién iba a ofender si lo hiciera.

Por fortuna, el duque de Devonshire hizo acto de presencia, interrumpiendo a buen seguro los pensamientos del rey, y Nicholas se congratuló por ello. Sin embargo, no venía solo. Una pareja de cierta edad le acompañaba. Él era marqués, aunque no lograba recordar su nombre, y formaba parte del grupo *tory*. Era un venerable anciano, con una prominente barriga y unas largas y tupidas patillas blancas que contrastaban con el peluquín oscuro que llevaba, con poco acierto, sobre la cabeza. Su esposa era un poco más bajita que él, pero casi con la misma complexión física.

Devonshire los presentó y ambos saludaron al rey, a todas luces satisfechos con el honor que les hacían. Departieron durante unos minutos con el monarca, mientras Nicholas sopesaba la idea de marcharse. Finalmente decidió que sería una descortesía por su parte y prefirió esperar. El conde de Liverpool, que se había aproximado a la tarima, intercambió unas breves palabras con el rey, momento que Devonshire aprovechó para girarse hacia él y llevar a cabo las debidas presentaciones.

—¿Lord Sedgwick? —preguntó el anciano, mirándole por encima de sus anteojos.

—Sí, en efecto, creo que hemos coincidido en alguna ocasión en el Parlamento.

—¿Es el mismo lord Sedgwick que posee una propiedad en Hereford? —preguntó de nuevo, y Nicholas sintió cómo su sangre se helaba ante la sola mención de aquel lugar. Comprobó que el rey estaba pendiente de la conversación tras haber despedido rápidamente a Liverpool.

—Eh, sí.

—Oh, es un placer conocerle, milord. —El viejo sacudió su mano con energía—. Su esposa fue extraordinariamente amable con nosotros.

—¿Mi... esposa?

—Sufrimos un percance en Hereford hace unos meses, nada grave, no tema —siguió hablando el hombre, que de repente parecía haber olvidado que se encontraba frente al mismísimo rey de Gran Bretaña—. Su esposa y aquel caballero que la acompañaba acudieron en nuestro auxilio y nos ofrecieron cobijo. Fue muy amable.

—La condesa es una mujer encantadora, milord —apuntó la señora, con una sonrisa que Nicholas se vio obligado a devolver.

—Hummm, sí, gracias.

Devonshire intervino en ese momento, alejando a Nicholas de un posible desastre. ¿Hereford? ¿Su esposa? ¿Y quién era aquel caballero al que se referían? Le habría gustado interrogarles de forma discreta un poco más, pero los ancianos se despidieron y el duque se fue con ellos.

—Había olvidado que estabas casado, Hancock —dijo entonces el rey.

—Eh, sí, yo también.

—Creo que aún no conozco a tu *encantadora* esposa. —Jorge IV sonrió con picardía.

—Es mejor así.

—Permíteme que discrepe.

Nicholas se mordió la lengua, deseando encontrar rápidamente un tema de conversación que lo alejase de las aguas pantanosas que, de repente, sentía bajo los pies.

—En junio estaré en Londres para la clausura del Parlamento y Devonshire dará una fiesta en mi honor. Espero poder contar con tu presencia.

—Por supuesto, Alteza, será un honor.

—Y con la de tu esposa.

—Eh... la condesa, como bien sabéis, no goza de buena salud y por eso vive en el norte, donde el clima...

—Hancock —le interrumpió el monarca, con un tono de voz que Nicholas conocía muy bien—. Espero veros a ambos en junio. No creo que una breve estancia en la ciudad resulte tan perjudicial para ella y, en caso de que así sea, contamos con excelentes médicos, por si no lo sabías. De hecho, si lo crees necesario, te cederé con gusto a uno de los míos. Me tienen martirizado con tantos tratamientos.

—No... no será necesario, Alteza.

—Perfecto. —El rey asintió con satisfacción—. Ahora ve a divertirte, muchacho, tú que aún puedes.

Jorge IV hizo un ademán con la mano que no daba lugar a equívocos y Nicholas se levantó y bajó de la tarima, sintiendo que su vida había dado un vuelco inesperado y, a todas luces, inevitable.

5

Nicholas apenas pudo pegar ojo en toda la noche. Cada vez que recordaba la breve charla que había mantenido con el rey se le helaba la sangre. ¿Cuánto tiempo hacía que no pensaba en aquella mujer? ¿Que no la mencionaba ni siquiera ante su propia familia? Recordó con cierto resquemor su último encuentro y el modo en el que había abandonado su propiedad. Durante las primeras semanas, estuvo convencido de que ella encontraría el modo de llegar a Londres y se regodeó con la idea de volver a dejarle claro cuál era su lugar. Pero, para su sorpresa, no había sucedido así en absoluto. Con el tiempo, simplemente, dejó de pensar en ella, como si jamás hubiera existido.

Todo el mundo estaba convencido de que Madeleine Hancock, condesa de Sedgwick, tenía una salud delicada y que el clima de Herefordshire era el más benigno para su dolencia. Eso habían contado todos los miembros de la familia durante los primeros meses, hasta que amigos y conocidos dejaron de preguntar por ella, aceptando aquella vaga explicación. No era el primer miembro de la nobleza que mantenía a su esposa legítima lejos de él.

Estuvo distraído todo el día siguiente, en el viaje de regreso a la ciudad y también esa noche, durante su encuentro con Isobel, menos fogoso de lo acostumbrado. Ella lo notó distante, pero no hizo comentario alguno. Ambos habían establecido los términos de su relación de manera muy clara. Eran amantes, pero no se debían nada el uno al otro y cualquiera podía finalizar la relación sin necesidad de justificarse. Era un acuerdo que convenía a ambos. Él era generoso, muy generoso de hecho, y ella era una compañera agradable y cálida. Nicholas le tenía afecto, por supuesto, no era un salvaje, pero jamás le habría permitido inmiscuirse en ningún asunto relacionado con su carrera política, con sus finanzas o, mucho menos, con su familia. Y aquel era un asunto familiar, por más que le pesase.

Aun así, había ocasiones en las que descubría a Isobel mirándole de una forma extraña, con algo que iba más allá del afecto y que lo hacía sentirse incómodo. Intuía que la mujer había comenzado a albergar sentimientos más profundos hacia su persona, aunque no era más que una intuición, porque ella se comportaba del mismo modo y entre ellos jamás se había pronunciado la palabra amor. Se preguntó cómo reaccionaría ante la noticia de que su esposa —una palabra que aún era incapaz de pronunciar sin atragantarse— fuese a pasar una temporada en Londres, por muy corta que esta fuera. Ella sabía que él estaba casado, aunque jamás hubieran hablado sobre el asunto.

Durante un par de días estuvo valorando la posibilidad de inventarse una nueva treta para excusar la ausencia de la condesa de Sedgwick, pero conocía al rey, y sabía que no la aceptaría de buen grado. Nicholas era lo bastante inteligente como para saber que no se le podía hacer un desplante de esa envergadura a uno de los hombres más poderosos del mundo, así es que aquella tarde tomó papel y pluma y escribió una escueta nota que, supuso, acabaría con su problema.

Se requiere tu presencia en Londres a mediados de junio para asistir a una velada por petición expresa de su Alteza el rey Jorge IV.

NICHOLAS HANCOCK, conde de Sedgwick

Sin encabezamiento, sin fórmula de cortesía a la hora de despedirse... nada, simplemente una orden clara y concisa que esperaba que ella cumpliese sin rechistar y, con toda probabilidad, con cierta premura. ¿Cuánto tiempo habría estado aguardando una misiva como aquella, que le otorgase permiso para viajar a la ciudad y lucirse por primera vez como condesa? Ya se ocuparía él de que su estancia fuese lo más breve posible y de que no albergase duda alguna de que aquello se trataba solo de un acontecimiento excepcional que, de ningún modo, le otorgaba el derecho a permanecer en Londres más allá de lo que él considerase oportuno.

Luego pensó en cómo comunicar la noticia al resto de su familia y decidió que aún había tiempo. Primero debería ser él quien se hiciese a la idea. Faltaban casi dos meses y tenía cosas más importantes de las que ocuparse, entre ellas varios proyectos que se estaban debatiendo en el Parlamento y que requerían de toda su atención.

La respuesta no se hizo esperar y Nicholas tuvo que releerla hasta en tres ocasiones para recuperarse de la impresión. Al igual que él, ella había obviado cualquier fórmula de cortesía a la hora de redactar la nota.

Lamento profundamente declinar su invitación, pero mis muchas obligaciones me impiden ausentarme de Blackrose Manor en las fechas que solicita. Transmita mis más sinceras disculpas a su Alteza.

MADELEINE HANCOCK, condesa de Sedgwick

¿Sus obligaciones? ¿Qué obligaciones? ¿Y cómo se atrevía a desobedecer una petición suya, sin un motivo que lo justificase? Nicholas crispó las manos. Pensó en redactar una nueva carta exigiendo su presencia, llena de amenazas y de cuantos argumentos pudiera hallar a su alcance para doblegarla, pero decidió tomarse unos minutos.

«Tranquilo, conserva la calma», se dijo, obligándose a relajar los hombros y a respirar de forma acompasada.

En honor a la verdad, debía reconocer que su nota inicial había sido tosca en exceso y que era muy probable que el tono y las formas la hubieran molestado. A saber cuántas cartas le habría escrito ella a lo largo de los años sin que él se hubiese dignado siquiera leerlas, mucho menos contestarlas. Eso no justificaba, por supuesto, que ella se negara abiertamente a cumplir un sencillo mandato, pero lo hacía más entendible. De repente, sintió curiosidad por conocer el contenido de esa correspondencia. Tal vez allí encontrara alguna pista que le indicara el mejor modo de proceder.

Comprobó que pasaban de las diez de la noche, aunque eso no fue impedimento para llamar a Miles, el mayordomo, que llevaba con ellos desde que Nicholas podía recordar. Si al hombre le sorprendió ser requerido a una hora tan tardía no dio muestras de ello.

—¿Podría entregarme la correspondencia de la condesa, Miles?

—Eh... me temo que no le comprendo, milord. Todas las cartas dirigidas a la condesa se envían a diario a Brighton.

—No me refiero a mi madre. Me refiero a... mi esposa.

—¿Su esposa, milord? —Miles abrió los ojos, como si de repente él también hubiera recordado que su señor estaba casado.

—Hace años le pedí que guardara cualquier carta que ella enviara a esta casa, sin comunicarme siquiera que se hubiera recibido. ¿Lo recuerda?

—Por supuesto, milord. Con absoluta claridad.

—Bien, ahora me gustaría que me las entregara.

—No... no hay ninguna carta, milord.

—¿Cómo que...? ¿Qué ha hecho con ellas? ¡No le dije que las destruyera!

—Yo no hice tal cosa, milord. Es que... no ha llegado ninguna. Hasta hoy.

—¿Ninguna? Pero... ¡eso no es posible!

—Yo me ocupo de revisar el correo a diario, milord, y lo recordaría.

Nicholas se dejó caer contra el respaldo de la silla, totalmente confundido. ¿Ninguna carta? ¿En once años? De repente recordó algo. Él le había dejado muy claro que cualquier comunicación debería realizarla a través de su administrador, Barry Dawson, a quien había dejado similares instrucciones.

—Pida que preparen mi carruaje, Miles.

—Enseguida, señor.

Tampoco esta vez tuvo en consideración la hora que era. Aquel asunto se había convertido en algo urgente, inaplazable. Con ese ánimo golpeó con el pomo de su bastón la puerta de aquella casa en Holborn, un sonido que reverberó en el silencio de las calles. Fue necesario un segundo intento para que se encendiera una luz en el interior de la casa, y algunas más en los edificios colindantes. Sin duda, su visita nocturna iba a ser la comidilla del barrio en los próximos días. Un Barry somnoliento y ataviado con una gruesa y cálida bata le abrió la puerta.

—¡Milord! ¿Ocurre... ocurre algo?

—¿Puedo pasar?

Su tono de voz sonó urgente, tanto que su administrador pareció despertarse de golpe.

—Por supuesto, señor. —Dawson se hizo a un lado y Nicholas cruzó el umbral.

Una vez en el recibidor, Nicholas alzó un poco la vista y contempló, al final de la escalera, los pies desnudos de la que supuso sería la esposa de su administrador. Se sintió culpable. ¿Acaso no podía haber esperado unas horas para realizar aquella visita?

Dawson dirigió unas palabras tranquilizadoras a su cónyuge y guio a Nicholas hasta el despacho que tan bien conocía. El hombre encendió algunas lámparas y ocupó su lugar habitual tras la enorme mesa de caoba. Pese a su indumentaria, logró transmitir un aura de profesionalidad que tranquilizó los ánimos de Nicholas.

—Hace unos años, tras mi... matrimonio, le pedí que guardara cualquier correspondencia proveniente de la condesa de Sedgwick. ¿Se acuerda?

—Desde luego, milord.

—Necesito esas cartas ahora. Sobre todo las que iban dirigidas a mí.

—Yo... —Dawson carraspeó—. No hay ninguna dirigida en concreto a usted, milord.

Nicholas se mordió los carrillos.

—¿Cuántas hay?

—Dos.

—¿Se trata de una broma?

—Eh, en absoluto, señor. Son solo dos cartas, y ambas muy antiguas, si me permite decirlo.

—¿Cómo de antiguas?

—Una está fechada en 1814, y en ella la condesa comunicaba su intención de despedir al administrador de la finca —recitó Dawson. Nicholas siempre había admirado su gran capacidad para recordar casi cualquier cosa que hubiera leído.

—¿Se atrevió a despedir a Powell?

—Y a su esposa.

—¡Maldita sea! ¿Y qué hizo usted para impedirlo?

—Nada, milord. Usted le otorgó plenos poderes sobre aquella propiedad, y eso incluía el personal adscrito a ella. Además, le recuerdo que insistió mucho en el hecho de que no quería saber nada relacionado con aquel... asunto, a menos que la propiedad ardiera hasta los cimientos.

—¡Pero despidió a mi administrador! —Su mal humor empeoraba por momentos—. ¿Y la segunda carta?

—La segunda está fechada en otoño de 1815 y en ella expresaba su deseo de dejar de percibir la renta que usted le había asignado.

—¿No le está usted enviando la cantidad que estipulé?

—Así es, milord.

—¿Pero... cómo...? —Nicholas se levantó de la butaca que había ocupado hasta ese instante, con la cabeza dándole vueltas. Aquello era una pesadilla—. Quiere decir que sus únicos ingresos provienen de las rentas que percibe de la propiedad, ¿es así?

—Eso creo, sí.

—Pero eso, incluso con algún arrendatario más, no debe de ser mucho. ¿Me equivoco?

—Desconozco esa información, milord.

—¿La desconoce? ¿Acaso no lo mantiene informado de su situación financiera?

—No tiene la obligación.

—¿Y en 1816? Aquel año fue terrible, como bien recuerda. Es imposible que sobreviviera a aquello sin ayuda.

—Me temo que no puedo decirle nada más, señor.

Nicholas no salía de su asombro. Su mujer llevaba casi una década sin percibir la renta que él le había asignado, ni pedir ayuda en los tiempos difíciles. Y 1816 había sido, sin lugar a dudas, el año más terrible de cuantos recordaba. Durante el que ya era conocido como «el año sin verano», las cosechas no habían madurado, los animales que ya habían sido esquilados murieron de frío por inesperadas nevadas en los habituales meses cálidos, las lluvias torrenciales habían anegado campos y ciudades, y las violentas tormentas de granizo habían destrozado árboles, cultivos y viviendas. A la hambruna siguieron los disturbios y luego los episodios de cólera y tifus. Muchos propietarios perdieron grandes fortunas aquel año sin verano; hasta él tuvo que hacer frente a grandes pérdidas. Y su esposa, mientras tanto, ni siquiera había enviado una nota solicitando que le fuera restituida la renta para sobrellevar aquella época terrible.

Las palabras del anciano en la fiesta de hacía unos días en Brighton volvieron a él. Había hablado de un caballero que parecía acompañar a su esposa. Una terrible sospecha se asentó en su corazón y comenzó a extender sus tentáculos. ¿Quién diablos estaba manteniendo a su mujer?

Abandonó la casa de Dawson con la furia mordiéndole las pantorrillas y llegó a su casa presa de la conmoción. Se retiró a su cuarto, solo para pasar el resto de la noche recorriendo aquella habitación de un lado a otro, con el alma temblando.

A la mañana siguiente mandó ensillar a su mejor caballo y, tras dejar una nota a su familia y otra a Isobel alegando un asunto de negocios urgente, abandonó Londres como si el mundo fuera a acabarse en unas horas.

Los caminos habían mejorado en los últimos años y pudo realizar el viaje en algo menos de tiempo pero, aun así, se vio obligado a pernoctar en varias ocasiones. ¿Por qué diantres había tenido que mantenerla tan lejos? Lo que en su momento le pareció una excelente idea ahora se volvía en su contra.

Cerca ya de su destino decidió tomar un camino secundario. Era un poco más largo, pero le evitaría tener que cruzar el pueblo y verse obligado a detenerse. Apenas prestó atención al paisaje que atravesaba como si fuese una ráfaga de viento.

Cuando se internó al fin en la alameda que conducía a la finca, refrenó su montura. Los árboles podados y los márgenes limpios hablaban de prosperidad, una sensación que se disparó en cuanto alcanzó el muro de la finca, totalmente restaurado. Cruzó la verja, también nueva y a todas luces de buena calidad, y llegó al patio, incapaz de creer lo que veían sus ojos. La vieja y deteriorada casona presentaba un aspecto limpio y pulcro, con las ventanas brillando bajo el sol de la tarde, y sin ninguna señal evidente de los abundantes desperfectos que había contemplado la primera vez.

En medio del patio había una dama con un vaporoso vestido de muselina amarillo. Estaba de espaldas a él y hablaba con un hombre mientras ambos estudiaban unos papeles que este sostenía entre las manos. Sin duda era un empleado, o tal vez alguien del pueblo, en ningún caso un caballero ni nadie capaz de costear las obras que, resultaba evidente, se habían llevado a cabo. El hombre se despidió y se alejó sin mirar atrás. Ella se dio la vuelta.

Nicholas tragó saliva. Frente a él se erguía, majestuosa y tan hermosa como una tarde de primavera, la condesa de Sedgwick. Su cabello, de un tono mucho más oscuro que antaño, brillaba bajo el sol del mediodía. Sus formas se habían redondeado y ahora era voluptuosa y exquisita, con un rostro diáfano en el que brillaban sus grandes ojos verdosos. Ella le sostuvo la mirada sin ningún tipo de pudor y Nicholas comprendió que aquella mujer que tenía ante él no era la Madeleine que había dejado tras de sí hacía once años.

—Ha tardado mucho en regresar —le dijo ella, con un tono de voz firme y al mismo tiempo de una profundidad que le sorprendió.

Nicholas la contempló, y luego volvió a mirar su vieja propiedad, totalmente irreconocible.

¿Qué diablos había sucedido allí?

6

Blackrose Manor, condado de Hereford, otoño 1813.
Once años atrás

En cuanto se cerró la puerta, Madeleine lloró todo lo que un alma humana puede llorar sin despegarse del cuerpo. Acababa de acostarse con su esposo, el hombre que debía cuidarla y protegerla, y había sido un instante breve pero intenso, cargado de emociones. Y luego él se había levantado y la había tratado como a una cualquiera, peor, como a un enemigo derrotado al que estaba dispuesto a humillar.

Cuando al fin logró tranquilizarse se convenció de que aquello solo era una baladronada, que a la mañana siguiente Nicholas Hancock partiría hacia Londres llevándola consigo, como debía ser. Que quisiera dejarla allí se le antojaba un despropósito. ¿Qué excusa para explicar su ausencia podría esgrimir ante sus iguales una vez que regresara a la ciudad? No, sin duda aquello solo se trataba de una venganza pueril, aunque dolorosa, de un joven que se había visto atrapado por unas circunstancias que le habían superado. Con ese pensamiento logró al fin conciliar el sueño, un sueño intermitente y angustioso que dibujó sombras bajo sus ojos.

A la mañana siguiente, unos golpes en la puerta la hicieron incorporarse de golpe y se quedó sentada sobre la cama. El conde, sin duda. Casi se dejó llevar por el deseo de negarse a responder, pero consideró que no era oportuno tentar a la suerte y dio permiso para entrar.

La joven criada de la casa, Nellie, entró con la bandeja del desayuno y se detuvo a pocos pasos del lecho, con gesto contrariado. Era una muchacha menuda, no mucho mayor que Madeleine, de cabello castaño y ojos grises, con el párpado izquierdo algo más bajo que el derecho y que dotaba a su rostro de una llamativa asimetría. Era tímida y algo apocada, como ya había comprobado el día anterior, y hablaba en un tono de voz tan bajito que Madeleine se veía obligada a esforzarse para entenderla.

—Disculpe, milady, creí que ya estaría levantada.

Madeleine comprobó la hora en el reloj que había situado sobre la chimenea y vio que ya eran las diez pasadas. Al final había dormido más de lo que esperaba.

—¿El señor ya ha desayunado? —preguntó como al descuido, mientras se bajaba de la cama.

—Milord partió hacia Londres a caballo hace al menos dos horas —anunció la muchacha—. El carruaje le siguió un rato después.

Madeleine, de espaldas a ella, cerró los ojos con fuerza y se apoyó brevemente contra el lateral de la cama. Así es que, al final, se había marchado dejándola allí, sin posibilidad alguna de regresar por su cuenta. Dio un par de bocanadas profundas y se esforzó por presentar un aspecto distendido. Indicó a Nellie dónde dejar la bandeja, luego esta encendió el fuego y desapareció. De nuevo a solas, se mordió los labios para no dejarse vencer por el llanto y se sentó a tomar el desayuno, dos tostadas demasiado quemadas, unos huevos revueltos medio crudos y un cuenco de fruta troceada, lo único que pudo comer. Luego se aseó, se vistió y se quedó sentada en el sillón, junto a la ventana, por si acaso Hancock cambiaba de opinión a mitad de camino y regresaba a por ella. Era un pensamiento absurdo, lo sabía muy bien, pero igual de absurda era la idea de que ella tuviera que permanecer allí hasta que él le diera permiso para moverse. «Permiso», se dijo, como si fuese una esclava.

Al otro lado de la ventana caía una llovizna que hacía refulgir los extensos campos que se extendían hasta la línea del horizonte, y las ráfagas de viento azotaban las copas de los árboles y los arbustos distribuidos por el jardín, altos y salvajes. De vez en cuando, giraba la cabeza en dirección a la chimenea y al reloj que descansaba sobre la repisa. El tiempo parecía haberse ralentizado. «Ahora miraré y ya será mediodía», se dijo, para comprobar solo un instante después que aún no habían dado siquiera las once.

Para entretenerse, desempacó sus cosas, quizá su estancia en aquel lugar aún se alargaría unas horas, unos días, tal vez incluso más. No había llevado demasiada ropa, y apenas nada para entretenerse. En unos minutos había guardado todo lo que llevaba consigo y volvió a sentarse en el sillón. Las manecillas del reloj tampoco se habían movido de forma perceptible, como si se hubieran enredado la una con la otra y se entorpecieran mutuamente el avance.

Cuando llegó la noche, se sentía derrotada, y ni ánimos tuvo para comer más que un par de cucharadas de una sopa insípida y grasienta. Se había pasado la tarde allí sentada sin nada que hacer, con el estómago hecho un puño y un terrible presagio sobrevolando su cabeza. Se acostó temprano, con la esperanza de que, al día siguiente, tal vez todo sería distinto.

*   *   *

Durante unos días, su rutina apenas varió. Luego ni siquiera sería capaz de recordar en qué ocupó su tiempo durante aquel período, que acabó convertido en una nebulosa de lluvia y angustia. Al final, cuando comprendió que su estancia en aquella casa se alargaría, decidió que había llegado el momento de conocer el lugar en el que debía permanecer prisionera.

Esa mañana, abandonó su habitación al fin, y fue como salir al exterior. La casa estaba helada. Exhaló un par de veces y vio cómo las nubes de vaho se formaban frente a sus labios. Bajó las escaleras con cierto embarazo y encontró a Nellie, la única persona con la que había mantenido contacto desde su llegada, quitándole el polvo a los muebles del recibidor. En cuanto la vio, la criada la saludó con una pequeña reverencia.

—Siento interrumpirte, Nellie. ¿Serías tan amable de mostrarme la casa? —le preguntó.

La joven lanzó una rápida mirada hacia el fondo del pasillo, donde Madeleine intuyó que se encontraba la cocina, como si esperara autorización de alguien más. ¿La cocinera, quizá? ¿El administrador? No había vuelto a verlos desde el día de su llegada, aunque tampoco sentía un interés especial en hacerlo.

—Por supuesto, milady —accedió al fin.

La muchacha dejó el trapo sobre el aparador y la guio por las dependencias. En el piso de abajo, cerca de la entrada, había una salita para atender a las visitas, seguida de un salón de grandes dimensiones y del comedor en el que había cenado la primera noche con su esposo, una noche que, de momento, había decidido no rememorar. También le mostró la biblioteca, una estancia de considerable tamaño forrada de estanterías y con una enorme mesa cerca del ventanal. A Madeleine le entristeció comprobar que los estantes estaban casi vacíos, solo cuatro baldas contenían libros y decidió que más tarde les echaría un vistazo. Así tendría algo que hacer. Todas las habitaciones presentaban un aspecto decadente, con las alfombras descoloridas y los muebles avejentados. Hasta los cortinajes parecían acumular el polvo del tiempo. Por eso le extrañó tanto el aspecto del despacho, situado al otro lado de la puerta principal, frente a la salita. Los muebles brillaban, el fuego estaba encendido y la alfombra parecía recién colocada. Observó varios libros de cuentas y fajos de papeles e intuyó que allí era donde trabajaba el administrador y donde seguramente se había reunido con el conde el día de su llegada.

La última estancia de la planta baja que visitó fue la cocina, donde la señora Powell se afanaba desplumando un pollo sobre una mesa que tenía muchos menos años que el resto de los muebles de la mansión. Y la temperatura era más que agradable, en comparación con el resto de la casa. ¿Allí hacía siempre tanto frío?

La mujer la saludó con una breve inclinación de cabeza y una mirada un tanto aviesa que Madeleine prefirió ignorar. Supuso que no le había agradado que irrumpieran en «sus dominios» y acortó la visita tanto como le fue posible.

En el piso de arriba, sin embargo, la aguardaban más sorpresas. Ya conocía su habitación y Nellie le mostró la que había ocupado Nicholas durante la única noche que había permanecido allí. Dos alcobas más completaban aquella parte de la casa. Cuando se dispuso a recorrer el pasillo para dirigirse hacia la otra ala, Nellie se detuvo.

—Esa parte no se puede visitar, milady —dijo, con la cabeza inclinada.

—¿Cómo? —Madeleine dirigió la vista hacia el corredor—. ¿Por qué no?

—No... no está en buen estado, milady —respondió la muchacha—. Los suelos se han podrido y hace mucho que nadie entra en esos cuartos. Es peligroso.

—Comprendo —repuso Madeleine, descorazonada. Aquella casa estaba en peor estado de lo que suponía.

Nellie se dirigió hacia una puerta disimulada en la pared, empapelada con la misma tela que los muros y por delante de la cual había pasado ya en dos ocasiones sin percatarse de su presencia.

—Arriba están las dependencias de los criados —anunció la chica.

—Creo que es suficiente, Nellie —repuso Madeleine. No pretendía inmiscuirse en la intimidad de aquellas personas visitando sus respectivas habitaciones—. Creo —carraspeó—, creo que ya puedes volver a tu trabajo.

—Como guste, milady.

La joven se retiró tras una torpe reverencia y Madeleine regresó a su alcoba.

*　*　*

Esa misma tarde, después de una insípida comida a base de pollo y verduras, bajó a la biblioteca. La habitación estaba helada, como casi toda la mansión. Pensó en llamar a Nellie o al señor Powell para que encendieran la chimenea, pero descartó la idea. Lo mejor sería que cogiera un par de libros y regresara a su cuarto, adecuadamente caldeado. En cuanto se aproximó y observó los títulos de la primera balda, su buen humor se hizo añicos. Casi todos eran tratados sobre leyes agrarias de los siglos XVII y XVIII, excepto un par de volúmenes sobre la construcción de barcos. Ni siquiera se aventuró a intentar adivinar quién podría estar interesado en un tema así a tantas millas de la costa. Algunos acumulaban el polvo de años, lo que no hablaba muy a favor del trabajo de la criada. Madeleine se reprochó ese pensamiento de inmediato. La casa era grande, muy grande de hecho, y la joven no parecía contar con más ayuda. Dudaba mucho que Prudence abandonara la cocina con frecuencia, y estaba claro que no era tarea del administrador. En cuanto tuviera la ocasión de hablar con el conde, le haría algunas sugerencias al respecto. Era impensable que una propiedad perteneciente a los Hancock, por muy modesta que fuese, presentase aquel aspecto de dejadez.

Inspeccionó los otros tres estantes a conciencia y solo encontró un puñado de ejemplares que despertaron su interés, casi todos ellos clásicos, desde obras de Sófocles y Eurípides hasta las Meditaciones de Marco Aurelio, y varias obras de teatro de Shakespeare, sus favoritas. Decidió llevárselos todos arriba, era poco probable que alguien de la casa fuese a leer alguno de ellos en los días siguientes. Con suerte, dispondría de lectura suficiente hasta su marcha.

Pasó el resto de la tarde leyendo junto a la ventana, alzando la vista de vez en cuando para observar las gotas de lluvia deslizarse por el cristal y contemplar el verde de aquellos campos brillar bajo el aguacero. Pensó que, si las circunstancias fuesen distintas, habría disfrutado incluso de aquel paisaje y de unas horas de lectura junto al fuego.

✳ ✳ ✳

Como cada mañana, Nellie le subió el desayuno y no le hizo falta preguntarle nada para saber que no había novedades. La chica presentaba el mismo aspecto apocado de todos los días. Antes de marcharse, le pidió que le comunicara a la cocinera que, a partir de ese momento, tomaría el almuerzo en el comedor. Su petición fue lo único que pareció alterar el ánimo de la criada, que parpadeó un par de veces más de las necesarias. Le pidió que volviera a subir en una hora para ayudarla a vestirse, como también era habitual. No disponía de doncella y Nellie era la única persona que tenía a mano.

Cuando la joven regresó, Madeleine supo que algo no iba bien.

—¿Qué sucede?

—La... —carraspeó—, la señora Powell dice que lo siente mucho pero que no es posible utilizar el comedor.

—¿Cómo?

La chica no contestó. Se dirigió hacia la cama y tomó el vestido que Madeleine había seleccionado, el menos feo de los que poseía, que no era mucho decir. Le había quitado algunos lazos, pero el resultado general distaba mucho de ser de su agrado.

Madeleine decidió no preguntarle nada más, era evidente que Nellie estaba incómoda. La ayudó a vestirse y a recogerse el cabello y luego la acompañó al piso inferior. Al entrar en la cocina, se encontró a la señora Powell sentada a la mesa, disfrutando de lo que parecía un vaso de vino. La mujer se puso en pie de inmediato, con cierto aire de culpabilidad. Madeleine observó bien aquel rostro abotagado y picado por la viruela, con aquellos ojos pequeños y vivaces que la miraban con desconfianza.

—Buenos días, señora Powell —le dijo, aunque procuró que su voz sonara autoritaria—. Quisiera saber por qué no es posible utilizar el comedor.

—Habría que encender la chimenea, milady.

—Lo supongo. ¿Cuál es el problema? ¿Está estropeada? —Sabía que no, la primera noche Nicholas y ella habían cenado allí y funcionaba perfectamente.

—No hay bastante leña.

—¿Cómo dice?

—Esta es una propiedad modesta, señora —dijo, con cierto retintín—, y la leña se prepara durante el verano. Mi esposo se encargó de que hubiera suficiente para pasar el invierno, no contábamos con tener que usar más de la que hay almacenada.

«Como en mi habitación», se dijo Madeleine. Le pareció una explicación razonable. Tampoco deseaba que aquella gente se muriera de frío solo porque ella quería utilizar el comedor. Entendía los motivos, pero no le gustaba el tono que empleaba aquella mujer para dirigirse a ella.

—¿No es posible conseguir más combustible?

—Hay muchos árboles, milady, pero ahora la madera está mojada y no prendería.

—Comprendo —dijo, no muy convencida de los argumentos que la mujer le ofrecía sin vacilar.

—Lo mejor será que tome el almuerzo y la cena en sus aposentos —agregó.

A Madeleine le habría gustado añadir algo más, aunque solo fuese por borrar aquella sonrisa de suficiencia que la cocinera apenas lograba disimular, pero no se le ocurrió nada y acabó saliendo de las dependencias más frustrada de lo que había entrado. Su esposo la había desterrado a aquella mansión y su cocinera acababa de confinarla en su alcoba. ¿Qué más podía salir mal?

La respuesta llegó solo un par de días más tarde, y con ella se desvanecieron sus esperanzas. Una hilera de vehículos llenó el patio frente a la casa, cargada con todas sus pertenencias, absolutamente todas. Antes de la boda, su madre y ella habían empacado sus cosas, desde sus vestidos hasta su ajuar. Libros, muebles, recuerdos, calzado, accesorios de todo tipo, sus útiles de costura y de escritura... hasta su sillón favorito. Todo estaba allí, tal y como ella lo había dejado para que fuese enviado a la mansión Sedgwick en Londres. Tuvo que morderse los carrillos para no echarse a gritar en aquel instante.

El último vehículo era una pequeña berlina tirada por dos caballos. De color verde oscuro, llevaba impreso en la portezuela el escudo de la familia, y la conducía un joven vestido con la librea de la casa. Le comunicó que aquel carruaje era para su uso exclusivo, para que pudiera desplazarse por la zona, aunque debería contratar a un cochero que la manejase. Madeleine estuvo a punto de preguntarle a aquel muchacho, que no sería mayor que ella, dónde diantres iba a encontrar un conductor de berlinas en aquel rincón dejado de la mano de Dios, pero logró contenerse. Él solo era el mensajero, y el mensaje había quedado más que claro. Su estancia en aquel inhóspito lugar no iba a ser tan breve como había supuesto. Al menos se alargaría hasta Navidad, y para esa fecha aún faltaban casi dos meses.

Madeleine decidió ser práctica y solo desempacó las cosas que iba a necesitar de forma más inmediata. El resto lo almacenó en una de las habitaciones vacías del piso superior, así sería más sencillo cuando llegara el momento de trasladarlas. Escribió al fin a su madre, a su casa de Hampshire, una nota escueta en la que le comunicaba el lugar en el que se encontraba y que estaba bien, ningún detalle acerca del abandono temporal del conde. Se sentía tan humillada que ni siquiera deseaba compartir con ella esa información.

* * *

Madeleine pasó varias jornadas prácticamente encerrada en su habitación, pero, el primer día que amaneció sin lluvia, no pudo resistir la tentación de salir a recorrer el jardín. El ambiente era frío y notó de inmediato cómo sus mejillas reaccionaban a las bajas temperaturas, aunque eso no la hizo desistir de su empeño. El jardín contaba con varios niveles, aunque solo el primero de ellos, el que circundaba la casa, estaba libre de matojos y malas hierbas, aunque presentaba un aspecto descuidado. Llegó hasta los dos escalones que conducían al siguiente nivel, cuyo paso era infranqueable, y observó la parte superior de una fuente de piedra circular, parcialmente oculta por la maleza que inundaba toda la zona. Un tanto descorazonada, decidió regresar y lo hizo por el lado contrario, donde se tropezó con el pozo que suministraba el agua para la casa y con un par de construcciones tan desatendidas como el resto. Entró en la primera, que resultó ser la cochera. Allí estaba el carruaje enviado por el conde, pero también una robusta carreta bastante nueva y un calesín viejo y desgastado, con el relleno del asiento emergiendo por una de sus costuras.

El otro edificio albergaba los caballos, lo supo en cuanto se aproximó. Dos ejemplares de buena estampa y patas recias ocupaban los dos primeros cubículos. De color oscuro y crines largas, relincharon en cuanto percibieron su olor. Más allá, casi al fondo, estaban los dos que había enviado su esposo. Fue entonces cuando vio al señor Powell, llenando de heno los comederos. Se movía con desgana, como si no tuviera prisa por acabar con su tarea. Carraspeó para hacerse notar y el hombre se dio la vuelta.

—Buenos días, milady —la saludó, cortés pero frío. Sus espesas cejas apenas se alzaron, aunque su boca de labios casi invisibles dibujó una mueca que no supo interpretar.

—Buenos días, señor Powell. ¿Qué tal están los caballos?

—Bien. —Su respuesta fue escueta y volvió a sus quehaceres.

—¿Cree que se adaptarán bien a esta tierra?

—No veo por qué no. Son recios y jóvenes —contestó, sin mirarla siquiera.

A Madeleine no se le ocurría qué más decirle. Deseaba mostrarse amable e integrarse un poco en aquel lugar, pero los Powell no parecían personas muy cordiales. Por lo que había visto desde su llegada, tampoco muy eficientes, aunque no fuese a ella a quien correspondiera solventarlo.

—¿Deseaba algo? —inquirió el hombre, viendo que no se movía y que tampoco hablaba.

—Eh, no, no, gracias. Siga con su labor.

Se marchó de allí un tanto incómoda, como si hubiese sido pillada en falta. Mientras se alejaba, trató de recordar todas las enseñanzas que su madre le había inculcado sobre cómo llevar una casa, y comprendió que, en esa situación, eran inútiles. No disponía de un ama de llaves ni de un mayordomo en el que descargar parte de esas responsabilidades, ni tampoco otros habitantes en la mansión que necesitaran que ella tomara las riendas.

*   *   *

Durante las semanas sucesivas, se dedicó casi en exclusiva a leer —acabó las obras de Shakespeare— y bordar una sucesión de flores y hojas en el escote de uno de sus vestidos. Pensó también en escribir algunas cartas, pero desechó la idea. ¿Qué iba a contarle y a quién? No tenía amigas íntimas, ni siquiera en su Hampshire natal; su madre no se lo había permitido. Para ella todas eran rivales, y aseguraba que un exceso de confianza podría proporcionarles información sobre sus puntos débiles, información que luego usarían en su contra a la hora de buscar marido. Madeleine nunca había creído que las personas fuesen tan hipócritas y malvadas como su madre pretendía hacerle creer, pero, como en casi todos los aspectos de su vida, se había dejado conducir. Un puñado de conocidas con las que había coincidido en alguna ocasión era cuanto poseía, y con ninguna de ellas había establecido una relación lo bastante profunda como para justificar una misiva por su parte. Madeleine pensó, no sin amargura, que la baronesa se hubiera sentido muy satisfecha si hubiera podido verla. Apenas comía y tampoco se exponía en exceso a la luz del sol. No leía la prensa, no confraternizaba con nadie inadecuado, no leía libros peligrosos ni frecuentaba lugares que pudieran poner en entredicho su reputación. De hecho, era lo más parecido a una reclusa que conocía, aunque eso, por supuesto, no pensaba comentárselo.

Los paseos por el jardín también se convirtieron en parte de su rutina, a los que solo renunciaba si llovía mucho. Una mañana se acercó hasta el límite de la zona despejada, y desde allí contempló la enorme extensión de maleza y hierbajos que lo cubrían prácticamente todo. Se escuchaba el trino de los pájaros y la brisa mecía con suavidad las copas de los árboles. Trató de imaginarse el aspecto que habría tenido esa zona en otros tiempos y no fue capaz. De pronto, percibió un roce junto a su pie derecho. Bajó la vista, convencida de que se trataba de alguna rama que no hubiera visto. Un escalofrío le heló la sangre al percibir una bola de pelo blanca frotándose contra sus piernas. Dio un salto hacia atrás y ahogó un grito. El animal, que resultó ser un gatito blanco con manchas negras, se asustó y se alejó unos metros.

El corazón comenzó a latirle muy deprisa mientras el felino, que había recuperado el aplomo con rapidez, se tumbaba sobre su vientre, con las orejas hacia atrás, las garras tensas apresando un matojo de hierbas y la cola erguida meciéndose como una diminuta cobra. Desde aquella posición, el gatito la observaba con aquellos ojos verdes, tan grandes y diabólicos. Emitió un leve maullido y Madeleine comenzó a retroceder, despacio. Sentía pavor hacia aquellos animales desde que, siendo niña, uno le había arañado hasta hacerla sangrar. En su brazo derecho aún conservaba las finas líneas de las cicatrices. Regresó a la casa y desde la ventana del salón observó a la criatura. El animal parecía haberla seguido, y lo vio sentarse sobre sus cuartos traseros frente a la puerta de la mansión. Sabiéndose a salvo, Madeleine se permitió una sonrisa ante la cómica situación. Solo era un cachorro, al fin y al cabo. El animalito debió de cansarse de esperar, porque se estiró y se alejó a pequeños saltos hasta desaparecer entre los setos.

Dos días más tarde, volvió a encontrarse con él. Le pareció incluso más delgado y menudo que la primera vez, pero su actitud juguetona, a todas luces hostil para Madeleine, la obligó de nuevo a abandonar de forma abrupta su paseo. Pensó en avisar al señor Powell para que se deshiciera de él. No quería que le hiciera daño, desde luego que no, pero quizá podía llevarlo hasta el pueblo y dejarlo allí, donde tal vez alguien acabaría por ocuparse de él. Sin embargo, el administrador no le inspiraba mucha confianza y temía lo que pudiera hacerle al animal. «Ya se cansará de rondar por aquí», se dijo. «En cuanto no encuentre comida, se marchará solo.»

Pero el gato no se marchó. De hecho, estaba allí cada mañana cuando ella salía al jardín y la seguía a pocos pasos de distancia, como si intuyera que su presencia no era bienvenida. De vez en cuando emitía un maullido lastimero y se sentaba a observarla cuando ella se detenía. Madeleine comenzaba a acostumbrarse a su presencia, aunque no lo perdía de vista, para cerciorarse de que continuaba a una distancia prudencial. Algunas tardes se pasaba horas contemplándolo desde alguna de las ventanas, viéndolo jugar con las hojas secas o cazar pequeños ratoncillos. Era absolutamente adorable y, al mismo tiempo, casi temible.

Sin darse cuenta, se convirtió en su compañero habitual durante sus paseos.

* * *

Una mañana, a falta de dos semanas para la Navidad, Nellie le hizo entrega de un abultado sobre que había traído un joven a caballo y que ni siquiera había desmontado antes de iniciar el camino de regreso. Madeleine lo tomó con nerviosismo y reconoció el membrete del conde.

Cuando lo abrió, extrajo un buen fajo de documentos y un sobre más pequeño. Al principio no se dio cuenta de lo que eran, hasta que vio la nota manuscrita que los acompañaba. No la firmaba el conde de Sedgwick sino su administrador, Barry Dawson. En ella le comunicaba que, como había sido establecido por su señor, la propiedad de Blackrose Manor y las tierras a ella sometidas quedaban bajo la tutela de lady Sedgwick de forma indefinida, así como las rentas que percibiera de ellas, y le reiteraba su disposición a resolver cualquier duda que pudiera plantearse. En el sobre aparte incluía la mitad de la renta anual establecida por el conde y le indicaba que, cada seis meses, recibiría la misma cantidad.

Madeleine dejó el dinero aparte y se concentró en los documentos, que ni siquiera leyó, aunque pasó hoja tras hoja por si, entremedio, se hubiera colado alguna misiva de carácter más personal. Cuando hubo comprobado que no era el caso, se dejó caer contra el respaldo del sillón. Solo entonces fue consciente del alcance de lo que estaba sucediendo. Su destino era quedarse allí, Dios sabía hasta cuándo. Tal vez para siempre, como él había asegurado tan ufano.

Para siempre.

Mordió las palabras antes de echarse a llorar.

7

Se pasó los dos días siguientes escribiendo cartas que acabaron consumidas por el fuego de la chimenea. Todas sin excepción estaban dirigidas a su esposo, unas llenas de reproches y otras de súplicas, la mayoría apelando a su sentido del honor y solo unas cuantas llenas de improperios que escribió con las mejillas encendidas. Estas últimas ni siquiera se planteó enviarlas, por supuesto, pero le sentaron bien a su espíritu.

De vez en cuando, y sin que pudiera evitarlo, recordaba la única noche que habían compartido juntos, la delicadeza que él había mostrado en el lecho, el sendero de besos que había esculpido sobre su piel y que a veces, en las noches más sombrías, relampagueaban bajo su ropa. Rememoraba el contorno de su rostro, el cabello cayendo en ondas sobre sus rasgos, los ojos azul oscuro que mantuvo cerrados la mayor parte del tiempo y que, cuando abría, reflejaban el resplandor de la luna. Aquellos labios finos y suaves, y el roce de su mentón contra el cuello. La carne se le encendía cada vez que él ocupaba sus pensamientos, como si lo sucedido después, como si lo sucedido desde entonces, no fuese más que un mal sueño. Supo que podría llegar a amar a aquel desconocido, aunque ese sentimiento hubiera terminado siendo tan efímero como irreal. La última carta que escribió hablaba de todo eso, y en ella puso su corazón derrotado. Acabó en el mismo sitio que las demás y comprendió que ninguna misiva que ella pudiera redactar, por más sincera que fuese, haría cambiar de parecer a un hombre como Nicholas Hancock. Ser consciente de ello la hizo hundirse un poco más en su miseria, que la tuvo sumida en un estado de letargo durante varias jornadas. Ni siquiera se preguntó por qué los Powell no adornaron la casa para la Navidad, por qué no acudió ninguno de los vecinos de la zona ni por qué a ella le importó todo un ardite. Pasó la mayor parte de aquellas fiestas en su alcoba, a veces en bata y camisón, sin ánimo siquiera para vestirse y bajar al jardín. Sin importarle tampoco si las manecillas del reloj habían encontrado al fin el modo correcto de desplazarse.

1814 llegó acompañado de un fuerte viento que azotó la casa y la hizo crujir hasta los cimientos, y tras él llegó la nieve, que cubrió los campos, los caminos y hasta el corazón de Madeleine. La escarcha cinceló una coraza sobre su pecho y enero se deslizó sobre ella como un mal presagio. Febrero la mantuvo bajo las mantas, presa de unas fiebres tan altas que temió morir en aquella casa fría como una tumba. Nellie se ocupó de ella lo mejor que pudo, hasta que también enfermó, y Prudence Powell tomó el relevo, cuidando de ambas a base de pociones y ungüentos que llagaron su piel pero que se llevaron la muerte con ellos. Cuando despuntó el mes de marzo, Madeleine abrió los ojos una mañana para descubrir que no quería languidecer en aquel lugar inhóspito hasta apagarse y que, si quería sobrevivir, debía hacer algo con su vida.

Volvió a salir al jardín, aunque los primeros días apenas fue capaz de recorrer un centenar de metros sin sentirse agotada. Para su sorpresa, el gatito había sobrevivido al invierno. Había crecido un poco, pero estaba algo escuálido, como ella misma, y se movía con idéntica lentitud, como si hubiera olvidado cómo jugar con las hojas muertas.

La nieve comenzaba a derretirse y los brotes tiernos salpicaban el manto de hielo que el sol luchaba por derrotar. Madeleine se sentía como esos retoños que luchaban por subsistir a base de tenacidad, y se esforzaba, como ellos, por encontrar su propia fortaleza. Cuando la persistente lluvia le impedía salir, se dedicaba a subir y bajar las escaleras hasta que, agotada, se dejaba caer sobre cualquier peldaño para recuperar el aliento, lo que le granjeó las miradas extrañadas de los habitantes de la mansión. Debían de pensar que se había vuelto loca, aunque no desistió de su empeño. Poco a poco recuperó las fuerzas.

Una tarde lluviosa se descubrió pensando en el gato, su compañero de infortunios. Al llegar la noche, después de que Nellie la ayudara a desvestirse y ponerse el camisón, se sentó junto al calor de la chimenea. Se lo imaginó empapado, hambriento, temblando de frío... y se sintió culpable. Se recriminó a sí misma esos sentimientos. ¡Solo era un gato! No le pertenecía y no era su responsabilidad. Eso se repetía una y otra vez mientras iba de ventana en ventana, por si lo descubría en algún rincón del jardín. En la planta baja repitió la operación y al final lo vio, hecho un ovillo tembloroso bajo un seto, casi en línea recta a la puerta principal. Se le hizo un nudo en el estómago al verlo allí, aterido.

Ni siquiera lo pensó. Se dirigió a la entrada y abrió la puerta principal. Una ráfaga de lluvia y frío la azotó de inmediato, aunque no le impidió dar un par de pasos y situarse bajo el porche.

—Gatito, gatito —llamó—. Psss, psss...

Centró su atención en el arbusto bajo el cual sabía que se encontraba y vio aparecer su cabecita, curiosa.

—Vamos, pequeñín, ven aquí —le dijo. Se agachó y estiró una mano en su dirección.

El felino comenzó a moverse hacia ella, ajeno a la lluvia. A Madeleine le inquietó la escena. Estaba convencida de que debería haber recorrido aquella distancia a la carrera para evitar mojarse y, sin embargo, lo hacía de forma pausada, sabiendo que de otro modo igual ella se asustaría. Sin saber por qué, se le humedecieron los ojos.

—Estos días puedes quedarte dentro —le dijo, cuando el gatito al fin alcanzó su altura. Con todo el pelo mojado y pegado a la piel, comprobó que estaba muy delgado y que se le marcaban todas las costillas. ¿Por qué no se había ido ya de allí?

El animal se tomó unos segundos, como para cerciorarse de que las órdenes eran correctas, y luego cruzó el umbral. Madeleine cerró la puerta y se lo quedó mirando. ¿Qué iba a hacer con él ahora? ¿Y si los Powell lo descubrían allí y pensaban que se había colado en la casa? ¿Y si decidían echarlo a escobazos, o algo aún peor?

Debería haberlo pensado antes de abrir la puerta, se dijo Madeleine, aunque no se vio con ánimos para echarlo de nuevo a la calle.

Comenzó a subir las escaleras y a medio camino se detuvo. Miró hacia abajo y lo vio allí sentado, mirándola.

—¡Vamos! —lo apremió, y esta vez sí que acudió a la carrera.

Madeleine lo dejó entrar en su habitación, aunque no se atrevió a tocarlo. Colocó una toalla vieja frente a la chimenea, que el gato ocupó de inmediato, y bajó en busca de un poco de leche. Encontró los restos de un pollo asado en la alacena y deshuesó un muslo con sumo cuidado.

El animal comió con auténtico apetito y luego volvió a ocupar su lugar frente al fuego, donde comenzó su ritual de limpieza. Madeleine se sentó a una distancia prudente y lo observó acicalarse durante mucho rato. Luego se hizo un ovillo y se quedó dormido. Parecía relajado y feliz, aunque Madeleine estaba lejos de sentirse del mismo modo.

«¿Y ahora qué?», se preguntó. ¿Y si lo dejaba allí y el gato la atacaba mientras dormía? ¿Y si decidía hacer sus cosas por todas partes? ¿O le daba por destrozar las cortinas o la tapicería de los sillones?

De nuevo, se dijo que debería haberlo pensado bien antes de darle cobijo en la casa. Ahora ya nunca podría echarlo de allí. Con una mueca de disgusto por su falta de previsión, se preparó para irse a la cama. Tardó mucho rato en dormirse, con el oído atento por si lo oía moverse, pero al final el sueño la venció.

Por la mañana, Madeleine abrió los ojos y se palpó la cara de inmediato. Sabía que era un gesto estúpido. Si el gato la hubiese arañado el dolor la habría despertado de súbito. Percibió un peso junto a su pierna derecha y se incorporó a medias en la cama, con cuidado. La sangre se le congeló en las venas cuando lo vio allí dormido, pegado a ella, aunque su aspecto no era en absoluto amenazante. En algún momento de la noche, el fuego se había apagado y el animalito había buscado otra fuente de calor.

Se obligó a respirar en suaves bocanadas y a permanecer muy quieta, para no despertarlo. «Tranquila, Madeleine», pensó. «Tranquila.» El animal abrió los ojos y la miró durante unos segundos.

Se levantó y comenzó a estirarse, mientras ella lo contemplaba, absorta. Cuando comenzó a avanzar hacia ella contuvo la respiración, con las manos sujetando con fuerza la ropa de cama por si tenía que cubrirse de improviso.

Y entonces, el gato hizo algo para lo que no estaba preparada. Comenzó a ronronear, bien pegado a su costado, y con la cabeza buscó su mano para que lo acariciara. Madeleine abrió los dedos, casi agarrotados, con cautela, y el pequeño colocó allí su cabecita, sin dejar de ronronear y dando un suave maullido. Movió las yemas sobre aquel pelaje sedoso, mientras su corazón se derretía y pensaba en que aquel pequeñín estaba tan solo y abandonado como ella.

Lo observó con atención. Era totalmente blanco, excepto por una mancha negra en la cabeza que cubría parte de su ojo izquierdo, y otra que cubría la pata delantera derecha casi en su totalidad. Dependiendo del ángulo en el que lo mirara, parecía manco de aquella pata.

—Te llamaré Nelson —le susurró, sin dejar de acariciarle—. Como el almirante Horatio Nelson, el héroe de Trafalgar.

Madeleine acababa de hacer su primer amigo en Blackrose Manor.

* * *

—Señor Powell, ¿podría llevarme al pueblo? —preguntó una mañana en que lucía un sol espléndido. Ya iba siendo hora de que conociera el lugar en el que iba a transcurrir el resto de su existencia.

—¿Ahora? —El hombre alzó la cabeza de los legajos que consultaba, sentado a la mesa de su despacho. Era evidente el fastidio que su petición le había provocado.

—¿Está muy ocupado?

—En realidad sí. Y debo salir en unos minutos a ver a uno de los arrendatarios. —Madeleine iba a replicarle cuando él continuó hablando—: Nellie puede llevarla, o hacerle los recados que necesite.

—¿Nellie? —No hubiera imaginado que aquella muchacha en apariencia tan apocada fuese capaz de manejar alguno de los vehículos de la propiedad.

—Ella es quien se ocupa habitualmente de esos menesteres.

La posibilidad se le antojó mucho más apetecible que compartir la mañana con su hosco administrador, así es que aceptó la propuesta de inmediato y se fue en busca de la muchacha. Nellie se había recuperado de su enfermedad más rápidamente que ella y llevaba días trabajando con normalidad. Fue incapaz de descifrar la expresión de su rostro, pero intuyó que su petición no le había desagradado, a juzgar por la celeridad con que soltó el paño de limpiar los cristales y subió las escaleras para cambiarse de ropa. Madeleine ya se había vestido para la ocasión, con uno de aquellos feos vestidos que tanto odiaba y que su sencilla capa ocultaba a la perfección. En apenas unos minutos, la joven estaba de vuelta y le pedía que la esperase junto a la puerta, que enseguida regresaba con el calesín.

El viaje fue agradable, aunque apenas intercambiaron un par de frases de cortesía. Madeleine nunca había tenido mucho trato con los criados, otra de las estrictas reglas de su madre, que consideraba que un exceso de confianza hacia ellos los conduciría a olvidar cuál era su verdadero lugar en la casa. Ni siquiera sabía qué temas podían interesar a una chica tan tímida como Nellie, cuya soltura en el manejo del vehículo no dejaba de sorprenderla.

El recorrido se le antojó extraordinariamente breve, como si la distancia hubiera menguado desde su llegada a Blackrose Manor. Nellie condujo el calesín hasta una explanada a las afueras del pueblo y ambas continuaron el camino a pie. Como no iban a ningún sitio en concreto, y lo único que deseaba Madeleine era conocer un poco el lugar, le pareció lo más apropiado. Era una localidad pequeña que, según la muchacha, no contaba siquiera con un centenar de hogares, casi un tercio cerrados o abandonados. Pasaron junto a algunos de estos últimos, cuyo deterioro aún destacaba más al lado de los que estaban habitados, pequeñas construcciones de piedra con tejados de pizarra y diminutos jardines en la zona delantera salpicados ya con los primeros capullos de la temporada.

Falmouth tenía dos calles principales que formaban una especie de cruz y media docena de secundarias, muchas de las cuales morían a los pies de los extensos prados que la circundaban. Madeleine había recorrido una de ellas el día de su llegada, aunque apenas recordara más que un puñado de manchurrones sobre el cristal del carruaje. En el punto en el que las dos principales arterias confluían se asentaba una plaza de buen tamaño, presidida por una iglesia de piedra y, frente a ella, un modesto edificio que Nellie señaló como el Ayuntamiento. Entre ambos, distinguió una taberna y algunos comercios y, en el centro, una sencilla fuente también de piedra. Varias mujeres la rodeaban, cargadas con tinajas y otros recipientes, y parecían charlar animadamente. Madeleine apenas les dirigió una mirada, pero, de repente, fue consciente de la disminución de la algarabía y supo que, en ese momento, ella era el centro de atención. Incluso un grupo de niños, que había visto por el rabillo del ojo correteando en una esquina, detuvieron sus juegos, sin duda alertados por el repentino silencio de sus mayores.

Un hombre de mediana edad, de barriga prominente y cabello ralo y entrecano, salió en ese instante de la iglesia. Sus ojos, grandes, saltones y de un apagado tono cerúleo, se posaron en ambas mujeres.

—Buenos días, reverendo Wilkes —le saludó Nellie, a todas luces cohibida.

—Buenos días, señorita Harker. —Su voz era ligeramente rasposa y Madeleine casi pudo sentirla arañando su piel—. Hace días que no la vemos en el oficio dominical.

—La nieve... —comenzó a decir la muchacha.

—Ah, sí, en efecto. —El hombre apoyó ambas manos de dedos gordezuelos sobre su abdomen y miró en derredor—. Por fortuna, el invierno parece tocar a su fin.

—Permítame que le presente a la condesa de Sedgwick —dijo, un poco atropellada.

—¡Oh! —El hombre irguió la espalda e inclinó la cabeza en dirección a Madeleine—. Es un placer conocerla, milady.

—Señor Wilkes...

—¿Ha venido quizá a pasar unos días?

—Eh, sí, una temporada —respondió ella, que no lograba explicarse cómo el rumor de su llegada no había recorrido el pueblo entero como un reguero de pólvora.

—Su esposo la acompaña, supongo.

—Lord Sedgwick se ha quedado en Londres. Ya sabe, los asuntos del Parlamento no admiten demora.

—¿Y le ha permitido viajar sola hasta aquí? —En su voz aleteaba un reproche que solivianó el ánimo de Madeleine.

—Tuvo la gentileza de acompañarme.

—Ah, muy bien. Así es como debe ser.

Madeleine prefirió no responder a ese comentario y aguantó el escrutinio del religioso sin pestañear.

—Espero verla en el oficio del domingo —dijo al fin.

—Por supuesto. Allí estaré —respondió ella, con la sonrisa más amable que fue capaz de improvisar.

El reverendo inclinó la cabeza y continuó su camino, y ellas hicieron lo mismo. En realidad, Madeleine ni siquiera se había planteado asistir de forma regular a los oficios. No era una creyente fervorosa y lo que tuviera que hablar con Dios prefería hacerlo en la intimidad, pero tampoco quería enemistarse con una de las fuerzas vivas de la zona. Además, pensó que, como condesa que era, debía dar ejemplo. Las mujeres de su posición no podían permitirse saltarse determinadas reglas, y esa era una de ellas.

Visitaron el colmado, donde adquirió algunas fruslerías y donde conoció a otros vecinos, y luego el Ayuntamiento, para presentarse a las autoridades. Allí conoció al corregidor de Falmouth, Edward Constable, que era quien se ocupaba tanto de mantener el orden en la localidad como de impartir justicia, aplicar las leyes del Parlamento o cerciorarse del buen estado de edificios, puentes y caminos. Era un hombre de mediana edad, de complexión media y aspecto anodino, que se transformaba por completo en cuanto abría la boca. Su voz profunda y el modo en el que entonaba las palabras hacían que fuera imposible sustraerse a su influjo y Madeleine reconoció que se habría pasado la mañana entera escuchándole hablar. Se mostró encantado de conocerla y parecía sincero. Su trato era exquisito y sus modales, impecables. Madeleine intuyó que aquel no era su primer destino y se preguntó si habría cometido algún desliz en el pasado que lo hubiera desterrado a una localidad tan modesta como aquella.

Tras despedirse y volver a la plaza, Madeleine decidió que había llegado la hora de regresar a Blackrose Manor. Poco más había que hacer en un pueblo tan diminuto como aquel. Durante el trayecto, le pidió a Nellie que le enseñara a manejar las riendas, por si en algún momento deseaba usar el calesín y ella no estaba disponible. La joven pareció sorprendida con la petición, pero le cedió las riendas y le dio algunas instrucciones sencillas. A Madeleine le costó un poco dominar los principios básicos. De hecho, en cuanto las tomó el caballo se quedó plantado en medio del camino y no encontró la manera de que volviera a caminar. La situación provocó la hilaridad de ambas, pero al final, con un poco de práctica, descubrió que poseía incluso cierta destreza.

Esa noche, mientras se cepillaba el cabello frente al espejo, contempló su reflejo con renovado interés. Los pómulos marcados y las mejillas hundidas, los ojos verdosos y excesivos, las cejas bien delineadas y la boca ligeramente carnosa y tal vez un poco pequeña. Era la misma joven que había llegado allí hacía cuatro meses, tal vez algo más demacrada, pero seguía siendo ella. El cabello se le había oscurecido al no someterlo a extraños tratamientos, aunque solo la parte superior. Desde la altura de las sienes hasta las puntas seguía presentando un tono rubio pajizo y un aspecto débil y quebradizo. Se preguntó dónde podría obtener algunos de aquellos potingues que su madre le hacía usar y, de repente, cayó en la cuenta de que ya no eran necesarios. De que nadie la iba a obligar a utilizarlos, de que nadie la iba a sacar a bailar en un salón lleno de candidatas rubias y estilizadas, y de que tampoco le iba a importar a nadie de qué color llevara el pelo. Y eso, lejos de entristecerla, supuso un alivio que la hizo tambalearse sobre la banqueta. Era libre. Por primera vez en su vida, era libre de hacer con ella lo que quisiera. Dentro de unos límites, por supuesto, pero tampoco tenía intención de formar parte de una compañía de teatro o de disfrazarse de hombre para alistarse en el ejército. Podía leer lo que se le antojase, comer hasta hartarse si ese era su deseo, dormir hasta mediodía o levantarse al amanecer, frecuentar a quien quisiera y tocar cualquier tema de conversación. Y ya no tenía por qué castigar su cabello hasta que este acabara por abandonar su cabeza. Presa de la euforia, abrió uno de los cajones del tocador y tomó unas largas tijeras. Envolvió con una mano la escasa mata de pelo y, sin detenerse a pensar, cortó casi un palmo. No era un gesto muy osado, pero tampoco quería excederse. La melena le llegaba ahora hasta media espalda y pensó que, con el tiempo, se lo iría cortando hasta que aquel tono amarillento hubiera desaparecido por completo. Le gustaba su tono natural, le parecía más acorde con el color de sus ojos.

Envalentonada por su propia actitud, se sentó a escribirle al fin una larga carta a su madre en la que la ponía al corriente de su situación, con todos los detalles.

Satisfecha consigo misma desde que llegara a Blackrose Manor, se metió en la cama de buen humor, también por primera vez. Y durmió de un tirón.

*   *   *

Nellie se mostró inicialmente sorprendida con la idea de que hubiera adoptado a un gato, pero luego parecía encantada con su presencia y le traía trocitos de carne de la cocina, escondidos en el bolsillo de su falda. La señora Powell, en cambio, se limitó a musitar que aquel bicho solo era un saco de pulgas que no traería más que enfermedades, y Madeleine no se atrevió a contradecirla. Había observado al gato a conciencia, y estaba más limpio que nadie en aquella casa, ella incluida. Cada día dedicaba horas a su aseo personal, y el pelo le brillaba como si fuese una estrella. Desconocía qué opinión tendría el señor Powell sobre el asunto, porque rara era la vez que lo veía por la casa.

—Señora Powell, ¿dispone de unos minutos? —Madeleine había bajado a la cocina esa mañana, y encontró a la cocinera salpimentando un guiso.

—Desde luego, milady. —La mujer dejó la cuchara de madera sobre la encimera y cruzó los brazos.

—¿No quiere sentarse? —Su actitud le resultaba un tanto belicosa y no buscaba un enfrentamiento con ella. No podía olvidar que había sido esa mujer quien la había cuidado durante su convalecencia, aunque lo hubiera hecho con desapego y a desgana.

Prudence tomó asiento y Madeleine la imitó.

—Tengo entendido que, además de cocinera, es usted el ama de llaves.

—Sí, aunque la verdad es que aquí no hay mucho que hacer.

A Madeleine le hubiera gustado corregirla, pero prefirió guardar silencio.

—He pensado que, tal vez, podría contratar a una nueva cocinera y quizá a un par de muchachas para que ayuden en la casa. Así podría usted ejercer solo como ama de llaves con mayor comodidad y eficiencia.

Madeleine se felicitó a sí misma por el modo en el que había planteado la cuestión, que llevaba días rondándole la cabeza. En realidad le habría gustado decirle que sus platos eran terribles y que la casa necesitaba unos cuidados que no se le estaban dispensando, y que en parte era culpa suya. Su madre no habría tenido ningún problema en hacerlo de ese modo, pero ella no era su madre, ni tenía que comportarse como si lo fuera.

—¿Cree que merece la pena?

—¿Cómo...? ¿Cómo dice?

—¿Se va a usted a quedar tanto tiempo como para que importe?

Madeleine abrió aún más los ojos y contempló la mirada desafiante de aquella mujer.

—El tiempo que yo vaya a permanecer aquí solo es asunto de mi incumbencia pero, mientras tanto, creo que es necesario que se lleven a cabo algunas reformas. Esta propiedad pertenece a los Sedgwick y así debe parecerlo.

—Señora, no necesita mi permiso para hacer lo que considere oportuno —repuso la mujer, con cierto retintín.

—En efecto, no lo necesito.

Madeleine se levantó, con las rodillas temblando y el vestido pegado al cuerpo a causa del sudor. Sentía las mejillas encendidas y el aliento entrecortado, y abandonó la estancia como si hubiera atravesado los campos a la carrera. Jamás, en toda su vida, se había enfrentado a nadie. Huía de las confrontaciones porque se atoraba y las palabras se le enrollaban en la lengua, y acababa llorando y soltando hipidos que restaban cualquier credibilidad a lo que quisiera decir. Así había sido con su madre, con una doncella que había tenido a los trece años y con el que ahora era su marido. Pero en esta ocasión, oh, en esta ocasión había sido capaz de decir lo que deseaba decir, en el tono en el que quería hacerlo y sin atrabancarse ni echarse a llorar. Que el cuerpo entero le temblase como si fuese una hoja vapuleada por un vendaval era un precio muy pequeño a pagar por la satisfacción que experimentaba en ese instante.

Lo que aún no sabía era dónde podría encontrar a una cocinera y dos criadas para la casa, pero esa era otra historia.

La pequeña sensación de triunfo, sin embargo, le duró bien poco. Solo un par de días más tarde, cuando bajó dispuesta a acudir a la iglesia en su nueva berlina, descubrió que el administrador no se encontraba en la propiedad.

—Tuvo que salir, milady —le dijo la cocinera, a todas luces satisfecha.

—¿Un domingo por la mañana? —No había creído ni una palabra y supo que aquel pequeño contratiempo era una especie de pueril castigo por lo sucedido días atrás.

—Mi Edgar atiende a una propiedad muy grande, señora, nunca se sabe cuándo ni dónde puede surgir un problema.

—Ya veo —dijo ella como única respuesta.

—Nellie puede llevarla.

Sí, eso ya lo sabía ella, pero lo cierto era que no quería acudir a la iglesia en aquel cochambroso calesín. ¿Qué pensarían los habitantes de Falmouth si la condesa se presentaba de aquella guisa? Y que la muchacha manejara la berlina se le antojaba demasiado complicado. Era un vehículo mucho más grande, con dos caballos en lugar de uno, y no confiaba en que su destreza alcanzara tales cotas.

—Quizá podría contratar un cochero también —apuntó la mujer, con una sonrisa que pretendía ser amable pero que Madeleine sabía que no lo era.

Abandonó la cocina y fue en busca de la criada, que se mostró encantada de acompañarla y que, en efecto, le confirmó que no se hubiera atrevido a conducir la berlina. Madeleine le preguntó si los Powell no acudían los domingos a la iglesia y Nellie dijo que no, aunque le permitían asistir a ella. Utilizó exactamente esa palabra, como si asistir al oficio fuese algún tipo de extraño favor.

Esta vez, la muchacha condujo el vehículo hasta una explanada situada detrás de la iglesia, donde había dos carruajes con mucha más prestancia, uno de ellos realmente lujoso. Se preguntó a quién pertenecerían.

Rodearon el edificio y llegaron hasta la plaza, prácticamente vacía. Casi todo el mundo había entrado ya y Madeleine temió llegar tarde. Entraron en el templo, una construcción sencilla con el techo abovedado y arcos de media punta, y recorrieron el pasillo hasta los bancos delanteros, donde era habitual que se sentasen las personalidades de la zona. Intentó ignorar los cuchicheos que despertaba a su paso y caminaba con la cabeza erguida y la mirada al frente. Justo antes de llegar a su asiento saludó al señor Constable, el corregidor, que le presentó a su esposa, aunque no logró escuchar su nombre. Era una mujer menuda y de su sombrero escapaban mechones de un cabello tan rojo que parecía arder. Le hizo una pequeña reverencia y le dedicó una sonrisa tan luminosa que logró tranquilizarla.

Una vez que tomó asiento, giró la vista hacia el banco de la izquierda, al otro lado del pasillo, y se tropezó con la mirada azul de un hombre de avanzada edad y porte regio, vestido con una elegancia que solo había visto en los mejores salones de Londres. Llevaba la cabeza descubierta, que inclinó cordial en su dirección, y el pelo largo y canoso peinado hacia atrás y recogido en una pequeña coleta. Era delgado y alto, muy alto de hecho, con el rostro enjuto y adornado con un bigotito encantador.

A su lado distinguió a una pareja de mediana edad, que la saludaron con un cabeceo pero con algo menos de simpatía. Él apenas alcanzaba el hombro de su compañero de banco, y lucía un abultado abdomen y unos mofletes a medias cubiertos por las patillas y el bigote, mucho más abundante. La que parecía ser su esposa era una mujer alta, más que su marido, y muy delgada. Le dedicaron una sonrisa de circunstancias que Madeleine también devolvió del mismo modo.

En ese momento apareció el reverendo Wilkes y comenzó el oficio, durante el cual Madeleine se perdió en sus propios pensamientos. No fue hasta el final que despertó de su trance, cuando escuchó que él la nombraba. Estaba comunicando a los fieles que la condesa de Sedgwick ocupaba Blackrose Manor y los murmullos aumentaron de intensidad. Siempre había odiado ser el centro de atención y ahora parecía que eso iba a formar parte de su vida diaria.

Rogó a Dios para que le diera fuerzas.

8

A la salida de la iglesia, el reverendo la presentó a quienes consideró relevantes, entre ellas al corregidor, al cual ya había tenido el placer de saludar hasta en dos ocasiones. Se mostró locuaz y agradable, y Madeleine no pudo dejar de apreciar el modo en que su esposa lo observaba, llena de admiración. A continuación, conoció a las tres personas que habían ocupado el banco contiguo al suyo. El caballero distinguido resultó ser sir Lawrence Peacock, que besó su mano enguantada con una soltura digna de los mejores aristócratas londinenses. Mucho menos mundano lo imitó su vecino, sir Joseph Jenkins, y su esposa le dirigió unas frases de cortesía que apenas fue capaz de escuchar. Sentía la sangre recorrer sus venas a toda velocidad, atronando sus oídos. En la plaza, los feligreses charlaban y dirigían las miradas en su dirección. Madeleine se sintió tan expuesta, torpe y ridícula, que a punto estuvo de sufrir un vahído.

—¿Me permite que la acompañe, lady Sedgwick? —preguntó sir Lawrence, ofreciéndole el brazo.

—¿Cómo?

—Hasta su vehículo. A no ser que tenga algún otro asunto que tratar en el pueblo.

En realidad sí lo tenía, había pensado hablar con el reverendo o con el señor Constable por si alguno pudiera conocer a alguien que buscara empleo en la zona, pero en ese momento eso se le antojaba una tarea hercúlea. ¿Por qué no podía ser ella una mujer tan segura de sí misma como lo eran su madre u otras damas que había conocido? Imaginó a lady Chapman en su misma situación y supo, sin atisbo de dudas, que no se habría dejado vencer por ninguna circunstancia adversa. Necesitaba curtirse, lo más rápido que pudiera, aunque eso no sería hoy.

—Muy amable, sir Lawrence.

Apoyó la mano en el brazo masculino, que le pareció firme y fuerte, y bajó las escaleras hasta la plaza. Él la condujo entre el gentío y ella fue saludando a los vecinos, muchos de los cuales le hicieron una pequeña reverencia, como si fuese una especie de reina o algo similar. ¡Qué absurdo le parecía todo!

—Sonría —le susurró él, sin apenas despegar los labios.

—¿Qué?

—No deje que la vean asustada.

—Yo no estoy...

El hombre apoyó su mano en la de ella y le dio un leve apretón, que barrió cualquier cosa que fuera a decir. ¿Cómo podía saber cómo se sentía? Caminaba con una elegancia innata, con la cabeza alta y los hombros relajados, como debía hacerlo un rey entre sus súbditos. A Madeleine le maravilló aquella soltura y se dejó conducir por él. Solo giró un instante la vista para cerciorarse de que Nellie la seguía, y mantuvo el paso marcado por el caballero. Finalmente alcanzaron la esquina del edificio, donde ya nadie podía verlos. El hombre se detuvo y contempló fijamente el viejo calesín.

—No me diga que ha venido subida en eso.

—Yo no...

—Yo la llevaré a casa.

—Se lo agradezco mucho, pero no es necesario.

—Por favor, permítame que insista. Hay que pasar junto a la plaza para llegar a Blackrose Manor. No puedo consentir que la vean en un vehículo en tan mal estado.

—¿Por qué le importa? —Madeleine se preguntó si aquella repentina amabilidad no encerraría algún motivo oculto.

—Me parece usted demasiado joven como para soportar sola tanto escrutinio. Le ruego que me disculpe si considera que me he excedido.

—Tiene usted alma de caballero andante —repuso ella, más relajada.

—Es posible, aunque solo pretendo conducirla hasta su hogar. No llevo mis armas conmigo si he de luchar contra molinos de viento.

A Madeleine le sorprendió aquella referencia al *Quijote*, que había leído años atrás. Contempló el lujoso carruaje junto al que se habían detenido, donde un cochero con librea granate mantenía la portezuela abierta, dejando a la vista el refinado interior. Tuvo que morderse la lengua para no soltar una exclamación.

—Será un placer, sir Lawrence —dijo, aceptando el ofrecimiento.

El anciano la ayudó a subir y ella se acomodó en los asientos acolchados, tan mullidos como un cojín de plumas. Las paredes estaban forradas de maderas nobles y pintadas a mano con filigranas en pan de oro, a juego con las dos lámparas que colgaban en dos de las esquinas. La tapicería, de color burdeos, hacía juego con las cortinas recogidas a ambos lados de las ventanillas con un cordón dorado. Era realmente un vehículo impresionante.

Una vez instalada, se asomó a la ventana y le dio a Nellie permiso para tomarse un par de horas libres antes de regresar a la mansión en el calesín, sabía Dios que se las tenía bien ganadas. Quizá la muchacha tuviera un novio, cosa que dudaba, o al menos alguna amiga a la que deseara visitar.

Sir Lawrence dio una orden al cochero y se pusieron en marcha de inmediato.

—¿Hace mucho que llegó a Blackrose Manor? —le preguntó él en cuanto dejaron atrás la plaza con todos sus curiosos.

—Unas semanas... —respondió. En un primer momento había pensado en mentirle, solo que se dio cuenta de que no era capaz—. Cuatro meses en realidad.

—¿Cuatro... meses? —La sorpresa que se dibujó en su rostro acentuó el mapa de arrugas que lo adornaba—. ¿Acaso ha estado enferma?

—Pues la verdad es que sí.

—Confío en que se haya restablecido por completo.

Madeleine asintió, sin saber muy bien qué decir.

—Dispongo de una berlina —soltó de repente. No quería que aquel desconocido pensara que se encontraba en dificultades, ni económicas ni de ningún tipo. Sin saber muy bien el motivo, le pareció importante.

—¿Qué? —El giro en la conversación volvió a sorprender al anciano.

—He venido en el calesín porque mi administrador no estaba disponible para conducirla.

—El señor Powell —dijo, con una mueca de desagrado.

—¿Le conoce usted?

—Dudo que haya alguien en la zona que no le conozca, milady.

Por el tono que empleó al pronunciar aquellas palabras, Madeleine intuyó que no le resultaba simpático y, por alguna insólita razón, eso la reconfortó. Había llegado a pensar que tenía prejuicios contra aquel matrimonio.

—Por casualidad, no conocerá usted a alguien interesado en trabajar para mí, ¿verdad?

—¿Como cochero?

—Bueno, en realidad también necesitaría a una cocinera y al menos una criada —contestó de forma atropellada—, eso sin contar con algún jardinero y...

El hombre soltó una carcajada y Madeleine se dio cuenta de que había hablado demasiado, algo harto infrecuente en ella, sobre todo si su interlocutor era un extraño.

—¿Va a quedarse mucho tiempo en la casa?

—De momento parece que sí —musitó ella, que sintió cómo sus mejillas empalidecían.

El hombre carraspeó, tal vez incómodo por lo que intuyó a través de sus palabras, y Madeleine deseó haberse mordido la lengua.

—Lo comentaré con mi personal. Tal vez ellos conozcan a alguien.

—Le estaría muy agradecida.

—Si le parece apropiado, puedo acudir a buscarla los domingos para llevarla a la iglesia. Al menos hasta que haya solucionado ese asunto.

Madeleine lo miró de hito en hito.

—Su doncella puede acompañarnos, por supuesto. De hecho, creo que sería lo más aconsejable.

—Yo... Me temo que ese es otro de los puestos que permanece vacante. La doncella que tenía no pudo acompañarme hasta aquí.

Sir Lawrence la miró con atención y Madeleine se removió inquieta en el asiento. Había lástima en aquellos ojos azules como el cielo, una compasión genuina que se le clavó como una estaca en las entrañas. Si hasta ese momento se había sentido sola, fue al verse reflejada en aquella mirada cuando comprendió lo desamparada que estaba, y se obligó a morderse los labios para no dejarse arrastrar por esos sentimientos. Aquella no era la Madeleine que quería ser, la que había decidido ser a partir de ese momento.

Él se limitó a asentir y ambos guardaron silencio de nuevo. Un par de minutos después, atravesaban los muros de la propiedad.

*　*　*

A pesar de las intenciones de Madeleine de hacer algo productivo con su tiempo, aún no había sido capaz de lograrlo. Le había pedido al señor Powell que la llevara a recorrer la propiedad, sentía curiosidad por conocerla, pero aún no había conseguido que él encontrara un hueco en sus ajetreadas jornadas. Se preguntó adónde iría con tanta frecuencia, y si los arrendatarios eran personas tan complicadas como parecían a juzgar por el tiempo que él pasaba fuera. En el interior de la mansión todo seguía como el primer día. Sin más personal era imposible que se pudieran llevar a cabo algunas de las cosas que tenía pensadas. Aun así, se negaba a languidecer en su cuarto, y pasaba gran parte de su tiempo en el jardín, al menos en la zona que resultaba accesible. Solo el pequeño Nelson, que había crecido mucho en los días que llevaba en la casa, se atrevía a aventurarse entre la maleza que lo invadía todo.

La temperatura ascendió ligeramente un par de días más tarde y decidió dar un paseo fuera de los muros de Blackrose Manor. No se alejaría mucho, solo seguiría el camino que partía de la verja principal y que se bifurcaba al final de la alameda. Sabía que el de la derecha llevaba al pueblo. El otro debía de recorrer las tierras que ahora le pertenecían.

En cuanto giró el primer recodo del sendero, se encontró con una casa de piedra de buen tamaño en evidente estado de abandono. La mala hierba del jardín delantero había trepado por los muros, carecía de un par de ventanas —cuyos huecos vacíos le hicieron pensar en dos ojos siniestros—, y de varias tejas del techado. A la puerta le faltaba un trozo en la esquina inferior derecha, como si un gigante le hubiese dado un mordisco. Intuyó, y supo que no se equivocaba, que en otro tiempo esa debía de haber sido la casa del administrador de la propiedad. Por qué los Powell vivían en la mansión principal era algo que se le escapaba. Tal vez el anterior conde les había dado permiso, para evitar que se deteriorara más de lo que ya estaba.

Los campos yermos comenzaron a desplegarse a ambos lados del sendero, grandes extensiones de hierbas altas y, al fondo, inmensos huertos de árboles frutales, aunque desde donde se encontraba no podía apreciar de qué tipo eran. Tampoco lo habría sabido de encontrarse a tres centímetros del tronco, pensó, pero habría podido deducirlo si hubiera encontrado algún fruto en el suelo. Las ramas, que alcanzaban una altura que le pareció impropia y que se enredaban con las de los árboles vecinos, estaban salpicadas de florecillas blancas.

Caminó tranquilamente tal vez por espacio de media hora y estaba pensando en darse la vuelta cuando, al completar otra curva del camino, se encontró con un paisaje muy distinto. Allí la tierra se había trabajado recientemente, sin duda para plantar el trigo que se cosecharía en verano. Madeleine se puso de puntillas para apreciar el alcance del campo, que parecía trazar una suave pendiente, pero fue incapaz de ver el límite.

—¿Se ha perdido?

Una voz a sus espaldas la sobresaltó y dio un respingo. Cuando se volvió se encontró frente a un hombre alto y fornido que llevaba una azada en la mano. No debía de sobrepasar en mucho los cuarenta años y lucía una piel bronceada por el sol y cuarteada por el viento. Sus ojos marrones, casi del mismo tono que su alborotado cabello, la observaban con atención.

—Solo... —carraspeó para aclararse la garganta—, solo estaba dando un paseo.

—¿Por aquí? —El hombre alzó la vista y contempló el paisaje, que para él no debía de albergar encanto alguno.

—Tenía ganas de conocer la zona.

—¿Es nueva en el pueblo?

—Soy la condesa de Sedgwick.

—Disculpe mis modales, milady. He oído que estaba de visita en Blackrose Manor. —El hombre inclinó la cabeza y luego oteó los alrededores, esta vez con el ceño fruncido—. ¿Powell no la acompaña?

—He venido sola —contestó—. Y usted es...

—Evans. Percy Evans.

—Quería dar un paseo, señor Evans, y conocer un poco la propiedad.

—¿El señor conde ha venido con usted?

—No, él ha tenido que quedarse en Londres —dijo, cansada ya de que todo el mundo le preguntase lo mismo.

—Ya veo. —A Madeleine le pareció ver una mueca de desagrado en su rostro, que se borró de inmediato—. Supongo que desea visitar nuestra casa.

—Oh, se lo agradezco, pero no quisiera interrumpir su labor.

—No es molestia. Además, como muy bien sabe, es de su propiedad.

Pronunció las últimas palabras con una carga de amargura que a Madeleine no le pasó desapercibida. Asintió a modo de respuesta y el hombre recorrió unos metros antes de internarse por una trocha que partía el campo en dos. A medida que avanzaban y descendían la suave pendiente, distinguió un grupo de árboles a los lejos y el techo de una vivienda.

* * *

Percy Evans llevaba instalado en aquella pequeña granja desde hacía siete años y hasta ese momento jamás había conocido a nadie de la familia Sedgwick. A veces, incluso, había llegado a pensar que aquellos aristócratas no existían y que solo eran una invención de Powell, que manejaba aquella propiedad como si fuese suya.

Caminaba a buen paso, pero no tanto como para dejar a aquella mujer atrás. Era probable que no fuese calzada de forma apropiada para moverse por aquel terreno y ese pensamiento le produjo cierto regocijo interior que no tardó en reprocharse. Era apenas una cría y parecía tan frágil como un pajarillo. Y, desde luego, tampoco era culpable de todo lo que sucedía allí.

Evans contempló su casa, un tanto destartalada, el establo medio en ruinas y el pequeño huerto, donde su mujer Donna y su hijo Tommy cultivaban hortalizas para su propio consumo. Habitualmente, apenas tenía tiempo para observar el lugar en el que vivía, como si a fuerza de verlo a diario le impidiera ver sus muchos defectos. Pensó en la impresión que se llevaría la joven que le acompañaba y le echó un vistazo de reojo. Ambos se habían detenido al final del sendero y pudo apreciar su gesto de contrariedad. Bien, eso estaba bien. Era un comienzo.

Fue entonces cuando su esposa y su hijo, que en ese momento arrancaban las malas hierbas del huerto, se incorporaron. Vio la mirada de sorpresa de ambos al comprobar que no volvía solo. Donna frunció el ceño con aquella forma tan genuina que tenía de expresarse sin palabras.

—Querida —le dijo en cuanto se aproximó—, te presento a lady Sedgwick.

Donna lo miró, con aquellos ojos pardos tan abiertos que pensó que iban a morderle, e intuyó lo que pasaba por su cabecita. En cuanto se dio cuenta de que no se trataba de una broma, sus mejillas se pusieron del color de las frambuesas. Trató de esconder los rizos castaños que se habían escapado de su moño y se limpió las manos en el delantal con cierto nerviosismo.

—Oh, milady, es un honor recibirla en nuestra casa —dijo, con una pequeña reverencia—. ¿Le apetecería tomar una taza de té?

Percy estuvo a punto de contestar que la señora seguramente

no dispondría de tiempo para ello. No imaginaba a una dama de su categoría entrando en su casa y sentándose a su mesa, pero la respuesta afirmativa de la condesa le robó la intención. Percy sabía que el ofrecimiento de su esposa no era más que un detalle de cortesía y que estaba tan asombrada como él por la respuesta de lady Sedgwick.

Tras presentarle a Tommy, tan desgarbado como lo era él a su edad y con el cabello igual de oscuro y alborotado, entraron en la vivienda. Era vieja y estaba en mal estado, pero Donna era una excelente ama de casa y la mantenía tan impoluta que habrían podido comer sopa en el suelo. Percy cogió de un rincón la silla que reservaban para las visitas, la única que no cojeaba, y la colocó frente a la mesa. La dama le dio las gracias antes de ocuparla y él no pudo evitar corresponder a su sonrisa.

Vio a su mujer trastear en la alacena, seguramente buscando las tazas y platillos que estuvieran menos descascarillados, aunque intuía que eso iba a resultar difícil. Ordenó a Tommy que avivara el fuego y él llenó la tetera, que colocó sobre el trébede de la chimenea.

—¿Quiere un poco de bizcocho? —preguntó Donna mientras colocaba la vajilla sobre la mesa—. Lo he preparado esta mañana.

A Percy se le hizo la boca agua. Su esposa era una gran cocinera y sus dulces eran los mejores que había probado jamás. Casi lamentó que se lo ofreciera a aquella mujer, que se limitó a asentir con una sonrisa.

Se encontraba totalmente desubicado en su propia casa. No sabía cómo comportarse ni qué decir, como si de repente se hubiera transformado en un extraño, en un invitado no deseado en su propio hogar. No lograba discernir cuáles eran los motivos que habían llevado hasta allí a la condesa, pero estaba deseando que se marchara.

La dama los invitó a sentarse a la mesa con ella y charlaron durante unos minutos. La última cosecha había sido abundante y el precio del trigo, tan necesario para las tropas, se pagaba mejor que en los años anteriores, aunque sin alcanzar el importe de 1812, el más alto en lo que llevaban de siglo. La marcha de la guerra también preocupaba a los Evans, a pesar de hallarse a tanta distancia del conflicto. Conocían a varios jóvenes del pueblo que se habían alistado y rezaban por ellos y sus familias.

De vez en cuando, Percy echaba una mirada a Donna, que se había relajado y parecía encantada con aquella visita. Su hijo, cautivado por la dama, permanecía al margen pero atento a cuanto allí se decía. Vio que la mujer había dado cuenta de un pedazo de bizcocho y supo que le había gustado. De hecho, podría haber asegurado que, de haberse encontrado sola, se habría servido una segunda porción.

—Les agradezco mucho su invitación, han sido muy amables—. La dama se levantó y ellos la imitaron.

—Por favor, vuelva siempre que quiera —le dijo Donna, y Percy no pudo evitar fruncir el ceño. ¿Siempre que quisiera? Por lo poco que ella le había dicho, sabía que el conde no se encontraba con ella. ¿Y si se aburría y decidía ir a visitarlos a diario?

—La acompañaré hasta el camino principal, milady, y le mostraré las tierras —se ofreció, deseando salir de allí de inmediato.

Apenas habían puesto un pie en el sendero que cruzaba el campo cuando ella habló de nuevo.

—¿Por qué no le agrado, señor Evans?

La pregunta fue tan directa que, durante unos segundos, no supo qué contestar. ¿Todas las aristócratas serían así de francas?

—No la conozco, milady.

—Y aun así, intuyo que no le resulto simpática.

—No tiene nada que ver con usted —farfulló.

—¿Con quién tiene que ver entonces? —insistió la mujer.

Percy soltó un gruñido e imprimió algo más de ritmo a sus pasos, pero la dama no tardó en volver a estar a su altura. Sin saber muy bien por qué, se sintió acorralado.

—¿Señor Evans? —Habría jurado que en su voz había un deje de súplica.

—Son asuntos de hombres, milady.

—¿De qué hombres? —persistió ella—. ¿Mi esposo, quizá? ¿El señor Powell?

—De ambos.

—¿No se encuentra a gusto aquí?

«¿Es que aquella mujer no se callaba nunca?», pensó Percy, que comenzaba a lamentar de veras haberse ofrecido a mostrarle su granja.

—Las cosas podrían hacerse mejor, es todo —contestó al fin.

—¿Mejor en qué sentido?

—Señora, por favor, no...

—No se atreva a decirme que no son asuntos de mi incumbencia y que mi deber como mujer es quedarme en casa bordando —le espetó ella, que se había detenido en medio del campo y había puesto los brazos en jarras. Percy miró aquellos ojos verdosos que de repente le hicieron pensar en un terreno pantanoso y traicionero.

—No... no pensaba sugerir tal cosa, milady —dijo aunque, en su fuero interno, reconoció que las palabras que pensaba dirigirle no eran muy distintas a aquellas.

—¿Y bien?

Aquella damita tenía arrestos, debía reconocerlo. Él le sacaba más de una cabeza, y era tan corpulento que podría habérsela colocado sobre un hombro y trabajar el día completo sin apercibirse de su peso y, aun así, le plantaba cara como si él fuese un niño travieso y ella la maestra de la escuela dispuesta a poner orden. ¿Qué quería que le explicara? ¿Acaso ella no sabía cómo funcionaba todo por allí? ¿No estaba al tanto su esposo?

—Pagamos las rentas cada año, sin retrasos ni excusas, aunque la cosecha haya sido mala. Cumplimos con nuestra parte como establecen las leyes —le dijo, clavando en ella su mirada desafiante—. ¿Es mucho pedir que ustedes también cumplan la suya?

—¿Qué?

—Un porcentaje de la renta debería invertirse en reparar las viviendas de los arrendatarios, en mantener los caminos transitables... ¿Sabe que hace cuatro años que el puente sobre el Lugg se vino abajo y que aún no ha sido reparado? Algunos arrendatarios pierden gran parte de su jornada cada vez que necesitan ir al pueblo o al mercado, porque tienen que rodear toda la maldita propiedad.

—Yo no sabía...

—¿Cree que a mí me gusta vivir en una casa que cualquier día se desplomará sobre nosotros? —continuó él, que notaba cómo sus ánimos se habían ido encendiendo a medida que hablaba—. Si pudiera la arreglaría yo mismo, créame, pero no dispongo ni de los conocimientos ni del tiempo o del dinero necesarios para ello. Y aun así no he dejado de hacer reparaciones desde que nos instalamos. Así es que no me hable de simpatías o de por qué usted no me agrada.

—Señor Evans...

—Vuelva a sus fiestas, milady, a sus bordados y a las cosas que haga con su tiempo —le dijo, hosco, y continuó su camino a grandes zancadas.

Percy sabía que se había extralimitado y que aquello podría acarrearle consecuencias gravísimas. Nadie le hablaba así a alguien de su clase, lo supo por el modo en que lo miraba, entre espantada y conmocionada. ¿De dónde diablos creían los aristócratas que salían sus inmensas fortunas? Se había desahogado, al menos un poco, y ahora se sentía miserable y un poco preocupado. No era a ella a quien debería haberle dirigido aquellas palabras, pero al conde no lo había visto jamás, y dudaba que fuera a encontrárselo igual que se la había encontrado a ella. Y Powell... bueno, Powell hacía lo que su señor dictaba.

Llegaron al camino principal. Estaba a punto de despedirse, tal vez incluso de disculparse, cuando ella se le adelantó.

—Señor Evans, ¿podría tomarse una mañana o una tarde libre en los próximos días?

Percy la miró, extrañado. Ni siquiera se atrevió a preguntarle por el motivo de aquella extraña petición, a la que solo pudo responder con un sí.

9

La conversación que había mantenido con el señor Evans había resultado tan incómoda como esclarecedora, y Madeleine no cesó de darle vueltas a sus pensamientos durante todo el camino de regreso a la mansión.

Cuando se encontraba en la bifurcación de la alameda, vio a lo lejos a una mujer que se alejaba hacia el pueblo y se preguntó si alguien había acudido a visitarla. Fue lo primero que le preguntó a Nellie nada más cruzar el umbral.

—Ha venido a solicitar empleo —le dijo la criada, que fregaba el suelo de rodillas. Se había levantado al verla llegar, con el cepillo de gruesas cerdas aún en la mano, goteando sobre la superficie de madera.

—Oh, espero que haya hablado con la señora Powell.

—Eh, sí —contestó, con su habitual timidez.

—Perfecto entonces. ¿Cuándo comienza? ¿Cómo se llama? —Madeleine sentía curiosidad por la nueva persona que iba a formar parte de aquella pequeña familia, si es que podía considerarse así.

—No la ha contratado.

—¡¿Qué?! —No pudo evitar que la ira inflamara su tono de voz—. ¡¿Por qué?!

Nellie se encogió de hombros y miró hacia el pequeño charco de agua jabonosa que se había ido formando a sus pies. Madeleine se sintió mal por la muchacha.

—No te preocupes, Nellie —le dijo—. Por cierto, el suelo está quedando muy bien. Creo que nunca lo había visto tan brillante.

—Ya verá, milady. Cuando termine parecerá nuevo —repuso la chica con cierto orgullo.

Madeleine lo dudaba mucho. La madera era demasiado vieja y llevaba años sin tratarse como era debido, pero apreció el evidente esfuerzo de la muchacha. Nellie volvió a su tarea y ella recorrió el pasillo para hablar con la cocinera, que pelaba zanahorias sobre la mesa de la cocina.

—¿Por qué no la ha contratado? —Su voz sonó autoritaria, aunque eso no pareció afectar en lo más mínimo a la señora Powell.

—¿A quién, señora?

Madeleine no contestó, se limitó a clavar en ella una mirada cargada de cinismo. Estaba adquiriendo experiencia en esos menesteres, pensó con un deje de amargura.

—¿Nellie se lo ha dicho? —Chasqueó la lengua.

—La he visto yo cuando se marchaba.

—No sirve.

—Por Dios, ¿cómo sabe usted eso?

—No tiene experiencia, y sus manos son demasiado pequeñas.

—Señora Powell, ¿se está burlando de mí? —Madeleine se apoyó sobre la superficie de la mesa, con tanta fuerza que los nudillos se le pusieron blancos.

—Jamás me atrevería, señora. Todo el mundo sabe que las mujeres con manos pequeñas no son buenas en las tareas del hogar.

¿Todo el mundo sabía eso? Le parecía tan absurdo que estuvo a punto de echarse a reír. Era consciente de que en el campo la gente tendía a creer en supercherías y a dejarse convencer por falsos supuestos, aunque la ciencia hubiera demostrado años atrás lo equivocados que pudieran estar algunos de ellos. Pero aquello era el colmo. Con la escasez de manos ociosas que existía en aquella zona era impensable desperdiciar las pocas oportunidades de conseguir personal nuevo.

—Quiero que la busque y que le dé al menos una oportunidad.

—No ha dicho cómo se llama ni dónde encontrarla.

—Pues ruego por su bien que se esmere en hacerlo, señora

Powell —dijo, y abandonó la estancia dando un portazo. No estaba muy convencida de que la cocinera fuese a ocuparse del asunto, pero al menos debía intentarlo. La animadversión que sentía por los Powell aumentaba por momentos.

*   *   *

Dos días después, ese sentimiento iba a crecer varios enteros. Como había convenido con el señor Evans, se encontraron tras el primer recodo del camino, donde él la aguardaba subido a una vieja carreta. La ayudó a sentarse en el pescante y dio orden al caballo de ponerse en marcha. Unos minutos después, pasaron justo por el lugar donde se habían encontrado la última vez.

—¿De dónde son ustedes, señor Evans? —Deseaba conocer un poco más a aquellas personas y ese le pareció un buen modo de empezar.

—Yo nací aquí, milady.

—¿De verdad? —No había esperado esa respuesta.

—Cuando era niño el pueblo era muy distinto. Estaba lleno de vida y había trabajo, aunque no tanto como en tiempos de mi padre. Muchos de estos campos que ve ahora se cultivaban, docenas de hombres y mujeres vivían de ello. —Su mirada triste recorrió las grandes extensiones yermas—. Yo era hijo del boticario.

—No sabía que había una botica en el pueblo.

—Ahora ya no la hay —repuso Evans—. Mi familia se trasladó unas millas más al norte, a Leominster, poco después de que yo me marchara. Quería ser marino, ¿sabe?

—¿Marino? —Madeleine sonrió, y recordó aquellos viejos volúmenes de la biblioteca de la mansión.

—A los catorce años uno sueña con descubrir el mundo, con participar en todo tipo de gestas y escribir la historia con sus propias palabras —confesó, con un atisbo de nostalgia—. Mi padre accedió a ello, ya tenía a mi hermano mayor para que se ocupara del negocio familiar, pero me obligó a permanecer en la escuela hasta los dieciséis años. Luego me envió con un primo suyo a Portsmouth y allí, al fin, conseguí lo que soñaba.

—¿Y era tal y como se lo había imaginado?

—Los sueños nunca son como uno los imagina, milady, la realidad se ocupa de abofetearte a conciencia —contestó—, pero sí, me hice marino. Saber leer y contar me permitió, con el tiempo, convertirme en suboficial de intendencia de un barco mercante. Luego conocí a Donna, nos casamos y, unos años después, llegó Tommy. Ahí decidí que había llegado el momento de regresar a tierra firme. Ya había visto suficiente mundo.

Madeleine lo miró, un tanto asombrada y, le dio vergüenza reconocerlo, también un tanto envidiosa. Si uno tenía un sueño, era mucho más sencillo cumplirlo si llevaba pantalones. Era algo que había tenido presente desde niña, solo que nunca con tanta claridad como en ese momento.

—Vivimos una temporada en Portsmouth —continuó él—. Y luego nos trasladamos a Leominster, pero no había trabajo en la botica para mi hermano y para mí. Al final decidí regresar a Falmouth y trabajar la tierra. De niño, había amado estos campos y los granjeros siempre me parecieron personas felices. Pensé que este sería un buen lugar para criar a mis hijos, aunque Dios solo nos permitió concebir uno. No tenía experiencia ninguna, pero Donna es hija de agricultores y fue de gran ayuda. El primer año fue el peor, pero todo se puede aprender.

Madeleine no podía estar más de acuerdo con esa apreciación.

El primer arrendatario al que visitaron, el señor Gambler, se mostró mucho más amable de lo que esperaba, y su esposa y sus dos hijos pequeños le parecieron encantadores. Recordó que los había visto en la iglesia, porque sus caras le sonaban. La vivienda que ocupaban presentaba el mismo aspecto dejado que la de Evans, aunque no percibió en él ningún tipo de reproche. Tal vez no se atrevió a exponer sus quejas ante ella, como había hecho él.

Quien sí lo hizo fue el segundo arrendatario al que fueron a ver, el señor Burke, que vivía con sus dos hijos y su nuera en una de las propiedades más extensas de la zona. Era un hombre grande y musculoso, con una barba cerrada que ensombrecía su curtido rostro y unos ojos marrones y hundidos en las cuencas que le parecieron inquietantes. Se mostró contrariado con la visita y un poco irascible. Alzaba la voz y hacía aspavientos con las manos, señalando sin pudor todas las cosas que le parecían mal. Evans manejó la situación con soltura, apaciguando al hombretón, mientras ella, a dos pasos de distancia, trataba de mostrar un semblante sereno pese a la aprensión que le producía aquel personaje.

Cuando al fin abandonaron su propiedad, Madeleine estaba sudando.

Mientras recorrían el camino, que trazaba una suave pendiente, Evans apretó las riendas para evitar que el caballo descendiera a demasiada velocidad. Tenía unas manos grandes y fuertes, acostumbradas al trabajo duro.

—¿Cree que nos tropezaremos con el señor Powell? —preguntó Madeleine.

—¿Con Powell? —Evans retiró la vista de la grupa del caballo para centrarla en ella—. ¿Y por qué habríamos de encontrarlo por aquí?

—No lo sé... ¿no recorre estos caminos a diario?

—¿Eso es lo que le ha dicho? —Evans no pudo evitar soltar una carcajada, por la que enseguida se disculpó—. Estará en la taberna o, aún más probable, en el aserradero.

—¿El aserradero?

—Él lo llama así, aunque no es más que un granero cochambroso donde almacena toda la leña que manda cortar cada año.

Madeleine lo miraba sin comprender.

—¿Ve toda aquella zona boscosa? —Evans señaló hacia el oeste, donde, efectivamente, no se veían más que árboles—. Años atrás esos bosques pertenecían a Blackrose Manor, pero la antigua señora los liberó para que los habitantes de Falmouth cazaran o recolectaran leña. Hace más de dos décadas que volvieron a manos de la mansión, no sé con qué argucia legal, y ahora solo puede recogerse la leña que se encuentra en el suelo, el resto hay que comprársela a Powell.

Madeleine hundió los hombros. Si aquello era cierto no hablaba muy a favor de su esposo, el conde de Sedgwick, y no encontró palabras con las que disculparlo. Evans, al parecer, no las esperaba, porque no añadió nada más y continuaron con las visitas sin mayores incidencias, aunque ella fue incapaz de sacudirse aquella opresión en el pecho en toda la mañana.

* * *

Había pasado ya la hora de comer cuando Madeleine regresó por fin a la mansión. Aunque Nellie sabía que pasaría fuera gran parte de la mañana, no la había puesto al corriente de los detalles por temor a que lo comentase con Powell. Tampoco había tenido intención de ausentarse durante tanto tiempo, así es que improvisó sobre la marcha y le dijo que se había perdido por los caminos.

—No debería salir sola, milady —musitó la joven, un tanto cohibida.

—Lo tendré en cuenta la próxima ocasión. —Madeleine le dedicó una sonrisa tranquilizadora y comenzó a subir las escaleras.

—Ahora mismo le subo algo de comer.

—Gracias, Nellie.

La criada le subió un plato de pollo frío con una salsa espesa y un tanto ácida que aun así devoró con apetito. Madeleine pensaba en todo lo sucedido durante la mañana y en los arrendatarios que había conocido, según Evans, más de la mitad de ellos. Algunos se habían mostrado fríos aunque corteses, otros verdaderamente encantados de que una mujer de su posición los visitase, y solo Burke y otro llamado Pettridge se habían atrevido a expresar de forma más abierta su descontento.

A media tarde, con la cabeza despejada y una lista mental de todas las cosas sobre las que quería hablar con su administrador, bajó al despacho. Esperaba encontrar al hombre allí, y la puerta entreabierta así lo indicaba, pero era Nellie quien estaba dentro, limpiando. Le confirmó que Powell aún no había vuelto y a punto estuvo de regresar a su alcoba a esperarlo, aunque lo pensó mejor. Miró la mesa del despacho, algo más despejada que la última vez que había estado allí, y pidió a la muchacha que encendiera el fuego. Recordó entonces lo que Evans le había comentado acerca de la leña y sintió la tentación de pedirle que encendiera las chimeneas de todas las malditas habitaciones de la casa, pero se contuvo. No quería un enfrentamiento directo con los Powell, todavía no.

Una vez a solas, ocupó la silla del administrador y ojeó los documentos que había sobre la mesa, nada realmente relevante. Inspeccionó los cajones. El de la derecha estaba abierto, y encontró el libro de cuentas de la propiedad. El de la izquierda estaba cerrado y se agachó para comprobar la pequeña cerradura que horadaba el marco en la parte superior. Una única llave lo abría, una llave que estaba convencida de que Powell llevaba consigo.

Colocó el libro sobre la mesa y lo abrió. Lo primero que llamó su atención fue el desorden con el que estaban hechas las anotaciones. Había tachones por todas partes y manchas de comida y tinta. La letra era casi ininteligible y tuvo que esforzarse al máximo para tratar de descifrar aquel galimatías. ¿Powell lo haría a propósito? Le parecía lo bastante ladino como para urdir algo así. Nadie en su sano juicio soportaría la lectura de aquel volumen, y se vería obligado a confiar en la palabra de su administrador. Pero ella ya no tenía juicio ni nada que perder, así es que se armó de paciencia y fue repasando una a una cada línea de aquel despropósito.

Aquellas eran las cifras oficiales de la propiedad, lo dedujo nada más comenzar. Allí estaban los ingresos y también los gastos, y fueron estos últimos los que la sacaron de sus casillas. Había partidas para reparaciones en las casas de los arrendatarios, partidas para el reacondicionamiento de la mansión, para el mantenimiento de los jardines e incluso para personal extra que ella, en los cuatro meses que llevaba allí, no había visto. Madeleine iba soltando improperios ante cada nuevo falso dato que encontraba, hasta que consideró que ya tenía suficiente. El proceso se repetía durante los años precedentes, a saber desde cuándo. Cada temporada, él debía presentar las cuentas al administrador general, que con toda probabilidad las daría por buenas y ni siquiera las cuestionaría. Para una familia como los Sedgwick, aquella debía de ser una propiedad tan insignificante que carecía de sentido dedicarle una atención pormenorizada.

Madeleine alzó la vista y dejó que esta se perdiera en el crepitar del fuego. No encontraba una explicación razonable a lo que acababa de descubrir, nada que pudiera justificar lo que ahora sabía. Movida por un impulso, tomó un abrecartas y lo introdujo en la ranura del cajón de la izquierda. Le llevó varios minutos, en los que llegó a plantearse abandonar lo que estaba a punto de hacer, pero al final el cajón se abrió con violencia y a punto estuvo de salirse de su sitio. Allí encontró un sobre con una importante cantidad de dinero, que supuso eran las rentas que los arrendatarios habían satisfecho no hacía mucho, y que guardó en uno de sus bolsillos. También halló un libro mucho más pequeño, este escrito con gran pulcritud. Las cuentas personales de Powell, se dijo, a medida que iba pasando las páginas y descubriendo las partidas que había ido anotando.

—¡¿Qué diantres hace en mi despacho?! —Tronó la voz de Powell desde el umbral.

Madeleine dio un respingo y alzó la vista. Los ojos del administrador observaban la estampa con una mezcla de antipatía y pavor que, durante un instante, la paralizó.

—Quiero que me explique todo esto —dijo ella, señalando ambos libros. Quería ofrecerle la oportunidad de justificarse.

—Yo a usted no tengo que explicarle nada —le dijo él, dando un paso y entrando en la habitación.

—Esta propiedad ahora me pertenece, señor Powell, lo sabe tan bien como yo. —Hizo un esfuerzo para que la voz no le temblara.

—Eso es algo temporal, y usted lo sabe tan bien como yo —utilizó sus mismas palabras en un claro intento de burlarse de ella—. Será mejor que vuelva a Londres y se olvide de todo.

—No voy a irme a ningún sitio. —Madeleine se aferró a la silla. No le gustaba el semblante hosco de aquel hombre, pero tampoco deseaba que percibiera el miedo que se le había instalado en las tripas.

—Señora, aquí las cosas siempre se han llevado así, no venga ahora a tratar de darme lecciones sobre cómo administrar estas tierras. Usted dedíquese a sus cosas y a tomar el té y deje los asuntos de hombres para los hombres.

Powell podría haber elegido muchas maneras de intentar ponerla en su lugar, pero tuvo que escoger precisamente aquella. Madeleine llevaba tanto tiempo pensando en lo diferente que sería su existencia si hubiera nacido varón, que aquel último envite no hizo sino agrandar la herida que llevaba semanas supurando.

—¡No voy a tolerar que me hable de ese modo! —exclamó, al tiempo que se levantaba como un resorte, sin importarle ya lo que aquel miserable pudiera llegar a hacerle. Su repentino arranque sobresaltó a Powell, que entrecerró los ojos. Solo entonces fue consciente de que casi había anochecido. Entre la oscuridad que parcheaba el cuarto y aquellas tupidas cejas que sombreaban su rostro, ni siquiera podía saber si aún los mantenía abiertos—. No me importa cómo se han llevado las cosas hasta este momento, señor Powell, pero a partir de ahora se harán de un modo muy distinto.

—¿Y en qué ha pensado? ¿Tiene idea acaso de lo que significa tratar con esos hombres embrutecidos del campo? —Soltó una risotada—. Se la comerían en cuanto pusiera un pie en sus tierras. Usted es demasiado refinada para un lugar como este, créame. Lo mejor que puede hacer es dejarlo todo en mis manos.

—No puedo aprobar sus métodos, señor Powell, y a lord Sedgwick le importan sus arrendatarios.

—Si le importan tanto como usted a él, todo continuará como hasta ahora —se burló Powell, que se atrevió incluso a sonreírle con malicia.

Así es que era eso. La falta de respeto que había detectado en aquel matrimonio no se debía en exclusiva a su falta de honradez o a que ella fuese joven e inexperta. Intuían que su esposo la había repudiado y abandonado allí y que no contaba con su protección.

—Señor Powell —dijo, arrastrando las palabras y con una mueca de desprecio, quiero que usted y su esposa se marchen de esta casa de inmediato.

—¡¿Qué?! ¡¡¡No puede despedirnos!!! —Dio un paso más en su dirección y el corazón de Madeleine a punto estuvo de derribar sus costillas de puro miedo, pero mantuvo las piernas bien afianzadas, dispuesta a recibir lo que fuese.

—Acabo de hacerlo. —Le sorprendió comprobar que su voz no tembló ni un ápice.

—¡Escribiré al señor Dawson, a su marido incluso! ¿Quién se ha creído usted que es? —El tono de su voz se había elevado de tal modo que debía oírse en todos los rincones de la casa.

—También yo les escribiré, no le quepa duda. Estoy convencida de que encontrarán estas cuentas muy interesantes. Y de que avisarán a las autoridades para que le lleven preso por estafador y ladrón.

—¡¡Yo no he robado nada!! —gritó, colérico—. Llevo más de veinte años aquí, cuidando de esta vieja casa que no le importa a nadie. ¡Ese dinero me lo he ganado con creces!

—Según he comprobado, no cobra un mal sueldo, señor Powell —replicó ella, que mantuvo un tono sereno y firme—. Y su esposa, de hecho, está cobrando dos. Tres si contamos a esa criada fantasma que aparece en sus libros.

El odio que destilaban los ojos de su administrador fue casi una bofetada y supo que no aguantaría mucho más tiempo de pie. Las rodillas le temblaban tanto que se mantenía derecha a fuerza de sujetarse a los bordes de la mesa, pero las manos comenzaban ya a dolerle. Respiraba entrecortadamente y, si no fuera porque Powell se encontraba en una situación muy semejante, se habría dado cuenta de ello.

—Será mejor que vaya a avisar a su esposa —le dijo, viendo que él no reaccionaba—. Sin duda querrá comenzar a empacar sus cosas.

Powell la miró con una rabia que ella no había visto más que en una ocasión, la noche en la que un hombre la había besado por primera vez y luego la había contemplado del mismo modo. Desterró ese pensamiento de inmediato y se obligó a mantener la compostura.

—Se arrepentirá de esto, señora —le dijo, con los dientes apretados—. En menos de una semana vendrá de nuevo a buscarme, se lo aseguro.

—Antes quemaré Blackrose Manor hasta los cimientos —espetó ella, erguida como una diosa y con el temple de un Cruzado.

Powell le lanzó una última mirada cargada de desprecio, escupió sobre la mesa y salió del cuarto, dando un portazo que hizo temblar toda la habitación.

Solo entonces Madeleine se dejó caer sobre la silla, donde comenzó a estremecerse y a respirar a grandes bocanadas para tratar de contener los furiosos latidos de su pecho.

10

Sir Lawrence Peacock aún no lograba comprender por qué se había visto impulsado a socorrer a aquella joven dama el domingo anterior, a comportarse, como ella había señalado, como un caballero andante. Había algo en su porte, entre regio y apocado, lleno de contrastes y de matices, que lo había conmovido. Algo en la curva de su mentón que le hizo pensar en su esposa Maura, que había fallecido durante el parto del que habría sido su primer hijo. Algo en su mirada verdosa que lo llevó de nuevo a los campos de su Virginia natal, bajo cuya tierra descansaban los huesos de todos aquellos que le habían importado alguna vez.

Tras la derrota de los británicos al mando del general Charles Cornwallis en Yorktown, Virginia, en 1781, sir Lawrence, que había luchado en el bando del Imperio, se había instalado en Inglaterra, la tierra originaria de sus padres. Ya no le quedaba nadie allí que le anclase a su antigua vida, y verse obligado a convivir con los hombres contra los que había luchado le pareció un despropósito. Aún conservaba propiedades en Virginia y las Carolinas, pero no había regresado jamás a su hogar. Era un hombre rico, más rico de lo que merecía y menos de lo que aparentaba, que había aprendido a disfrutar de los placeres pequeños y medianos hasta convertirlos en grandes, y que se sentía bastante satisfecho con su vida y con el lugar que ocupaba en ella.

A esas alturas, con sesenta y tres años cumplidos, las razones de sus actos habían dejado de importarle. Había hecho con lady

Sedgwick lo que consideraba correcto, lo que le había nacido de las entrañas, y no tenía que darle explicaciones a nadie. Una de las pocas ventajas de ver pasar el tiempo consistía en sentirse lo bastante libre como para poder saltarse algunas reglas sin temor a las consecuencias, y en poder tomarse ciertas licencias sin que a nadie le importase un ardite.

Esa mañana de domingo, su ayuda de cámara lo acicalaba para acudir a la iglesia. Era una costumbre que había adquirido poco después de su llegada al pueblo, más de treinta años atrás, más por integrarse en aquel entorno que por una fe verdadera. Había dejado a Dios atrás, en aquellas tierras que ahora se llamaban los Estados Unidos de América, y no lo había echado de menos desde entonces.

Conforme el carruaje se aproximaba a Blackrose Manor, comprobó las mangas de su camisa y echó un rápido vistazo a sus lustrosos zapatos. Todo estaba en orden, como debía ser. El vehículo se detuvo frente a la puerta principal y aguardó unos minutos, que dedicó a contemplar el edificio. Cuando la semana anterior había llevado a lady Sedgwick de regreso no había tenido la oportunidad de observar la propiedad a su antojo. Solo ahora podía contemplarla a su merced y el estado de deterioro que presentaba todo el conjunto iba en consonancia con el resto de las tierras que la circundaban. Era una verdadera lástima.

Transcurrieron cinco minutos y nadie acudió a la puerta. Era probable que lady Sedgwick aún no estuviera lista. Lo tenía previsto, sabía que las mujeres siempre se retrasaban a última hora, por eso había acudido con tiempo. Aguardó pacientemente, reclinado sobre el acolchado asiento. Unos minutos después echó un vistazo por la ventanilla. Todo estaba demasiado... silencioso. No parecía haber movimiento alguno en la mansión. ¿Habría sucedido algo?

Bajó del carruaje y se dirigió a la puerta. Llamó con fuerza, pero nadie acudió a abrir. Acuciado por la inquietud, probó el pomo y comprobó que estaba abierta. Intercambió una mirada con el cochero y entró en la casa. Nunca había estado en el interior de Blackrose Manor, pero ni de lejos habría esperado descubrir aquel estado de semiabandono y aquel frío que se colaba por todas las grietas de la casona.

—¿Hola? —gritó, a todo pulmón—. ¿Hay alguien?

Le pareció escuchar un sonido procedente del piso superior y comenzó a subir las escaleras. A media altura repitió el saludo, más alto incluso que el anterior. Una cabecita asomó por la esquina. Era Nellie, la criada, y había estado llorando. Cubrió la distancia que los separaba en unas zancadas, como si volviera a tener veinte años, y se encontró en el pasillo del primer piso. De una habitación del ala izquierda emergió la figura de lady Sedgwick, con el cabello despeinado y las mangas remangadas.

—¡Sir Lawrence! —exclamó, sorprendida, y él sintió que todos sus nervios se evaporaban de repente. La joven se encontraba bien—. ¿Qué sucede?

—Es domingo, milady —contestó él. ¿En qué mundo vivía aquella criatura que ni siquiera sabía el día que era?

—¡Oh, Dios! ¿Domingo?

—¿Están...? —carraspeó—. ¿Están de limpieza general?

—Hummm, algo así —repuso ella, que miró a la criada. Nellie permanecía apoyada contra el muro con la cabeza baja—. Los Powell se han marchado.

—¿Se han ido? ¿Así, sin avisar?

—Eh... no, en realidad yo los despedí, anoche.

Si lady Sedgwick le hubiera dicho que a uno de los caballos de su cuadra le habían salido alas no se habría sorprendido tanto.

—Se han dado prisa en marcharse, entonces.

—Ya lo creo —repuso ella, apesadumbrada—, llevándose todo lo que han podido acarrear, incluyendo los dos caballos y la carreta nueva.

—¡Entonces hay que avisar a las autoridades! —exclamó—. La llevaré a Hereford de inmediato.

—No se moleste, sir Lawrence. Ni siquiera sé exactamente qué es lo que falta. —Madeleine intuía que muchos administradores sisaban a sus señores y, aunque lo que habían hecho los Powell iba mucho más allá, seguía sintiéndose en deuda con Prudence por haber cuidado de ella durante su enfermedad.

—Nellie —Peacock se dirigió a la muchacha—, ¿sabes preparar el té?

—Sí, milord.

—¿Podrías ocuparte, por favor? Lo tomaremos abajo, en la sala de visitas. —Miró a Madeleine—. ¿Hay una habitación que pueda considerarse así en esta casa? —Ella asintió—. Bajaré con Nellie y encenderé el fuego mientras se arregla un poco.

—Sir Lawrence, me temo que hoy no podré acudir a la iglesia. —Se pasó la mano sucia por el rostro. Habían estado revisando las habitaciones vacías, que acumulaban el polvo de años—. Siento mucho que haya tenido que desplazarse hasta aquí para nada.

—Créame, ir a ver al reverendo Wilkes es lo último que figura en mis planes esta mañana. —Le dedicó una sonrisa afectuosa con la que pretendía insuflarle un poco de ánimo.

Sin añadir nada más, sir Lawrence comenzó a bajar las escaleras. Antes de entrar en la salita que Nellie le indicó, salió a darle instrucciones al cochero y luego regresó al interior, a esperar a aquella joven que acababa de ver cómo su futuro se complicaba un poco más.

* * *

Madeleine estaba furiosa. Con los Powell, por supuesto, pero también consigo misma. Después de que el administrador abandonara la habitación, ella había subido a sus aposentos y se había encerrado en ellos, con un miedo irracional instalado en la boca de su estómago. Era ilógico pensar que aquel hombre fuese a causarle daño físico pero, en caso de que así fuera, no había nadie en la casa que pudiera defenderla. Colocó una silla haciendo cuña en la puerta de su dormitorio y luego tomó el atizador de la chimenea. Con él a mano, ocupó el sillón situado frente a ella, con Nelson en el regazo y dispuesta a esperar lo que hubiera de venir. En algún momento debió de quedarse dormida, porque despertó con el alba manchando la alfombra de luz.

Se levantó y se cercioró de que la puerta permanecía intacta y aguzó el oído. Ningún sonido provenía del pasillo, ni del piso inferior. No sabía muy bien cómo iba a enfrentarse a los Powell esa mañana y valoró la posibilidad de permanecer allí encerrada, pero comprendió de inmediato que eso no hablaba muy a su favor. Había tomado una decisión y era su deber acarrear con las consecuencias que esta le reportara. Esconderse era casi como admitir que lo del día anterior había sido solo un arrebato y que las cosas permanecerían igual. Aún seguía con la oreja pegada a la puerta cuando unos golpes sonaron en ella, haciéndola retroceder de un salto y dejando caer el atizador, que había sujetado con fuerza hasta hacía un instante. La boca se le secó de repente.

✳ ✳ ✳

Nellie Harker llevaba seis años viviendo en aquella casa, desde que su madre la había enviado con su cuñada Prudence para que aprendiera un oficio. Era poco más que una niña por aquel entonces y había trabajado duro cada uno de los días que llevaba allí. Su tía ni siquiera le preguntó por su hermano, el padre de Nellie, que había muerto en una reyerta de borrachos solo unos meses atrás. Ni por su sobrino Billy, el hermano de Nellie, a quien la tuberculosis se había llevado un año antes, cuando aún no había cumplido los cinco. Se limitó a recitarle las normas de la casa y a cargarla de trabajo. Durante las primeras semanas, la joven acabó totalmente agotada. La limpieza estaba tan atrasada que no podía imaginarse cómo los dueños no habían despedido a su tía y a su esposo, aquel hombre avinagrado que solo se dirigía a ella para ordenarle alguna tarea. No tardó en darse cuenta de que allí los únicos amos parecían ser ellos. En los seis años que habían transcurrido desde su llegada, nadie más había acudido a la mansión, como si su propietario hubiera olvidado que la poseía.

Si alguien le hubiera preguntado en alguna ocasión si se encontraba feliz en aquel lugar no habría sabido qué contestar. No pasaba hambre, al menos no demasiada, no sufría las indeseadas atenciones de ningún miembro de la casa, y disponía de un techo bajo el que resguardarse, aunque en ocasiones hiciera tanto frío como si durmiera bajo un puente. Recibía un sueldo exiguo que había enviado casi íntegro a su madre hasta que esta se había vuelto a casar con un comerciante de paños unos meses atrás. Le había escrito una carta que tuvo que leerle el señor Powell, porque ella no había ido jamás a la escuela, en la que le insinuaba que no sería bienvenida en el caso de que decidiera regresar. Al parecer, el hombre quería formar su propia familia y no había espacio para Nellie. No tardó en comprender que su destino estaba ligado a su tía y a su marido y que, mientras hiciera su trabajo y no protestara, no se desprenderían de ella.

En esos años había visto muchas cosas que no fueron de su agrado y escuchado muchas conversaciones que aún lo fueron menos. Sus tíos ni se molestaban en disimular cuando ella estaba presente, como si también hubieran olvidado que se encontraba allí, que vivía bajo el mismo techo que ellos. Nellie Harker no era hermosa, no sabía leer y no poseía un penique, pero era una persona honrada y jamás se habría apropiado de nada que no le perteneciese.

Y entonces llegó la condesa, que no sería mayor que ella, tan delicada y preciosa como una flor extraña, que la trató con dulzura desde el primer instante y que trajo con ella algo parecido a la esperanza, si es que Nellie hubiera sabido ponerle nombre. No entendía por qué su marido no la acompañaba, pero había oído los cuchicheos de los Powell y llegado a la conclusión de que el conde la había recluido allí, al menos temporalmente.

Aun así, en ningún momento se planteó la posibilidad de comentarle nada de lo que ocurría en la mansión, podría haberlos despedido a los tres y, de haberlo hecho, Nellie no habría tenido ningún lugar al que acudir. Imaginó que su llegada acabaría con los trapicheos de sus tíos, que temerían ser descubiertos, pero no notó ningún cambio relevante en ellos, que se comportaban exactamente del mismo modo en que lo habían hecho siempre. Parecían estar convencidos de que aquella dama no tardaría en marcharse y, mientras tanto, consiguieron que apenas abandonara su habitación.

Pero todo había cambiado de repente, tan de repente que ni siquiera se dio cuenta de qué era lo que había ocurrido. Su tía la despertó en mitad de la noche y le ordenó recoger sus cosas. Intuyó que, de algún modo, la señora había descubierto algo y había decidido echarlos a la calle. Durante unos instantes, se resistió a abandonar el calor de su cama, imaginándose mil terribles escenarios en los que dormiría a partir de entonces. Recogió sus pertenencias con presteza, una tarea que no le llevó más que unos pocos minutos. No poseía más que tres vestidos, un par de zapatos, algo de ropa interior llena de remiendos y la misma capa con la que había llegado seis años atrás. Su mayor posesión, sin embargo, era un cofrecillo de madera que guardaba bajo su cama con algunos pequeños tesoros: un par de cuentas de cristal de un juguete que había pertenecido a Billy, un crucifijo de madera que había colgado sobre la cama que ambos compartían, un trozo de lazo de color rosa que había encontrado junto a la iglesia unos años atrás, un anillo de hojalata que había pertenecido a su padre y cinco horquillas para el pelo. Ni siquiera eran suyas las sábanas de su cama ni la manta bajo la que se arrebujaba casi todas las noches del año.

Hizo un hatillo con una funda de almohada vieja que pensó que nadie echaría de menos y se reunió con sus tíos en la planta baja. Se quedó paralizada al pie de la escalera. La puerta principal estaba abierta y, frente a ella y cargada hasta los topes, la carreta nueva y los dos caballos de tiro. Dudaba mucho que la señora hubiera decidido prestársela, pero no se le ocurría otra explicación. El señor Powell no podía ser tan insensato. Cuando vio a su tía salir de la cocina con una caja llena de viandas, coronada por un par de candelabros de plata del salón, supo que se habían atrevido a eso y a mucho más.

—¡¡Tía Prudence!! —exclamó, dejando caer el hatillo al suelo.

—Haz el favor de no gritar y apresúrate —le susurró, con los dientes apretados—. En la cocina hay más bultos. Tráelos. ¡Y date prisa!

Nellie, aún inmóvil, no sabía cómo reaccionar. Su tía salió fuera para dejar la caja junto al resto de las cosas y volvió al interior. Cuando la vio allí parada se detuvo y la miró con el ceño fruncido.

—¿Te has quedado lela? —la increpó.

—No soy una ladrona.

—Vaya, así es que ahora la niña tiene reparos —escupió el señor Powell, que emergió de la salita portando un hatillo muy similar al que había a sus pies, aunque Nellie intuyó que contendría objetos mucho más valiosos de los que ella portaba en el suyo.

—Tenemos que irnos cuanto antes, Nellie —apuntó su tía—. Solo quedan tres horas para el amanecer.

—Pero... pero esto no está bien.

—¿Que no está bien? —Powell se acercó tanto a ella que su aliento le provocó arcadas—. Esa zorra nos ha echado, así que espabila.

—¡No!

—¿No? ¿Qué significa no?

—Esas cosas no son nuestras.

—Oh, ya lo creo que sí. Nos las hemos ganado a pulso.

Nellie albergaba serias dudas sobre esa afirmación, pero prefirió guardar silencio. A su tío no le gustaba que le llevasen la contraria.

—Subiré a avisar a la señora —dijo, y se dio la vuelta para volver a ascender.

La mano huesuda de Powell se cerró como un cepo en torno a su muñeca.

—Tú no harás nada de eso —le espetó—. Si no quieres ayudar no lo hagas. Súbete a la carreta y espera a que hayamos terminado.

Nellie miró a su tía y luego a Powell. Estaban decididos, nada de lo que ella dijera o hiciera los haría cambiar de opinión. Cuando era niña, en su ciudad natal había visto colgar a un hombre por robar un saco de harina. No se atrevía ni a imaginar qué harían con ellos si los pillaban con tal cantidad de objetos robados. Plantó los pies con firmeza en el suelo.

—¡Maldita mocosa! —exclamó su tía, que intercambió una mirada con su esposo.

Powell actuó tan rápido que ni siquiera lo vio venir. En un santiamén cubrió su boca con una mano y con el brazo libre la alzó y la pegó a su pecho. Nellie pataleó y trató de zafarse, pero su tío era más fuerte de lo que su aspecto parecía indicar, y no le costó ningún esfuerzo recorrer con ella el pasillo hasta la cocina, con su esposa tras él. Una vez allí, la soltaron, la empujaron al interior de la despensa vacía y cerraron la portezuela.

—Eres una desagradecida —oyó a su tía sisear junto a la rendija—. Te dimos un hogar y un trabajo. ¿Así es como nos lo pagas?

—Déjala, Prudence, se hace tarde. —La voz de Powell llegó amortiguada y supo que estaba ya en la entrada de la cocina.

Nellie aguardó las siguientes palabras de su tía. Pensó que trataría de convencerla, de apelar a su relación familiar o al hecho de que, probablemente, ella pagaría por lo que ellos estaban haciendo en ese instante. Porque esa idea se había instalado en su cabeza de repente y era incapaz de pensar en ninguna otra cosa. Pero su tía no añadió nada más. Nellie la llamó, primero con un susurro y luego a gritos, pero en la casa ya no se oía más que el latido desbocado de su corazón. ¿Ya estaba? ¿Se habían ido sin más?

Primero se echó a llorar, tan asustada que era incapaz de dejar de temblar. Luego se puso furiosa, tan furiosa que comenzó a golpear la portezuela y las paredes hasta que se hizo daño. Luego gritó, con tanta fuerza que temió quedarse ronca. La despensa tenía muros gruesos para mantener las provisiones frescas y estaba en el lado opuesto de la casa. Lady Sedgwick jamás la oiría. ¿Qué pasaría cuando se levantara y nadie acudiera a su llamada? Bajaría a ver qué ocurría y la encontraría allí, después de haber visto su casa saqueada. Avisaría a las autoridades y ella acabaría en prisión, aunque no hubiera participado en el robo. ¿Quién la iba a creer? Tal vez pensarían que los había ayudado y que luego la habían dejado atrás para no tener que repartir el botín con ella.

Comenzó a llorar otra vez, imaginándose ya en una celda maloliente, rodeada de ladronas y asesinas, peleando por un mendrugo de pan. O directamente colgando de una soga en el cadalso.

«No seas dramática, Nellie —se dijo, tras varios minutos regodeándose en todo tipo de imágenes infames—. Tú no has hecho nada malo. Concéntrate en salir de aquí y avisa a lady Sedgwick. Eso es lo que tienes que hacer.»

La despensa disponía de un respiradero en la parte superior, demasiado pequeño para pasar por él, pero a través del cual se colaba algo de claridad. Estaba amaneciendo. Revisó las estanterías a conciencia y luego el suelo, hasta el último rincón. Encontró un puñado de nueces, una manzana, un par de clavos, un trozo de cerámica y un pedazo de alambre. Este último le serviría. Apoyó el extremo contra el muro y consiguió doblar un poco la punta, como si fuera un gancho. Con sumo cuidado, introdujo el extremo en la cerradura y comenzó a maniobrar con él. Tuvo que hacer varios descansos, con el rostro sudoroso y los dedos doloridos de tanto sujetar aquel trozo de metal. Pero no se rindió. Al final, tras más de una hora de intentos, sintió cómo el alambre se sujetaba a algo y luego oyó un chasquido. Contuvo la respiración antes de atreverse a empujar la portezuela, que se abrió con un chirrido. Aún permaneció unos segundos en el interior de la despensa, sin atreverse a cruzar el umbral. En cuanto lo hizo, miró a su alrededor. Todos los armarios de la cocina estaban abiertos, aunque, inexplicablemente, aún había muchas cosas dentro. Sospechó que su pequeña rebeldía había acelerado la marcha de sus tíos y no pudo evitar sentir cierta satisfacción.

Aspiró dos bocanadas profundas antes de abandonar la estancia y dirigirse al piso de arriba. A cada paso, un temor inexplicable se iba instalando en su estómago y extendiéndose por todo su cuerpo. ¿Qué sería de ella a partir de ahora?

✻ ✻ ✻

Volvieron a sonar los golpes y Madeleine se pegó a la puerta de su cuarto, con la respiración contenida.

—¿Milady? —Era la voz de Nellie. Retiró la silla y abrió, sin soltar el atizador que había recogido del suelo, por si acaso no venía sola.

La muchacha estaba pálida y con los ojos llorosos. Llevaba el vestido sucio y arrugado y tenía manchas de sangre en una de sus manos. Su corazón comenzó a latir desaforado.

—¿Qué ha sucedido? ¿Estás bien?

—Se han marchado.

—¿Los Powell?

Nellie asintió y Madeleine no pudo evitar un suspiro de alivio.

A fin de cuentas, no tendría que volver a enfrentarse a ellos. Lo que no entendía era por qué la joven parecía tan afectada, hasta que recordó que Prudence Powell era su tía. ¿La habían dejado atrás a propósito o ni siquiera habían pensado en ella?

—Me encerraron en la despensa —dijo la chica, dejando caer dos lagrimones y abrazándose el cuerpo. Madeleine se acercó y la rodeó con sus brazos, sintiéndola temblar y temblando ella a su vez. Hacía meses que no tenía a nadie tan cerca y consolar a Nellie supuso también un consuelo para ella misma.

Cuando ambas se tranquilizaron, hizo que tomara asiento y que le contara todo lo sucedido. Nellie hablaba en voz tan baja que a veces le costaba entenderla, pero no la interrumpió. La escuchó con paciencia, intentando no sulfurarse con lo que estaba oyendo, y la instó a continuar cada vez que su ánimo flaqueaba.

Una vez que finalizó su relato, la envió a lavarse las manos y luego recorrieron la casa para tratar de averiguar qué era lo que faltaba. Nelson se pegó a Madeleine durante su inspección por la casa, curioseando en todos los rincones. Ella ni siquiera sabía qué había en aquella mansión, así es que no fue de gran ayuda, aunque sí echó de menos un par de candelabros de plata del salón. Nellie habló de una cubertería, de ropa blanca, de un par de adornos y de todo el contenido de la despensa, donde luego la habían encerrado a ella. En el ala oeste de la mansión, que no estaba medio en ruinas como la joven le había asegurado, descubrió otra de las supercherías cometidas por el administrador y su esposa. Años atrás, según le confesó Nellie, los Powell se habían instalado en una de las alcobas principales. Tras la llegada de Madeleine a la casa se habían trasladado temporalmente a la buhardilla y habían obligado a su sobrina a mentir para evitar que ella fisgara. Nellie no hacía más que disculparse, hasta que tuvo que tomarla de las manos y asegurarle que no le pasaría nada, que ella había obrado con honradez y que debía tranquilizarse. El dormitorio de los Powell resultó ser bastante lujoso, con una mullida alfombra y muebles de calidad que, por razones obvias, no habían podido llevarse. Los cajones estaban abiertos y vacíos. Fuera lo que fuese lo que guardaban allí, ya no estaba.

Revisaron las otras habitaciones de esa ala, donde se acumulaba el polvo sobre todas las superficies y donde se apreciaban los huecos de los objetos sustraídos. Allí fue donde las encontró sir Lawrence un rato después.

Mientras se aseaba un poco y se cambiaba de vestido para reunirse con él, Madeleine descubrió que no le importaba demasiado lo que los Powell se hubieran llevado consigo. Le parecía un precio irrisorio a cambio de no tener que volver a tratar con ellos. Pero, mientras bajaba las escaleras, la casa le pareció extrañamente vacía.

El caballero se levantó en cuanto ella entró en la estancia, donde el fuego había logrado al fin caldear el ambiente. Nellie, con la cara lavada y las manos limpias, apareció de inmediato con un servicio de té completo y se retiró, dejándoles a solas.

—¿Cómo se encuentra? —preguntó el hombre, que solo se sentó cuando ella lo hizo.

—Desconcertada, furiosa, asustada... —confesó ella.

—¿Asustada? ¿Acaso teme que Powell pueda regresar?

—No, no es eso. Dudo mucho que le volvamos a ver en las cercanías. Es solo que...

—¿Sí? —Madeleine se había quedado en silencio y sir Lawrence la instó a continuar.

—¿Qué voy a hacer ahora? —Se contempló las manos, como si no supiera muy bien qué hacer con ellas—. Quizá me he precipitado.

—Podría explicarme qué ha sucedido, tal vez yo pueda ayudarla.

Madeleine lo miró y se mordió el labio inferior, valorando si debía o no contarle lo ocurrido en las últimas horas. No deseaba compartir esa información con nadie. Tenía tantas cosas que reprocharse que no sabía ni por dónde empezar. Debería haber hecho algo mucho antes, haber exigido ver las cuentas en cuanto supo que aquella propiedad le pertenecía, y haber puesto a los Powell en su sitio nada más instalarse allí. Como esposa del conde de Sedgwick era su obligación, solo que no había sido capaz de cumplirla, demasiado inmersa en su propia desgracia como para apreciar qué ocurría a su alrededor. No todo era culpa suya, por supuesto, también guardaba un poco de esa rabia que la consumía para su flamante esposo, que la había abandonado a su suerte sin preocuparse siquiera por lo que pudiera haberle ocurrido.

No contó nada de eso a sir Lawrence, desde luego, solo lo suficiente para justificar la situación en la que se encontraba en ese instante. A Madeleine le sorprendió ser capaz de narrar toda la historia sin echarse a llorar y sin presentarse a sí misma como una pobre damisela en apuros.

Si hubiera podido asomarse a la mente de aquel caballero, que disimulaba la crispación de sus manos y las ganas de propinar unos cuantos sablazos a cierto noble de alcurnia, habría cambiado de opinión. Sir Lawrence era perro viejo y estaba acostumbrado a ocultar sus sentimientos y sus estados de ánimo incluso a sus más allegados, no era de extrañar que ella no detectara ningún cambio sustancial en su pose. Pero dentro de él se libraba una tormenta de dimensiones colosales. Ver a aquella niña contar su truculenta historia con aquel desapego y aquella postura rígida y a la defensiva era superior a sus fuerzas. ¿Cuántos años tendría?, ¿dieciocho?, ¿diecinueve tal vez? ¿Qué tipo de canalla era capaz de enviar a una chiquilla a aquel lugar, totalmente sola, y con un hombre como Powell al frente de la propiedad?

Sir Lawrence se guardó sus opiniones para sí, no pretendía aumentar el malestar de aquella joven, que tras su exposición se lo quedó mirando como si esperara que él la juzgase.

—¿El té lo quiere con leche? —le preguntó él, cogiendo la tetera y tomando una de las tacitas.

—¿Eh?

—El té. ¿Con leche?

—Sí, gracias.

¿Eso era todo lo que tenía que decirle? Madeleine lo escrutó con los ojos entrecerrados. Sir Lawrence no era sordo, a no ser que hubiera perdido el oído en el transcurso de la última semana. Sabía que había permanecido atento a sus palabras, aunque no hubiera intervenido ni una sola vez. Tal vez no consideraba que sus problemas fuesen tan graves, después de todo.

Le tendió la taza y Madeleine dio un sorbo. El té se había enfriado, pero aún estaba tibio y le sentó bien a su estómago vacío. Hundió los hombros y se dejó caer contra el respaldo de la butaca. Ojalá no tuviera que levantarse de allí en lo que quedaba de día.

Sir Lawrence cruzó las piernas, apoyó la espalda en su asiento y tomó también un sorbo de té.

—No debe inquietarse, milady —le dijo el caballero tras dejar su taza en el platillo—. Seguro que lord Sedgwick encuentra una solución apropiada.

—¿Lord... Sedgwick?

—Imagino que le escribirá para ponerle al corriente de lo sucedido. Mientras tanto, puede usted contar con mi ayuda.

Madeleine no contestó y tomó un nuevo sorbo de té. Sí, era evidente que debía escribir al conde o, al menos, a su administrador. Había despedido a Powell y este había robado parte de las pertenencias de la familia. Comenzó a redactar mentalmente esa misiva, olvidando por un instante que no se encontraba sola.

—En cuanto vuelva a casa le enviaré a un par de mis hombres y a una de las criadas para que la ayuden a arreglar este desastre —continuó sir Lawrence—. Mientras tanto, puedo ocuparme personalmente de sus arrendatarios o de cualquier otro asunto hasta que encuentre a un nuevo administrador.

—Sir Lawrence, es muy generoso por su parte, pero no puedo aceptar.

—Milady, esto no es Londres. Ni siquiera es la ciudad de Hereford —repuso él con una sonrisa amable—. Aquí los vecinos nos ayudamos, porque en realidad no hay nadie más que pueda hacerlo.

Madeleine lo miró y comprendió la sensatez de sus palabras.

—Le estoy muy agradecida —contestó al fin.

—Esto no es más que un contratiempo, milady, no lo olvide. Powell no es el primer administrador que roba a su señor y que huye en mitad de la noche.

—Es posible —reconoció, a su pesar.

—Y tampoco es culpa suya, créame.

Madeleine torció el gesto, no muy convencida con aquella afirmación, aunque prefirió no contradecirle. Lo acompañó hasta la puerta, donde él tomó su mano y se la llevó a los labios, sin que estos llegaran a tocar siquiera su delicada piel. Sir Lawrence era todo un caballero, no había duda.

—Esta misma tarde tendrá aquí a mi personal. Mande recado con alguno de ellos si necesita cualquier otra cosa —le dijo antes de cruzar el umbral—. Y recuerde que no está sola.

Ella asintió y lo observó bajar la escalinata sorteando con elegancia aquellos dos peldaños mellados. Antes de subir al carruaje, se volvió y la saludó alzando unos centímetros su sombrero de copa, tan elegante como todo su atuendo. Madeleine permaneció allí hasta que el vehículo cruzó la verja principal.

* * *

El personal enviado por sir Lawrence era reservado y eficiente, y en pocas horas dejaron la mansión mejor de lo que había estado desde su llegada. Aprovechó esas manos extras para desempacar algunas de sus pertenencias, sobre todo las más pesadas, como libros y una pequeña cómoda que colocó en su habitación, y para que trasladaran a ella un par de armarios de otros cuartos.

Cuando llegó la noche estaba agotada. Tras una apetitosa pero sencilla cena que había preparado la criada de sir Lawrence, que volvería al día siguiente, Madeleine se dispuso a redactar esa carta. Las dudas se encadenaron unas con otras antes siquiera de haber tomado la pluma. ¿A quién iba a dirigirla? ¿Qué iba a explicar exactamente? ¿Hasta dónde estaba dispuesta a contar sin parecer una completa inútil?

El reloj dio la medianoche antes de que hubiera emborronado ni una sola cuartilla. Estaba demasiado alterada y comprendió que sería incapaz de escribir algo coherente, así es que decidió aplazarlo hasta el día siguiente. Quizá entonces tuviera la cabeza más despejada.

Pero al día siguiente tampoco halló la inspiración, ni en las jornadas sucesivas. Vagó por las habitaciones de la casa como un fantasma de otro tiempo. Tomó el té con Nellie, que parecía más recuperada anímicamente, se ocuparon de sacar de sus cajas vestidos, sombreros, zapatos, sombrillas y todo tipo de fruslerías. Paseó por el jardín con Nelson, calibrando su actual situación y el mejor modo de salir de ella. Por fin, cuando estuvo lista, se sentó a escribir. Fue una nota escueta, mucho más de lo que había supuesto en un principio, y la dirigió al administrador. Si Nicholas Hancock deseaba comunicarse con ella una vez que tuviera noticias de lo ocurrido ya encontraría el modo de hacerlo. En pocas palabras le explicó los motivos que la habían llevado a despedir a Powell, y nada más. No le habló de la conversación que habían mantenido, ni de su huida de la mansión, ni del robo... ni siquiera le pidió ayuda para buscar a un nuevo administrador. Había pensado mucho en ello y al final había decidido contar lo menos posible. Hacerlo de otro modo habría supuesto involucrar a las autoridades y, al mismo tiempo, reconocer sus propias carencias, y no deseaba proporcionar más munición al enemigo, que era como veía a su esposo en ese momento. Blackrose Manor le pertenecía y era ella quien debía ocuparse de mantenerla.

De hecho, ya tenía a alguien en mente para sustituir a Powell y estaba deseando plantearle el asunto.

11

Para su sorpresa, Percy Evans solo aceptó el puesto de administrador con una serie de condiciones. Después del tiempo que había invertido plantando y cuidando la próxima cosecha no quería abandonar la granja sin que hubieran encontrado primero a alguien que se hiciera cargo de ella, al menos temporalmente. Por otro lado, si Madeleine no estaba satisfecha y decidía luego prescindir de sus servicios, Evans volvería a recuperarla.

Madeleine no puso ninguna objeción a sus exigencias, que le parecieron razonables. Percy Evans era su mejor opción. No solo había llevado las cuentas en un barco, también conocía aquella tierra y a todos los arrendatarios. Era, además, un hombre enérgico y honesto, y lo demostró una vez más cuando acordaron el salario. Powell había estado cobrando casi cincuenta libras anuales, lo que a ambos les parecía una cifra astronómica, y fue Evans quien propuso un sueldo inicial de veinticinco, a revisar transcurridos unos meses de prueba.

A Madeleine también le pareció buena idea ofrecerle a su esposa Donna el lugar que había ocupado Prudence. La mujer se mostró reacia, primero con su habilidad gastronómica, que aseguraba estaba muy lejos del nivel que requería Blackrose Manor, y luego con la idea de convertirse en ama de llaves de una mansión tan grande. Al final, Madeleine tuvo que asegurarle que esa responsabilidad sería temporal, hasta que las cosas mejoraran y pudiera contratar a alguien para el puesto.

Fue el propio Evans quien se encargó de buscar a una familia que se quedara con la pequeña granja en la que habían vivido hasta entonces y, mientras tanto, estuvo yendo y viniendo entre ambas propiedades. Verlo por primera vez sentado a la mesa del despacho supuso un agradable cambio para Madeleine. Estaba tan concentrado revisando los libros que ni siquiera se dio cuenta de que ella estaba de pie en el umbral, observándole. Le vio fruncir el ceño a medida que pasaba las páginas, sin duda descubriendo lo mismo que ella había visto días atrás. Se pasó la mano por el cabello y fue entonces cuando fue consciente de su presencia.

—Milady —la saludó mientras se levantaba—. ¿Necesita alguna cosa?

—No quiero interrumpirle.

—Ya había terminado.

—¿Y bien? ¿Qué opina?

—Si no le importa, prefiero guardarme para mí lo que pienso sobre el señor Powell.

—Comprendo.

—¿Sabía que faltan dos arrendatarios en esta lista?

—¿Cómo? —Madeleine dio un paso y entró en la habitación.

—Johnson y Lindberg. No figuran en el libro oficial. Imagino que Powell se agenció las rentas directamente, sin dejar constancia de ellas.

Madeleine se tragó la bilis que le subió por la garganta. Cuantas más cosas descubría de aquel tipejo más convencida estaba de haber obrado correctamente.

—He hecho algunos cálculos —continuó Evans—. Las rentas ascienden a trescientas noventa y ocho libras anuales. Descontando los salarios actuales, los gastos de la casa y el porcentaje que debe reinvertir anualmente en las granjas, la cantidad sobrante rondará las ciento ochenta libras.

Madeleine pensó en el sobre que había encontrado en el cajón la noche en la que despidió a Powell. En él había poco más de ciento treinta, probablemente la cantidad que pretendía enviarle a Dawson. Y pensó también en la cantidad que había recibido unos meses atrás proveniente de la renta que lord Sedgwick le había asignado, y que apenas había llegado a tocar.

—Este año podríamos comenzar con algunas de las reparaciones pendientes —señaló—. Los arrendatarios han esperado demasiado y no quisiera que se produjera ningún accidente fatal.

—Celebro su decisión, lady Sedgwick, pero habrá que proceder con cautela. No habrá fondos para todas las tareas atrasadas. Si le parece bien, me encargaré de elaborar una lista con las prioridades para que dé su visto bueno.

Madeleine asintió, satisfecha.

—Quizá también podríamos contratar a algunos peones para trabajar los campos que están baldíos —prosiguió Evans.

—Creí que no había trabajadores libres en la zona.

—Es posible que tenga que recorrer los pueblos de los alrededores, e incluso acercarme hasta la ciudad de Hereford, pero no me cabe duda de que hallaremos unos cuantos.

Lo observó, pensativa. ¿Powell habría hecho eso mismo? Supo la respuesta antes siquiera de haber terminado de formularse la pregunta. Más peones habrían supuesto más trabajo para él y también más rentas para la propiedad, que tal vez no hubiera podido ocultar al conde. Si de repente aquellas tierras hubieran comenzado a ser rentables de verdad, habrían llamado la atención de Dawson y, por lo tanto, también de los Sedgwick, que quizá se habrían sentido inclinados a visitarla con más frecuencia. Y eso era algo que Powell no se podía permitir.

Continuaron comentando algunas otras cuestiones y luego se retiró. Era consciente de que estaba comportándose como si de verdad fuera a quedarse allí durante años. Debía admitir que incluso ahora seguía albergando la esperanza, que había comenzado a astillarse, de que su esposo recapacitase y la hiciese llamar a Londres. Pero, mientras tanto, se pondría al frente de Blackrose Manor y se comportaría como si aguardase morir de vieja entre aquellas paredes.

* * *

—Tiene una visita, milady —anunció Nellie.

Madeleine estaba en la biblioteca organizando el que sería su nuevo despacho y desde el que tenía intención de dirigir la propiedad. Después de la experiencia con los Powell, había decidido involucrarse más en los asuntos de Blackrose Manor. Evans haría la mayor parte del trabajo, por supuesto, pero ella quería estar al tanto de todo.

Donna Evans y ella habían bajado los libros de su habitación y algunas otras cosas que aún estaban por desempaquetar: unos cojines que había traído de su hogar, un par de mantas para cubrir los viejos tapizados y algunos adornos. La estancia comenzaba a adquirir cierto encanto.

Estaba contenta con la nueva ama de llaves, que parecía tener buen ojo para los asuntos de la casa. Supervisaba el trabajo a conciencia y había contratado a una joven del pueblo, Doris, que ahora ayudaba a Nellie. Pero, sobre todo, era una excelente cocinera, capaz de elaborar y presentar deliciosas preparaciones con el modesto presupuesto que ambas habían acordado.

Ordenó a Nellie que condujera al visitante hasta la salita y se acercó al espejo para comprobar que tanto su cabello como su vestido estuvieran en orden. Intuía que se trataba de sir Lawrence, aunque se habían visto solo tres días atrás, cuando él había acudido para llevarla a la iglesia. Por eso se sorprendió tanto al encontrar a un completo desconocido en la salita. Por su sencillo atuendo, dedujo que se trataba de un hombre sin muchos recursos. Debía de rondar los setenta años y permanecía en pie, con la espalda algo inclinada. Tenía las manos, largas y huesudas, en forma de garra. Su rostro, picado por el viento y el sol, era amable, y destacaban en él unos profundos y tristes ojos castaños.

—Creo que su criada se ha confundido, milady.

Madeleine alzó una ceja a modo de respuesta.

—Habría sido más prudente hacerme esperar en la cocina —señaló el hombre con voz ronca.

Estaba de acuerdo con él, por supuesto. Los miembros de su escalafón social rara vez eran recibidos en las habitaciones principales de la casa, aunque era probable que Nellie no lo supiera.

—No se preocupe por eso —dijo al fin, invitándolo a ocupar una de las butacas—. ¿Le apetecería una taza de té?

—Es muy amable, milady, pero no es necesario. Mi visita será breve.

—Usted dirá, señor...

—Landon, John Landon para servirla. —El hombre se levantó e inclinó ligeramente la cabeza y luego volvió a ocupar su asiento—. Tengo entendido que los Powell ya no viven en la mansión.

—Así es, en efecto. —Madeleine sabía que Evans había hecho correr la voz sobre ese particular, esperando atraer a nuevo personal a la finca.

—Soy jardinero, milady, igual que lo fueron mi padre y mi abuelo. Igual que lo es mi hijo. Es posible que ya hayan contratado personal para cuidar de los jardines pero, si no fuera así, sería un gran honor ocuparme personalmente de devolverles su antiguo esplendor.

—Señor Landon... —Madeleine no pudo evitar contemplar aquellas manos cuya reducida movilidad harían imposible que pudiera cumplir con lo que le estaba proponiendo.

—Oh, será mi hijo quien haga la mayor parte del trabajo, por supuesto —se apresuró a añadir—. Yo le echaré una mano y le supervisaré. Cuando hayamos recuperado el jardín, si usted está satisfecha con su labor, podría contratarle como jardinero aquí. Sabe Dios que yo ya estoy demasiado mayor para esos menesteres.

—¿Su hijo no tiene empleo?

—Oh, sí, milady. Vive en Warwick con su esposa y mis dos nietos. Pero a su madre y a mí nos gustaría que viviera más cerca, ¿sabe? Es nuestro único hijo y...

—Le entiendo, señor Landon, créame —le interrumpió—. Pero no puedo garantizarle el puesto de jardinero.

—Oh, lo comprendo, milady, pero cualquier cosa será mejor que lo que hace ahora y está dispuesto a correr el riesgo. Además, conoce estos jardines casi tan bien como yo.

—¿Ustedes ya han trabajado aquí?

—Eh, sí, ¿no se lo había dicho?

—Me temo que no. —Madeleine sonrió a su pesar. El hombre se rascaba la cabeza, confundido.

—Mi abuelo y luego mi padre cuidaron de estos jardines, hasta que la casa se cerró. Cuando los Powell se instalaron aquí nos contrataban a mi hijo y a mí de forma periódica para mantener en condiciones el camino de acceso a la mansión y los jardines circundantes, hasta el primer nivel. Hace al menos diez años dejaron de hacerlo, y por eso mi Stuart tuvo que marcharse tan lejos, aquí no había suficiente trabajo para él. Yo fui sobreviviendo con pequeños encargos aquí y allá.

Madeleine se reclinó en el asiento y observó bien a aquel hombre de rostro curtido y voz amable. Durante unos segundos calibró su propuesta. Evans la había convencido de que no era el momento de contratar a ningún jardinero. Él y su hijo podrían ocuparse ahora que había encontrado a quien traspasarle la granja, un peón joven que acababa de contraer matrimonio. Pero Madeleine quería que se centrase en su tarea como administrador, un trabajo que exigiría de todas sus facultades físicas y mentales.

—De acuerdo, señor Landon —dijo al fin—. Usted y su hijo quedan contratados. Avisaré al señor Evans para que comente con usted los detalles.

—¡Muchas gracias, milady! —El hombre se levantó con una agilidad impropia para sus años y su condición física. Parecía realmente satisfecho, casi habría jurado que feliz.

Madeleine usó la campanilla para avisar a Nellie y le pidió que acompañara al señor Landon a la salida. Más tarde hablaría con Evans y lo pondría al corriente de la nueva contratación. Cuando se encontró a solas, volvió a reclinarse en el respaldo de la butaca. Dedicó unos minutos a imaginar cómo lucirían aquellos jardines una vez que hubieran sido restaurados y no pudo evitar una pequeña sonrisa de triunfo. No tardaría en averiguarlo, por fin.

*　*　*

Unos días más tarde, pidió a Nellie que la acompañara al pueblo, en esta ocasión a bordo de la berlina, que conducía el propio

Evans. No era ni tan cómoda ni tan opulenta como el carruaje de sir Lawrence, pero sin duda era infinitamente mejor que aquel viejo calesín que Tommy, el hijo adolescente del administrador, restauraba en esos momentos con una capa de pintura.

Evans guio el vehículo con presteza y se detuvo justo frente a la plaza, donde ambas mujeres se apearon. Nellie llevaba una abultada bolsa de viaje que cargaba sin mucho esfuerzo y caminaba un paso tras ella mientras Madeleine se dirigía a casa de la modista. Hacía días que le daba vueltas a la idea y por fin se había decidido.

Cruzaron la plaza sin detenerse y llegaron al modesto establecimiento, una casa larga y estrecha con una puerta pintada en verde y un letrero de madera en la parte superior. Madeleine se detuvo, indecisa de repente, y se preguntó si aquel era el lugar apropiado para lo que pensaba hacer. Ya era demasiado tarde para echarse atrás, estaba justo en la entrada. Tiró de la cadenita que había junto al dintel y escuchó el sonido de una campanilla en el interior del edificio.

Abrió la puerta una mujer de mediana edad, ataviada con elegante sencillez, que mostró su sorpresa tan pronto comprendió quién se encontraba frente a su casa. De inmediato se echó a un lado y las invitó a pasar.

El olor a lavanda envolvió a Madeleine de inmediato. Era una fragancia sutil, nada recargada y muy agradable. Se encontraban en una sala bastante grande, con varios anaqueles repletos de telas, lazos, encajes y todo tipo de fruslerías. Había un par de mesas en el centro, con varias piezas en distintos estados de confección, y un maniquí en una esquina, con su esqueleto metálico al descubierto. En una de las mesas había sentada una joven que se levantó también. Sin duda era la hija de la modista, a juzgar por el parecido entre ambas. El mismo tono de pelo, los mismos ojos castaños y similar complexión.

—Es un placer recibirla en nuestra casa, milady —la saludó la modista—. ¿Aceptaría una taza de té?

—Es muy amable, gracias —contestó Madeleine.

La muchacha desapareció de inmediato tras una pequeña puerta y regresó antes incluso de que Madeleine hubiera tomado asiento en un mullido sofá. Sin duda habría dado instrucciones a la criada.

—Soy Eve Foster —se presentó la mujer—, y esta es mi hija Ruth.

—Es un placer conocerla, señora Foster. Señorita Ruth...

Nellie había ocupado una silla frente a la mesa en la que había trabajado la joven hasta su llegada. Madeleine había visto que ambas se saludaban y dio por sentado que se conocían. No era extraño, aquel era un pueblo muy pequeño. Le hizo un gesto con la cabeza y la criada abrió la bolsa de viaje y comenzó a extraer una serie de prendas.

—Me he tomado la libertad de traer algunos de mis vestidos, señora Foster —le dijo Madeleine—. ¿Cree que podría hacer algo con ellos?

—¿Algo como qué, milady? —La señora Foster alzó las cejas, mientras observaba aquellos pliegues de sedas y tafetanes.

—Como puede comprobar, son horribles.

—Oh, milady. —Eve Foster se llevó una mano al pecho—. Jamás me atrevería a asegurar tal cosa.

—En realidad he sido yo quien lo ha mencionado. —Madeleine sonrió—. Pero ambas sabemos que, con toda probabilidad, son los vestidos más feos que ha visto nunca.

La señora Foster observó aquel batiburrillo de telas de colores chillones adornadas con flores, lazos, volantes y todo tipo de añadidos.

—Tendría que verlos mejor, milady —se resistía la modista, algo apurada.

—¿Me permite, señora? —preguntó Ruth, dando un paso al frente.

Madeleine asintió y la joven procedió a tomar cada prenda con tanto cuidado y esmero como si sostuviera entre sus manos el ajuar de una reina. Vio cómo los extendía sobre la superficie y se preguntó si había hecho bien no incluyendo su traje de novia. Lo había sopesado durante días y al final había decidido conservarlo tal cual, por una inapropiada cuestión sentimental a la que no había logrado sustraerse.

—A este podríamos quitarle los lazos y coserle una sobreveste de tul blanco, bajo el cual destacaría ese tono naranja, pero mucho más suavizado —dijo la señora Foster señalando el primero—. Y aprovechar los volantes de este otro para confeccionar un corpiño que haría juego con ese. —Indicó el segundo y el tercero—. Es posible que nunca lleguen a ser prendas de su agrado, milady, pero algunos pueden mejorarse.

—¿Podría usted confeccionarme también algunos vestidos nuevos? —preguntó entonces Madeleine, a quien las ideas de la modista le habían agradado.

—No sé si yo estaría a la altura, milady.

—¡Madre! No diga eso. —Ruth se volvió hacia ella—. Sabe manejar muy bien la aguja y tiene algunos bocetos maravillosos. ¡Tendría que verlos!

—Estaría encantada. —A Madeleine le conmovió la actitud de la muchacha, que no había dudado en salir en defensa de su madre.

—Los vestidos que coso para la gente de Falmouth son modestos, señora —dijo la mujer—. Me temo que no dispongo de sedas, terciopelos o gasas con los que confeccionar uno para usted.

—Quisiera algunos atuendos sencillos y funcionales para usar a diario, señora Foster, y con gusto le haré un adelanto para que pueda adquirir las telas donde lo considere oportuno. También me gustaría disponer, al menos, de un par de prendas más sofisticadas, nada excesivamente lujoso.

A Madeleine no se le ocurría en qué circunstancias podría usar un vestido de noche, pero nunca estaba de más disponer de un par de ellos, por si acaso.

—Para mí sería un honor vestirla, milady —dijo, visiblemente ilusionada con la idea.

En ese momento entró una criada de edad indefinida con el servicio de té y Ruth se hizo cargo de servirlo, con una soltura digna de los mejores salones de Londres. Charlaron durante unos minutos sobre temas triviales hasta que la señora Foster volvió al asunto que la había llevado hasta allí.

—Tendré que tomarle medidas, milady —le dijo—. Si le resulta incómodo, puedo ir a la mansión y hacerlo allí.

—Oh, no, en absoluto. Aquí estará bien.

—¿No...? —Eve Foster carraspeó—. ¿No ha traído a su doncella con usted?

—Me temo que en este momento no dispongo de doncella personal, señora Foster, pero Nellie me ayudará a desvestirme.

Madeleine se quedó en ropa interior y un tanto cohibida, aunque la señora Foster comenzó a parlotear mientras le tomaba las medidas, consiguiendo que olvidara su turbación durante todo el proceso. Una vez que finalizaron, Nellie la ayudó a vestirse de nuevo.

Cuando llegó el momento de la despedida, la señora Foster se puso algo nerviosa. Hasta hacía unos segundos se había mostrado locuaz y confiada, y ahora se estrujaba las manos frente a ella, rehuyendo su mirada.

—Antes de que se marche, milady, ¿podría dedicarme unos minutos?

—Por supuesto, señora Foster.

—Ha comentado que no dispone de doncella.

—Así es.

—Yo... ¿me consideraría muy osada si me atreviera a sugerirle a mi hija para el puesto?

—Es muy amable por su parte, señora Foster, pero no sé si su hija sería la persona apropiada —le dijo, tras dirigir a la muchacha una breve mirada.

—Sé que es muy joven, pero también es muy capaz —aseguró la mujer—. Yo fui doncella de una dama durante diez años antes de casarme con mi marido, que Dios tenga en su gloria. Le he enseñado todo cuanto sé, con la esperanza de que pueda encontrar un trabajo decente en la ciudad, como hice yo a su edad.

Madeleine volvió a mirar a Ruth, que sonrió de forma recatada.

—No tiene experiencia entonces —apuntó.

—Solo la que ha desarrollado a mi lado, milady.

—Aprendo rápido, señora —intervino la muchacha.

—Le agradecería mucho que lo considerara, milady —insistió la mujer—. Podría serle útil hasta que encuentre a alguien que le parezca más idóneo.

Las posibilidades de encontrar por aquellos lares a una doncella apropiada eran escasas, Madeleine estaba convencida de ello. Mientras tanto, bien podía darle una oportunidad a aquella muchacha, igual que había hecho días atrás con el jardinero. Y, como en aquella ocasión, no tenía nada que perder.

—De acuerdo —convino, al fin—. Supongo que será consciente de que deberá alojarse en la mansión.

—Por supuesto, lady Sedgwick —repuso la mujer, con una sonrisa de oreja a oreja.

Ultimaron los detalles y establecieron un período de prueba. Cuando regresó a Blackrose Manor, Madeleine se sentía satisfecha con el resultado de su visita al pueblo. Había obtenido más de lo que había ido a buscar.

* * *

Unos días más tarde, acompañó a Evans a recorrer otra zona de la propiedad. Por el camino, el administrador la puso al corriente de los avances que había hecho. Había adquirido un par de caballos y una carreta nueva que llegarían en unos días. También había encontrado a dos familias dispuestas a asentarse allí, en dos parcelas cuyas viviendas llevaban años abandonadas y que requerirían de algunos arreglos antes de ser habitables. Dado que se requería una inversión inicial en cada granja para acondicionarla, no podían permitirse el lujo de aceptar a más arrendatarios. Le habló, además, de algunos peones que había contratado para comenzar a trabajar los campos bajo su supervisión, y que llegarían también en la siguiente semana. No eran muchos, apenas podrían cultivar un puñado de acres, pero suficientes para empezar. A medida que le contaba las novedades, Madeleine sentía bullir sus entrañas ante las perspectivas que se abrían ante ella. No eran cambios muy sustanciales, pero eran un primer paso. Se alegró de haber contratado a aquel matrimonio, cuyo hijo colaboraba como mozo con gran entusiasmo, desde acarrear leña hasta ocuparse de los dos caballos que había enviado el conde.

Evans detuvo la carreta en mitad del camino. Madeleine observó la zona. A su izquierda se extendían varias hectáreas de campos yermos. A su derecha, una extensión de tierra de menor tamaño que enseguida se convertía en una sucesión de pequeñas lomas tachonadas de frondosos árboles. Dudaba mucho que la irregularidad de aquellos terrenos permitiera cultivar nada en ellos.

—¿Ha pensado en criar algo de ganado? —le preguntó él, mirando en la misma dirección que ella—. Vacas de Hereford, por ejemplo.

—¿Hereford tiene sus propias vacas?

—Sí, señora. Una raza muy resistente, de buen trato y de jugosa carne. Con la leche podríamos hacer queso o mantequilla, y vender las reses cuando estuvieran listas.

Madeleine se mordió los carrillos, valorando las posibilidades.

—Podríamos empezar con media docena, a ver qué tal se adaptan. Estos terrenos son difíciles de cultivar, pero los pastos serían excelentes para la cría de animales —continuó él.

—No sé si en este momento me lo puedo permitir —reconoció, a su pesar.

—En este momento quizá no, pero para el otoño, cuando hayamos vendido la cosecha, tal vez podría tenerlo en cuenta.

El otoño. Le parecía tan lejano como la luna.

—Sí, tal vez.

*　*　*

La nueva rutina de Madeleine se fue afianzando. Departía casi a diario con Evans, siempre lleno de sugerencias o de mejoras, para la mayoría de las cuales habría que esperar tiempos mejores. Podría haberle solicitado algo de dinero al señor Dawson. Estaba convencida de que, de hacerlo y de explicarle los motivos, ni siquiera el conde pondría obstáculo alguno, pero su orgullo le impedía redactar ninguna nota en ese sentido.

Procuraba mantener los gastos bajo control y se reunía con Donna Evans para elaborar los menús o las compras de suministros, que incluían desde alimentos hasta carbón, velas o jabón. También permanecía pendiente de los avances en el jardín, donde el señor Landon y su hijo Stuart iban arrancando la maleza y dejando al descubierto más terreno. Stuart era tan alto y fuerte como su progenitor, aunque algo más retraído, y casi siempre dejaba que fuese su padre quien se comunicase con ella. Madeleine confiaba en que, si terminaba quedándose en el puesto de jardinero, dejara atrás esa timidez.

Ruth Foster, su nueva doncella, resultó ser tan capaz como su madre le había asegurado. Muchas tardes se sentaban frente al fuego y cosían, leían o charlaban. Así supo que había llegado a Falmouth a los siete años, tras la muerte de su padre, y que le encantaba vivir allí. Era dulce de carácter y de trato, divertida e ingeniosa, y Madeleine estaba convencida de que sería una excelente compañía.

A primeros de mayo llegó la noticia de la derrota de Napoleón en Leipzig y de su inminente arresto posterior, lo que provocó cierto jolgorio en Falmouth e incluso en la misma mansión. Aunque el país seguía inmerso en otra contienda con los Estados Unidos de Norteamérica, ya no había necesidad de mantener a dos ejércitos y la presión para cultivar grano con el que abastecerlos se relajaría. Madeleine pensó que, tal vez muy pronto, podrían dedicarse a otros cultivos más rentables. Estaba reflexionando justamente sobre ello cuando el joven Tommy Evans, que ayudaba esos días a los jardineros, entró en la biblioteca sin llamar siquiera a la puerta. El chico venía tan sofocado que no se atrevió a llamarle la atención por su falta de modales.

—¡El señor Landon quiere saber si podría acudir de inmediato, milady! —soltó el chico entre jadeos.

Madeleine se envaró. ¿Habría sucedido alguna desgracia? Había visto las hoces con las que trabajaban aquellos hombres, arrancando la maleza que llegaba casi hasta sus pectorales, y temió que hubiera ocurrido un accidente. Nada en la expresión del muchacho hacía pensar tal cosa. De hecho, parecía más entusiasmado que compungido. Se levantó y le siguió al exterior. En la zona más alejada del jardín vio al señor Landon y a su hijo, y parecían observar algo que había en el suelo.

Comprobó al llegar que los dos hombres habían despejado un pequeño claro, en cuyo extremo destacaba un diminuto rosal con un único capullo que, al parecer, había logrado sobrevivir al tiempo y al abandono. Madeleine ahogó una exclamación.

La rosa era totalmente negra.

—Creí que jamás volvería a contemplar una como esa —musitó el anciano.

—Yo... —añadió ella—. ¡Jamás había visto nada igual!

—Hubo un tiempo en que estos jardines estaban llenos de ellas.

—¡Oh! —Madeleine volvió a contemplar aquella flor tan delicada e inusual—. ¿Por eso la mansión se conoce como Blackrose Manor?

El anciano la miró, con el ceño levemente fruncido por la sorpresa.

—¿Nadie se lo había contado?

Madeleine apretó los labios. No quería que aquellas personas supieran el modo en el que había llegado a aquel lugar, del que no conocía ni siquiera el nombre, y mucho menos su historia.

—La propiedad es muy antigua, señora, de los tiempos de la Guerra Civil. Debía de estar fortificada y tener un par de torres de vigilancia. En aquel rincón —señaló la otra punta del jardín— hemos encontrado restos de una de ellas y un pedazo de muro. En 1695 o 1696 la heredó la hermana soltera de un joven barón, lady Elsbeth Crane, aunque entonces la casa tenía otro nombre que ya nadie recuerda.

Madeleine escuchaba con suma atención aquel relato y quiso acuciar al hombre para que continuase hablando, aunque él se tomó su tiempo, como si tratara de poner en orden sus palabras.

—Dicen que lady Elsbeth tenía otro hermano que trabajaba para la Compañía de las Indias Orientales y, cada vez que venía a visitarla, le traía todo tipo de especies exóticas. Mi abuelo me contó que la señora adoraba las rosas y siempre andaba preparando esquejes o polinizando unas con otras, hasta que dio con este ejemplar. Creo que nunca dejó de intentar crear especies nuevas, pero esta se convirtió en la reina del jardín. Tengo entendido que incluso la princesa de Gales, Carolina de Brandeburgo, se detuvo aquí en una ocasión, antes de convertirse en reina, para poder contemplarlas. Fue entonces cuando la mansión pasó a ser conocida como Blackrose Manor. Yo tendría ocho o nueve años cuando la señora murió. Venía a menudo con mi padre, que se ocupaba de cuidar del jardín.

—¿Y qué pasó entonces?

—Que la casa se cerró y durante más de dos décadas nadie volvió a abrir sus puertas ni a cuidar sus jardines. A mediados de 1770 la propiedad pasó a manos de los Sedgwick y con ellos llegaron los Powell, primero el tío y luego el sobrino, Edgar. Y ninguno de ellos fue bueno para este lugar. No, señora, ninguno de ellos. —Hizo una pausa antes de continuar y volvió a contemplar la flor—. La maleza lo cubrió todo y ahogó los rosales. Mi hijo y yo hemos encontrado varias docenas de ellos totalmente secos, enredados entre los matojos. —El anciano suspiró—. Y he aquí el último superviviente de la Rosa Elsbeth, de la Rosa de Hereford.

—Nunca... nunca había visto una rosa negra —musitó ella, con la mirada vidriosa centrada en aquel pequeño milagro.

—En realidad, milady, la rosa no es exactamente negra, sino de un púrpura intenso. Cuando se abra y le dé la luz de forma directa, lo apreciará mejor.

Madeleine se inclinó e intentó observar la flor desde todos los ángulos posibles, aunque a ella le seguía pareciendo del color de la noche más oscura. Era tan delicada que ni siquiera se atrevió a rozar sus pétalos con los dedos.

—Señor Landon —giró la cabeza en dirección al jardinero—, cuando crezca un poco, ¿cree que sería posible extraer algunos esquejes?

—¿Milady?

—Me gustaría que el jardín volviera a llenarse de rosas Elsbeth.

El anciano sonrió, conmovido, y miró a su hijo antes de contestar.

—Será un verdadero honor intentarlo, señora.

12

La cosecha no fue tan buena como habían esperado. El verano fue corto y más frío de lo acostumbrado y Madeleine no pudo adquirir las vacas de las que había hablado con el administrador. Aún había muchas reparaciones que llevar a cabo en las granjas de los arrendatarios, y también reconstruir el puente sobre el río Lugg.

Algunos hombres habían regresado de la guerra contra los franceses, pero solo unos pocos lo hicieron en condiciones, y apenas un puñado dispuestos a trabajar los campos. La mayoría prefería irse a las ciudades en busca de trabajos mejor remunerados y menos fluctuantes.

El invierno fue largo y frío y en marzo de 1815, mientras preparaban los campos para los cultivos, llegaron noticias desalentadoras: Napoleón había escapado de la isla de Elba. La guerra volvía a comenzar y los hombres volvieron a desaparecer. Desde la ventana de su alcoba, Madeleine contemplaba aquellas tierras yermas de nuevo, algunas a medio trabajar, preguntándose cuándo acabaría aquel sinsentido. Llevaba allí año y medio y apenas había cambiado nada a su alrededor. Sí, tenía dos arrendatarios más, pero pocas manos para trabajar el resto de la propiedad. Sus ingresos continuaban siendo exiguos, ¡y había tanto que hacer!

Los jardines habían sido limpiados y acondicionados, aunque se había visto obligada a renunciar a algunas de las ideas de los Landon, como restaurar la fuente o colocar bancos e incluso un cenador. Al menos estaba despejado y limpio, y esa primavera, con un poco de suerte, florecerían las primeras rosas Elsbeth. Le gustaba sentarse junto a alguna ventana de la casa para contemplar los setos y los parterres bien delimitados, aunque aún vacíos. Era un jardín triste y desangelado, en consonancia con su estado de ánimo. Pese a ello, no renunciaba al placer de pasear por ellos, sola o en compañía de Nelson o de Ruth.

No había sabido nada más de los Powell, ni tampoco de lord Sedgwick, que parecía haber olvidado por completo que tenía una esposa. Ella también procuraba hacerlo y ya ni siquiera aguardaba la llegada del correo. Acababa de cumplir veinte años y ya vivía como la antigua dueña de la mansión, sola y sin más compañía que los criados. Bueno, en realidad eso no era del todo cierto. Contaba con sir Lawrence, que se había convertido prácticamente en un amigo. Además de la cita dominical para acudir a la iglesia, la visitaba una vez a la semana para tomar el té y ambos charlaban de forma amigable sobre cualquier asunto. Le sorprendía lo bien informado que estaba sobre todo tipo de temas, desde política a cotilleos de la alta sociedad, y no tardó en descubrir el motivo.

—Recibo varios periódicos y revistas de Londres —le confesó.

—Oh, no tenía ni idea de que eso fuese posible.

—Querida, no vivimos en el corazón de África —señaló el hombre—. Aunque, de hecho, no me extrañaría que la prensa británica llegase también hasta allí.

—Sí, es probable. —Madeleine se mordió el labio, pensativa.

—Puedo prestárselos si quiere —se ofreció, tan galante como siempre—. Llegan con varios días de retraso, lógicamente, pero de ese modo estará informada en todo momento de lo que ocurre en Londres y en el resto del mundo.

—Eso resultaría sumamente agradable —reconoció ella, que pensó que, de ese modo, se sentiría menos aislada.

—Si le parece, la próxima vez le traeré algunas direcciones a las que puede escribir solicitando una suscripción para recibir cualquier publicación que desee, incluso revistas femeninas. Solo debe incluir la cantidad estipulada en el interior del sobre. Y también le proporcionaré las señas de un librero de confianza.

Periódicos, revistas, ¡libros! A Madeleine le sorprendió que acceder a ellos fuese tan sencillo. Tenía a su alcance un mundo de posibilidades que, hasta ese instante, ni siquiera conocía. Habría preferido no tener que esperar una semana hasta que sir Lawrence regresara. Sin saber muy bien por qué, la necesidad de recibir en su casa la prensa londinense y nuevos libros para leer se tornó apremiante.

—Quizá podría enviar mañana a mi secretario con esas señas, después de todo —dijo sir Lawrence, que parecía haberle leído el pensamiento—. E incluiré algunos diarios atrasados, por si le apetece algo de lectura.

Madeleine le habría echado los brazos al cuello, pero se limitó a agradecerle su constante amabilidad. Era tanto lo que le debía ya que aquello solo era un añadido más a su lista. No solo había estado a su lado en todo momento, siempre presto a dar un buen consejo o a escuchar sus inquietudes, incluso se había ofrecido a prestarle dinero —una oferta que ella había declinado, por supuesto—, y, unas semanas atrás, cuando Evans cayó enfermo, se hizo cargo personalmente de asesorarla en los asuntos de Blackrose Manor que no admitían demora. Incluso lidió con Gordon Burke, que llegó en busca de Evans con nuevas exigencias, entre ellas el dichoso puente. El arrendatario se marchó ofuscado y molesto, y Madeleine agradeció no haber tenido que enfrentarse a él.

A veces, Madeleine observaba a sir Lawrence de reojo y se preguntaba qué habría hecho de bueno en su vida para merecer un regalo como aquel hombre. Pese a todas las vicisitudes de su existencia, también era una mujer afortunada.

Sus conversaciones a partir de ese día fueron mucho más ricas e infinitamente más interesantes. Debatían sobre las leyes que se discutían en el Parlamento o sobre la situación económica, intercambiaban impresiones sobre la guerra, charlaban sobre exposiciones u obras de teatro que se representaban en la capital o sobre los libros que se publicaban... Ninguno de los dos mencionó nunca nada relativo a los Sedgwick, pese a que estos aparecieran con cierta frecuencia en la prensa londinense. Así se enteró Madeleine de que su cuñado Howard se había casado con Beatrice Mansfield, un evento al que ni siquiera fue invitada.

* * *

El mes de abril batió sus alas sobre Blackrose Manor y dejó su rastro en forma de un puñado de pequeños capullos tan negros como una noche sin luna. Fueron muchos menos de los que Madeleine esperaba, pero el viejo señor Landon le dijo que, en los próximos años, serían muchos más, en cuanto hubieran comenzado a plantar los esquejes. Mayo dio paso a junio, y el verano trajo una cosecha modesta, pero también la derrota definitiva de Napoleón, o al menos eso quiso pensar todo el mundo. Después de la huida de Elba, Madeleine no las tenía todas consigo.

Ese otoño pudo comprar al fin una docena de ovejas y media de vacas Hereford, unos animales mansos de color castaño, con la cabeza y el pecho blancos, que Evans puso al cargo de un joven que había regresado del frente con media cara destrozada. Parte de su alma debió de quedarse en el continente porque solo dos meses después lo encontraron ahorcado en el árbol de una de las lomas, mientras el ganado pastaba ajeno a la tragedia. El joven Tommy Evans se hizo cargo de los animales hasta que lograron encontrar a alguien definitivo. El muchacho, que había crecido casi un palmo desde su llegada a la mansión, era tan cumplidor como eficiente, sin importar la tarea que se le encomendase. Desde que los Evans habían restaurado al fin la antigua casa del administrador y se habían mudado allí, le veía mucho menos, pero no había duda de que sería un hombre de provecho.

Cuando Evans y ella hicieron el balance anual, descubrió que podría sobrevivir exclusivamente con las rentas que producía la propiedad, que también le permitirían acometer gran parte de las reparaciones pendientes. No podría costearse ningún lujo, pero tampoco lo necesitaba. Fue entonces cuando se sentó a escribir la segunda carta a Barry Dawson, el administrador de su esposo, en la que renunciaba a la renta que recibía de él. No quería deberle nada a aquel miserable. Lo que percibía de Blackrose Manor se lo había ganado a pulso y le pertenecía por derecho. No quería su caridad ni nada que tuviera que ver con él.

Esa fue la última vez que le escribió.

* * *

Se acercaba la Navidad de 1815, la tercera que Madeleine pasaba allí, y decoró la casa por primera vez. Sin lujos ni excesos, pero con alegría, aunque fuese solo ella quien iba a disfrutarla. Dio fiesta a casi todo el servicio, incluida su doncella, y rechazó la invitación de la señora Foster para cenar en su casa el día de Navidad, porque no le pareció apropiado robarles ese momento tan íntimo y familiar. Pensó en su propia madre, con quien se escribía con cierta frecuencia. Sus misivas siempre eran distantes, y llenas de consejos superfluos que ya no tenían cabida en su nuevo modo de vida. Las leía con desgana y tardaba lo indecible en contestarlas, sin saber siquiera qué contarle. No deseaba alargarse ni relatarle los pormenores de su día a día, que no le interesarían en absoluto, así es que se limitaba a decirle que se encontraba bien de salud y a hablar de cosas triviales. A menudo se preguntaba qué pensaría si descubriera el tipo de publicaciones que leía sin ningún recato y cómo discutía de política o de economía con un hombre como sir Lawrence. Sin duda no lo habría aprobado.

Unos días antes de Navidad, llegó precisamente el caballero en cuestión con una proposición inusual: una invitación a cenar en su casa. Al parecer, iba a contar con la presencia de un buen amigo y había organizado una discreta velada en su honor, a la que le encantaría que ella asistiera. Madeleine ni siquiera se lo pensó. Disfrutaba de la compañía de sir Lawrence y conocer a alguien nuevo, que además contaba con su aprecio, era un aliciente más.

* * *

Nellie pensaba que aquel vestido que ayudaba a lady Sedgwick a ponerse era el más bonito que había visto nunca. Confeccionado por la señora Foster en terciopelo y satén, era de color violeta y con los ribetes negros, tan suave que debía reprimir las ganas de llevárselo a la cara para acariciar con él su mejilla. La señora parecía una reina con él, y se contemplaba en el espejo como si no se reconociera. No era de extrañar. Siempre iba ataviada de forma sencilla y cómoda. Le había hecho un simple recogido siguiendo las instrucciones de Ruth, la doncella, que había insistido en quedarse para ayudar a lady Sedgwick. Esta, sin embargo, no lo había consentido y Nellie había hecho lo que había podido. El resultado era bastante satisfactorio. Le había trenzado el cabello y lo había sujetado con unas horquillas, dejando algunos rizos libres, que caían hasta rozar sus hombros.

Nellie era la única persona del servicio que quedaba en la casa ese día, aunque solo porque no tenía ningún otro sitio al que ir. No había vuelto a saber de sus tíos, y su madre hacía más de un año que no le escribía. No echaba de menos a ninguno de ellos. Los primeros días pensó que jamás se habituaría a vivir sin ningún miembro de su familia junto a ella, pero descubrió no solo que sí era posible, sino que vivía mucho mejor. La condesa era amable con ella, la señora Evans la trataba infinitamente mejor que su propia tía, y Doris, la nueva criada, se había convertido en su amiga. Era feliz allí, por primera vez desde su llegada, y ahora sí era capaz de identificar ese sentimiento en toda su plenitud.

Esa noche iba a acompañar a lady Sedgwick a casa de sir Lawrence, aunque ella cenaría con los criados. La idea no le desagradaba en absoluto, porque allí estaría también Fiona, a quien conocía desde que había llegado al pueblo y con quien siempre charlaba después del oficio de los domingos.

Sir Lawrence mandó su carruaje a buscarlas y Nellie se quedó muda de asombro cuando se sentó en su interior. Aunque llevaba su mejor vestido, que la señora había encargado también a Eve Foster, tenía la sensación de que iba a manchar aquella preciosa tapicería con el solo roce de su falda, y se sintió incómoda durante todo el camino, sin atreverse siquiera a apoyar la espalda en el respaldo.

Solo había estado en casa de sir Lawrence en una ocasión, unos meses atrás, cuando llevó una nota de lady Sedgwick. Entonces le había parecido grande y lujosa, demasiado grande a su entender para un hombre que vivía solo y que ni siquiera era lord, pero esa noche aún lucía más espléndida. Iluminada con lámparas de aceite y antorchas, y adornada con ramas de abeto y guirnaldas de papel, parecía sacada de algún cuento de hadas. Junto a la entrada había otros vehículos, aunque ninguno tan lujoso como en el que viajaba.

Nellie saboreó el momento cuanto pudo, consciente de que, posiblemente, jamás tendría la oportunidad de volver a subirse a él. Cuando al fin llegaron hasta la escalinata principal y un paje les abrió la portezuela, bajó con desgana y aprovechó para acariciar con disimulo uno de aquellos paneles de madera que parecía pintado con oro. Evans acudiría con la berlina a buscarlas más tarde, así es que se despidió de aquel vehículo y se encaminó hacia la entrada trasera, donde ya la aguardaba una Fiona nerviosa y emocionada.

Un rato después había olvidado por completo el carruaje de sir Lawrence.

* * *

Hacía demasiado calor en aquella estancia, fue lo primero que pensó Madeleine al ser conducida al salón principal. La chimenea estaba encendida y habían colocado un par de braseros adicionales. Era cierto que la noche era fría y que ya olía a nieve, pero allí dentro podría haberse cocinado directamente sobre el suelo.

Sir Lawrence se acercó de inmediato y, fiel a su costumbre, besó su mano enguantada. Luego le presentó a su amigo, Thomas Andrew Knight, un hombre que rondaba los sesenta, de estatura media y mirada amable. La calva de su coronilla brillaba bajo la luz de los candelabros que había repartidos por toda la habitación.

Había otros invitados en la sala a los que Madeleine ya conocía y que también la saludaron con la debida cortesía. Sir Jenkins y su esposa, con quien coincidía en la iglesia cada domingo, se mostraron algo más cordiales de lo acostumbrado. Edward Constable y su mujer, Rose, la recibieron con suma amabilidad, y mucho más secos, el reverendo Wilkes y su esposa Hester, una mujer menuda y algo insignificante, pero con una nariz tan larga y pronunciada que a Madeleine siempre le resultaba difícil mantener la vista alejada de ella.

—Veo que su esposo no la acompaña tampoco en esta ocasión, lady Sedgwick —señaló entonces el reverendo, con cierto desagrado en el semblante.

—No le ha sido posible asistir, y les ruega que disculpen su ausencia —contestó ella, casi del mismo modo que hacía siempre que alguien hacía algún comentario similar.

—Quizá debería usted haber viajado a Londres —insistió el señor Wilkes—. En fechas como estas la familia debería mantenerse unida.

—¿Le apetece una copita de jerez, lady Sedgwick? —interrumpió sir Lawrence, a quien no le agradaba el tono que había adquirido aquella conversación. Durante un breve instante se preguntó si había hecho bien invitando al reverendo.

—Muy amable, gracias —contestó ella, que se alejó unos pasos del matrimonio.

Tomó asiento en uno de los sofás, el más alejado del fuego, y bebió un par de sorbos de su copa. El licor estaba delicioso. Sir Lawrence condujo la conversación hacia su amigo, cómodamente instalado en una de las butacas. Al parecer, hacía unos años que era el presidente de la Sociedad Hortícola Londinense, aunque Madeleine no tenía ni idea de qué tipo de sociedad era aquella. Era un gran entendido en botánica y durante un rato estuvo hablando de unos invernaderos nuevos que había hecho construir en su propiedad de Downton, donde pensaba cultivar nuevas variantes de fresas. Madeleine solo había probado aquellos frutos en un par de ocasiones y recordó que le resultaron exquisitos.

La conversación derivó hacia otros temas, como la estancia de Napoleón en Santa Elena y las medidas que se habían tomado para evitar una nueva fuga. El emperador de los franceses no era ahora más que un prisionero molesto con el que nadie tenía muy claro cómo lidiar.

Madeleine se abstuvo de hacer comentario alguno mientras escuchaba conversar a los caballeros. Habría resultado impropio que participara públicamente en una conversación de esas características, pese a que sir Lawrence y ella habían mantenido charlas muy similares en las semanas precedentes. Igual que las otras mujeres presentes, se limitó a permanecer allí, como si no tuviera opinión alguna sobre el asunto.

Un criado anunció la cena y todos se levantaron para acudir al comedor. Madeleine solo había estado en la casa en un par de ocasiones, pero recordaba perfectamente su distribución. Habitualmente era el caballero quien acudía a verla, porque una mujer sola no debía visitar la casa de un hombre que no fuese su marido o un familiar directo, y él no era ninguna de las dos cosas.

Sir Lawrence ocupó la cabecera de la mesa, con ella a su derecha, el señor Knight justo a su lado y, a continuación, los Constable. A la izquierda se sentaron los Jenkins, seguidos del reverendo y su mujer. Todo el mundo procuraba mostrarse amable, pero el ambiente no era distendido. Madeleine tampoco lograba sentirse del todo cómoda, como si aquel no fuera su lugar. Una cosa era encontrarse a solas con su anfitrión, con quien se sentía libre de expresarse como mejor le conviniera, y otra muy distinta era hacerlo delante de aquellas personas, especialmente del reverendo, situado en diagonal a ella. Mientras degustaba el consomé de entrante y luego un trozo de pavo asado con puré de zanahorias, sentía su mirada vigilando cada uno de sus movimientos.

—¿Y qué la mantiene tan alejada de Londres, lady Sedgwick? —preguntó entonces el señor Knight, cuyo único propósito parecía intentar iniciar una conversación tras unos minutos de incómodo silencio.

—En realidad vivo aquí, señor Knight. En Blackrose Manor.

—¡Blackrose Manor! No me lo habías comentado, Lawrence —añadió, dirigiéndose a su amigo.

—Debí olvidarlo.

—Hace unos años visité esa propiedad.

—¿Sí? —Madeleine había detenido su mano a medio camino de su boca, con un trozo de asado insertado en la punta.

—Escribí un tratado sobre el cultivo de manzanos y recorrí todo el condado estudiando las distintas variedades que se dan en la zona —respondió—. Recuerdo que dediqué unas líneas precisamente a Blackrose Manor.

—Me temo que soy incapaz de distinguir unos árboles de otros —confesó Madeleine, que pensó en aquellos huertos frutales que había contemplado solo de lejos.

—Si la memoria no me falla, cuenta con varias especies interesantes —le explicó el botánico—. Manzanas ácidas, como la Ashmead's Kernel y la Brown, que son las que le dan sabor y limpieza a la sidra, y dulces como la Northwood o la Court Royal, que le proporcionan su agradable sabor. Creo recordar que había otras variedades, como la famosa y ya casi extinta Redstreak. —Hizo una pausa y dio un sorbo a su copa de vino—. Es una lástima que la guerra nos haya llevado a abandonar cultivos tan interesantes como ese, ¿no cree? —continuó—. Podría hacerse una sidra excelente con esas manzanas.

—¿Pero la sidra no es una medicina? —preguntó la señora Wilkes.

—Bueno, así ha sido considerada durante años —explicó el señor Knight—. De hecho, aún se sigue recetando para paliar la gota. Pero es una bebida espirituosa, como el champán, y Herefordshire cuenta con un terreno especialmente fértil para el cultivo de manzanos.

—Yo poseo unos cuantos en mi propiedad —señaló el señor Jenkins—. Y cada otoño vendo la cosecha a una sidrería de Pembridge.

—¿Qué variedad son? —El botánico no pudo disimular su interés.

—Lo cierto es que no lo sé.

—Pero son muy ácidas —dijo su esposa—. Absolutamente inadecuadas para cocinar.

—Tengo entendido que, muchos años atrás, aquí se elaboraba una sidra de cierta calidad —intervino el señor Constable—. Encontré varios documentos en el despacho del ayuntamiento que hablaban sobre ello.

—¿Es muy complicado elaborar sidra? —Madeleine comenzaba a estar vivamente interesada en aquel asunto.

—Requiere un elaborado proceso que debe llevarse a cabo de manera adecuada para que la bebida no se estropee —respondió Knight—, y habría que comprobar en qué estado se encuentran los manzanos. Pero no es imposible, desde luego.

—Tal vez podría usted recomendarme a alguien para que se ocupara de echarles un vistazo.

—¿No cree que debería consultarlo primero con su esposo, milady? —La voz grave del reverendo interrumpió la amena charla.

—¿Cómo...? —Madeleine carraspeó—. ¿Cómo dice?

—Tengo la sensación de que se extralimita usted en sus deberes de buena esposa —respondió el señor Wilkes, que dejó con cuidado su tenedor junto a su plato.

—Creo que lady Sedgwick solo desea realizar una consulta —apuntó el señor Constable—. No veo qué hay de malo en ello.

—Tal vez no haya nada de malo. —El señor Jenkins, situado justo frente a Madeleine se limpió la boca con la servilleta de hilo—. Aunque coincido con el reverendo Wilkes en que es poco habitual que una dama se encargue de manejar una propiedad tan grande como esa.

—¿Insinúa que una mujer no podría ocuparse tan bien como un hombre de ese trabajo? —Rose, la esposa del corregidor, parecía algo molesta con aquella observación.

—Dios no puso a Eva en este mundo para que se ocupara de las tareas que correspondían a Adán —aseguró el reverendo, muy convencido.

—Por favor, damas y caballeros... —Sir Lawrence trató de suavizar el ambiente.

—Lady Sedgwick. —El reverendo se dirigió directamente a Madeleine—. No sé cuáles son las razones por las que el conde la mantiene alejada de su familia y oculta en este rincón de Inglaterra, pero sin duda no se mostraría conforme con que usted tomara decisiones que atañen a una de sus propiedades.

—Esas razones, señor Wilkes, atañen solo a mi familia —replicó ella, que percibió cómo la voz comenzaba a temblarle—. Pero para su información le haré saber que Blackrose Manor me pertenece y que tomaré las decisiones que considere más oportunas para mejorarla.

—¡Lo que hay que oír! Una mujer llevando una propiedad sin la tutela de su marido —soltó el hombre, con acritud.

—¡Señor Wilkes! —La voz autoritaria de sir Lawrence restalló como un látigo y Madeleine dio un respingo—. Esta es mi casa y lady Sedgwick es mi invitada. No consentiré ningún ataque a su persona. Si no se encuentra a gusto entre nosotros, puede marcharse de inmediato. Y lo mismo va por los demás.

El reverendo miró a su anfitrión, primero con sorpresa y luego con el ceño levemente fruncido. Dirigió una última mirada reprobatoria a Madeleine antes de disculparse.

—Le ruego excuse mi falta de modales, sir Lawrence —dijo al fin—. Me resulta en extremo difícil permanecer callado cuando veo cómo se violan las leyes de Dios.

—No es conmigo con quien debe disculparse, señor Wilkes —repuso sir Lawrence, a quien aquel último comentario casi había sacado de sus casillas. Sí, en ese momento estaba totalmente convencido de que invitar a aquel personaje había supuesto un grave error.

El reverendo, sin embargo, no añadió nada más. Madeleine observó al resto de los invitados. Sir Jenkins rehuyó su mirada, igual que su esposa. Hester Wilkes se limitó a continuar contemplando el contenido de su plato, como había hecho desde que se había sentado a la mesa. Edward Constable, su esposa Rose y el señor Knight le dedicaron una tímida sonrisa de apoyo. Los comensales parecían haberse dividido en dos bandos.

Con disimulo, sir Lawrence apretó la mano que Madeleine mantenía sobre la mesa, mientras ella trataba con todas sus fuerzas de contener las lágrimas. Solo fue capaz de pensar en dos cosas: que aquella tampoco sería una dulce Navidad y que no volvería a pisar la iglesia de Falmouth.

13

Dos días más tarde, sir Lawrence se presentó en Blackrose Manor en compañía del señor Knight. Una vez más, se deshizo en disculpas, como si el comportamiento del reverendo Wilkes hubiera sido culpa suya. Madeleine había permanecido alicaída todo el día anterior, rememorando aquellas crueles palabras y los todavía más crueles pensamientos de aquel individuo. ¿Cuántas personas en la región pensarían lo mismo acerca de ella, además de sir Jenkins, que parecía bastante conforme con sus afirmaciones? ¿Cuántos más estarían convencidos de que ponerse al frente de su propiedad era algo que no le correspondía? ¿Y cuántos charlarían en voz baja sobre los motivos que habían llevado a los Sedgwick a «ocultarla» allí, como muy bien había señalado el reverendo?

Puso su mejor cara para recibir a sus invitados, aunque, por primera vez, su alegría al ver a sir Lawrence era fingida. El interés que había mostrado durante la cena de Navidad acerca de la sidra también parecía haberse evaporado junto a su buen humor. No obstante, habría resultado descortés no atender a los dos caballeros, especialmente al señor Knight, que se había ofrecido a ver los manzanos para poder decirle en qué estado se encontraban y si era posible usar sus frutos para la elaboración de la sidra. Ella ni siquiera había vuelto a pensar en esa posibilidad. ¿Qué sabía ella sobre aquel proceso? ¿Y quién lo llevaría a cabo? A duras penas lograba reunir suficientes manos para labrar los campos. Aun así, avisó al señor Evans y todos juntos partieron hacia la zona este de la propiedad, que Madeleine apenas conocía. El administrador la había llevado allí unos meses atrás, hasta el inicio de aquellas grandes extensiones de frutales enmarañados, pero ni siquiera se había atrevido a internarse entre ellos, como si temiera quedar apresada entre sus ramas. Se habían limitado a coger algunas manzanas que habían llevado a la señora Evans para que hiciera un pastel, pero el sabor y la textura eran espantosos y al final habían acabado alimentando a los caballos.

El señor Knight, en cambio, no mostró ningún temor y comenzó a recorrer los huertos con la vista alzada. De vez en cuanto tocaba el tronco de algún árbol o hundía la punta del zapato en la tierra, que removía hasta formar un pequeño hoyo por el que Madeleine imaginaba salir a algún topo enfurruñado.

Ignoraba cuántas hectáreas de terreno ocupaban aquellos manzanos, pero debían de ser muchísimas. Llevaban ya bastante rato caminando entre los árboles y las filas parecían no tener fin. Las copas formaban un techo de follaje sobre sus cabezas, dejando pasar desiguales haces de luz que tachonaban el duro suelo. Solo se escuchaba el trino de los pájaros y el sonido de sus pisadas sobre las hojas muertas. Madeleine comenzaba a sentirse cansada. Avanzaba un paso por detrás del señor Knight y de Evans, e iba cogida del brazo de sir Lawrence, que observaba cuanto hacía su amigo con sincero interés. De repente se detuvieron y ella tuvo que ponerse de puntillas para atisbar por encima del hombro del botánico. Al fondo de la hilera que estaban recorriendo se adivinaba un claro de grandes proporciones y los contornos de lo que parecía una construcción de ladrillo. Intrigada, quiso acelerar el paso para averiguar qué era aquello, y tuvo que esforzarse para no azuzar a los hombres.

Al llegar a la zona despejada, Madeleine comprobó que, en efecto, se trataba de un edificio alargado cubierto en gran parte por la maleza, con varios huecos en los muros a modo de ventanas y con el techo hundido en el extremo oeste. Una puerta doble de madera daba paso al recinto, aunque permanecía cerrada.

—Esta debe de ser la sidrería —apuntó el señor Knight—. Tampoco tuve ocasión de visitarla la última vez que estuve aquí.

Se aproximaron a la puerta y Evans comprobó que estaba cerrada con una cadena y un viejo candado. Miró a Madeleine como si le preguntara qué debía hacer y ella asintió. El administrador buscó una piedra en las inmediaciones y comenzó a golpear con ella el candado oxidado, que se partió en dos y cayó al suelo. Cuando abrió las puertas, la asaltó un olor desagradable que provenía del interior y que la obligó a dar un paso atrás.

—No sé si deberíamos entrar —apuntó sir Lawrence—. No sabemos cuánto aguantará lo que queda del techo.

—Podemos echar un vistazo desde la entrada —dijo el señor Knight, cuya mirada brillaba de expectación.

Madeleine también deseaba descubrir qué había allí, así es que accedió. Apenas se internaron un par de metros, pero fue suficiente. A través de los escombros y las telarañas que habían invadido el lugar se podían apreciar grandes cubas de madera, a todas luces podridas, y enormes barriles alineados en los laterales, algunos de ellos hechos trizas. Había muchas otras cosas que no tenía ni idea de para qué podían servir, pero el señor Knight tuvo la amabilidad de ilustrarles. Les habló de prensas y de depósitos de fermentación, de lagares y de todo tipo de herramientas, la mayoría desperdigadas por el suelo.

De la fachada salía un camino bien delimitado por el que bien podrían circular dos carretas y que entendieron se había usado en otro tiempo para acceder al lugar. Ahora estaba parcialmente oculto por la hierba, que había crecido sin control, y recorrieron un trecho hasta desembocar en otro sendero que conducía a la granja de uno de los arrendatarios. Un grupo de arbustos había crecido junto al acceso, impidiendo su visibilidad.

Durante el regreso, Knight les habló del estado general de los árboles.

—Los manzanos pueden vivir hasta los ochenta años, más incluso —comentó— aunque, cuando alcanzan cierta edad, dan muy pocos frutos. Los suyos, lady Sedgwick, son todos bastante mayores, sobre todo los de la parte este, pero la mayoría alejados de esa provecta edad.

—¿Cree que se podría elaborar sidra con ellos?

—No veo por qué no. Dispone de muchísimos ejemplares, y de distintos tipos.

Madeleine miró a Evans, que se limitó a hacer una mueca. Estaba convencida de que no aprobaba el rumbo de sus pensamientos.

—¿Qué necesitaría? —preguntó al botánico.

—Lady Sedgwick, creo que resultaría demasiado costoso reconstruir ese edificio —señaló Evans, confirmando así sus impresiones.

—Tal vez no sea necesario restaurar el edificio entero —señaló sir Lawrence, que había permanecido en segundo plano toda la mañana.

—Cierto —convino el señor Knight—. Al menos para empezar. Gran parte de las herramientas del interior solo necesitan una buena limpieza.

—Habría que podar también los árboles —Evans alzó la vista—, y no disponemos de peones suficientes para ello.

—La poda se realiza en invierno, señor Evans —le informó Knight—, cuando los campos no se trabajan. La madera, además, es excelente como leña para las chimeneas o las cocinas. Arde bien y proporciona un agradable aroma.

—Y tampoco sería necesario podarlos todos de una vez, ¿verdad? —Madeleine observó las ramas enmarañadas.

—En efecto. Tal vez unos cuantos de cada variedad y de cada zona, e ir ampliando más adelante. También debe tener en cuenta que, con el tiempo, necesitará árboles jóvenes.

Madeleine se mordió el labio inferior, pensando en un sinfín de nuevas posibilidades. La imagen del reverendo Wilkes se coló entre ellas sin querer, y su buen humor se resintió.

—¿Les parece bien que regresemos a la casa ahora? —preguntó—. Espero que tengan tiempo para una taza de té. La señora Evans ha preparado unos pastelillos deliciosos.

—Será un placer, milady —respondió sir Lawrence, que volvió a ofrecerle el brazo para salir de allí.

* * *

Madeleine no paró de darle vueltas a la idea durante un par de días. Evans y ella comentaron la posibilidad que se les ofrecía, aunque el hombre continuó mostrándose prudente al respecto. La inversión que iban a necesitar para podar los árboles era una nimiedad en comparación con lo que iba a requerir reparar aquella edificación, y eso si lograban encontrar a alguien que conociera el oficio. El administrador reconoció que, siendo niño, había oído hablar de aquella sidra, pero nunca se había aventurado a recorrer aquellos huertos frutales. El señor Landon, pensó Madeleine, era mucho mayor y había vivido en Falmouth toda su vida. Sin duda él sabría mucho más sobre el asunto.

La nieve que había comenzado a caer no fue impedimento para que Madeleine convenciera a Evans de acompañarla a casa del viejo jardinero. Le pidió a su esposa que preparara algún dulce con el que esperaba felicitarle el año que estaba a punto de comenzar y partieron una mañana especialmente fría, con un cielo de un extraño tono cobrizo que ese invierno parecía ser habitual.

El señor Landon los recibió con efusividad y su esposa se mostró encantada de que alguien de la categoría de lady Sedgwick visitara su humilde hogar. Se deshizo en atenciones que Madeleine agradeció y luego los dejó a solas. Como había sospechado, Landon recordaba la época en la que se elaboraba sidra en Blackrose Manor, unos cuarenta años atrás. Cuando la casa se cerró, las tierras aún se cultivaron durante unos años, y se cuidaron los manzanos, hasta que con la llegada de Alistair Powell, el tío de Edgar Powell, todo se fue abandonando. Landon conocía incluso a un hombre que había trabajado allí, un tal señor Williamson, que vivía junto a la carpintería. Al parecer, había vivido en otro lugar durante las últimas décadas y solo hacía tres años que había regresado a su pueblo natal. Se ofreció a acompañarlos hasta su hogar, y les aseguró que los recibiría con sumo agrado. Según decía, le encantaba contar viejas historias sobre aquellos tiempos.

* * *

En el camino de vuelta, Percy Evans iba pensando en todo lo que les había contado el viejo Williamson. El anciano recordaba con absoluta precisión aquella época, como si todo lo acontecido entonces hubiera sucedido durante la última semana. Había trabajado como peón en la sidrería siendo muy joven, donde su padre era el capataz, y conocía bien el proceso. De hecho, les confesó, siempre había soñado con sustituirle cuando llegara el momento. A medida que lo escuchaba hablar, Percy se preguntaba si cuando él llegara a su edad disfrutaría también de una memoria tan prodigiosa.

Lady Sedgwick se había mostrado cada vez más interesada en aquella posibilidad y él no tenía nada en contra de ello, pero estaba convencido de que aún no había llegado el momento. Poner en marcha aquel nuevo proyecto iba a resultar muy costoso y, a menos que ella guardara una pequeña fortuna en su alcoba —cosa de la que dudaba mucho— era absolutamente inviable.

La dama parecía realmente entusiasmada e incluso le había preguntado a Williamson si podría echarles una mano para elegir qué árboles había que podar primero. Williamson no solo se prestó a ello, también les dijo que tenía una vaga idea de los porcentajes necesarios de cada variedad de manzana para elaborar la sidra de aquel entonces, una información que les resultaría muy útil para comenzar.

Se habían desplazado a Falmouth en el calesín, que presentaba un aspecto mucho más elegante. Su hijo Tommy había hecho un buen trabajo pintándolo de nuevo, reparando el asiento y dando lustre a los arreos. Seguía siendo viejo, pero ya no resultaba ridículo. De lejos, incluso podría haber pasado por un vehículo recién adquirido. Percy se recordó que debía felicitar al muchacho, había hecho un trabajo excelente.

Miró de reojo a lady Sedgwick, sentada a su lado, y casi habría jurado que escuchaba moverse los engranajes de su cerebro. Pese a lo joven que era —Evans podría haber tenido una hija de esa misma edad— admiraba su temple y su ímpetu.

Percy pensó en el tiempo que llevaba ocupando el puesto de administrador y no podía estar más satisfecho con el trabajo realizado, aunque los resultados no siempre acompañaran. No verse obligado a depender de una buena o mala cosecha le permitía dormir por las noches con muchas menos preocupaciones rondándole por la cabeza. Su esposa también parecía feliz en su nuevo puesto, con tanta variedad de alimentos a su disposición que le permitían elaborar platos más complicados. Se atrevía incluso a probar recetas nuevas, aunque no siempre con buen resultado. Un par de semanas atrás, sin ir más lejos, había tirado a la basura una elaboración en la que se había pasado gran parte de la mañana trabajando porque la combinación de ingredientes había malogrado el sabor de la carne. Ni siquiera Nelson, el gato que había adoptado lady Sedgwick, se atrevió a comérselo. Percy no había llegado a probarlo, pero la opinión del felino fue suficiente para él.

Su nuevo empleo, sin embargo, no estaba exento de dificultades. La más molesta, con diferencia, era Gordon Burke y, en menor medida, su amigo Pettridge. Días atrás, ambos habían convocado una reunión de arrendatarios para elaborar una lista de exigencias que dirigir a lady Sedgwick, entre ellas la reparación inmediata del puente y algunas otras que, según ellos, no admitían demora. Gambler, otro de los granjeros, había avisado a Percy, que se había presentado allí y les había explicado que dichas obras tendrían que esperar un poco. Les puso al corriente de la situación, aunque solo en líneas generales, y les recordó las muchas mejoras que ya se habían llevado a cabo. Les aseguró que la nueva señora de Blackrose Manor tenía intención de ocuparse de todas sus peticiones. Consiguió calmar los ánimos y convencerles de que no era momento para exigencias y, excepto Burke y Pettridge, todos acabaron por mostrarse conformes.

Percy sabía que jamás se habían atrevido a llegar tan lejos en tiempos de Edgar Powell. Sin embargo, lady Sedgwick no era más que una mujer, como bien señaló el propio Burke y, por tanto, transmitía cierta imagen de debilidad o, como mínimo, de accesibilidad. Burke parecía convencido de que, si la amenazaban con abandonar las granjas, ella se plegaría a todas sus demandas.

De momento, había salvado la situación, aunque no sabía hasta cuándo. Había comentado aquella reunión con lady Sedgwick, suavizándola lo suficiente como para no herir sus sentimientos. Tal vez, pensaba ahora, había cometido un error. Si le hubiera explicado la verdad sobre aquel día, seguramente la dama no estaría planteándose siquiera aquel despropósito de fabricar sidra.

Percy Evans rezó una oración para que los proyectos de la joven funcionasen. No quería ni imaginarse lo que sucedería si el plan fracasaba.

*   *   *

Madeleine necesitaba dinero, más del que tenía. Desde Año Nuevo no había cesado de hacer cuentas y ninguna arrojaba un saldo lo bastante sustancioso como para emprender un negocio de aquellas características. Ni siquiera con un inicio tan modesto como el que había sugerido el señor Knight. Ella y Percy Evans habían visitado una sidrería al norte del condado para hacerse una idea del funcionamiento y de la cantidad de personal que iban a necesitar. Era demasiado. Por primera vez lamentó haber renunciado a la renta que percibía de Nicholas Hancock, que en esos instantes le habría venido francamente bien. No pensaba dar marcha atrás, nada más lejos de su intención, pero lamentaba no poder llevar a cabo sus planes, unos planes que, sin saber muy bien por qué, se le antojaban sumamente importantes.

El señor Williamson, como les había prometido, acudió a la propiedad en compañía de Landon y de su hijo Stuart y, junto a Evans, recorrieron los huertos para identificar las distintas variedades. Con más de treinta centímetros de nieve cubriendo toda la propiedad, no se le ocurría el modo en que aquel anciano lograría su propósito, pero así fue, o al menos eso le contó Evans más tarde. Landon y su hijo se encargarían de podar algunos árboles con la ayuda de varios peones que, durante el invierno, tenían poco que hacer en los campos. Madeleine pensó que, si no podía poner en marcha la sidrería, al menos podría vender la cosecha igual que hacía sir Jenkins. Y la madera podría aprovecharse para calentar los hogares.

Ese invierno de 1816 la nieve alcanzó cotas que solo los más ancianos del lugar recordaban, y obligó a todo el mundo a permanecer en sus casas. En Blackrose Manor, el carbón y la leña se consumían a un ritmo endiablado. En el antiguo aserradero del señor Powell había acumulados troncos suficientes para varios inviernos y Madeleine, ya desde su primer año allí, había reabierto el acceso al bosque para todos los habitantes de Falmouth a cambio de una pequeña prestación: dependiendo de la cantidad de leña que se talara y se transportara, debían dejar en el granero una doceava parte. No era mucho, pero sí suficiente para mantener en funcionamiento una casa tan grande como aquella. El acuerdo satisfizo a todo el mundo. El carbón, sin embargo, era otro cantar. Madeleine no disponía de una fuente propia y debía comprarlo como todos los demás. Si las temperaturas no ascendían un poco, para el año siguiente debería desembolsar una cantidad mayor para su compra.

Conforme fue avanzando el invierno, Madeleine decidió regalar gran parte de la leña acumulada a los habitantes de Falmouth. Nadie había previsto un invierno tan frío y, cuando supo que una pareja de ancianos había fallecido congelada en el interior de su propia vivienda, le pidió a Evans que hablara con Edward Constable, el corregidor. Él se ocuparía de informar a los vecinos de que podían acercarse hasta el aserradero y llevarse toda la que necesitasen.

Evans acogió aquella medida con ciertas reservas. No se oponía a compartir los recursos, pero temía que algún aprovechado quisiera llevarse más de la que precisaba y otros se quedaran sin nada. Al final, Madeleine accedió a que comentara con Constable la posibilidad de apostar a uno de los alguaciles en la entrada, para impedir los abusos.

A ninguno de los dos le extrañó que Gordon Burke protagonizara una disputa que a punto estuvo de llegar a las manos, precisamente por querer llevarse una cantidad mayor a la que le correspondía. Aquel hombre era un continuo quebradero de cabeza.

* * *

A mediados de febrero, la baronesa Radford se presentó en Hereford. Más de dos años habían trascurrido desde que se vieran por última vez y, aunque nunca se había sentido muy unida a ella, la había echado de menos durante todo ese tiempo.

Cuando le expresó su deseo de visitarla en Blackrose Manor, sin importarle las órdenes de lord Sedgwick, Madeleine optó por la prudencia y le sugirió un encuentro alejado de la propiedad. La propia ciudad de Hereford fue la mejor opción que se le ocurrió y Percy Evans la llevó hasta allí.

El encuentro tuvo lugar en la habitación que su madre había alquilado en una casa de huéspedes en el centro. Tras el saludo inicial, que consistió en un corto abrazo, criticó su vestido, demasiado sencillo para su gusto, y el hecho de que hubiera ganado algunos kilos. Madeleine prefirió guardar silencio y aceptó los reproches sin pestañear.

Solo permaneció en Hereford día y medio, en los que ambas recorrieron los alrededores. Visitaron la catedral medieval, cuya torre oeste se había derrumbado unos años atrás y que transmitía la sensación de una boca mellada, pasearon por el puente sobre el río Wye y deambularon por el centro.

—Voy a regresar a Francia —le dijo su madre casi en el último momento—. Aún tengo unos primos allí.

—¿A Francia? —Madeleine la miró atónita—. ¿Y qué pasa con nuestra casa en Hampshire?

«¿Y conmigo?», le habría gustado preguntarle.

—He pensado en alquilarla.

—Francia... —musitó—. Pero ¿por qué?

—Nada me ata ya a Inglaterra. Además, el dinero que me entregó lord Sedgwick no durará siempre.

—Madre, ¡fueron tres mil libras!

—Oh, querida, ya sabes con qué facilidad se gasta el dinero en estos tiempos. Además, solo nos comunicamos por carta, ¿qué más da dónde me encuentre?

No le faltaba razón, pero saberla tan lejos, con un mar de distancia entre ambas, se le antojaba demasiado.

—Lléveme con usted —dijo en un impulso.

—Eres una mujer casada, Madeleine. No puedes huir de tu matrimonio.

—¿De qué matrimonio habla, madre?

—Nicholas Hancock es joven y temperamental, un día de estos recapacitará y todo se solucionará. Ya lo verás.

Madeleine no compartía en absoluto los pensamientos de su madre. No se había atrevido a explicarle todos los detalles de su situación para no inquietarla, así es que no era extraño que pensase que aquello tenía solución. Valoró hacerlo en esos momentos, pero desechó la idea.

—¿Me escribirá? —Los ojos de Madeleine se humedecieron.

—Por supuesto, niña —contestó la baronesa, quitando importancia a sus palabras con un gesto vago de su mano alzada.

Al día siguiente, Madeleine lloró durante todo el trayecto de regreso a Blackrose Manor. Su madre era la única familia que le quedaba en el mundo.

∗   ∗   ∗

A finales de marzo llegó la primera carta procedente de Francia, donde su madre se había instalado al fin. No era muy larga y en ella le narraba el largo viaje y todas las cosas que se había visto obligada a dejar atrás, especialmente los muebles. Le habló brevemente de sus primos, que parecían haberla acogido con agrado, y del clima. No incluía nada demasiado personal, como era su costumbre. La leyó dos veces sentada frente a la chimenea en compañía de Ruth Foster, que cosía el bajo de uno de sus vestidos nuevos. A Madeleine siempre le había gustado sentarse sobre la alfombra junto al fuego y, al levantarse, rara era la ocasión en la que sus pies no se enredaban con sus ropas y acababan rasgándolas. Era una fea costumbre que su madre había tratado de quitarle y que, al estar sola de nuevo, había recuperado con gran entusiasmo. No se le ocurría una forma mejor de pasar una fría tarde invernal que tirada junto a la chimenea, apoyada en varios almohadones y con la única compañía de un libro.

Precisamente desde esa posición, contempló a su doncella, sumamente concentrada en la costura. Pensó en si sería consciente de la suerte que tenía al contar con una madre que la apreciaba y a la que podía ver siempre que quisiera. Observó el óvalo perfecto de su cara, aquellas largas pestañas que sombreaban sus mejillas y aquellas orejas que la joven encontraba demasiado grandes y que se empeñaba en esconder estudiadamente tras sus rizos. El brillo de uno de sus pendientes atrapó su atención. Eran diminutos y ni siquiera se apreciaban si uno no se fijaba. Madeleine se preguntó cómo le quedarían algunos de los suyos, y eso la llevó a pensar en el resto de sus joyas.

Se levantó de un salto, esta vez poniendo cuidado en no pisar su vestido, y se dirigió al tocador. Allí descansaba una caja de madera taraceada de tamaño mediano donde guardaba todos sus objetos de valor. Con ella en las manos volvió a ocupar su lugar, la abrió y extendió el contenido sobre sus faldas, ante la curiosa mirada de la doncella.

Tres pares de pendientes, algunos collares, pulseras, anillos, un brazalete, un par de diademas... e incluso aquel colgante que su esposo le había obsequiado como regalo de compromiso. Sabía que no se trataba de ninguna joya familiar, como era la costumbre, y también sabía que no era especialmente valioso. Era la tradición, y él había cumplido con ella sin que eso le supusiera ningún gasto extraordinario ni ninguna merma para el patrimonio familiar.

Fue evaluando cada pieza y colocándolas en dos montones. Cuando finalizó, el primero contenía unos pendientes que le había regalado su padre, un collar que su madre compró para su presentación en sociedad, un anillo que había heredado de su abuela paterna y la diadema con la que se había casado. Pese a que aquel no fuese un recuerdo especialmente agradable, era lo más bonito que había poseído jamás. En el otro montón estaba el resto, incluido el colgante que le había regalado Nicholas Hancock.

Eran las joyas que pensaba vender para poner en marcha la sidrería.

*   *   *

Worcester resultó ser más grande de lo que Madeleine esperaba, una urbe de forma alargada, como si durmiera estirada a la vera del río Severn. Se había decantado por aquella ciudad, más alejada de Falmouth que Hereford, porque pensó que allí pasaría más desapercibida. Llegaron a primera hora de la tarde después de haber recorrido las más de treinta millas de distancia a bordo de la berlina, conducida por Percy Evans.

No les resultó difícil encontrar habitación en una casa de huéspedes no lejos del centro y, mientras Ruth y ella se instalaban, Evans investigaba un poco por la zona, tratando de averiguar cuál sería el lugar más apropiado para la venta de aquellas joyas. Madeleine sabía que él no estaba conforme con su decisión. Había insistido en que se lo pensara mejor, en que ya no podría recuperarlas, en que con el tiempo podrían iniciar aquel proyecto sin que tuviera que desprenderse de sus valiosas posesiones. Pero estaba decidida. Aquellas alhajas no significaban absolutamente nada para ella y tampoco tendría ya ningún lugar donde lucirlas. Ruth también intentó disuadirla, con el mismo resultado.

Evans regresó con buenas noticias. Todo el mundo le había recomendado una discreta joyería, donde solicitó una cita para el día siguiente a las tres de la tarde. Madeleine se mostró conforme.

Por la mañana aprovechó para visitar la maravillosa catedral, cuya torre de planta cuadrada podía observar desde la ventana de su habitación. Pensó que marcharse de Worcester sin visitar lo más hermoso que había en ella sería poco menos que un pecado. Luego, mientras paseaban por las calles de la ciudad, a ambas mujeres les llamó la atención la cantidad de pequeños talleres que confeccionaban guantes de todo tipo de tejidos y medidas, algunos tan elegantes que Madeleine no pudo reprimirse y adquirió un par. No se le ocurría ninguna clase de evento en el que pudiera utilizarlos, pero eran tan hermosos que bien valían los más de seis chelines que había pagado por ellos. No habían recorrido ni un centenar de metros cuando se arrepintió de su impulsiva compra. Estaba en Worcester para conseguir dinero que invertir en su propiedad, y se gastaba una pequeña fortuna en un capricho que acabaría olvidado en un cajón de su tocador.

Poco antes de la hora convenida, Madeleine avanzaba por High Street en compañía de Ruth. Había ordenado a Evans que las dejara un par de calles más atrás; no deseaba que nadie viera la berlina frente a la puerta de la joyería, con el escudo de los Sedgwick en la portezuela. Iba distraída, quizá por eso apenas fue consciente del leve empujón que la llevó a trastabillar. Había demasiada gente en la calle y no podía estar segura de quién había sido el causante, pero el peso que había sentido hasta hacía unos segundos sobre su brazo izquierdo había desaparecido. El pequeño bolsito que lleva-ba colgado de él, con todas las joyas en su interior, no estaba. Solo quedaba un pedazo del cordón que lo sujetaba.

Se volvió, aterrada, y vio un borrón oscuro moverse entre la gente, esquivando a los transeúntes.

—¡Al ladrón! —gritó, provocando que todo el mundo girara la cabeza en la dirección que ella señalaba—. ¡Al ladrón!

Madeleine echó a correr con Ruth pisándole los talones. La gente se apartaba de su camino, pero apenas fue consciente de las miradas que le dirigían, unas extrañadas y otras reprobatorias. Con toda probabilidad, jamás habían visto correr a una dama por la calle, y menos a una con el rostro tan desencajado como aquella.

Ambas mujeres se detuvieron de repente. Allí estaba Evans, quien las había seguido de forma discreta. Sujetaba el bolsito con una mano y con la otra asía con fuerza el cuello de la chaqueta del ratero. Por el rabillo del ojo, Madeleine vio cómo se aproximaban dos figuras de uniforme con las que se había cruzado unos minu-tos antes, a buen seguro miembros de la autoridad. Volvió a cen-trar su vista en el ladrón, que trataba en vano de zafarse del agarre del administrador y que le lanzaba aterradas miradas de soslayo mientras profería todo tipo de insultos, algunos de los cuales no había escuchado jamás.

Madeleine ni siquiera fue capaz de moverse de su sitio mientras llegaban los hombres uniformados y charlaban con Evans. Escu-chó algunas palabras sueltas, pero poco más. Su mirada seguía fija en aquella figura que lloraba y maldecía y de la que ahora se hacían cargo los recién llegados.

El ladrón era solo un niño, y no debía de tener más de siete u ocho años.

14

La transacción se llevó a cabo tal y como Madeleine esperaba.
La atendió un hombre de mediana edad y nariz puntiaguda, que
estudió las joyas con detenimiento y que le pagó una buena suma
por ellas, un poco más incluso de lo que había previsto. Su mente,
sin embargo, se hallaba distraída. No podía quitarse de la cabeza la
imagen de aquel niño enfurruñado, que los dos policías tomaron
de los brazos y que se llevaron pataleando. ¿Qué podía llevar a una
criatura de aquella edad a convertirse en un delincuente? ¿Acaso
no tenía padres que cuidaran de él? Ni siquiera se atrevía a imaginar la respuesta. Nunca, hasta ese momento, le había dado por
pensar en cómo serían las vidas de los más desfavorecidos de la
sociedad, de los que no poseían nada y nada tenían que perder.

Regresaron al hotel y Madeleine ocultó bien el dinero que había obtenido por sus joyas. No había dejado de recriminarse su
descuido de esa tarde, llevando su preciada carga en un bolsito de
mano como quien sale a dar un paseo. Muchas familias dependían
de ella y de lo que pudiera hacer con ese dinero, y había estado a
punto de perderlo todo.

Hizo llamar a Evans y, un rato más tarde, la berlina se detenía
frente a un edificio tan deprimente como lo que sin duda se encontraba en su interior. Allí, la suciedad acumulada en las calles era
incluso mayor. Los grandes bloques de piedra gris mostraban un
aspecto deslucido, y a través de las escasas ventanas del primer
piso, sucias de polvo y hollín, no lograba verse nada del interior.

Madeleine se bajó del carruaje, aspiró un par de bocanadas profundas y, en compañía de su administrador y su doncella, ascendió las escaleras y entró en el edificio. Junto al coche se quedó uno de los empleados que habían contratado temporalmente en el hotel.

Una antesala de gran tamaño y atestada de gente de toda índole y condición daba paso a un largo mostrador de madera oscura, con los bajos manchados de barro y de otras sustancias en las que prefirió no pensar. Había tanto ruido que apenas era capaz de escuchar sus propios pensamientos. Gente gritando, voces autoritarias reclamando silencio, golpes, sillas que se caían, cajones que se abrían y cerraban, llantos, insultos... todo era una cacofonía ensordecedora que a punto estuvo de llevarla a darse la vuelta y salir de allí. Los olores eran incluso peor. A sudor, a orines, a grasa y a miedo, una mezcla que se pegaba a las ropas y que parecía tener vida propia.

Madeleine alzó la cabeza y recorrió los metros que la separaban de un mostrador situado al final de la antesala como si fuese a encontrarse con el mismo rey. Una vez allí, se detuvo y contempló la enorme sala situada al otro lado de aquella especie de frontera, llena de mesas, pocas de ellas vacías. En un rincón, vio a tres guardias tomar lo que parecía una taza de café; charlaban y reían como si se encontrasen en una taberna. Otro escribía trabajosamente las palabras de un hombre orondo y enfurecido que, con toda probabilidad, estaría interponiendo una denuncia. Gente entrando y saliendo, moviéndose con rapidez por aquel laberinto de muebles y papeles.

Su elegante aspecto desentonaba en aquel ambiente gris y llamó enseguida la atención de un agente de la autoridad, que se acercó hasta ella y le preguntó en tono amable qué deseaba. Intuyó que había ido a poner también una denuncia y comenzó a explicarle el procedimiento, e incluso se ofreció a enviar a alguien a su hotel para que ella no tuviera que permanecer en aquel lugar más tiempo del estrictamente necesario. Madeleine le sonrió con amabilidad y le pidió ver a su superior. El hombre no mostró sorpresa alguna. Alzó un extremo del mostrador y los invitó a pasar. Los condujo a través de la sala hasta una habitación situada en una esquina, donde les pidió que aguardasen. Era una estancia pequeña, con varias sillas de aspecto incómodo y una mesa en un rincón. Madeleine estaba nerviosa, sentía las palmas sudadas dentro de los guantes.

Observó el rostro de Evans, que mostraba su desagrado sin pudor, y luego el de Ruth, algo cohibida por aquel lugar.

La puerta se abrió y por ella entró el hombre más alto que Madeleine había contemplado jamás. Le pareció incluso que bajaba la cabeza para no tropezar con el marco de la puerta. No tendría más de cuarenta años, pero todo su cabello era de un blanco inmaculado. Madeleine se preguntó si no sería a causa del trabajo que realizaba.

—Me han dicho que ha preguntado por mí —se presentó—. Soy el inspector Hubert. ¿En qué puedo ayudarla?

—Soy lady Sedgwick y venía a preguntar por un niño que han detenido hoy.

—Milady. —El hombre inclinó ligeramente la cabeza, a todas luces sorprendido con que alguien de su nivel social hubiera acudido a un lugar como aquel—. ¿Puedo preguntarle a qué es debido su interés?

—Yo... me gustaría saber si se encuentra bien.

—¿Le conoce? ¿Es alguno de sus criados, tal vez?

—Oh, no, no le había visto hasta hoy.

El inspector frunció el ceño, sin duda preguntándose qué interés podría tener una dama como aquella en un pequeño delincuente.

—Permítame que le diga que no se trata de una petición muy habitual.

—Si fuese tan amable, señor Hubert... —Madeleine adoptó su tono de voz más dulce—. Querría hablar unos minutos con el chico.

—¿Para qué? —De nuevo aquellas cejas fruncidas, como si sopesara los motivos que podría albergar una mujer como aquella con una petición tan absurda.

—Es solo un niño...

El hombre la miró y pareció comprender al fin. Era evidente que aquella dama no había contemplado jamás el rostro más feo del mundo que existía bajo sus pies, aquel en el que él se movía como pez en el agua, y que la imagen de un pequeño ratero la había conmovido. Probablemente buscaba silenciar su conciencia con unos chelines y luego continuar con su vida de lujo y despilfarro.

—Está bien —accedió al fin—. ¿Por qué delito se le acusa?

—Robo —intervino Evans, seco.

—Como todos. ¿Qué aspecto tenía?

Madeleine ahogó una exclamación.

—¿Qué aspecto? —preguntó tras un carraspeo—. ¿Cuántos...? ¿Cuántos niños tienen aquí?

* * *

Sin duda se había vuelto loca, eso pensaba Percy Evans mientras ocupaba una de aquellas sillas, que cojeaba de una pata. Cambió de asiento y aposentó sus nalgas en otra que se hundió bajo su peso. Decidió que se quedaría allí, no pretendía dar ningún espectáculo probándolas todas.

Aún no comprendía por qué la señora se había empeñado en acudir a aquel maloliente lugar. Era cierto que a él también le había sorprendido la extrema juventud del ratero, pero en casi todas las ciudades había un tropel de niños que se dedicaban a eso, a menudo manejados por algún adulto que se quedaba con las ganancias a cambio de un plato de comida y de un jergón en cualquier rincón para dormir. ¿Acaso iba a preocuparse por todos ellos? Además, si hubiera logrado su propósito, aquel niño habría acabado con todos los sueños de la dama y muchas personas en Falmouth habrían salido perjudicadas.

La vio pasear nerviosa por la estancia. El señor Hubert se había ausentado en busca del chiquillo y no tardaría en regresar. No podía negar que sentía cierta curiosidad ante lo que lady Sedgwick pretendía, pero había decidido no hacer ningún otro comentario. Él no era quién para decirle a una aristócrata cómo debía comportarse. Sin embargo, no podía evitar la preocupación.

La puerta volvió a abrirse y entró Hubert, seguido de un guardia que llevaba por la axila al niño en cuestión. Evans lo reconoció enseguida. Llevaba la cara llena de churretes, sin duda provocados por las lágrimas. Se fijó en sus ropas. Eran sencillas pero bastante nuevas y comprendió que su suposición era acertada: aquel debía de ser el pilluelo de algún espabilado que usaba a los niños para cometer sus fechorías. Sintió pena por el pequeño, a quien no le aguardaba una vida muy larga.

El guardia condujo al niño hasta una silla, lo obligó a ocuparla y se colocó a su lado, entre él y la puerta, por si decidía escapar. No tendría ninguna posibilidad, por supuesto, pero seguro que durante un rato provocaría un pequeño caos en la sala principal.

—¿Cómo te llamas? —le preguntó lady Sedgwick con voz dulce. Había cogido otra silla y se había sentado frente a él.

El niño la miró, hosco, y no contestó. Giró la cabeza hacia la ventana, ignorándola a propósito.

—Yo me llamo Madeleine —continuó ella.

De nuevo el silencio. El niño comenzó a morderse los carrillos, inquieto ante el interrogatorio. Evans lo observó con atención y sintió una leve punzada en el pecho al verle allí sentado, balanceando sus piernas sobre el vacío. Era tan pequeño que sus pies ni siquiera llegaban al suelo.

—Será mejor que respondas a la señora, chico —le dijo, en un tono mucho más brusco de lo que pretendía. El niño lo miró, con el ceño fruncido y la rabia contenida en aquellos ojos oscuros.

—¿Tienes familia? —insistió lady Sedgwick—. ¿Alguien a quien pueda avisar de que estás aquí?

Algo relampagueó en los ojos del pequeño, que volvió la vista hacia ella. Agachó la cabeza y no contestó.

—Me gustaría ayudarte.

—No necesito su ayuda —espetó al fin, con la voz algo ronca—. Yo no he hecho nada malo.

—Te pillaron con las manos en la masa, rufián —dijo el guardia, dándole un pescozón.

El niño se llevó la mano a la coronilla, con los ojos nublados por las lágrimas. Aquello debía de haberle dolido. Evans se envaró, pero fue lady Sedgwick quien lanzó al individuo una mirada cargada de hostilidad y reproche, con la que el hombre pareció empequeñecer frente a ella. Evans tuvo que contenerse para no sonreír.

—¿Vas a la escuela? —lady Sedgwick volvió a adoptar aquel tono dulce y se centró en su objetivo.

—No me hace falta.

—Oh, ya veo, entonces es que naciste sabiéndolo todo. ¡Qué afortunado eres!

Evans vio la mueca que hacía el pequeño.

—Sé lo suficiente.

—¿Lo suficiente para qué?

—Para no morirme de hambre.

De acuerdo. Aquello era más de lo que Evans esperaba oír. El guardia carraspeó, incómodo. Hubert se metió el dedo por el cuello de la camisa, como si de repente este ahogara su cuello larguirucho. Ruth Foster se tapó la boca con una mano y él contuvo un suspiro. La única que pareció imperturbable fue lady Sedgwick, aunque la conocía ya demasiado bien como para saber que aquello solo era una pose.

—Podría ayudarte, ¿sabes? —volvió a decirle—. Podría hablar con el juez para que sea clemente, y hablar con tus padres para...

—¡No! ¡Déjeme en paz! ¡No quiero su ayuda! —gritó el chico, que había apoyado sus manitas sobre los reposabrazos y que se inclinaba para enfrentarse a la dama—. ¡Quiero que se marche!

Lady Sedgwick se echó hacia atrás, sorprendida por la reacción del chiquillo. Evans había dado un paso adelante, por si tenía que intervenir. El guardia, sin embargo, solo tuvo que estirar su brazo y colocar su manaza sobre el hombro menudo. Lo apretó con fuerza y el niño hundió esa parte del cuerpo antes de volver a ocupar su posición original.

—Milady, me temo que esto no sirve de nada —señaló el señor Hubert. Menos mal, pensó Evans, que había alguien que opinaba lo mismo que él.

La dama se limitó a asentir, derrotada. El guardia volvió a coger al muchacho del mismo modo en que lo había traído y salieron de la habitación.

Evans condujo la berlina a través de la ciudad, de regreso al hotel. No sabía por qué, pero él también se sentía inesperadamente triste con el resultado de aquella breve visita.

* * *

Madeleine apenas pegó ojo en toda la noche. La imagen de aquel chiquillo permanecía grabada en sus retinas. Hubert le había comentado que al día siguiente lo llevarían a Salt Lane, a un viejo orfanato para jóvenes delincuentes. Hasta que el juez decidiera cuál sería su castigo debería permanecer allí.

Durante el viaje de vuelta al hotel, Ruth le había preguntado por qué le preocupaba la suerte de aquel ratero, pero no había sabido qué contestarle. Recordaba su rostro paliducho, su pequeña nariz y sus ojos grandes y oscuros. Recordaba su cabello moreno revuelto y los puños deslucidos de la camisa que llevaba bajo la chaqueta de paño. Recordó sus botas, en bastante buen estado, pero que llevaba sin calcetines, y aún hacía demasiado frío para eso. Había algo en él que le llamaba la atención, algo en su mirada o en el modo en que se encerraba en sí mismo, algo en sus gestos o en el rictus de amargura que a veces coronaba su boca. Y era demasiado pequeño para una suma tan grande de cosas.

En cuanto despuntó el alba, ordenó a Ruth que fuera en busca de Evans. En esta ocasión, por fortuna, ninguno de sus dos empleados hizo ningún comentario al respecto.

No les costó mucho trabajo encontrar el orfanato en cuestión. Era un edificio aún más deprimente que el que habían visitado el día anterior, oculto tras unos muros tan altos que Madeleine se preguntó qué tipo de delincuentes encerrarían allí.

Evans hizo sonar la campanilla y, unos minutos después, eran atendidos por el director del centro, un hombre nervudo y algo encorvado que a Madeleine le hizo pensar en un viejo cuervo.

El lugar no solo era feo, también era frío como una noche de invierno, con todas las ventanas enrejadas y un par de celadores recorriendo los pasillos. Cuando preguntó por el chiquillo, el hombre le aseguró que ese día todavía no habían ingresado a nadie. Justo en ese momento se oyó la llegada de un carruaje, el director se disculpó y se dirigió hacia la puerta. Madeleine, con Ruth y Evans a su lado, se quedó en mitad del recibidor, sin saber muy bien qué hacer.

La puerta volvió a abrirse y entró un celador llevando a dos chicos de nueve o diez años cogidos por el brazo. Antes de que se cerrara, pudo escuchar gritos procedentes del exterior. Con el corazón acelerado, salió justo para ver cómo otro de los cuidadores le propinaba un bofetón al pequeño ratero, que cayó al suelo, aturdido. El hombre se agachó, lo tomó de la cinturilla del pantalón y lo alzó como si fuera un fardo.

El director, situado un par de escalones más abajo, se giró en ese momento y los vio a los tres allí. La expresión horrorizada de Madeleine le provocó una mueca de disgusto.

—A veces estos salvajes solo entienden un lenguaje —se justificó.

—A veces los salvajes no viven encerrados tras muros tan altos —apostilló ella, lo que provocó cierto desconcierto en el hombre. Parecía evidente que no había comprendido su comentario.

Entonces miró al niño, que había dejado de llorar y la miraba asombrado, como si no pudiera creer que aquella dama estuviera otra vez allí. Lo vio recorrer el edificio con la mirada, y luego los altos muros que rodeaban el recinto. Si había pensado en escapar de allí, acababa de comprender que eso sería prácticamente imposible.

Madeleine bajó un peldaño de aquella escalera, temiendo acercarse a él. Descubrió que ya no llevaba sus botas y que iba descalzo. Probablemente alguien se las habría robado durante la noche. No se atrevió a dar un paso más, por si provocaba el mismo tipo de reacción que el día anterior. Pero el niño que tenía frente a ella era muy distinto al de unas horas antes. En sus ojos había ahora un abismo de miedo, y una tristeza tan honda que la partió en dos allí mismo.

El celador se dirigió hacia la entrada arrastrando al pequeño, que trataba de zafarse de él.

—Señora, en este momento estamos muy ocupados —dijo el director, que se detuvo junto a ella mientras el empleado continuaba su camino—. Si no desea nada más, yo...

—Quiero hablar con el chico.

—Mire, señora...

—Creo que no me he expresado con claridad, señor —le cortó ella—. Quiero hablar con ese niño ahora mismo.

—No está permitido, milady. Será mejor que vuelva a su casa y nos deje hacer nuestro trabajo.

Madeleine se irguió y le dirigió una mirada tan fría como el interior de aquella cárcel. Ni siquiera temblaba ni notaba los nervios trepando por sus extremidades. En ese momento, era un azote del destino.

—No quisiera tener que molestar a mi esposo, el conde de Sedgwick, por un asunto tan baladí.

—Milady, yo...

—No voy a repetir mi petición. —Era la primera vez que Madeleine usaba el nombre de Nicholas para sus propios fines, pero aquella situación bien lo merecía. Dudaba mucho que él la escuchara siquiera si se atrevía a escribirle, pero aquel hombrecillo no tenía por qué saberlo.

—Sí, sí, ahora mismo le cedo mi despacho —dijo el hombre de forma apresurada—. Pero solo unos minutos, comprenda que no es...

—Será suficiente.

El hombre dio unas indicaciones al celador y todos se dirigieron hacia el interior del edificio, hacia un despacho mucho mejor amueblado de lo que ella esperaba. Una vez allí, Madeleine los hizo salir a todos y se quedó a solas con el pequeño.

Ambos se sostuvieron la mirada durante unos segundos.

—Bien, deduzco que no te gusta estar aquí —le dijo, con voz autoritaria—. Si quieres mi ayuda vas a tener que decirme cómo te llamas.

El niño le sostuvo la mirada, pero permaneció con los labios apretados. Madeleine se dio la vuelta, dispuesta a marcharse.

—Como prefieras... —dijo, con la mano sobre el pomo de la puerta.

—Jake —susurró el pequeño—. Jake Colton.

Madeleine se volvió hacia él y le habló de nuevo, esta vez suavizando el tono y dedicándole incluso una tímida sonrisa.

—Quiero ayudarte, Jake.

—No...

—¿No?

—A mí no.

—Oh, de acuerdo —dijo ella, deseando saber adónde quería ir el muchacho con aquellas palabras—. ¿A quién entonces?

—A Eliot. Es mi hermano... me estará esperando. —Había verdadera angustia en aquella voz infantil.

—Es probable que a estas alturas ya sepa dónde estás, ¿no crees? —Madeleine lo miró, preguntándose si aquello era alguna especie de trampa.

—Tiene que ir a buscarlo, por favor. —La súplica que había en aquellos ojos parecía sincera—. Dígale que estoy bien y que volveré tan pronto como pueda.

—¿Algo más?

—No. Él ya sabrá lo que tiene que hacer hasta entonces.

Madeleine accedió, no podía hacer otra cosa.

—Y ahora, Jake, vas a contarme quién eres y cómo has venido a parar aquí.

15

Madeleine no podía creer que se hubiera dejado convencer por aquel mocoso. Evans y ella estaban en una de las peores zonas de la ciudad, un barrio humilde y apestoso junto al río, y llevaba los bajos del vestido tan embarrados y sucios que daba pena verlos. El hermano de Jake no estaba donde él había indicado y se preguntó si aquello no sería más que una treta con algún propósito que se le escapaba.

Contempló los esqueletos de algunas embarcaciones pudriéndose junto al agua y decidió que podía ser un buen lugar para ocultarse. Llevaban mucho rato recorriendo aquella zona sin éxito. Apenas a dos metros de la barca que le pareció en mejor estado escuchó un ruido que provenía del interior y sospechó que su intuición había sido certera.

Pronunció el nombre de Eliot en voz baja, pero no obtuvo respuesta. Probó con la ridícula frase que le había dicho Jake, una especie de contraseña que no había cesado de repetir durante las dos últimas horas: *el sombrero del escarabajo lleva una pluma*. Algo se movió en el interior de la embarcación.

—Jake me ha dado un mensaje para ti —dijo, con voz suave para que no se asustara.

Entonces el pequeño abandonó su escondrijo y el mundo de Madeleine se vino abajo. Oyó a Evans suspirar a su vera y soltar incluso una maldición. A ella le habría gustado hacer lo mismo, pero ni siquiera para eso encontró las palabras. Un niño que no habría cumplido ni los cuatro años emergió de debajo de la barca, con las mejillas sucias y restos de mocos bajo la nariz, que se limpió con la manga de la chaqueta raída. Aquel debía de ser Eliot. El parecido entre ambos era notable. Aquellos ojos la miraban entre el miedo y el asombro y comprendió que no podía simplemente entregarle el mensaje, que no podía dejar a aquel niño a su suerte.

*　*　*

Madeleine podía contar con los dedos de una mano las veces que había mentido a lo largo de su existencia. Y aún le sobrarían dedos. Pero aquella mañana junto al río mintió todo lo que juzgó necesario, como si no hubiera hecho otra cosa en la vida, y el pequeño acabó acompañándola, medio confiado, medio tembloroso. Ella había dicho la frase mágica, así es que acabó convencido de que su hermano estaba detrás de aquella señora tan extraña y que olía tan bien.

Una vez en el hotel, Ruth y Madeleine bañaron al niño a conciencia. Se dejó hacer sin rechistar, ni siquiera cuando desenredaron su cabello enmarañado y lleno de piojos, que al final tuvieron que cortar y lavar con vinagre. Luego lo vistieron con las prendas que Evans se ocupó de comprar y encargaron algo de comer. El pequeño casi devoró todo lo que les sirvieron. Madeleine apenas fue capaz de probar bocado viendo cómo aquel chiquillo engullía la comida, como si pensara que no iba a volver a hacerlo durante días.

Cuando vio que el niño se adormilaba le pidió a Ruth que lo acostara un rato y ella y Evans volvieron a salir.

*　*　*

Madeleine se sentía exhausta. No recordaba la última vez que había estado tan cansada. Se había pasado la mañana corriendo de un lado para otro, lidiando con desbordantes emociones y barajando tantas posibilidades que su cabeza estaba a punto de estallar. Se masajeó las sienes en un vano intento por calmar las punzadas que amenazaban con derrotarla y se preparó para una nueva visita al señor Hubert.

—¿Puede repetírmelo, milady? —Hubert los había recibido con gran deferencia y ella había expuesto sus motivos de forma concisa, aunque el hombre parecía no haber comprendido sus palabras.

—Quiero que ponga en libertad a Jake Colton.

—El niño que le robó las joyas.

—No, en realidad no se produjo tal robo. Todo fue un malentendido.

—Un malentendido...

—Exacto. Resulta que yo se las entregué para que se las diera a Evans, mi administrador —señaló a su acompañante, que no había dicho ni una palabra y que contemplaba la escena anonadado—. Pesaban mucho, ¿sabe?

—Pero acusaron a John.

—Jake.

—Eso, acusaron a Jake.

—Solo quería darle un escarmiento. Es un muchacho muy movido, ¿comprende? —insistió ella, que no paraba de hacer aspavientos para dar más énfasis a sus palabras.

—Ya veo. ¿Y usa a la desocupada policía para dar escarmientos? —preguntó señalando hacia la puerta, a través de la que se colaba el batiburrillo de la sala principal.

Hubert se pellizcaba la barbilla. Sabía que esa mujer le estaba mintiendo, y sabía que ella era consciente de que él lo sabía.

—Le agradecería que lo pusiera en libertad de inmediato. Debo volver a Hereford cuanto antes —insistió.

—Y él se irá con usted.

—Sí, eso es.

—Porque es uno de sus criados.

—Sí. ¡No! Señor Hubert, ¡si es solo un niño! No es empleado mío, no.

—¿Entonces?

—Entonces... es mi protegido. Sus padres murieron y yo me hago cargo de él. Pero ya sabe cómo son los niños...

—Me hago una idea. Esto es muy irregular, lady Sedgwick.

—Oh, sí, no sabe cuánto lo lamento. Le ruego disculpe todas las molestias que le haya podido ocasionar. Estaré encantada de hacer un donativo para las viudas o los huérfanos de las fuerzas del orden. O para cualquier otra causa que usted considere pertinente.

—Muy amable por su parte.

—No, por favor, usted ha sido extremadamente paciente y muy servicial. Es lo menos que puedo hacer.

—De acuerdo, haré que cursen la orden de inmediato. Mañana a más tardar el niño estará aquí.

—¿Mañana? —Madeleine chasqueó la lengua—. Pero... eso no es posible, señor Hubert. No puedo permitir que pase ni una sola noche en ese lugar que, por cierto, debería usted revisar. Tengo serias dudas sobre el trato que reciben los huéspedes de un lugar tan sórdido.

—Señora, es consciente de que aquello no es un hotel, ¿verdad? —El ceño de Hubert se había fruncido en un gesto muy poco amable.

—Oh, por supuesto que sí. Pero insisto. Durante mi visita he visto cosas que... en fin. Son solo niños, ¿comprende?

—Redactaré la orden de libertad de inmediato. Solo tienen que presentarla al director y Jake quedará libre de nuevo.

—Muchas gracias, señor Hub...

—No he terminado —la interrumpió—. No sé qué se trae usted entre manos, pero no me gusta que se utilice a las fuerzas del orden para asuntos particulares, ¿me he explicado con claridad?

—Eh, sí, sí, señor.

—De acuerdo. Volveré en unos minutos.

Hubert los dejó a solas y Madeleine miró a Evans, que había permanecido en silencio a solo dos pasos de distancia.

—No he podido hacer otra cosa —le dijo a modo de disculpa.

Percy la miró con ojos cansados. Llevaba recorrida casi media ciudad en dos días, atendiendo los encargos de su señora y acompañándola en aquella disparatada cruzada, donde amén de su raciocinio también sus sentimientos se habían visto puestos a prueba.

—Milady, siempre hay varias soluciones para un mismo problema.

—Es posible, pero si Jake y Eliot vuelven a un orfanato, ¿quién garantiza que no volverán a la calle?

—Nadie. —Se encogió de hombros—. Hay docenas de niños en esa misma situación, centenares probablemente en todas las ciudades de Inglaterra.

—Es probable, pero estos dos se han cruzado en mi camino.

—¿Y qué va a hacer ahora?

—Mañana buscaremos a un abogado para que averigüe cuanto pueda y para que les busque un buen lugar en el que vivir. Me temo que aún deberemos permanecer en Worcester unos días.

Evans se limitó a asentir, no muy seguro de cómo acabaría todo aquello.

✳ ✳ ✳

El encuentro entre los dos hermanos fue conmovedor. Jake se abrazó a Eliot durante largo rato y luego tuvo que responder al torrente de preguntas del pequeño, muchas de ellas contestadas en susurros, en una esquina de la habitación. Cuando llegó la hora de bañarle se negó en redondo. Solo la oportuna intervención de Eliot palmeándose la cabeza le hizo cambiar de opinión.

—¡Ya no me pica! ¿Lo ves? —insistió—. ¡Y la ropa no rasca!

Durante la cena no se separaron y Eliot no soltaba el bajo de la chaqueta de su hermano, como si temiera que fuese a desaparecer de nuevo. Hasta durmieron juntos en la misma cama, a pesar de que Madeleine había solicitado que instalaran dos suplementarias. Eran tan menudos que sus cuerpecitos solo ocupaban la mitad de una de ellas.

Por la mañana, después del desayuno, Ruth les trajo papel, lápices y varios juguetes que había salido a comprar. Se sentaron en un rincón sin saber muy bien qué hacer con todo aquello. Por indicación de la doncella, pintaron en las cuartillas: rayas y palotes Eliot, y enigmáticas figuras Jake. Lo hicieron en silencio, como si no quisieran perturbarlas. De tanto en tanto, el mayor le lanzaba miradas extrañadas que Madeleine no sabía cómo interpretar.

El abogado, un hombre enjuto y puntiagudo llamado Melville, no tardó mucho en realizar las pesquisas. Todo lo que le había contado Jake había resultado ser cierto, y hasta Evans tuvo que reconocer que aquellos niños habían tenido mala suerte en la vida. El padre, herrero de profesión, había muerto en algún lugar del continente durante la guerra contra Napoleón, dejando a su esposa embarazada de su segundo hijo. La mujer murió durante el parto y no habían encontrado a ningún familiar que quisiera hacerse cargo de ellos. Fueron a parar a un orfanato, donde los habían adoptado a ambos al poco tiempo. Aquella familia los devolvió dos semanas después, alegando que el mayor era demasiado activo y que el pequeño no paraba de llorar. Era un bebé, por Dios, pensó Madeleine cuando el abogado le relató la historia completa, de la que Jake solo había narrado una parte. Otra familia adoptó a Eliot unos meses más tarde, pero estuvo de vuelta en menos de dos días. Los dos hermanos habían permanecido en el orfanato hasta que había aparecido una tal señora Fanning que se los había llevado para convertirlos en ladrones a su servicio. Parecía ser una práctica muy extendida, según le comentó el abogado, y las autoridades no daban abasto para perseguir a ese tipo de delincuentes.

En cuanto a la búsqueda de un lugar apropiado para los niños, el letrado no pudo ayudarles mucho. Eran demasiado pequeños, sobre todo Eliot, para que los aceptaran en alguna escuela. La única solución viable parecía ser, de nuevo, un hospicio. Madeleine le pidió que continuara indagando. Algo más se podría hacer.

Escribió una nota a Falmouth en la que les informaba del retraso, aunque no especificó el motivo, y se concentró en tratar de encontrar una solución para Jake y Eliot. Al día siguiente de la conversación con el señor Melville, este la hizo llamar con una propuesta: un reverendo episcopaliano y su esposa estaban dispuestos a adoptar a los hermanos y llevárselos con ellos a Norteamérica. Al parecer, ya habían ayudado a muchos huérfanos en su parroquia en las cercanías de Worcester y ahora habían decidido cruzar el océano para continuar con su misión en aquellas tierras.

Aunque parecían una pareja honesta, el hombre le recordaba demasiado al reverendo Wilkes, y Madeleine intuyó que los pequeños no serían felices con él.

Cuando el matrimonio abandonó el despacho, el abogado le comentó la posibilidad de buscar una familia que se hiciese cargo de ellos a cambio de un estipendio, hasta que los admitieran en un internado modesto, donde recibirían una educación. Madeleine sufragaría los gastos y el señor Melville en persona se ocuparía de supervisarlo todo.

—¿Por qué no le parece buena idea? —le preguntó Ruth más tarde, ya de regreso en el hotel. Jake y Eliot dormían la siesta y ellos tres estaban sentados en un rincón.

—¿Quién nos garantiza que no se aprovecharán de mi dinero? ¿O que los niños estarán bien atendidos?

—El señor Melville se ha ofrecido a ocuparse de ello, ¿no es cierto?

—El reverendo y su esposa habrían sido mejor opción —apuntó Evans.

—Si le hubiera visto no pensaría lo mismo. Además, llevárselos a Norteamérica...

—No estarían peor que aquí.

—¿Y cómo podemos saber eso?

—Entonces, ¿qué va a hacer con ellos? —preguntó Ruth.

Madeleine desvió la vista hacia los pequeños, plácidamente dormidos.

—Llevarlos con nosotros a Falmouth —dijo al fin, con un suspiro.

—Milady, no lo estará valorando en serio, ¿verdad? —preguntó Ruth, inquieta—. ¡Son unos ladrones!

—Solo son unos niños perdidos, Ruth. Y estoy convencida de que solo necesitan un hogar estable y un poco de afecto. En Falmouth encontraremos una buena familia que se haga cargo de ellos, estoy convencida.

* * *

En cuanto el carruaje entró en el patio de Blackrose Manor, los niños se pegaron a la ventanilla, con los ojos tan abiertos que parecían querer salirse de sus órbitas. Madeleine contempló aquel edificio, los cristales brillando bajo el sol de la tarde y los muros libres de los restos de aquella enredadera seca cuyos tentáculos le habían llamado la atención la primera vez. El blasón con la rosa negra aún destacaba más sobre la superficie limpia, y los jardines contribuían a mejorar todo el conjunto. Aún faltaba mucho trabajo por hacer, pero ya casi parecía un hogar. Para los pequeños, en cambio, debía de ser la casa más grande que habían visto nunca.

Había hablado con los hermanos y les había explicado la situación, y ambos se mostraron de acuerdo con viajar hasta allí, Eliot más conforme que Jake. Madeleine había enviado una nota días atrás para que preparasen una de las habitaciones del primer piso, la que estaba frente a la suya y junto a la del conde. Había pedido también que vaciaran otra estancia para utilizarla como sala de juegos. Desconocía cuánto tiempo iban a permanecer con ella, pero deseaba que se sintieran cómodos y a gusto.

Al descender del carruaje, los vio correr en dirección a uno de los nuevos parterres, agacharse y contemplar aquel fenómeno de la naturaleza. Las rosas Elsbeth habían comenzado a florecer y ese año había unos cuantos rosales más. A ella aún le sorprendía aquel color casi imposible y la delicadeza de sus pétalos. No desprendían un aroma muy intenso, pero lo compensaban con su extraordinaria belleza.

Entonces, de entre unos setos, apareció Nelson, tan curioso como siempre. Sin dejar de lanzar pequeños maullidos, se acercó a su dueña para frotarse contra sus tobillos.

—¡Mira, Eliot! —exclamó Jake—. Es un gato.

—¿Vamos a comérnoslo? —preguntó el pequeño con una mueca.

—Nadie va a comerse a Nelson —anunció Madeleine, muy seria—. Aquí hay comida suficiente y no pasaréis hambre.

—¿Por qué tiene nombre? —inquirió Eliot, que se aproximó un par de pasos.

—¿Nelson qué significa? —Jake había hablado al mismo tiempo que su hermano.

—Nelson es el apellido de un famoso almirante que ganó una batalla naval hace algunos años —respondió Madeleine—. Le faltaba un brazo y me pareció un nombre apropiado. Ahora es un miembro más de la familia y por eso tiene nombre.

Los niños la escucharon con atención, seguramente pensando que era una mujer harto extraña.

*　*　*

Nellie estaba nerviosa. Unos días atrás había llegado una nota de lady Sedgwick, que había leído la señora Evans, en la que les anunciaba la inminente visita a la casa de dos niños. Apenas explicó los motivos, pero otra misiva del administrador aclaró las dudas que habían surgido entre las tres mujeres. Donna no había tardado ni un instante en dar las instrucciones pertinentes a Doris y a ella para adecentar dos de los cuartos del piso superior.

Nellie apenas recordaba ya a Billy, su hermano pequeño. Hacía tantos años de su muerte que era como un fantasma revoloteando por sus recuerdos, pero tener a dos pequeños viviendo en Blackrose Manor, aunque fuese de forma temporal, iba a resultar de lo más emocionante. Siempre había soñado con formar algún día su propia familia, aunque la posibilidad fuese remota. Casarse con un joven bueno y decente y tener una casita con los postigos azules, llena de niños alegres y revoltosos. A veces, antes de dormirse, fantaseaba un poco con los detalles de ese sueño: el modo en que florecerían las margaritas junto a la ventana de la cocina, el cabello rubio de una de sus hijas, que ella peinaría a diario, la risa del más pequeño jugando con el mayor en el jardín, su propia voz tarareando una melodía mientras cocinaba para su familia... Con el tiempo, había adornado tanto esa fantasía que a veces incluso olvidaba que no era real y, al despertarse, le asombraba descubrir que no se encontraba en su propia casa, con la luz del sol bañando su colcha de colores y con un esposo bueno y trabajador pegado a su costado.

Doris y ella arreglaron lo mejor que pudieron el que sería el dormitorio de los pequeños. Con la ayuda de Tommy, escogieron los mejores muebles de todas las habitaciones desocupadas y cambiaron las cortinas por las de la estancia que habían ocupado sus tíos, mucho más nuevas y bonitas. Al terminar, el espacio seguía pareciendo serio y algo frío, pero mucho más acogedor que al inicio.

Luego despejaron otra de las alcobas, que cubrieron con gruesas alfombras, un par de arcones, una mesa y cuatro sillas. Pese a lo limitado de los recursos de que disponían, Nellie estaba satisfecha con el trabajo, por muy duro que hubiera sido, y la señora Evans las felicitó a ambas.

Cuando llegó una nueva carta notificando el día de su llegada, Nellie comenzó a ponerse nerviosa. Hacía tanto tiempo que no trataba con niños que temía no saber hacerlo. ¿Y si se burlaban de ella por ese ojo caído o por cualquier otro motivo? Con frecuencia, había observado a los chiquillos que se reunían en la plaza del pueblo y sabía que, en ocasiones, podían ser crueles con los demás.

Esa mañana, ayudó a Donna Evans a preparar unos dulces de bienvenida y luego anduvo corriendo de la ventana a la cocina, de la ventana al salón, de la ventana al piso de arriba... cerciorándose de que todo estuviera en orden, deseando que se sintieran en su casa desde el primer día. Su entusiasmo solo consiguió que la señora Evans le llamara la atención y le pidiera que conservara la calma, como si eso fuese algo tan fácil de conseguir.

Por fin, cuando atisbó el techo del carruaje desde el piso de arriba, bajó corriendo las escaleras, gritando como si la casa estuviera ardiendo y con las mejillas tan encendidas como un atardecer de verano.

La señora Evans abrió la puerta, con la bandeja de dulces en la mano, y Doris y ella salieron detrás. Vio a los niños enseguida. Estaban agachados contemplando aquellas rosas tan extrañas que habían comenzado a crecer en el jardín y luego estuvieron hablando con lady Sedgwick sobre Nelson. Cuando se dieron la vuelta, Nellie se enamoró.

Ambos eran morenos y de ojos oscuros, muy delgados y con la tez más pálida de lo que esperaba. Pero fue la expresión de los dos pequeños, que se quedaron muy quietos contemplando a aquellas tres mujeres junto a la entrada, lo que le robó el corazón. Era una mirada que ella conocía demasiado bien: incertidumbre, miedo, curiosidad, anhelo... Se pegaron con cierto reparo a lady Sedgwick, buscando su protección, y el pequeño incluso se escondió un poco tras sus faldas.

Nellie respiró hondo y bajó los peldaños con cautela, como si estuviera aproximándose a un par de cervatillos.

—Yo soy Nellie. Bienvenidos a Blackrose Manor.

—Ah, sí. Jake, Eliot, os presento a Nellie Harker —dijo Madeleine, divertida y un tanto irónica.

—Oh, Dios mío. Discúlpeme, milady. —Nellie reculó, avergonzada—. Bienvenida a Blackrose Manor, lady Sedgwick.

A su espalda oyó las risitas de Doris y de la señora Evans.

—¿La casa se llama así por las rosas que hay en el jardín? —preguntó el mayor, que alzó la mirada en dirección a lady Sedgwick.

—Sí, se llama así por eso —contestó Nellie en su lugar.

—¿Qué te ha pasado en el ojo? —se interesó el pequeño.

—¡Eliot! —Lo riñó lady Sedgwick.

—No pasa nada, milady —contestó ella, que no había perdido la sonrisa—. Casi lo perdí durante una refriega con un pirata.

Nellie no sabía leer, pero tenía una imaginación portentosa y, cuando era niña, inventaba cientos de historias para su hermano Billy, que se negaba a irse a dormir si no le narraba alguna de sus supuestas aventuras. Había transcurrido mucho tiempo desde entonces, pero aún seguían ahí, aguardando la oportunidad de salir de nuevo a la luz.

Observó las caras de asombro de los dos hermanos y la sonrisa de satisfacción de lady Sedgwick. Luego extendió sus manos.

—Acompañadme adentro. Probaréis las galletas de la señora Evans y luego os mostraré vuestra nueva habitación. Entonces os contaré cómo sucedió esa historia. —Los pequeños ni lo dudaron. Se agarraron a ella y Nellie se dio la vuelta, tan feliz como si acabara de heredar un condado.

* * *

La poda de los manzanos había finalizado. Pronto florecerían y en otoño comenzarían a dar sus frutos. Stuart Landon, que se había ganado con creces su puesto como jardinero, la puso al corriente de todo con aquel tono humilde y casi tímido que había llegado a apreciar. La leña se había almacenado en un cobertizo anexo al establo y un grupo de peones habían estado retirando escombros de la sidrería.

Los costes del abogado y las múltiples compras que había tenido que realizar, desde ropa a libros, pasando por juguetes, zapatos y útiles de aseo, se habían llevado un buen pellizco de sus fondos. Aun así, animó a Percy Evans a ponerse en contacto con un constructor de Leominster. Su intención era comenzar con la reconstrucción del puente y con las reparaciones imprescindibles para comenzar a producir algo de sidra. Mientras tanto, Madeleine y él fueron a comprobar el estado en el que se encontraba el edificio.

Estaban a punto de enfilar el sendero hacia la sidrería, ahora totalmente despejado, cuando se cruzaron con otro vehículo, del que bajó un malhumorado Gordon Burke.

—¡Menos mal que ya han regresado! —les espetó.

—¿Disculpe? —Madeleine no lograba acostumbrarse a la falta de modales de aquel individuo. Si no fuese por la escasez de manos que padecía la región, lo habría echado de allí tiempo atrás.

—¿Por qué han estado los peones podando esos árboles? —preguntó malhumorado, mirando hacia el horizonte, donde comenzaban las hileras de manzanos.

—Creo que eso no es de su incumbencia, señor Burke —puntualizó Evans, cuyas manos aferraron con fuerza las riendas. Al final decidió descender también del vehículo.

—Y están limpiando también ese viejo edificio medio en ruinas —insistió—. ¿A eso va a dedicar las rentas de este año?

—A lo que yo decida dedicar las rentas, señor Burke, es solo asunto mío —contestó ella, malhumorada.

—¡Aún no tenemos puente! —gruñó el hombre dirigiéndose al administrador—. Cada vez que he de ir al pueblo me veo obligado a dar un rodeo que me lleva toda la mañana.

—El puente se vino abajo hace más de seis años, Burke —señaló Evans—, no creo que unos meses más vayan a suponer ninguna diferencia. De todos modos, si no se encuentra a gusto viviendo aquí, o si esos viajes a Falmouth le causan tanto quebranto, puede marcharse cuando lo desee.

—Esta es mi casa, he vivido aquí casi toda mi vida —Burke reculó.

—Bien, porque lo que lady Sedgwick pretende hacer con esos manzanos podría resultar un negocio muy rentable para toda la comunidad. —Evans se acercó un paso, hasta colocarse casi encima del granjero—. En cuanto al puente, espero por su bien verle utilizarlo tan a menudo como sea posible.

Gordon Burke soltó un bufido, pero no se atrevió a añadir nada más. Lanzó una mirada de reojo a Madeleine, inclinó un poco la cabeza a modo de disculpa y volvió a subirse a su carreta.

—Ignoraba que tuviera usted tanta fe en el proyecto, Evans —le dijo ella, maliciosa.

—Y no la tengo, milady, pero ese bruto no tiene por qué saberlo.

Madeleine sonrió para sus adentros. Ella tenía fe por los dos.

＊　＊　＊

La presencia de los dos recién llegados fue la comidilla en el pueblo y Madeleine sabía que no todo el mundo aprobaba lo que había hecho. Ni siquiera sir Lawrence, que acudió a los pocos días, se mostró muy conforme y no dudó en señalarle que podría haber ayudado a aquellos críos sin necesidad de llevarlos a Falmouth y darles cobijo en su propia casa. No le faltaba razón, lo sabía, del mismo modo que sabía que su conciencia no la habría dejado dormir por las noches. Al menos allí, en Falmouth, estaría al corriente del devenir de sus vidas.

A los pocos días de su regreso, Madeleine había acudido a ver a Edward Constable, el corregidor, pero no había podido ayudarla a la hora de buscar una nueva familia que se hiciera cargo de los niños. El hombre conocía la enemistad que existía entre ella y el reverendo, y se ofreció a hablar con Wilkes en su nombre. Tampoco por ese lado obtuvo resultado alguno. Eran demasiado pequeños como para resultar útiles en ninguna labor y las familias de la zona eran humildes. Dos bocas más que alimentar supondrían un duro quebranto para sus maltrechas economías. Finalmente, Madeleine creyó encontrar la solución. Sugirió la idea de dotar a quienes se hicieran cargo de ellos con una cantidad de dinero que cubriera todas sus necesidades, al menos durante los primeros años, y al señor Constable le pareció una buena idea. De ese modo, le aseguró, sería mucho más sencillo encontrarles un hogar.

Pero las cosas se torcieron solo un par de días después. Nellie comentó, como de pasada, que había perdido tres peniques y Madeleine recordó que la tarde anterior Donna Evans había señalado la ausencia de uno de los cubiertos de plata del cajón en el que se guardaba la cubertería. Así que cuando Percy Evans le dijo a la mañana siguiente que había extraviado su reloj, comprendió que era imposible que se diesen tantas casualidades en tan poco espacio de tiempo.

—Han sido ellos, milady. Lo sabe tan bien como yo —apuntó Evans.

—Es probable. —Madeleine se llevó los dedos a la frente y se la masajeó con fuerza. Se negaba a creer que los niños hubieran tenido nada que ver.

—¿Qué va a hacer?

—No lo sé —contestó, abatida—. Primero debo asegurarme.

El administrador se limitó a asentir, cabizbajo. Él también había caído bajo el hechizo de aquellos diablillos y lamentaba profundamente que las cosas no fueran diferentes. Cuando un árbol está torcido, pensó, es imposible enderezarlo.

16

Esa tarde, Madeleine entró en la habitación de los niños y les dijo que tenía que hablar con ellos. Intercambiaron una mirada de pánico e intuyó que sospechaban cuál podía ser el motivo de la conversación.

Observó el cuarto, una estancia sobria de paredes oscuras y muebles pesados, dominada por una enorme cama en la que dormían los dos hermanos. No era una habitación muy alegre, pero era cálida y confortable. Les había dedicado gran parte de su tiempo, había sido amable con ellos y les había proporcionado todo tipo de comodidades. Le entristecía no haber sido capaz de conseguir que abandonaran sus viejos hábitos. Si aquella noticia se extendía, las posibilidades de que alguien los acogiera se desvanecerían.

Los niños se sentaron a los pies de la cama y la observaron con suma atención y con el cuerpo tenso. Eliot sostenía entre los brazos a Nelson, que se había convertido en su amigo inseparable. De hecho, apenas dormía ya en la cama de Madeleine, que lo descubría muchas mañanas acurrucado entre los dos pequeños. No se atrevió a pensar en lo mucho que el animalillo los echaría de menos cuando se marcharan, porque eso habría supuesto indagar en sus propios sentimientos, y aún no estaba preparada para ello.

—Supongo que sabéis el motivo por el que deseo hablar con vosotros.

—Eh... no —contestó Jake, que intercambió una mirada con su hermano.

—El señor Evans ha perdido su reloj de bolsillo —apuntó Madeleine, que se negaba a acusarles de forma directa y esperaba alguna especie de confesión—. Tal vez lo haya perdido en el jardín. Mientras jugabais fuera, ¿lo habéis visto, por casualidad, y se lo estáis guardando?

—No. —Jake contestó demasiado rápido y le sostuvo la mirada durante unos segundos, aunque acabó por bajar la cabeza.

Por el rabillo del ojo, Madeleine había visto cómo Eliot miraba en dirección al enorme armario que había en una pared lateral. Se levantó y comenzó a caminar por la estancia como si paseara. Mencionó también el tenedor de plata desaparecido y obtuvo la misma respuesta. A medida que se aproximaba al mueble, la mirada de Jake era menos desafiante y casi creyó ver una lágrima en los ojos de Eliot, que soltó a Nelson. El gato, como si intuyera la cercanía de una tormenta, huyó de la habitación.

Sin decir nada, Madeleine abrió las puertas del armario y, a su espalda, oyó un gemido del más pequeño. Toda la ropa que les había comprado estaba allí, e incluso algunos juguetes. Se puso de rodillas, con el corazón golpeándole las costillas y la angustia atravesada en la garganta. «Por favor —pensaba—. Que no encuentre nada.»

En el fondo había varias mantas y sábanas. Metió las manos entre ellas y no pudo evitar una ligera sonrisa cuando su mano no tropezó con ningún bulto sospechoso. Su alegría no duró ni un segundo, lo que tardaron sus dedos en palpar los contornos de un envoltorio escondido entre las ropas de cama. Lo extrajo con cuidado y lo abrió sobre su regazo. Allí estaban el tenedor, el reloj de Evans y varios peniques, entre ellos con toda seguridad los de Nellie. Pero había también otras cosas: una horquilla del pelo que le pertenecía y que no era muy valiosa, pero por la que sin duda habrían sacado un buen dinero, una cucharilla de plata cuya ausencia la señora Evans aún no había notado, un botón de nácar de uno de sus vestidos, un viejo abrecartas de latón y un puñado de fruslerías sin ningún valor económico. Observó aquel batiburrillo de objetos tratando de contener las lágrimas y entonces escuchó los sollozos a su espalda.

Cuando se volvió se encontró con una imagen que no esperaba. No era el llanto ruidoso de Eliot. Jake se había tapado la cara con las manos y sollozaba, acongojado y desvalido.

—¿Por qué?

Madeleine esperó pacientemente a que Jake se calmara un poco.

—No... no quería hacerlo —hipó al fin.

—¿Entonces?

—Necesitamos esas cosas, milady —aseguró Jake, que se limpió la mejilla con la manga de la chaqueta.

—¿Para qué? —Madeleine volvió a observar los objetos.

—Para cuando volvamos.

—¿Volver? ¿Volver adónde?

—Pues a Worcester —respondió el niño con seguridad, como si le extrañase que ella no conociera la respuesta.

Madeleine lo miró con una ceja alzada, sin comprender.

—La primera vez nos devolvieron al cabo de dos semanas —explicó Jake, como si ella no conociera ya aquel dato—. Y la siguiente, trajeron a Eliot solo dos días después de habérselo llevado. Cuando la familia que está buscando haga lo mismo no queremos volver con la señora Fanning.

—¿Creéis que yo...? —Madeleine carraspeó, atorada—. ¿Pensáis que yo permitiría que os llevaran de vuelta a Worcester?

—Bueno, a lo mejor no ahora —dijo Jake, que se mordió el labio inferior, nervioso—. Pero casi siempre es así. —Hizo una pausa y la miró, esperanzado, con las lágrimas aún cayendo por sus mejillas—. ¿Usted no querría quedarse con nosotros? ¡Por favor! ¡Le prometo que no robaré nunca más!

Jake la miraba, suplicante, y a Madeleine las piernas apenas la sostenían.

—Podría quedarse solo con Eliot. —El niño pasó un brazo por encima de los hombros de su hermano—. Él nunca ha robado nada y es muy bueno.

—¡No! ¡Yo me quiero ir contigo! —exclamó Eliot, alarmado, y se sujetó con fuerza de su brazo.

—Aquí estarás mejor. Y vendré a verte —le susurró Jake con la voz rota e intentando mostrar seguridad. Luego volvió la cabeza hacia ella—. ¿Podré venir? —imploró.

Madeleine estaba paralizada, con los ojos llenos de lágrimas y el corazón a punto de astillar su pecho. Y entonces supo, sin ninguna duda, por qué Dios había puesto a aquellos niños en su camino. Se aproximó y se arrodilló frente a ellos.

—¿Queréis vivir aquí, conmigo? —les dijo, con las manos apoyadas sobre las rodillas de ambos.

—¿Para siempre? —preguntó el pequeño.

—Sí, para siem...

Eliot la interrumpió echándose a sus brazos. A través de las lágrimas vio a Jake dudar y luego acercarse para abrazarla por primera vez, con tanta intensidad como ella a él.

—Yo no os abandonaré. Jamás, ¿me oís? —les dijo, acariciando sus cabecitas y llenándolos de besos—. Jamás.

* * *

A Madeleine le llevó casi una hora recuperar la compostura. Habló con ellos sobre cómo sería su vida a partir de ese instante, improvisando sobre la marcha. No sabía cómo iba a hacerse cargo de dos niños pequeños cuando apenas era capaz de cuidar de sí misma, pero lo intentaría con todas sus fuerzas.

Antes de separarse, les pidió que aguardaran unos minutos y salió de la habitación. Al regresar, llevaba con ella una bolsita de cuero.

—Toma, Jake. Guárdala bien.

El niño tomó la bolsa, sin entender. Cuando comprobó su contenido, empalideció. Eran seis libras, la mitad del sueldo anual de una criada.

—No necesitas robar nada —le explicó—. Esta será vuestra casa a partir de ahora y para siempre, pero, si algún día queréis marcharos, aquí hay dinero suficiente para ayudaros a buscar otro lugar en el que vivir.

Jake miró la bolsa contrariado y se sorbió las lágrimas que amenazaban con caer de nuevo por sus mejillas. Se limitó a asentir y la guardó en el mismo lugar en el que, hasta hacía unos minutos, escondía su pequeño botín.

Más tarde, Madeleine devolvió cada cosa a su lugar, entre ellas el reloj de bolsillo. Le explicó a Evans los motivos que habían conducido a Jake a obrar de ese modo y el administrador pareció comprender la situación. «Los árboles jóvenes aún pueden enderezarse», fue su único comentario, aunque Madeleine no entendió muy bien a qué hacía referencia. No se mostró tan entusiasmado cuando le hizo saber que había decidido que los hermanos se quedarían allí, bajo su tutela, aunque tampoco se sorprendió. Se limitó a encogerse de hombros con una enigmática sonrisa. De hecho, nadie en la casa pareció extrañarse, como si todos menos ella hubieran imaginado que aquel sería el desenlace final.

La noticia recorrió el pueblo como un incendio. Constable le pidió algo más de tiempo para encontrar a una familia apropiada y sir Lawrence la animó a esperar un poco más antes de tomar una decisión que más tarde podría lamentar, pero Madeleine se mantuvo firme. Les había dado su palabra a los niños y no pensaba romperla por nada del mundo.

La adaptación de Jake y Eliot en las siguientes semanas fue más sencilla de lo que Madeleine había previsto. Los hermanos fueron tomando confianza, correteaban por todos lados y seguían a Tommy a todas partes, tratando de ayudarle en sus tareas. O sorprendían a Nellie en cualquier rincón y la atosigaban para que les narrara una de sus muchas historias, hasta que ella se veía obligada a abandonar sus quehaceres y les dedicaba unos minutos. Comían con verdadero apetito y todo lo que cocinaba la señora Evans les parecía delicioso. En ocasiones, Madeleine los observaba jugar en el jardín a través de una de las ventanas o sentados en algún rincón, con las cabezas muy juntas, charlando sobre Dios sabía qué. Estaban tan unidos que, más que hermanos, parecían gemelos.

Madeleine no podía negar que se sentía feliz con la decisión que había tomado.

* * *

Hacía una tarde espléndida. Junio acababa de llamar a la puerta y, aunque las temperaturas no eran tan elevadas como otros años por esas mismas fechas, eran lo bastante agradables como para disfrutar del pequeño picnic al que había sido invitado.

Sir Lawrence se contempló una última vez en el espejo del recibidor antes de abandonar su casa. Comprobó que su atuendo estuviera en perfecto estado. Era uno de sus trajes más viejos, apto para una tarde en el campo, pero tan elegante como todos los que poseía. Cogió uno de sus bastones —un caballero jamás salía de casa sin él— y tomó otros dos más pequeños que había encargado unos días atrás. Sonrió al pensar en aquellos niños que lady Sedgwick había acogido en su casa, los destinatarios de aquellos diminutos accesorios.

Los hermanos Colton eran inteligentes y despiertos, afectuosos y divertidos, y le halagaba pensar que se había convertido en una especie de referente masculino para ellos, sobre todo para el mayor, que reproducía tan bien sus propios gestos que a veces le parecía observarse a sí mismo a través de un agujero en el tiempo. Con quien más tiempo pasaba el chiquillo, sin embargo, era con los Landon, padre e hijo. Aunque Stuart era el jardinero oficial, su padre acudía con cierta frecuencia a echar una mano y pasar tiempo en aquellos jardines que tanto apreciaba. Jake se entusiasmaba con la variedad de especies que se ocupaban de plantar y cuidar y parecía disponer de cierto talento a la hora de dedicarles sus propias atenciones. Su afición a la botánica aumentó durante una visita del señor Knight, de quien no se despegó en toda la tarde y a quien hizo tantas preguntas que, al final, Madeleine tuvo que rogarle un poco de contención.

Sir Lawrence lamentaba profundamente las duras palabras que había empleado con la joven a su regreso de Worcester, cuando descubrió que se había traído con ella a aquellos dos pilluelos. ¿Quién, en su sano juicio, se haría cargo de dos ladronzuelos y los alojaría en su propia casa? Tampoco se había mostrado muy considerado cuando ella le hizo saber unas semanas después que se convertirían en sus protegidos. Llegó a pensar que la muchacha había perdido el seso tras pasar tanto tiempo allí sola, con la única compañía de sus empleados. Ahora, sin embargo, debía reconocer que había errado, y así se lo había hecho saber durante su última visita. Debía admitir que aquella actitud osada y poco sensata había resultado ser un acierto. A veces, en la vida, como en los negocios, era necesario arriesgar y dejarse llevar por el corazón en lugar de por el sentido común, aunque ambos te condujeran por caminos inciertos.

El trayecto hasta Blackrose Manor se le hizo extremadamente corto, ensimismado como iba en sus propios pensamientos. Descendió del carruaje y dio la vuelta a la casa para dirigirse a la parte trasera del jardín. Los Landon habían hecho un trabajo magnífico. Parterres cuajados de caléndulas, lirios y peonías bordeaban los senderos, en cuyas esquinas crecían aquellas rosas negras tan excéntricas y que tan bien combinaban con la nueva señora de la mansión. No había demasiadas, apenas un puñado, pero proporcionaban una personalidad especial al conjunto. La hierba y los setos lucían perfectamente recortados, y la frondosa sombra de los robles y los olmos invitaba a disfrutar del entorno.

Escuchó las risas mucho antes de llegar a su destino. Los niños gritaron en cuanto la vieron aparecer y corrieron en su dirección.

—¡Sir Lawrence! —exclamó el mayor, con una sonrisa tan amplia que le calentó todos los huesos del cuerpo.

—Señorito Colton, es un placer verle de nuevo. —Inclinó la cabeza a modo de saludo, en un gesto de suma cortesía que el niño imitó a la perfección.

—¡Le estábamos esperando!

—¿Qué le ha pasado a su bastón? ¿Se le ha roto? —Eliot contemplaba boquiabierto el objeto que llevaba bajo el brazo, y que ocultaba otro de similares características.

—Es un pequeño obsequio para los caballeros de la casa —les dijo, y les hizo entrega del presente.

Las piezas eran realmente magníficas, elaboradas con la mejor madera y coronadas por un pomo simple y elegante en metal dorado.

—¿Son...? ¿Son para nosotros? —Jake lo miraba embelesado.

—Así es —contestó, y tragó saliva, un tanto azorado—. Cuando gusten, puedo mostrarles cómo se usan.

Eliot afirmó la punta sobre la superficie de pizarra deslustrada que marcaba los senderos del jardín y descansó el peso de su cuerpo sobre él.

—El bastón no es para apoyarse en él, señorito Eliot —le dijo, aunque intentó que su voz no sonara como un reproche.

—¿No? —El pequeño observó bien la pieza—. ¿Y entonces para qué es?

—Es un toque de distinción que no debería faltar en el atuendo de ningún caballero —contestó— aunque me duele reconocer que su uso no está tan extendido como yo desearía.

Sir Lawrence tomó el suyo y lo apoyó con sumo cuidado sobre la misma superficie y luego, con un ágil movimiento de muñeca, lo alzó unos centímetros antes de que la punta volviera a tocar el suelo. Repitió la operación unas cuantas veces, paseando alrededor de ellos, que no perdían detalle de la demostración.

—Así se camina con un bastón, jovencitos —les indicó—. Pueden usarlo para golpear con suavidad el techo del carruaje e indicar al cochero que desean detenerse, o para advertir a un vehículo de alquiler que desean contratar sus servicios. También puede utilizarse como sostén si uno está convaleciente, por supuesto, aunque espero que jamás se vean obligados a darle ese uso.

Jake y Eliot miraron los preciosos bastones y comenzaron a imitarle, Jake con mucho más acierto que su hermano, para gran satisfacción de sir Lawrence. Estaba convencido de que haría de aquel muchacho un caballero.

En unos minutos, ambos parecían dominar el pequeño arte del bastón con una soltura envidiable. Fue entonces cuando alzó la vista y vio a lady Sedgwick a pocos pasos de distancia, observando con diversión su pequeño entretenimiento.

Su entusiasmo al ver a los pequeños le había llevado a olvidar saludar a la anfitriona. Por primera vez en no sabía cuánto tiempo, sir Lawrence Peacock había olvidado por completo sus modales.

* * *

Madeleine contemplaba atónita los cadáveres de tres de sus ovejas, esquiladas hacía apenas una semana. Ni siquiera habían vendido la lana todavía y, con ese tiempo, iba a resultar difícil que se secara lo suficiente para hacerlo. Su mirada recorrió los campos cubiertos de escarcha, azotados por un viento helado que rompía los tallos de grano.

Mientras dos hombres retiraban los animales muertos, observó el cielo, de un extraño color púrpura. Se avecinaba una tormenta épica, casi podía olerla en el aire. En febrero o marzo no le habría extrañado ese clima tan frío, pero estaban a inicios de julio. La primavera no había sido muy cálida, pero el verano, simplemente, parecía pasar de largo por aquellas latitudes.

Las obras del puente habían comenzado unas semanas atrás, a cargo del constructor que Evans había contratado en Leominster, e iban muy avanzadas. También se encargaba de habilitar un pequeño espacio en la sidrería en el que poder comenzar con el nuevo proyecto. Si el tiempo no mejoraba las obras se ralentizarían y, cuando llegase el otoño, tal vez no podría ponerlo en marcha.

Ordenó a Evans que guardaran a las demás ovejas que, desprovistas de la lana, no aguantarían las bajas temperaturas. Temió también por las vacas, especialmente por un par de terneros que habían nacido unos días atrás. Volvió a mirar hacia arriba, al mismo tiempo que un par de gruesos goterones le golpeaban el rostro.

Evans se apresuró y la condujo de vuelta a la mansión. Por el camino, la lluvia comenzó a caer con violencia y, cuando llegaron a su destino, ambos estaban empapados. El día se oscureció de repente, y apenas habían dado las dos de la tarde. Podía ver, a lo lejos, estallar los relámpagos y a estos seguir el rugido del trueno, que hacía vibrar todas las ventanas.

Los niños bajaron corriendo y se refugiaron con ella en la biblioteca, donde mandó encender un buen fuego. Eliot se acurrucó con Nelson, y Jake, tan protector como siempre, pasó su brazo por los hombros de su hermano. La señora Evans les sirvió unos dulces y Madeleine decidió leerles un rato.

El sonido de un nuevo trueno, mucho más cercano, la sacó de la lectura. Los niños se sobresaltaron y la miraron con temor.

—Aquí estamos seguros —les dijo—. No nos pasará nada.

Volvió a mirar hacia la ventana y rogó para estar en lo cierto.

* * *

Llovió durante días, obligándolos a todos a permanecer encerrados en la casa. Madeleine y Nellie parecían haber agotado su reserva de historias para contar a los niños, cuyo único deseo parecía querer salir a jugar al jardín. La muchacha los entretenía como podía y Madeleine pensó que era necesario contratar a alguien que se ocupara a tiempo completo de los pequeños. Tal vez esa persona podría ser precisamente Nellie. Mostraba un carácter paciente y no le faltaba imaginación para idear nuevos juegos con los que entretenerlos, pero también sabía mostrarse dura cuando la ocasión lo requería. Y, por encima de todo, resultaba evidente que los quería. Después de ella misma, había sido la que había recibido con mayor alegría la noticia de que Jake y Eliot se quedarían allí para siempre. Decidió que le comentaría su idea más tarde. En ese momento, Evans la aguardaba en el despacho.

—Casi todos los campos se han inundado —dijo él, después de saludarla con cortesía y volver a tomar asiento. Llevaba el cabello mojado, aunque era evidente que había pasado por su casa, porque sus ropas estaban secas—. Perderemos la mayor parte de las cosechas.

Madeleine hizo una mueca, pero no se atrevió a preguntar nada. Intuía que Evans traía noticias peores que esa.

—El río Lugg se ha desbordado, anegando las tierras del norte y el este. Y el puente ha desaparecido. Solo quedan dos pilares en pie.

—Oh, Señor. —Cerró los ojos durante unos segundos, pensando en ese puente que ya casi habían terminado—. ¿Y el ganado?

—No he podido localizar a uno de los terneros —contestó Evans tras una pausa—, y hemos perdido otras dos ovejas.

—¡Por Dios! —Madeleine se masajeó las sienes, nerviosa. Si el tiempo no mejoraba pronto las consecuencias serían fatales—. Tal vez podríamos reforzar los establos.

—¿Con qué?

A Madeleine no se le ocurrió qué contestar. Eran edificios sencillos, de madera. No había forma humana de convertirlos de repente en sólidas construcciones de piedra que mantuvieran calientes a los animales.

—¿Y qué podemos hacer?

—Rezar. Me temo que ahora es lo único que nos queda —reconoció el administrador con pesar.

* * *

Las oraciones no dieron los frutos esperados y las malas noticias se sucedieron casi a diario, mientras el frío y el agua castigaban sin piedad todo el condado, todo el hemisferio norte, de hecho, aunque eso solo lo supo unas semanas más tarde.

En Falmouth, las fuertes lluvias y los vientos huracanados se cobraron la vida de una familia entera, que murió sepultada al derrumbarse la casa en la que vivían en mitad de la noche. Tejados arrancados o hundidos, casas inundadas, campos arrasados por el agua, animales perdidos... Hubo casi una docena de heridos de distinta consideración, y la esposa de Edward Constable, el corregidor, murió al caerle un trozo de cornisa mientras regresaba de la misa diaria. El reverendo Wilkes estaba convencido de que solo la oración los salvaría a todos, y había logrado persuadir a gran parte de los habitantes del pueblo para que acudieran a misa todos los días, a pesar de los consejos del mismo Constable, que recomendaba que se quedaran en sus casas. Su mujer, al parecer, no era de su misma opinión y decidió ignorar los atinados consejos de su esposo. Según supo Madeleine después, el reverendo no volvió a insistir en la asistencia a la iglesia y aconsejó a sus feligreses, en cambio, que rezasen en el interior de sus hogares.

Las pérdidas para Blackrose Manor se fueron acumulando. El jardín había prácticamente desaparecido y ya no quedaba ni una sola rosa Elsbeth en ellos. Todo estaba cubierto de hojas y de ramas. Algunos setos habían sido arrancados casi de raíz y permanecían tumbados, como extraños cadáveres azotados por la lluvia incesante. Uno de los árboles cayó en mitad de la noche, abatido por el vendaval. La copa causó graves destrozos en la última planta, donde se alojaban Nellie y Doris. Por fortuna, el impacto fue en el lado contrario a donde ellas dormían, aunque el ruido provocó un pequeño caos en la casa. Evans y los peones tardaron casi dos días en cortarlo y convertirlo en leña, y otros dos en hacer improvisados arreglos para que el agua no inundara la casa entera. Y todo bajo una lluvia feroz y persistente.

La meteorología les dio un breve descanso y una mañana los cielos aparecieron parcialmente despejados. Para entonces, a Madeleine solo le quedaban un puñado de vacas escuálidas y aterradas, el resto se lo había llevado la riada. Acompañó a Evans hasta la sidrería, caminando sobre diez centímetros de barro pegajoso que se adhirió a sus botas y estropeó uno de sus viejos vestidos, cuya pérdida no lamentó en absoluto. Algunos manzanos yacían en el suelo, con las raíces al aire como brazos pidiendo ayuda, y en su caída habían arrastrado a otros. La mayoría, por fortuna, solo tenían alguna rama partida. Al llegar al edificio, Madeleine ahogó un grito. El tejado se había hundido por completo, y todas las reformas que ya se habían llevado a cabo descansaban ahora bajo una inmensa pila de escombros. Prácticamente todo lo obtenido con la venta de las joyas había desaparecido. Ni siquiera tendrían una buena cosecha de manzanas para vender.

Había logrado mantener la compostura todos los días anteriores, mientras veía desaparecer poco a poco lo que había ido construyendo a su alrededor con tanto esfuerzo. Aquella era la gota que colmaba el vaso y ya no fue capaz de contener las lágrimas. Un atribulado Evans se aproximó hasta ella.

—Todo se arreglará, milady —la consoló él, que se atrevió a posar con delicadeza una mano sobre su hombro—. Ya lo verá.

Pero Evans se equivocaba. Lo peor estaba aún por llegar.

17

Lo único bueno de las catástrofes es que no duran para siempre y aquel inexistente verano pasó también, dejando a su paso un otoño de desolación. Las cosechas fueron tan exiguas que no alcanzarían para dar de comer a los granjeros y sus familias. Madeleine tampoco obtuvo mucho para vender y apenas le llegó para pagar los sueldos y adquirir provisiones de cara al invierno.

Casi todo el ganado había desaparecido. Una de las reses fue encontrada días después de la riada a la altura del único pilar del puente que permanecía en pie a aquellas alturas. Allí se había quedado enganchado el animal, y de allí hubieron de sacarlo los trabajadores. Ni siquiera se pudo usar su carne, podrida por el agua y los insectos. En el establo solo quedaba una vaca joven, que ni siquiera daba leche. Evans decía que era a causa del miedo que había pasado y Madeleine fue a verla casi a diario para acariciar su testuz y susurrarle palabras de consuelo y confianza.

—Los arrendatarios no podrán pagar las rentas este año. —Evans tenía el libro de cuentas abierto frente a él—. Podríamos obligarles, por supuesto, a fin de cuentas el mal tiempo no ha sido cosa suya, milady, aunque reconozco que no será una tarea agradable.

—No, Evans, no puedo hacer eso. ¿Cree que podría dormir por las noches sabiendo que he condenado a la miseria a todas las familias que viven aquí? Aún me queda algo de dinero. Si nos administramos bien, saldremos adelante.

—No creo que sea solo una cuestión de administrar bien los fondos, milady. Las malas cosechas generalizadas harán subir los precios y la escasez provocará hambre y disturbios.

—¿Cree que la situación es tan grave?

—Si en el resto de Inglaterra ha sido igual que aquí, me temo que no exagero ni un ápice.

*   *   *

Evans no exageró. De hecho, se quedó corto. Los periódicos que recibía Madeleine comentaban casi a diario las noticias que se sucedían en Inglaterra y en otros lugares de Europa y Norteamérica. El precio del pan y de otros productos básicos subió hasta cotas inimaginables mientras que los sueldos permanecieron congelados. Miles de familias no ganaban lo suficiente para subsistir y, cuando llegó el frío y no hubo dinero tampoco para comprar leña o carbón, los muertos comenzaron a contarse por centenares.

En Blackrose Manor la situación no era tan terrible, pero sí complicada. Para ahorrar leña, Madeleine cerró las habitaciones que no se usaban y utilizaron el salón también para comer. Disponían de una buena reserva de madera de manzano en el cobertizo, y aún trajeron alguna más del aserradero, cuyas puertas permanecieron abiertas para que los habitantes de Falmouth se llevaran toda la que quisieran.

Habló con Donna Evans para elaborar menús sencillos, porque gran parte de su presupuesto se fue en adquirir alimentos, que pagaba a precios de oro, y en comprar carbón y velas. Se pasaba horas haciendo cuentas, tratando de ahorrarse un penique aquí y otro allá, y por las noches le costaba conciliar el sueño rezando para que sus reservas aguantaran hasta la siguiente cosecha.

Jake y Eliot no emitieron ni una sola queja, ni siquiera cuando las comidas se convirtieron en elaboraciones simples y económicas. Recordó con tristeza que no hacía mucho que ellos habían pasado por una situación de verdadera necesidad y que habían sobrevivido.

Una tarde estaban todos en el salón. Madeleine se había sentado en el sillón con el libro de cuentas. Mientras aquella situación se prolongase, había decidido cerrar la biblioteca y realizaba sus tareas allí, sobre una pequeña mesa que utilizaban también a la hora de las comidas. Vio por el rabillo del ojo cómo Jake y Eliot cuchicheaban y cómo el mayor abandonaba la habitación. Eliot se quedó jugando con Nelson. Le había fabricado un juguete con un palo y un trozo de cordel, y el felino disfrutaba tratando de atraparlo. Madeleine se preguntó adónde habría ido Jake. ¿Tendría hambre? ¿Frío tal vez?

Lo vio regresar, algo azorado, y se dirigió directamente a ella. Casi avergonzado, metió la mano en uno de los bolsillos de su chaqueta y sacó algo que dejó sobre la mesa, frente a ella. Era la bolsa que Madeleine le había entregado meses atrás.

—Ya no la necesitamos.

—¡Jake! —Madeleine lo miró fijamente, primero a él y luego a Eliot, que había dejado de jugar con Nelson y permanecía atento.

—No vamos a irnos de aquí —dijo el pequeño.

Madeleine estalló en sollozos sin poder controlarlo. La tensión de las últimas semanas había logrado derrotarla de nuevo. Jake y Eliot se miraron, sin acabar de comprender por qué se ponía a llorar de repente. Jake fue el primero en abrazarla y Eliot se puso rápidamente en pie e imitó a su hermano. Con ellos entre sus brazos, Madeleine solo era capaz de pensar en lo afortunada que era.

Aunque hubiera perdido todo lo que tenía.

*   *   *

Familias enteras comenzaron a aparecer en su puerta, buscando trabajo en el campo porque en la ciudad no encontraban modo de subsistir, y Madeleine no tenía nada que ofrecerles. Les entregaba unos peniques porque no se atrevía a desprenderse de las escasas provisiones que almacenaba en la despensa, y los veía partir sabiendo que, muy probablemente, algunos de ellos no llegarían a la siguiente primavera.

Llegó la primera Navidad de Jake y Eliot en la casa y, pese a todos los problemas que la acuciaban, se esmeró en que los niños apenas lo notaran. Con ayuda de la señora Evans diseñaron un menú sencillo pero muy vistoso, que los pequeños acogieron con gran deleite. Adornaron la casa y prepararon pequeños obsequios para todos, incluido sir Lawrence, a quien recibieron como si fuese un príncipe llegado del Lejano Oriente. Vino cargado de dulces y viandas, aunque ella no se atrevió a preguntarle dónde los había conseguido.

Cuando finalizaron la cena los niños comenzaron a bostezar y Madeleine le pidió a Nellie que los acostara. La muchacha había aceptado de buen grado su nuevo puesto, que alternaba con las tareas del hogar hasta que Madeleine pudiera contratar a una nueva criada. Parecía más dichosa que nunca, y Jake y Eliot estaban encantados con ella. A menudo, mientras Madeleine les enseñaba los rudimentos de la escritura o las matemáticas, los sorprendía mirando hacia el rincón donde Nellie se sentaba, tan atenta como si fuera una alumna más de aquella improvisada clase. Sabía que los niños estaban deseando finalizar con sus lecciones para que la joven les prestara toda su atención, pero Madeleine se mostraba bastante estricta al respecto, sobre todo con Jake. Dada la situación, la escuela no había reanudado las clases, pero, cuando lo hiciera, no quería que fuese retrasado con respecto a sus compañeros.

Los niños se despidieron de sir Lawrence y Nellie los condujo al piso de arriba. Madeleine pidió que les prepararan un poco de té y lo sirvió como le había enseñado a hacer su madre, en aquel momento felizmente instalada en París. Apenas le había contado nada de lo que había sucedido allí, para no preocuparla. ¿De qué le hubiera servido conocer la situación en la que se hallaba encontrándose tan lejos? Tampoco le había hablado aún de los niños, siempre esperando un momento más apropiado que, al parecer, nunca encontraba.

Sir Lawrence se arrellanó en el que se había convertido en su sillón favorito de la estancia y dio un sorbo a su bebida.

—1816 ha sido un año terrible —sentenció el anciano—, espero que el que está a punto de comenzar lo compense.

—Me temo que las cosas no funcionan así.

—Oh, por supuesto que no, pero es un pensamiento esperanzador, ¿no lo cree?

Madeleine torció la boca, no muy segura de cómo responder a ese comentario.

—Después de todo lo ocurrido este año, creí que esta Navidad la pasaría en Londres con la familia de lord Sedgwick.

—¿Y por qué creía tal cosa? —preguntó ella, curiosa.

—Ha sido un año especialmente duro y, aunque no haya sufrido pérdidas personales, las económicas han sido importantes.

—Me temo que mi familia política no me habría acogido de buen grado.

—Oh, estoy convencido de que se equivoca.

—No, en absoluto. Mi esposo me prohibió, expresamente, que me presentara en Londres —confesó Madeleine, en un arranque de sinceridad que lamentó de inmediato.

—¿Cómo...? Creo que no la he entendido bien. —El anciano se inclinó un poco en su dirección y torció ligeramente la cabeza, como si hubiera sufrido un fulminante ataque de sordera.

—No pretendía decir tal cosa —respondió ella, contrita—. Le ruego olvide mis palabras.

—Lady Sedgwick, ¿cuánto hace que nos conocemos? —insistió—. Según mis cálculos hace tres años de eso, ¿verdad?

—Eh, sí, más o menos.

—En ese tiempo he llegado a considerarla una de mis más valiosas amistades. Tenía el convencimiento de que el sentimiento era mutuo.

—Por supuesto que sí, sir Lawrence —se apresuró a contestar ella—. Es un gran amigo y un apoyo inestimable.

—Pero no confía en mí.

—No se trata de eso. —Madeleine hizo una pausa y miró al anciano, que la observaba con aquellos ojos tan claros que parecían cristales—. Es algo... embarazoso.

—Comprendo. No insistiré más en ello entonces.

—Le estaría muy agradecida.

Sir Lawrence se mordió los labios y bajó la mirada, avergonzado de haber sacado el tema. Recordó los tres años que habían transcurrido desde la llegada de aquella joven, y muchas de las dudas que se le habían planteado a lo largo de ellos hallaron al fin una respuesta.

—¿Se da cuenta de todo lo que ha logrado usted sola? —le dijo con intención de animarla, pero convencido de sus palabras—. Ha hecho usted un trabajo excelente con esta propiedad.

Madeleine contempló aquel cuarto, que apenas había cambiado desde su llegada. Recordó el exterior de la mansión, que tras el terrible verano presentaba de nuevo un aspecto desangelado, y los campos de los alrededores, no del todo recuperados de la devastación.

—Está bromeando, ¿verdad?

—Oh, querida, lo que ha ocurrido este verano no es culpa suya. Hasta ese momento, permítame decirle que ha hecho una labor magnífica, en todos los sentidos.

—Es muy amable, sir Lawrence. Aunque me temo que no ha servido de mucho.

—Volverá a empezar, no tengo la menor duda. Permítame ofrecerle mi ayuda de nuevo.

—No es necesario, yo...

—Sé que no aceptará ningún tipo de préstamo —la interrumpió—, así es que concédame al menos la oportunidad de participar de algún modo en sus negocios.

—¿En mis negocios?

—En la sidrería, por ejemplo.

Madeleine arqueó una ceja, no muy segura de adónde quería ir a parar el caballero.

—Confieso que, desde la visita de mi amigo Knight el pasado año, ardo en deseos de probar la sidra que elaborará usted con esas manzanas de las que hablaba. ¿No ha pensado en la posibilidad de contar con un socio que aporte el capital a cambio de un porcentaje de los beneficios?

—¿Un socio? —Aquella propuesta era totalmente inesperada—. ¿Beneficios? Sir Lawrence, la sidrería es una ruina total.

—Pero puede reconstruirse, las paredes siguen en pie, ¿me equivoco? Y aún tiene los manzanos.

—Es cierto, sí.

—Yo podría aportar ese capital. De hecho, estaría encantado de hacerlo.

—Pero sir Lawrence, ¡podría perderlo todo! —insistió ella, que no sabía cómo lidiar con la seguridad que mostraba aquel hombre.

—Perdería solo lo que hubiera invertido. Así es como funcionan los negocios, lady Sedgwick. Unas veces se gana y otras se pierde. Y yo tengo plena confianza en sus facultades —aseguró—. Además, yo también necesito recuperarme de este terrible período.

Ella lo miró, estupefacta.

—Todavía soy un hombre razonablemente rico, Madeleine. —Por primera vez desde que se conocían, usó su nombre de pila—. No tengo hijos ni sobrinos, ni más familia que mis viejos criados y que usted y esos niños a los que ha acogido bajo su ala. Déjeme formar parte de ello, aunque sea una parte muy pequeña.

No fue capaz de contestar. Con la voz estrangulada, Madeleine se limitó a asentir, una y otra vez.

* * *

En los primeros días de 1817, la afluencia de gente en busca de una oportunidad aumentó, y ya no provenían exclusivamente de las ciudades cercanas. Muchos irlandeses, que habían sufrido con mayor rigor incluso aquel espantoso verano, huían de la hambruna y llegaban con lo puesto, tan famélicos que uno incluso murió en el camino de entrada a la casa, aunque Madeleine consiguió evitar que los niños lo vieran. Tal vez fue aquel pobre hombre quien trajo una desgracia aún mayor a Blackrose Manor, o cualquiera de las muchas personas que en aquel tiempo se acercaron hasta allí. O quizá fuese alguien de Falmouth, que parecía más que nunca un pueblo fantasma. Nadie lo supo nunca.

La epidemia se extendió como se extienden las cosas malas: con rapidez y con saña. El viejo señor Landon fue el primero en morir, cuando Falmouth aún tenía esperanzas de que aquel fuese un caso aislado. Madeleine tenía muy presente la visita que le había hecho tiempo atrás, en la que le ofrecía sus servicios y los de su hijo. Y recordaba con absoluta claridad la mañana en la que la hizo llamar para que contemplara la primera rosa Elsbeth que había vestido aquel jardín en décadas. Madeleine asistió a su entierro con profunda tristeza y, en las semanas siguientes, tuvo que repetir la experiencia con otros vecinos, hasta que el tifus también se enseñoreó con Blackrose Manor.

Eliot enfermó a finales de enero, con una tos persistente y una fiebre que lo obligaron a guardar cama. Madeleine pasó casi todas las horas del día y de la noche junto a su lecho. El cuerpo se le llenó de sarpullidos y los atroces dolores que sentía en la cabeza y las articulaciones lo hacían delirar. Madeleine rezaba todas las oraciones que sabía, y todas las que era capaz de inventar.

Nellie insistía en sustituirla, pero Madeleine no quería que se contagiara y le pedía que cuidase de Jake, que suplicaba por ver a su hermano y cuidar también de él. Pero unos días más tarde comenzó a presentar los mismos síntomas y Madeleine colocó a los dos hermanos en el mismo cuarto. No permitía que nadie se acercase a ellos por temor al contagio, ni tampoco a ella misma. Envió a Ruth con su madre y a los Evans a su casa. Ordenó a Nellie y a Doris que se ocupasen solo de las tareas urgentes y le dejasen la comida en la puerta de la habitación de los niños. Sir Lawrence acudió los primeros días, hasta que él mismo enfermó. Mientras estuvo lúcido enviaba a un criado a diario en busca de noticias y, en sus peores momentos, ese mismo criado se las traía a ella. Evans acudía de vez en cuando con algunos platos elaborados por su esposa, aunque también dejó de hacerlo cuando el tifus llamó a su propia puerta

Fueron los días más largos de la vida de Madeleine. No podía perderlos, no podía perder a sus niños. Aún no hacía ni un año que vivían con ella y ya le parecía que habían estado allí desde siempre. Pasaba el día cambiando las sábanas sudadas y la ropa de los pequeños, bajándoles la fiebre a base de paños helados, que sumergía en la nieve que Nellie subía en un barreño, y dándoles de comer con grandes apuros sopa caliente y purés de verduras. Dormía sentada en un sillón junto a la cama, por si alguno de los dos se despertaba durante la noche y la necesitaba. Todas las tardes, Nellie se sentaba en el pasillo, con la puerta abierta, y desde allí les narraba sus historias, aunque ellos parecían no escucharla siquiera.

A mediados de la segunda semana, comenzaron al fin a mejorar, y Madeleine no encontraba suficientes oraciones de agradecimiento ni más promesas que hacerle al Dios de todos los cielos. Pronto volvieron a escucharse risas en aquella habitación, aunque la puerta permaneció cerrada unos cuantos días más. Sir Lawrence, también recuperado pero con un aspecto débil y macilento, fue el primero en visitarles.

Cuando la situación parecía ya superada, cuando incluso en Falmouth los entierros se habían espaciado notoriamente, fue Nellie la que enfermó. Ella se había ocupado de lavar la ropa de cama de los niños, y sus prendas de dormir. Ella había preparado los paños y había cocinado y fregado los platos después de cada comida y de cada cena. Y cada tarde se había sentado sobre la alfombra del pasillo a desgranar sus historias. Madeleine ni siquiera había tratado de impedírselo. Jake y Eliot también eran un poco suyos.

La hizo instalar en la habitación que habían ocupado los Powell y la cuidó como ella la había cuidado una vez, tiempo atrás, cuando era una recién llegada y estaba tan asustada que hasta respirar dolía. Bañaba su cuerpo, le daba de comer, cambiaba las sábanas... y esta vez se encargó personalmente de lavar cada prenda y de fregar cada cuenco. Durante sus delirios, Nellie llamaba a su madre y su hermano Billy y, en un par de ocasiones, incluso a su tía Prudence. Hacía mucho tiempo que Madeleine no pensaba en los Powell pero siempre olvidaba que aquella mujer había sido la única familia de Nellie durante años. Se preguntó dónde estarían y si también ellos sufrirían aquel azote de Dios. Pero, sobre todo, llamaba a los niños.

Madeleine no tuvo corazón para negarles la entrada a aquella estancia, convencida de que haber superado la enfermedad los hacía inmunes a ella. Jake y Eliot se sentaban a los pies de la cama de Nellie y le contaban las mismas historias que ella había inventado para ellos. A veces, la joven parecía estar lúcida y los miraba con adoración. Otras veces, en cambio, era presa de los delirios y era entonces cuando Madeleine los hacía salir de la habitación y los mantenía ocupados con encargos imaginarios. O le pedía a sir Lawrence que los entretuviera un poco, aunque el anciano aún parecía arrastrar las secuelas de la enfermedad y no se atrevía a abusar.

—¿Nellie se va a morir? —preguntó Jake una tarde. La joven permanecía dormida, en calma, pero Madeleine sabía que eso no significaba gran cosa.

—No lo sé, cariño.

—Pero nosotros nos hemos curado —aseguró Eliot.

—A lo mejor ella también se pone buena. —Jake miró a Madeleine con los ojos llenos de esperanza y tomó la mano de Nellie—. ¿Verdad?

—Rezaremos para que así sea.

Madeleine no sabía qué más podía hacer. No había ningún médico en Falmouth y, aunque cuando Eliot enfermó había enviado a Evans a Leominster en busca de uno, no trajo más que consejos ambiguos sobre el mejor modo de afrontar la enfermedad. El galeno estaba superado por la epidemia también allí y le fue imposible desplazarse. Jake y Eliot se habían recuperado por completo, pero la evolución de Nellie parecía ser distinta. Lejos de ir mejorando, se sumió aún más en períodos de delirio, con la fiebre tan alta que le provocaba incluso convulsiones. En uno de sus momentos de extraña lucidez, le pidió a Madeleine que no dejara volver a entrar a los niños y se despidió de ellos como si fuesen a verse en pocos días. No quería que la vieran en ese estado, le dijo, ni que la recordaran así. Madeleine no pudo hacer más que aceptar.

Para tratar de bajar la temperatura, abría las ventanas de la habitación de par en par, y el frío viento de febrero barría las miasmas de aquel cuarto que solo olía a vómitos y a desesperación. A veces, cargaba con el cada vez más exiguo peso de la muchacha y la acercaba cuanto podía a alguna de las ventanas, hasta que comenzaba a temblar con violencia y se veía obligada a devolverla a la cama.

Madeleine estaba agotada, tan cansada que no podía ni pensar. Incluso hablar le suponía un esfuerzo. Pasaba las noches sentada junto al lecho, sujetando la mano de Nellie, y el resto del día lavando, ayudando a Doris en la cocina o cuidando de los niños y de la joven. Apenas tenía tiempo para asearse, aunque se esforzaba por no perder la costumbre. Era uno de los consejos que le había dado el galeno a Evans y ella procuraba cumplirlo a rajatabla y que los demás también lo hiciesen. Pero lo hacía con prisas, sin detenerse mucho en cuidar su aspecto, y evitaba mirarse en el espejo más de lo necesario. Esa mañana, sin embargo, tras una noche especialmente intensa, se tomó unos minutos para contemplar su reflejo. Había vuelto a perder peso. Los pómulos se le marcaban tanto que parecían dos postizos en medio de aquella tez macilenta. El cabello, que al fin había adquirido su natural tono castaño, lucía apagado y sin vida, y los ojos, circundados por profundas ojeras, habían perdido su brillo. Se pasó la lengua por los labios agrietados, se recogió el pelo en un moño sencillo y volvió a sus quehaceres.

Nellie solo sobrevivió dos días más. Murió en mitad de la noche mientras Madeleine sujetaba su mano, consciente de que aquello era el final. Su respiración se había vuelto errática y ya apenas abría la boca, ni siquiera para ingerir los caldos que la señora Evans, también recuperada a esas alturas, preparaba con tanto mimo.

La joven, que ya no era más que un puñado de piel y huesos, abrió los ojos una última vez y la miró. La miró de verdad, como si entre ellas dos no anduviera ya la muerte esperando. Madeleine quiso decirle tantas cosas que las palabras se le atoraron en la garganta. Un par de lágrimas se deslizaron por las sienes de la muchacha y se perdieron entre su cabello marchito. Madeleine tomó un paño, lo humedeció, y limpió su rostro con delicadeza.

—Mi fiel Nellie... Gracias, gracias, gracias. —La voz de Madeleine se convirtió en su propia letanía, y con ella se apagaron los ojos de Eleanor Anne Harker, Nellie, la última víctima de la epidemia de tifus en Falmouth.

* * *

Madeleine Hancock, condesa de Sedgwick, se bajó del calesín que había conducido ella misma y contempló los campos que se extendían a los pies de aquella loma. A lo lejos se recortaba difusa la silueta de Blackrose Manor entre la neblina que la lluvia arrancaba de la tierra. La llovizna golpeaba rítmicamente el ala de su sombrero y la capa que se había puesto sobre su vestido negro. No hacía ni dos horas que Nellie había sido enterrada en el cementerio de la localidad, una ceremonia tan triste como intensa. Jake y Eliot habían insistido en estar presentes y se habían comportado como dos hombrecitos; luego sir Lawrence se los había llevado a su casa para intentar mitigar un poco su dolor. Madeleine estaba rota, y tan agotada que apenas se sostenía en pie. Al regresar, sin embargo, había sentido la necesidad de salir, sola, en aquel viejo calesín restaurado que la muchacha había conducido para ella en los primeros tiempos.

Más de tres años habían transcurrido desde entonces, tres años que ahora se le agolpaban tras los párpados y que acompañaban su llanto convulso. Agarrada a su cintura, se dobló sobre sí misma y escupió todo el dolor que se le había instalado en los huesos, todo el miedo que había ido acumulando en las últimas semanas, en los últimos meses, en toda su vida. Luego se alzó y rompió la niebla con un grito desgarrador de pura furia.

No solo había perdido a la fiel Nellie. Lo había perdido prácticamente todo. La mayoría de los campos seguían yermos. La familia de uno de sus arrendatarios había muerto a causa del tifus y se había marchado a la ciudad, otros ya no contaban con manos suficientes como para trabajar sus acres y habían optado por abandonarlos. No había percibido ningún ingreso por las rentas, el negocio de la sidrería de momento no era más que una quimera y del ganado que con tanto esfuerzo había adquirido solo le quedaban una escuálida vaca que seguía sin producir leche. Había fracasado.

La imagen de Nellie volvió a su mente. Recordó cómo era al llegar, tan apocada y tímida, y cómo se había enfrentado a sus tíos por ella. Recordó el cariño y la dedicación con que la había tratado y conquistado a Jake y a Eliot. Su corazón y sus agallas habían sido su bandera, y no se había rendido ni en las peores batallas.

Madeleine había fracasado, sí, pero aún no estaba vencida, no mientras le quedaran sueños y un ápice de coraje. Muchas personas dependían de ella y no se rendiría. Allí, sobre aquella colina bañada por la lluvia, se prometió a sí misma que no desfallecería, que solo tenía que aprender a hacerlo mejor y que jamás permitiría que el destino volviera a derrumbarla. Jamás.

Solo entonces volvió a Blackrose Manor.

A su hogar.

SEGUNDA PARTE

LONDRES

18

Londres, primeros de mayo de 1824

Madeleine ya no recordaba lo magnífica que era la residencia de los Sedgwick en la ciudad. Situada en St. James, era una mansión de dos pisos y un tercero abuhardillado, sin contar el sótano, y con al menos treinta habitaciones. Los jardines que la rodeaban eran tan excelsos como la construcción de piedra clara, coronada por dos torrecillas en las esquinas delanteras. Todo allí hablaba de poder y de dinero antiguo y se obligó a mantener su rostro pétreo, sin mostrar la más mínima impresión. No quería que su doncella, Ruth Foster, que la había acompañado hasta allí, notara su creciente angustia.

La joven se había mostrado encantada con la posibilidad de visitar la gran ciudad y, desde que habían entrado en ella, no cesaba de contemplarlo todo a través de las ventanillas del lujoso carruaje que habían enviado para recogerlas.

Once años habían pasado sin que Nicholas Hancock, conde de Sedgwick, diera señales de vida y, de repente, había llegado aquella carta en la que le ordenaba que se presentara en Londres de inmediato. Tuvo que leerla hasta tres veces para cerciorarse de que sus ojos no la engañaban. Ni una palabra amable, ni un interés aunque fuese fingido sobre lo que había sido de ella durante más de una década de ausencia... nada. Solo aquella orden tajante y escueta que le dolió como una bofetada.

Fue consciente enseguida de que no podía negarse a la petición de su esposo, especialmente porque quien había detrás de ella era el mismo rey, aunque no quiso proporcionarle el gusto de salir corriendo a su encuentro. ¿Quería que ella viajase a Londres para asistir a aquella ridícula fiesta que mencionaba? Pues que fuese a buscarla.

A decir verdad, no pensó que eso fuese a suceder. De hecho, estaba convencida de que Nicholas enviaría una carta mucho más larga, recordándole sus obligaciones y el hecho de que podía despojarla de aquella propiedad que le había cedido.

Hacía tanto tiempo que no le veía y que no pensaba en él que encontrarlo en el patio de Blackrose Manor, a lomos de un caballo sudoroso, le cortó momentáneamente la respiración. A esas alturas, sin embargo, había lidiado ya con demasiados individuos que la habían subestimado, que habían tratado de timarla en los negocios o que, simplemente, se habían negado a trabajar con ella por el solo hecho de ser mujer. Un hombre como Nicholas, por muy noble que fuese, no iba a hacerla tambalear, aunque sí lograse acelerar su pulso de forma inexplicable.

En los años que habían transcurrido, aquel joven delgaducho se había convertido en un hombre imponente, de brazos fuertes y muslos poderosos, que se marcaban bajo sus pantalones de montar como si fuesen un par de guantes. Madeleine se vio obligada a tragar saliva antes de que su voz encontrara el camino hasta su boca.

—Ha tardado mucho en regresar —le dijo, y consiguió que su voz sonara tan firme como pretendía.

Él la miraba de un modo que la ponía nerviosa, con aquellos ojos azul oscuro recorriéndola de la cabeza a los pies, como si quisiera asegurarse de que era ella. Hizo una mueca que no supo interpretar y se bajó del caballo de un salto.

El muchacho que se ocupaba de los animales se había ido acercando y corrió hacia el conde en cuanto este puso el pie en tierra, para tomar las bridas del corcel y conducirlo a los establos. Intercambió una breve mirada con Madeleine, que se limitó a asentir.

Nicholas echó un vistazo alrededor y luego contempló la mansión, que tanto había cambiado en los últimos tiempos. Madeleine dudaba que la reconociera siquiera, pero no hizo comentario alguno. Pasó a su lado a grandes zancadas y se metió en la casa como si le perteneciera. Y hasta ahí llegaron las buenas intenciones de Madeleine Hancock, condesa de Sedgwick.

—Me has hecho venir hasta aquí —farfulló él, una vez que se encontraron en la salita y cerró la puerta tras ella.

—No tenías por qué hacerlo. —Madeleine le tuteó por primera vez desde que se conocían, igual que él había hecho antaño y que repetía en ese momento. Si Nicholas Hancock no albergaba respeto alguno hacia su esposa, ella no mostraría ninguno hacia él.

Clavó en ella aquella mirada fría que tanto la había intimidado en el pasado y que ahora le resultaba del todo indiferente. Si pensaba que con aquel comportamiento iba a arredrarse, ya podía marcharse por donde había venido. Luego lo vio contemplar la nueva decoración de la estancia, que ella había convertido en un precioso rincón adornado en tonos verdes y dorados, con dos butacas preciosas junto a la chimenea y un diván un poco más alejado. Dos mesitas junto a los asientos convertían aquel lugar en el rincón perfecto para recibir a cualquier visita.

—Se han hecho cambios por aquí —apuntó él, que arqueó una ceja.

—La propiedad ha prosperado en los últimos años —se limitó a señalar. Si quería más información, que se la pidiese.

—¿Todo esto se ha pagado con las rentas de Blackrose Manor? —Hizo un gesto con un brazo que abarcaba mucho más que aquella habitación, y Madeleine supo que, después de todo, sí se había fijado en el aspecto exterior del edificio.

—Por supuesto, ¿de qué otra manera podría haberlo hecho?

La mirada que él le dirigió no necesitó de palabras y ella notó cómo sus mejillas se encendían. Hasta hacía un momento se sentía muy orgullosa de sí misma. Tal vez, incluso, esperaba algún tipo de comentario halagador por su parte, reconociendo el buen trabajo que había llevado a cabo. En cambio, aquella mirada aviesa sugería algo tan oscuro y sucio que a punto estuvo de abofetearle por el mero hecho de haberlo considerado siquiera.

—Puedes ver los libros de cuentas si estás interesado en el asunto —se ofreció ella, con los dientes apretados.

—No será necesario.

Ambos se sostuvieron la mirada, desafiantes, hasta que él volvió a tomar la palabra.

—Ordena que me sirvan algo de comer. He de regresar a Londres de inmediato. —Hizo una breve pausa y Madeleine estuvo a punto de intervenir antes de que volviese a hablar—. Te aconsejo que prepares tu equipaje lo antes posible. Mandaré un coche a recogerte. El rey ha mostrado su interés en conocerte y no estoy dispuesto a enemistarme con el hombre más poderoso del mundo por tu causa. ¿Ha quedado claro?

—Clarísimo —claudicó ella, que no veía sentido alguno a continuar con la disputa.

Hancock se aproximó un poco más, hasta que Madeleine se vio obligada a echar la cabeza hacia atrás para continuar sosteniéndole la mirada. Su voz sonó como la escarcha.

—Y que sea la última vez que ignoras una petición por mi parte. Si he de volver a este lugar por algún otro de tus caprichos, te juro por mi sombra que será la última.

Nicholas había salido de aquella habitación que, de repente, se había quedado helada, y Madeleine se vio obligada a tomar asiento, presa del estupor. Aun ahora, entrando ya en los jardines de la mansión londinense, recordaba a la perfección aquella sensación de la que no había logrado evadirse desde entonces.

Él había comido solo mientras ella se refugiaba en la biblioteca, y solo salió de allí cuando lo oyó marcharse. Más tarde se reprochó su cobardía, pero en ese momento se vio incapaz de comportarse de otro modo. Nicholas Hancock aún tenía su destino en sus manos.

* * *

Casi una hora más tarde, Madeleine aún aguardaba en la lujosa salita adonde la había conducido el mayordomo. Había perdido de vista a Ruth, que se hallaría probablemente en las dependencias de los criados, donde confiaba que al menos le ofrecieran un té. A ella, sin embargo, la habían dejado allí sola, sin posibilidad alguna de tomar siquiera una bebida caliente después de un viaje tan largo. Nadie había acudido a recibirla y supo que era alguna especie de estratagema por parte de su esposo para que no olvidara quién mandaba en aquella casa. Sabía que su estancia en aquella mansión no iba a resultar sencilla, así es que se armó de paciencia y sacó un libro de su bolso. Apenas prestó atención al lujo reinante en aquella habitación, igual que se había abstenido de recrearse en la magnificencia del recibidor, con sus suelos de mármol, sus columnas torneadas y sus volutas en el techo. No quería parecer una provinciana ni dar a entender tampoco que estaba encantada de hallarse allí.

La puerta se abrió y una mujer de su edad apareció en el umbral. Era alta y espigada, con el cabello rubio y los ojos grises. Era hermosa, aunque el modo en el que frunció los labios cuando la vio allí sentada le restó gran parte de su atractivo.

—Soy Beatrice Hancock —le dijo, sin tenderle siquiera la mano—, la esposa de lord Howard Hancock, y quien está a cargo de la mansión Sedgwick.

—Es un placer conocerla, Beatrice.

—Lady Beatrice para usted.

Madeleine no se inmutó. No se esperaba un recibimiento cordial, pero aquella animadversión le parecía exagerada.

—Ahora la conducirán a sus habitaciones en el piso de arriba —le indicó, con aquel tono de voz tan frío. Madeleine se preguntó si, por las noches, toda aquella familia ensayaba aquel modo tan peculiar de expresarse—. Le agradeceríamos que permaneciera en sus aposentos la mayor parte del tiempo que deba alojarse aquí.

—¿Qué?

—No creo que sea necesario que le explique lo poco gratificante que nos resulta su presencia —respondió la mujer, con una sonrisa de suficiencia—. Hagamos que sea lo menos traumática posible para todos.

Madeleine alzó una ceja a modo de respuesta. Lady Beatrice ni siquiera llegó a verla, porque se dio la vuelta y desapareció por donde había venido, dejándola con la palabra en la boca. Justo a continuación entraron el mayordomo y una de las criadas, que la precedieron a través del recibidor hasta la parte central de la casa, donde una doble escalera daba acceso al piso de arriba. Madeleine tuvo que morderse la lengua para no soltar una exclamación. Construida en mármol blanco y con las balaustradas de hierro forjado, ambos brazos confluían en un pequeño rellano del que partía el último tramo cubierto por una alfombra carmesí. Alzó un poco la vista y contempló el muro superior, desde el cual la observaban varios egregios retratos de los antepasados de la familia.

Mantuvo el rostro pétreo mientras ascendían, y mientras recorrían el largo pasillo que se extendía en dirección oeste. A mitad de camino, se abría otro algo más estrecho hacia el norte, donde sin duda se encontraban las habitaciones menores. Al final de ese pasillo, cuando ya había considerado incluso que pretendían instalarla en los establos, el mayordomo se detuvo frente a una puerta sencilla, mucho menos refinada que las que habían jalonado su recorrido, y la abrió. Madeleine entró con cierta cautela. Era una habitación magnífica y muy espaciosa. Sabía que, para los cánones de aquella mansión, se trataría de una de las más sencillas y modestas, para dejarle claro que ella no era más que una invitada indeseada. Pero, en comparación con las alcobas que tenía en Blackrose Manor, era casi un palacio.

—Haré que suban su equipaje, milady —anunció el mayordomo antes de retirarse—. Y ordenaré que acompañen a su doncella hasta aquí. Su habitación es contigua a la suya.

—Gracias...

—Soy Miles, milady.

—Muchas gracias, Miles.

El hombre se retiró y ella pudo al fin contemplar a su gusto el boato de aquella estancia. Dos grandes ventanales proporcionaban luz natural suficiente para poder apreciar todos los detalles, desde los cortinajes en terciopelo verde, hasta las butacas a juego y la ancha cama, cubierta con una colcha en crema y verde musgo. La alfombra mullida invitaba a descalzarse y el coqueto secreter situado entre ambos ventanales, a sentarse a escribir a toda la población de Inglaterra. Le gustaba aquel espacio, le gustaba mucho, pese a que acababan de indicarle que no podría abandonarlo con frecuencia. Una orden que, por supuesto, no estada dispuesta a cumplir.

* * *

Nicholas sentía los nervios alojados en la boca de su estómago, para qué negarlo. Desde que había regresado de Herefordshire había sido incapaz de sustraerse a esa extraña sensación, casi un presagio de todos los nuevos problemas que aquella mujer iba a acarrearle. Porque estaba convencido de que así sería.

Debía reconocer que encontrarla, después de tantos años, había supuesto una auténtica sorpresa. Se había convertido en una mujer absolutamente preciosa y mucho más segura de sí misma que aquel pajarillo que había dejado atrás. Iba dispuesto a someterla a un duro interrogatorio, a intentar averiguar quién la había mantenido todos aquellos años, y eso sin contar las duras palabras que pensaba dirigirle por haberse atrevido a desafiarle. Al final no alcanzó ni la mitad de sus objetivos y el modo en que ella reaccionó a su insinuación sobre la procedencia del dinero le demostró que estaba equivocado. O que era una excelente actriz, que también podría ser. Ya había conseguido engañarle en una ocasión, no toleraría una segunda encerrona y mucho menos un escándalo. Aun así, estaba casi convencido de que, en efecto, las mejoras se habían sufragado con las rentas provenientes de la propiedad. Apenas había tenido ocasión de comprobar en qué estado se encontraban las tierras, pero por lo poco que había sido capaz de observar a través de los ventanales, mientras aguardaba a que le sirvieran la comida, casi todas estaban cultivadas. No había duda de que Madeleine Hancock había sabido adaptarse a las circunstancias y que su nuevo administrador había hecho un buen trabajo.

Ahora, mientras regresaba en carruaje hasta su casa, recordó aquellos ojos verdosos y grandes, aquel cabello castaño que enmarcaba el delicado óvalo de su rostro, los pómulos altos y la boca carnosa que había saboreado en una ocasión y que se había prometido no volver a tocar.

«Hay promesas que uno no debería hacer jamás», se dijo, malhumorado.

Se había entretenido más de lo esperado en el Parlamento, tan absorto que ni siquiera fue consciente del paso del tiempo. Cuando llegó a la casa, toda su familia lo esperaba para cenar. Beatrice le pidió unos minutos a solas antes de pasar al comedor.

—Ya ha llegado —anunció.

Nicholas sintió un vuelco en el estómago.

—Le he dejado muy claro que no permitiremos que se pasee por aquí como si fuese la señora del lugar, y mucho menos que acuda a eventos sociales en los que pueda ridiculizar a la familia.

—¿Y se ha mostrado conforme? —Nicholas apenas podía disimular su contrariedad. La mujer que había encontrado en Blackrose Manor no parecía del tipo de persona que aceptaría sin luchar una orden semejante.

—No ha hecho comentario alguno, si es eso lo que preguntas.

—Eh... sí, supongo que sí.

—No me gusta tenerla aquí, Nicholas.

—Lo sé. Tampoco es una situación que me haga especialmente feliz, pero debe asistir a la fiesta del rey.

—Pero eso será a finales de junio. ¿Por qué la has hecho venir tan pronto?

—Necesitará algunos vestidos, y tal vez pasar algo de tiempo con nosotros. No quiero que esa noche se muestre tan incómoda que llame la atención. —Lo cierto era que Nicholas Hancock no sabía muy bien por qué la había hecho venir con tanta antelación. Beatrice tenía razón. Iba a suponer un inconveniente—. Tal vez me he precipitado.

Beatrice asintió. Ninguno de los dos sabía muy bien cómo lograr ese objetivo sin verse obligados a pasar su tiempo con aquella mujer.

* * *

La mujer en cuestión se levantó al día siguiente de bastante buen humor, dadas las circunstancias. Le habían servido la cena en sus aposentos, una crema de berros con virutas de jamón, un delicioso pescado con zanahorias y un pedazo de tarta de crema con arándanos. Todo estaba delicioso y dio buena cuenta de ello, pues no había tomado nada desde el desayuno. La habían instalado en la habitación pero se habían olvidado de ofrecerle algo de comer. No quiso molestar al servicio ni convertirse en un incordio el primer día, así es que aguantó hasta la noche.

Tampoco había recibido visita alguna. Supuso que al menos Nicholas iría a cerciorarse de que se encontraba allí, pero no fue el caso. En su fuero interno, lo agradeció. No deseaba un nuevo y tenso encuentro entre ambos.

Ruth la acompañó en el desayuno, que también le sirvieron en sus aposentos, y luego la ayudó a vestirse. Escogió un precioso vestido color lavanda que le había confeccionado Eve Foster siguiendo la moda de la época, de la que estaba al tanto por las revistas que recibía desde la ciudad. Luego la envió a avisar a Miles, el mayordomo, para que prepararan un carruaje. Estaba en Londres, una de las ciudades más cosmopolitas del mundo, y llevaba demasiado tiempo sin visitarla.

Unos golpes en la puerta la interrumpieron justo cuando se estaba colocando los guantes. Ruth no podía ser, habría entrado sin llamar. El corazón se le aceleró ante la posibilidad de que se tratase de Nicholas. Durante unos segundos no supo qué hacer.

«No eres una niña pequeña, Madeleine», se reprochó, y acudió a abrir.

Al otro lado la aguardaba lady Beatrice, con aquel rictus amargo en su boca y aquella mirada de hielo.

—Creí que habían quedado claras las circunstancias de su estancia en la mansión Sedgwick —le dijo, entrando en el cuarto sin esperar su invitación.

—Buenos días a ti también, Beatrice. —Madeleine la tuteó a propósito y la mujer frunció la nariz, aunque no hizo ningún comentario.

—Me he encontrado a su doncella en el piso de abajo y me ha comentado que iba a salir.

—Así es —reconoció ella, que se acercó al tocador para colocarse el segundo guante.

—No puede hacerlo.

—¿Cómo dice? —La sorpresa de Madeleine era genuina.

—Está aquí única y exclusivamente por un motivo —respondió la mujer—, no para pasearse por la ciudad como si estuviera de visita.

—Oh, pero es que estoy de visita.

—En absoluto. Está aquí porque así se le ha ordenado, y seguirá las normas acordadas por la familia.

—Su familia, supongo.

—Que también es la suya, no lo olvide.

—Así es que mi *familia* ha decidido que, hasta que llegue esa maldita fiesta —Beatrice alzó ligeramente las cejas ante la palabra malsonante, lo que le produjo cierta satisfacción—, he de permanecer recluida en este cuarto. ¿Es eso lo que pretende decirme?

—Ni más ni menos. Mañana o pasado podrá usted tomar el té con Evelyn y conmigo. Tal vez se nos una Sophie, la hermana de Nicholas. Y la próxima semana iremos a la modista a encargar un par de vestidos. Hasta entonces, le ruego que permanezca en sus habitaciones. ¿Lo ha comprendido?

—Oh, sí, lo he entendido perfectamente.

—Bien, espero que no sea necesario volver a mantener esta conversación.

Beatrice salió de la habitación, con la espalda muy recta y la cabeza alzada, y Madeleine se dejó caer sobre la cama.

Nicholas la había desterrado una vez a Blackrose Manor. Ahora había vuelto a hacer lo mismo, solo que a una habitación que, aunque confortable, no era más que una prisión.

Ruth entró con la cabeza gacha y trató de disculparse.

—Me preguntó adónde iba y no supe qué contestarle. —Era evidente que había escuchado la conversación desde el otro lado de la puerta.

—No es culpa tuya.

—Tal vez podríamos escabullirnos por la puerta trasera —propuso—. ¿Quiere que avise al cochero para que nos espere en la calle?

—No pienso fugarme como si fuese una criminal.

—Pero entonces...

—Haz el equipaje.

—¿El equipaje, milady?

—Volvemos a casa.

19

El conde de Sedgwick observaba a George Canning, ministro de asuntos exteriores de la Gran Bretaña y presidente de la Cámara de los Comunes desde hacía dos años. Ocupaba una de las butacas del despacho de Nicholas en el palacio de Westminster, donde se encontraba el Parlamento, y parecía disfrutar de la taza de té que había solicitado a su secretario. Cada vez que inclinaba ligeramente la cabeza para llevarse la infusión a los labios, la luz dibujaba sombras sobre su calva, una calva bajo la que se ocultaba un cerebro inquisitivo y sagaz. Le había solicitado una cita para comentar la reciente contienda que había surgido entre la India británica y Birmania por el dominio del noreste de la región. En enero de ese mismo año, los británicos habían sufrido una dura derrota.

—Las cosas no marchan muy bien en la India —anunció con aquella boca pequeña y tan bien delineada que parecía la de una mujer—. Las tropas de Maha Bandula continúan su avance. Si siguen así, no tardarán en llegar a Calcuta.

—¿Qué opina Campbell? —Nicholas aludía a Archibald Campbell, general al mando del ejército en la región.

—Ha preparado un desembarco en Birmania que debe estar a punto de producirse. —Canning entrecerró sus grandes ojos castaños—. Esperemos que eso alivie un poco la presión.

Nicholas aún no sabía qué quería Canning de él y se armó de paciencia.

—Algunos *tories* proponen enviar más tropas a la zona.

—Déjeme adivinar. Morgan Haggard es uno de ellos.

—No le sorprende entonces.

No, por supuesto que no le sorprendía. Haggard no solo era uno de los conservadores más rígidos de la Cámara de los Lores, también era un hombre con recursos y un enemigo político declarado de Nicholas Hancock.

—Cuando lleguen, el conflicto habrá finalizado. Conozco y confío en Campbell —aseguró Nicholas.

—Puede que sí, puede que no. Le agradecería que, si el asunto se plantea en la Cámara, no se muestre en exceso contrario a la propuesta.

—¿Cómo?

—Eso no haría sino exacerbar los ánimos de Haggard y los suyos, y aún le pondrían más empeño.

—Comprendo. —Era evidente que estaba al tanto de la animadversión que existía entre ambos.

Nicholas no podía dejar de admirar la mente de aquel político, que debía llevarle al menos veinte años de experiencia. Asintió a la propuesta y dio un sorbo a su té. Estaba a punto de preguntarle por la marcha de las disposiciones acordadas un par de meses atrás con los Países Bajos sobre el asentamiento británico en Singapur, cuando su secretario entró con una nota. Tuvo que leerla dos veces para cerciorarse de que su vista no le engañaba.

—Deduzco que debe ausentarse —señaló Canning, dejando su taza sobre la mesita auxiliar.

—Yo...

—No se preocupe. —Hizo un gesto con la mano, quitándole importancia al asunto—. Ya había terminado. Aún he de ver a otros miembros de la Cámara.

—Por supuesto. —Nicholas se había levantado y estrechaba la mano de Canning, que abandonó la estancia con discreción.

Una vez a solas, arrugó la nota que aún tenía en la mano y le pidió a su secretario que preparasen su coche de inmediato.

* * *

Aquello era un disparate. Eso fue lo primero que pensó Nicholas al traspasar la puerta de su casa y ver los baúles y maletas en el recibidor. Una joven bastante agraciada, que supuso era la doncella de su esposa, permanecía junto a los bultos, como si temiese que alguien se los fuese a robar. Apenas intercambió una mirada con él antes de agachar la cabeza.

Su cuñada Beatrice apareció proveniente del salón e intercambió unas breves palabras con él. Nicholas subió las escaleras como si fuese a la guerra otra vez, como si volviese a ascender por aquellas montañas heladas que casi les habían costado la vida a él y a sus dos amigos. El recuerdo de Arthur Chestney volvió a sus pensamientos, lo que últimamente le ocurría con cierta frecuencia. Era, sin duda, una de las consecuencias de haber traído a aquella mujer a su hogar.

Ni siquiera llamó a la puerta de su habitación. La abrió como si fuera a apagar un fuego y tropezó con la imagen bañada por el sol de Madeleine Hancock, que se sobresaltó ante su irrupción y se puso en pie de inmediato.

—Escúchame bien porque... —comenzó a decir, con la voz ronca y el aliento entrecortado.

—¡No! ¡Ahora me escucharás tú a mí! —le interrumpió ella, con voz grave y autoritaria. Su arrebato lo sorprendió tanto que la dejó continuar—. No voy a ser una prisionera en esta casa. Si me has hecho venir para esto regresaré ahora mismo a Blackrose Manor. Volveré en junio para la fiesta, si es lo que deseas, pero no me quedaré ni un día más aquí.

—Tú harás lo que se te ordene.

—¿O qué, Nicholas? ¿Qué me harás esta vez? —El cinismo de su voz lo aturulló un instante.

—Créeme, se me ocurren muchas maneras de hacerte la vida imposible.

—Adelante entonces. ¿Crees que te tengo miedo? —Madeleine alzó la cabeza, desafiante. Estaba aterrada, por supuesto, pero no pensaba darle la satisfacción de comprobarlo—. He respetado los términos de nuestro acuerdo y durante todos estos años no te he causado ni un solo problema.

En eso tenía razón, eso al menos debía concedérselo.

—Ahora estoy en Londres por primera vez en once años y hay cosas que quisiera hacer.

—¿Qué cosas?

—Pues... salir. Ver la ciudad. Pasear por Hyde Park, ver tiendas, asistir a la inauguración de la National Gallery.

—¿La National Gallery?

—Abre sus puertas al público el próximo lunes. ¿No lo sabías?

—¿Cómo lo sabías tú? —Nicholas alzó una ceja, inquieto ante la posible respuesta.

—Recibo la prensa londinense a diario. Llega con cierto retraso, es cierto, pero así me mantengo informada.

—¿Informada de qué? —Se preguntaba qué tipo de publicaciones podrían interesar a una mujer como aquella. Sus dos cuñadas, Beatrice y Evelyn, recibían algunas revistas femeninas, pero jamás las había visto ojear siquiera ninguno de los periódicos que se recibían en la mansión.

—Pues... de todo.

Aquello comenzaba a resultar divertido, tenía que reconocerlo. Madeleine había bajado el tono beligerante de su voz, y él había perdido el deseo de batallar con ella, al menos durante unos instantes. Tomó asiento en una de las butacas frente a la chimenea y cruzó las piernas.

—¿Qué haces? —preguntó ella, sorprendida.

—Sentarme.

—Ya... pero ¿por qué?

—Cuéntame de qué estás informada y por qué deseas visitar esos lugares que mencionas.

Madeleine lo miró durante unos segundos, intentando calibrar si se estaba burlando de ella o si aguardaba el momento propicio para asestarle el golpe mortal. Por si acaso, decidió no relajarse y permaneció en pie. Le explicó brevemente el interés que despertaban en ella determinados lugares, intentando no balbucear. La mirada penetrante de Nicholas no se lo ponía fácil.

Él se tomó unos minutos para procesar todo lo que ella le había dicho. Ninguna de sus propuestas carecía de sentido.

—De acuerdo.

—¿De acuerdo?

—¡No tan rápido! Hay una serie de condiciones.

—Por supuesto, ¡cómo no! —repuso ella, de nuevo con aquella carga de cinismo en su voz.

—No saldrás sola. Evelyn o Beatrice te acompañarán. No aceptarás invitaciones para asistir a ninguna velada ni para tomar el té.

—¿Y quién iba a invitarme? —le interrumpió ella.

—Eres una Hancock. En cuanto se corra la voz de que estás aquí, más de una dama de la alta sociedad sentirá curiosidad por ti.

—No me interesa conocer a nadie.

Nicholas entrecerró los ojos. ¿No quería conocer a nadie? Era la condesa de Sedgwick, lo más lógico era que deseara frecuentar todo tipo de salones, fiestas y reuniones, como había visto hacer a todas las integrantes de su círculo social. Ninguna dama que se preciara renunciaría a representar su papel ni a dejarse ver en cualquier acontecimiento de renombre. ¿Acaso era una nueva treta de aquella mujer? Ese pensamiento le agrió el buen humor del que había disfrutado hasta hacía un momento.

—Harás una lista con los lugares que deseas visitar, y te aconsejo que no sea excesiva. No estoy dispuesto a que te pases los días fuera de casa.

—Me interesan muchas cosas.

—Tendrás que priorizar. Una salida a la semana.

—Tres.

—Será mejor que no fuerces las cosas, Madeleine.

—Cuatro.

Nicholas se levantó de un salto, pero ella ni siquiera pestañeó. De hecho, su boca dibujaba lo que parecía una sonrisa burlona, y se dio cuenta de que se estaba divirtiendo a su costa.

—Dos. Es mi última oferta —dijo él, que tuvo que esforzarse por no imitar su sonrisa.

—Hecho.

Madeleine extendió su mano, como si fuera un banquero cerrando un trato con un empresario. El gesto le resultó tan gracioso como inapropiado, pero no quiso despreciar lo que parecía una ofrenda de paz y se la estrechó. Tal vez, incluso, alargó el saludo más de lo necesario, porque el tacto de aquella piel tibia y suave le hizo pensar en la que se ocultaba tras aquel precioso vestido y que solo había contemplado en una ocasión.

Finalmente, interrumpió el contacto, inclinó ligeramente la cabeza y salió de la habitación. Una vez en el pasillo, se preguntó cómo le iba a explicar a su cuñada Beatrice lo que acababa de suceder en ese cuarto.

*   *   *

Madeleine aún no se podía creer su primera victoria contra Nicholas Hancock. En realidad no había sido gran cosa, era consciente de ello, pero había logrado imponer sus condiciones por primera vez desde que se conocían y debía reconocer que él se había mostrado más comprensivo de lo esperado. No sabía cuánto duraría su racha de buena suerte ni si él se arrepentiría de aquella decisión, así es que no perdió el tiempo y a la mañana siguiente proyectó una salida. Como él le había indicado, elaboró una lista con las actividades que deseaba hacer y eligió la visita a la Casa Montagu, que albergaba el Museo Británico, y donde esperaba ver, por fin, la famosa piedra Rosetta. Años atrás, su madre no le había permitido visitarla y luego... bueno, luego ya no había podido regresar a Londres.

Su padre, el barón Radford, era un gran aficionado a la Historia Antigua y le encantaba narrarle episodios de la que él consideraba la civilización más extraordinaria de todos los tiempos. Siendo niña había oído hablar de Ramsés II o de Akenatón, de los dioses Ra, Anubis o Sobek, cuyas fauces siempre la impresionaban, de las ciudades de Tebas o Menfis, de los templos egipcios, los procesos de momificación y las pirámides. Si algo se le debía reconocer a Napoleón Bonaparte era haber hecho posible que, con su expedición a Egipto a finales del siglo anterior, hubiera redescubierto aquella civilización milenaria. A ella le encantaba escuchar aquellas narraciones, que eran casi cuentos mágicos a sus oídos infantiles, y soñaba con aquellos monumentos imposibles y aquellas momias envueltas en vendas que, en ocasiones, se le habían aparecido en sueños.

Su madre no era muy partidaria de aquel tipo de educación para su hija, así es que siempre que se ausentaba para alguna de sus muchas tardes de té con sus conocidas —que era con cierta frecuencia— ambos se encerraban en el estudio de su padre para explorar un poco más aquel mítico rincón de la Historia.

Hacía ya muchos años de aquello, por supuesto. Primero él enfermó, y durante sus años de convalecencia no mostró interés en ninguna materia, ni siquiera cuando ella le llevaba sus libros favoritos o le pedía que le relatara alguno de aquellos extraordinarios sucesos. Tras su muerte, aquella etapa de su vida quedó definitivamente atrás, al menos hasta que se encontró sola en Blackrose Manor.

El día en que sir Lawrence le ofreció las señas de un librero de su confianza, Madeleine ni siquiera sabía qué tipo de libros podía solicitar. Primero procedió con cautela, encargando ejemplares acordes a su sexo, desde novelas a libros de jardinería. Varios meses más tarde, se atrevió con algo más complicado, una obra de Voltaire. El libro llegó sin problemas en el plazo solicitado, y no incluía ninguna nota de advertencia sobre el hecho de que aquello no pudiera considerarse como lectura *femenina*. Madeleine dedujo que al librero en cuestión poco debía importarle los títulos que pidiera. Tampoco podía saber si eran para ella, para regalárselos a alguien o para su marido, que supuestamente debería vivir con ella. Esa libertad la animó a continuar comprando cualquier título que apareciera en la prensa y que llamara su atención. Cuando una no tiene que preocuparse de asistir a continuas fiestas o a interminables tardes de té con las damas de su círculo, le queda mucho tiempo libre, incluso si tiene que ocuparse de sus negocios o de dos niños pequeños.

Adquirió algunos de los libros que ya había tenido su padre y que no sabía dónde habían ido a parar. Recordaba algunos títulos, aunque no demasiados. Con los años, logró hacerse con varios volúmenes sobre la historia de Egipto, pero también de Grecia o Roma, además de otros temas que le resultaban fascinantes.

Ahora tenía la oportunidad de ver con sus ojos la famosa piedra Rosetta, que no hacía mucho un francés llamado Champollion había descifrado al fin, o al menos eso parecía. Madeleine sabía que la piedra llevaba expuesta desde 1802 y se preguntó si su padre había conseguido verla, porque no era capaz de recordar que le mencionase nada sobre el asunto.

Se colocó los guantes con cierto nerviosismo mientras Ruth aguardaba junto a la puerta, y ambas bajaron las escaleras. Abajo, en el recibidor, las esperaba una joven de aspecto dulce cuyo cejo se frunció ligeramente en cuanto la vio aparecer. Madeleine se quedó un instante suspendida entre un peldaño y otro. Algo en aquella joven le recordaba a Nellie Harker. Habían transcurrido más de siete años desde su muerte, pero pensaba en ella con frecuencia. Terminó de bajar y se alegró de que no fuese Beatrice quien las acompañara, pero intuyó que aquella muchacha tampoco se iba a mostrar muy afable.

—Soy Evelyn Hancock —se presentó—. La esposa de lord Patrick.

—El hermano menor —señaló ella.

—La menor es Sophie.

—Sí, quería decir de los varones.

—Eh, sí, claro. —Las mejillas se le tiñeron de rubor, cosa que a Madeleine le pareció encantador. Debía de tener más o menos su edad y, en otras circunstancias, probablemente hubieran sido amigas además de cuñadas.

—¿Nos vamos?

—Beatrice me ha comentado que desea visitar la Casa Montagu.

—Así es.

—¿Por qué?

—¿Cómo?

—Quiero decir... ¿no le apetece más dar un paseo por Regent Street y ver algunas tiendas? ¿O tomar un té en los jardines Vauxhall?

Madeleine comprendió que a la joven no le apetecía en absoluto pasar la mañana encerrada entre cuatro paredes, rodeada de objetos antiguos que acumulaban el polvo de milenios. Ella no había escogido acompañarla, sin duda se lo habían impuesto, bien Nicholas, bien Beatrice. Le pareció injusto y supo que, si continuaba con sus planes, Evelyn no disfrutaría ni un segundo de lo que para ella, en cambio, sería sin duda una experiencia memorable.

—Oh, por supuesto, es un plan muy apetecible —dijo al fin, renunciando a su visita programada. Esperaría a una mejor ocasión.

La muchacha le dedicó una sonrisa complaciente y ambas abandonaron la mansión seguidas de Ruth.

La salida fue mucho mejor de lo que Madeleine esperaba. Aunque en un principio Evelyn se mostró silenciosa y un tanto huraña, su natural talante salió a relucir en cuanto hubieron visitado un par de tiendas. Madeleine ignoró deliberadamente las librerías, donde sabía que la chica no disfrutaría, y optó por un par de establecimientos de complementos femeninos, donde compró un precioso pañuelo de seda y donde permaneció largo rato observando los guantes.

—No son ni la mitad de bonitos que los que lleva ahora —susurró la joven a su lado.

Madeleine se miró las manos, cubiertas por un delicado par de guantes de seda con diminutos botones en la muñeca y adornados con un ribete de hilo dorado, a juego con su vestido de color tostado y con su sombrero.

—¿Le gustan?

—Creo que nunca había visto algo tan delicado —confesó—. Hay una tienda en Bond Street en la que venden pares muy similares, podríamos ir si quiere.

—¿Black Pearl?

—¿La conoce? —Evelyn enarcó una ceja—. Creí que no venía a Londres desde hacía años.

—Así es, pero he oído hablar de ella.

—Resulta extraño. Solo hace tres o cuatro que la abrieron. —Su mirada parecía cargada de sospecha.

—Debí de leerlo entonces en el *Lady's Magazine* —contestó Madeleine, como al descuido.

—Oh, me encanta esa revista.

Cuando salieron de la tienda, la joven parecía haber olvidado el asunto de los guantes y Madeleine se dijo que debía ser más cauta en el futuro. Beatrice Hancock no sería tan fácil de manipular.

*　*　*

—¿No habéis ido entonces al museo?

Nicholas se encontraba cómodamente sentado en una de las butacas de su despacho en la mansión Sedgwick. Frente a él estaba su cuñada Evelyn, que le relataba los pormenores de su salida con Madeleine.

—Al final cambió de idea y dimos un paseo por Regent Street y luego por los jardines Vauxhall.

—¿Se encontró con alguien?

—No, aunque casi nos tropezamos con lady Oswald y su hija Hermione. —La joven soltó un suspiro de alivio.

Nicholas torció el gesto. ¿Por qué diantres aquella mujer no se había ceñido al plan que ella misma había dispuesto? Una visita a la casa Montagu no revertía peligro alguno. Era poco probable que allí se fuesen a encontrar con alguna dama de la alta sociedad a la que su joven cuñada se viera en la obligación de presentarla. Regent Street o los jardines, en cambio, eran un territorio mucho más peliagudo.

¿Qué estaría tramando aquella arpía? Mientras se levantaba para ir a averiguarlo, se arrepintió de su generoso arrebato del día anterior.

Aún estaba a tiempo de corregirlo.

20

Esta vez, pensó Madeleine, su esposo había hecho gala de sus supuestos modales aristocráticos y había picado a la puerta antes de irrumpir en sus dependencias, aunque su gesto hosco no le pasó inadvertido.

—¿Qué tal en el museo? —preguntó a bocajarro.

—Al final cambié de planes.

—Eso tengo entendido.

—¿Has hablado con Evelyn? —Claro, qué tonta había sido. Nicholas pensaba interrogar a sus acompañantes en cada ocasión. Se preguntó de qué tendría tanto miedo.

—¿Por qué ese cambio repentino?

—Me di cuenta de que a Evelyn no le apetecía en absoluto esa visita —reconoció ella.

—Dudo mucho que sea la primera que se aburre en algún lugar —apuntó él, que no había abandonado su pose altanera—. No es tu acompañante para pasarlo bien.

—¿Para qué entonces? ¿Para vigilarme?

Nicholas alzó una ceja a modo de respuesta.

—¿Por qué? —insistió ella, confusa—. ¿Qué crees que puedo hacer si voy sola por la ciudad?

—No voy a darte más ideas de las que probablemente ya tengas en tu cabecita.

—No lo entiendo. —Madeleine tomó asiento—. ¿Para qué me has hecho venir a la ciudad? Falta más de un mes para esa fiesta.

—Necesitas vestidos nuevos —contestó él—, y conocer un poco a la familia antes de ese día.

—No necesito vestidos.

—Oh, ya lo creo que sí. Esa velada será sin duda una de las más importantes de la temporada. No permitiré que asistas con cualquier cosa y humilles nuestro apellido.

—¿Crees que yo haría algo así? —Madeleine lo miró con los ojos muy abiertos.

—Recuerda que soy una de las pocas personas que conocen hasta dónde eres capaz de llegar para alcanzar tus objetivos.

—Por Dios, Nicholas. —Se pasó una mano por la frente. De nuevo aquel viejo tema entre ellos.

—No consentiré que nos manipules para lograr instalarte aquí como mi esposa.

—¿Eso es lo que temes? —Hizo una pausa para observarlo con atención—. Lamento defraudarte, pero no tengo ningún interés en vivir en Londres. Me parece una ciudad demasiado ruidosa y demasiado sucia.

—Y llena de todo lo que una dama pueda desear.

—Ya tengo todo lo que deseo. Este no es mi hogar, ni lo será jamás.

Nicholas achicó los ojos. ¿Estaría siendo sincera? ¿Hasta dónde podía confiar en aquella mujer?

—Por favor, Nicholas —siguió ella—. Puedo ir al museo sola, no necesito que nadie más que mi doncella me acompañe. Estoy convencida de que tampoco será una salida del agrado de Beatrice.

—¿Y por qué lo es del tuyo? ¿Qué hay en ese lugar que tanto deseas ver?

—¿Que qué hay...? —Alzó las cejas, sorprendida por la pregunta—. Querrás decir qué no hay, Nicholas. Allí están algunas de las piezas más valiosas del mundo, parte de nuestro pasado como seres humanos, restos de civilizaciones antiguas que sentaron las bases de lo que somos hoy.

—¿Te interesan ese tipo de cuestiones?

—¿A ti no?

—Yo he preguntado primero.

—Me interesan, sí. Mucho.

—Está bien —dijo él—. Yo mismo te llevaré a finales de semana.

—¿Tú? No, no, yo...

—Lo tomas o lo dejas.

Madeleine hizo una pausa y hundió los hombros.

—Lo tomo.

Nicholas salió de la habitación, de nuevo desconcertado. Cada visita a aquella mujer hacía tambalear los cimientos que durante una década se había empeñado en afianzar.

* * *

—Estás distraído, querido.

Isobel Webster, la amante de Nicholas desde hacía varios meses, estiró su largo y estilizado cuerpo sobre las sábanas, provocándolo con su desnudez. Apenas hacía una hora que había llegado y ya habían hecho el amor en una ocasión, aunque ella se había dado cuenta de inmediato de que no se mostraba tan atento como en otras ocasiones. De vez en cuando, si se hallaba inmerso en algún asunto complicado del Parlamento, le costaba concentrarse y, hasta que no llevaba un rato allí, no conseguía despegarse de la realidad que había dejado al otro lado de la puerta. En esta ocasión, sin embargo, su ausencia parecía ser incluso más profunda.

—No es nada —le dijo él, que le dio un beso en la punta de su nariz respingona.

Isobel comenzó a acariciar su torso, trazando pequeños círculos sobre el escaso vello que cubría sus pectorales. Sabía que aquel gesto lo excitaba. Cuando vio cómo él cubría con su mano sus gráciles dedos, evitando que continuara con su juego, supo que algo iba rematadamente mal. ¿Había encontrado a una nueva amante? Nicholas Hancock siempre le había parecido un hombre honorable y, hasta ese día, estaba convencida de que, en caso de cansarse de la relación que mantenían, se lo haría saber antes de comenzar a visitar a otra mujer. Tal vez ese era el día, y él no sabía cómo comenzar aquella incómoda conversación.

Sus sospechas se intensificaron cuando él se levantó de la cama, se cubrió con un batín y se acercó al aparador, donde se sirvió una generosa ración de brandy. Con la copa en la mano, se sentó en una de las butacas situadas frente a la chimenea. Isobel sintió el frío que su cuerpo había dejado entre las sábanas y el escozor de un par de lágrimas de frustración, que ocultó a la perfección.

Contempló el perfil de aquel hombre que, sin saberlo, había logrado colarse más allá de su piel. Le amaba casi desde el inicio, aunque con ello había roto su regla más sagrada: no enamorarse jamás de ninguna de sus conquistas. Desde que se había quedado viuda, casi siete años atrás, había tenido varios amantes, relaciones discretas y satisfactorias con las que había conseguido mantener su estatus y llenar muchas noches de soledad. Pero ninguno como el conde de Sedgwick, tan reservado y metódico, tan atractivo y distante. Solo ella sabía que, en el lecho, se convertía en un hombre apasionado, cercano como una llama y tan cálido como una hoguera. Ella y las anteriores amantes que hubiera podido tener. Era tan discreto que jamás había mencionado a ninguna otra mujer, ni siquiera a esa esposa que ella sabía que tenía y con la que, una noche en la que había bebido más de la cuenta, le confesó que solo se había acostado una vez.

Casi un año juntos era mucho tiempo, más de lo acostumbrado para una relación como la que ellos mantenían. Isobel jamás había frecuentado a un amante más de cinco o seis meses, momento en el que comenzaba a cansarse y buscaba un sustituto. Con Nicholas era diferente. Era consciente de que jamás podría convertirse en lady Sedgwick, por mucho que lo desease, al menos mientras su primera esposa estuviera con vida. Pero podían ser amantes, una de aquellas parejas que permanecían juntas toda la vida aunque se hubieran visto obligadas a casarse con otras personas por el bien de sus respectivas familias. Jamás se lo habría confesado, pero soñaba con una relación así.

Isobel conocía bien a Nicholas, mejor de lo que él imaginaba. Y por eso sabía que era mejor dejarle a solas con sus pensamientos. Si insistía en saber lo que le ocurría, él se cerraría en banda y acabaría pidiéndole que lo dejara a solas. Así es que esta vez se le adelantó.

—Será mejor que regrese a casa.

—¿Eh? —Nicholas alzó la vista de su copa y la contempló allí, de rodillas sobre la cama, con la luz de las velas iluminando su piel color crema. Le pareció deliciosa.

—Esta noche no pareces querer compañía —dijo ella, con un mohín con el que pretendía hacerle sentir culpable.

Su pueril treta dio resultado. Nicholas se levantó, dejó la bebida y se quitó la bata antes de reunirse de nuevo con ella.

—Es muy temprano —le susurró él, mientras mordisqueaba el lóbulo de su oreja—. Antes de eso se me ocurren mil cosas que hacer con tu cuerpo.

Isobel lo besó y él respondió con su acostumbrada pasión. Solo entonces se concedió relajarse y se dispuso a disfrutar de aquellos momentos.

Al menos por aquella noche, Nicholas Hancock seguía siendo suyo.

* * *

Al entrar en el vestíbulo del White's, uno de los clubs más exclusivos de Londres, Nicholas se tropezó con una de las últimas personas que hubiera esperado encontrar en aquel lugar y a aquellas horas.

—¡Julien!

El aludido, que estaba dejando el abrigo y el sombrero en los brazos de un solícito mayordomo, se dio la vuelta, sorprendido.

—¡Nicholas!

—¿Qué haces aquí?

—Tu hermana se retiró temprano hoy y no me apetecía cenar solo.

—¿Sophie se encuentra bien?

—Cansada y gorda como si se hubiera comido un caballo con su jinete, pero sí.

Sophie estaba embarazada del que sería el primer hijo del matrimonio y, si la memoria no le fallaba, se aproximaba a su sexto mes de gestación.

—¿Y tú qué haces aquí? —inquirió Julien, al tiempo que ambos traspasaban las puertas en dirección al salón principal. Nicholas observó que su cuñado cojeaba ligeramente esa noche, prueba evidente de que él también estaba fatigado.

Julien había vuelto de Waterloo con una pierna casi destrozada por el roce de una bala de cañón y le había costado meses volver a andar de nuevo. Apenas se le notaba, excepto en momentos como ese, cuando el cansancio hacía mella en él y esa pierna acusaba el esfuerzo. No pudo dejar de recordar la ausencia de sus propios dedos en uno de los pies. Cualquiera que observara a ambos hombres, que representaban el culmen de la sofisticación y la elegancia, jamás imaginaría que bajo sus exquisitas ropas llevaban grabadas a fuego las huellas de la guerra.

—Me apetecía un poco de tranquilidad esta noche —respondió al fin.

—¿Cierto nuevo huésped en la mansión te está causando problemas?

—¿Sophie te lo ha dicho?

—Tu hermana me lo cuenta todo, Nicholas. Ya deberías saberlo.

—Sí, supongo que sí. —Nicholas lanzó una mirada de reojo a su cuñado. Envidiaba la complicidad que existía entre su mejor amigo y su hermana menor, algo que a él también le hubiera gustado encontrar en su vida.

—¿Y bien?

—¿Y bien qué?

—¿Te está causando muchos problemas?

—Lo cierto es que bastantes menos de los que esperaba —tuvo que reconocer.

—Caray, pareces decepcionado.

—Más bien... sorprendido.

—No sé si te comprendo. ¿Qué esperabas que hiciera aquí en Londres?

—Pues... no sé. Reclamar su sitio, tal vez.

—Su sitio como condesa de Sedgwick.

—Sí, algo así.

—¿Creías que iba a correr por la ciudad con un cartel colgado del cuello? —Julien sonrió de forma abierta. Nicholas sabía que se estaba burlando de él.

—No sé lo que esperaba, la verdad. Que tratara de hacer contactos, de obtener invitaciones para asistir a fiestas, para tomar el té... qué sé yo. Provocar que, luego, explicar su ausencia de nuevo hubiera resultado casi imposible.

—Y no ha hecho nada de eso.

—No lleva ni una semana aquí, dale tiempo.

—¿Qué opina Howard? ¿Y Patrick?

—Eh... aún no la han visto.

—¿Están de viaje? —Julien alzó las cejas—. Juraría que ayer me tomé una copa con uno de ellos.

La conversación se vio interrumpida por la llegada del camarero con el pedido que habían solicitado al sentarse. Nicholas observó su pato con puré de ciruelas y se le hizo la boca agua. Tenía una pinta deliciosa.

Julien cortó un trozo de su cordero al romero y durante unos minutos ambos se dedicaron a saborear sus platos y a disfrutar de una copa de vino, demasiado afrutado para el gusto de Nicholas.

—Las conversaciones durante la cena deben ser de lo más entretenidas —afirmó Julien, con aquella sonrisa de nuevo—. Si Sophie se encuentra mejor mañana, quizá os hagamos una visita.

—Eh... no cena con la familia.

Julien pareció atragantarse con el vino, que dejó con un golpe seco sobre la mesa.

—Diantres, Nicholas, ¿la haces comer con los criados? Creo que eso es excesivo incluso para ti.

—¡Por Dios! ¿Pero qué dices? Almuerza y cena en sus aposentos.

Su cuñado se echó hacia atrás, apoyó cómodamente la espalda en el respaldo del butacón y lo miró de hito en hito.

—¿Qué? —le preguntó Nicholas, incómodo con aquel escrutinio.

—Trato de dilucidar si has pasado la última década en una cueva.

—Muy gracioso.

—¿Yo? —Julien compuso un gesto que era la personificación de la inocencia, un gesto que le había visto hacer en otras ocasiones y con el que siempre conseguía ganarse el favor de cualquiera, especialmente del género femenino—. Eres tú quien no ha parado de contar chistes desde que nos hemos sentado.

—¿Te parece gracioso todo esto?

—Me pareces gracioso tú. Te he visto lidiar con el hambre y el frío, luchar contra los franceses como si fueras una bestia surgida del infierno, cargar con un compañero herido en medio del campo de batalla... y eres incapaz de bregar con una simple mujer.

—Ya sabes qué tipo de mujer es. No creo que sea necesario que te lo recuerde.

—Pareces olvidar que no eres el único hombre de Inglaterra que se ha visto obligado a contraer matrimonio por un desliz. ¿Cuánto tiempo ha pasado? ¿Diez años?

—Casi once.

—Ya va siendo hora de que lo superes, hermano.

Nicholas torció la boca y apuró su copa de vino.

—¿Aún sigues pensando en aquella promesa? —Julien había bajado el tono de su voz.

—Tú cumpliste con tu parte —respondió, no sin cierta amargura.

—Porque al regresar de la guerra tu hermana se había convertido en una mujer preciosa.

—¿Quieres decir que si hubiera sido tan fea como tú no te habrías casado con ella? —Fue el momento de Nicholas de bromear. A Julien no le faltaban atractivos. De hecho, poseía más de lo que era aconsejable en cualquier miembro de su especie, aunque eso jamás se lo diría, por supuesto.

—Nunca lo sabrás. —Julien le guiñó un ojo y apuró también su copa. Hizo un mohín de disgusto y Nicholas pensó que el vino tampoco era del todo de su agrado—. Y hablando de feos...

Con disimulo, giró la cabeza en la dirección en la que su amigo miraba y vio a Morgan Haggard, conde de Easton, entrar por la puerta en compañía de otros dos caballeros. Tampoco Morgan era poco agraciado. De hecho, era un hombre de aspecto varonil, ancho de espaldas y con unos profundos ojos grises que causaban estragos entre las damas.

—¿En qué disputa estáis enzarzados en este momento? —inquirió Julien, que conocía a la perfección la animadversión que existía entre ambos hombres.

—El conflicto con los birmanos, en la India.

—Déjame adivinar. —Julien colocó su dedo índice junto a la comisura de su boca, como si buscara una respuesta que, evidentemente, ya poseía—. Haggard apoya el envío de más tropas británicas. ¿Me equivoco?

—Ni un poquito.

—Allí ya hay un ejército lo bastante numeroso.

—Exacto.

—Hay hombres que no piensan más que en la guerra. Quizá porque nunca han estado en ninguna.

Ambos miraron en dirección a la silla vacía que, cada vez que se reunían a solas, colocaban junto a ellos. La silla que debería haber ocupado Arthur Chestney.

Julien llenó de nuevo las copas y alzó la suya.

—Por Arthur —dijo, como siempre que se encontraban en una situación similar.

—Por Arthur.

Nicholas se la bebió de un trago.

21

Los jardines que rodeaban la mansión Sedgwick eran tan impresionantes que Madeleine no pudo resistir la tentación de pasear por ellos. Ocupaban una gran extensión, mucho mayor que los de Blackrose Manor, y los trazados geométricos y simétricos quedaban delimitados con floridos parterres. Esa mañana lucía un sol espléndido y ni una sola nube cubría el cielo de Londres. Petunias y rosas brillaban bajo el sol de la mañana, y las margaritas se mecían con la suave brisa, como un mar de pétalos. ¿Cómo resistirse a ello?

Recorrió a solas la zona oeste, cuyas vistas había contemplado desde su ventana, y luego comenzó a rodear el perímetro. En la parte norte había una gran extensión de prado, que imaginó se usaría para jugar al cricket, delimitada por setos bien recortados y algunos árboles. Bajo uno de ellos, junto a unos bancos de piedra, había dos niñeras, una meciendo un carrito de bebé y la otra atenta a un niño y una niña, que parecían estar peleándose por algún juguete. Madeleine supuso que eran hermanos, con toda probabilidad los hijos de Beatrice y Howard.

Se aproximó con una sonrisa y con el recuerdo de Jake y Eliot, ahora adolescentes, revoloteando frente a ella. Los echaba tanto de menos que le dolían todos los huesos del cuerpo, pero se obligó a mantener el gesto amable frente a aquellos desconocidos. El niño fue el primero que se percató de su presencia, y se volvió hacia ella con curiosidad. Tenía el cabello rubio oscuro, igual que Nicholas, y los mismos ojos azules, algo más claros que los de su tío. No había duda de que era un Hancock de la cabeza a los pies. Su hermana debía de haber salido a la familia de Beatrice, con el cabello más claro y los ojos del mismo tono que el cielo.

—Milady —la saludó una de las niñeras con una pequeña reverencia.

—Buenos días —respondió ella.

—¿Quién eres? —preguntó el chiquillo.

—Soy Madeleine, ¿y tú?

—Brendan Hancock —respondió, cambiando su peso de un pie a otro—. Y ella es mi hermana Louise. Ese que está siempre durmiendo es mi primo Henry —añadió, señalando el carrito.

Madeleine sabía que Henry era el hijo de Evelyn y Patrick. Resultaba increíble lo bien informado que podía estar uno si leía la prensa londinense a diario. Desde bodas a defunciones, nacimientos, cumpleaños, presentaciones en sociedad... Casi siempre pasaba por alto las páginas de sociedad, que recorría rápidamente con la vista por si los Sedgwick aparecían en ellas.

—¿Qué haces aquí? —preguntó de nuevo el pequeño, que se ganó un tirón de la chaqueta por parte de su niñera. Le hizo gracia el gesto que hizo para desprenderse del agarre de su cuidadora. No había duda de que el niño poseía carácter, igual que su tío.

—Estos días estoy viviendo aquí. Soy la esposa de tu tío Nicholas.

—¿¿¿La bruja??? —El niño abrió los ojos como si no pudiera contenerlos dentro de sus órbitas.

—¡¡¡Brendan!!! —Las mejillas de la niñera se habían cubierto de un intenso rubor—. Lo siento mucho, milady. No sabe cuánto lo lamento...

—No se preocupe —respondió ella, entre divertida y ofendida—. Los niños solo repiten lo que escuchan de sus mayores.

—Oh, por Dios, no creerá que nosotras... —comenzó la joven, que miró a su compañera con expresión contrita.

—Por supuesto que no —las tranquilizó de inmediato y luego se volvió hacia el pequeño, que continuaba observándola como si se tratase de una aparición—. Y sí, supongo que yo soy la bruja.

—No pareces una bruja —se atrevió a intervenir la niña, que dio un paso adelante—. Eres muy guapa.

—Muchas gracias, Louise, tú también eres preciosa.

—Las brujas son viejas —dijo Brendan, convencido—. Y tienen verrugas en la nariz.

Madeleine se inclinó un poco hacia él, para que pudiera observar su rostro de cerca.

—Hummm, tal vez me haya salido una mientras paseaba por aquí.

El niño soltó una risita y negó con la cabeza, en un gesto que le recordó tanto a Eliot cuando era pequeño que a punto estuvo de darle un abrazo espontáneo.

—Pareces un hada —señaló la pequeña Louise, que acarició la gasa amarillo pálido de su vestido—. ¿Dónde llevas escondidas las alas?

—No puede ser un hada, tonta —le reprochó su hermano—. Mamá dice que...

—¡Brendan! —La niñera volvió a interrumpirle, con una expresión de terror en el rostro—. Creo que es suficiente por hoy. Será mejor que volvamos adentro.

—¡Pero aún es muy pronto! —se quejó el niño, que había olvidado por completo la presencia de Madeleine.

—No es necesario que se marchen —señaló ella, que por nada del mundo había deseado interrumpir el juego de los pequeños—. Solo estaba dando un paseo y creo que ya he recibido bastante sol por hoy.

Les ofreció una sonrisa amable a las niñeras, que parecían mucho más disgustadas que ella misma y luego volvió a inclinarse hacia los niños.

—Ha sido un placer conoceros a ambos —les dijo, con aquella voz suave que había usado en otro tiempo con Jake y Eliot.

Los niños se despidieron y Madeleine se dispuso a volver a la casa. Solo cuando se halló lo bastante lejos, dejó escapar un par de lágrimas que había estado reteniendo.

* * *

Muy lejos de allí, Jake Colton se disponía a subir a su habitación tras la última clase del día cuando un bedel le hizo entrega de una carta. Miró el remite y comprobó que provenía de Madeleine. Apenas se le hacía extraño ya llamarla de ese modo, como ella había propuesto años atrás. Para ellos, en cambio, y sobre todo para Eliot, era casi una madre, la única que habían conocido. Jake apenas guardaba un contorno borroso de la mujer que lo había traído al mundo.

Madeleine Hancock era la mujer que había cuidado de ellos, que les había dado todo el cariño que necesitaron y que velaba por ellos a cada instante. Jake estudiaba en el colegio King Edward's de Birmingham, una de las mejores escuelas de Inglaterra, a poco más de cincuenta millas de Blackrose Manor. Allí se preparaba para entrar en Oxford y convertirse, como el señor Knight, en botánico. El caballero, que los visitaba con cierta frecuencia, se había ofrecido a apadrinarle llegado el momento y Jake no veía la hora de ingresar en aquella institución. Las charlas que mantenían ambos sobre botánica y horticultura formaban parte de los recuerdos más entrañables de su estancia en Herefordshire.

Con la carta en la mano, descendió los escasos peldaños que ya había subido y fue en busca de su hermano Eliot. Ese mismo año había ingresado también en la escuela, aunque residía en otro edificio del campus. Cada vez que uno de los dos recibía carta de Madeleine, se reunían para leerla juntos. Les escribía de forma alterna, una carta a la semana para cada uno, y la llegada de sus noticias era siempre motivo de alegría. Jake se sentía feliz de poder estudiar en aquella escuela tan exclusiva, pero echaba terriblemente de menos su hogar, y especialmente a Madeleine.

Avivó el paso pero se detuvo a mitad de camino, al ver cómo Eliot corría en su dirección, agitando otra carta con la mano alzada. ¡Qué extraño! La última iba también dirigida a Eliot, ahora le tocaba a él. ¿Por qué habría escrito dos? Se le hizo un nudo en el estómago. ¿Serían malas noticias?

Pensó en toda la gente que había dejado atrás, en Blackrose Manor. Todos parecían gozar de buena salud, incluso sir Lawrence, a pesar de su edad avanzada.

Eliot se paró en cuanto llegó a su altura y observó el sobre que él también llevaba en la mano. Alzó las cejas y lo miró, y vio en aquellos ojos la misma preocupación que él debía de reflejar en los suyos propios.

Corrieron hacia uno de los bancos de los jardines y tomaron asiento. Jake echó un vistazo rápido a su hermano quien, a sus doce años, estaba casi tan alto como él, y eso que Jake había dado un buen estirón en los últimos meses y sus espaldas se habían ensanchado. Seguían siendo delgados, pero no desgarbados. Sir Lawrence les había enseñado bien en ese sentido y ambos hermanos se movían con una soltura y una elegancia digna de los aristócratas más refinados.

Una vez que tomaron asiento, abrieron sus respectivos sobres casi con reverencia, leyeron la carta y luego se la intercambiaron. No eran malas noticias, gracias a Dios. Solo... extrañas.

¿Londres? ¿Lord Sedgwick? Madeleine les había explicado a grandes rasgos quién era su esposo, y que vivía en Londres. En los primeros años, aquella historia no dejaba de sorprenderles, no conocían a ningún matrimonio que viviera separado. En la escuela, sin embargo, Jake había tenido la oportunidad de entablar amistad con miembros de la alta burguesía e incluso de la aristocracia, para descubrir que en realidad no era una situación infrecuente. Lo que no lograba entender era por qué, de repente, él la había hecho llamar.

—¿Por qué habrá ido a Londres? —inquirió Eliot, poniendo en palabras los pensamientos de su hermano.

—No lo sé.

—¿Y si se queda a vivir allí para siempre?

—¿Qué? ¡¡¡No!!! ¿Por qué habría de hacer tal cosa?

—Su familia vive allí.

—Nosotros somos su familia, Eliot.

—Ya me entiendes.

—¡Nosotros somos su familia! —insistió Jake.

Eliot inclinó la cabeza, con la mirada vidriosa.

Volvieron a releer sus misivas. En ellas lo único que les decía es que iba a pasar unas semanas en la capital y que Percy Evans iría a buscarles al final del curso para llevarles a casa, donde se reencontrarían en breve. Les recordaba cuánto los añoraba y lo mucho que los quería.

—Volverá pronto —aseguró Jake.

—¿Y si no lo hace?

—Hummm... Si no lo hace iremos a buscarla.

Eliot contempló a su hermano con aquellos ojos castaños tan brillantes y asintió, conforme.

Los hermanos Colton no iban a consentir que nadie les arrebatase a la única madre que habían conocido.

* * *

Madeleine evitó en los días siguientes la zona norte del jardín. No deseaba encontrarse de nuevo con los niños e interrumpir sus juegos, así es que salía por una puerta distinta, la que se encontraba junto a una galería de la planta baja. A pesar de las indicaciones de Beatrice, desde su llegada se había tomado la molestia de ir explorando la mansión a su antojo. Al menos, ahora sabía dónde se encontraba cada dependencia, en especial las más relevantes. El primer día se había perdido por unos pasillos, pero ahora ya era capaz de recorrerla sin tropiezos.

Los criados la saludaban a su paso, pero aún no había coincidido con nadie de la familia. Procuraba realizar sus pesquisas justo después de comer, mientras todos descansaban en sus aposentos, y a la hora del té ya se encontraba de nuevo en sus habitaciones. No podían pretender que se pasase las horas allí metida sin nada que hacer.

Para salir al jardín, en cambio, no tenía reparos. Dudaba mucho que los Sedgwick pasaran mucho tiempo en él y, en caso de hacerlo, usarían una terraza en la parte posterior que había visto después de su encuentro con los niños. Era una zona bien delimitada, con muebles blancos, tumbonas y mesitas para tomar el té, cubiertas con pagodas y sombrillas y rodeadas de vegetación. Un rincón encantador que lamentaba no poder utilizar.

Llevaba un libro en las manos y albergaba la esperanza de

encontrar un lugar cómodo y resguardado en el que pudiera disfrutar de un poco de aire fresco. Ruth no la acompañaba en esta ocasión. A decir verdad, desde que se habían instalado en la mansión, se veían con menos frecuencia que nunca, y no podía culparla. Que ella tuviera que permanecer encerrada en sus habitaciones no era excusa para que su doncella no pudiera disfrutar un poco de la ciudad. Esa mañana había salido a dar un paseo en compañía de una joven criada que tenía unas horas libres. Madeleine había insistido para que aprovechara la oportunidad, aunque le resultaba irónico que su empleada dispusiera de más libertad que ella.

Caminaba junto a los setos cuando escuchó una voz femenina unos metros más adelante. Se quedó inmóvil y aguantó la respiración. ¿Beatrice? Aguzó el oído, pero no parecía su tono de voz. De hecho, sonaba incluso más agrio que el de su cuñada y parecía estar riñendo a alguien. Imaginó que sería el ama de llaves reprendiendo a alguna de las criadas y estuvo a punto de dar media vuelta. Durante unos segundos se quedó allí parada, sin saber muy bien cómo actuar. Finalmente concluyó que no estaba dispuesta a renunciar a su pequeño paseo y lo que sucediera con el servicio tampoco era de su incumbencia. Pasaría junto a ellas lo más rápido que pudiera y continuaría su camino.

La imagen que se presentó ante ella no tenía nada que ver con lo que había supuesto. De hecho, por un momento, no supo muy bien qué estaba viendo. Era una pequeña terraza, parcialmente oculta tras unos arbustos y apenas visible. En ella, una anciana de aspecto frágil y en silla de ruedas estaba sentada frente a una mesa con un plato de comida delante. A su lado, una mujer de gran envergadura y vestida con sobriedad intentaba hacerle llegar la cuchara a la boca. La anciana, con la mirada extraviada, no atendía a las órdenes de la mujer, que parecía haber perdido la paciencia.

Madeleine carraspeó para hacerse notar y la mujer alzó la vista. Su presencia la sobresaltó y su semblante cambió su rictus amargo por uno de forzada amabilidad.

—Milady, no la he oído llegar.

—Lo siento, no pretendía interrumpirles.

La anciana alzó entonces la mirada y sus ojos cobraron vida al fijarse en ella.

—¿Bethany? ¡Qué alegría que hayas venido, querida!

Madeleine miró a la otra mujer.

—Cree que es usted su hija.

—Oh.

—Lady Claire ha perdido un poco la cabeza, milady. No se lo tenga en cuenta.

—¿Lady Claire? —Madeleine la miró de nuevo. Sin duda se trataba de la condesa viuda de Sedgwick, la abuela paterna de Nicholas Hancock.

—¿No quieres sentarte un poco conmigo? —preguntó la anciana, cuyo rostro pareció iluminarse.

—Por supuesto, me quedaré un rato —accedió tras una pausa. Por algún extraño motivo, no quería defraudar a la condesa viuda.

—Soy la señora Edwina Pattel. —La cuidadora se presentó y Madeleine la saludó con un cabeceo. Pese a su aspecto atildado y su gesto casi cordial, le resultaba desagradable.

Tomó una silla y se sentó junto a la anciana, que le cogió la mano enguantada y se la apretó con fuerza.

—Aquí hace demasiado calor —apuntó Madeleine, mirando hacia arriba. El sol daba de pleno en aquel pedazo del jardín. Observó las mejillas coloreadas de la anciana y las gotas de sudor que perlaban su labio superior—. Haga el favor de traer aquí esa sombrilla.

Había señalado hacia un rincón, donde un gran parasol sujeto a una pesada base permanecía cerrado. Edwina la obedeció sin rechistar.

—Mucho mejor así, ¿verdad? —preguntó Madeleine a la anciana, aunque esta parecía haber perdido el momentáneo interés en ella.

—No sé para qué se ha molestado. Ni siquiera se da cuenta del tiempo que hace.

—Tal vez haya perdido la capacidad para expresar sus gustos o sus deseos, pero sin duda percibe el frío o el calor del mismo modo que usted o que yo —respondió Madeleine.

—Si usted lo dice...

Madeleine observó el plato situado frente a la condesa, lleno hasta la mitad con un engrudo de color verdoso que ella no le habría dado ni a los caballos. Contempló su ropa, elegante pero trasnochada, con los puños de la camisa rozados y el cuello amarillento, prueba de que había sido sometido a excesivos lavados. Llevaba el cabello recogido, pero también era evidente que necesitaba un buen lavado, y perfume en demasía, con toda probabilidad para ocultar un olor corporal demasiado intenso que pudo percibir en cuando se inclinó un poco hacia ella.

—¿Hace mucho que cuida de lady Claire? —inquirió, procurando que su desagrado no se trasluciera en su rostro.

—Tres años ya.

—Comprendo. —Hizo una pausa y trató de calibrar a la mujer—. Debe de ser un trabajo poco gratificante.

—No está mal. —Alzó ligeramente los hombros al responder.

«¿No está mal?» ¿Eso había contestado? Aquella anciana, que era ahora poco más que una sombra, había sido antaño una de las mujeres más elegantes y poderosas de la sociedad londinense, cuando Madeleine ni siquiera había nacido. Su madre le había hablado de ella antes de la boda, para que supiera a qué tipo de familia estaba a punto de unirse. Y Madeleine, para qué negarlo, se había sentido casi orgullosa de poder formar parte de aquella leyenda. Por eso verla en ese estado le resultaba tan descorazonador.

—Me temo que ahora he de dejarlas —dijo de pronto. Se incorporó casi de un salto y la anciana pareció reaccionar a su movimiento, porque alzó la vista, aunque no la fijó en ningún lugar en concreto.

Edwina se limitó a hacerle un gesto con la cabeza y volvió a coger la cuchara de la mesa.

—Creo que la sopa se ha enfriado —le dijo Madeleine antes de abandonar el jardín—. Le recomiendo que pida a la cocinera que se la vuelva a calentar.

La mujer alzó una ceja, como si pusiera en duda su autoridad para dar una orden semejante, aunque no hundió la cuchara en el plato. Madeleine supo que, en cuanto desapareciera de su vista, eso sería exactamente lo que haría.

* * *

Entró en el edificio con el pulso alterado y buscó a Miles, el mayordomo, a quien encontró en su despacho, una estancia cerca de la entrada a la zona de los criados. Estaba sumido en unos libros de cuentas, seguramente anotando los gastos de la casa.

—Quisiera ver a lady Beatrice de inmediato.

El hombre se levantó, un tanto azorado.

—Lo siento, milady. Lady Hancock está en sus aposentos, creo que redactando unas cartas.

—Dígale que la espero de inmediato en la salita de recibir.

Madeleine salió de la habitación sin darle lugar a réplica y se dirigió hacia el lugar que había señalado para la cita. No sabía si su cuñada atendería su petición pero, si no era así, estaba dispuesta a llamar a todas las puertas hasta localizar su alcoba.

Cuando acudió, casi media hora más tarde, el ánimo de Madeleine se había serenado, lo que consideró incluso una ventaja. No deseaba perder los nervios con ella.

Beatrice entró en la habitación casi con más altanería que la primera vez, si es que eso era posible. Sus labios apretados formaban una línea casi azulada, que contrastaba aún más sobre su piel pálida. Y aquellos ojos la contemplaban como si no fuese más que un bicho del que había que deshacerse. Madeleine no pensaba rendirse sin hablar primero.

—No sé por qué ha decidido interrumpir la tarea que estaba realizando —empezó diciendo su cuñada—, pero le recuerdo que no tiene ningún derecho a inmiscuirse en la educación de mis hijos.

—¿Sus... hijos? —Madeleine la miró, extrañada.

Así es que era eso. Beatrice pensaba que la había hecho llamar para afearle la conducta de Brendan, que la había llamado bruja días atrás delante de las niñeras, y venía poco dispuesta a disculparse por ello. De hecho, la sensación parecía ser la opuesta. Acudía preparada para enfrentarse a ella.

—La falta de modales de su hijo no es el motivo por el que la he hecho llamar —la informó. Las mejillas de Beatrice se pusieron del color de las cerezas y Madeleine continuó antes de que pudiera replicar—. Me preocupa lady Claire. No creo que su cuidadora sea la persona más indicada para ocuparse de ella.

—Oh, vaya, ¿y qué le hace suponer tal cosa?

—Acabo de verlas en el jardín. Me temo que lady Claire no recibe las atenciones que merece.

—¿Cuánto lleva aquí? ¿Cuatro días? ¿Cinco? —preguntó, burlona—. ¿Y ya se cree con el derecho de poner en entredicho a los empleados de la casa?

—Dígame, lady Beatrice, ¿cuánto tiempo hace que no ve usted a la condesa viuda?

—La veo lo suficiente.

—Entonces se habrá percatado del mal estado de su ropa, y de la falta de higiene, y del modo en que esa mujer le habla o la comida que le sirve.

—Lady Claire no sale nunca de casa, ¿para qué necesita ropa nueva? —Beatrice tenía respuestas para todo—. La comida se elabora siguiendo un menú preparado por su médico, y su cuidadora es una mujer fuerte y competente. Usted no tiene ni idea de lo que supone atender a una persona en ese estado.

—Tal vez no, en eso estamos de acuerdo —reconoció—, pero insisto en que esa mujer no está haciendo bien su trabajo. Hoy la tenía bajo el sol, quemándose la piel, y ni siquiera le había llevado una sombrilla.

—Un poco de sol, a su edad, no hace daño.

—¿Un poco de sol? —soltó Madeleine, incrédula.

—No crea que ignoro que ha estado vagando por la mansión, e incluso saliendo al jardín cada vez que le apetece —le espetó su cuñada en tono mordaz—. Se lo he consentido porque su comportamiento ha sido, hasta la fecha, bastante inocuo, pero no piense que le voy a permitir que comience a manejar esta casa como si le perteneciera, porque jamás ha tenido ese derecho. ¿Me ha entendido?

Madeleine no contestó. Se limitó a sostenerle la mirada, mientras sentía su pecho llamear de furia.

Sin pronunciar una sola palabra, abandonó la estancia dando un portazo.

22

Nicholas aún no se explicaba por qué se había ofrecido a acompañar a Madeleine al museo. No lograba comprender cómo había sido capaz de olvidar todo el dolor que aquella mujer le había causado en el pasado y mostrarse incluso amable, tan amable como para llevarla a un lugar en el que ella deseaba estar. Como si a él le importase un ardite el interés que pudiera tener en ese o en cualquier otro asunto. Como si no tuviera mejores cosas que hacer que perder una mañana entera en su compañía, dejando de lado tareas mucho más importantes.

Pensó en Morgan Haggard, conde de Easton, siempre tan meticuloso y embebido en los asuntos del Imperio que le costaba imaginárselo en una situación similar a la que él vivía en esos instantes, encerrado en un carruaje con esa mujer tan estirada y callada como una de esas estatuas que no tardarían en contemplar. No, Haggard jamás se habría dejado seducir por su indudable encanto y, desde luego, jamás habría sucumbido a sus malas artes.

Esa línea de pensamiento lo puso de mal humor, de peor humor, para ser más precisos, porque nada más despertarse y recordar lo que debía hacer en las siguientes horas ya le había agriado el talante. Se había mostrado huraño en el desayuno y hasta su hermano Howard se había atrevido a bromear sobre el asunto.

Y ahí estaban ahora, llegando a su destino en Great Russell Street. El edificio original, construido en el siglo anterior, había sufrido algunas ampliaciones para albergar la cada vez más extensa colección de obras de arte. A Nicholas le parecía que no era lo bastante grande para todo lo que contenía —sabía de buena tinta que en los sótanos se guardaban incontables objetos ante la falta de espacio para exponerlos— pero el conjunto arquitectónico poseía cierto encanto. Bajó primero del carruaje y le tendió una mano a Madeleine, que retiró en cuanto ella puso el pie en el suelo. Mientras se dirigían hacia la entrada, dos puertas dobles de hierro forjado, procuró guardar cierta distancia con ella, no deseaba sentir el roce de su vestido ni el aroma a violetas de su pelo inundando sus fosas nasales.

Habían acordado previamente que solo visitarían la zona dedicada a la Antigüedad, Nicholas no podía permitirse más tiempo, y ella se había mostrado conforme. Ni siquiera había intentado disuadirlo y él esperaba que, una vez allí, no lo manipulara para romper ese compromiso. En cuanto entraron en la zona dedicada al Antiguo Egipto, todas sus sospechas se evaporaron. Madeleine abrió los ojos como si se hallara ante una de las siete maravillas del mundo y se quedó detenida en mitad de la sala, frente al gigantesco busto de granito de Ramsés II. Casi habría jurado que sus ojos se empañaban, aunque los reflejos del sol que entraba por las ventanas podían haberle jugado una mala pasada.

—Es... magnífico —susurró ella, a nadie en particular.

—Sin duda alguna.

—¿Ya lo habías visto? —Giró la cabeza en su dirección y hasta él llegó la fragancia de su cabello.

—Hace unos años, cuando el museo lo adquirió junto a muchos otros objetos de la colección de Henry Salt —contestó, un tanto seco.

—¡Qué personaje tan interesante! ¿No te lo parece? Diplomático, pintor, naturalista...

—¿Conoces a Salt?

—No en persona, por supuesto, aunque leí un reportaje sobre él en *The London Magazine*.

—Sí, no hay duda de que es un hombre peculiar y un gran amante de todo lo relacionado con Egipto.

Madeleine comenzó a ir de un lugar a otro, observándolo todo con atención, y Nicholas se dio cuenta de que había olvidado por completo que él estaba allí. Admiró unos papiros, que a él le parecieron escritos por unos niños dada la profusión de dibujos y formas extrañas. Luego unos recipientes de cerámica y de ahí pasó a unos anaqueles llenos de pequeñas joyas. Nicholas había visitado ese museo en una ocasión anterior, como le había comentado a Madeleine, y nunca había visto a nadie prestar tanto interés por los objetos expuestos. La mayoría de la gente ni siquiera sabía qué estaba mirando, ni mostraba disposición alguna a averiguarlo.

Por fin llegaron frente a la piedra Rosetta, un pesado bloque de granito grabado y apoyado sobre un soporte metálico. Entonces Madeleine hizo algo que lo dejó momentáneamente sin palabras. Se quitó uno de los guantes y, con sus delicados dedos, recorrió los símbolos grabados como si acariciara las alas de una mariposa. Nicholas miró la piedra y, aunque a él no le parecía nada del otro mundo, sí pensó si no sería conveniente protegerla de algún modo, para que los visitantes no tuvieran la oportunidad de tocarla como estaba haciendo su esposa. A saber qué daño le podrían causar a un objeto como aquel. Lo que le pareció una excelente idea se murió en su cerebro cuando volvió a contemplar a Madeleine y, esta vez sí, vio una lágrima deslizarse por su mejilla, con la misma delicadeza con la que ella acariciaba aquel pedazo de roca. Carraspeó, nervioso, y ella despertó de aquella especie de trance en el que se hallaba sumergida. De repente la garganta se le secó y un desasosiego cuyo origen no logró identificar se le instaló en la boca del estómago.

—Lo lamento —se disculpó ella—. He perdido la noción del tiempo.

—No... —carraspeó otra vez—. No pasa nada.

—Seguro que tendrás cosas más importantes que hacer que estar aquí conmigo.

Nicholas no contestó, se limitó a hacer una mueca como única respuesta. Le habría gustado decirle que sí, que por supuesto tenía cosas más urgentes y trascendentes que hacer, pero también debería haber incluido una nota al pie que dijera que estar allí con ella, en ese preciso instante, había sido uno de los momentos más especiales de toda la semana.

—Ya podemos marcharnos entonces —señaló ella, malinterpretando a medias su gesto—. No quisiera robarte más tiempo.

—Aún disponemos de unos minutos.

—Ya he visto lo que deseaba. Podemos irnos cuando quieras.

Nicholas asintió, un tanto desilusionado. Volver a sus quehaceres y a sus discusiones con Morgan Haggard se le antojó un plan mucho menos interesante, cosa que no pensaba decirle a ella por nada del mundo.

—¿De dónde proviene ese interés por la cultura egipcia? —le preguntó mientras desandaban el camino.

—De mi padre. Cuando era niña me hablaba sobre los antiguos faraones, sobre las pirámides y sobre el Nilo.

—Curiosas historias para narrarle a una niña.

—Las prefería mil veces a los cuentos que me contaba mi niñera, créeme.

Nicholas le lanzó una mirada extrañada, aunque ella estaba demasiado concentrada recorriéndolo todo con la vista, como si no quisiera perderse nada antes de abandonar aquel lugar. Madeleine Hancock era una mujer peculiar.

—Podemos volver en otra ocasión, si lo deseas —se ofreció él, sin saber de dónde provenía aquella nueva muestra de amabilidad. Ella se mostró sorprendida—. Solo hemos visto una pequeña parte del museo.

—Puedo venir sola, con mi doncella.

—Ya hemos hablado de eso.

Vio cómo ella hacía un mohín y se callaba la respuesta que, estaba convencido, pugnaba por salir de su boca. Esa faceta sumisa no terminaba de encajar con la nueva imagen que se estaba formando de ella. No hacía ni una semana que se había enfrentado a él y que le había exigido moverse con libertad por la ciudad. Recordaba su arrebato y la furia que llameaba en sus ojos, que adquirieron un tono verde intenso. La sospecha de que pudiera estar manipulándole de nuevo se cernió sobre su ánimo.

Nicholas odiaba la sensación de arenas movedizas sobre las que se balanceaba. Siempre se había jactado de conocer a sus enemigos y de intuir prácticamente a la perfección qué camino iban a escoger o qué decisión iban a tomar. Pero aquella mujer era un enigma, y Nicholas Hancock aborrecía los enigmas. Casi tanto como las sorpresas. Le hacían sentir en desventaja, incómodo, inseguro.

En sus relaciones con las mujeres sabía cómo debía comportarse, cuándo retirarse a tiempo o cuándo era el momento de ofrecer un obsequio o un beso. Se adelantaba a sus deseos o adoptaba cierta apatía si la dama en cuestión se mostraba abrumada por sus atenciones. Le gustaba mantener el control y conocer en todo momento dónde estaban los límites. Con Madeleine Hancock todo era distinto y desconcertante. Ya lo había sido una vez, más de una década atrás, y en ese momento la sensación era más acusada.

En el carruaje, de vuelta a la mansión Sedgwick, llegó a la conclusión de que había cometido un grave error al hacerla venir a Londres con tanta antelación. Decidió que hablaría con su cuñada para que la llevara a la modista, le tomaran medidas y pudiera regresar a Herefordshire. Con que regresara un par de días antes de la fiesta para confraternizar un poco con los miembros de la familia sería suficiente. Para entonces su vestido estaría listo, con tiempo suficiente si debía hacerse algún retoque.

Sí, eso sería lo mejor. Ahora tenía que encontrar el modo de decírselo sin que se ofendiera. No deseaba tener que regresar a buscarla otra vez a Blackrose Manor.

* * *

En Falmouth, sir Lawrence extrañaba a Madeleine, y añoraba a los muchachos. Por fortuna, estos no tardarían en regresar para las vacaciones de verano, pero no sabía cuándo volvería ella.

En los últimos años se habían convertido prácticamente en una familia y no podía dejar de lamentar que eso hubiera ocurrido en la recta final de su vida. Siempre había sido un hombre con tendencia a la melancolía, un solitario que disfrutaba de sus pequeños placeres y que se mantenía discretamente al margen de cualquier lazo afectivo que pudiera rozarle.

Había echado mucho de menos a su familia, y en especial a su esposa, en los primeros tiempos, pero luego se había acostumbrado a su soledad y había llegado a acostumbrarse tanto a ella que incluso le resultaba molesto recibir invitaciones a eventos que no le despertaban ningún interés. Se esforzaba en acudir a alguno de ellos, incluso sin ganas, porque tampoco aspiraba a convertirse en un ermitaño, pero regresaba a su hogar en cuanto consideraba que había cumplido con las normas básicas de cortesía.

Pero con Madeleine y los chicos todo era distinto, todo había sido distinto desde el inicio. Tal vez porque él ya comenzaba a sentirse mayor y a echar de menos cosas que nunca había tenido, como hijos o nietos. No lamentaba en absoluto todos los cambios que esas personas habían llevado a su vida y, cuando echaba la vista atrás, recordaba los años transcurridos hasta entonces como una nebulosa grisácea y sin forma.

Le encantaban las charlas semanales con Madeleine, las reuniones para hablar de negocios, las cenas familiares con los chicos o las pequeñas escapadas por la zona. De hecho, había sido él quien los había acompañado al King Edward's para matricular primero a Jake y luego a Eliot. El director había supuesto que él era el abuelo de los muchachos y sir Lawrence no lo había sacado de su error. Lo más curioso, sin embargo, fue que ellos tampoco lo hicieron, como si aquel papel le correspondiera por derecho propio aunque no compartieran apellido.

Cada semana sin falta recibía carta de Jake y Eliot. El primero se extendía y le narraba todos los detalles de su vida en la escuela, desde las clases a los compañeros, la comida o los deportes. Eliot era mucho más escueto, un par de párrafos a lo sumo en los que condensaba toda la información que consideraba relevante. Era su primer año lejos de Blackrose Manor, y posiblemente aún no había encontrado su sitio. Recibir aquellas cartas suponía la diferencia entre un buen día y una jornada magnífica, y no le daba apuro reconocerlo.

Esa mañana, sin embargo, la carta que llegó con el correo provenía de Londres y reconoció la letra de inmediato. La abrió con cierto nerviosismo, rasgando el sobre y, con él, un pedazo del papel que contenía. Se maldijo y se obligó a conservar la calma. Conocía las circunstancias en las que Madeleine había viajado a la ciudad y ansiaba saber si se encontraba bien, si aquel energúmeno que tenía por esposo la trataba con respeto. En caso contrario, no le costaría ningún trabajo desempolvar sus pistolas de duelo, aunque fuese lo último que hiciese en la vida.

En cuanto leyó las primeras líneas respiró tranquilo. El tono era relajado y la información que contenía, bastante inocua. Le hablaba de algunos miembros de su familia política, aunque solo del género femenino, y de un par de salidas que había hecho por la ciudad. Le alegró comprobar que, al fin, había podido contemplar la piedra Rosetta, y le conmovió el modo en el que ella le narró todas las sensaciones que aquella visita le había causado. Se regocijó al descubrir que había sido el propio conde de Sedgwick quien la acompañara ese día.

Al parecer no había efectuado más salidas, un hecho que le resultó harto extraño. Justo el día antes de su partida le había estado explicando todos los lugares que quería visitar, una lista que a él se le antojó inabarcable. Aunque, claro está, ella era joven y estaba llena de vitalidad y energía.

Cerró la carta con cierta desazón, intuyendo que Madeleine no le había explicado todos los pormenores de su estancia en la ciudad. Sin detenerse a pensar, tomó papel y pluma y comenzó a redactar su respuesta.

*　*　*

Desde que aquella mujer había llegado a la casa, Beatrice Hancock no se sentía cómoda en los que consideraba sus dominios. Su esposo Howard le había contado, poco antes de casarse, la historia del matrimonio de su hermano Nicholas y a ella le había parecido escandaloso el modo en que aquella aprovechada había logrado uno de los títulos más codiciados por las jóvenes de la alta sociedad. Beatrice no habría podido aspirar a ese puesto, solo era la hija de un vizconde de modesta fortuna, pero estaba convencida de que Nicholas merecía a alguien mejor, alguien que estuviera a su altura y que fuera la perfecta condesa de Sedgwick.

Por todo ello, no le desagradaba el papel que se veía obligada a interpretar con Madeleine Hancock, recordándole quién mandaba en la mansión y cuáles eran sus obligaciones. Había optado por un poco de manga ancha, como bien había reconocido ante ella, y había lamentado que su hijo Brendan la hubiera insultado delante de las criadas, aunque en su fuero interno pensaba que se lo tenía merecido.

Esa mañana, Nicholas la había puesto al corriente de sus nuevas intenciones con respecto a Madeleine y acudió a la alcoba que le había asignado al final de uno de los pasillos secundarios, una de las estancias más modestas de la casa. Al principio estuvo convencida de que se negaría a ocuparla y que exigiría algo más acorde a su estatus social pero, para su sorpresa, no emitió queja alguna. Ya llevaba más de una semana allí y parecía conforme con las disposiciones que se habían tomado.

Dio un par de golpes en la puerta y la doncella, la señorita Foster, le abrió la puerta. Vio a Madeleine sentada junto a la ventana con un libro entre las manos. Había varios ejemplares por la habitación: un par encima de la cama, otros dos sobre la repisa de la chimenea, y algunos más formando una columna desigual sobre el secreter de caoba. ¿Para qué necesitaba tantos libros? ¿Qué esperaba encontrar en ellos?

—Necesito hablar unos momentos con lady Sedgwick —le dijo a la doncella, que se retiró obediente tras hacer una pequeña reverencia.

Solo entonces la mujer se levantó. Durante unos breves instantes, Beatrice no pudo dejar de contemplar su belleza serena, el óvalo perfecto de su cara, aquellos ojos verdosos y llenos de vida y el cabello castaño y brillante recogido en un gracioso moño. Reparó en un par de rizos que su doncella había dejado sueltos y que enmarcaban su rostro sin mácula y no pudo evitar una pizca de envidia. Beatrice no se consideraba una mujer poco agraciada, aunque sí un tanto insulsa. No tenía la fortuna de contar con ningún rasgo memorable, ni siquiera con una pizca de ese magnetismo que parecía rodear a aquella advenediza que aguardaba paciente sus palabras.

—Mañana iremos a la modista para que le tome medidas —le

informó, con un tono de voz tan neutral que hasta a ella se le hizo arena en la boca.

—Te lo agradezco, Beatrice, pero no es necesario. —Odiaba que la tuteara, como si fuesen familia, pero tampoco tenía ganas de montar una escena por algo tan baladí. En unos días se habría marchado de allí y, tras la fiesta con el rey, no volverían a verse. Con suerte, jamás.

—Es consciente de que el rey de Inglaterra estará presente en el evento al que debe asistir, ¿verdad?

—Por supuesto. Es la única razón por la que estoy aquí. —Beatrice creyó detectar un suspiro tras esa frase.

—Necesitará un vestido acorde a la ocasión.

—Ya lo tengo.

—Un vestido nuevo —puntualizó, con cierto deje impaciente en la voz.

—¿Acaso piensas que acudiría a un acto de esa magnitud con un vestido usado?

—No sé lo que haría o dejaría de hacer —señaló—. No la conozco.

—No por falta de oportunidad.

—En efecto.

—Soy muy consciente de la moda que se luce en Londres y mi vestido estará a la altura.

—Permítame que lo dude.

—Llevo ya unos días aquí y has tenido la oportunidad de observar varias de las prendas que he utilizado. ¿Consideras que son dignas de alguien de mi posición?

Beatrice contempló la pieza que lucía ese día, un vestido verde pálido con un lazo en un tono más oscuro y un ribete de pequeñas florecillas en el mismo color que adornaban el cuello y el borde de las mangas. La confección parecía de primera calidad, igual que las telas. Lo mismo que los otros que ya le había visto usar.

—No tengo queja al respecto —se limitó a decir, sin hacer ninguna concesión—. Pero pasear por aquí no es lo mismo que asistir a un evento de esas características. Lo más sensato es acudir a alguna profesional.

—Ya tengo modista, Beatrice.

—¿En Londres?

—¿Es necesario ser londinense para hacer un trabajo de calidad? —Alzó una ceja y Beatrice se mordió los carrillos. No le gustaba aquel tono prepotente que usaba para dirigirse a ella.

—Supongo que no, pero hay que conocer las últimas tendencias en cuanto a moda.

—Mi modista está al corriente.

—Saldremos a las diez. Le ruego que sea puntual. —Beatrice se estaba cansando de aquel diálogo que no conducía a lugar alguno.

—Eres muy amable —empleó el mismo tono que ella usaría para hablar con sus hijos, y le resultó ofensivo—, pero te repito que no es necesario.

Beatrice le sostuvo la mirada, con unas ganas tremendas de soltarle una reprimenda, como haría con cualquiera de las criadas de la casa.

—Ahora ya puedes ir a contárselo a Nicholas —añadió Madeleine, que volvió a ocupar el sillón frente a la ventana y retomó la lectura.

—Es usted insufrible —le espetó con rabia. Sentía las palabras borbotear en su garganta, buscando una salida, un modo de herir a aquella arribista que la ignoraba por completo, pero no se permitió pronunciar ninguna. Si de algo se jactaba Beatrice Hancock era de ser una mujer con un férreo control sobre sus emociones, y no iba a permitir que la vencieran en su propio terreno.

Con las mandíbulas tan apretadas que oyó rechinar sus dientes, se dio la vuelta y salió del cuarto.

23

William Wilberforce no tenía buen aspecto. Eso fue lo primero que pensó Nicholas cuando entró en su despacho, en el área de la Cámara de los Comunes. A sus sesenta y cinco años había perdido parte de la energía que tanto le había caracterizado en los últimos treinta años, cuando se había convertido en el adalid del abolicionismo. Ahora, con el cabello prácticamente blanco y la espalda encorvada, aún parecía más menudo que su escaso metro sesenta de estatura. Observó la figura enjuta del político y sonrió al comprobar que sus costumbres no habían variado en exceso. Continuaba llevando los bolsillos abultados, con toda probabilidad con libros, papeles y recado de escribir. Por fortuna, sus trajes siempre eran de color negro, para evitar que las manchas de tinta destacasen sobre la tela.

Aunque Wilberforce y los suyos habían obtenido una gran victoria con la abolición de la trata de esclavos en 1807, la cuestión aún continuaba sobre la mesa. Habían creído, erróneamente, que el fin del comercio llevaría aparejado indefectiblemente el fin de la esclavitud, pero, casi veinte años después, la situación seguía siendo la misma. La trata, ahora, se llevaba a cabo de manera solapada y barcos de varias nacionalidades continuaban surcando los mares con sus cargas humanas en las bodegas, con destino a las plantaciones de azúcar, cacao o café de las colonias españolas o portuguesas.

Cada año, Wilberforce volvía a sacar el tema en las sesiones parlamentarias para intentar conseguir una ley que liberara por fin a los miles de esclavos de las colonias británicas, con la esperanza de que el resto de los países los imitaran, y cada año su proyecto se quedaba en nada. Aún había demasiados intereses ligados a las plantaciones de Jamaica, Bahamas o Barbados, entre otras islas del mar Caribe. Muchos de los miembros de la Cámara de los Lores poseían tierras allí, y muchos otros dependían económicamente de ellas. Nicholas había sido uno de esos hombres. O, mejor dicho, su familia lo había sido. Tenía constancia de que tanto su abuelo como su bisabuelo habían adquirido extensas plantaciones y que no le habían hecho ascos al tráfico de seres humanos, como tantos hombres de su tiempo. Su propio padre se había opuesto a la ley de 1807, en la creencia de que la falta de ese comercio tan lucrativo sería un desastre para la economía británica.

No había sido así, por supuesto. Los comerciantes habían terminado hallando otras materias para el comercio que, a la larga, habían resultado incluso más fructíferas: sal, marfil, oro, especias, aceite de palma... Cuando Nicholas heredó el título, descubrió que aún era poseedor de esas plantaciones, pero no fue hasta que escuchó uno de los discursos de Wilberforce cuando se dio cuenta de lo que suponía realmente la esclavitud. Había acudido a la Cámara de los Comunes más por curiosidad que por otra cosa. La fama de orador de Wilberforce era legendaria y él, como muchos otros, quedó subyugado por su voz clara y fuerte y, sobre todo, por el mensaje de sus palabras.

Se entrevistó con él y habló con Thomas Clarkson, solo un año menor que Wilberforce y uno de los primeros hombres que había iniciado la lucha por la abolición. Los testimonios que habían logrado reunir durante años le pusieron los pelos de punta y, aquella misma noche, con el peso de la sangre de tantos seres humanos en la conciencia, redactó un documento en el que los liberaba por completo y luego vendió las tierras. Desde entonces, trabajaba discretamente con ambos para obtener más apoyos para la causa, aunque la tarea era harto complicada.

—Estoy preparando mi discurso para el mes que viene —le dijo Wilberforce, después de indicarle que tomara asiento.

—¿Hablará de los españoles? —preguntó Nicholas. España había firmado un acuerdo con Gran Bretaña unos años atrás en el que aceptaba abandonar también el tráfico de esclavos, pero habían ido prorrogando la fecha de la entrada en vigor de forma unilateral. Los barcos británicos encargados de vigilar ese tráfico no daban abasto para detenerlo.

—Estoy pensando en ello, sí. Si los españoles se avinieran a respetar ese documento, tal vez los portugueses acabarían también aceptándolo.

Nicholas lo dudada mucho, pero por algún sitio había que comenzar.

—Tal vez podría venir una de estas noches a cenar a casa y podríamos charlar sobre ello —siguió Wilberforce.

Nicholas no supo cómo negarse. Todo el mundo conocía la extrema generosidad del político, que mantenía a sus criados independientemente de su edad o estado de salud. Viejos, cojos, sordos... incluso ciegos seguían a su servicio, un pulular de personas que se movían con extrema lentitud, inundaban los pasillos y atendían a los invitados con tan poco tino que uno podía pasarse horas allí solo para tomar una taza de té.

—¿Qué tal sigue Clarkson? —preguntó, deseoso de cambiar de tema.

—De nuevo recorriendo los caminos para concienciar a la población —contestó su compañero—. Ya no tiene edad para esos menesteres, si me permite mencionarlo, ni vista tampoco.

—Seguro que hará un trabajo excelente.

—Hace treinta años su labor fue crucial para elaborar nuestra estrategia. No solo obtuvo multitud de testimonios sobre cómo era en realidad el tráfico de esclavos, también consiguió movilizar a miles de personas en contra de la esclavitud e incluso logró que se negaran a consumir azúcar.

Nicholas conocía aquella historia, Wilberforce se la había contado en más de una ocasión, pero no pensaba interrumpirle.

—Aunque los caminos en la actualidad estarán sin duda en mejores condiciones —prosiguió—, ya no es el joven de entonces. En fin, confiemos en que culmine con éxito su misión.

Wilberforce hizo una pausa y se sirvió una taza de té que, a esas alturas, estaría frío. Ofreció una taza a Nicholas, que la rechazó con un gesto.

—¿Ha logrado hablar con Gladstone? —le preguntó tras volver a tomar asiento.

Sir John Gladstone era un parlamentario de origen escocés poseedor de varias plantaciones esclavistas en Jamaica y Demerara. Unos meses atrás, había sufrido en esta última una revuelta que había sido brutalmente sofocada por el ejército y la milicia. Un joven misionero protestante, John Smith, había sido detenido, encarcelado y acusado de promover la rebelión, y había muerto en prisión antes de recibir el indulto real. La noticia, que se había conocido hacía solo unas semanas, había indignado a la opinión pública, pero Gladstone insistía en que sus esclavos trabajaban en las mejores condiciones posibles, y que tenían a su disposición desde escuelas a servicios médicos. Nicholas había intentado tantearle, pero el escocés era como una roca, inamovible e igual de rígido.

El miedo al creciente número de negros en las plantaciones había llevado a algunos propietarios a replantearse su posición con respecto a una ley abolicionista, aunque aún de manera tibia. Era evidente que Gladstone no formaba parte de ese grupo.

—Jamás votará a favor de la abolición —aseguró Nicholas.

—¿Ni siquiera tras lo ocurrido en su plantación?

—Ni siquiera así. No tiene miedo a los esclavos y cuenta con recursos suficientes como para contrarrestar cualquier conato de rebelión.

Wilberforce se reclinó hacia atrás y Nicholas estuvo a punto de incorporarse para tomar la taza, que se mantenía en precario equilibrio sobre el platillo que sostenía entre los dedos laxos. Su frente surcada de arrugas se plegó aún más sobre sí misma.

—Estoy cansado, Hancock.

—¿Quiere que llame a un coche para que lo lleve a casa?

—Me temo que mi cansancio no se curará con unas cuantas horas de descanso, pero le quedo agradecido.

Nicholas asintió. Que Wilberforce estaba agotado era algo que saltaba a la vista. Se preguntó cuánto tiempo se sostendría la causa si el hombre que se había convertido en su voz decidía abandonarla.

* * *

—¿No se aburre en Herefordshire? —preguntó Evelyn.

Esa mañana habían vuelto a salir y Ruth Foster las acompañaba. Las tres mujeres ocupaban una pequeña mesa de hierro forjado en uno de los muchos jardines de té que había diseminados por todo Londres, donde las damas de la alta sociedad se dejaban ver y charlaban unas con otras. A Madeleine no le parecía una buena idea, pero la joven había insistido y había acabado accediendo. Habían charlado sobre el tiempo y sobre moda, temas insustanciales e inofensivos que no comprometían a ninguna de las dos. Madeleine le había preguntado por su hijo Henry, de solo unos meses de edad, y la había visto iluminarse al hablar de él. A ella le habría encantado participar en aquella conversación y hablarle de «sus niños», aunque sabía que no era apropiado. Luego se habían quedado calladas unos instantes y entonces le había hecho aquella pregunta tan directa y personal.

—En realidad no —contestó—. Siempre hay mucho que hacer.

—¿Mucho que hacer? En fin... no creo que disfrute de la posibilidad de asistir a muchas veladas interesantes.

—Cierto. No se celebran muchas fiestas en Hereford, pero la propiedad me mantiene ocupada.

—Para eso cuenta con un administrador, ¿verdad?

—Sí, claro. —La imagen de Percy Evans acudió a su mente—. Y uno muy bueno, a decir verdad. Pero me gusta estar al tanto de las necesidades de mis arrendatarios.

—Oh, ¿se ve obligada a tratar con ellos?

—De hecho, es uno de los pequeños placeres de mi estancia allí. —Resultaba un suplicio no poder expresarse con libertad sobre aquel aspecto de su vida. Observó a la joven, que la miraba con una expresión casi compasiva, y se apresuró a continuar—: El resto del tiempo lo dedico a bordar, a leer o a cuidar del jardín.

Ruth Foster carraspeó y Madeleine se aguantó las ganas de lanzarle una mirada de advertencia, que no habría podido ocultar a Evelyn. Era evidente que a su doncella le divertía el modo en que disfrazaba la verdad a su cuñada. Tal vez, en otras circunstancias, a ella también le habría parecido gracioso, pero, cuanto menos supieran los Sedgwick sobre su vida en Herefordshire, mejor para todos.

—Oh, qué agradable sorpresa. —Una voz aguda interrumpió la charla de ambas.

Madeleine giró la cabeza y se encontró ante una dama de cierta edad y atractivo, con un vestido de mañana en tono burdeos que era una preciosidad. Junto a ella, una mujer de su misma edad y tan similar a ella que era evidente que se trataba de su hermana.

—¡Lady Penrose! —Evelyn se levantó y la saludó—. Es una alegría verla de nuevo. Lady Staford, está usted encantadora —añadió, dirigiéndose a su acompañante.

—Querida, hacía meses que no la veía. ¿Qué tal está su pequeño?

—Oh, estupendamente. Es muy amable por preguntar.

La dama quiso saber a continuación sobre casi todos los miembros de la familia, dirigiendo miradas elocuentes en su dirección, a la espera de que Evelyn hiciera las presentaciones oportunas.

—Veo que disfruta de una excelente compañía —dijo al fin lady Penrose, viendo que esa presentación no se producía.

Madeleine sintió el azoramiento de Evelyn y se levantó también. La vio titubear, sin saber muy bien cómo introducirla, así es que se le adelantó.

—Madeleine Radford, una amiga de la familia.

—¿Radford? —La dama la miró, inquisitiva—. Me suena ese apellido.

—Es poco probable —contestó ella—, no vengo a Londres con mucha frecuencia.

—Oh, querida, pues debería usted hacerlo.

La dama le presentó a lady Staford, cuya voz tímida contrastaba con la estridencia de su hermana, y luego continuó parloteando. Era evidente que la presencia de Madeleine había despertado la curiosidad de la dama y que Evelyn no sabía cómo lidiar con sus preguntas capciosas.

—Le ruego nos disculpe, lady Penrose —dijo Madeleine, tomando a Evelyn del brazo—. Se nos hace tarde y debemos marcharnos ya.

—Oh, sí, por supuesto. También nosotras tenemos cosas que hacer —repuso la mujer, no muy satisfecha con la escasa información que había podido sonsacarles—. Tal vez coincidamos en otra ocasión.

—Será un verdadero placer, milady. —Madeleine inclinó ligeramente la cabeza y tiró un poco del brazo de su cuñada, que se puso en movimiento.

Seguidas a poca distancia por Ruth, se alejaron del jardín de té.

—Ha sido una mala idea venir aquí —susurró Evelyn.

—Sí, yo también lo creo.

—¿Por qué no ha usado su título? —inquirió, y le lanzó una mirada de reojo—. Es la condesa de Sedgwick.

—A Nicholas no le habría gustado.

—Probablemente no, pero no sé si mentir ha sido la solución más acertada.

—Madeleine Radford es mi nombre de soltera. En realidad, tampoco ha sido una mentira.

Evelyn se mordió el labio inferior, como si valorara aquella nueva posibilidad, pero no añadió nada más.

Madeleine sabía que Nicholas sería debidamente informado del suceso y temía su reacción. Hasta el momento, se había mostrado sumisa y obediente, al menos todo lo que su temperamento le permitía. No deseaba atraer de nuevo la enemistad de aquel hombre. Nicholas Hancock era la única persona en toda Inglaterra que podría impedirle regresar a casa y no pensaba darle motivos para hacerlo.

* * *

—¿Te encuentras bien, querida? —Patrick se inclinó hacia su esposa, sentada a su derecha.

Evelyn apenas había probado la cena, distraída con sus pensamientos. Alzó la mirada de su plato y vio que todos la observaban, especialmente su cuñado Nicholas, sentado como siempre a la cabecera de la mesa.

—Eh, sí, sí. No ocurre nada. —Colocó su mano sobre la de su esposo para tranquilizarle y le dedicó una sonrisa afectuosa.

—¿Ha sucedido algo hoy que debamos saber? —Beatrice, sentada justo frente a ella, parecía saber siempre lo que pasaba por su cabeza.

Evelyn le lanzó una mirada y luego volvió la vista de nuevo a Nicholas, que en ese instante bebía un sorbo de su copa de vino. Sus ojos, siempre tan expresivos, se entrecerraron un poco.

—¿Evelyn?

—Nos encontramos con lady Penrose y lady Staford —confesó al fin.

—Pero... ¿cómo? —Los ojos de Beatrice se clavaron en ella.

—Fuimos a un jardín de té.

—¿Pero a quién se le ocurre, criatura?

—Yo la convencí. La verdad es que ella no deseaba acompañarme, pero no me apetecía pasarme la mañana mirando libros viejos.

—La Biblioteca Británica es un lugar digno de ver —apuntó Patrick, y Evelyn le lanzó una mirada de reproche.

—Quizá deberías haber sido tú su acompañante entonces, *querido*.

—Yo solo... —trató de disculparse Patrick. Estaba siendo injusta con él, lo sabía, igual que sabía que él la adoraba y que haría cualquier cosa que ella le pidiera.

—Estoy cansada de esta situación —musitó al fin.

—Oh, vamos, si solo has salido un par de veces con ella —apuntó Beatrice.

—Eso son dos veces más que tú, Beatrice —apostilló la joven, ante la sorpresa de todos, incluida ella misma. Siempre se comportaba de forma muy respetuosa con la familia de su esposo, al menos hasta esa noche.

—Veo que esa mujer te ha inculcado su falta de modales —contraatacó su cuñada.

—Sus modales son exquisitos y, si se me permite decirlo, su paciencia también.

—¿Qué quieres decir con eso?

Evelyn los miró a todos, de uno en uno.

—¿De verdad os parece normal que esa mujer, que por si lo habéis olvidado es la actual condesa de Sedgwick, cene a solas en su habitación todas las noches? ¿Que necesite carabina para salir por la ciudad y que deba usar un nombre falso si nos encontramos con alguien?

—¿Qué? —intervino Nicholas, que había permanecido al margen de la discusión entre sus cuñadas—. ¿Mentiste a lady Penrose?

—Fue Madeleine quien lo hizo. Yo... me quedé sin palabras. No sabía cómo presentarla sin contravenir tus deseos.

—Bueno, he de reconocer que se ha comportado de forma inteligente —intervino Howard, quien siempre apoyaba a su esposa, aunque supiese que estaba equivocada.

—Oh, ¿de verdad? —preguntó Evelyn con cierto sarcasmo en la voz. Esa noche estaba totalmente irreconocible, hasta ella era consciente de ello—. ¿Y qué pasará la próxima vez? ¿O vamos a encerrarla bajo llave en su habitación? Creo que es lo único que nos falta por hacer.

—¡Evelyn! —Patrick estaba escandalizado por el tono y las palabras empleadas por su esposa.

—He perdido el apetito. —Se levantó y abandonó el comedor. Patrick se disculpó y salió tras ella.

Ninguno de los dos volvió a la mesa.

—¿Qué vamos a hacer? —preguntó Beatrice un minuto después, dirigiéndose a su cuñado.

—Lo de encerrarla con llave no me parece mala idea —bromeó Howard.

—Howard, por favor —le regañó su esposa y luego se volvió hacia la cabecera de la mesa—. Nicholas...

—No lo sé, maldita sea —respondió este, con un exabrupto. Se tomó unos minutos antes de proseguir—. Deberíamos enviarla a Hereford mañana mismo, y que no regrese hasta la fiesta. ¿Ha ido ya a la modista?

—Se ha negado en redondo —le informó Beatrice—. Asegura que dispondrá de un vestido adecuado para la ocasión.

—Confiemos en que así sea.

—No podemos mandarla de vuelta ahora.

—¿No? ¿Y por qué no? —intervino Howard—. Me parece la mejor opción.

—¿Y si lady Penrose la ha reconocido? ¿O lady Staford? Pensad en ello —respondió Beatrice—. No hace tantos años desde que asistía a los mismos eventos que esas mujeres.

—¿Entonces qué sugieres? —preguntó Nicholas, con una ceja alzada. Conocía la rapidez mental de su cuñada y su pragmatismo.

—Tenemos que dar una fiesta, antes de que comiencen a circular los rumores sobre su presencia aquí.

—Estás de broma —señaló su marido.

—No, escúchame. Creo que es una excelente idea —continuó—. Si esperamos a la fiesta de Devonshire, Madeleine será la atracción de la noche. Todo el mundo se preguntará dónde ha estado todos estos años, y los cotilleos eclipsarán cualquier otra cosa, incluso la presencia del rey.

—Es más que probable —reconoció Nicholas a regañadientes.

—Si damos una fiesta antes, con cualquier pretexto, cuando llegue ese día los cotilleos habrán cesado o, al menos, se habrán atenuado.

—¿Y lady Penrose? —Howard parecía preocupado por la posible influencia de aquella dama.

—Seguramente se tomará el episodio de hoy como una excentricidad de la condesa. Nada extraño, teniendo en cuenta que lleva tantos años alejada de los salones londinenses.

—¿Qué opinas, Nicholas? —le preguntó su hermano.

Pero él no supo qué responderle. ¿Una fiesta? ¿Para «presentar» a su esposa? Le parecía un disparate y, al mismo tiempo, una idea genial. Solo que ese evento podía convertirse en un arma de doble filo.

—Tengo que pensarlo —les dijo, dando por zanjado el tema e hincando el tenedor en un pedazo de asado.

* * *

Ataviada con uno de los vestidos de Eve Foster, Madeleine se veía preciosa. El corpiño era de un suave gris perla, el lazo bajo los senos, de un tono más oscuro y el cuerpo del vestido, de color gris antracita. La combinación de sedas en tonos grises era favorecedor y original. Ruth la había ayudado a vestirse y a peinarse con un recogido desenfadado que dejaba algunos rizos sueltos. Frente al espejo, se colocó los guantes, del mismo color perla y con un brazalete bordado en la muñeca en gris oscuro. El conjunto era soberbio, lo sabía.

Había reservado ese vestido para una ocasión especial, y aquella noche parecía perfecta para usarlo. Esa mañana la había visitado Beatrice y había temido que fuera a reprocharle la salida del día anterior, en el que había conocido a aquellas dos damas cuyos nombres ya no recordaba. Sin embargo, lo que sucedió fue algo muy distinto: le dijo que esa noche se esperaba que acompañara a la familia durante la cena. Lo hizo con un tono seco y nada cordial y Madeleine estuvo a punto de declinar la invitación. La perspectiva no le apetecía en absoluto, pero era consciente de que no estaba en su mano negarse.

—Ya está lista, milady —le susurró Ruth a su lado.

—Lo sé —musitó ella.

Solo que parecía haber olvidado cómo moverse. Tuvo que respirar profundo varias veces para armarse de valor y mover al fin las piernas.

Ruth la agarró de una mano antes de dirigirse a la puerta y se la apretó con fuerza.

—Todo saldrá bien.

Madeleine asintió, aunque no muy convencida, y salió al pasillo. Las lámparas situadas en los laterales iluminaban tenuemente el largo corredor, que se le antojó casi insalvable. Con el corazón golpeando su costado, contó mentalmente hasta diez antes de dar el primer paso.

«El primer paso siempre es el más difícil», se dijo, a medida que iba dejando atrás las puertas que jalonaban su recorrido.

24

Los Sedgwick tenían por costumbre reunirse en el salón antes de la cena. Tomaban un jerez, charlaban sobre temas insustanciales y pasaban unos minutos con los niños antes de que las cuidadoras los llevaran al piso de arriba y los acostaran.

Nicholas estaba escuchando atentamente a su sobrino Brendan, que en ese momento le narraba, con su desparpajo habitual, su última aventura. Solo él había conseguido hacerle olvidar por unos instantes que su esposa iba a reunirse con ellos esa noche. Beatrice le había convencido al fin de la conveniencia de celebrar aquella fiesta que habían comentado el día anterior, y también de que invitarla a cenar con ellos era la oportunidad perfecta para hacérselo saber y para limar asperezas de cara al evento. Nicholas no las tenía todas consigo, pero reconocía el talento de su cuñada para manejar situaciones difíciles.

Sin embargo, cuando Miles abrió la puerta del salón y entró Madeleine, pensó que había sido una de las peores ideas de su vida. Estaba tan bonita que se le secó la boca, y los oídos comenzaron a atronarle como si llevara toda una orquesta alojada en el cráneo.

—¿Tío Nicholas? —le preguntó su sobrino, que no se había percatado de la llegada de Madeleine. Solo cuando el niño vio por el rabillo del ojo cómo su hermana Louise se bajaba del diván e iba en dirección a la puerta, se volvió él también.

¡La bruja estaba allí! Eso fue lo primero que pensó Brendan.

Lo segundo fue que su madre le había prohibido terminantemente que la llamara de ese modo en presencia de nadie. De hecho, le había prohibido incluso que lo hiciera cuando estuvieran a solas, por si acaso. No tenía muy claro el significado del «por si acaso», pero por nada del mundo la habría desobedecido.

Nicholas se levantó del sillón que ocupaba y miró a la mujer, que parecía algo asustada. A Brendan le dio algo de pena porque la verdad era que no parecía una bruja, aunque sí le molestó que le hubiera arrebatado la atención de su tío favorito.

—Estás muy guapa —oyó decir a su hermana Louise, que acarició su vestido como había hecho la primera vez que se vieran. Era una costumbre absurda que él no lograba entender. ¿Por qué sentía la necesidad de tocar las telas de todos los vestidos bonitos que veía?

—Gracias, Louise —contestó ella, que le dedicó una sonrisa a su hermana. Luego alzó la cabeza y lo miró directamente a los ojos, hasta que él se sintió incómodo y cambió el peso de una pierna a la otra—. Buenas noches, Brendan.

—Hola —refunfuñó él.

—Buenas noches a todos. —La mujer saludó a los demás. Su tío Nicholas se acercó unos pasos hasta ella.

—Buenas noches, Madeleine —le dijo, aunque con el mismo tono que usaba cuando debía mantener una charla «seria» con él—. ¿Te apetece un jerez?

—Sí, gracias.

La vio dirigirse hacia uno de los sofás y tomar asiento, con la espalda muy recta. Sus padres apenas habían respondido a su saludo, y su tío Patrick parecía ignorar su presencia a propósito. De hecho, se levantó para servirse una copa y, a su regreso, ocupó un sillón algo más alejado. Solo su tía Evelyn había respondido con cierto entusiasmo a su saludo inicial.

—Llevas un vestido precioso, Madeleine —la oyó decir.

—Me alegra que te guste —respondió, tomando la copa que le tendía su tío Nicholas.

Todo el mundo parecía muy serio y nadie hablaba como hacía cada noche. Había algo distinto en el ambiente, aunque no sabía ponerle nombre. Entonces la mujer volvió a hablar, aunque sin mirarle.

—¿Cómo van esos ejercicios con la espada, Brendan?

El niño enrojeció hasta la raíz del cabello y la miró, estupefacto. ¿Cómo sabía ella eso? ¿Sería una bruja, después de todo?

—No soy ninguna bruja —adivinó sus pensamientos, y le guiñó un ojo—. Te he visto practicar en el jardín.

Brendan se preguntaba si aún podía ponerse más rojo de lo que ya estaba. No tenía espejo en el que poder verse, pero sentía las mejillas arder como si hubiera pasado todo el día bajo el sol.

Se mordió los labios, sin saber si debía responder o no a aquella mujer. Intuía que a sus padres no les gustaba y que, al parecer, a sus tíos tampoco. Pero le había formulado una pregunta directa y Brendan, aunque era revoltoso y algo travieso, también era muy educado.

—Bien, gracias —contestó, un tanto tímido.

—¿Hace mucho que practicas?

—Dos meses.

—Está bien —interrumpió su madre—. Ya es hora de que los niños se vayan a la cama.

Brendan casi sintió alivio, aunque la expresión un tanto triste de la mujer le dio un pellizco en el corazón. Miró a sus padres y a sus tíos, que la ignoraban sin recato alguno, y luego de nuevo a ella. Sus grandes ojos, de un tono verdoso que le recordaba al fondo de un estanque, seguían clavados en él.

La niñera tomó de la mano a su hermana Louise y luego a él y se dirigieron a la puerta. Antes de salir, la miró una última vez. Seguía en la misma postura, con aquella media sonrisa flotando sobre su boca. ¿Qué estaría haciendo en aquella casa donde nadie la quería?

* * *

Un rato más tarde, Madeleine se hacía exactamente la misma pregunta. La escena en el salón había resultado un tanto incómoda, aunque no más de lo que ya esperaba. Pero la situación no había mejorado al ocupar su silla junto a Evelyn en el comedor. Aunque su cuñada se mostraba amable, apenas intercambiaron un puñado de frases de cortesía, como si no quisiera molestar al resto de la familia dedicándole una atención inmerecida. Se preguntó por qué la habían invitado a compartir la velada si nadie tenía intención de incluirla en sus conversaciones.

Los escuchó hablar de la última carrera en el hipódromo y de algunos miembros de la alta sociedad a los que solo conocía por haber leído sus nombres en alguna publicación. Pero hasta ella notaba que el ambiente no era distendido y que, sin su presencia, aquellas charlas habrían sido mucho más largas y animadas.

De vez en cuando, notaba la mirada de Nicholas fija en ella, como si tratara de escudriñarla, y lo mismo sucedía con Beatrice, sentada casi enfrente y que sin duda aguardaba a que ella cometiera algún error imperdonable. No iba a darles el gusto, a ninguno. Comió poco y con exquisitos modales, no intervino en ninguna de las conversaciones y se mantuvo sentada con la espalda bien recta y los brazos apoyados sobre la mesa, como su madre le había enseñado a hacer.

Por dentro, sin embargo, se imaginaba cenando en compañía de Jake y Eliot, escuchando sus discusiones, o a sir Lawrence relatando alguna de sus aventuras de juventud. Aquel hombre parecía tener un baúl lleno de historias. Añoraba su hogar, el olor de los pasteles de Donna Evans, la voz grave de su esposo Percy cuando repasaban las cuentas, el calor del fuego en las tardes lluviosas, cuando se sentaba frente a la chimenea con los chicos y jugaban o leían juntos. Extrañaba sus voces y sus risas y el olor de las manzanas maduras. Echaba de menos diseñar nuevos vestidos y guantes con Eve Foster y con su hija, las ideas de los niños para adornar la casa cada Navidad, las rosas de su jardín, que Stuart Landon y ella cuidaban con tanto mimo, o el modo en que el sol se ocultaba cada tarde sobre la colina en la que una vez había jurado no volver a derrumbarse.

Sintió el escozor de las lágrimas tras sus párpados y pestañeó varias veces para mantenerlas a raya. No entraba en sus planes mostrarse vulnerable y por Dios que no iba a darles esa satisfacción a los Sedgwick.

* * *

Nicholas no perdía detalle de lo que ocurría alrededor de aquella mesa. Era consciente de que la presencia de aquella mujer no agradaba a nadie, empezando por él mismo. Y tampoco lograba sentirse cómodo compartiendo el mismo espacio, como intuía le sucedía al resto de los miembros de su familia. Era una intrusa, alguien que no pertenecía a aquel lugar. Esa misma tarde había escrito una carta a su madre poniéndola al corriente de la situación y sospechaba que no iba a tardar en aparecer por allí. Ni siquiera a ella había sido capaz de explicarle la razón de aquella incómoda presencia en la casa.

De tanto en tanto la miraba, buscando en aquella mujer elegante y discreta a la joven con la que se había casado más de una década atrás. Ya no quedaba ni rastro de ella, ni en su pose, ni en sus gestos, ni en su vestimenta... ni tan solo en sus rasgos físicos. De no estar seguro de que eran la misma persona, hasta él lo habría dudado.

Se la notaba tan incómoda como lo estaban ellos y al menos eso logró compensarle el mal trago de una cena que, aunque sabrosa, solo le sabía a pasto. Incluso creyó detectar, casi al final de la velada, una especie de velo de tristeza empañando su rostro y, sin saber por qué, se sintió mal consigo mismo. Enseguida recordó que no había sido él quien los había colocado en esa situación y que ella podría estar felizmente casada con alguien que hubiera pedido su mano si no le hubiera tendido aquella trampa. En los últimos días había descubierto que ya no la odiaba por aquello. El odio requiere de demasiada energía, y él tenía muchas cosas en la cabeza como para desperdiciarla de ese modo. Había transcurrido demasiado tiempo y esa mujer era una absoluta desconocida para él. Tampoco sentía desprecio, ni rabia, ni ningún sentimiento que requiriera de esfuerzo alguno. Indiferencia era lo único que le provocaba, aunque no siempre. El día en que pretendía marcharse y él acudió a su alcoba, o la

— 295 —

mañana que pasaron en el museo, habían conseguido incluso despertar su interés en ella, en las cosas que le gustaban o en cómo resplandecía bajo determinada luz. Aun así, Nicholas era un especialista en compartimentar los distintos aspectos de su vida, y había logrado aislar aquellas sensaciones y encerrarlas bajo llave.

Estaban a punto de servir el postre y lanzó una mirada a su cuñada Beatrice. ¿Cuándo pensaba sacar el tema? No deseaba que aquella mujer se reuniera con ellos más tarde en la biblioteca, donde acostumbraban a tomar café o una copa antes de retirarse.

—Creo que ayer tuvo la oportunidad de conocer a dos de las damas más respetadas de Londres —comenzó Beatrice, y Nicholas vio cómo Madeleine alzaba la vista de su plato. Sus ojos relampaguearon un instante.

—Así es. Supongo que Evelyn se lo ha contado.

Nicholas observó cómo se sonrojaban las mejillas de su otra cuñada, que creía haber sido pillada en falta. Más tarde debería recordarle que ella se debía a su familia y que no había hecho nada malo.

—No es algo que nos haya sorprendido, a decir verdad —continuó Beatrice—. Si se mueve por los ambientes más selectos de Londres es lógico que acabe por encontrarse con personas de nuestro círculo.

—No pretendía moverme por esos círculos, si es lo que insinúa. —Madeleine lo miró a él y luego a su hermano Howard, que la observaba tan serio como un reverendo pronunciando un sermón.

—Lejos de mi intención asegurar tal cosa —repuso Beatrice con cierto retintín— pero, ya que nos encontramos en esta situación, hemos pensado en el mejor modo de solucionarla.

—¿Qué situación?

—¿No es evidente? —intervino Patrick, molesto.

—Vamos a celebrar una fiesta en la mansión. —Fue Nicholas quien contestó. No estaba dispuesto a que los demás solventaran el problema por él y acabaran abriendo una brecha aún mayor—. Será un buen modo de que los miembros de la alta sociedad te conozcan.

—Y no convertirme en la sensación de la noche durante la fiesta del rey —repuso ella.

Era rápida, pensó Nicholas. Había comprendido la situación de inmediato.

—Exacto.

—¿Ese es el motivo de esta cena? —Los miró uno a uno, y se detuvo unos segundos de más en Evelyn, que fue incapaz de sostenerle la mirada.

—¿Acaso podría haber otro? —inquirió Beatrice, altiva.

—No, supongo que no. —Los hombros de Madeleine se hundieron unos instantes, aunque volvió a enderezarlos de inmediato, como si hubiera recordado dónde se encontraba.

Tenía temple, Nicholas no podía negarlo. Y carácter. Y era orgullosa. Le gustaban esas cualidades en una mujer. No en ella en concreto, claro está, pero sí en las mujeres en general.

—¿Cuándo se celebrará el evento? —preguntó al fin, casi con indiferencia, aunque su estudiada pose no engañó a Nicholas.

—En un par de semanas —contestó Beatrice de nuevo—. Necesitará un vestido nuevo y...

—Ya hemos hablado sobre esa cuestión —la cortó.

—¿Es usted siempre tan desagradable? —Howard salió en defensa de su esposa, aunque, en esta ocasión, Nicholas pensó que no se lo merecía. Había sido deliberadamente descortés con Madeleine.

—Si me disculpan, creo que voy a retirarme. Gracias por... la cena —contestó. Dobló la servilleta con cuidado, la dejó junto a su plato y se levantó.

Nicholas se quedó mirando la puerta por la que había salido, como si esperara verla regresar. Habían cumplido con su objetivo.

¿Por qué, entonces, se sentía tan miserable?

* * *

Ruth la esperaba sentada junto al fuego, leyendo una de esas novelas que tanto le gustaban en las que las heroínas siempre conseguían al hombre al que amaban y acababan viviendo felices para siempre. Esperaba de corazón que la joven encontrara algún día a alguien así, que la colmara de dicha y de amor. Para ella ya era demasiado tarde, y la prueba acababa de dejarla en el piso de abajo.

—¿Ya ha terminado la cena? —La muchacha se levantó y comenzó a ayudarla con el vestido.

—No tenía apetito.

—Milady...

Madeleine apretó los labios con fuerza.

—¿Tan terrible ha sido?

—Yo...

No podía respirar. Sentía una fuerte opresión en el pecho y se llevó una mano al discreto escote para tratar de mitigarla. Sabía que no daría resultado y al fin dejó escapar el llanto para no ahogarse con sus propias lágrimas. Ruth la sostuvo y le acarició el cabello mientras ella dejaba salir toda su tristeza y su frustración. Tras unos minutos, consiguió serenarse y quitarse aquel precioso vestido, que Ruth guardó con cuidado en el único armario de la alcoba, cuyas puertas era casi imposible cerrar de lleno que estaba. Luego la ayudó a ponerse el camisón y a sentarse frente al tocador, de donde cogió el precioso cepillo para el pelo que sir Lawrence le había regalado una Navidad y cuyo mango de plata refulgía bajo la luz de las velas. El recuerdo de Blackrose Manor volvió a asaltarla y, mientras Ruth cepillaba su cabello, las lágrimas mojaron de nuevo sus mejillas.

Ruth tarareaba una melodía suave y desconocida que consiguió relajarla.

—Quiero volver a casa —musitó con un hipido. Su rostro, con los ojos enrojecidos, la miró desde el otro lado del espejo—. No me gusta estar aquí.

—Puedo preparar el equipaje mañana mismo —le aseguró la doncella.

—Si fuera tan sencillo...

Madeleine le habló de la fiesta que los Sedgwick tenían pensado celebrar para presentarle a sus amigos y conocidos y luego el modo en el que se habían comportado durante toda la velada.

—Milady, no se ofenda, pero la he visto tratar con personas

mucho peores que esos estirados de ahí abajo. ¿Acaso no recuerda a aquel comerciante que pretendía timarla con los barriles de sidra hará unos tres años?

—Oh, sí, el señor Bells. —Madeleine soltó una risita. Por desgracia, no había sido el único. Otro supuesto hombre de negocios se había negado a pagarle una entrega de sidra porque él no trataba «con mujeres». Y la lista era mucho más larga aún.

—Y Nellie me contó también lo de su antiguo administrador.

—Edgar Powell —contestó ella, arrugando la nariz.

Jamás había vuelto a saber de los Powell, ni si seguían vivos o muertos. Las autoridades no habían logrado averiguar su paradero y ella esperaba que ambos estuvieran pudriéndose en algún lugar infecto. Era un pensamiento poco cristiano, lo sabía, pero ni siquiera el tiempo había conseguido que olvidara, no lo que le habían robado a ella, sino lo mal que se habían portado con Nellie durante años y que solo había descubierto mucho después.

Ruth tenía razón. Se había enfrentado a seres abyectos, a hombres que habían tratado de aprovecharse de ella e incluso a uno que intentó sobrepasarse a cambio de un favor comercial y del que había escapado por los pelos. Ruth no conocía esa información. Nadie de hecho. Por aquel entonces se sentía tan segura de sí misma que se atrevió a acudir a determinados sitios sin compañía alguna.

Perdida en sus pensamientos, ni siquiera se había dado cuenta de que Ruth había recomenzado su tarareo. La miró a través del espejo y la vio sonreír mientras se concentraba en cepillar su cabello.

Madeleine estaba lejos de Blackrose Manor pero, por fortuna, se había traído un pedacito de hogar con ella.

*　*　*

Como si los astros se hubieran alineado a su favor, en los siguientes días recibió unos cuantos fragmentos más de su hogar. Primero fue una gran caja en la que Eve Foster le enviaba algunos vestidos. En cuanto Madeleine había recibido semanas atrás la nota de Nicholas ordenándole que acudiera a la ciudad, había sido consciente de que no podía ignorarla, y también de que iba a necesitar un vestuario acorde a la ocasión. No sabía a ciencia cierta si en Londres asistiría a más eventos sociales, pero, por si acaso, encargó a la modista algunos de los diseños en los que esta había trabajado. A Madeleine le apasionaban sus ideas, los detalles originales que incluía en sus bocetos o la elección de telas. En Falmouth era casi imposible que pudiera usar prendas como aquellas, pero en Londres, al fin, podía lucir sus creaciones.

En la caja iban incluidas dos misivas, una para ella y otra para Ruth. Su doncella se fue a su habitación a leer su carta y Madeleine se sentó para hacer lo propio con la suya. En ella, Eve le informaba del buen funcionamiento de los proyectos que ambas tenían en marcha y le comentaba algunos chismes sobre el pueblo, como que la nueva esposa de Edward Constable, Lucy, con la que había contraído matrimonio cinco años atrás, había vuelto a pelearse con el reverendo Wilkes. Desde que aquella mujer había llegado al pueblo, sus habitantes estaban de lo más entretenidos. No solo era excéntrica y divertida, también poseía un fuerte carácter que solía utilizar contra aquellos que no eran de su agrado, y el reverendo Wilkes ocupaba el primer puesto de esa lista por derecho propio. Al final de la carta, le pedía que cuidara bien de su Ruth, igual que había hecho cuando le anunció que ambas partían hacia Londres. Al parecer, madre e hija jamás habían pasado tanto tiempo separadas, y Madeleine se preguntaba cómo sería tener a una madre cariñosa siempre cerca y poder contar con ella.

Al día siguiente llegó carta de Percy Evans, su administrador, que también de forma pormenorizada la ponía al corriente de la marcha de la propiedad y en la que le anunciaba el nacimiento de su segundo nieto, hijo de Tommy y de Grace, la criada que había sustituido a Nellie. Ya llevaban cuatro años casados, aunque al muchacho le había costado lo suyo convencerla. Madeleine recordaba las miradas lánguidas de Tommy cada vez que Grace andaba cerca y el modo en que ella parecía ignorarle y luego buscarle cuando le veía perder interés. Al final, la insistencia del chico había dado sus frutos y había acabado conquistando su corazón.

Durante esos días, Madeleine no abandonó su habitación. No le apetecía salir por la ciudad y se pasaba el día sumergida en los libros o escribiendo a todas las personas que echada de menos: los niños, su madre, sir Lawrence, los Evans, Eve Foster... Era el único lazo que la mantenía unida a su auténtica vida, sin contar a Ruth.

Fue la carta conjunta de Jake y Eliot la que consiguió sacarla de su sopor. En ella, Jake le hablaba, como siempre, de todo lo que sucedía en la escuela. Había obtenido muy buenas calificaciones sobre un trabajo de ciencias y había profundizado en su amistad con un joven llamado John Benjamin Tolkien, un par de años mayor que él, pero a quien había sacado de un pequeño apuro con un profesor bastante quisquilloso. Le narraba también algunas anécdotas sobre su vida diaria, como la oveja que algunos alumnos habían colado en una de las aulas y que había conseguido interrumpir la clase por ese día, o la camisa que se le había quemado por dejarla demasiado cerca del fuego tras empapársele bajo la lluvia.

Al final de la carta, Eliot incluía algunos párrafos, como era habitual. Mucho más parco que su hermano, se limitó a explicarle que echaba de menos la comida de Donna Evans y que su compañero de cuarto era un cafre.

Jake volvía a tomar la pluma para preguntarle por los sitios que había visitado. Quería que, cuando se vieran, le contara con detalle todo lo que había visto. Ambos, pero sobre todo él, habían heredado de ella la fascinación por el Antiguo Egipto, aunque en menor medida. Quería saber cómo era el nuevo puente de Waterloo, si el busto de Ramsés II era tan colosal como decían y cómo de grandes eran los jardines londinenses. De momento, solo podía contestar a una de sus preguntas.

En más de una ocasión, a Madeleine le habría gustado llevarles a la ciudad y poder visitarla con ellos, pero jamás se había atrevido. A pesar del tiempo que había transcurrido desde que Nicholas la abandonara en Hereford, no podía estar segura de cómo reaccionaría si descubriera que había desobedecido la orden más importante que le había dado. No estaba dispuesta a arriesgarse, no desde que aquellos dos niños dependían de ella. Era evidente que jamás podría legarles aquellas tierras, no le pertenecían, pero al menos les ofrecería una buena educación y dinero suficiente para ayudarles a iniciar el tipo de vida que quisieran. Un par de años atrás, cuando Jake insistió en que hicieran un viaje a Londres por enésima vez, Madeleine se sentó con ellos y les contó una versión abreviada de la historia. Londres no había vuelto a mencionarse.

Volvió a releer las últimas líneas. Al menos les debía eso, se dijo. Con un poco de suerte, igual después de la fiesta del rey conseguía convencer a Nicholas para poder regresar a la ciudad de vez en cuando. Incluso se imaginó la conversación. Cómo plantearía el asunto y qué respondería él.

Bajo ningún supuesto mencionaría ni a Jake ni a Eliot.

25

La mañana después de aquella carta, Madeleine bajó en busca de Evelyn para pedirle que la acompañara en una nueva salida. No habían vuelto a hablar desde aquella noche, ni a verse siquiera. Madeleine sabía que la joven no había tenido nada que ver con lo sucedido y, de hecho, había sido la única en mostrarle cierta amabilidad. Pero intuía que se sentiría culpable por aquella encerrona y por el modo grosero en el que todos se habían comportado con ella. Aún le escocían algunas imágenes de aquella velada, aunque estaba dispuesta a olvidarlas por el bien de todos, empezando por el suyo propio. Haría lo que se esperaba de ella y del mejor modo posible, y luego se marcharía.

Miles, el mayordomo, la informó de que Evelyn estaba con el pequeño Henry, que había pasado mala noche, aunque no se trataba de nada grave. «Seguro que serán los dientes», le aseguró el hombre, como si fuera un entendido en la materia. Imaginó que, por el tiempo que llevaba allí, debía de haber visto nacer y crecer a varios miembros de la familia.

Madeleine no quiso acudir a Beatrice; un paseo por Londres en su compañía era más de lo que estaba dispuesta a tolerar. Hacía un día demasiado bonito como para estropearlo con su cara agria y sus comentarios maliciosos. Resignada, decidió dar un paseo por el jardín, solo porque le diera un poco el sol. Recorrió los senderos bordeados de setos que rodeaban la propiedad y recordó a lady Claire. No había vuelto a verla desde aquel encuentro, así es que dirigió sus pasos hacia la pequeña terraza en la que se habían visto la primera vez.

—Es usted una vieja obcecada.

Escuchó la voz de Edwina antes de llegar a su destino. La oyó pronunciar un par de frases más, aunque en esta ocasión tomó la precaución de disminuir el volumen y fue incapaz de apreciar las palabras. Solo el reproche que llevaban implícito.

—Buenos... buenos días, milady. —La cuidadora se sobresaltó al verla aparecer.

—Señorita Edwina... —la saludó, en tono seco. Luego se inclinó ligeramente hacia la anciana y cambió por completo su registro vocal—. Buenos días, lady Claire.

La anciana ni siquiera levantó la vista, como si no la hubiera oído. Madeleine echó un vistazo rápido y comprobó varias cosas. La primera, que la anciana lucía ropa limpia, aunque igual de vieja, y que había recibido un baño no hacía mucho. Y lo segundo, que la cuidadora había tenido la precaución de colocar la sombrilla para protegerla del sol. Comprendió que, a pesar de la actitud belicosa de Beatrice cuando le comentó el asunto, esta había decidido hablar con la mujer que se ocupaba de la condesa.

Madeleine tomó asiento junto a la anciana, que tenía las manos sobre el regazo, la una sobre la otra. Se dio cuenta de que llevaba las uñas un poco más largas de lo aconsejable, pero tampoco quería convertirse en una metomentodo y criticar todos los aspectos del cuidado de aquella dama.

—Espero que no les moleste mi presencia —dijo.

Edwina refunfuñó una respuesta y volvió a lo que estaba haciendo antes de su llegada: darle de comer a la anciana. Por la hora que era, imaginó que sería el desayuno y, por el aspecto, que se trataba de crema de leche con fresas, con un aspecto bastante apetecible. Dedujo que la cuidadora tenía la costumbre de aprovechar los días agradables como aquel, en el que lucía el sol y apenas hacía viento, para dar de comer a la dama en el exterior. Resultaba evidente, por su aspecto un tanto demacrado y su extrema delgadez, que alimentarla suponía un duro esfuerzo.

La vio llevar la comida a su boca, y los labios un poco agrietados de la condesa abrirse casi de forma mecánica. Aceptó dos cucharadas antes de apretar los labios con fuerza. Edwina volvió a intentarlo al tiempo que le hablaba con suavidad, hasta que pareció perder la paciencia y empujó con la cuchara de forma tan brusca que Madeleine estuvo a punto de arrancársela de las manos. Al final, la crema acabó manchando la barbilla de la anciana y la pechera de su vestido. Un par de gotas cayeron sobre la falda, destacando sobre el negro un tanto desvaído de la tela. Madeleine se sentía incapaz de despegar la vista de aquellos dos pequeños círculos, mientras escuchaba refunfuñar de nuevo a la cuidadora. La mujer dejó la cuchara en el cuenco con un golpe seco y comenzó a frotar con una servilleta aquella barbilla tan delicada.

—Sea un poco más cuidadosa —le recriminó.

—¿Pero ha visto usted lo que ha hecho?

—Quizá no tiene apetito.

—¡Pero si no se ha comido ni la mitad! —La mujer elevó la voz, mucho más de lo aconsejable.

—No es necesario que grite. Puedo oírla perfectamente.

—Usted la distrae.

—¿Yo? —Madeleine dudaba mucho de la veracidad de aquella suposición.

—Antes de que apareciera, se lo estaba comiendo todo.

Madeleine decidió no contestar. Tomó la silla de la anciana por los reposabrazos y la giró un poco en su dirección, para tenerla casi de frente. Edwina estiró un brazo, como si fuera a impedírselo, y comenzó a protestar. A Madeleine se le encogió el estómago al comprobar el poco esfuerzo que le había supuesto mover aquella silla. Cogió el cuenco, removió el contenido con la cuchara y la llenó hasta la mitad. Con delicadeza, la llevó hasta la boca de la vetusta dama. Se limitó a acariciar el perfil de su labio inferior y la boca se entreabrió lo suficiente como para poder introducirla sin problemas.

—Muy bien, lady Claire —le dijo, con voz suave.

La anciana alzó un instante los ojos y Madeleine los miró, asombrada. Eran de un azul tan claro como una tarde de verano, y tenían las pupilas muy dilatadas, más de lo que era de esperar en un día tan soleado como aquel.

Madeleine bajó la vista hacia el cuenco y volvió a llenar la cuchara.

—¿Milady sufre de muchos dolores? —preguntó, como al descuido.

—Eh... no, no demasiado. Solo se le va un poco la cabeza... ya sabe.

—Comprendo. —Madeleine llevó de nuevo la cuchara a la boca de la anciana, que no presentó resistencia—. ¿Cuánto láudano le ha dado esta mañana?

Madeleine solo había visto unas pupilas así en una persona: su padre. Cuando estaba enfermo sufría de intensos dolores y el médico le proporcionaba el mismo opiáceo, que era lo único que conseguía calmarle lo suficiente como para poder dormir.

Había hecho la pregunta sin mirar a la cuidadora, como si la sangre no le estuviera hirviendo en las venas.

—¿Cómo? —contestó, fingiendo sorpresa—. ¡Nada!

—¿Está segura? —Entonces sí la miró, del mismo modo en que había aprendido a mirar a todos aquellos que la subestimaban.

—Bueno... esta mañana se quejaba de dolores en los huesos y...

—Hace un instante ha comentado que no sufre de dolores —la interrumpió, con la voz acerada.

—No de forma habitual, pero precisamente hoy...

—¿Cuánto láudano le suministra al día, señorita Edwina?

—Oiga, usted no tiene derecho a...

—¿Cuánto? —Madeleine no estaba dispuesta a dejarle terminar ni una sola frase a menos que contestara a sus preguntas.

—¿Sabe usted lo que supone tratar con una mujer como ella? —le espetó entonces la cuidadora, que se había puesto en pie—. No tiene ni idea, ninguno de ustedes la tiene. —Comenzó a recoger la mesa. Le arrancó el cuenco de las manos y lo colocó en la bandeja, con tanta violencia que la crema de leche saltó por los aires y salpicó toda la superficie—. Ustedes no se preocupan más que de sus fiestas, sus cenas elegantes y sus...

—¿Me está diciendo que le da láudano a diario?

—¿Y qué esperaba? —le espetó—. ¡Es el único modo de que esté tranquila!

—Su deber es cuidarla, no mantenerla «tranquila» para que no le dé a usted mucho trabajo.

—Oiga, métase en sus asuntos. Bastantes problemas tiene ya como para andar inmiscuyéndose en las vidas de los demás —le soltó la mujer, con una sonrisa sardónica que a Madeline le provocó un sarpullido.

Era evidente que el personal de servicio de la mansión debía de estar al tanto de los extraños términos de su presencia en la casa, pero oírselo decir a aquella mujer, y de aquel modo, la superó por completo. Todas las humillaciones sufridas desde su llegada se agolparon sobre su ánimo.

—Prepare su equipaje, señorita Edwina, y abandone esta casa de inmediato. —Sus palabras la llevaron muchos años atrás, hasta aquella noche en la que, casi del mismo modo, había despedido a Edgar Powell. Era curioso. Tantos años sin pensar en él y, en pocos días, había acudido a su pensamiento en dos ocasiones.

—¿Me está despidiendo? —preguntó la mujer, que en ese momento recogía la sombrilla para volver a dejarla en un rincón—. Usted no tiene ninguna autoridad para hacer tal cosa, y lady Hancock jamás consentirá que me eche de aquí.

Madeleine se levantó entonces, solo que en esta ocasión no sentía las piernas temblar de miedo, ni el pulso atronando sus oídos como aquella vez.

—Soy la condesa de Sedgwick, señorita Edwina. —Su voz sonó como el restallido de un látigo y hasta le pareció que las paredes de la terraza le devolvían el eco de sus palabras—. Y esta casa me pertenece. Si no desea abandonarla de inmediato, puedo enviar a Miles en busca de las autoridades.

La mujer la contempló con el labio inferior temblando de rabia y los ojos muy abiertos.

—¿Cree que quien me sustituya lo hará mejor que yo? —le dijo con sorna—. Lo dudo mucho.

Madeleine no contestó, se limitó a permanecer allí con la mirada clavada en aquella indeseable mujer.

—Todos ustedes están locos —soltó Edwina al fin, y se dio la vuelta para volver a entrar en la casa—. Locos de atar.

La vio alejarse y la perdió de vista en la oscuridad del interior. Madeleine se dejó caer sobre la silla y tomó una de las manos de la anciana.

—Me parece que hoy no va a ser un buen día —susurró.

* * *

Miles la observaba como si le hubiera salido un cactus sobre la cabeza. Había acudido a él de inmediato para que se cerciorase de que aquella mujer cumplía con la orden que le había dado, y el mayordomo tuvo que pedirle que se lo repitiera de nuevo.

—Lady Hancock no está, milady, pero esto no le va a gustar —le dijo, contrito.

El mayordomo avisó a un par de criadas para que ayudaran a Edwina con sus cosas e hizo llamar a uno de los cocheros para que dispusiera un carruaje con el que llevarla adonde quisiera ir. Madeleine, que había dejado a la anciana en compañía de la primera criada que había encontrado en la casa, le recordó que debía ser trasladada a sus habitaciones. Por fortuna, se encontraban en la planta baja y solo era necesario empujar la silla de ruedas.

—He de reconocer que esa mujer nunca me ha gustado —murmuró Miles, pendiente de la escalera, como si no se atreviera a mirarla a la cara.

—Me alegra comprobar que al menos hay una persona en la casa que opina como yo. —El mayordomo volvió la cabeza en su dirección—. Aunque prometo no comentarle nada a lady Beatrice.

Miles sonrió y volvió a adoptar aquella postura firme y distinguida. Madeleine pensó que había llegado el momento de subir a su alcoba. Por el camino llegó a la conclusión de que no se había detenido a pensar en las consecuencias que acarrearían sus actos. Había actuado movida por un impulso, como hacía en muchas de las decisiones relevantes de su vida. Durante un breve instante valoró incluso la posibilidad de pedirle a Edwina que permaneciera en su puesto durante unos días, mientras se buscaba una solución, pero lo descartó de inmediato. Era absurdo.

Que Beatrice no se encontrara en esos momentos en la mansión le ahorraría una nueva discusión con su cuñada, al menos por unas horas. Se pondría hecha una furia, lo sabía, pero acababa de descubrir que le daba exactamente igual.

—No sé dónde voy a encontrar a alguien que se ocupe de lady Claire —le comentó a su doncella una vez que le explicó todo lo sucedido.

—¿Y por qué debe ocuparse usted? —Ruth la miró extrañada.

—Yo he despedido a su cuidadora.

—Motivos no le han faltado.

—No sé si la familia lo verá de ese modo, Ruth.

—En los hospitales hay enfermeras y cuidadoras, ¿verdad? —preguntó la joven, que en ese momento se ponía una capa ligera sobre su vestido de algodón. Era otro de los diseños de su madre, sencillo y funcional, pero de exquisita confección.

—Oh, pues claro. ¿Cómo no se me había ocurrido? —Madeleine hizo una pausa y pensó en su propuesta—. Quizá el médico de la familia también podría recomendarnos a alguien.

Unos minutos después, Miles les proporcionaba las señas del galeno y ambas abandonaban la casa. Al salir por la puerta, Madeleine aún tuvo la oportunidad de ver a Edwina bajar las escaleras cargada con sus cosas. No sintió por ella ni una pizca de remordimiento.

Si Madeleine pensó que Beatrice se pondría furiosa, se equivocó. Fue mucho peor que eso.

* * *

Al volver a la mansión tras pasar la mañana visitando a una amiga, Beatrice supo que algo no iba bien. El rostro de Miles se lo indicó claramente en cuanto atravesó el umbral. Antes incluso de que el hombre tuviera la oportunidad de explicarle nada, también supo que lo que fuera que hubiera sucedido tenía que ver con Madeleine. El mayordomo la informó de que también acababa de regresar, y Beatrice se obligó a subir las escaleras con dignidad, aunque en su fuero interno deseara volar sobre aquellos peldaños.

No necesitó llamar a la puerta, la doncella la abría en ese instante con una jarra en las manos y casi se dio de bruces con ella. La empujó sin miramientos y entró en la estancia. Madeleine estaba en ropa interior, en una esquina del cuarto, frente a la jofaina vacía. Durante un breve instante se sintió tan azorada como parecía estarlo su cuñada. Pensó en retirarse y aguadar unos minutos, al menos hasta que estuviera lista. Pero entonces Madeleine habló y su determinación se escurrió con aquellas palabras.

—¿No puede esperar, Beatrice?

—¡¿Cómo te has atrevido a despedir a Edwina?! —gritó, fuera de sí y tuteándola por primera vez, aunque no fue consciente de ese detalle hasta mucho después.

Madeleine, sin embargo, no perdió la compostura. Dio un par de pasos, tomó una bata que había sobre el respaldo de la silla y se cubrió con ella. Beatrice tuvo tiempo de observar la delicadeza de sus enaguas y su corsé color crema, tan en consonancia con los elegantes vestidos que lucía siempre. En otras circunstancias, quizá hasta le habría preguntado por su modista. En ese momento, sin embargo, solo sentía la necesidad de hacérsela jirones y arañarle la cara. La vio hacer un gesto a la doncella, que desapareció con discreción.

—No eres nadie, ¿me has oído? ¡¡¡No eres nadie!!! —Beatrice sentía su cuerpo bullir de rabia y tenía que hacer verdaderos esfuerzos para no abofetear aquel rostro casi impasible.

—¿Sabías que Edwina suministraba láudano a diario a lady Claire? —le preguntó su cuñada, cuya mandíbula pareció tensarse un instante.

—¿Eres médico, acaso? —le espetó con rabia—. Te has atrevido a despedir a un valioso miembro del personal de esta casa. ¡Hacerla volver me va a costar una fortuna!

—¿Hacerla volver? —Madeleine dio un paso en su dirección—. ¿Has perdido el juicio?

—¿Yo? ¿Me preguntas si yo he perdido el juicio? —inquirió con sorna—. ¡Tú eres la que parece haber extraviado el seso!

—¡Esa mujer no era la apropiada para cuidar de la condesa viuda! —espetó Madeleine, casi tan alto como ella.

—¿Y qué sabrás tú? —Beatrice intentó que su voz sonara aún

más fuerte—. Solo llevas unos días en esta casa y ya has causado un montón de problemas. Edwina ha cuidado de lady Claire durante años y si le daba láudano quizá es porque lo necesitaba.

—Me dijo que no tenía dolores.

—¡Claro! Y como te dijo eso sacaste tus propias conclusiones y la echaste sin consultárselo a nadie.

—Hice lo que consideré oportuno, y no pienso disculparme por ello.

—No, Madeleine, hiciste lo que te dio la gana sin pensar en nadie. ¿Qué pretendías? ¿Demostrar tu poder en esta casa? ¿Justo el día en el que no estaba yo?

—¿Qué? —Los ojos de Madeleine brillaban de un modo casi mágico y Beatrice estuvo tentada de dar un paso atrás—. No necesito demostrarle nada a nadie, Beatrice.

—Encárgate de que Edwina regrese de inmediato.

—Edwina no volverá a pisar esta casa. Ya encontraré a alguien que la sustituya.

—¡¡¡Dios bendito!!! ¿Pero quién diablos te has creído que eres?

Madeleine la miró de hito en hito, con la cabeza alzada y los labios tan apretados que se le pusieron blancos. No le hizo falta pronunciar palabra. Beatrice comprendió al punto que Madeleine acababa de reclamar su lugar en la casa.

※　※　※

Lo cierto era que Madeleine no había tenido intención de reclamar nada. No quería granjearse el odio de aquella familia, y lo único que pretendía era que todo acabase cuanto antes y que la dejasen en paz. Pero estaba agotada, agotada de vivir encerrada como si fuese una criminal, de que la vigilasen cuando salía de la casa, de que controlasen todos sus movimientos y pretendieran mantenerla callada y sumisa. ¿Y por qué? ¿Porque Nicholas se había visto obligado a casarse con ella? ¡Tampoco había sido plato de su gusto! Ella lo había superado y había continuado con su vida. Que él hiciera lo mismo y dejara de castigarla ya por algo que no tenía remedio.

Estaba harta de aquella situación, y quizá ese era el motivo por el que no había dudado en despedir a Edwina, para recuperar un poco las riendas sobre su propia vida. ¿Que Nicholas se enfadaba? Que lo hiciera, y que la mandara de vuelta a Hereford si quería. Incluso si le arrebataba las tierras que le había dado saldría adelante. Había aprendido mucho en los últimos años y sabría cuidar de Jake y Eliot. No le necesitaba, no necesitaba a nadie en aquel maldito lugar.

Mientras se recuperaba del enfrentamiento con Beatrice, que se había marchado más ofuscada que enfadada, se sentó frente al tocador con la mirada perdida en un punto indeterminado de la habitación y así permaneció durante varios minutos, hasta que Ruth regresó con el agua. Ni siquiera la oyó entrar.

—¿Se encuentra bien, milady? —le preguntó la doncella mientras vertía el agua limpia.

—Lo estaré, Ruth —le contestó con una sonrisa ladeada.

* * *

Nicholas estaba echando una cabezada en su despacho en la sede del Parlamento. Esa misma mañana había tenido un nuevo encontronazo con Morgan Haggard, y luego otra reunión con Wilberforce. Tras un almuerzo ligero, se recostó sobre el diván que ocupaba un lateral de la habitación para descansar un rato antes de la siguiente reunión. Apenas había cerrado los ojos cuando su asistente entró y anunció una visita. Se puso en pie cuando vio entrar a su hermano por la puerta.

—¡Howard! ¿Habíamos quedado para comer? —le preguntó, mientras trataba de hacer memoria. Lamentaría haberle dado plantón.

—Tienes que hablar con tu mujer —le espetó su hermano, sin saludarle siquiera.

—¿Con Madeleine?

—¿Tienes otra que no sepamos? —respondió de malos modos, algo que no era habitual en él.

—¿Eh?

—Quién sabe. Has tenido a esta tanto tiempo escondida que igual guardas alguna más.

—¿Se puede saber de qué diantres hablas?

—¡Madeleine ha despedido a Edwina!

Nicholas no se atrevió a preguntar quién diablos era Edwina, hasta que la imagen de una severa matrona se abrió paso por su mente. Era la mujer que se ocupaba de cuidar de su abuela.

Se dejó caer sobre el diván que acababa de abandonar. ¿En qué nuevo lío lo había metido aquella cabeza hueca?

—¡Y se ha atrevido a enfrentarse a Beatrice! —continuó su hermano, elevando el tono de voz—. ¡A Beatrice! ¡Con todo lo que hace por nosotros!

—Me consta —musitó, sin saber muy bien qué decir.

—Creo que esta situación se te está escapando de las manos, hermano. No sé por qué no la dejaste allí.

—Porque el rey quiere verla. ¿Piensas que a mí me hace feliz todo esto?

—Siempre has tenido un sentido del humor algo retorcido —recalcó Howard, mordaz.

—Créeme, a mí no me hace ninguna gracia tenerla aquí.

—Mándala de vuelta a Hereford, antes de que las cosas empeoren.

—Ahora es imposible. En unos días se celebrará la fiesta.

—Cancélala.

—¿Te has caído de la cama? —Nicholas lo miró con el ceño fruncido—. ¿Te imaginas los rumores que empezarán a circular si hacemos algo así?

—Di que está enferma.

—Llevo diez años diciendo exactamente eso.

—Entonces no le extrañará a nadie. —Howard alzó los hombros.

—Hablaré con ella.

—Será mejor que lo hagas, Nicholas. Porque si no lo haces tú, tendré que hacerlo yo. —Su dedo índice apuntó al pecho de su hermano.

Nicholas le miró fijamente, con aquel frío brillo en la mirada que delataba cuando estaba realmente enfadado.

—Estoy convencido de que ese último comentario era una broma, Howard —le dijo entre dientes—. Yo soy la única persona que puede hacer algo así, ¿de acuerdo?

Howard asintió y retrocedió un paso.

—¿Por qué ha despedido a Edwina? ¿Ha dicho algo? —volvió a preguntar.

—Esa no es la cuestión, Nicholas.

¿Aquella no era la cuestión? A él le parecía que, precisamente, aquel era el asunto de mayor relevancia. Madeleine llevaba varios días allí y no había provocado ningún episodio de gravedad.

—¿Lo sabes o no lo sabes?

—Beatrice me ha comentado algo sobre no sé qué medicamento, pero no la he entendido muy bien.

—A lo mejor tenía sus motivos —dijo Nicholas, que no comprendía muy bien por qué la estaba defendiendo.

—Repito que ese no es el problema —volvió a señalar Howard—. Esa mujer debe entender cuál es su lugar en nuestra casa. No toleraré que menoscabe la autoridad de Beatrice ni que se crea con derecho a gobernar nuestras vidas. ¿Qué será lo próximo? ¿Despedir a Miles, quizá?

Nicholas resopló. Debería volver a mantener una conversación con Madeleine y recordarle cuáles eran las condiciones de su estancia en la mansión. Tal vez no se había expresado con claridad la primera vez. En esta, se aseguraría de dejárselo bien claro.

Cuando Howard se marchó unos minutos más tarde, Nicholas se sentó a escribir una breve nota a Isobel. Esa noche no podría ir a visitarla tal y como habían quedado. Le aguardaba una misión mucho menos satisfactoria.

26

Madeleine sintió una gota de sudor resbalar por su espalda. No hacía calor en absoluto, pero estaba demasiado nerviosa y notaba las palmas pegajosas en el interior de sus guantes de seda. Poco antes de abandonar su habitación, uno de los lacayos le había traído una nota de Nicholas en la que le anunciaba su intención de verla después de la cena. Casi podía asegurar el tipo de conversación que iban a mantener y se le hizo un nudo en el estómago.

Sin embargo, ni siquiera eso fue suficiente motivo para abandonar la resolución que había tomado horas atrás y que la había llevado al punto en el que se encontraba en ese instante, sentada a la mesa del comedor y esperando a los Sedgwick para la cena. Había pensado en unirse a ellos en el salón, como sabía que tenían por costumbre, pero dos poderosas razones se lo impidieron. La primera, asegurarse de que lady Claire quedaba bien atendida. Le había pagado un extra a una de las criadas para que se quedara toda la noche con la anciana por si esta la necesitaba, y la muchacha se mostró encantada de ganarse un par de chelines. La segunda razón era que no quería molestar a los niños, a los hijos de Beatrice y Howard. Aquel era el único momento del día en el que los pequeños podían disfrutar de la familia al completo, y no quería agriarles esos valiosos minutos.

Si Miles se mostró contrariado cuando le pidió que colocara un cubierto más a la mesa no se lo hizo notar. Y ahí estaba, en la misma silla que había ocupado unas noches atrás, con el pulso tan acelerado como si hubiera estado corriendo por los jardines.

Patrick fue el primero en cruzar el umbral y se quedó allí parado, contemplándola con cara de espanto. Evelyn se colocó a su lado, seguro que para preguntarle por qué se había detenido de forma tan abrupta, hasta que la vio. En su rostro se mostraron la confusión y la simpatía al mismo tiempo, lo que provocó una mueca de lo más curiosa. Los tres miembros restantes de la familia se les unieron en un instante y todas las miradas convergieron en su persona.

—¿Qué hace aquí? —le espetó Howard, pasando el brazo por los hombros de su esposa.

—Lo mismo que ustedes, supongo. Esperar la cena —contestó, tratando de adoptar un tono desenfadado.

—¡Qué desfachatez! —exclamó Beatrice, en cuya mirada podía leer toda una retahíla de desprecios.

—¿Cómo se atreve a bajar después de lo que ha hecho hoy? —La voz de Patrick sonó dura como el pedernal.

—¿Se refiere a despedir a una persona que estaba haciendo daño a lady Claire? —preguntó Madeleine, que fijó en él su mirada, aguardando el enfrentamiento.

—¿Daño?

—¿Pero qué está diciendo?

—¡Esto es el colmo!

—¡Usted no puede estar aquí! —La voz de Beatrice se superpuso a todas las demás. Madeline ni siquiera sabía quién había dicho qué, aunque sí podía asegurar que Nicholas todavía no había abierto la boca. Permanecía impertérrito, contemplándola con el ceño fruncido y los ojos chispeando de furia.

—Lamento disentir, querida Beatrice —le dijo, de nuevo en aquel tono más suave. Luego los miró a todos, uno por uno—. Soy la condesa de Sedgwick, por si acaso lo han olvidado, y solo volveré a cenar en mi habitación si así lo deseo. No voy a permitir que me arrinconen. —Hizo una breve pausa y miró por encima del hombro de Patrick—. Miles, ya puede servir la cena, por favor.

Madeleine mantuvo la compostura pese a las miradas cargadas

de antipatía de todos los presentes, Nicholas incluido, que esa noche estaba más atractivo que nunca. Tuvo que esforzarse para apartar la vista de él. Apretó los dientes, a la espera de un contraataque que finalmente no se produjo, hasta que Nicholas se dirigió a su lugar, en la cabecera de la mesa. Bien, se dijo, había ganado el primer asalto.

Madeleine ni siquiera podía imaginar que Nicholas estaba tan cansado de aquella situación como ella misma. Antes de que los niños bajaran al salón, Beatrice les había contado las razones que Madeleine había argüido para despedir a Edwina, y todos estuvieron de acuerdo en que se había extralimitado. No poseía conocimientos médicos como para hacer una valoración de esa magnitud, ni tenía potestad alguna para despedir al personal de la casa. Eso tenía pensado decirle más tarde. Solo que la perspectiva de esa reunión le provocaba un gran hastío, casi del mismo calibre que cuando debía discutir algún asunto con Morgan Haggard. La única diferencia era que Madeleine era infinitamente más hermosa que el conde de Easton, especialmente ataviada con ese vestido color lavanda que su sobrina Louise habría acariciado con sumo placer. E infinitamente más peligrosa.

Escucharla defender su derecho a estar en aquella habitación como condesa de Sedgwick no había contribuido a calmar su estado de ánimo, e intuía que eso acarrearía un malestar aún mayor en su familia. Por un instante, lamentó haber enviado aquella nota a Isobel. Nada le gustaría más que abandonar la casa y pasar en sus brazos el resto de la velada.

—Beatrice ya nos ha puesto al corriente de lo sucedido hoy —dijo al fin, en un tono de voz grave—. Hablaremos de eso más tarde, ahora quisiera cenar en paz.

Durante unos segundos nadie dijo nada. Los lacayos entraron con los entrantes y solo se escuchó el ruido de los cubiertos. Nicholas se removió en su silla, incómodo. No había logrado deshacerse de la sensación de culpa que se le había instalado en las entrañas desde que Howard le había comunicado la noticia. ¿Cuánto hacía que no pasaba un rato con su abuela? ¿Tan ocupado estaba que no podía pasarse siquiera a saludarla? ¿Cuándo la había visto por última vez? ¿Hacía dos semanas? ¿Tres quizá? Vivían en mundos tan distintos que bien podrían haber estado en países diferentes. Le constaba que a sus hermanos les sucedía exactamente lo mismo, y dudaba mucho que sus cuñadas, que no tenían ningún lazo con la anciana, le dedicaran ni un minuto de su tiempo. Que su cabeza ya no rigiera como cuando eran jóvenes no era óbice para que se hubieran olvidado por completo de ella, como si contratar a una mujer para que se encargara de sus necesidades los liberara de sus obligaciones.

Fue una cena silenciosa. Todo el mundo se concentró en su plato, y a Nicholas tampoco le apeteció iniciar ninguna conversación para relajar el ambiente. Estaba convencido de que jamás se había comido tan deprisa en esa casa. Tras el postre, como si pensara que ya había cumplido su objetivo, Madeleine se levantó, les dio las buenas noches y abandonó la estancia.

—¿Ahora va a acompañarnos siempre que lo desee? —preguntó Patrick, que echó un poco la silla hacia atrás.

—No lo sé —contestó Nicholas.

—¿Piensas hacer algo? —Fue Howard quien habló.

—¿Como qué? Acordamos que sería conveniente que cenara con nosotros alguna vez. Durante la fiesta no debe parecer que existe tensión entre nosotros.

—¡Pues eso va a ser endiabladamente difícil! —Howard arrojó su servilleta sobre la mesa.

—Esa maldita fiesta —masculló Patrick—. Ojalá el rey no se hubiera acordado de que estabas casado.

—Sí, ojalá —convino Nicholas, mirando hacia la puerta por la que había salido su esposa.

*   *   *

—No pienso disculparme si es eso lo que has venido a buscar. —Fue lo primero que le dijo Madeleine en cuanto él entró en su alcoba un rato más tarde.

—Estoy cansado de todo esto, Madeleine —resopló y se dejó caer en uno de los sillones sin pedirle permiso siquiera.

—¿Cansado? ¿Tú?

—¿Acaso te extraña?

—Que yo sepa tu vida funciona igual que siempre, «querido» —le dijo, mordaz—. A mí me has arrancado de mi hogar para encerrarme aquí.

—Sabes que no he venido con la intención de hablar otra vez sobre ese asunto.

—No me arrepiento de lo que hice hoy, si es eso lo que quieres oír.

—Eso es precisamente lo que me preocupa.

—Puedes calmar a Beatrice, no pienso quitarle su corona.

—¿Qué corona?

—Oh, vamos. ¿Crees que no sé que piensa que he venido para arrebatarle su puesto en esta casa?

—Yo no te lo consentiría —afirmó, con la voz llena de aristas.

Madeleine, de pie junto a la chimenea, observó su postura indolente y aquella mirada peligrosa que desmentía la calma que aparentaba. Sí, estaba convencida de que él no permitiría que ella se extralimitase, algo que tampoco tenía intención de hacer.

—Me encargaré de contratar a alguien nuevo para atender a lady Claire —dijo ella, que pretendía solucionar aquello cuanto antes. El médico le había dicho que no conocía a nadie que pudiera incorporarse de inmediato, aunque prometió avisarla si esa situación cambiaba.

—No será necesario.

—¿Cómo que no? ¡No pensarás volver a contratar a Edwina!

—Para serte sincero, esa era precisamente mi intención.

—Oh. —Madeleine hundió los hombros. Todo aquello no había servido entonces para nada.

—Le pedí esta tarde a Barry Dawson que la localizara.

—¿Aún sigue siendo tu administrador?

—Por supuesto. No tengo la costumbre de despedir a la gente que trabaja para mí, algo a lo que tú pareces haberte aficionado.

—Si te estás refiriendo a los Powell...

—No quiero tocar ese asunto. —Nicholas alzó una mano, interrumpiéndola—. Dawson ha sido incapaz de dar con ella hoy pero, mientras la buscaba, ha encontrado a una mujer que estaría dispuesta a hacerse cargo.

—¿Qué mujer?

—¿Importa? Dawson se encargará de informarse sobre ella. Al parecer, ha trabajado hasta hace poco tiempo cuidando de otra anciana en casa de un caballero, en Kent. No conozco más detalles.

Nicholas hizo una pausa, entrelazó las manos y soltó un suspiro de hastío.

—Creo que eres una mujer inteligente, Madeleine. No necesito recordarte que aquí eres solo una invitada y que no te corresponde tomar decisiones que atañen al funcionamiento de esta casa.

—Pero...

—No me importan tus motivos —la interrumpió con suavidad—. Tal vez estuvieran justificados, tal vez no. Esa no es la cuestión, lo sabes perfectamente. —Nicholas se levantó y se dirigió a la puerta—. Te ruego que intentes no despedir también a la nueva cuidadora de mi abuela. Y procura que a Beatrice no le dé una apoplejía. La necesitamos.

—Haré todo lo posible —contestó ella, con sorna.

Nicholas sonrió y durante un breve segundo, un instante tan efímero como irreal, Madeleine vio al hombre que se ocultaba tras aquella fachada de granito y pensó que le habría gustado llegar a conocer a esa persona.

Le habría gustado mucho.

* * *

Dawson había hecho bien su trabajo, como siempre. La mujer que llegó al día siguiente, cargando con una única bolsa de viaje, era la personificación de la eficacia. Pulcra, desenvuelta, decidida... se hizo cargo de la situación de inmediato.

Al llegar había preguntado por la condesa de Sedgwick. Miles avisó a Madeleine que, a su vez, hizo llamar a Beatrice. Si a la mujer le pareció extraño aquel comportamiento, nada en su rostro o sus maneras la delató.

Cuando al fin apareció su cuñada, Madeleine sintió la tentación de desaparecer de la escena, pero la mujer, que se presentó como la señora Potts, se dirigía a ella en particular cuando hablaba, y le pareció descortés ausentarse.

Beatrice abrió la marcha hacia el fondo de la casa, donde se encontraban las dependencias de lady Claire, que Madeleine había visitado por primera vez el día anterior. Eran dos espaciosas habitaciones contiguas, una que ejercía como pequeño salón y la otra de dormitorio. En el otro extremo, un cuarto más pequeño que hasta el día anterior había ocupado Edwina. La anciana estaba sentada en un sillón, con la criada que se ocupaba de ella sentada en una silla cercana. Madeleine observó de nuevo la decoración, tan anticuada como la persona que los ocupaba. Lo cierto era que no le irían mal un color más suave en las paredes y tal vez un cambio de cortinas y de alfombras.

La señora Potts dejó la bolsa en el suelo y se aproximó a lady Claire. Le tomó la barbilla con suavidad y alzó ligeramente su rostro, para que la luz del día lo iluminase. Solo entonces Madeleine se dio cuenta de que los labios de la anciana temblaban ligeramente.

—¿Cómo se encuentra, lady Claire? —le preguntó la cuidadora.

—Tengo frío —musitó la anciana.

La señora Potts tomó un chal que había sobre el respaldo del sillón y se lo puso sobre los hombros.

—Está un poco nerviosa —aclaró la criada, que se había puesto en pie—. Hace un rato tenía calor, y antes frío... pero creo que no tiene fiebre.

—Tal vez sea por la falta de láudano —apuntó Madeleine, que se ganó una mirada de reproche de Beatrice.

—¿Toma láudano a diario?

—Eso creo, sí —contestó, ignorando a su cuñada.

—¿Por qué?

—Su anterior cuidadora lo creía necesario —intervino Beatrice.

La señora Potts la miró con las cejas alzadas y luego volvió a dirigir su atención a lady Clarie.

—¿Le duele algo, lady Claire?

—La cabeza. —Se llevó una de sus huesudas manos hasta el nacimiento del cabello—. Y hace calor, Wendy.

—Wendy fue su doncella personal —aclaró Beatrice ante la mención de aquel nombre—. Creo que la está confundiendo con ella. Lo hace de vez en cuando.

—Bien, le daré un poco de su medicina.

—¿Qué? —preguntó Madeleine, no muy segura de haber entendido bien sus palabras.

La señora Potts se aproximó a las dos mujeres y bajó la voz.

—Si ha estado tomando láudano con frecuencia ha desarrollado adicción a la sustancia. No se puede eliminar esa dependencia en un solo día. Podría hacerse si ella fuese una mujer joven y fuerte. En su estado, en cambio, podría ser fatal.

—¿Entonces?

—Iremos bajando la dosis paulatinamente, hasta que su cuerpo se acostumbre a vivir sin ella. Van a ser unos días difíciles, pero lo superará, estoy convencida. Si más adelante sufre dolores, el doctor valorará la conveniencia de un tratamiento alternativo, aunque no creo que sea necesario. Aparte de un poco mayor, no parece padecer ninguna dolencia de gravedad.

—¿Quiere decir...? —Beatrice carraspeó—. ¿Quiere decir que lady Claire ha tomado esa medicina innecesariamente?

—Aún es pronto para decirlo. Antes de venir he visitado al médico de la condesa y hemos repasado las notas que tomó en su última visita hace unos meses. Vendrá a verla a finales de semana, y para entonces ya dispondremos de una conclusión más detallada.

—Dios mío...

—No se culpe. No es la primera vez que me encuentro con un caso así. Por desgracia, es frecuente mantener a los enfermos y los ancianos permanentemente sedados, sobre todo en los hospitales, donde no hay suficiente personal para atenderlos a todos. De ese modo no se quejan ni deambulan a su aire por los pasillos, que podría ser peor.

Madeleine no se atrevió a mirar a su cuñada, a solo un paso de ella, aunque notó cómo su cuerpo se tensaba a medida que escuchaba a la señora Potts. En las últimas horas había llegado a dudar de sí misma. ¿Y si se había excedido, como todo el mundo parecía pensar? ¿Y si había malinterpretado todo y con ello iba a empeorar el estado de salud de lady Claire? Apenas había logrado conciliar el sueño, acuciada por sus inquietudes, que se encadenaban unas con otras.

La señora Potts, con la misma eficacia, las puso al corriente de cómo pensaba ocuparse de su paciente. Hablaba de paseos por el jardín, pero también de un cambio de dieta, de algo de lectura, de conversaciones estimulantes, de juegos sencillos para activar su cerebro.

—No sé si le han comentado que lady Claire está un poco... senil —dijo Beatrice en un susurro.

—Oh, sí, aunque a su edad no es nada extraño, menos aún si tenemos en cuenta el láudano —respondió la mujer—. De todos modos, eso no significa que no pueda llevar una vida casi normal. Solo necesita un poco de sol y de ejercicio, comidas más sustanciosas y algo de estímulo.

Beatrice se mordió el labio y miró a Madeleine, como si quisiera compartir sus dudas con ella. Enseguida pareció recordar que ella no era su amiga en realidad, ni nadie con quien deseara compartir nada, y retiró la vista de inmediato.

—La dejaremos para que pueda instalarse —anunció entonces Beatrice—. Annie se quedará con usted para ayudarla durante un par de días —añadió, haciendo referencia a la criada.

Salieron de las dependencias y se internaron en el pasillo. No habían recorrido ni tres metros cuando Beatrice se detuvo y la miró.

—Creo que le debo una disculpa —le dijo, aunque sin mirarla a los ojos. Había centrado sus pupilas en un pequeño camafeo que Madeleine llevaba prendido al cuello de su vestido, un regalo de Jake y Eliot de hacía dos Navidades. No tenía gran valor económico, pero lo guardaba junto a sus joyas más preciadas y lo lucía siempre que le era posible.

—Yo... debí consultarlo antes contigo —reconoció Madeleine.

—Sí, debió hacerlo. Aun así, le agradezco su intervención. Dios sabe lo que podría haber ocurrido.

Madeleine asintió y Beatrice comenzó a alejarse.

—Beatrice —la llamó. Su cuñada se dio la vuelta—. No soy tu enemiga, ni he venido a reclamar nada, quiero que lo sepas.

Le pareció que iba a decir algo. De hecho, lo esperaba. Pero Beatrice se volvió y se alejó de ella sin pronunciar ni una sola palabra.

27

En junio, Wilberforce daría otro de sus discursos en la Cámara de los Comunes, y volvería a abogar por la abolición de la esclavitud. Nicholas y él estaban repasando las notas que el político había tomado sobre los puntos en los que quería incidir. El hombre aún le parecía más cansado que la última vez que se habían visto, aunque no dudaba que, llegado el día, sabría estar a la altura de su propia leyenda.

Unos meses atrás, se había creado una nueva comisión contra la esclavitud, aunque aún no había logrado despertar la misma expectación que la que había desembocado en aquella ya mítica ley contra la trata. Nicholas estaba convencido de que, mientras Jorge IV no se posicionara sin ambages a favor de la abolición, el proyecto no prosperaría. Y el rey no tomaría partido mientras existieran tantos nobles en contra de ella. Era como el pez que se mordía la cola.

En ese momento, ambos hombres se habían tomado un descanso y disfrutaban de una taza de té.

—¿Qué tal se encuentra su familia? —preguntó Nicholas, más por cortesía que por un interés sincero.

—Bien, es muy amable por preguntar.

—¿Asistirán a la representación de Waterloo?

Nicholas hacía referencia a una recreación sobre aquella batalla que, desde 1817, se representaba todos los veranos en los jardines Vauxhall.

—Oh, no, ¿qué le hace suponer tal cosa? —Wilberforce arrugó la nariz, lo que aumentó aún más de tamaño su abultado extremo.

—Eh... no sé, tengo entendido que asiste mucho público.

—Las diversiones populares son perniciosas para el espíritu, lord Sedgwick, en especial para el de las damas.

Nicholas siempre olvidada lo extremadamente conservador que era Wilberforce en según qué cuestiones. Le parecía increíble que un hombre que mantenía esas opiniones y otras muchas de similar talante fuese al mismo tiempo el adalid de la emancipación de los esclavos. Bien era cierto que su idea de la libertad para los negros no comprendía que estos ocuparan puestos relevantes en la sociedad, pues para él no eran más que unos niños incapaces de pensar por sí mismos. Ese mismo hombre había convencido a Jorge III a finales de la década de 1780 para que aprobara una ley que castigaba la blasfemia, el exceso en la bebida o el uso de palabras soeces. Luchaba contra los que él consideraba pecadores y, por otro lado, era sumamente generoso con ellos, siempre dispuesto a ayudar a quien lo necesitara, convencido de que los pobres y desgraciados debían soportar con resignación la senda que les había tocado en suerte, porque así eran los designios de Dios. Nicholas todavía no había sido capaz de entender del todo a aquel personaje.

—¿Le parece que volvamos al trabajo? —preguntó Wilberforce, tras unos minutos en los que ninguno de los dos habló.

—Por supuesto. —Nicholas despegó la espalda del respaldo de la silla, dispuesto a abordar de nuevo el asunto que tenían entre manos.

Un par de horas más tarde se retiró al fin y regresó a su despacho. Su secretario le anunció que había alguien aguardándole y rogó internamente para que no se tratase de Howard de nuevo. En cuanto supo el nombre de su visitante, sus hombros se relajaron y abrió la puerta de la zona privada de un humor excelente.

Isobel Webster contemplaba con un interés impostado el cuadro de John Constable que había hecho colgar hacía bien poco. Nicholas había conocido al pintor brevemente en una de sus visitas a Brighton y le había conmovido la calidez de sus paisajes. Isobel se volvió hacia él en cuanto cerró la puerta y giró la llave, y sus ojos color miel se iluminaron al verle.

—¡Querido!

Se acercó y le ofreció la mejilla, aunque Nicholas decidió que no tendría suficiente con eso y la tomó de la barbilla. Su boca se hundió en aquella cavidad aterciopelada y logró arrancarle un suave gemido a la dama.

—Nicholas, podrían descubrirnos.

—En este momento podría hundirse Inglaterra y no me importaría ni un ardite.

Isobel soltó una de esas risitas encantadoras y estudiadas que él encontraba tan coquetas y se separó un poco de él. Sabía que le gustaba aquel juego, provocarle primero para alejarse después, con la idea de aumentar su deseo. Siempre funcionaba, y ese día no fue una excepción.

—¿Qué te trae por el Parlamento? —preguntó él, sabiendo de antemano la respuesta.

—Tú, querido, ¿quién si no? —Volvió a pegarse a su cuerpo y rozó con la punta enguantada de su índice el extremo de su nariz—. Últimamente me tienes muy abandonada.

Nicholas tragó saliva. Era cierto. Habían sucedido demasiadas cosas en las últimas semanas y pensó que había llegado el momento de hablarle sobre Madeleine. Solo que en ese instante Isobel decidió que no iba a castigarle más y le ofreció sus labios, que él tomó con deleite. Las manos se le fueron a la estrecha cintura y se deslizaron hasta sus caderas, que apretó contra su pelvis inflamada.

—¿Vendrás a verme esta noche? —ronroneó ella junto a su oído.

—Puedes apostar a que sí.

Isobel le brindó entonces un pequeño aperitivo de lo que le aguardaba más tarde, y Nicholas se dejó llevar. Cuando la mujer abandonó el despacho veinte minutos después, lord Sedgwick era un hombre mucho más relajado y feliz.

* * *

Tres días habían transcurrido desde que la señora Potts entrara al servicio de lady Claire y la anciana presentaba mucho mejor aspecto. Madeleine acudió a visitarla y las encontró junto al gran ventanal que daba a la terraza. La cuidadora leía en voz alta un libro que tenía entre las manos y la condesa permanecía con la mirada perdida en los jardines, como ausente. Sin embargo, se trataba de una sensación engañosa, porque volvió la cabeza en cuanto la señora Potts invitó a Madeleine a entrar.

—Buenos días, lady Claire —la saludó.

—Buenos días, querida —le dijo, sonriente—. ¿Tu padre ya ha regresado?

—¿Mi... padre? —Madeleine intercambió una mirada con la señora Potts, que se limitó a encogerse de hombros.

—Ya debería estar de vuelta —aseguró la anciana—. Esta noche vamos a una fiesta en casa de lady Pembroke.

Lady Clarie la confundía de nuevo con su hija Bethany, aunque Madeleine prefirió no sacarla de su error. Así se lo había recomendado su cuidadora. Había que seguirle la corriente hasta que ella misma volviera a su ser.

—Aún es temprano.

—Pobre mujer —musitó la anciana, de nuevo con la vista más allá del cristal—. El rey ha perdido por completo la cabeza.

—Jorge III... —dijo Madeleine.

—Pues claro, querida. ¿Acaso tenemos algún otro? —A Madeleine le pareció casi divertido el modo en el que la anciana la reprendía, como si fuese una niña pequeña—. Ha perdido por completo la cabeza y no hace más que insistir en que lady Pembroke es su amante. ¡Qué embarazoso!

—¿Y no son amantes? —inquirió, curiosa.

—¡Bethany! —la riñó de nuevo—. Una dama no comenta esas cuestiones.

—Por supuesto, lady Claire. —Madeleine tuvo que morderse la lengua para no hacerle ver que era ella quien había sacado el tema a colación.

La anciana permaneció callada largo rato, como si anduviera perdida en sus pensamientos.

—¿Quiere que la sustituya, señora Potts? —se ofreció Madeleine, que pensó que a la mujer le vendría bien un descanso de la lectura.

—Oh, es usted muy amable.

Madeleine tomó el volumen y comprobó que se trataba de una novela de Jane Austen, *Emma*, que ella misma había leído unos años atrás. No le costó esfuerzo alguno meterse en la historia y durante una hora disfrutó de las tribulaciones de la joven y bulliciosa protagonista.

Escuchó el sonido de la puerta y pensó que la señora Potts había salido de la habitación, pero no interrumpió la lectura.

Si hubiera alzado la cabeza, habría visto a Nicholas Hancock observándola con suma atención antes de volver a marcharse.

*　*　*

A pesar de que no le apetecía lo más mínimo, Madeleine se obligó a vestirse para bajar a cenar con los Sedgwick. Habían transcurrido demasiados días desde que anunciara su intención de acompañarles con más frecuencia y ya iba siendo hora de que hiciera honor a sus palabras.

Pidió a Ruth que le recogiera el cabello en lo alto de la coronilla y que dejara una cascada de rizos que bajara hasta su espalda. Quería adornar el peinado con unas horquillas a juego con su vestido, pero, por más que las buscaron, no lograron dar con ellas. Seguramente se las habría dejado en Blackrose Manor. La búsqueda, sin embargo, le llevó más minutos de los esperados y llegaba tarde al comedor. En esta ocasión no tendría la oportunidad de sorprender a los Sedgwick sentada ya a la mesa, lo que suponía una desventaja.

En el piso de abajo, encontró a Miles saliendo de la estancia y le pidió que colocara un cubierto más. Del interior no salía sonido alguno y se preguntó por qué estarían tan callados. Descubrió la respuesta al cruzar el umbral y encontrarse a Nicholas a la cabecera de la mesa, cenando solo.

Se detuvo, al tiempo que él alzaba la cabeza y su mano, que llevaba una cuchara a su boca, se quedaba a medio camino.

—¿Dónde...? ¿Dónde están los demás? —balbuceó Madeleine.

—Esta noche han asistido a una fiesta.

Una fiesta a la que ella, por supuesto, no había sido invitada. En realidad no le sorprendió, y ni siquiera le molestó.

—¿Por qué no has asistido tú?

—Iré más tarde, después de la cena.

—Comprendo.

Nicholas la contempló, allí de pie, ataviada con un elegante y primoroso vestido de tafetán en tono burdeos y comprendió que había bajado con la intención de unirse a ellos para cenar. La vio morderse los labios, como si no supiera cómo reaccionar ante la inesperada situación.

—¿Te apetece acompañarme? —Señaló con la cabeza el asiento que ya había ocupado en un par de ocasiones.

—No quisiera molestar.

—Como desees —le respondió.

A Nicholas le daba igual que se quedara o se marchara, solo había tratado de ser amable, aunque era consciente de que, gracias a ella, su abuela había mejorado mucho en los últimos días, y esa misma mañana la había visto acompañándola.

Miles entró con un servicio completo y la miró un instante, como si aguardara alguna instrucción. Madeleine asintió de forma imperceptible y luego ocupó la silla.

Se sentía extraña allí, con la única compañía de su esposo. Llevaban once años casados y no le conocía mejor que el primer día que se habían visto. Es decir, nada. Aunque su primera intención había sido retirarse al verle allí solo, al final había optado por hacer lo que había bajado a hacer.

Un lacayo le sirvió un plato de un consomé delicioso y luego salmón con verduras. No le extrañó la frugalidad del ágape, teniendo en cuenta que Nicholas pensaba asistir a una fiesta después de la cena.

—¿Por qué no has acompañado a tu familia?

—¿Cómo?

—Estoy segura de que también estabas invitado a la cena.

—Oh, desde luego.

—¿Entonces?

—Prefiero cenar aquí.

—¿Solo?

—La alternativa es tener que hacerlo con invitados con los que no tengo ningún interés en confraternizar.

Madeleine alzó una ceja.

—En ese tipo de eventos —aclaró él—, el anfitrión acostumbra a sentar a los invitados de forma aleatoria para favorecer las conversaciones. Rara es la ocasión en la que disfruto de mis compañeros de mesa.

—Oh, ya veo.

—Así me permito gozar exclusivamente del baile posterior.

—¿Te gusta bailar?

—No más que a cualquiera —repuso Nicholas con una mueca. No pensaba contarle a aquella mujer que adoraba la música y que le encantaba bailar cuantas piezas le fuera posible. Solo entonces cayó en la cuenta de que jamás lo había hecho con su esposa.

—¿Y a ti?

—También me gusta, aunque no tengo oportunidad de practicarlo muy a menudo.

Nicholas no dijo nada. Las palabras de ella no parecían encerrar ningún reproche, nada que indicase que el motivo se debía a su aislamiento social, un aislamiento al que él la había sometido, pero su comentario le provocó cierto malestar.

—¿Crees que deberíamos practicar? —preguntó entonces ella, que se llevó a la boca una cucharada de pudding de ciruelas. Nicholas hizo un gesto de extrañeza—. Para la fiesta.

—Cierto, no lo había pensado.

Su cuñada Beatrice no lo había hecho tampoco y, de repente, le pareció importante. Ellos dos tendrían que abrir el baile y todas las miradas estarían fijas en ellos. Debían comportarse con naturalidad o se convertirían en el próximo chisme de todos los salones londinenses.

—La verdad es que yo tampoco. Se me acaba de ocurrir. —La vio pellizcarse el extremo del labio inferior, como si pensara en ello—. Quizá podríamos ensayar cualquier día de estos.

Nicholas asintió. Era lo más sensato, lo sabía. Solo que pensar en el cuerpo de aquella mujer pegado al suyo, rodeados por la música, se le antojó una imagen extraña, casi irreal.

—Pensaba tomar una copa en la biblioteca antes de salir —le dijo transcurridos unos minutos—. Tal vez te apetecería acompañarme.

—Con mucho gusto —repuso ella, que volvió a centrar su atención en los restos del postre.

Nicholas se había sentido obligado a pronunciar aquellas palabras. Seguía sintiéndose incómodo en presencia de Madeleine y pasar algo más de tiempo juntos sin duda le llevaría a habituarse a su presencia.

Cuando ambos dejaron la servilleta sobre la mesa, se levantó y le retiró la silla. Luego le ofreció el brazo y sintió la leve presión de la mano femenina sobre su antebrazo. Les separaban demasiadas capas de ropa como para que ese ligero toque le afectara, aunque su repentina cercanía le provocó una leve alteración del pulso.

La biblioteca era una de las estancias favoritas de Nicholas. Las paredes estaban forradas de estanterías hasta el techo, el suelo cubierto con gruesas alfombras y había varios sofás y sillones repartidos por toda la sala. Era espaciosa y al mismo tiempo acogedora y confortable. Pasar un rato en ella todas las noches era una de sus mayores aficiones, sobre todo si había tenido un día especialmente complicado.

Madeleine ocupó un sillón cercano a la chimenea, apagada en ese instante. Las noches ya eran lo bastante cálidas como para prescindir del fuego, aunque no lo suficiente como para abrir los ventanales. Le ofreció una copa y ella aceptó un jerez. Nicholas se sirvió un par de dedos de brandy, tomó asiento frente a ella y cruzó las piernas. La vio observar con atención una de las mesitas distribuidas por la habitación, donde Miles dejaba la prensa a diario. A un lado había una pila considerable de periódicos más antiguos, porque a veces le gustaba volver a ojear algún artículo.

—Puedes echar un vistazo si lo deseas —le dijo.

—Gracias, no quisiera ser descortés.

—No importa.

Madeleine se levantó con decisión y se aproximó a la mesita. Desde que se encontraba allí no había tenido oportunidad de leer la prensa y lo cierto era que lo echaba de menos. Se centró en la pila de lo que parecían periódicos atrasados, no deseaba privar a Nicholas de la lectura de los que correspondían a ese día. Mientras ojeaba los titulares podía sentir la mirada de él fija en su espalda y comenzó a sentirse intranquila. No terminaba de acostumbrarse a estar a solas con él, siempre le parecía estar moviéndose por un terreno pantanoso que podía engullirla en cualquier momento. De repente, un titular llamó su atención y, con el diario en la mano, se volvió hacia él.

—¿Lord Byron ha muerto? —preguntó, incapaz de ocultar la tristeza que la noticia le había provocado.

—Por desgracia.

—Pero ¿cómo? ¿Cuándo? —Bajó la vista a las letras que, de repente, parecieron bailar ante sus ojos.

—En abril, aunque la noticia no llegó aquí hasta hace unos días.

—¿En Grecia?

—Sí, exacto. —Nicholas se preguntó cómo sabía ella que el poeta se encontraba en aquel país.

Madeleine perdió momentáneamente el interés en la prensa y, con ese ejemplar en las manos, volvió a su sitio, aunque se limitó a dejarlo sobre su regazo, con la mirada perdida en el inexistente fuego de la chimenea.

—Siempre me he preguntado cómo un hombre que podía escribir versos tan sublimes como los suyos podía ser, al mismo tiempo, tan depravado.

—Supongo que te refieres a los rumores sobre la relación con su hermanastra.

—Así es.

—No sé si es cierto. Era un excéntrico, eso es verdad, y le encantaba la polémica. Pero también era muy inteligente y un gran conversador. ¿Sabías que en la universidad tenía un oso como mascota?

—¿Un... oso?

—Las normas prohibían tener mascotas, como perros y gatos, y él adoraba a su perro. No le dejaron llevárselo así es que, en venganza, compró un oso amaestrado en un circo ambulante y se presentó allí con él.

—No le dejarían tenerlo allí, supongo.

—Mi hermano mayor, que coincidió con él, me contó años después que trataron de hacerle entrar en razón, pero se salió con la suya. Las reglas no indicaban en ningún lado que no pudiera tener un oso como mascota y lo estuvo paseando por aquellos jardines como si fuese un perrillo faldero. —Madeleine sonrió, divertida—. Tuvo otras mascotas extrañas, como un mono, un zorro e incluso un águila. Era realmente un tipo muy peculiar.

—¿Llegaste a conocerle?

—Sí, aunque no estrechamente. Coincidí con él hace bastantes años en las clases de boxeo de Bill Richmond.

—¿Practicas... boxeo?

—¿Te sorprende? La esgrima y el boxeo son los deportes más habituales entre los hombres de mi clase, aunque Patrick es el más aficionado a él. Si alguna vez le ves algún moratón, ya sabes a qué es debido.

Madeleine sonrió. Su cuñado no le caía en gracia, pero imaginarle luchando con las manos desnudas frente a otro hombre y recibiendo un golpe tampoco era una imagen agradable.

—¿Es bueno ese tal Richmond? —preguntó ella.

—¿Bueno? Diecisiete victorias en diecinueve combates. Ahora ya está retirado, pero fue uno de los mejores boxeadores del mundo.

—Espera... creo recordar haber leído algo sobre él. Es negro, ¿verdad?

—Sí —masculló él—. ¿Para ti tiene alguna relevancia?

—Ninguna en absoluto —respondió ella—, es solo que recordé ese detalle. Y que había sido esclavo en los Estados Unidos de América.

—En efecto. Escapó de la esclavitud para alistarse en el ejército británico durante la guerra, y el oficial que se hizo cargo de él lo trajo a Gran Bretaña.

—Y aquí se convirtió en boxeador...

—Bueno, eso fue bastantes años después. Es un hombre sumamente interesante. Instruido, elegante, un auténtico caballero. Y tengo el privilegio de contarlo entre mis amigos.

Había pronunciado aquellas palabras con firmeza, como si esperara que ella hiciera algún comentario al respecto. Madeleine lo observó. Había algo en su mirada, un destello que no fue capaz de identificar.

—Creo que será mejor que me retire —dijo en cambio. Se levantó del asiento y volvió a dejar el periódico en la pila de donde lo había cogido—. No quisiera entretenerte.

—Oh, sí, es cierto. He de acudir a un baile —repuso él, cuyas ganas de salir habían menguado hasta casi desaparecer. Para su sorpresa, había disfrutado mucho con la breve conversación.

—Gracias por esta encantadora velada —se despidió ella.

Nicholas la acompañó hasta la puerta. De repente, la sintió tan próxima que el olor a violetas de su pelo asaltó todos sus sentidos. La luz era algo más tenue en aquel rincón, lo que acentuaba la calidez del rostro de Madeleine. Llevaba toda la noche pensando que era hermosa, sofisticada, inteligente e inquisitiva. Y que tenía unos labios tan delicados que Nicholas deseó ponerlos a prueba de inmediato. Ella le sostuvo la mirada sin temor, mientras él decidía si debía besarla o no.

—Madeleine... —susurró.

—¿Puedo...? ¿Puedo volver en otra ocasión y llevarme algunos diarios viejos?

—Puedes llevártelos todos si quieres —respondió él, con las manos en llamas a causa del deseo de hundirlas en su pelo.

—Buenas noches, Nicholas.

Los ojos de Madeleine abandonaron los suyos y el hechizo se quebró. Se retiró unos centímetros, los suficientes como para abrir la puerta, y la vio marcharse.

Cuando la cerró se apoyó unos instantes contra la superficie. Por Dios bendito, había estado a punto de besar a su esposa.

28

El corazón de Madeleine latía desaforado mientras procuraba que sus piernas se movieran con la elegancia que la caracterizaba. Se llevó una mano al pecho, tratando de evitar que su alma se escapara por las costuras de su piel. Nicholas había estado a punto de besarla. Lo había visto en su mirada, igual que lo había vislumbrado tantos años atrás. Y, como entonces, ella estaba deseando que lo hiciera, solo que esta vez le pudo el miedo. Ahora no era una chiquilla incapaz de controlar sus impulsos, aunque le había costado la misma vida pronunciar aquella estúpida frase sobre los periódicos, con la única finalidad de desviar su atención. De lo que no estaba segura era de si se trataba de la atención de Nicholas sobre ella o la suya propia sobre él.

Había sido una velada encantadora, no había mentido a ese respecto. La charla había resultado amena e interesante, mucho más distendida de lo que esperaba. Se había sentido incluso cómoda. Mientras subía las escaleras se preguntó si, de ser otras las circunstancias en las que habían contraído matrimonio, aquella velada hubiera sido habitual entre ellos.

Ruth la ayudó a quitarse el vestido y le cepilló el pelo, como todas las noches, solo que Madeleine estuvo poco parlanchina, concentrada en sus pensamientos. Ni siquiera la noticia de la muerte de lord Byron lograba empañar la agradable sensación de esa noche.

* * *

Nicholas no había conseguido descansar lo suficiente. Se había acostado tarde después de acudir al baile, donde una encantadora Isobel le hizo olvidar, al menos momentáneamente, la extraña escena de la biblioteca. Pero, al regresar a su hogar, la imagen de Madeleine volvió a asaltarle y se quedó con él hasta que al fin logró dormirse.

Por la mañana ese episodio parecía solo un retazo de sueño, algo que en realidad no había ocurrido. Y así habría continuado siendo si justo entonces no hubiera llegado carta de su madre desde Brighton.

Maud Hancock se había retirado allí junto a su hermana Margaret y ambas parecían disfrutar de un retiro la mar de interesante, a juzgar por las cartas que recibían. *Soirées*, exposiciones, reuniones para jugar al bridge... Cuando el tedio las vencía, se instalaban unos días en la ciudad, hasta que el bullicio las hacía añorar su tranquila vida junto al mar y regresaban de nuevo. En esta ocasión, su madre se disculpaba por no poder acudir a Londres de inmediato, como era su deseo, ya que tía Margaret se encontraba un poco delicada de salud y no quería dejarla sola. Esa situación no era inusual y no le llamó la atención. Lo que sí lo hizo fueron sus siguientes palabras. Maud Hancock le hacía saber a su hijo que no le desagradaba la idea de que Madeleine se encontrara en la casa.

Once años atrás, esa misma madre se había mostrado tan disconforme con aquella unión como su propio hijo, y tan ofendida por lo que consideraba una traición como él mismo. De hecho, su relación con la baronesa Radford se había interrumpido de inmediato. Sin embargo, alegaba que había transcurrido ya demasiado tiempo desde entonces, suficiente como para empezar a perdonar y, tal vez, darle una oportunidad a ese matrimonio.

En ningún momento lo instaba a hacerlo, por supuesto. Maud Hancock era excesivamente puntillosa con respecto a interferir en las vidas de sus hijos, pero le hacía saber que, en caso de que él se inclinara por esa opción, contaría con su beneplácito. Era muy propio de su madre olvidar antiguas rencillas, así es que sus palabras, en realidad, no le sorprendieron. Lo que sí lo hizo fue descubrirse valorando esa posibilidad.

—¿Son malas noticias? —preguntó Howard, que había entrado en el comedor sin que él se diera cuenta.

—¿Por qué lo dices? —Lo miró, extrañado.

—No lo sé. Sostienes esa carta entre las manos y tienes una mirada... peculiar.

—Es de madre.

—¿Se encuentra bien?

—Sí, aunque tía Margaret está algo delicada.

—¿Y cuándo no? —Howard soltó un bufido.

Era cierto que su tía, que había permanecido soltera toda su vida, siempre padecía todo tipo de achaques. Esa propensión se había agudizado tras la muerte de sus padres, los abuelos de Nicholas, con pocos meses de diferencia, y a quienes había cuidado hasta el final. Nicholas sospechaba que sus dolencias no eran más que un modo de llamar la atención de los demás, una forma de cobrarse su vida de sacrificio dedicada a aquellos ancianos que habían saboteado cualquier intento de que contrajera matrimonio para que se dedicara a ellos en exclusiva. Pese a que era una costumbre muy extendida que alguna de las hijas menores se quedara soltera para cuidar a los padres en la vejez, a Nicholas siempre le había parecido un proceder harto injusto y, de haber tenido la oportunidad de tener hijos propios, jamás la habría consentido. Ese pensamiento trajo aparejada otra imagen de Madeleine, la mujer que debería habérselos proporcionado.

—¿De verdad que no es nada grave? —insistió Howard, que se sentó frente a un plato lleno hasta rebosar.

—¿Te vas a la guerra? —le preguntó Nicholas, observando aquella ingente cantidad de comida.

—Estoy famélico.

—¿La cena no fue bien?

—Los Stuart han perdido a su chef, que se despidió ayer mismo después de una discusión con lady Stuart, así es que la cena fue una sucesión de platos insulsos y preparados a toda prisa por los ayudantes de cocina.

—Cuánto me alegra no haber asistido a esa parte de la velada, entonces.

—Apenas te vi cuando llegaste.

Nicholas se encogió de hombros. Había bailado bastantes piezas y luego salido con Isobel al jardín, durante mucho más rato de lo esperado.

—Ahora que lo pienso, tampoco vi a lady Webster —añadió con una sonrisa pícara.

—Howard —le avisó su hermano.

—Sí, sí, ya lo sé.

—¿Qué es lo que sabes? —preguntó Patrick desde la puerta. Llegaba solo. Al parecer, las mujeres de la familia habían decidido levantarse más tarde que sus maridos.

—Nada —contestaron Howard y Nicholas al tiempo, lo que aún escamó más a Patrick.

—¿Dónde te metiste anoche? —inquirió Patrick, dirigiéndose a su hermano mayor, mientras se servía un desayuno tan abundante como el de su hermano mediano.

Howard no pudo evitar soltar una risotada y Patrick se volvió hacia ellos, extrañado.

—¿He dicho algo gracioso? —preguntó, con las cejas alzadas y mirando a Nicholas.

—Howard se ha levantado de buen humor —apuntó el mayor.

—No será por lo bien que cenamos anoche. —Patrick torció el gesto—. La carne estaba casi cruda, los panecillos, duros y al pescado ni siquiera le habían quitado las escamas.

—No te quejes —señaló Howard—. Al menos a ti no te tocó de compañero de mesa a lord Rosethal.

—Si tuviera una copa de champán brindaría por ello. —Patrick tomó asiento y se preparó para asaltar el plato—. Ese hombre no sabe hablar de otra cosa que no sean sus perros.

—Y su esposa de nada que no sean sus hijos —apuntó Nicholas, que conocía bien a aquel matrimonio de mediana edad.

—¿Nosotros somos así de aburridos? —inquirió Patrick, con el tenedor a medio camino de su boca.

—Ellos no te tienen a ti para amenizar sus veladas —respondió Howard con sorna.

—Muy gracioso —farfulló Patrick, con la boca llena.

Durante unos minutos, Nicholas se permitió disfrutar de la compañía de sus hermanos, cuyas bromas lograron incluso hacerle reír.

* * *

En el piso de arriba, Madeleine escribía a su administrador, Percy Evans. Solo hacía unos minutos que habían llegado noticias de sir Lawrence, que se mostraba un poco preocupado por el tono de sus últimas misivas. Madeleine recordó que era un hombre inteligente y perspicaz, a quien pocas cosas se le pasaban por alto. Pensó que, en adelante, debería medir muy bien lo que escribía, para no transmitirle la sensación de que su estancia en Londres no estaba resultando tan interesante como ambos habían supuesto.

En su carta, además, sir Lawrence solicitaba su permiso para acudir a buscar a los chicos cuando finalizase la escuela, y a Madeleine le pareció una excelente idea. De hecho, había estado a punto de sugerírselo antes de marcharse, pero le pareció una petición excesiva. Sir Lawrence ya no era tan joven como él pretendía, y se cansaba con frecuencia. Ir a buscar a Jake y Eliot le supondría pasar dos noches fuera de su casa, una a la ida y otra a la vuelta. La echaba de menos, igual que ella a él, y extrañaba a los niños, como seguían llamándoles cuando hablaban de ellos. «Los niños», como si Jake no le hubiera ya superado en altura y Eliot no estuviera a punto de hacerlo.

Madeleine hizo un nudo con las lágrimas que le atoraron la garganta y escribió una breve nota comunicándole a Percy Evans que habría un cambio de planes y que sir Lawrence, y no él, acudiría a buscar a los muchachos. El recuerdo de su marido y de lo sucedido la noche anterior volvió a asaltarla, y trató de alejarlo de su pensamiento mientras escribía una carta mucho más larga y personal a sir Lawrence.

Esperaba que la proverbial sagacidad del anciano no pudiera leer nada extraño entre líneas.

* * *

Recién llegada a Londres, Madeleine había escrito a Thomas Knight, sabedora de que el buen amigo de sir Lawrence se encontraba en la ciudad por esas fechas. Como respuesta, el experto botánico la había invitado a que lo acompañara durante su visita a los jardines de Kew, propiedad de la Corona y unos de los más famosos del mundo. No estaban abiertos al público, así es que ella aceptó encantada la invitación.

En el último tercio del siglo anterior, Jorge III había contado con la ayuda informal del botánico y naturalista Joseph Banks para el desarrollo de esos jardines, que rodeaban una de las residencias reales secundarias. Banks, por aquel entonces presidente de la Royal Society, había enviado expediciones a todos los rincones de la Tierra con el fin de llevar a Inglaterra cientos de especies raras y exóticas, que acabaron dando fama a los mencionados jardines de Kew.

Fue el propio Banks quien convenció a Knight para que publicara sus trabajos y lo recomendó para sucederle como director de la Real Sociedad de Horticultura. Knight siempre hablaba de él en excelentes términos y Madeleine era consciente de lo mucho que le había admirado.

A las diez en punto de la mañana estaba frente a la puerta sur de aquel complejo junto a Ruth Foster en el interior del carruaje de los Sedgwick, del que se apearon en cuanto vio llegar a Thomas Knight en su coche. Hacía casi un año que no coincidían y se saludaron con afecto.

—¿Qué le está pareciendo la ciudad, lady Sedgwick? —le preguntó al fin, mientras se aproximaban a la puerta enrejada.

—Encantadora, señor Knight. ¡Hay tantas cosas que ver! —respondió ella, que se abstuvo de comentarle que aún no la había visitado tanto como le hubiera gustado.

Una vez en el interior de los jardines, y mientras avanzaban por uno de los senderos, el bullicio de las calles londinenses fue quedando atrás. Durante unos instantes, Madeleine tuvo la extraña sensación de que se habían quedado solos en el mundo, en medio de un extraño bosque formado por miles de especies distintas.

—Aquel es un cedro del Líbano. —Knight, como un magnífico cicerone, iba señalando cada árbol—. Y eso es una acacia, traída desde Australia.

En medio de aquel silencio solo se escuchaba el rumor de los pasos y la voz del botánico.

—Mire ese pino laricio de Córcega. ¿No le parece maravilloso?

—Sí, en efecto —contestó Madeleine.

—¿Y ese cedro de la cordillera del Atlas? —preguntó un instante después—. De las montañas más altas de Marruecos.

Los ojos de Madeleine no daban abasto para abarcar tal cantidad de especímenes. De hecho, pensó, si volviera al día siguiente estaba convencida de que no recordaría el nombre de ninguno de ellos.

Tomaron otro sendero, que le permitió observar los delicados parterres de flores perfectamente delimitados que, en esa época del año, eran una explosión de colores. Los árboles, en diversos estados de floración, delimitaban los contornos del jardín y se extendían hasta donde alcanzaba la vista.

—¿Qué tal se encuentran los muchachos? —preguntó entonces el botánico.

—Deseando que acaben las clases para volver a casa —repuso ella con un suspiro.

—Jake me escribió hace unos días para enviarme copia de un trabajo que había presentado en una de sus clases.

—Oh, no me ha comentado nada.

—Ese chico tiene una mente despierta y muchas ganas de aprender. Me recuerda a mí mismo a su edad.

—Es un gran cumplido por su parte, señor Knight. —Madeleine no pudo evitar sentirse orgullosa de los avances de su pupilo.

—¡Está deseando entrar en Oxford! —Sonrió el caballero—. Decididamente, me hace pensar en mí a sus años. Estaba tan ansioso de aprender que soñaba con escaparme y colarme en la universidad para poder asistir a las clases a escondidas.

—Confío en que Jake tenga paciencia para esperar.

—Oh, sin duda alguna. Es un joven juicioso. ¿Qué tal le va a Eliot? Es su primer año en el King Edward's, ¿verdad?

—Me temo que le está costando un poco más adaptarse —reconoció, a su pesar—. Con Jake fue muy fácil, a veces me parece que incluso demasiado. Sus primeras cartas ya estaban llenas de anécdotas y se mostraba ilusionado con todo lo que iba aprendiendo. Eliot es más parco, apenas cuenta nada. Jake dice que no me preocupe, que está bien, pero estoy deseando verle de nuevo y asegurarme de que es cierto.

—Seguro que sí, milady. —Thomas Knight giró la cabeza en su dirección y le dedicó una sonrisa sincera—. Está usted haciendo un gran trabajo con esos chicos, si me permite que lo mencione. No sé qué habría sido de ellos sin usted.

—En realidad, señor Knight, no sé qué habría sido de mi vida sin ellos.

Madeleine guardó silencio y trató de vislumbrar cómo habrían sido los ocho últimos años sin la presencia de Jake y Eliot, y descubrió que le resultaba imposible hacerlo. Todo lo que su mente era capaz de imaginar era un manchurrón grisáceo y neblinoso.

—¿Le apetece visitar uno de los invernaderos? —preguntó entonces el caballero—. Son dignos de admirar. Hay varias especies de orquídeas, una de las flores más delicadas que existen, e incluso algunas plantas carnívoras.

—¿Carnívoras? —Ruth, que había permanecido en silencio, se detuvo.

—Oh, no se inquiete, señorita Foster. Solo se alimentan de pequeños insectos.

—¿Está... seguro?

—Segurísimo. —Knight sonrió.

El calor era asfixiante, pensó Madeleine en cuanto entraron en aquel edificio cuyos muros eran una sucesión de grandes ventanales. Una enorme profusión de plantas de distintos tamaños cubría toda la extensión, hasta donde alcanzaba la vista, distribuidas ordenadamente en largos pasillos. La humedad pegó la ropa a su piel en cuestión de segundos. Ruth se disculpó y decidió esperar fuera, y Madeleine no puso ninguna pega. Dudaba mucho que pasear unos minutos a solas con el señor Knight por aquel paraje fuese a dañar su reputación de manera irremediable. Eso pensó al menos hasta que vio a un hombre elegantemente vestido observando de cerca una de aquellas extrañas y bellísimas flores que Knight había llamado orquídeas.

No pareció escuchar cómo se aproximaban y solo alzó la vista, un tanto sobresaltado, cuando ya estaban casi a su altura. Se trataba de un hombre alto y delgado, de barbilla prominente y con abundante cabello castaño. Su nariz, algo ganchuda, le daba personalidad a su rostro, en el que destacaban además sus ojos azul claro y ligeramente saltones.

—¡Devonshire! —le saludó Knight, tendiéndole la mano—. No esperaba encontrarle por aquí.

—Solo he pasado a observar las orquídeas —repuso el hombre tras responder al saludo. Luego se giró hacia ella—. Buenos días, milady.

—Oh, disculpen. No sé por qué tenía la impresión de que ambos debían conocerse —se lamentó Knight—. Lady Sedgwick, permítame que le presente a William Cavendish, duque de Devonshire, un gran aficionado a la horticultura.

Así es que aquel era el hombre en cuya casa iba a celebrarse la fiesta en honor al rey. Se trataba sin duda de uno de los personajes más ilustres y ricos de Gran Bretaña y verle allí, admirando una simple flor, era probablemente el último lugar en el que ella habría esperado encontrarle.

—Lady Sedgwick, es un placer. —Tomó su mano enguantada y se la llevó a los labios, aunque sin llegar a rozarla con ellos.

—Devonshire, ¿recuerda que le he hablado en alguna ocasión de una extraña especie de rosa cuyo color es prácticamente negro? —preguntó Knight.

—¿Cómo olvidarlo? —contestó el duque, que la miró como si se disculpara por el extraño cambio en la conversación. Madeleine se dio cuenta de que inclinaba un poco la espalda y giraba la cabeza con disimulo, como tratando de no perderse ninguna palabra. Se preguntó si tendría algún problema de oído.

—Lady Sedgwick es quien cultiva esas flores en su propiedad en Herefordshire.

—Oh. —Los ojos del duque se abrieron por la sorpresa—. Permítame decirle que llevo tiempo deseando contemplar esas rosas de las que tanto me ha hablado nuestro amigo, pero hasta hoy no había conseguido que me confesara dónde podía encontrarlas.

Madeleine dirigió a Knight una mirada ambigua. Le había pedido que fuese discreto, temerosa de que sus rosas llamaran la atención en Londres, y él había cumplido su parte, al menos hasta ese momento.

—Le ruego que me disculpe, milady. —Las mejillas de Knight se habían encendido—. Ha sido una indiscreción por mi parte.

—Debo suponer que la dama pretendía guardar el secreto —dedujo el duque con acierto.

—Así es —contestó el botánico, contrito.

—Permítame decirle entonces, milady, que su secreto permanecerá a salvo conmigo —dijo con una pequeña reverencia—. A cambio de dos condiciones.

—¿Dos... condiciones? —balbuceó ella. Volvió la vista hacia Knight, que fruncía ligeramente el ceño, seguramente a la espera de las peticiones del duque.

—La primera es que me haga llegar un ramo de esas rosas para la fiesta en honor al rey —le dijo—. La segunda es que me permita visitar su jardín en Herefordshire en alguna ocasión.

Madeleine sonrió sin tapujos y, a su lado, notó el alivio también en el botánico.

—Será un placer aceptarlas, milord.

—Trato hecho. —El duque le tendió la mano y ella se la estrechó, aunque él acabó llevándola de nuevo a sus labios y, esta vez sí, posándolos sobre la suave tela del guante—. Aquí dentro hace demasiado calor. ¿Le apetece que salgamos afuera? Estoy deseando que me cuente cómo ha logrado obtener un color tan inusual.

Al final salieron los tres y, durante el resto de la mañana, continuaron recorriendo los jardines. El duque resultó ser un hombre instruido y un gran amante de la botánica, capaz de identificar casi todas las especies que adornaban aquel exótico paraíso. Madeleine le habló del modo en que había hallado las rosas Elsbeth y de cómo, entre su jardinero y ella, habían logrado que todo el jardín se llenase de ellas. Luego, a instancias una vez más de Knight, hablaron sobre los manzanos de su propiedad donde, al parecer, tenía algunos ejemplares que ya eran muy difíciles de encontrar. El botánico ya se lo había mencionado en alguna ocasión, y Devonshire mostró un vivo interés en contemplarlos también.

El duque insistió en invitarles a almorzar, pero Knight tenía un compromiso previo y Madeleine no deseaba ausentarse durante tantas horas, aunque con gusto habría pasado el resto de la jornada con ese hombre tan sumamente interesante.

*   *   *

Esa noche, Nicholas había acudido a ver a su amante, que se mostró tan desinhibida como siempre. Después de hacer el amor, Isobel se cubrió con una bata semitransparente y unos preciosos botines de tacón y se sentó frente a él, dejando al descubierto el nacimiento de sus senos. Picotearon de unos canapés que ella había mandado preparar y bebieron vino en abundancia.

La luz de las velas arrancaba destellos de su pelo castaño y hacía brillar sus ojos melosos. Isobel introducía los pequeños bocados entre sus labios con una sensualidad que despertó los deseos de Nicholas, otra vez. Sin embargo, procuró mantener a raya sus impulsos, había algo importante que debía hablar con ella.

—Isobel, quisiera comentar un asunto contigo.

—¿Sobre tu esposa?

—¿Qué? —La miró boquiabierto—. Sí. ¿Cómo...? ¿Cómo lo sabes?

—Tengo mis fuentes —reconoció ella, manteniendo el misterio.

—El rey expresó su deseo de conocerla y no me quedó otra opción que hacerla venir de inmediato.

—Pero se marchará después de la fiesta de Devonshire.

—Eh, sí, en efecto. —Realmente, estaba muy bien informada.

—¿Y qué es lo que te preocupa entonces? —preguntó ella, que se pasó la lengua por los labios húmedos en un claro intento de desestabilizarle—. Nada ha cambiado entre vosotros, ¿no es cierto?

—Nada.

—No es como si me hubieras ocultado su existencia, Nicholas —repuso, y colocó su mano sobre la de él, extendida sobre el mantel—. En unos días todo volverá a ser como siempre.

—En unos días celebraremos una fiesta en la mansión Sedgwick. Creo que debería habértelo comentado mucho antes, pero lo cierto es que últimamente he estado demasiado ocupado y...

—No es necesario que te excuses, querido, me portaré bien.

—¿Eh? No, yo... —Nicholas hizo una pausa, buscando bien las palabras que quería decirle—. La lista de invitados no es muy larga y yo creí conveniente no incluirte en ella. Me pareció que la situación resultaría demasiado incómoda para todos.

—Oh, pero yo sí que estaré.

—¿Qué?

—Beatrice me hizo llegar la invitación hace días y le contesté que sí, por supuesto. Siempre es un placer asistir a una fiesta en la mansión Sedgwick.

¿Beatrice le había enviado una invitación? Nicholas no salía de su asombro. Habían acordado juntos que lo mejor era que lady Webster no asistiera. Debía de tratarse de un error, un error que ahora él debería subsanar.

—Isobel... Te agradecería que, por esta vez, declinaras la invitación.

—No puedo hacer eso, querido. —Ella bebió de su copa, observándolo con fijeza—. Ya me he comprometido a asistir, y mi prima Edora me acompañará. Como comprenderás, ahora no puedo desdecirme. Todas mis amistades saben que estaré allí.

—Pues invéntate una jaqueca —le dijo, con más dureza de la que pretendía.

—¿Qué te ocurre, querido? —Ladeó un poco la cabeza y le dedicó una sonrisa que pretendía ser tímida, pero que Nicholas sabía que solo lo aparentaba—. Cualquiera diría que temes que tu condesa se tome a mal mi presencia.

—Sabes que hay personas que conocen nuestra... aventura. No quiero que seamos el centro de atención esa noche.

—No eres el primero ni serás el último que debe compartir la velada con su esposa y su amante. En nuestro círculo es más habitual de lo que supones.

—Tal vez sí, pero no me apetece formar parte de esa estadística.

—Te preocupas demasiado, amor —le dijo ella, que se levantó a acariciarle el rostro, dejando sus esbeltas piernas al descubierto y prácticamente la totalidad de uno de sus senos.

Nicholas, sin embargo, no estaba de humor para carantoñas.

—¿Me prometes que te lo pensarás, al menos?

—No hay nada que pensar, Nicholas. Además, creo que especialmente en una noche así me necesitarás a tu lado.

Nicholas lo dudaba mucho. No podía imaginarse siquiera en qué circunstancias podría necesitar a Isobel a su lado, excepto para un rato de solaz que, precisamente aquella noche, no pensaba permitirse. Solo faltaría que algún invitado los sorprendiera en una situación indecorosa, en su propia casa y con su esposa presente. Aparte de los ratos de cama y algunos bailes, Isobel y él apenas habían compartido ninguna otra cosa. No mantenían largas charlas sobre algún tema que interesara a ambos y, cuando él sentía la necesidad de explicarle alguna de las preocupaciones que le acarreaba su vida diaria, ella siempre acababa desviando la atención y seduciéndole para acallarle. Solo prestaba atención si la conversación se refería a algún nuevo chisme, que habitualmente era ella misma quien introducía. Era hermosa, apasionada y divertida, pero no era su confidente. A veces, ni siquiera una buena amiga.

Isobel colocó su busto a la altura de los ojos de Nicholas, que aún permanecía sentado, y comenzó a masajearle el cráneo con sus largos dedos, pero él había perdido las ganas de estar allí. Por suerte, esa noche no habían quedado en su piso de soltero en Belgravia, porque le habría resultado difícil echarla de su casa en mitad de la noche.

—Creo que voy a retirarme ya.

—¿Qué? Aún es temprano —dijo ella con un mohín.

—Mañana me espera mucho trabajo. —Le dio un beso en la frente y se alejó—. Buenas noches, Isobel.

Sintió la mirada de ella fija en él mientras se vestía, recogía sus cosas y salía de la habitación sin mirar atrás.

29

Evelyn llamó tímidamente a la puerta de Madeleine. En los últimos días no se habían visto demasiado. Su hijo Henry había estado delicado de salud y apenas se había separado de su lado.

—¿Estás ocupada? —le preguntó en cuanto Ruth le franqueó el paso.

—Por supuesto que no. Pasa —la invitó Madeleine—. ¿Quieres que pida un poco de té?

—Oh, eres muy amable, pero solo he venido a decirte que esta noche vendrán a cenar Julien y Sophie, y que nos encantaría que te unieras a nosotros.

—Claro —musitó, algo sorprendida con la invitación.

—¿Estás nerviosa?

Madeleine la miró, sin comprender muy bien el sentido de su pregunta.

—¿Por conocer a Julien y Sophie?

—¡No! —rio la joven—. ¡Por la fiesta!

—Un poco —reconoció—, aunque la perspectiva de esta noche tampoco me resulta muy halagüeña.

—Sophie es encantadora, ya lo verás. Y Julien es... bueno... es Julien.

—Extraña forma de describir a una persona.

—Es que no se me ocurre cómo definirlo ni con quién compararlo.

Madeleine permaneció pensativa unos instantes, preguntándose qué tipo de individuo merecería una descripción semejante.

No tuvo que esperar mucho para averiguarlo. Unas horas más tarde entraba en el salón. Había medido bien el tiempo para no coincidir con los niños, que vio alejarse de mano de las niñeras. Brendan pareció intuir su presencia, porque se giró y la miró. Madeleine lo saludó con la mano y él repitió el gesto de forma mecánica, aunque, en el último instante, le brindó una sonrisa que la tranquilizó.

Cuando entró en la estancia, los hombres se levantaron de sus asientos, todos excepto Patrick, que ya se hallaba de pie junto a la mesita de las bebidas. Nicholas se aproximó y la cogió suavemente del codo para acompañarla al centro de la habitación. Apenas fue un roce, suficiente para comprobar que la presencia de su esposo cada vez le resultaba menos indiferente.

No tuvo ocasión de ahondar en sus pensamientos. Howard y Patrick la saludaron con fría cortesía, lo mismo que Beatrice. Evelyn se levantó y le dio un suave beso en la mejilla. Junto a ella se incorporó otra joven que era la viva imagen de Nicholas, con el cabello rubio oscuro formando un gracioso moño sobre la cabeza, y el mismo tono azul en la mirada. Madeleine no tenía mucha experiencia con mujeres embarazadas, pero calculó que Sophie debía de estar en su quinto o sexto mes de embarazo. La joven curvó los labios en una sonrisa un tanto forzada y le tendió la mano.

Junto a un sillón próximo a la mesa de las bebidas estaba Julien. Era un hombre sumamente atractivo, más alto que todos los presentes, con el cabello rubio claro, los ojos verdes y una elegancia innata que llevaba como una segunda piel. Se aproximó a ella en dos zancadas, mostrando todos los dientes en lo que a ella le pareció un gesto sincero de simpatía.

—Así que tú eres el «desastre» —le dijo, tuteándola, al tiempo que le guiñaba un ojo y tomaba una de sus manos para besársela.

Sus palabras causaron un pequeño tornado en la habitación, comenzando por ella misma. ¿Un desastre? ¿Así era como la llamaban? Debería haberse sentido ofendida, pero el modo en el que había pronunciado aquellas palabras no guardaba malicia alguna y le devolvió la sonrisa sin pensar, mientras escuchaba los comentarios del resto de los presentes.

—¡Julien! —le habían reñido su esposa y su cuñada Evelyn.

—Por Dios, ¿se puede ser más bruto? —oyó mascullar a Nicholas a su lado.

Las palabras de Patrick o Howard, no podía saber de quién, se perdieron entre las de Nicholas, pero sí escuchó la exclamación contrariada de Beatrice.

—Permíteme decirte, cuñada —continuó Julien—, que es un verdadero placer conocerte al fin. —Se volvió hacia su amigo—. No me habías dicho que era tan hermosa.

Nicholas hizo una mueca. La actitud de Julien le incomodaba, aunque siempre se comportaba del mismo modo, sin miedo a las convenciones sociales y sin temor a decir lo que pensaba. En otras circunstancias, habría alabado su franqueza. En otras que no fueran esas, desde luego.

Miró de reojo a Madeleine, que parecía entre sorprendida y divertida. Le alegró comprobar que las palabras de su cuñado no le habían molestado y se tomó un segundo de más para admirar su serena belleza. Sin duda era una mujer hermosa. No era necesario que Julien lo hiciera notar.

—Perdona los modales de Julien —le dijo—. Hubiera preferido que comiera en los establos, pero mi hermana no me lo habría perdonado.

—Puedes apostar por ello —señaló Sophie—. No se lo tenga en cuenta, Madeleine, por favor.

—¿Se puede saber por qué os estáis disculpando en mi nombre? —intervino Julien, fingiendo sentirse molesto—. Madeleine sabe que no era mi intención ofenderla, ¿verdad?

Sí, Madeleine lo sabía. No entendía cómo, pero era así.

—No lo ha hecho, milord —contestó ella—. Tampoco tenía idea de que en esta casa era considerada como un «desastre». Creo que eso me otorga más importancia de la que merezco.

—¿Más importancia? —Julien la miró, confundido.

—Un desastre es un acontecimiento de especial relevancia que cambia el curso de las vidas de muchas personas —aclaró ella—. Dudo mucho que mi humilde persona haya podido causar tantos desperfectos.

—Bueno, no sé yo si... —comenzó Julien.

—Un desastre sería, no sé, la guerra contra Napoleón —le interrumpió ella—. La pérdida de las colonias norteamericanas. El verano del 16... Estoy convencida de que yo no puedo, en modo alguno, formar parte de esa categoría. ¿O sí?

Fue el turno de Madeleine de guiñarle un ojo a Julien, que soltó una carcajada.

—Nicholas, adoro a tu esposa —le dijo a su amigo, que mantenía las mandíbulas tan tensas como si fuesen de granito. Escuchar a Madeleine hablar en aquellos términos le había resultado turbador.

Julien le ofreció una bebida y Madeleine tomó asiento. Todo el mundo evitaba mirarla a los ojos, seguramente avergonzados por las palabras de ese cuñado desinhibido y sin pelos en la lengua que los había dejado en evidencia. Se sintió secretamente reconfortada por el cambio de papeles y dio el primer sorbo a su copa de jerez con evidente satisfacción.

—¿En qué ocupa su tiempo en Herefordshire? —preguntó Julien, que se instaló en uno de los sillones más cercanos a ella.

—Me encargo de la propiedad, básicamente —contestó ella, que no quiso extenderse.

—Trata incluso con los arrendatarios —apuntó Evelyn, que pareció contenta de participar en la conversación.

—¿No tienes administrador? —inquirió Nicholas que, hasta ese momento, no había mostrado interés alguno en conocer nada de la vida que ella llevaba allí en el norte. Como si con ello la hiciera más tangible, más real.

—Oh, sí, tengo un administrador excelente —contestó Madeleine—. Pero me gusta estar al tanto de lo que sucede. Su antecesor, como ya sabes, tenía tendencia a apropiarse de los bienes ajenos.

—¿Tu administrador te robaba, Nicholas? —Julien soltó un bufido burlón.

—Es una propiedad modesta, milord —explicó ella—. Con la ingente cantidad de tierras que poseen los Sedgwick, hubiera sido casi imposible detectarlo. De hecho, yo tardé muchos meses en darme cuenta.

—No es necesario que me defiendas —apuntó Nicholas, un tanto herido en su amor propio.

—No lo hago —repuso ella, cortante—. Solo dejo constancia de un hecho irrefutable.

—Bueno, creo que tendremos que dejar la pelea de enamorados para más tarde —replicó Julien, ufano—. La cena ya está lista.

Todos se volvieron hacia la puerta donde, en efecto, aguardaba un circunspecto mayordomo para anunciar que podían pasar al comedor.

A Nicholas le hubiera gustado cerrarle la boca a su amigo con un buen puñetazo. ¿Pelea de enamorados? Echó un rápido vistazo a Madeleine y vio sus mejillas sonrosadas, prueba de que el comentario tampoco había sido de su agrado.

Intuyó que Julien les iba a hacer pasar una noche bastante incómoda a ambos.

✳ ✳ ✳

Las intenciones de Julien Hodges no contemplaban la idea de herir a su mejor amigo, ni de ridiculizar a su encantadora esposa. Al contrario. Como ya le había mencionado a Nicholas no hacía mucho, creía que ya iba siendo hora de que dejara atrás el pasado, bien arreglando la situación con Madeleine, bien olvidando el daño causado y rehaciendo su vida lejos de ella. No sería la primera pareja que decidía continuar manteniendo el vínculo del matrimonio al tiempo que llevaban vidas casi independientes.

Desde los inicios, a Julien le había parecido excesivo el castigo impuesto a aquella mujer, que por aquel entonces no debía de ser más que una cría. Una cría obligada a permanecer alejada de todo lo que conocía y sin la posibilidad de acudir a Londres ni siquiera de vez en cuando. Pero, en cada ocasión que había tratado de traer el tema a colación, se había enfrentado al infranqueable muro que Nicholas había construido sobre aquella vana promesa y había terminado por aceptar lo inaceptable y no volver a insistir. Ahora, sin embargo, el destino los había puesto a ambos a su alcance, y estaba dispuesto a divertirse un poco a costa de su amigo, con la esperanza de que ello aligerara la pesada carga que llevaba colgada de los hombros.

A ver si al fin conseguía ver lo ridículo de su proceder.

⁂   ⁂   ⁂

Sophie ocupó el lugar contiguo a Evelyn, con Julien frente a ella. Madeleine supuso que eran los sitios que ocupaban habitualmente cuando visitaban la mansión. Aún quedaban cinco sillas libres, así es que ocupó la situada junto a Sophie. Intercambió una mirada con Nicholas, sentado a la cabecera, con el gesto adusto y los ojos de un tono aún más oscuro del habitual. Se preguntó en qué andaría pensando y retiró la vista, azorada de repente.

Lo que Nicholas sentía en ese preciso instante era difícil de definir. Las palabras de Julien lo habían hecho retroceder hasta aquel día en que la abandonó en Blackrose Manor, en compañía de aquel miserable de Powell. Recordó lo joven que era ella entonces, lo jóvenes que eran ambos en realidad. Un sentimiento de culpabilidad había comenzado a roerle las entrañas y la sensación no le resultaba agradable. No es que ella no mereciera un castigo ejemplar por haberle engañado, pero sí reconocía ahora que tal vez se había excedido. ¿Cómo había sido su vida desde entonces? Maldita sea, ni siquiera le había permitido conservar a su doncella, a nadie de su entorno en el que hubiera podido buscar algo de consuelo.

—¿Estás bien, Nicholas? —susurró Howard, sentado a su derecha.

Nicholas volvió en sí. Vio a su familia charlar de forma bastante animada, aunque no sabía de qué, y a Madeleine concentrada en su plato, elevando la vista de tanto en tanto como si participara de la charla, aunque sin atreverse a intervenir. Soltó un bufido. Se estaba volviendo un blando, eso era lo que le pasaba.

—Perfectamente, Howard —contestó a su hermano, y trató de unirse a la conversación.

—¿Tú qué opinas, Nicholas? —le preguntó Patrick en ese momento.

—Eh...

—Patrick cree que yo debería invertir en más tierras —repuso Julien, que se había dado cuenta de que no sabía de qué hablaban.

—La tierra es la base de nuestra economía —alegó el más joven de los varones Hancock.

—Ya tengo tierras en abundancia, Patrick —insistió Julien—. Me gustaría, no sé...

—Diversificar —señaló Madeleine.

Su intervención los pilló a todos por sorpresa.

—Eso es —repuso Julien—. Gracias, cuñada.

—¿Diversificar para qué? —insistió Patrick, que ni se molestó en mirarla.

—Creo que Julien tiene razón —contestó Nicholas—. No podemos controlar una sucesión de malas cosechas, que sería fatal para nuestra economía. Lo más prudente, como señala Madeleine, es invertir también en otros negocios.

—Es lo que yo estaba diciendo —aseguró Julien—. Solo que no sé en qué invertir.

—¿No hay un tema de conversación más interesante? —intervino Beatrice.

—Discúlpanos, querida —repuso Howard, aunque apenas había intervenido en la charla—. Seguro que acaban enseguida.

—¿Dónde has invertido tú, Nicholas? —insistió Julien.

—En el comercio, en el ferrocarril...

—¿El ferrocarril? —Julien lo miró, atónito.

—¿Qué es el ferrocarril? —preguntó Sophie, mirando a su hermano mayor.

—Ahora mismo no es más que un sueño, querida —contestó Patrick.

—Pero no lo será por mucho tiempo —repuso Nicholas—. En unos pocos años, todos nos moveremos subidos a esos vehículos de metal y podremos recorrer toda Inglaterra en unas pocas horas.

—Más que un sueño, eso parece una fantasía —repuso Howard.

—No, no. Yo he leído algo sobre ello —aseguró Julien—. Están fabricando una nueva máquina, ¿verdad?

—Una capaz de tirar de varios vagones cargados hasta los topes. Mercancías, personas... todo podrá desplazarse a mayor velocidad y en grandes cantidades.

—Eso es absurdo —bufó Beatrice.

—A mí no me lo parece —repuso Nicholas—. Hace un par de años vi con mis propios ojos cómo tendían algunos tramos de vía, unos largos raíles de acero por los que se desplazarán esas máquinas.

—¿Quieres decir que toda Inglaterra se llenará de esos raíles? ¿Por todas partes? —Evelyn parecía escandalizada.

—No son más que caminos de hierro, Evelyn —aseguró Nicholas—. Como los que existen ahora.

—Creo que no entiendo el concepto. —Patrick frunció el ceño.

—Imagina una máquina de gran tamaño —explicó Nicholas, a todas luces entusiasmado—. Como un carruaje inmenso en cuyo interior lleva una máquina de vapor alimentada con carbón. E imagina que, pegados a su cola, pudieras colocar una docena de grandes carruajes, todos desplazándose al mismo tiempo. Sin necesidad de caballos, ni de paradas de postas, ni de descanso para los animales o las personas.

—Vaya, suena interesante y, como dice Howard, bastante fantasioso —replicó Patrick—. ¿Y tú has invertido en eso?

—Desde luego, ¡es el progreso!

—Me gusta cómo suena —repuso Julien—. Pensaré en ello e indagaré un poco más.

—Tal vez aún sea pronto para hacer grandes inversiones en ese sector —apuntó Nicholas—. Yo solo he aportado un poco de capital en la compañía de George Stephenson, que está diseñando una «locomotora», que es el nombre que tiene la máquina que tirará de todos los vagones.

—Es decir, que podría resultar un fracaso absoluto. —Patrick se reclinó en su asiento.

—Podría, sí, aunque lo dudo mucho. En unos años, todo el mundo querrá invertir en ello.

—Creo que busco algo más inmediato. —Julien dio un sorbo a su copa.

—Puedes invertir en productos que estén relacionados con

eso. —Madeleine no pudo resistirse a intervenir. La conversación le resultaba fascinante y ella también había leído sobre aquellas máquinas que, en ese momento, solo se utilizaban para extraer el carbón de las minas.

—¿Has dicho que los raíles son de acero? —preguntó Howard a Nicholas.

—Sí —respondió su hermano, que miraba a Madeleine con fijeza.

—Entonces una inversión en fundiciones podría ser una buena idea.

—O en carbón —apuntó Patrick.

—¿Sí, Madeleine? —preguntó Julien, que había visto cómo ella intentaba intervenir de nuevo y decidía callarse.

—No, nada —respondió, volviendo a centrar su atención en el plato.

—Creo que a todos nos gustaría conocer tu opinión —insistió Julien.

Madeleine alzó la mirada, un tanto cohibida. Todos la observaban y, por primera vez, no vio desprecio en sus rostros, excepto, quizá, una breve pátina en el de Beatrice. Howard y Patrick, en cambio, parecían realmente interesados en escuchar sus palabras. No se atrevió a mirar a su esposo.

—No creo que Nicholas haya sido el único en pensar en invertir en el ferrocarril —dijo al fin—. Quiero decir que es muy posible que existan personas que hayan sido capaces también de ver el potencial.

—Y que ya hayan invertido en fundiciones o en carbón —señaló Nicholas.

—Exacto —dijo ella.

—¿Y qué propondrías tú?

—Supongo que investigaría un poco más sobre el asunto. Esas máquinas necesitarán también otros materiales, ¿no?

—Posiblemente —contestó Nicholas. Durante unos segundos, parecían estar los dos solos manteniendo aquella conversación—. Maderas nobles para los interiores, latón para adornos, clavos para fijar los raíles...

—Algo así, sí.

—Pero tienes algo más concreto en mente, ¿verdad? —inquirió Nicholas, curioso.

—Hummm. —Madeleine pareció meditar sobre la conveniencia de continuar con aquel debate, hasta que pareció decidirse—. Aceite de palma, por ejemplo.

—¿Aceite de palma? —intervino Patrick, que no había perdido detalle de la conversación—. ¿Para qué se va a usar eso en un ferrocarril?

—El aceite de palma se usa como lubricante —aclaró ella—. Casi toda la maquinaria que se está instalando en las fábricas utiliza algún tipo de aceite para evitar las rozaduras con el metal.

—Y unas máquinas tan grandes como locomotoras o vagones, desplazándose sobre raíles también metálicos, van a necesitar toneladas de lubricante —señaló Nicholas, asombrado por la sagacidad de su esposa.

—Esa es la idea, sí.

—¿Y tú cómo sabes todo eso? —preguntó Howard, atónito y tuteándola por primera vez.

—Me gusta estar informada, es todo —contestó ella, con las mejillas sonrosadas.

De hecho, Madeleine estaba muy interesada en la idea del ferrocarril. Llevaba años siguiendo los pequeños avances en ese campo. Si algún día la idea llegaba a convertirse en realidad, significaría una mejora muy importante para ella. Podría enviar sus productos a puntos más lejanos y con mucho menor coste.

—Nicholas, tú y Madeleine habríais formado un gran equipo —apuntó Julien, volviendo a pincharle.

Por primera vez, Nicholas estuvo a punto de darle la razón a su amigo.

30

Cuando se levantaron para volver a la biblioteca, Nicholas le pidió a Beatrice que aguardara unos instantes. Una vez a solas, le preguntó lo que llevaba ya horas reconcomiéndole.

—Has invitado a lady Webster a la fiesta —le dijo.

—Por supuesto que sí.

—A pesar de que te pedí que no lo hicieras.

—Lady Webster es una mujer encantadora y muy solicitada —se defendió ella—. Si invitaba a su prima Edora, hija del marqués de Forworth, no podía dejarla fuera. Hubiera sido descortés por nuestra parte.

—Quizá entonces no deberías haber invitado a los Forworth.

—Pero Nicholas, el marqués es uno de los hombres más poderosos del reino.

Nicholas se mordió el labio inferior. Todo lo que decía su cuñada tenía sentido.

—También añadí a la lista al conde de Easton.

—¿Morgan Haggard? —Frunció el ceño, molesto de verdad—. Taché su nombre expresamente.

—Su influencia iguala o supera incluso a Forworth. Nicholas, me pediste que me ocupara de organizar una fiesta, y eso he hecho. Si no te gusta, tal vez deberías habérselo encargado a tu madre.

—Discúlpame, tienes razón. Es muy probable que tú seas más capaz que yo para estos asuntos. Es solo que me hubiera gustado disfrutar un poco de la velada.

—Oh, querido, cuando uno organiza un evento de esa magnitud, es imposible disfrutar de él.

—¿Alguna otra cosa que deba saber?

—Pues ahora que lo dices... —Beatrice hizo una pausa—. El duque de Devonshire había rechazado nuestra invitación, pero esta mañana ha llegado una nota en la que nos informaba de que había podido cancelar un compromiso previo y que asistirá encantado.

—¿Devonshire? —Nicholas se sorprendió al oírlo.

—¡Sí! ¿No te parece maravilloso? Se prodiga tan poco en estos actos, y la fiesta del rey está tan cerca... ¿Acaso habéis hablado estos días?

—Apenas le he visto últimamente.

—No importa. La fiesta será un éxito, ya verás.

Nicholas asintió, aunque albergaba ciertas dudas al respecto. Le ofreció el brazo a su cuñada y fueron a reunirse con los demás.

* * *

Sophie se había sentado al piano, como era su costumbre cada vez que acudían a cenar. Le gustaba tocar para su familia y no tenía muchas oportunidades de hacerlo. Las suaves notas de una melodía recibieron a Nicholas y Beatrice. Él echó un vistazo rápido a la sala y vio a Madeleine sentada sola en uno de los sofás.

Julien se había servido una copa y estaba tranquilamente instalado en un butacón, con las piernas cruzadas y los ojos cerrados, disfrutando del talento de su esposa. Transmitía una imagen de serenidad absoluta, alejada del Julien de hacía unos minutos. Solo Sophie conseguía domar a aquella fiera que era su amigo.

De repente, a Nicholas se le ocurrió una idea y se aproximó a Madeleine, que dio un respingo cuando llegó a su altura.

—Perdona, no pretendía asustarte —se disculpó. La luz de las velas intensificaba el verde de sus grandes ojos, en los que se perdió durante unos instantes—. ¿Te parece buena idea que bailemos un poco?

—¿Ahora? —preguntó ella, mirando cohibida a su alrededor.

—Apenas nos queda tiempo antes de la fiesta.

La vio morderse los carrillos, indecisa. Tampoco a él le hacía especial ilusión bailar frente a sus hermanos, pero realmente no sabía si dispondrían de un momento más adecuado que aquel. De repente, pensó que no tenían por qué hacerlo solos.

—Madeleine y yo necesitamos bailar juntos un par de piczas, para no hacer el ridículo en la fiesta —dijo, volviéndose hacia el resto de su familia. Hasta Sophie dejó de tocar.

—Es una idea excelente —apuntó Beatrice, que ni siquiera había pensado en el asunto.

—Os agradecería mucho si nos acompañarais. —Nicholas miró especialmente a Howard y a Patrick, que se tomaron unos momentos antes de reaccionar.

—Por supuesto, será un placer. —Howard se levantó y le ofreció la mano a su esposa, que no pudo evitar una risita de placer.

Patrick, algo más reacio, acabó por imitarle y tomó la mano de Evelyn.

—Siento que tú no puedas acompañarnos, Julien —se burló Nicholas—. ¿Quieres que avise a Miles para que te traiga una escoba?

—Hasta con una escoba bailaría mejor que tú, ya lo sabes. —Julien le guiñó un ojo.

Con todos de pie, la habitación parecía haber menguado de tamaño. Sería imposible que tres parejas pudieran moverse por allí sin causar algún estropicio.

—Tal vez sería mejor que nos trasladásemos al salón —apuntó.

—O a la sala de baile —señaló su hermana.

—Sí, eso sería perfecto.

Nicholas ofreció el brazo a Madeleine, que apoyó la mano en él, un tanto azorada.

—Gracias —musitó.

Madeleine nunca había estado en el salón de baile de los Sedgwick, que ocupaba gran parte de la zona norte de la casa. Era una estancia colosal, tan grande que bien podría haber cabido en ella casi toda la planta baja de Blackrose Manor, con abundantes cristaleras y cortinajes en tonos rosados, a juego con la tapicería de las sillas que ocupaban todo el perímetro. Las paredes eran altas y culminaban en una sucesión de molduras que imitaban los motivos vegetales que adornaban los artesonados del techo. Cuatro enormes lámparas de hierro forjado, cada una con capacidad al menos para treinta velas, colgaban a media altura. Los suelos de madera pulida, para favorecer el desplazamiento de los bailarines, brillaban bajo la luz de las lámparas que Miles se había apresurado a encender en los laterales de la habitación. La iluminación era tenue, pero suficiente para su propósito.

Unas puertas dobles comunicaban aquella estancia con el salón en el que la familia se reunía todas las noches antes de la cena y que, si la ocasión lo requería, se abrían de par en par para ofrecer más espacio a los invitados. A Madeleine no se le ocurría en qué circunstancias una sala de aquellas dimensiones se quedaría pequeña. Trató de imaginarse a cien personas allí, a ciento cincuenta incluso, y aún le sobraba espacio.

Sophie se sentó frente a un enorme piano de cola que había en un rincón y desplazó rápidamente los dedos por las teclas. La acústica era soberbia. Pese a la distancia que los separaba, el sonido era perfectamente audible. Madeleine comenzó a ponerse un poco nerviosa.

Nicholas no dijo nada. Estiró su brazo para que ella colocara la mano sobre la suya y luego rodeó su talle con el brazo. La coronilla de Madeleine le quedaba justo a la altura del mentón y hasta él llegó el efluvio a violetas con el que se solía perfumar, una fragancia discreta y tenue que había comenzado a reconocer.

—Cuando quieras, Sophie —indicó a su hermana.

La música comenzó a sonar y Nicholas se movió de manera imperceptible hacia la derecha, arrastrándola con él. Madeleine sentía el cuerpo rígido entre los brazos de su esposo, cuyo suave aroma a sándalo y cítricos le nublaba los sentidos. No recordaba que Nicholas oliera tan bien.

Por el rabillo del ojo, veía desplazarse a las otras dos parejas, con una soltura que a ellos les era ajena.

—No pienses —le susurró Nicholas.

—¿Qué?

—Deja la mente en blanco. Cierra los ojos si lo prefieres y solo déjate llevar.

Así es que él había notado su falta de práctica y la tirantez de sus miembros, y eso no hizo sino aumentar su incomodidad, que la llevó a dar un traspié. Nicholas ni se inmutó. Corrigió la posición de inmediato, con una técnica asombrosa, y continuó con la danza. No la miraba a los ojos, centraba su vista en algún lugar indeterminado de su cabello, o quizá incluso en algún punto de la habitación.

—Madeleine —le dijo, y esta vez sí la miró.

Nicholas se detuvo, sin pensar. Su intención había sido pedirle que se relajara y disfrutara de aquel momento. Al contemplarla bajo aquella luz tenue, con el rostro a medias bañado por las sombras, con la boca entreabierta y los ojos brillantes de expectación, había perdido el compás. Era preciosa. Preciosa e inteligente. ¿Dónde había escuchado que los hombres preferían que sus esposas no fuesen excesivamente inteligentes? A él, la suya comenzaba a parecerle fascinante.

—¿Ocurre algo, Nicholas? —La voz de Sophie llegó hasta ellos con nitidez. Solo entonces se dio cuenta de que había dejado de tocar.

—Continúa, por favor. Solo son unos pequeños ajustes.

Lo dijo sin apartar la mirada de la de Madeleine, cuyo cuerpo notaba vibrar bajo sus manos.

—¿Seguimos? —le preguntó con voz suave.

—Sí —murmuró ella, sin apartar tampoco la vista.

Nicholas comenzó a moverse, con Madeleine prendida a su mirada y respondiendo perfectamente hasta al más ínfimo movimiento de su cuerpo, como si en lugar de su compañera de baile fuese su propia sombra danzando con él. La sensación era exquisita. Para un bailarín consumado como el conde de Sedgwick aquello era casi como tocar el cielo.

Bailaron esa pieza y luego otra más, y otra. Era posible que Madeleine no tuviera mucha experiencia y que tal vez por eso le resultaba tan fácil llevarla a su paso. No se veía obligado a corregir antiguos vicios y ella flotaba entre sus brazos como si no fuese más que una pluma. Y la veía disfrutar. De vez en cuando, no podía controlar que una sonrisa aflorara a sus labios, o que le brillaran los ojos de excitación. Tuvo tiempo de contar todas las diminutas pecas de su nariz y todas las pestañas de sus bonitos ojos, de trazar con la mente el arco de sus cejas, el contorno de sus labios y la suave curva de su mentón.

Nicholas no recordaba haber disfrutado nunca tanto al bailar con alguien, hasta que unos golpecitos sobre su hombro interrumpieron su ensoñación. Se detuvo con fastidio y se volvió en dirección a Julien.

—Lo siento, amigo, pero Sophie está cansada —le dijo, contrariado.

—¿Cansada? —Nicholas miró en dirección a su hermana. Sí, parecía agotada, lo que le resultó extraño.

Solo entonces se dio cuenta de que Patrick y Evelyn ocupaban dos de las sillas, con actitud aburrida.

—¿Y Howard?

—Él y Beatrice se retiraron hace ya un rato.

—¿Cómo? —Miró a Madeleine, sin comprender—. ¿Cuánto tiempo llevamos bailando?

—Más de una hora.

Nicholas alzó las cejas, sorprendido. Solo entonces soltó a Madeleine.

—Creo que estáis listos para la fiesta —apuntó Julien—, aunque os aconsejo que bailéis también con otras personas si no queréis ser la comidilla de Londres durante meses.

Madeleine bajó la cabeza. ¿Había bailado con Nicholas durante más de una hora? Pero si solo habían pasado unos minutos desde que la tomara entre sus brazos, ¿no? ¿Sería acaso una broma de Julien? Descartó la idea en cuanto vio a Patrick y a Evelyn y comprobó la palidez del rostro de Sophie. Se sintió culpable por haber tenido a la joven durante tanto rato sentada al piano, y en su estado.

—Lo lamento mucho —se disculpó.

—Oh, ella está encantada —repuso Julien—. Pocas veces tiene la oportunidad de contar con un público tan... receptivo. Pero ahora me la llevo a casa, a no ser que, de repente, sintáis la imperiosa necesidad de bailar una polca.

Madeleine soltó una risita, pero Nicholas le lanzó a su amigo una mirada furibunda que ella intuyó era solo fachada.

En unos minutos todo había concluido. Patrick y Evelyn se retiraron y ellos acompañaron a Julien y Sophie hasta la puerta. Solo entonces Nicholas se dirigió de nuevo a ella.

—Ha sido un placer bailar contigo esta noche, Madeleine —le dijo, aunque esta vez no la miró a los ojos. Temía que, en caso de hacerlo, no dudaría en tomarla en brazos y subir con ella al piso de arriba, hasta su habitación.

—También ha sido un placer para mí, milord —susurró ella, que se alejó un par de pasos y se volvió para ir hacia las escaleras. Antes de poner el pie en el primer peldaño, lo miró—. Te prometo que no te dejaré en ridículo esa noche, Nicholas.

Habría recorrido el abismo que los separaba y la habría besado hasta hacerla perder el sentido. Sin embargo, se limitó a asentir, con los puños apretados y luchando contra sus impulsos. Solo cuando la vio desaparecer en el piso de arriba se atrevió a dejar salir el aire que había estado conteniendo.

Rogaba a Dios por no ser él quien los pusiera en ridículo a todos.

* * *

Isobel Webster permanecía tumbada sobre el diván del salón de su prima Edora, con la mirada abstraída y jugando con las ondas de su cabello.

—¿Qué te pasa? —Edora levantó la vista de su cuaderno de dibujo, en el que solo había trazado un esbozo de la imagen de su prima.

—Nada, ¿por qué habría de ocurrirme algo? —Isobel hizo una pequeña mueca, tan insignificante que alguien que no la conociera tan bien como ella habría pasado por alto.

—¿Es Nicholas?

—¿Por qué supones que se trata de Nicholas? —respondió, con

ese tono que adoptaba cuando pretendía hacer ver que algo no le importaba—. ¿Acaso tú también lo ves distinto últimamente?

—¿Distinto? ¿En qué sentido? Yo le veo igual que siempre.

—No lo sé. Está... diferente.

Edora hizo un mohín. No le agradaba que su prima fuera pasando de mano en mano. Por fortuna, era discreta y sus romances no habían trascendido. De hecho, si no fuera porque se lo contaba prácticamente todo, ella tampoco habría descubierto la mayoría de sus aventuras.

—No me digas que ya te has aburrido de él —le dijo.

—En absoluto. Es solo que estos días nos hemos visto muy poco y no se muestra tan atento como siempre. Igual está perdiendo el interés.

—¿Perder el interés en ti? —preguntó Edora, que siempre había creído que Isobel era una de las mujeres más bellas de Londres.

—No lo sé —bufó—. Quizá es solo que la presencia de su esposa lo tiene más tenso de lo habitual.

—¿Lady Sedgwick está en Londres? —Edora abrió mucho los ojos.

—¿No lo sabías? —Isobel soltó una risita—. Debes de ser la única persona de Londres que no conoce esa información. De hecho, la fiesta de mañana es precisamente para presentarla oficialmente en sociedad. Los Sedgwick jamás admitirían tal cosa, por supuesto, pero eso es justamente lo que es.

—¡Vaya! —Edora hizo una pausa—. Entonces es probable que se trate de eso. Me dijiste hace tiempo que su matrimonio era solo una farsa.

—Así parece seguir siendo.

—Entonces no tienes de qué preocuparte. Cuando ella se marche, todo volverá a la normalidad.

—Hummm, es posible.

—Isobel, ¿qué estás tramando? —Edora se inquietó. Su prima a veces actuaba de forma impulsiva y sin calibrar las consecuencias de sus actos.

—Nada, querida, nada importante —trató de tranquilizarla—. Es solo que quizá Nicholas necesite un recordatorio.

—¿Un recordatorio?

—Sí, ya sabes, algo que le muestre lo que podría perderse si me deja marchar.

—Isobel, no me digas que tienes intención de poner celoso a lord Sedgwick.

—Solo un poco —reconoció ella, alzando los hombros y con mirada traviesa.

—Creo que te equivocas. Nicholas no es como otros hombres con los que has estado.

—¿Y tú qué sabes? —Isobel se molestó—. No le conoces como yo y, en muchos sentidos, todos los hombres son iguales y responden a los mismos estímulos.

—¿Estás segura?

—Del todo. Cuando tengas tanta experiencia como yo, sabrás de lo que hablo.

Edora dudaba mucho que eso fuese a suceder algún día, pero no contaba con suficiente información como para contradecir a una mujer tan experimentada como su prima. Esperaba de todo corazón que su plan funcionase, porque sabía lo unida que se sentía Isobel a Nicholas Hancock.

* * *

Todo estaba listo al fin. En los últimos días, la casa había sido un caos absoluto, y eso que Madeleine lo había visto desde cierta distancia, sin querer inmiscuirse. Beatrice dirigía a las tropas de criados y obreros como si fuese un general del ejército. Era rápida, eficiente y sabía bien lo que quería, cuándo lo quería y dónde lo quería. Verla trabajar resultaba admirable.

Esa misma mañana llegó una breve nota de Percy Evans acompañada de una carta de su madre que había llegado a Blackrose Manor durante su ausencia.

La baronesa Radford se había casado dos años atrás con un conde austríaco seis años menor que ella, que la trataba como a una reina y que le concedía todos los caprichos. En ese momento, ambos estaban disfrutando de una larga estancia en una mansión en la costa italiana, donde su madre organizaba fiestas cada semana y se codeaba con lo más granado de la sociedad local. En sus últimas cartas le contaba chismes y anécdotas de personas a las que Madeleine no había visto jamás pero a quienes parecía conocer solo con los relatos de su madre. Si hubiera decidido escribir novelas, lo habría hecho francamente bien.

Pensó en contestarle de inmediato, aunque decidió posponerlo. No le había comunicado que pasaría unas semanas en Londres, y no quería hacerlo desde allí. Decidió que lo haría a su regreso y le contaría los pormenores del viaje. Intuyó que iba a necesitar varias páginas si quería explicarle todo con detalle.

Esa noche no habría cena de gala. Beatrice había decidido que lo mejor era ofrecer únicamente un baile, aunque habría comida en abundancia en varias mesas distribuidas por los salones. Madeleine aprobó la idea. No le apetecía sentarse junto a varios desconocidos durante gran parte de la velada, que la asaetearían con infinidad de preguntas, enmascaradas o no, a las que no sabría qué responder. Quiso preguntarle a Nicholas qué debería contestar si le preguntaban por su larga ausencia, pero no le había visto desde la noche del baile. Tampoco había podido apartarlo de su pensamiento. Aún le parecía sentir el calor de su mano rodeando su cintura, y el de sus ojos buceando en su mirada.

Tras una pequeña siesta y un largo baño caliente, Ruth peinó su cabello con esmero. El vestido que llevaría esa noche era una creación de Eve Foster con algunas ideas suyas y el resultado final no podía ser más satisfactorio. Se trataba de un sencillo vestido de satén rojo con sobrevestido de encaje negro que dejaba ver el color del fondo. En los bajos, el encaje se recogía en una sucesión de ondas a un palmo del ruedo y cosidas al satén con una diminuta rosa del mismo material. Los guantes también eran rojos, y estaban adornados con pequeños botones forrados de encaje negro.

Ruth colocó algunos alfileres en el cabello con las cabezas en forma de pequeñas flores escarlatas y solo entonces Madeleine se contempló en el espejo. Estaba espectacular. El vestido era precioso y original. Pensó que no le habría hecho falta mirarse, bastaba con ver la emoción en los ojos de Ruth.

—Milady, está arrebatadora —suspiró.

Así era justo como se sentía. Arrebatadora y aterrada. A partes iguales.

Comprobó la hora en el reloj que había sobre el secreter. Debía bajar ya y reunirse con Nicholas para recibir a los invitados, que no tardarían en comenzar a llegar.

—Páselo bien, milady. La estaré aguardando —le dijo Ruth.

—No, por favor, vete a descansar. Yo sola podré quitármelo.

—¿Qué? ¡No! Estaré aquí. Ya sabe, por si necesita algo.

—¿Qué podría necesitar a esas horas? —Madeleine le sonrió.

—Espero que nada, pero, si no se encuentra bien, suba aquí de inmediato.

Madeleine comprendió entonces lo que quería decir. En sus encuentros con los Sedgwick no había salido muy bien parada y era probable que aquella noche aún sufriera alguna humillación extra. Saber que Ruth estaría allí le infundió nuevos ánimos.

—Gracias, Ruth —le dijo, y le dio un beso en la mejilla.

La doncella le apretó la mano con cariño y la vio dirigirse hacia la puerta.

Ya no había vuelta atrás.

31

Nicholas no hubiera encontrado qué decir ni aunque se hubiera pasado la noche buscando las palabras. Cuando vio a Madeleine bajar las escaleras con aquel vestido tan fascinante se le secó la boca. En su rostro, maquillado sin excesos, destacaban sus grandes ojos y sus labios perfectamente delineados. Los hombros descubiertos, de una blancura exquisita, lo hicieron olvidar incluso dónde se encontraba. Sintió un tirón en la parte baja del estómago y la casi irrefrenable tentación de tomarla de la mano y volver a subir aquellas escaleras. Por fortuna, no estaba solo.

—¡Madeleine! —exclamó Evelyn a su lado—. Ese vestido es... oh, jamás había visto nada igual.

—Es realmente magnífico —convino Beatrice.

Madeleine sonrió, satisfecha, y un tanto azorada por el modo en que Nicholas la miraba. Estaba guapísimo con aquella chaqueta negra pegada al cuerpo, que acentuaba la anchura de sus hombros, y aquellos pantalones del mismo color que estilizaban sus poderosas piernas. Extendió una mano en dirección a ella y Madeleine la tomó para bajar los dos últimos peldaños.

—Estás... preciosa —musitó junto a su oído.

Un escalofrío la recorrió entera al sentir la calidez de su aliento tan cerca de su piel. Quiso mover un poco la cabeza, apoyar su mejilla en aquellos labios, pero no se atrevió.

Howard y Patrick aguardaban junto a la entrada principal, charlando, y ambos se quedaron mudos en cuanto la vieron aparecer.

—Maravillosa —dijo el mediano.

Patrick se limitó a asentir, con aire satisfecho, como si le diera su aprobación. Madeleine no necesitaba que los Sedgwick hicieran tal cosa, pero le complacía comprobar que su atuendo se consideraba apropiado.

Se dirigieron al salón de baile, donde recibirían a los invitados. Varios lacayos de librea aguardaban en el exterior, junto a la puerta principal y en el vestíbulo, para indicarles el camino conforme fuesen llegando.

No hubo que esperar mucho antes de que varias parejas hicieran su aparición. Madeleine se mantuvo junto a Nicholas, sonriendo al ser presentada y dedicando unas palabras de agradecimiento a cada asistente.

—Oh, querida, es usted una preciosidad —le dijo una dama de cierta edad—. Y el vestido que lleva es soberbio. Tal vez podría proporcionarme las señas de su modista.

—Me temo que de momento tengo la exclusiva, milady —contestó ella con una sonrisa.

—Es usted deliciosa, criatura —señaló otra, algo más joven—. ¿A qué se debe que no la hayamos visto con más frecuencia por Londres?

—Mi esposa tiene una salud un tanto delicada, lady Garrison —contestó Nicholas por ella—, y el clima del norte le resulta más beneficioso.

Madeleine le lanzó una mirada rápida. Así es que esa era la explicación que había dado a los miembros de su círculo social y la que ella debería suministrar si alguien se interesaba por su larga ausencia. No le parecía muy creíble, dado que era consciente de que su aspecto no tenía nada de enfermizo, pero aquellas personas aceptarían cualquier explicación que alguien como el conde de Sedgwick les proporcionase.

La sucesión de invitados acabó por marearla. Ya no recordaba ni la mitad de los nombres o títulos, y los rostros eran una sucesión de borrones sin rasgos identificables.

—Lady Sedgwick, es un placer verla de nuevo. —El duque de Devonshire acababa de llegar y besó su mano enguantada. Estaba aún más atractivo que la primera vez que se habían visto.

—No sabía que ya se conocían —señaló Nicholas a su vera, con el cuerpo un poco tenso.

—Oh, nos encontramos brevemente en los jardines de Kew.

—Creí que no estaban abiertos al público. —Nicholas frunció ligeramente el ceño.

—Y no lo están, pero su esposa cuenta con amistades muy influyentes.

—Esperamos que disfrute de la velada, milord —le despidió Madeleine con naturalidad, y el duque se adentró en el salón, donde fue inmediatamente interceptado por una preciosa dama cuyo nombre tampoco logró recordar.

—¿A qué amistades se refiere? —inquirió Nicholas con gesto adusto—. ¿Y cuándo estuviste en esos jardines?

—La semana pasada, creo —respondió ella, sonriendo a su alrededor—. Fui invitada por Thomas Knight.

—Hummm, ¿el presidente de la Real Sociedad de Horticultura?

—¿Le conoces?

—Solo de oídas. ¿Dónde le conociste tú?

—Es natural de Herefordshire, y pasa allí muchas temporadas —le explicó ella—. Es un hombre encantador y hemos coincidido en alguna ocasión.

—Comprendo —musitó Nicholas, que comenzó a saludar a otra pareja que llegaba en ese instante.

La explicación de Madeleine le parecía de lo más inocente y seguramente fuese cierta. Sin embargo, le inquietaba lo que su esposa pudiera haber estado haciendo durante su estancia en Herefordshire. Cuando la dejó allí y le dijo que no aceptaría ningún escándalo por su parte, le dio a entender que él se enteraría de cualquier desliz que ella cometiera. No era cierto, por supuesto. No conocía a nadie en aquella zona que pudiera «espiar» a la condesa de Sedgwick, pero eso ella no lo sabía, y estaba seguro de que la amenaza bastaría para insuflarle el temor necesario para no cometer ninguna estupidez. También estaba bastante convencido de que, en el caso de que ella hubiera actuado de forma deshonesta, él se habría enterado. Cuando se producía una desgracia o una humillación, siempre había alguien dispuesto a dar la noticia.

Nicholas miró hacia el salón de baile y localizó enseguida a Devonshire, más alto que muchos de sus contemporáneos, y se preguntó si su repentino cambio de planes para asistir a la fiesta tenía que ver con Madeleine.

No pudo profundizar mucho más en sus pensamientos. Morgan Haggard, conde de Easton, se encontraba en ese instante frente a él. Lo saludó con cortés frialdad y el hombre respondió casi del mismo modo. Su rostro mudó de expresión al fijarse en Madeleine.

—Milady, permítame decirle que es usted, de lejos, la dama más bella y sofisticada del salón —le dijo al tiempo que se llevaba la mano de la mujer a los labios.

—Aún no ha entrado en él, milord —contestó ella, amable—. Quizá es pronto para hacer una afirmación semejante.

—Créame, no necesito ir más allá de esta puerta para saber que mi aseveración es del todo cierta. —Luego se volvió hacia Nicholas—. Ahora comprendo por qué has mantenido a tu encantadora esposa tan lejos de Londres.

La mandíbula de Nicholas se petrificó. Aquel descarado estaba coqueteando con su mujer a solo un paso de distancia de él. Madeleine había recibido halagos de casi todos los invitados, pero las palabras de Haggard le resultaron más ofensivas que ningunas.

—Aunque estoy disfrutando de mi estancia en la ciudad —le dijo ella—, el clima del norte resulta más beneficioso para mi salud.

—Oh, no sabía que estuviera enferma. —Morgan se inclinó ligeramente hacia ella—. Tal vez me anime yo también a disfrutar de un poco de ese clima tan benigno.

—Escocia estaría bien —refunfuñó Nicholas.

—Demasiado al norte para mi gusto, Sedgwick. —Haggard le dedicó una sonrisa falsa y volvió a centrar su atención en Madeleine—. Espero que luego pueda concederme un baile.

—Con mucho gusto, milord —respondió ella.

Haggard se alejó unos pasos.

—Intuyo cierta enemistad entre tú y el conde de Easton —susurró Madeleine a su esposo.

—Llamarlo enemistad sería quedarse corto.

—¿Por qué lo has invitado entonces?

—Es un hombre muy influyente. Beatrice insistió en que habría sido un error no hacerlo. Ahora empiezo a dudarlo.

—Seguramente Beatrice tenga razón —convino Madeleine—. No siempre tiene uno la libertad de escoger a quiénes le gustaría tener a su lado.

—¿Y por qué no?

—Serían unas fiestas muy aburridas, Nicholas. Y muy muy pequeñas —le dijo, y añadió un simpático guiño que a él le barrió el mal humor de un solo golpe.

Lástima que, justo entonces, apareciera otra persona en su campo de visión que venía a hacer justo lo contrario.

*　*　*

Isobel se había puesto sus mejores galas. Un vestido nuevo y absolutamente encantador, un peinado elegante, joyas exquisitas, y el perfume que más le gustaba a Nicholas. Acudió a la fiesta en compañía de su prima Edora y de los marqueses de Forworth y dejó que estos últimos se adelantaran unos metros. Quería hacer una entrada triunfal.

A su lado, Edora iba tan elegante como siempre, solo que mucho más discreta, lo que hacía que Isobel aún destacara más. Su prima era una mujer muy hermosa, con el cabello negro y unos grandes ojos grises enmarcados por unas larguísimas pestañas que Isobel envidiaba cada vez que la miraba. Pero no sabía sacarle partido a sus numerosos encantos. Si ella tuviera esos senos solo usaría vestidos escotados y muy ceñidos, que atrajeran las miradas. Se peinaría con el cabello hacia arriba, para despejar su rostro ovalado, y se maquillaría sobre todo los párpados, para dar realce a su exótica mirada. A veces, le remordía la conciencia no ser capaz de darle esos sencillos consejos, sobre todo porque sus motivos eran totalmente egoístas. Si Edora le hiciera caso, eclipsaría por completo a Isobel, más menuda que ella y de una belleza más convencional.

Esa noche, sin embargo, Isobel Webster se sentía por completo dueña de su vida. Estaba realmente seductora y había cuidado hasta el más mínimo detalle para atraer la atención de Nicholas. Con lo único que no contaba era con encontrarse a aquella increíble mujer junto a él, vestida con uno de los diseños más exquisitos que había visto jamás. No poseía el exotismo de Edora, pero su belleza era luminosa y refrescante. Isobel estuvo a punto de sacar un pañuelo y quitarse el exceso de maquillaje que con tanto mimo se había aplicado horas antes, pero ya era demasiado tarde.

Su prima apretó su brazo con cariño, para infundirle ánimos, e Isobel recordó que entre Nicholas y aquella mujer, que sin motivo aparente siempre había imaginado amorfa y repulsiva, no existía absolutamente nada.

—Qué fiesta más encantadora, Hancock —le dijo al llegar a su altura, con aquel aleteo de pestañas que tan buenos resultados le había dado hasta el momento. Le tendió la mano, que él llevó a los labios de forma mecánica, igual que llevaría haciendo toda la noche.

—Me alegra que le guste, lady Webster —repuso él, en un tono más serio del que ella esperaba—. Lady Forworth, es un placer verla de nuevo.

—Han sido muy amables al invitarnos —dijo Edora.

—Les presento a mi esposa, la condesa de Sedgwick.

Aquella mujer sonrió y a Isobel se le hizo un nudo en alguna parte. Si hasta ese instante le había parecido hermosa, aquella sonrisa multiplicó por dos la sensación. Estrechó la mano de Edora, que iba en primer lugar, y luego la suya.

—Me alegra conocerla al fin, milady. He oído hablar mucho de usted —dijo Isobel.

—Oh, ¿de veras? —Vio cómo la mujer dirigía una mirada a Nicholas, que se limitó a apretar los labios. Era evidente que se encontraba incómodo.

—Mi prima y yo somos viejas amigas de la familia —apuntó Edora, que la tomó del brazo como si tratara de impedir que cometiera alguna estupidez.

—Entonces también son amigas mías —dijo la mujer—. Sean muy bienvenidas.

Edora tiró ligeramente de ella y ambas se alejaron. Isobel se giró solo un poco, para ver la impresión que le había causado a Nicholas, pero este se encontraba saludando ya a otra pareja.

No importaba. La noche solo había comenzado.

* * *

Como estaba previsto, Madeleine y Nicholas inauguraron el baile y, en esta ocasión, ella se relajó en cuanto él la tomó por la cintura. Pero no fue capaz de disfrutar tanto como la vez anterior. Había demasiada gente en el salón pendiente de sus movimientos. Nicholas tampoco se mostraba tan suelto, pero todo se desarrolló a la perfección, como si hubieran estado ensayando aquel momento durante días. Al finalizar la pieza, se perdieron de vista.

Nicholas se vio obligado a confraternizar con los invitados y a invitar a bailar a algunas de las damas presentes, Isobel incluida. Ella pugnó por aproximarse a su cuerpo un poco más de lo que era aconsejable y él se mostró firme para impedir que lo lograse. Sabía que había demasiados ojos observándolos.

Se cruzó con Madeleine varias veces. La vio bailar con Devonshire, con su hermano Howard e incluso con Morgan Haggard. En ese instante Nicholas disfrutaba de un descanso junto a la mesa de refrigerios y contempló con absoluta claridad cómo Easton se mostraba encantador y sonriente y cómo ella respondía con monosílabos y con gesto ausente. Que no aceptara de buen grado las lisonjas de Haggard le sentó bien a su espíritu.

—¿Te aburres, querido? —Isobel se había materializado a su lado, demasiado cerca para su agrado—. Podríamos escabullirnos unos minutos.

—¿Ahora?

—No sería la primera ocasión en que desaparecemos durante una velada como esta, Nicholas. ¿O tengo que recordarte la última vez? —susurró ella, con aquella voz sugerente que él conocía tan bien.

—Soy el anfitrión, no puedo desaparecer de mi propia fiesta —masculló.

—¿Acaso crees que alguien se daría cuenta? —insistió ella, que aún se acercó un poco más.

—Isobel, ahora no es el momento. —Nicholas se alejó unos centímetros.

—Más tarde entonces —le susurró antes de marcharse—. Para entonces ya estarás harto de todo esto.

Le guiñó un ojo con picardía y fue a reunirse con su prima Edora. Nicholas las observó durante un instante. No entendía cómo dos personas tan distintas podían compartir la misma sangre.

Volvió a centrar su vista en el centro del salón. La pieza había terminado y Haggard besaba la mano de Madeleine y, según le pareció, la retenía más de lo que dictaban las normas de etiqueta. Nicholas dejó el vaso sobre la mesa situada a su espalda y se reunió con ellos.

—Creo que a mi esposa le sentaría bien un paseo por el jardín —improvisó, ofreciéndole el brazo a Madeleine.

—Por supuesto, Hancock. —Haggard dio un paso atrás—. Tal vez podamos volver a bailar más tarde, lady Sedgwick.

—Se lo agradezco, milord, pero me temo que no será posible. —Madeleine acompañó sus palabras con una expresión amable en el rostro—. No sería apropiado que bailase dos piezas con el mismo caballero habiendo tantos invitados en la fiesta.

—Muy considerada, milady —apuntó Haggard con una sonrisa.

Madeleine tomó el brazo de Nicholas y este pensó que, después de todo, tal vez sí sería buena idea dar un paseo por los jardines. Allí dentro comenzaba a hacer mucho calor.

—No sabía que habías recibido tantas invitaciones para bailar.

—Y no lo he hecho.

Nicholas se detuvo y la miró.

—No quería volver a hacerlo con él, es todo —repuso ella.

—¿Te ha pisado? —bromeó él. Saber que Morgan Haggard era un mal bailarín supondría una pequeña satisfacción.

—Oh, no, es un excelente compañero de danza.

—Hummm, de acuerdo —repuso, sin entender muy bien los motivos de Madeleine.

—Me niego a aumentar la enemistad que existe entre ambos —se explicó al fin—. No me parecía apropiado bailar una segunda vez con él, bajo tu propio techo.

Nicholas no supo qué decir. Era un gesto tan considerado y leal que le parecía increíble que proviniera de una mujer como aquella. Una mujer que, años atrás, lo había manipulado y engañado para convertirse en la condesa de Sedgwick.

* * *

El jardín había sido iluminado para la ocasión con diminutas lámparas estratégicamente situadas en los bordes de los senderos que recorrían la propiedad. Madeleine sintió el fresco de la noche acariciar sus mejillas y aliviar el calor que sentía. Estaba disfrutando de la velada, no podía negarlo. Devonshire se había mostrado encantador y habían charlado durante el baile sobre esas rosas que ella le había prometido, y que había olvidado por completo. Debería escribir a Percy Evans de inmediato para que Stuart Landon preparara el envío. No llegarían en perfecto estado, pero, si las escogía con cuidado cuando no fuesen más que frágiles capullos, tal vez lograrían el efecto deseado. Recordó que la floración de las rosas Elsbeth se extendía desde mayo a septiembre, así es que no tendría problemas en seleccionar un buen número de ellas.

Howard, su cuñado, se había mostrado encantador por primera vez desde que se conocían, aunque no hablaron mucho. Todo lo contrario ocurrió con Haggard, cuyas veladas insinuaciones lograron ponerla nerviosa.

Y luego estaba Nicholas. Lo había visto observarla y dirigirle de vez en cuando un ligero asentimiento e incluso alguna tímida sonrisa, como si se encontrara satisfecho con el desarrollo de la noche. A veces, había sentido un ligero cosquilleo en la nuca para descubrir, al volverse, que él la estaba mirando desde algún punto del salón, como si entre ellos se hubiera tendido un hilo invisible que los mantenía unidos. Era un pensamiento absurdo, era consciente, pero al mismo tiempo extremadamente placentero.

—Creo que estás disfrutando de la noche —le dijo Nicholas, como si hubiera leído sus últimos pensamientos.

—Lo cierto es que sí. ¿Tú no?

—No más de lo habitual.

—Oh, claro. —No pudo evitar que la decepción empañara sus palabras.

—Ser el anfitrión en tu propia fiesta no es tan divertido como parece —le aclaró—, aunque la compañía sea especialmente grata.

Madeleine sintió cierto regocijo, porque sabía que se refería a ella. De repente, deseó que todo aquello desapareciera. La música, la gente... que solo quedaran ellos dos en aquel jardín bañado de suave luz.

—Estás preciosa esta noche, Madeleine —le susurró muy cerca del oído.

—Sí, ya me lo habías dicho —murmuró, y esta vez sí que giró la cabeza en su dirección.

En los ojos de Nicholas titilaban las luces del jardín, como si fuesen dos estanques de estrellas. Tenía los labios ligeramente entreabiertos y no pudo evitar mirarlos e imaginarse cómo sería sentirlos sobre los suyos.

La cogió de la mano y la sacó del sendero y Madeleine no se resistió. No comprendía lo que pasaba hasta que escuchó las voces de varias personas aproximándose y charlando animadamente. Nicholas se internó un poco más entre los setos del jardín hasta un pequeño hueco que rodeaba un roble centenario. La tomó de la cintura y la empujó con suavidad hacia el tronco rugoso, para que apoyara la espalda en él.

—Voy a besarte, Madeleine Hancock —le dijo con voz trémula.

Madeleine olvidó respirar y hasta pensar. Solo fue capaz de separarse ligeramente del árbol e ir en busca de los labios de su marido.

* * *

A Nicholas le ardía el cuerpo como si le hubieran prendido fuego a sus entrañas. Toda la noche llevaba intentando apagar aquella hoguera y por fin había encontrado el modo de conseguirlo.

Cuando los labios de Madeleine rozaron los suyos, la envolvió con el brazo izquierdo y llevó su mano derecha a aquel rostro que había deseado acariciar desde hacía horas. Presionó con la punta de la lengua los labios de ella, que se entreabrieron lo suficiente como para poder explorarla a conciencia, y saboreó la miel de aquella boca con fruición.

La escuchó gemir quedamente, pegada a su cuerpo, derritiéndose bajo su asalto y rodeándole el cuello con los brazos. Apasionada, cálida, entregada... Deseó arrancarle la ropa y hacerla suya sobre la hierba, bajo la copa de aquel árbol al que se subía siendo niño y donde fraguó casi todos sus sueños de infancia.

Su mano recorrió el contorno de su clavícula, acarició el nácar de su hombro, y descendió en busca de aquellos senos que temblaban de excitación. En cuanto sus dedos sobrevolaron el contorno de uno de ellos, Madeleine se tensó y se separó unos centímetros. Vibraba de anhelo, igual que él. ¿Por qué se había detenido entonces?

—No podemos —jadeó—. No podemos hacer esto.

—¿Qué? ¿Por qué no?

Ella lo miró y Nicholas vislumbró en sus ojos un mar de dudas y de deseo.

—Complicaría las cosas —musitó Madeleine.

Nicholas no se atrevió a contradecirla. Era absolutamente cierto. De nuevo, se había dejado llevar por sus impulsos. La situación era tan similar a la de tantos años atrás, que sintió cómo una oleada de rechazo ascendía desde su vientre hasta sus orejas.

—Tienes razón. —Ahora fue su turno de alejarse, y dio un paso atrás—. Será mejor que volvamos a la fiesta.

Ella apretó los labios y asintió. Repasó su vestido, que no se había movido ni un centímetro de su sitio, y se llevó las manos al cabello, que tampoco había perdido ni uno solo de sus alfileres.

Después de todo, pensó Nicholas, no había sido para tanto.

32

Madeleine temblaba como si todos los huesos se le hubieran convertido en pudding. Toda la noche había ido adquiriendo cierto halo mágico que había culminado con Nicholas pegado a su piel y a su boca, hasta el momento en el que había sentido sus dedos aleteando junto a su pecho. Unas imágenes muy similares, aunque en otro escenario y separadas por el tiempo, ocuparon el único rincón de su mente que aún parecía consciente. Con ellas llegó el dolor que habían causado y los años de soledad y ostracismo. Y lo fácil que sería perderlo todo si daba un paso en falso. Besar a Nicholas, pese a lo mucho que ambos parecían desearlo, se le antojaba uno de esos pasos.

Nicholas y ella se separaron al volver a entrar en el salón, y ella se dirigió a la mesa de refrigerios. Necesitaba algo bien frío que apagase las llamas de su pecho, pero no fue suficiente. Precisaba de unos minutos a solas. Pensó en subir a su habitación, pero su presencia alertaría a Ruth y también era probable que, una vez allí, perdiera las ganas de volver a bajar. Valoró la idea de acudir al tocador de señoras que habían habilitado en la salita de recibir, para que las damas pudieran refrescarse o retocarse en la intimidad. Seguramente estaría demasiado concurrido y no tenía ganas de encontrarse con nadie. La biblioteca, decidió. Estaba lo bastante alejada del salón de baile como para que nadie hubiera optado por refugiarse en ella, o al menos en eso confió.

Llegó sin sobresaltos y descubrió que, en efecto, estaba vacía.

Solo había un par de lámparas encendidas, insuficientes si hubiese tenido intención de leer alguno de los periódicos, pero que proporcionaban la luz precisa y cálida que necesitaba en esos momentos. Tomó asiento en uno de los sillones y se masajeó las sienes con los ojos cerrados. Escuchó la puerta abrirse y aún permaneció en la misma posición durante unos segundos. Estaba convencida de que se trataba de Nicholas y no estaba preparada para encontrarse con él tan pronto después de lo sucedido en el jardín.

Cuando al fin se atrevió a mirar, no fue a su marido a quien vio junto a la puerta.

*   *   *

Isobel estaba de mal humor. Nicholas apenas le había prestado atención. Podía contar con los dedos de una mano las veces en que sus miradas se habían cruzado, y aún le sobrarían dedos. Ni siquiera había consentido en tener un pequeño encuentro clandestino a los que ambos eran tan aficionados. Entendía que, siendo el anfitrión, no resultase una tarea tan sencilla como otras veces, pero es que ni siquiera había detectado en él un mínimo de interés. Ese interés, por más que la sorprendiera, parecía centrado exclusivamente en la mujer que llevaba su título.

Los había visto salir juntos al jardín, y había reprimido las ganas de salir tras ellos y montar alguna escena. En lugar de eso dedicó aquellos minutos a valorar sus opciones y decidió que había llegado el momento de comenzar a poner en práctica su plan. Candidatos para ello no faltaban en aquel salón tan concurrido. Los fue observando uno a uno, calibrando el posible impacto que podrían causar en el ánimo de Nicholas. Un hombre tan seguro de sí mismo como él no se sentiría amenazado por la gran mayoría de los presentes, posiblemente ni siquiera molesto. Entonces, su mirada se posó en Morgan Haggard, conde de Easton.

Era un hombre muy atractivo, fuerte y varonil, y era, además, el enemigo político de Nicholas. Siempre había sospechado que su prima Edora sentía cierta debilidad por él, aunque Haggard, en cambio, no parecía más interesado en Edora que en cualquier otra de las muchas damas de su entorno. Su interés por Isobel, en cambio, parecía más genuino, aunque no sabía si eso era debido a que se sentía atraído por ella o a que sabía que era la amante de Nicholas. En ese momento la razón no le importaba. Era el candidato más apropiado para servir a su propósito.

Se aproximó con cierta cautela, para provocar un falso encuentro casual y, una vez cumplido el objetivo, se dedicó a seducirle de forma sutil. No deseaba que aquello se le fuera de las manos, solo que Haggard le prestara la atención suficiente como para poner celoso a Nicholas. Le resultó mucho más fácil de lo que había supuesto y se regocijó con su propio éxito.

Le vio regresar del jardín con su esposa y la escena no la pudo hacer más feliz. Sabía distinguir a la perfección los estados de ánimo de su amado solo con mirarle, y en ese instante no estaba muy satisfecho con lo que fuera que hubiera sucedido allá fuera.

Él no la había visto a ella, pero comenzó a moverse hacia la zona donde se encontraba. Aquella era su oportunidad. Calculó mentalmente la distancia y, en el momento preciso, soltó una carcajada de lo más sensual aprovechando un comentario malicioso de Haggard, y se recostó contra su brazo. Entonces volvió la cabeza, triunfal, solo que la expresión que vio en los ojos de Nicholas no se pareció en nada a lo que esperaba. El hombre que la miraba, de pie frente a ella, no sufría de un ataque de celos. Lo único que fue capaz de ver en ellos fue decepción.

Confusa, se separó de Haggard, que rodeó su cintura con un brazo y volvió a aproximarla a él. Las señales que ella le había estado enviando no daban lugar a confusión y, durante unos instantes, se dejó mecer por sus atenciones.

Al fin logró tomar cierta distancia y fue en busca de su prima Edora, pero fue incapaz de encontrarla. Sus tíos le dijeron que se había sentido indispuesta de repente y que había regresado a casa. Sintió la tentación de imitarla, de abandonar aquella horrible fiesta y volver a su hogar, a rumiar sus siguientes pasos. Fue entonces cuando vio a lady Sedgwick alejarse y abandonar el salón y decidió seguirla.

Isobel había estado en la casa las veces suficientes como para saber adónde se dirigía. La vio entrar en la biblioteca y aguardó unos instantes antes de abrir la puerta. Ya no tenía nada que perder.

* * *

Madeleine se levantó ante su inesperada visita.

—Lady Webster, ¿verdad? —preguntó, tratando de mostrarse amable. Le hubiera gustado decirle que aquella estancia era privada pero no se atrevió—. ¿También ha venido en busca de un poco de tranquilidad?

—En realidad buscaba a Nicholas —mintió Isobel.

—¿Nicholas? —A Madeleine le extrañó que utilizara su nombre de pila para referirse a él, algo que suponía una grave falta de cortesía.

—Habíamos quedado en encontrarnos aquí —volvió a mentir—. Le aburren increíblemente este tipo de eventos.

—Yo no... no tenía ni idea —balbuceó Madeleine, confusa y un tanto avergonzada.

—Bueno, es normal. Usted solo lleva aquí unas semanas, no le conoce.

—Usted sí, por lo que veo.

—En el más amplio sentido de la palabra —sonrió, satisfecha, y se dejó caer con indolencia sobre uno de los sofás—. Yo soy la mujer que ocupa el corazón de Nicholas Hancock, todo Londres lo sabe.

—Oh. —Madeleine se atragantó con su propia saliva.

Observó a aquella hermosa mujer al tiempo que se ruborizaba pensando en el ridículo que había hecho durante toda la velada, de pie junto a su esposo y con la amante de este presente en la habitación. Los invitados debían de haberse reído de ella a placer.

Sin embargo, había algo en aquella lady Webster que no terminaba de encajar. ¿Por qué había sentido la necesidad de hacer ese tipo de comentario ante la esposa del hombre al que decía amar? La imagen de Nicholas en el jardín, besándola como si no hubiera un mañana, se materializó frente a ella y supo lo que ocurría. Lady

Webster se sentía insegura y quería asegurarse de que Madeleine supiera que su marido, en realidad, no le pertenecía.

—Es una lástima entonces que no pueda llevar su título de condesa —le dijo, con la misma malicia que la otra había usado con ella.

La reacción de Madeleine no fue lo que Isobel esperaba. Había imaginado unas lágrimas, tal vez una escena, incluso algún velado insulto para el que se había pertrechado. No contaba con que aquella mujer, que según sabía no había estado en Londres en más de una década, también supiera jugar con sus reglas.

—Ya tengo un título, lady Sedgwick. Y más dinero del que puedo gastar —le aseguró, aunque exageraba—. El corazón de Nicholas es mucho más valioso que todo eso.

—Oh, querida, por mí puede quedárselo —repuso Madeleine, mordaz—. Lord Sedgwick me interesa tan poco como yo a él.

—Es a mí a quien ama —insistió Isobel, molesta con la condescendencia de la condesa.

—Sí, ya lo ha mencionado. ¿Trata de convencerme a mí o a sí misma?

—Yo... no... ¡no necesito convencerla de nada! —Elevó un poco la voz—. Es la verdad.

—Y ya le he dado mis bendiciones. ¿Acaso precisa de algo más? —A Madeleine le resultaba difícil controlar su malestar, pero no pensaba dejarse vencer por aquella mujerzuela—. Si no es el caso, le agradecería que fuese en busca de Nicholas y encontrasen otro lugar para su cita clandestina, porque tengo intención de quedarme aquí durante un rato más.

Isobel no encontró una réplica a la altura de las circunstancias. Carraspeó, se alisó el vestido, se levantó con toda la dignidad que fue capaz de reunir y abandonó la habitación sin mirar atrás.

Madeleine se dejó caer contra el respaldo del sillón, asqueada. Decidió servirse una copa de jerez, o mejor de brandy. Necesitaba algo bien cargado para digerir la escena que acababa de protagonizar. Aún se tomó unos minutos para calmar su desbocado corazón, pero luego se dirigió sin titubeos a la mesa de bebidas.

Estaba sirviéndose la copa cuando escuchó la puerta abrirse de nuevo. Oh, por Dios, que no fuese de nuevo aquella horrible lady Webster.

Se volvió con el rostro convertido en una máscara de cera. Esta vez sí era Nicholas quien se encontraba en la entrada.

—Por fin te encuentro —dijo él.

—Ya se ha marchado —dijo ella, al mismo tiempo.

Las palabras de ambos se encontraron en el aire y se enredaron unas con otras.

—¿Me buscabas a mí? —preguntó ella.

—¿Quién se ha marchado? —inquirió él, de nuevo a la vez.

Nicholas sonrió.

—¿Qué tal si empiezas tú? —le dijo, en un tono casi cariñoso y dando un paso en su dirección.

—Tu amante ya se ha marchado —respondió Madeleine, apretando los labios.

—¿Mi... amante?

—¿Lady Webster no es tu querida?

—¿Quién te ha contado tal cosa?

—Pues ella, por supuesto. ¿Quién si no? Ha venido en tu busca porque, al parecer, habíais acordado encontraros aquí —soltó Madeleine de corrido—. Siento haberos aguado los planes, pero necesitaba unos minutos de tranquilidad.

—Yo no había quedado aquí con nadie —aseguró él—, y mucho menos con ella.

—No me importa, Nicholas. Te recuerdo que estoy aquí solo de visita y que puedes hacer con tu vida lo que desees. —Madeleine sabía que era cierto, pero pronunciar aquellas palabras le causó un extraño dolor en el estómago.

Nicholas frunció el ceño, visiblemente enfadado.

—Te repito que no había quedado aquí con nadie. Venía en tu busca. Algunos invitados comienzan a preguntar por ti.

—Oh, claro. Se estarán aburriendo al no encontrar un nuevo objeto de burla.

—¿De qué diablos estás hablando?

—¿Acaso no sabe toda la ciudad que tú y esa mujer sois amantes?

—¡Por supuesto que no!

Madeleine se mordió el labio, indecisa. ¿Había caído en la trampa tendida por aquella arpía y se había creído todo lo que le había contado? ¿Sería todo mentira?

—¿Tú y lady Webster sois amantes?

—Madeleine...

—Por favor, no quiero volver a hacer el ridículo.

—Lo éramos —reconoció él, a su pesar y bajando los ojos.

—¿Lo erais? ¿Cuándo dejasteis de serlo?

Nicholas sacó su reloj de oro del bolsillo y le echó un vistazo.

—Hace aproximadamente cuatro minutos y medio.

Madeleine alzó las cejas, totalmente sorprendida por la respuesta.

—Y ahora, ¿volvemos a la fiesta? —Nicholas le ofreció el brazo y Madeleine acabó colocando su mano sobre él.

* * *

Nicholas estaba furioso. El comportamiento de Isobel no admitía excusa posible. Primero había tratado de seducirle para abandonar su propia fiesta y luego había intentado ponerle celoso con Haggard, conociendo la antipatía existente entre ellos. Y, por último, había abordado a su esposa, a la condesa de Sedgwick, para contarle medias verdades y unas cuantas mentiras con las que humillarla o con cualquier otro propósito oculto.

Al decirle a Madeleine que su relación con Isobel había terminado hablaba totalmente en serio. Esa noche había descubierto en su amante una serie de facetas que le habían desagradado profundamente. Era ladina, capciosa y caprichosa, y le sería imposible volver a confiar en ella. Por fortuna, pensó, jamás había compartido en su presencia ninguna información vergonzosa o comprometida.

Al volver al salón, Isobel se había marchado, y el resto de la velada transcurrió según lo esperado, aunque Madeleine se mostró mucho más distante, y al finalizar la noche se despidió de él con fría amabilidad antes de subir a su habitación.

Nicholas vio a Beatrice dar las últimas instrucciones a los criados antes de retirarse también.

—Te dije que invitar a lady Webster era una mala idea —la abordó.

—¿Nicholas? —Beatrice se volvió con un sobresalto—. ¿Qué ha ocurrido?

—Ha hablado con Madeleine.

—Isobel es así, impulsiva. Ya la conoces.

—Parece que tú también —dijo, con dureza.

—Tarde o temprano Madeleine iba a enterarse, ¿no? No le des tanta importancia. En unos días se habrá marchado y todo volverá a la normalidad.

—Si no te conociera, cuñada, pensaría que todo esto ha sido cosa tuya.

—¿Cosa mía? —Beatrice se llevó una mano al pecho, tratando de parecer ofendida.

—Seguro que habías previsto el comportamiento de Isobel, ¿verdad? —Se acercó un paso a ella, cerniéndose como un depredador sobre su presa—. ¿Por qué, Beatrice?

—Madeleine no pertenece a este lugar —balbuceó, evitando su mirada—. Es mejor que se dé cuenta lo antes posible.

Nicholas no podía creerse que aquella mujer a la que apreciaba hubiera podido comportarse del modo en que lo había hecho, maniobrando para provocar a Isobel e hiriendo con ello a Madeleine. Era cierto que su esposa no sentía nada por él, pero no había necesidad de humillarla para recordarle que aquel no era su sitio. Como si ella no lo supiera, como si no les hubiera dejado bien claro que no deseaba pertenecer a él.

—Lo mejor será que no nos crucemos demasiado en los próximos días —masculló, tratando de controlar su furia.

—Pero Nicholas...

—Tú y Howard podéis pasar unos días fuera, si lo prefieres. Seguro que a mi madre le encantaría ver a sus nietos —la interrumpió.

—Lo he hecho por ti —susurró ella, con un par de lágrimas colgando de sus pestañas.

—¿En serio, Beatrice? —inquirió Nicholas, mordaz, antes de darse la vuelta y desaparecer escaleras arriba.

✳ ✳ ✳

Al día siguiente, Isobel recibió una bonita pulsera, aunque nada extraordinaria, y una nota de Nicholas dando por finalizada su amistad. Sabía que la costumbre dictaba que, al concluir una relación de esas características, el caballero en cuestión regalase a su amante una joya de cierto valor como agradecimiento y como recuerdo del tiempo compartido.

Nicholas había cumplido con la tradición a duras penas, con una carta tan fría e impersonal como la que un comerciante enviaría a otro, y con una alhaja simple y económica que no representaba en absoluto los meses que habían compartido juntos. No mencionaba los motivos reales de la ruptura, pero ella los conocía de sobra. Había jugado mal sus cartas y había perdido al único hombre que había amado en toda su vida. Y sabía que era una pérdida irreparable. Le conocía demasiado bien y jamás le daría otra oportunidad.

Se negó a quedarse en su casa llorando y se vistió con uno de sus trajes más elegantes para ir a ver a su prima Edora, la única que parecía entenderla. Para su sorpresa, sus tíos le dijeron que se había marchado unos días a una de sus propiedades en el campo. Pensó que sería una buena idea acompañarla. Una temporada alejada de Londres le sentaría bien, pero los marqueses de Forworth no supieron darle más detalles. Tenían demasiadas propiedades, no podía comenzar a recorrerlas todas hasta localizarla.

Isobel no entendía lo que estaba ocurriendo. Edora la abandonaba en el peor momento de su vida, y sin ninguna explicación. Lejos de entristecerse, eso la puso de muy mal humor, y regresó a su casa hecha una furia. Riñó a su doncella y a uno de los criados y durante todo el día deambuló por la casa como un alma en pena.

¿Qué iba a hacer? No quería encerrarse en su casa. Quería salir, divertirse, bailar, y buscar consuelo en unos nuevos brazos. Lloró durante mucho rato y luego volvió a enfadarse. Pensó en el conde de Easton, que tan receptivo se había mostrado la noche anterior, pero le dio pereza. Sería una venganza digna de ella convertirse en la amante del enemigo de Nicholas, pero no estaba dispuesta a soportar un nuevo rechazo si Haggard decidía que, ahora que Nicholas y ella no eran nada, ya no le interesaba.

«Necesito un cambio de aires —se dijo, limpiándose las mejillas—. Pero un cambio de verdad.»

Se sentó frente al tocador y contempló su reflejo. Aún era una mujer joven y hermosa, capaz de conquistar a cualquier caballero. Solo que en esa ciudad únicamente había un hombre que le interesara, y acababa de abandonarla.

Llamó a su doncella y le pidió que preparara su equipaje. Todavía no había decidido cuál sería su destino, pero lo haría en las horas siguientes. Tal vez París. Quizá Viena. O San Petersburgo.

El mundo era muy grande. En algún lugar debía de haber otro Nicholas Hancock esperándola.

33

El día siguiente Madeleine permaneció en su cuarto. No deseaba encontrarse con nadie, especialmente con Nicholas. Analizó en profundidad los sucesos de las últimas jornadas y los sentimientos que se habían despertado en ella. Reconocía sin pudor que se sentía atraída por el hombre que era su esposo, era estúpido negárselo a sí misma. Le parecía distinguido, inteligente e interesante, por no hablar de su físico seductor. Que alguien como ella, que llevaba tantos años apartada de la vida social, experimentara cierta fascinación por un caballero como él no era extraño. Que hubiera deseado que él la besara, tampoco.

Igualmente debía reconocer que el hecho de que él hubiera continuado con su vida era lo más natural. ¿No había hecho lo mismo ella con la suya? No de igual modo, claro, pero ella también tenía sus propios amores, de los que Nicholas no sabía nada. Ni siquiera se atrevía a imaginar lo que pensaría si llegaba a descubrir la existencia de Jake y Eliot.

Por último, pensó en ese beso que le había puesto la piel del revés y cuyo sabor no lograba desprender de sus labios. Si lo analizaba fríamente, ese breve encuentro había sido el fruto de una concatenación de pequeños detalles que habían desembocado en ese final. La emoción de la fiesta, la cercanía a la que habían estado sometidos en las horas previas, el baile, el champán, el calor, la belleza de los jardines... todo ello había conducido a ese efímero y apasionado instante. Que hubiera sido capaz de ponerle fin antes de convertirlo en un grave error era algo de lo que se sentía especialmente orgullosa.

Un par de días más tarde recibió la visita de su cuñada Evelyn, que apareció con un fajo de sobres de distintos tamaños. Se sentó a compartir una taza de té con ella y dejó la correspondencia sobre su falda. En cuanto le hubo dado un sorbo a su bebida, le entregó las cartas. En un primer momento, Madeleine se inquietó. ¿Qué había sucedido en Blackrose Manor que requiriera de tal cantidad de misivas?

—Son invitaciones a tomar el té y a acudir a varias fiestas —le dijo Evelyn, antes de que hubiera podido siquiera comprobar los nombres de los remitentes.

—¿Qué? —Observó los sobres con atención, sin que la letra de ninguno de ellos le sonara.

—Bueno, eres la condesa de Sedgwick. —Evelyn le sonrió con picardía—. Y una novedad en la ciudad. En los próximos días vas a estar muy solicitada.

—Hummm.

—No tienes la obligación de asistir a todos esos eventos, o a ninguno —se apresuró a afirmar, viendo el desconcierto en el rostro de Madeleine—. Basta con que envíes un par de líneas amables. Tu doncella podría escribirlas incluso.

Madeleine miró a Ruth, sentada casi frente a ella, y vio cómo alzaba las cejas ante la sorpresa. Evelyn tomó otro sorbo de té.

—Por cierto, esta mañana visité a lady Claire —anunció—. Y por primera vez en no sé cuántos años me reconoció.

—Oh, no sabes cuánto me alegro. —Madeleine le apretó la mano con suavidad.

—Estaba increíblemente lúcida, ¿sabes? —continuó—. Había pensado que, quizá, podría cenar alguna noche con la familia.

—Justo el otro día le mencioné la posibilidad a la señora Potts.

—¿Le pareció bien?

—Me dijo que no veía inconveniente, aunque también me avisó de que en algún momento podría mostrarse desorientada.

Evelyn hizo una mueca.

—No creo que sea un problema, Evelyn —añadió—. Y, si se pone muy nerviosa, la señora Potts no andará lejos.

—Tienes razón. —Hizo una pausa—. Esta noche vienen Julien y Sophie otra vez. ¿Te parece un momento apropiado?

Volver a encontrarse con la familia al completo, después de la fiesta, no era una situación que le apeteciera de forma especial, pero la ocasión bien merecía un pequeño esfuerzo.

—Oh, ya lo creo que sí.

—Aunque no sé si Beatrice podrá asistir, ahora que pienso —musitó.

—¿Beatrice?

—Está indispuesta —explicó Evelyn—. No ha abandonado su habitación desde la noche de la fiesta.

—No sabía nada.

—No te preocupes. Seguro que se trata de una leve indisposición, ya sabes lo mucho que sufrimos las mujeres todos los meses.

Ambas apartaron la mirada, repentinamente avergonzadas ante la alusión a una cuestión tan íntima. Evelyn se llevó la taza a los labios y Madeleine cogió uno de los diminutos sándwiches de pepino que les habían servido.

Mientras lo mordisqueaba quiso preguntar por Nicholas, pero al final no se atrevió. De todos modos, ¿qué le importaba a ella dónde anduviera su marido?

*　*　*

A su esposo, sin embargo, sí le importaba dónde se encontraba ella. Nicholas no había visto a Madeleine desde la noche del baile ni tampoco a Beatrice, dicho sea de paso. Sabía que esa noche ambas estarían presentes en la cena, ya que venían de nuevo Julien y Sophie. Su hermana pretendía disfrutar de los últimos días que le quedaban antes de que el embarazo le impidiera moverse y de que el parto la confinara en su casa durante semanas.

La tentación de subir a ver a su esposa le había aguijoneado todo el tiempo que estuvo en la casa que, por fortuna, no fue mucho. El Parlamento estaba a punto de cerrar las sesiones por esa temporada y aún había demasiadas cuestiones sobre la mesa, que lo mantenían ocupado hasta altas horas de la noche.

La presencia de Madeleine le alteraba el ánimo, aunque aún no sabía de qué modo. Recordaba lo preciosa que estaba la noche de la fiesta y lo dulces que se le antojaron sus labios. Esas imágenes se entremezclaban con las que en la última década le habían servido de referencia cada vez que se acordaba de ella, y no conseguía dilucidar si la mujer que se alojaba en el piso de arriba era la que aparentaba en esos días, o continuaba siendo aquella tramposa que lo había hecho caer en sus redes. No encontraba el modo de averiguarlo y dar así paz a su espíritu. El poco tiempo que había pasado con ella era a todas luces insuficiente para su propósito. Esa noche también les acompañaría y se propuso observarla con atención. Evelyn había anunciado una pequeña sorpresa. Confiaba en que no fuese nada lo bastante relevante como para distraerlo de sus intenciones.

Madeleine no acudió al salón, donde se reunían antes de la cena, y pensó que tal vez había cambiado de idea. Sí lo hizo Beatrice, a quien se limitó a saludar de forma fría. La presencia de su cuñada le hizo pensar en Isobel. Al enviarle aquella nota temió que la mujer fuese a insistir y a perseguirle por todo Londres, pero el hecho era que se había evaporado de su vida. No se arrepentía de su decisión, que creía acertada, pero habían desarrollado un vínculo afectivo durante los meses que habían compartido y experimentaba cierto dolor ante la ausencia. «Se me pasará», se había dicho esa misma noche, mientras se vestía para la cena.

Julien y él fueron los primeros en llegar al comedor. Madeleine estaba sentada en la silla que había ocupado la última vez, pero no estaba sola. A su lado, ataviada con un vestido verde oscuro de lo más elegante, estaba su abuela, lady Claire.

—¡Abuela! —exclamó, conmocionado.

—Nicholas, querido —sonrió ella, tendiendo una mano en su dirección—. Estoy muerta de hambre. ¿Por qué habéis tardado tanto?

Nicholas se aproximó, cogió la mano que ella le tendía y la besó en la mejilla. Sus ojos se cruzaron brevemente con los de Madeleine, que le parecieron levemente empañados.

—Oh, ya habéis descubierto la sorpresa —dijo Evelyn, que llegaba en ese momento.

—Es una sorpresa maravillosa, amor. —Patrick besó a su esposa en la sien y fue a saludar a lady Claire.

—El mérito no es solo mío —señaló ella, cuyas mejillas se habían arrebolado.

Nicholas miró a Madeleine, que bajó la vista, cohibida.

—Un placer verte de nuevo, Madeleine —la saludó Julien—. Me han dicho que causaste sensación en la fiesta.

—Simples habladurías —contestó ella, en el mismo tono ligero.

—¿Qué fiesta? —preguntó lady Claire, al tiempo que todos iban tomando asiento.

—Hace un par de días, abuela —contestó Sophie, que apoyó las manos sobre su abultado vientre.

—¿Se celebró una fiesta aquí y nadie pensó en invitarme? —inquirió la anciana, que soltó una risita en cuanto terminó de formular la pregunta.

—De haberlo hecho, abuela, habríamos tenido que invitar al doble de caballeros —apuntó Nicholas, jovial—. Su afición a la contradanza es legendaria.

—Oh —suspiró la anciana—. Cómo echo de menos esas veladas.

Mientras lady Claire contaba alguna anécdota de sus mejores años, comenzaron a llegar los primeros platos. Madeleine perdió el hilo del relato en cuanto entraron los lacayos con algunas botellas de sidra. Reconoció los recipientes de inmediato, ella misma los había diseñado con la ayuda de Jake. En la etiqueta no se hacía alusión a Blackrose Manor, y Eve Foster había dibujado la silueta en negro de una mansión rodeada de árboles. Bajo ella, en letras góticas, el nombre que había decidido darle: Sidra Colton, el apellido de Jack y Eliot.

Sintió la mirada de Nicholas fija en ella y se azoró. Era la primera vez que se veían desde aquella noche y su presencia, nada más llegar al comedor, la había alterado. Con gran esfuerzo, trató de concentrarse en las palabras de lady Claire, que todos coreaban con sonrisas, sin perder de vista cómo Miles iba sirviendo la sidra en las copas. Cuando Nicholas alzó la suya, se le secó la boca.

—Propongo un brindis —dijo su esposo—. Por lady Claire. Por que pueda compartir con nosotros aún muchas cenas en el futuro.

—¡Vaya! —exclamó Howard, que retiró la copa unos centímetros y observó el contenido con atención—. Está deliciosa.

—La sirvieron en la cena de los Stuart —comentó Beatrice—. Fue lo único apetecible que hubo en aquella mesa.

—No recuerdo haberla probado —comentó su esposo, que dio otro sorbo.

Madeleine no se atrevió a mirar a ninguno de ellos. Estaba convencida de que, en caso de hacerlo, sus ardientes mejillas la delatarían. Si Beatrice averiguaba la procedencia de la bebida, le daría un soponcio que la obligaría a volver a la cama.

Julien se levantó y se dirigió al aparador, donde habían dejado un par de botellas.

—Viene de Herefordshire —dijo, y miró a Madeleine.

—Dicen que allí se hace una sidra exquisita —aclaró ella, quitándole importancia al asunto.

Julien volvió a sentarse y le preguntó a Patrick por un combate al que había asistido unas semanas atrás en Mousley Hurst, en Surrey, uno de los enclaves deportivos más conocidos de Inglaterra.

—¿Es cierto que la pelea solo duró veinte minutos? —preguntó Julien.

—Así es. Un viaje tan largo para tan poco tiempo —se lamentó Patrick.

—No todos los encuentros pueden durar treinta asaltos —comentó Howard, mordaz.

—Hares no era rival para Curtis —aclaró su hermano—. Es probable que Dick Curtis sea el mejor boxeador de Gran Bretaña.

—¿Mejor que Tom Spring? —preguntó su esposa.

—Son diferentes categorías, querida —le contestó él, con dulzura—. Aunque para mi gusto Spring no es un gran luchador.

—Pero tiene un gancho de izquierda colosal —puntualizó Howard.

—¿Y Bill Richmond? —volvió a preguntar Evelyn.

—Richmond ya está retirado.

—¿Pero si no lo estuviera?

—Pues seguiría siendo el mejor en la suya, que también es distinta.

—No entiendo cómo os puede gustar ese deporte —intervino Beatrice por primera vez—. ¿Qué placer puede proporcionar ver a dos hombres pegarse hasta perder el conocimiento?

—Es un arte, Beatrice —le explicó Howard, condescendiente—. Saber moverse para esquivar al contrario, golpear en el momento apropiado y con la fuerza justa y...

—Ya, ya —le interrumpió ella—. Por más veces que me lo expliques sigo sin encontrarle el atractivo.

—Yo tampoco se lo veo, Beatrice —añadió Sophie—. Cada vez que Julien llega a casa con aspecto de haber estado practicando con mis hermanos se me revuelve el estómago.

—¡Pero si somos muy cuidadosos con él! —señaló Patrick.

—Richmond nos mataría en caso contrario —rio Howard.

—No os pongáis tan gallitos —señaló el aludido—. Podría venceros cuando quisiera.

—A Nicholas no —apuntó Patrick con una sonrisilla sardónica.

—¿Nicholas? —Lady Clarie, que llevaba mucho rato callada, alzó la vista de su plato, con aspecto de estar desorientada.

—Estoy aquí, abuela —señaló él, que también se había mantenido al margen de la conversación, observando.

—Oh, Nicholas, querido. —La anciana parecía contrariada—. Pobre muchacho.

—¿Pobre? —preguntó Howard, sorprendido y aún risueño—. ¿Por qué?

—Que tenga que casarse con esa mujer horrible —apuntó la anciana, que meneó la cabeza con pesar antes de volver a concentrarse en su cordero al jerez—. Si tu abuelo viviera, él no lo consentiría.

El silencio se extendió como una manta por la mesa. Nadie se atrevió a mirar directamente a Madeleine, que sintió cómo su cuerpo se helaba de repente. Era evidente que lady Claire había perdido de vista la realidad y que creía encontrarse muchos años atrás, en esa misma mesa, cuando la familia discutió ese asunto precisamente. Nicholas habría jurado que, entonces, había pronunciado exactamente las mismas palabras.

—Abuela, no... —comenzó a decir Nicholas.

—Estoy convencida de que el matrimonio no se celebrará, lady Claire —dijo Madeleine, que posó su mano con delicadeza sobre la de la anciana.

—Oh, querida, ¿es eso cierto?

—Desde luego. Al parecer, la joven se ha marchado del país. Es poco probable que regrese.

—Eso es estupendo —señaló la anciana, que volvió a dirigir su atención a su nieto mayor—. Son excelentes noticias, ¿verdad?

—Eh, sí, abuela, lo son —repuso Nicholas, que cruzó una breve mirada con Madeleine. Estaba pálida, pero mantenía la compostura.

—El cordero está delicioso, ¿verdad, abuela? —inquirió Sophie, tratando de desviar el tema de conversación.

—¿Cordero? —Lady Claire miró su plato, algo contrariada—. Creí que estábamos cenando pescado.

—Pescado al jerez, sí —rectificó Sophie, siguiéndole la corriente—. ¿No le parece muy sabroso?

—Sí, aunque creo que Brigitte se ha excedido con la salsa —apuntó la condesa viuda—. A ver cuándo aprende esta muchacha a cocinar como es debido.

La muchacha a la que se refería llevaba ya veinte años al frente de las cocinas de la mansión y sus elaboraciones eran dignas de servirse en las mesas más refinadas. Nadie mencionó nada sobre el asunto y lady Claire volvió a sumirse en su mutismo. El resto de la velada se desarrolló de forma mucho menos relajada, con el temor a que la anciana volviera a viajar al pasado. A saber qué otras cuestiones podría desempolvar en aquella mesa.

Nicholas le dirigió una mirada afectuosa a su abuela. A pesar del desliz, era un placer volver a tenerla en la mesa. Era consciente de que no cenaría con ellos de forma continuada y que, cuando lo hiciera, existía el riesgo de que perdiera momentáneamente la noción del tiempo. Estaba dispuesto a asumirlo, pese a todo.

Además, Madeleine no tardaría en regresar a Herefordshire y aquel episodio no volvería a repetirse.

Sin embargo, eso, lejos de aliviarle, le provocó cierto malestar en la boca del estómago.

Era posible que, por esa vez, Brigitte sí que se hubiera excedido con la salsa.

34

Nadie podía sospechar, en esos momentos, que aquel sería el último discurso de Wilberforce. Su delicado estado de salud no tardaría en alejarle para siempre de la Cámara de los Comunes, aunque hasta su muerte no abandonaría la causa por la que había luchado durante décadas.

Nicholas asistía al discurso de Wilberforce discretamente apostado en una de las esquinas de la abarrotada galería superior. Al final, el político había optado por un mensaje más corto de lo acostumbrado, no se veía con fuerzas para permanecer mucho rato en pie. En él, como habían convenido finalmente, abordó la cuestión de las colonias en el Caribe, donde las autoridades parecían negarse a adoptar las resoluciones que se habían acordado para mejorar las vidas de los esclavos. Hizo alusión también a la revuelta que se había producido unos meses atrás en las tierras de Gladstone y finalizó con un nuevo alegato a favor de la abolición total de la esclavitud.

No fue un discurso ni brillante ni especialmente inspirador, y Nicholas no podía dejar de recordar las palabras que el político había pronunciado en aquel mismo lugar en mayo de 1789. Por entonces él aún no había nacido, pero las había leído tantas veces que se las sabía de memoria. Imaginaba a Wilberforce joven y lleno de energía, de pie entre sus iguales, con su cuerpo menudo y su voz convirtiéndole en un gigante a medida que hablaba. Allí expuso lo que había descubierto a lo largo de los años sobre el comercio de esclavos y el horror que había sentido ante cada nuevo dato, y allí prometió que no descansaría hasta que la esclavitud se hubiera abolido.

*　*　*

Nicholas no pudo quedarse a escuchar las réplicas. Tenía una reunión con el duque de Wellington para comentar el asunto de Birmania, donde el general Campbell había desembarcado unas semanas atrás para atacar la retaguardia del enemigo. La reunión no duraría mucho y contaba con estar de regreso cuando Wilberforce abandonara la Cámara.

Tras haber despachado con Wellington, que coincidía con el ministro de Asuntos Exteriores George Canning en que el enfrentamiento con los birmanos se alargaría durante meses, Nicholas regresó. La sesión había finalizado, porque se encontró a varios miembros por los pasillos y repartidos en pequeños grupos en el enorme vestíbulo. Localizó enseguida la cabeza rojiza de Clarkson, cuya estatura lo hacía destacar por encima de los demás, y se aproximó hacia él. Wilberforce y Clarkson charlaban amigablemente con una mujer. Nicholas se detuvo, atónito. ¿Qué estaba haciendo allí su esposa y de qué conocía a aquellos caballeros?

Recorrió la escasa distancia que lo separaba de ellos y solo entonces descubrió también la presencia de la doncella, un par de pasos alejada de los demás. Al llegar escuchó cómo comenzaban a despedirse. «Maldita sea», pensó. Había llegado tarde. No pensaba interrogar a Madeleine, y sonsacar algo a Wilberforce o Clarkson se le antojó ridículo.

—Lord Sedgwick —le saludó Wilberforce—, es un placer verle de nuevo.

—Caballeros... señoras... —Nicholas inclinó la cabeza y vio de reojo cómo el cuerpo de Madeleine se tensaba.

—Oh, yo... no esperaba encontrarte aquí.

—Trabajo en el Parlamento, querida —apuntó él, mordaz. No era extraño, sin embargo, que ella no contara con verle allí. Muchos pares del reino no visitaban Westminster más que en contadas ocasiones, especialmente si había que votar o vetar alguna ley que les afectara de forma especial.

—Eh, sí, claro.

—He de retirarme ya —anunció Wilberforce, que tomó la mano enguantada que Madeleine le tendía—. Ha sido un placer conocerla, milady.

Nicholas siguió al político y ambos hicieron un aparte para intercambiar unas breves palabras. Las réplicas en la Cámara habían sido justo las que esperaban, aunque ya habría tiempo para valorarlas con detenimiento. Cuando regresó junto a Madeleine lo hizo con el ánimo sombrío. La encontró charlando amigablemente con Clarkson sobre el discurso que Wilberforce acababa de pronunciar. ¿Madeleine había estado presente en la galería?, se preguntó. No era improbable. Había tanta gente allí que podrían haber metido un elefante sin que se hubiera percatado de ello.

—No sabía que te interesara la causa abolicionista —comentó, algo sorprendido e interrumpiendo la conversación.

—Me interesa, mucho. ¿Acaso a ti no? —le preguntó ella, molesta por su falta de modales.

—Lord Sedgwick es uno de nuestros más valiosos paladines en la Cámara Alta, milady. —Clarkson sonrió con educación, aunque un tanto incómodo.

—Oh, yo... no lo sabía. —Madeleine lo miró con renovado interés y Nicholas creyó ver en aquellas pupilas algo parecido a la admiración, que mitigó, durante unos instantes, su mal humor.

—Conocí a su esposa hace algunos años, milord —apuntó Clarkson—, durante uno de mis viajes. Tuvo la gentileza de acudir a una de mis charlas en la ciudad de Hereford y desde entonces contribuye económicamente a la causa.

—Señor Clarkson... —musitó ella.

—Sé que le prometimos discreción, milady, pero, visto que ambos luchan en el mismo bando, confío en que sabrá perdonarme. —Clarkson hizo una breve pausa antes de continuar—. Ahora, si me disculpan, aún tengo asuntos que atender. Ha sido un placer volver a verla, lady Sedgwick. Milord...

El hombre inclinó levemente la cabeza y los dejó a solas. Un silencio incómodo se instaló entre ambos. Nicholas comprobó que el vestíbulo casi se había vaciado y estuvo tentado de invitar a Madeleine a visitar su despacho. Pero entonces ella se volvió hacia él.

—Yo también he de marcharme ya —le dijo.

—¿A casa?

—Hummm... en realidad había pensado visitar la National Gallery.

—¿Me permites que te acompañe? —preguntó él, negándose a dejarla marchar tan pronto.

—Creo que no sería buena idea.

—Oh, seguramente no, pero quiero hacerlo.

Madeleine no contestó, solo asintió con la cabeza, y Nicholas le ofreció el brazo para acompañarla hasta la salida.

* * *

¿Por qué no se había negado?, pensaba Madeleine mientras subían al carruaje y enfilaban hacia Pall Mall, donde estaba situada la National Gallery. La presencia de Nicholas la ponía nerviosa por momentos. Hasta el aire parecía faltarle al respirar. Él, sin embargo, parecía tan relajado como si acabara de darse un baño caliente. Descubrir que compartían similares puntos de vista en el tema de la esclavitud no había hecho sino aumentar el interés que Nicholas despertaba en ella, como si cada nueva capa que descubría de él fuese mejor que la anterior.

Miró a Ruth, sentada a su derecha, que agarró con fuerza su mano por debajo de las faldas de ambas, tratando de insuflarle ánimos.

—¿Por qué deseabas mantener en secreto tu contribución a la causa del abolicionismo? —preguntó él, a todas luces curioso.

—No sabía cuál era tu postura sobre el asunto y no deseaba provocar más fricción entre nosotros.

Nicholas asintió, conforme, y gratamente sorprendido por el hecho de que ella hubiera tratado de evitar causar más problemas a su familia.

—Me extraña que Clarkson no te lo mencionara en ningún momento —dijo, en cambio.

—Solo vi al señor Clarkson en una ocasión, Nicholas. Mis modestas contribuciones se han realizado a través de un intermediario y solo volví a contactar con él cuando llegué a la ciudad hace unas semanas. Tenía interés en conocer a Wilberforce. —Madeleine se mordió el labio, como si no estuviera muy segura de sus siguientes palabras—. ¿Hace mucho que trabajas con él?

—Aunque el tema me interesaba desde mucho antes, comencé una colaboración más directa con Wilberforce tras escuchar su discurso en 1822.

—Oh, sí, fue fantástico —suspiró ella.

—¿Estuviste aquí?

—No, no, pero recibí una copia impresa.

Nicholas alzó las cejas, totalmente asombrado con la respuesta.

—¿Recibes impresos los discursos de la Cámara?

—Solo algunos —musitó ella, avergonzada de repente—. Los que versan sobre ese tema, los de Wilberforce principalmente.

—¿Por qué? Quiero decir... no es una lectura común, y mucho menos para una dama.

—Claro. ¿Insinúas que debería limitarme a leer esas revistas femeninas que tan de moda parecen estar?

—No he querido decir eso.

—¿Y qué has querido decir, Nicholas?

—Solo que me parecía un tipo de lectura extraña, independientemente de tu condición femenina. Si mi hermano Howard, o incluso Julien, me hubieran confesado algo así habría pensado exactamente lo mismo.

—Ya te he dicho en más de una ocasión que...

—... te gusta estar informada de todo —finalizó la frase por ella.

—Exacto.

—Empiezo a comprender que eso es inesperadamente cierto.

—¿Acaso pensabas que mentía?

—No creo necesario recordar nuestros antecedentes —replicó, mordaz a su pesar.

—Cierto, no es necesario —contestó ella, cortante.

Nicholas se maldijo por haber sacado a relucir de nuevo el asunto. Parecía inevitable que, cada vez que estaban juntos, aquel episodio de sus vidas planeara sobre ellos, envenenando cualquier posible acercamiento. Durante unos minutos habían mantenido una charla de lo más reveladora en la que había descubierto interesantes puntos en común, y su comentario acababa de transformar el ambiente distendido en una pátina de hielo.

La visita a la National Gallery resultó algo decepcionante. Había mucha gente, las habitaciones eran pequeñas y estrechas, con poca iluminación, y hacía mucho calor. Las obras expuestas tampoco compensaban las incomodidades y, cuando al fin salieron al exterior, casi suspiraron de alivio.

A Madeleine le habría encantado compartir sus impresiones con Nicholas, pero no deseaba iniciar otra conversación que, posiblemente, llevaría acarreada una nueva estocada. Permaneció en silencio mientras el carruaje los llevaba a la mansión, a pocas calles de distancia. La despedida, ya en el vestíbulo de la casa, fue fría e impersonal, y Madeleine subió a sus habitaciones.

Nicholas siguió sus movimientos con la mirada y se pasó la mano por el cabello, confuso y desalentado.

* * *

Visitar los jardines Vauxhall era algo que Madeleine llevaba demasiados años queriendo hacer. Todo el mundo hablaba maravillas de aquel lugar, desde la iluminación nocturna, con más de mil lámparas distribuidas por doquier, hasta los espectáculos, que incluían globos aerostáticos, acróbatas, bailes y fuegos artificiales. Cuando vino a Londres con su madre, muchos años atrás, no tuvo la oportunidad de verlos y ese domingo de junio eso estaba a punto de cambiar.

Se había vestido con otra de las creaciones de Eve, en esta ocasión un vestido a rayas blancas y rojas, con la sombrilla a juego y un coqueto sombrero con dos plumas, teñidas con gran maestría por la modista. Cuando llegó al vestíbulo solo estaba

Beatrice aguardándola, los demás ya se habían subido a los carruajes.

—Un minuto, por favor —le pidió Madeleine cuando vio que se dirigía hacia la puerta—. Falta mi doncella.

—Los criados no acuden a este tipo de celebraciones. ¿Sabe que la entrada cuesta tres chelines?

A Madeleine no dejaba de sorprenderle la continua preocupación de aquella mujer por el dinero. ¿Qué eran tres chelines, o incluso diez, para una fortuna como la del conde?

—Ruth es más que personal de servicio, Beatrice —repuso. Estaba convencida de que iba a tardar mucho tiempo en regresar a la ciudad, años con toda probabilidad, y no quería que la joven se perdiera un espectáculo como el que la prensa prometía para esa jornada.

Beatrice hizo una mueca de fastidio y se alejó unos pasos. Enseguida bajó Ruth, ataviada con un precioso vestido color lavanda, con los guantes, el sombrero y la sombrilla en un tono violeta que hacía juego con el lazo que separaba el corpiño de la falda. Estaba preciosa y vio cómo su cuñada alzaba las cejas, sorprendida por aquel atuendo tan elegante.

Las tres mujeres subieron al carruaje principal, donde ya aguardaban Howard y Nicholas, que clavó en ella su intensa mirada. Madeleine, sentada frente a él, esquivó el contacto visual, aunque sintió sus ojos fijos en ella durante todo el trayecto. Su imponente presencia y el magnetismo que desprendía parecían absorber todo el aire del habitáculo.

Madeleine lo había estado evitando, por supuesto. Solo bajaba al piso principal cuando tenía la certeza de que él no se encontraba en la casa, y cenaba a solas en sus aposentos, con la exclusiva compañía de Ruth. No podía explicarse con certeza por qué rehuía su presencia. Era evidente que la última conversación que habían mantenido la había molestado, pero era algo más. Tenía miedo de sí misma, del modo en que su cuerpo reaccionaba cuando le sentía cerca. Le desagradaba la vulnerabilidad que experimentaba cuando Nicholas estaba próximo a ella, como si él fuese una luz brillante y ella una polilla incapaz de resistirse a su resplandor.

Solo la posibilidad de visitar aquellos jardines la había sacado de su endeble refugio y, en cuanto cruzaron las puertas, se felicitó por ello. El lugar era magnífico. Templetes, fuentes, cascadas, pabellones, pórticos, estatuas... todo rodeado de exuberante vegetación y, para su disgusto, de demasiada gente. Ruth, que caminaba junto a ella, no podía dejar de soltar exclamaciones. Madeleine procuraba mostrarse más comedida, pero le resultaba extremadamente difícil.

Ese día, como cada año, se conmemoraba la victoria en la batalla de Waterloo. Banderas de los distintos países europeos colgaban de los árboles, y había miles de hombres vestidos como soldados para la recreación histórica, que se alinearon junto a una figura que representaba al duque de Wellington, el héroe de aquella jornada.

Los Sedgwick se agruparon en un extremo de la explanada para contemplar el espectáculo. Madeleine sintió el cuerpo de Nicholas junto a ella, protegiendo a ambas mujeres de la gran cantidad de asistentes. La tentación de echarse ligeramente hacia atrás y recostarse contra su pecho era demasiado poderosa. Cuando comenzó la función, con soldados, caballos y artillería desplegándose ante sus ojos, se dejó vencer por ella. El realismo era tal que toda la piel de su cuerpo se erizó y buscó la mano de Nicholas, que sujetó con fuerza. Era estúpido pensar que un solo hombre podía protegerla de una guerra, aunque fuese ficticia, pero esa era la sensación que experimentaba.

El calor que emanaba del cuerpo de su esposo la envolvía como si fuese un capullo de seda y era tan consciente de él que apenas prestó atención a los bailes y representaciones que siguieron a la batalla. Solo cuando comenzaron a sonar los fuegos artificiales despertó de su trance y alzó la vista al cielo.

* * *

Nicholas pensó que resultaría irónico que muriera de una combustión espontánea durante la recreación de una batalla en la que no había luchado por muy poco.

Le desagradaban ese tipo de espectáculos que solo servían para divertir a los ciudadanos ociosos y a los que no habían participado jamás en una contienda. Julien nunca asistiría a un acto como ese, que escenificaba con graves carencias la batalla en la que casi había perdido una pierna. Sin embargo, a su familia le gustaba asistir con cierta frecuencia a los jardines y, aquel año, pensó que Madeleine también disfrutaría del magnífico entorno. De él había sido la idea de que ella acudiera, aunque le había pedido a Evelyn que se encargara de ser la portavoz y que no mencionara su nombre.

Al verla subir al carruaje, con aquel vestido rojo y blanco, pensó que era una especie de flor exótica. Se reprochó de inmediato un pensamiento tan cursi, pero no encontró una comparación más adecuada que expresara aquella combinación de colores y aquella luminosidad en su rostro de porcelana.

Pasear por los jardines a su lado había sido una experiencia catatónica. Todo la deslumbraba, por mucho que tratara de disimular, y él encontraba esa falta de afectación tan refrescante como inusual. Madeleine no pretendía aparentar que nada era capaz de afectarla, ni adoptaba comportamientos impostados que disimularan su falta de experiencia vital.

Cuando llegó el momento de la representación, se colocó detrás de ella y de Ruth Foster, aunque su cuerpo se movió por instinto hacia su esposa. Le llegó el olor de su pelo y el aroma de su piel, y permaneció gran parte del espectáculo con los ojos cerrados, tratando de concentrarse en la combinación de fragancias. Luego Madeleine se había reclinado un poco, y después le había tomado la mano, un gesto tan íntimo como desconcertante. Nicholas percibió cómo ascendía la temperatura de su cuerpo y cómo comenzaba a sobrarle todo menos ella.

La sintió estremecerse al contemplar los espléndidos fuegos artificiales, que inundaron la noche de estrellas multicolores. Las luces se reflejaron en su pelo y en la curva de la mejilla que él podía apreciar desde su posición, y con gusto habría rodeado su cintura con uno de sus brazos, le habría dado la vuelta y la habría besado hasta que todas las estrellas del firmamento se hubieran muerto de viejas.

No fue eso lo que pasó, por desgracia. En cuanto el espectáculo hubo concluido, ella soltó su mano y se alejó un paso. Carraspeó y se recolocó el sombrero antes de dirigirle una mirada cargada de ¿qué? ¿Agradecimiento? Nicholas habría jurado que era eso exactamente lo que trataban de transmitirle aquellos ojos. Él había estado a punto de caer fulminado por su propio anhelo y ella le daba las gracias.

Se sintió tan estúpido que apenas fue capaz de corresponder a su gesto. Dejó a Ruth y a Madeleine con su hermano Howard para que regresaran juntos a la mansión y él se perdió por aquellos senderos abarrotados de gente, en dirección al White's y a la botella de whisky más fuerte que pudieran servirle.

* * *

Los muros cubiertos de hiedra del King Edward's se elevaron ante la vista de sir Lawrence. Tal y como había acordado con Madeleine, acudía a recoger a Jake y Eliot para llevarlos a casa. Con un poco de suerte, en unos días estarían todos juntos de nuevo.

Charles, el cochero de Blackrose Manor, le seguía en otro vehículo, en el que los jóvenes dejarían su equipaje. Sir Lawrence sacó la cabeza por la ventanilla para asegurarse de que el joven había llegado tras ellos sin contratiempos. Luego, cruzó las piernas, apoyó la punta del bastón sobre el suelo del carruaje, y se dispuso a esperar. Había llegado algo temprano, como era habitual en él, pero el patio ya estaba lleno de carruajes de todo tipo, sin duda con el mismo propósito que él.

Eliot fue el primero en aparecer. Caminaba sin prisas mientras charlaba con uno de sus compañeros y parecía relajado, casi feliz. Debía de tratarse de Herbert Ferguson, de quien ya les había hablado en su última carta. Al fin Eliot había hecho un amigo en el King Edward's, pensó sir Lawrence, lo que haría su estancia en aquella exclusiva escuela mucho más llevadera.

El caballero descendió del vehículo y, cuando Eliot lo vio, se despidió de su compañero y echó a correr en su dirección. Sir Lawrence no esperaba un recibimiento tan efusivo y no era dado a las demostraciones públicas de aprecio, pero rodeó el cuerpo del muchacho con idéntico afecto. Dios, ¡cómo había echado de menos a sus muchachos!

—Pensaba que vendría Evans a buscarnos —dijo Eliot al separarse de él.

—Lamento haberte decepcionado entonces. —Sir Lawrence sonrió, aún conmovido.

—¡¡¡No!!! Prefiero mil veces su compañía. —El chico se mordió el labio—. En fin, no quiero decir que Evans sea aburrido, claro, es un buen hombre y siempre se ha portado muy bien con nosotros y...

—Tranquilízate, Eliot. No pienso contarle nada a Evans.

—Bien. —El chico soltó un suspiro.

Ambos volvieron la vista al mismo tiempo hacia el patio principal. Algunos carruajes ya habían comenzado a abandonar el recinto y se oían gritos y risas por doquier, una algarabía que sir Lawrence, pese al tiempo transcurrido, recordaba muy bien. Él había asistido a una escuela muy similar a aquella en Richmond, Virginia, y las vacaciones estivales siempre eran motivo de alegría.

Vieron aparecer a Jake rodeado de varios compañeros, todos riendo, tan despreocupados por la vida como solo es posible estarlo a esa edad. En ocasiones, el caballero trataba de encontrar tras los rasgos del adolescente a aquel niño asustado y revoltoso que había llegado a Blackrose Manor en 1816, y se le hacía casi imposible. Le parecía increíble que aquel joven que avanzaba hacia ellos tan seguro de sí mismo fuese el mismo ladronzuelo de Worcester que había estado a punto de acabar con sus huesos en un penal juvenil.

También mostró su sorpresa al ver a sir Lawrence allí y, como Eliot, le dio un fuerte abrazo.

—¿Y Evans? —preguntó.

—Le he sustituido.

—¡Bien! —Jake intercambió una mirada con Eliot, a quien revolvió el pelo de la coronilla.

—¡Ay! —Se quejó su hermano, mientras volvía a colocarse bien el cabello. Jake sabía que ese gesto le molestaba, pero, por más que lo intentara, le resultaba casi imposible no hacerlo cada vez que se veían. Era su particular manera de decirle que le importaba, que se alegraba de verle, que le quería.

Subieron al carruaje y se acomodaron. Sir Lawrence ordenó al cochero que se pusiera en marcha tras la larga fila de vehículos que abandonaban la escuela. Charles se quedaría aún un rato más, hasta que los criados de los distintos edificios bajaran los equipajes de los alumnos.

—¡Qué bien! —dijo Eliot—. Solo faltan dos días.

—¿Dos días para qué? —preguntó sir Lawrence.

—Para la fiesta del rey —contestó Jake en su lugar—. Después de eso Madeleine volverá a casa, ¿verdad?

—Sí, supongo que sí.

—En su última carta nos decía que volvería después de la fiesta —insistió Eliot.

—Bueno, tal vez no de forma inmediata —aclaró sir Lawrence, que conocía bien cómo funcionaban los engranajes de la alta sociedad.

—¿Por qué no? —Jake frunció el ceño.

—En fin, tal vez se vea obligada a asistir a algunos eventos más antes de volver.

—¿Qué eventos? —insistió.

—En esa fiesta conocerá a mucha gente importante, sin duda luego recibirá invitaciones para asistir a otros actos.

—Pero nos dijo que regresaría pronto —señaló Eliot, que miró a su hermano en busca de apoyo.

—Estoy seguro de que hará todo lo posible por que así sea. —Sir Lawrence trató de tranquilizarlos.

Los dos hermanos intercambiaron una nueva mirada y guardaron silencio durante unos minutos.

—¿Cómo está Nelson? —preguntó Eliot, refiriéndose al gato de Blackrose Manor.

—Estupendamente, al menos lo estaba ayer por la mañana —respondió sir Lawrence. Eliot adoraba a aquel animal desde el mismo día que había llegado a la casa, y el sentimiento era mutuo. Raro era ver al uno sin el otro.

Si al anciano le sorprendió que los chicos abandonaran tan pronto el tema de Madeleine no lo demostró. Los conocía bien, más de lo que ellos creían, e intuía que ocultaban algo, aunque en ese momento no se le ocurrió de qué podía tratarse.

Se propuso echarles un ojo de vez en cuando, solo por si acaso decidían cometer alguna insensatez.

35

Madeleine se había despertado pensando en Jake y Eliot. Sabía que ese día sir Lawrence acudiría a buscarlos y lamentaba no estar con ellos. Desde que Jake había ingresado en la escuela, era siempre ella la que iba a recogerlos en Navidad, en verano y en todas las fiestas. Se le hacía extraño no estar allí, como si esa vida hubiera pertenecido a otra persona. Era una sensación sumamente incómoda, como si esas semanas en Londres se hubieran dilatado en el tiempo hasta convertirse en años.

Su estancia en la ciudad tocaba a su fin. Pronto volvería a desaparecer e intuía que, pasados unos días, sería como si nunca hubiera estado allí. Recordaría con cariño a lady Claire, con la que procuraba pasar algo de tiempo. A veces se desorientaba y no la reconocía, pero, muchas otras, mantenían amenas charlas sobre su vida anterior. A Madeleine le resultaba fascinante la cantidad de personalidades que había conocido a lo largo de su vida, y las muchas anécdotas con las que podía adornar cualquier relato.

También iba a echar de menos a Evelyn, aunque no hubieran llegado a compartir ningún momento de verdadera intimidad. Estaba convencida de que, si tuvieran la oportunidad de pasar más tiempo juntas, se convertirían en grandes amigas. Y lo mismo opinaba de Sophie y de su esposo Julien. Habría resultado algo más complicado con sus cuñados y con Beatrice, pero, con el tiempo, habrían formado una familia bien avenida.

Y luego estaba Nicholas. En esas semanas había tenido la

oportunidad de conocer varias facetas de su esposo y había llegado a la conclusión de que podían haber formado un buen matrimonio. Compartían similares opiniones sobre temas variados y aventuraba que habrían mantenido charlas muy animadas cuando no hubieran estado de acuerdo. Su vida conyugal, dada la evidente y palpable atracción que existía entre ellos, probablemente también habría sido satisfactoria. Aún recordaba aquella primera y única noche que habían pasado juntos y lo mucho que había disfrutado entre sus brazos, antes de que él se levantara y lo tirara todo por la borda. Sí, sin duda su matrimonio habría funcionado.

Ya era tarde para ellos, por supuesto. Aunque él le pidiera que se instalara en Londres y que le dieran una oportunidad a su matrimonio, ella no podría aceptar. Su vida ya no pertenecía a Nicholas Hancock. A veces, ni siquiera a ella misma. Pensó en todo lo que había logrado a lo largo de los años, en todas las vidas que había cambiado y que la habían cambiado a ella, empezando por Jake, Eliot y sir Lawrence. Ellos eran su verdadera familia, su ancla y su puerto. Jamás los abandonaría.

Mientras divagaba, Madeleine se aproximó a la ventana de su habitación. Abajo, en el jardín, vio a Brendan y a su hermana Louise jugando, mientras las niñeras no les quitaban el ojo de encima. No pudo evitar sonreír. Tenía la sospecha de que Brendan era tan travieso como lo habían sido Jake y Eliot. Aún recordaba la vez que habían decidido construirse una cabaña en un árbol y habían desmontado sus camas para usar los tablones. Menos mal que Percy los había descubierto llevándose la escalera del establo. Madeleine no quería ni pensar en lo que podría haberles ocurrido. Tuvieron su cabaña, claro. Percy y su hijo Tommy la construyeron con la ayuda de los niños, a una altura razonable y con todo tipo de medidas de seguridad para que no se cayeran de ella accidentalmente. Por supuesto, también tuvieron camas nuevas. Fue imposible volver a montarlas después de aquello.

Madeleine pensó en bajar y pasar un rato con sus sobrinos. Era probable que no los volviera a ver, pero no terminó de decidirse y al fin los vio regresar al interior de la casa. La tarde se había oscurecido y presagiaba lluvia. De todos modos, ¿qué podía decirles? La consideraban una especie de bruja, especialmente Brendan. No había tenido la oportunidad de pasar algo más de tiempo con ellos, de que la conocieran un poco mejor. Podría haberles contado alguna de las historias de Nellie, haberles hablado de Jake y Eliot cuando eran pequeños, de cómo jugaban con Nelson o cómo invadían la cocina de Donna Evans para hacer galletas. O de cómo Eliot se colaba en su habitación y se metía en su cama en las noches de tormenta, seguido luego de Jake, cansado de hacerse el fuerte.

Con la frente apoyada en el cristal, Madeleine Hancock ni siquiera se dio cuenta de que estaba llorando.

* * *

Nicholas había salido un momento para cerciorarse de que sus dos hermanos ya habían partido a la fiesta en casa de Devonshire y de que el otro carruaje con el blasón de los Sedgwick permanecía en su lugar. No es que lo dudara, pero no sabía en qué entretener su tiempo hasta que Madeleine bajara. Cuando regresó al interior se la encontró en el vestíbulo, mirando alrededor, como si pensara que la habían dejado atrás. A Nicholas se le secó hasta el alma.

Llevaba un vestido blanco de satén, envuelto en varios metros de tul blanco salpicado de pequeños cristales que reflejaban la luz de las lámparas. Parecía un hada, o una estrella caída del firmamento. Pequeñas perlas adornaban su recogido y los lóbulos de las orejas. Del cuello pendía una algo más grande, en forma de lágrima.

—Tienes mala cara, Nicholas —le dijo ella con dulzura—. ¿Te ocurre algo?

—Tú —musitó él.

—¿Cómo?

—Tú... estás preciosa con ese vestido —improvisó—. No sé si tengo palabras para describirlo. Ahora entiendo por qué le dijiste a Beatrice que no necesitabas ir a la modista.

Ella sonrió y Nicholas sintió una dentellada en la mitad del pecho. Ambos se quedaron allí, mirándose como si acabaran de descubrirse.

—¿Los señores van a salir ya? —preguntó Miles con discreción, sin alzar apenas la voz. Ninguno de ellos se había dado cuenta de que el mayordomo aguardaba junto a la puerta.

—¿Eh? —Nicholas se volvió—. Oh, sí, claro.

Tendió la mano en dirección a Madeleine y ella dio un par de pasos para colocar la suya sobre la de él. Nicholas no se atrevió a volver a mirarla. Si lo hacía se vería obligado a ganar él solo alguna guerra lejana, porque el rey jamás le perdonaría que se perdiera su fiesta.

* * *

La mansión Devonshire se encontraba también en Mayfair, a poca distancia de los Sedgwick. De hecho, Madeleine pensó que podrían haber ido dando un paseo, si eso no hubiera supuesto una grave falta de etiqueta. Ya había pasado frente a ella en un par de ocasiones y no le había parecido nada extraordinario, pese a su colosal tamaño. Constaba de tres plantas alargadas y una fachada casi exenta de adornos, como si fuese un almacén de enormes dimensiones. Esa noche, sin embargo, lucía esplendorosa bajo la luz de docenas de lámparas. En la calle había ya un gran número de carruajes, y el patio estaba abarrotado.

Madeleine cruzó una breve mirada con Nicholas, con quien no había intercambiado palabra durante el corto trayecto. Sentía la boca seca y el pulso a punto de saltar de su garganta.

El carruaje se detuvo y un lacayo de librea abrió la portezuela. Nicholas bajó primero y le tendió la mano para ayudarla a descender. Madeleine aún percibía el contacto anterior, que había traspasado la tela del guante y hasta su misma piel, pero volvió a colocar su mano en la de Nicholas. De su brazo, se dirigieron hacia una de las dos escaleras pegadas a la fachada que ascendían hasta el segundo piso. Era una distribución inusual y Madeleine dedujo que la primera planta estaría reservada para el servicio y las dependencias auxiliares.

Los invitados continuaban llegando. Al menos no eran los últimos, pensó ella mientras atravesaban la puerta principal y llegaban al vestíbulo. Y allí se detuvo. En una mesa estratégicamente situada justo al frente, un precioso jarrón contenía un par de docenas de rosas Elsbeth. Habían llegado en perfecto estado y aún no se habían abierto del todo, lo que contribuía a aumentar la sensación de que el negro era su color. Ni siquiera las luces que se habían colocado estratégicamente para resaltar su belleza podían mitigar la impresión. Un par de damas, asombradas, las contemplaban y murmuraban entre ellas.

—Creo que nunca había visto rosas de esa tonalidad —musitó Nicholas a su lado—. ¡Son espectaculares!

Madeleine lo miró de reojo, confundida. ¿Cómo que no las había visto? Unas semanas atrás había estado en Blackrose Manor y ya habían comenzado a florecer. ¿Tan poco se había fijado en los jardines, en todo en general? En realidad, no debería sorprenderse, ni siquiera molestarse. Los motivos que lo habían llevado allí habían sido muy concretos y apenas había permanecido un par de horas en la propiedad. Pero, aun así, se sintió herida. Avanzaron hasta la entrada del salón principal, donde se aglomeraban los invitados.

—Lady Sedgwick —la saludó el duque de Devonshire al llegar hasta él y con una sonrisa tan encantadora que casi logró barrer su tristeza—. Nos honra con su visita. —Besó su mano enguantada y luego saludó a Nicholas estrechando su mano con efusividad—. Confío en que me concederá al menos un baile si su esposo no tiene inconveniente.

—Será un placer, milord —contestó ella. No necesitaba el permiso de Nicholas para bailar con quien le apeteciera.

Había más personas intentando saludar al duque, así es que Nicholas y ella entraron en el suntuoso salón. Quizá la mansión Devonshire no fuese especialmente hermosa por fuera, pero por dentro era un arrebato de inspiración y lujo. Hermosos cuadros en las paredes, cortinas de seda, tapicerías de la mejor calidad, obras de arte distribuidas con gusto... Mientras observaba todo a su alrededor, Madeleine era consciente de que muchas personas en aquella estancia la miraban con interés, especialmente las damas, que observaban su vestido entre la admiración y la envidia.

«Oh, Eve —pensó—. Cuántas cosas tengo que contarte a mi vuelta.»

Nicholas localizó a los Sedgwick y fueron a reunirse con ellos.

—Definitivamente, Madeleine, tienes que decirme quién es tu modista —pidió Evelyn tras alabar su vestido.

—Pensé que acudiría más gente a la velada. —Beatrice echó un vistazo alrededor. Más de cien invitados se movían por la habitación. A Madeleine también le parecieron pocos, a pesar de que su experiencia en aquellas lides fuese más bien escasa.

—A la hora del baile es probable que el número se triplique —señaló Nicholas—. Todo el mundo querrá estar presente si el rey anda cerca. Estos son solo los que acudirán a la cena.

Una campanilla sonó un rato después al fondo de la estancia y, por encima de las cabezas de los asistentes, Madeleine vio cómo unas enormes puertas se abrían y la gente comenzaba a moverse en aquella dirección. Vislumbró a Devonshire avanzar hacia allí en compañía de una hermosa dama de cabello dorado. Unos minutos después, los Sedgwick entraron en el comedor. Si el salón le había parecido un derroche de lujo, allí Madeleine se quedó muda de asombro. La decoración de las paredes y ventanas era muy similar, y hasta ahí alcanzaba el parecido. Varias esculturas, algunas muy antiguas, se habían distribuido por la estancia, además de anaqueles con libros, mesas con jarrones y sofisticados adornos. La vajilla de porcelana y los cubiertos de plata brillaban bajo las luces de las enormes lámparas que colgaban del techo, y los centros de mesa eran pequeñas obras de arte confeccionadas con las flores más exóticas que había contemplado jamás. Escuchó los murmullos de asombro de los invitados, que se fijaban especialmente en varios arreglos que había colocados en unos muebles auxiliares. En cuanto pudo acercarse un poco, comprobó que se trataba de fuentes de plata ricamente adornadas y en las que destacaban varias pilas de piñas.

Madeleine solo había visto aquellas extrañas frutas en una ocasión, en la segunda fiesta a la que asistió con su madre. Procedían de América del Sur y del Caribe y su transporte era tan costoso y complicado que alcanzaban un precio astronómico en el mercado, al alcance de muy pocas personas. Las piñas se habían convertido así en un símbolo de prosperidad, con el que los miembros de la alta sociedad adornaban vajillas, muebles y edificios. Era frecuente que se alquilaran para adornar algún evento y que los mismos frutos pasaran de una fiesta a otra hasta que se malograban. Madeleine se preguntó si Devonshire también las habría alquilado para impresionar a sus invitados.

✳   ✳   ✳

Los asistentes se distribuyeron por la sala en un orden encomiable. El duque les había hecho llegar previamente la ubicación de sus asientos, para evitar demoras innecesarias. Había cinco largas mesas y los Sedgwick ocuparon la parte media de la del centro. Al final de la fila, junto a la cabecera, se sentó el anfitrión.

—No sabía que Devonshire y tú fueseis tan amigos —musitó Howard a su hermano.

—No lo somos —reconoció Nicholas, que lanzó una mirada a Madeleine, sentada frente a él.

Devonshire y él se conocían y la relación era cordial. Era un *whig* y además creía en la abolición de la esclavitud. Habían mantenido largas charlas sobre el particular, y sobre otros asuntos políticos. También habían compartido, durante la regencia del rey Jorge, algunos momentos más íntimos en fiestas y cenas, pero nunca habían ido más allá. Nicholas sospechaba que el mérito de su ubicación en esa mesa correspondía a Madeleine, aunque aún no había logrado dilucidar qué relación la unía al duque, uno de los hombres más ricos e influyentes de Inglaterra.

Justo en ese momento, un chambelán golpeó dos veces el suelo con su bastón y todos los invitados se pusieron en pie. Jorge IV hizo su aparición entre el aplauso de los asistentes. Iba ataviado con una casaca estilo militar rojo brillante, con las mangas anchas y cuajadas de pedrería. Las piernas, enfundadas en unas calzas color perla, como si aún viviera en el siglo pasado, se sostenían sobre unos zapatos granates de hebilla con algo de tacón. A su paso iba arrastrando los bordes de una capa también roja forrada de armiño, que balanceaba sobre su orondo cuerpo. Nicholas no pudo evitar recordar a Beau Brummell, aquel dandi advenedizo que, durante un tiempo, había conseguido que el entonces regente Prinny se vistiera con cierta elegancia y renegara de las pelucas rizadas, las lentejuelas y el satén rosa. Al parecer, el monarca había olvidado muchos de sus sabios consejos. Todo en él resultaba ostentoso y de mal gusto, y su obesidad no contribuía a mejorar su aspecto. Echó un vistazo a los presentes, todos ataviados según la moda, con chaquetas de frac, pantalones largos, chalecos y corbatas de lazo.

La larga cena, compuesta por una veintena de platos, le resultó tediosa. A su derecha se sentaba Evelyn y a la izquierda le había tocado de compañera a la condesa de Jersey, Sarah Sophia Villiers, a quien muchos apodaban «Silencio» por su propensión a charlar sin desmayo. Frente a ella su esposo George, quinto conde de Jersey, quien se pasó toda la velada hablando de sus caballos y de su intención de ganar muy pronto el Derby de Empson, una de las carreras más famosas de toda Inglaterra. Nicholas procuraba atender a uno y a otro, aunque con frecuencia sus voces se superponían hasta provocarle mareos. Frente a él, una desorientada Madeleine trataba de hacer lo mismo, encajonada entre el conde y su hermano Patrick. De vez en cuando, ambos cruzaban una mirada de ánimo antes de volver a ser engullidos por la conversación ininterrumpida del matrimonio.

El final de la cena, sin embargo, casi compensó las dos horas previas. Con gran ceremonia, las mesas auxiliares en las que se encontraban las fuentes de piñas fueron retiradas y una larga hilera de lacayos emergió de las cocinas un rato después con pequeños platillos de porcelana que colocaron frente a los invitados. Nicholas observó el suyo, donde unos trozos de fruta de intenso color amarillo habían sido delicadamente colocados. Alzó la vista y contempló a Madeleine y casi podría haber escrito un poema dedicado a su expresión, entre asombrada y expectante. La vio pinchar un trozo de fruta, llevársela a la boca y saborearla con fruición.

—¡Está deliciosa! —exclamó, mirándolo.

—Es dulce y picante a la vez —señaló Evelyn—. Tiene un sabor muy extraño.

—A mí no me parece nada extraordinario. —Patrick hizo una mueca—. Demasiado ácida para mi gusto.

—Y áspera —sentenció Beatrice.

Nicholas probó la suya y, para su sorpresa, estuvo de acuerdo con los cuatro. Era dulce y picante, ácida, deliciosa y un poco áspera. Beatrice, sentada junto a Patrick, dejó el tenedor junto al plato después de haber comido un solo trozo y, frente a ella, su hermano Howard hizo todo lo contrario. No había consenso con respecto a la piña. Ni siquiera los condes de Jersey habían coincidido. La esposa comió más de la mitad y el conde, un solo trozo, como Beatrice. Nicholas pensó que, a setenta u ochenta libras al menos la pieza, no merecía la pena el dispendio. Era obvio que el duque de Devonshire no estaba de acuerdo con él.

El rey fue el primero en levantarse y dar así por finalizada la cena. Los hombres se reunirían para tomar una copa y fumar un cigarro y las mujeres para descansar y retocarse antes de iniciar el baile.

Nicholas no pudo evitar acordarse de Julien. Con él, la velada habría resultado mucho más amena, e infinitamente más interesante.

* * *

Madeleine no podía evitar estar nerviosa. Todo el mundo se había reunido ya en el salón y, como Nicholas había comentado al inicio de la noche, este comenzaba a llenarse de recién llegados. Los Sedgwick formaban un pequeño grupo en una de las esquinas de la estancia y Nicholas se reunió con ellos. Se preguntó dónde habría estado, porque Howard y Patrick habían aparecido diez minutos antes.

—El rey no abrirá el baile esta noche —anunció.

—¿Por qué no? —preguntó Beatrice.

—No se encuentra muy bien —respondió, lacónico.

A Madeleine no le extrañó. Sabía que sufría de gota y lo había visto comer y beber de forma pantagruélica durante la cena.

—Además, lady Elizabeth Conyngham no ha venido esta noche —señaló Nicholas, haciendo alusión a la actual amante de Jorge IV—. Y el duque de Clarence y su esposa tampoco.

—Hummm, resulta extraño no ver aquí al hermano del rey —dijo Howard, que tomó un sorbo de su copa de champán.

—¿Quién abrirá el baile entonces? —preguntó Evelyn.

—El duque de Devonshire —contestó Nicholas, que miró fijamente a su esposa—. Con Madeleine.

—¿Qué? —se sobresaltó—. ¡No! ¿Yo? —Los miró a todos—. ¿Por qué yo?

—Al parecer le has causado una honda impresión.

—¡Pero si solo nos hemos visto tres veces!

—Tres más de las necesarias —musitó Nicholas.

—Debe de tratarse de un error —insistió Madeleine, a punto de perder los nervios.

—Ha solicitado mi permiso y no he podido negarme a ello. Sería un gran honor para la familia. Pero la decisión te pertenece solo a ti.

—Me siento muy halagada, pero prefiero no hacerlo —repuso.

—No es más que una pieza —apuntó Patrick, con el ceño levemente fruncido.

—No... —Madeleine carraspeó—. No me gusta ser el centro de atención.

—Claro. Por eso te has puesto ese vestido tan discreto —señaló Beatrice, mordaz.

Aunque a Madeleine le hubiera gustado encontrar una réplica a la altura de las circunstancias, supo que su cuñada tenía razón. Lo vio en el modo en que Howard bajaba la mirada, Evelyn se la esquivaba y Patrick medio sonreía. Ni se atrevió a mirar a Nicholas. No podía hablarles de que el vestido que llevaba era el sueño de una mujer a la que consideraba casi una amiga y que había querido lucir su talento en un evento al que asistiría el rey en persona.

—Tienes razón —dijo al fin, resignada.

Miró a Nicholas, que parecía haberse convertido en piedra,

con las mandíbulas apretadas y los ojos entrecerrados. La música comenzó a sonar y todo el mundo guardó un silencio reverencial. El rey volvió a hacer su aparición y de nuevo atronaron los aplausos. Parecía satisfecho con el modo en que todos le rendían pleitesía, como si fuese la reencarnación de algún dios mitológico. A Madeleine le parecía más bien uno de aquellos querubines regordetes de cabellos rizados que aparecían en las pinturas del Renacimiento.

Las damas hicieron una reverencia y los caballeros inclinaron la espalda. El rey pronunció unas palabras que Madeleine, debido a su nerviosismo, no llegó a oír, y luego ocupó una silla ricamente ornamentada, colocada sobre una tarima alfombrada en la cabecera del salón.

Al menos diez músicos ocupaban una de las esquinas de la pieza y comenzaron a entonar la melodía con la que se abriría el baile. Nicholas ofreció el brazo a Madeleine y atravesaron el salón hasta llegar a Devonshire, que permanecía cerca del rey. Ambos saludaron primero al monarca con las reverencias habituales y Nicholas entregó su mano al duque. Este, con el brazo alzado y la mano de Madeleine en la suya, se desplazó hasta el centro del salón. Madeleine comprobó que todo el mundo se apartaba y que la gente murmuraba, muchos seguramente preguntándose quién sería ella.

—No se ponga nerviosa —le susurró él—. Solo serán unos minutos.

Devonshire se detuvo, se colocó en posición y ella hizo lo propio. Cuando los músicos volvieron a interpretar la pieza desde el principio, ambos comenzaron a moverse, como si hubieran ensayado aquella escena hasta la extenuación. Era un gran bailarín, reconoció Madeleine, y se dejó conducir por él.

—Imagino que estará preguntándose por qué la he elegido a usted para abrir el baile —le dijo, sin mirarla, como si estuviera centrado exclusivamente en no perder el compás. Ella se dio cuenta de que se inclinaba un poco, como para no perder detalle de su contestación.

—Se me ha pasado por la cabeza, sí —repuso ella.

—No pretendía incomodarla, créame. —La miró un instante antes de apartar la vista—. Cuando el rey me ha hecho saber que no podría hacer el honor, pensé en todas las damas que había aquí esta noche. Usted me pareció la más apropiada.

—Imagino que porque soy una novedad.

—Imagina mal. —Devonshire sonrió al aire, aunque ella percibió el gesto—. Posee usted una exquisita sensibilidad. Solo hay que contemplar su vestido o las rosas que me ha hecho llegar.

—Oh, las he visto al entrar —confesó.

—Son absolutamente maravillosas, y estoy deseando conseguir algunos esquejes para reproducirlas en mis jardines.

—Estaré encantada de proporcionárselos.

Otras parejas comenzaron a unirse al baile y pronto el centro del salón estaba muy concurrido. Lo peor ya había pasado.

—No he podido dejar de observar las magníficas obras de arte que posee —señaló Madeleine.

Devonshire sonrió de forma abierta.

—¿Le ha hecho gracia mi observación? —preguntó ella, sin ocultar su sonrisa.

—En absoluto. Solo confirma mis anteriores palabras. —El duque la miró de forma intensa durante un breve instante—. La mayoría de las damas, e igual número de caballeros, no sabrían distinguir una pieza de otra.

—Tampoco yo soy una experta, milord. Ni, desde luego, pretendía parecerlo.

—Soy un gran coleccionista, milady. De casi todo lo que me parece hermoso, desde libros a cuadros, estatuas o piezas raras. Cuando desee, puedo ofrecerle una visita guiada por la mansión.

—Oh, eso sería magnífico, milord —convino Madeleine, aunque se atrevió a añadir algo más, para no dar lugar a equívocos—. Los Sedgwick se sentirán sin duda honrados con una invitación de su parte.

Devonshire no respondió, aunque sonrió de forma enigmática. En ese instante, los músicos dejaron de tocar. La pieza había terminado.

—Ha sido un privilegio abrir el baile con usted, lady Sedgwick —le dijo el duque, inclinando la cabeza hacia ella.

—El honor ha sido mío, milord. —Madeleine hizo una pequeña reverencia.

Devonshire le ofreció el brazo para guiarla de nuevo hasta Nicholas. De camino, Madeleine lo miró de reojo. William Cavendish le parecía un hombre encantador y sumamente interesante. Pensó, con cierta tristeza, que era una lástima que estuviera tan solo.

36

Nicholas no los había perdido de vista durante todo el baile. Formaban una pareja tan hermosa que dolía mirarlos. El vestido de Madeleine desprendía destellos conforme se movía y ambos parecían envueltos en alguna especie de halo mágico. Los vio charlar con disimulo y con una familiaridad desconcertante.

—Si no te conociera, diría que los celos te corroen —apuntó discretamente Howard, colocado a su izquierda.

—Si no te conociera, diría que estás buscando pelea —refunfuñó.

La risita de su hermano consiguió despejar su mal humor durante unos segundos. ¿Es que aquella maldita pieza no iba a terminar nunca? Cuando otras parejas se unieron en el centro del salón, su visión de Devonshire y Madeleine se vio constantemente interrumpida. Por fin, la música cesó y el duque acompañó a su esposa hasta él. Estaba radiante y era evidente que había disfrutado del momento. Devonshire le dio las gracias y se retiró.

—Creo que lo mejor será que vayamos a ver al rey ahora —apuntó Nicholas—. Me gustaría disfrutar de la velada después.

Madeleine se mostró conforme y ambos se aproximaron a la tarima, donde había varias personas departiendo con el monarca. Nicholas se detuvo. No deseaba interrumpir ninguna conversación. El conde de Liverpool, Primer Ministro de la Gran Bretaña, también estaba allí. Había sido uno de los invitados a la fiesta que habían celebrado en la mansión Sedgwick y se acercó a saludarlos.

—Está usted aún más encantadora que la primera vez que nos vimos —le dijo Liverpool a Madeleine.

—Es muy amable, milord —contestó ella, cortés.

Otro de los presentes era el duque de Wellington. Había luchado bajo sus órdenes en la batalla de Vitoria, donde había sido herido, y se tenían gran aprecio. El gesto de Nicholas se agrió cuando comprobó que Morgan Haggard se encontraba junto a él, y ambos intercambiaron una mirada desafiante.

Los ojos de Nicholas se cruzaron entonces con los de Jorge IV, que le hizo un gesto para que se aproximara.

—¡Nicholas, querido! Me alegra verte de nuevo.

—Majestad, siempre es un honor.

—Veo que te acompaña una preciosa dama. —El rey le guiñó un ojo.

—Os presento a mi esposa, Madeleine Hancock.

—¿Tu esposa? —El rey pareció sinceramente sorprendido, aunque se repuso rápido de la impresión—. ¡Es cierto! Hablamos sobre ello la última vez, ¿verdad?

—En efecto, Majestad —contestó Nicholas, algo contrariado. ¿El rey no recordaba que había expresado su deseo de conocer a Madeleine? La terrible sospecha de que podrían haberse ahorrado todo aquello sobrevoló un instante su cabeza.

Madeleine hizo una graciosa reverencia.

—Sois encantadora, criatura —señaló el rey—, y con ese vestido parecéis una estrella. ¡Cuánto alegraría vuestra presencia el castillo de Windsor!

Nicholas empalideció. ¿Qué sucedería si Jorge se encaprichaba de Madeleine y quería convertirle en su nueva amante?

—No creo que Windsor necesite estrella alguna, Majestad —contestó ella, resuelta—. Vuestra presencia eclipsaría cualquier brillo superfluo.

Jorge IV soltó una risotada, visiblemente halagado.

—¿Le haríais un rato de compañía a este anciano? —preguntó con picardía, dando unos golpecitos sobre la silla más próxima a él.

El tiempo se detuvo y los murmullos cercanos a la figura del rey cesaron de repente. La invitación no daba lugar a equívocos, todos conocían a Jorge lo suficiente como para saberlo. Nicholas no sabía cómo enfrentarse a aquella situación sin enemistarse con el hombre más poderoso de la Tierra. A su lado, Madeleine parecía tan petrificada como él mismo.

—Majestad, sabéis el afecto que os profeso —comenzó, con el cuerpo tenso y las mandíbulas apretadas, haciendo verdaderos esfuerzos para que sus palabras sonaran con claridad—, pero me temo que mi esposa no podrá acompañaros esta noche.

El rey lo contempló con el ceño fruncido, y Nicholas aguantó aquella mirada, sintiendo cómo el suelo bajo sus pies comenzaba a convertirse en barro.

—Lo que lord Sedgwick quería decir, Majestad, es que no va a ser posible porque lady Sedgwick ha prometido concederme otro baile —señaló Devonshire, adelantándose un paso.

Nicholas ni siquiera se había dado cuenta de que el duque se encontraba tan próximo a ellos. Era el anfitrión de la velada y uno de los amigos más queridos del monarca, era poco probable que Jorge se molestase con él.

—Y luego ha prometido bailar también conmigo —señaló Wellington, que intercambió una breve mirada con Nicholas. Desde la victoria en Waterloo, se había convertido en uno de los hombres favoritos del rey.

—Creo que yo iba antes de ti, Arthur —repuso el conde de Liverpool, dirigiéndose a Wellington.

—Y me parece que yo voy después de usted, Liverpool —sonó una voz a su espalda. Cuando Nicholas se volvió se encontró con Morgan Haggard, conde de Easton.

—De acuerdo, de acuerdo. —Jorge IV alzó las manos, divertido con aquella estrambótica pantomima con la que pretendían salvaguardar el honor de aquella mujer—. Eres un hombre afortunado, Nicholas. Espero que no lo olvides.

Nicholas se limitó a asentir y, con la mirada, agradeció el gesto de los presentes, incluido Haggard. Si esa misma mañana le hubieran dicho que el conde de Easton le echaría una mano en cualquier asunto, se habría echado a reír.

Madeleine y él hicieron una nueva reverencia y se despidieron. Mientras recorrían el salón, la sintió temblar junto a él.

* * *

Durante el resto de la velada, Madeleine bailó con gran número de caballeros. De vez en cuando, sorprendía la mirada del rey fija en ella, como si fuese un viejo zorro acechando a una presa. Repitió con Devonshire y bailó con Wellington y Liverpool, aunque todos sabían que no les había concedido pieza alguna. Morgan Haggard se mostró encantador y discreto y el conde de Jersey, que había sido su compañero de mesa, se abstuvo de hablar de sus caballos, lo que le agradeció en silencio.

Bailó las dos piezas acostumbradas con Nicholas, y solo en sus brazos fue capaz de relajarse por completo. Luego fue pasando de mano en mano, como si todos los caballeros presentes hubieran hecho un extraño pacto con el que pretendían salvaguardar su virtud. ¿Sabría Nicholas que contaba con el afecto de tantas personas en Londres?

Al fin, el monarca decidió retirarse. Parecía cansado, a pesar de haber permanecido toda la velada cómodamente sentado en su sencillo trono. Antes de abandonar la estancia, dirigió una lánguida mirada a Madeleine, que en ese momento se encontraba junto al marqués de Exeter, que no había cesado de parlotear sobre cricket, al que era gran aficionado.

Solo entonces el ambiente del salón pareció relajarse. El marqués condujo a Madeleine hasta Nicholas y, si no hubiera sido por todas las personas que los observaban, se habría echado en sus brazos. Estaba completamente agotada.

—¿Te parece que nos vayamos a casa? —le preguntó él, que le pasó un brazo por la cintura. Madeleine se apoyó en el cuerpo de su esposo, que de repente se le antojó un hogar.

—Te lo ruego.

Sin soltarla, comenzaron a caminar en dirección a la puerta.

—Deberíamos despedirnos del duque —señaló ella.

—Ya lo he hecho yo en tu nombre.

—De acuerdo.

Howard se había adelantado y le había ordenado al cochero que acudiera a la entrada. En cuanto Madeleine se metió en el vehículo, se dejó caer sobre el mullido asiento, con las lágrimas a punto de aflorar a sus ojos.

—Esta noche has estado magnífica —reconoció él, con orgullo.

—No me siento así en absoluto. Estaba asustada.

—Yo también.

—¿Qué habría pasado si...?

—Mejor no preguntes —la interrumpió—. No quiero ni pensarlo.

Llegaron enseguida a la mansión Sedgwick y Madeleine bajó del vehículo con cierta dificultad.

—Podríamos sentarnos un rato en la biblioteca —sugirió. Solo pensar en subir aquellas escaleras le provocaba náuseas.

—Por supuesto.

Le encantaba aquella estancia y la calidez que transmitía. Se sentó con cuidado en uno de los sofás mientras Nicholas servía un par de copas. Brandy para los dos. Madeleine necesitaba algo fuerte. El primer sorbo le quemó la garganta y el estómago. El segundo templó sus nervios.

Miró a Nicholas, sentado frente a ella. Apenas los separaban dos pasos, dos eternidades. Le habría gustado tenerle más cerca, estirar la mano y acariciar aquel cabello indomable.

—Creo que sería mejor que te quitaras los botines —señaló él con la voz ronca.

—¿Eh?

—Se te hincharán los pies. Has bailado durante horas sin parar.

—Ni siquiera sé si aún tengo pies —contestó ella, con una risita de puro agotamiento.

Y entonces Nicholas cruzó aquellas dos eternidades de una sola zancada y se arrodilló frente a ella. Con delicadeza alzó ligeramente su falda y desató los cordones de sus preciosos botines. Madeleine pensó que jamás podría volver a mirarlos sin recordar esa noche. Cuando su esposo liberó sus pies, una corriente de dolor la atravesó entera y soltó un sollozo. Ni siquiera se atrevió a bajar la vista.

En ese momento entró Miles con una de las criadas, que portaba un barreño.

—Les he pedido que preparen un poco de agua tibia con sal —señaló Nicholas.

¿Cuándo había hecho eso?, se preguntó Madeleine. Habían llegado juntos y no creía haberle perdido de vista. Nicholas colocó el barreño junto a sus pies, un lienzo y un bote de ungüento. Volvieron a quedarse a solas.

—Sería mejor si te quitases las medias.

—¿Podrías llamar a mi doncella? —preguntó ella, algo cohibida ante aquella escena tan íntima.

—Madeleine, son más de las dos de la mañana.

—No sé si podré, Nicholas.

—Yo lo haré —dijo él, y apoyó su mano en la pantorrilla. El calor de su contacto le llegó hasta el ombligo.

Nicholas la miró. En sus ojos titilaban las luces de la sala y fue como sumergirse en un estanque estrellado. Madeleine asintió y cerró los ojos.

* * *

¿Cuántas veces había tocado las piernas de una mujer?, se preguntó Nicholas mientras alzaba aquella preciosa falda de satén y tul. Muchas, muchísimas más de las que era capaz de recordar. Y nunca, hasta entonces, había sentido que le faltase el aliento.

Desató las ligas con presteza y bajó las medias con toda la discreción de que fue capaz. No quería incomodar aún más a Madeleine, que permanecía con los ojos cerrados y las mejillas coloreadas. ¿Sabría lo hermosa que estaba en ese instante? Vulnerable, dulce, asombrosa.

Procuró concentrarse en lo que estaba haciendo, no era el momento para dejarse llevar por todo lo que su cuerpo le pedía que hiciera. Cuando liberó los pies de las medias, descubrió que estaban hinchados y que se le habían formado algunas ampollas. Aun así, le parecieron preciosos, con los dedos largos y bien formados y las uñas perfectamente recortadas. Los sumergió en el agua tibia y Madeleine soltó un gemido que a él le recorrió la espina dorsal.

—Sentirás alivio enseguida —le dijo.

—Hummm.

—¿Hay algo más que pueda hacer por ti? —le preguntó—. ¿Prefieres que te deje sola?

—No, por favor —respondió con presteza y lo miró.

En ese instante, los ojos de Madeleine le parecieron lo más fascinante que había contemplado jamás. Durante unos minutos, se limitaron a permanecer así, suspendidos de una esquina de la luna que se colaba por la ventana. Vio una lágrima resbalando por la mejilla de Madeleine, que cayó sobre su regazo y se unió a aquellos cristales que reflejaban la luz de la sala.

—¿Te duelen mucho? —preguntó en un susurro.

—No —contestó ella.

Y entonces Madeleine hizo un gesto que dio un vuelco a su destino. Alzó un brazo y hundió la mano en su cabello, que acarició con una dulzura inesperada. Nicholas no pudo hacer otra cosa. Se incorporó, la miró con dolorosa intensidad y atrapó sus labios, hundiéndose en ellos como un naufragio en el mar.

Madeleine respondió con un entusiasmo febril y Nicholas lamentó la extraña posición que ocupaban, que le impedía pegarse a su cuerpo como hubiera deseado. Ella le echó los brazos al cuello y él rodeó su cintura mientras profundizaba aquel beso que iba derribando barreras a su paso.

* * *

Madeleine no lo había planeado. Era consciente de que aquello podía suceder desde el día en que él la había besado bajo el roble centenario del jardín, pero se había propuesto impedirlo, a toda costa. Solo que no contaba con lo ocurrido esa noche, ni con la ternura que él había desplegado literalmente a sus pies. El corazón le latía tan fuerte que casi la ahogaba, y el deseo de tocarlo hormigueaba por su cuerpo como una enfermedad tropical. Al final se había dejado vencer por su impulso y había hundido su mano en aquel cabello rubio oscuro que brillaba como el cobre.

Los labios de Nicholas sabían a brandy y a algo dulce y enigmático. Sus lenguas se encontraron y se enredaron, como si se reconocieran, como si hubieran bailado esa misma danza durante años, durante décadas. Madeleine perdió la noción del tiempo y del espacio. Su mundo quedó reducido al contorno de aquel cuerpo que luchaba por abrazarla y al que quería anclarse para no perecer en la tormenta que se había desatado bajo su piel.

—Voy a llevarte arriba —musitó él junto a su oído.

—No...

—¿No? —Nicholas se retiró y la miró. Madeleine se cayó dentro de aquella mirada de terciopelo.

—No hace falta —susurró—. Creo que puedo sola.

Él sonrió de medio lado y ella sintió un vuelco en algún rincón del alma. Volvió a besarla y, sin despegar los labios de los suyos, pasó su brazo por debajo de sus piernas y la levantó del sofá sin esfuerzo aparente. En ese momento parecía un dios griego, bello, invencible, inmortal.

El trayecto duró menos de lo esperado, quizá porque él no dejó de besarla, ni ella de contemplar su magnífico perfil. Antes de darse cuenta, estaba tendida sobre su cama, en una habitación enorme y ricamente amueblada. Apenas tuvo tiempo de contemplar la alcoba de Nicholas, porque él se tendió a su lado y volvió a atrapar su boca.

Deshizo su peinado con delicadeza y extendió sus largos cabellos sobre la almohada.

—Eres absolutamente preciosa —le dijo, y comenzó a besar su clavícula y su cuello, hasta que la piel de Madeleine se volvió de cristal y pensó que se le rompería si no dejaba de recorrerla con sus labios.

La ayudó a deshacerse del vestido como si lo hubiera hecho toda la vida, algo en lo que se negó a pensar en ese instante y, cuando la tuvo desnuda y a su merced, se quitó la camisa y pegó su torso al pecho de ella.

¿Podía una morirse sin darse cuenta y al mismo tiempo sentirse más viva que nunca?, pensó Madeleine, incapaz de manejar el cúmulo de sensaciones que la asaltaban desde todos los rincones de su cuerpo. Nicholas la recorría con los labios, con las manos, con los ojos, a suspiros y a mordiscos, a besos y a susurros. Hasta que toda ella fue un incendio.

Lo vio quitarse los restos de ropa, casi a manotazos, tan ansioso como ella por apagar el fuego, y lo vio descender por su cuerpo como una marea hasta fenecer en la orilla de sus muslos, donde le arrancó el primer clímax de la noche.

Nicholas la abrazó hasta que su respiración se normalizó y luego Madeleine sintió su cuerpo extenderse sobre el suyo como una cálida manta, envolverla como una crisálida y sumergirse en su interior con delicadeza.

—¿Te hago daño? —preguntó él, viendo que ella fruncía el ceño.

—No, todavía no.

—¿Todavía? —preguntó, con una sonrisa.

—La otra vez dolió —contestó Madeleine, sin atreverse a mirarle.

Nicholas se detuvo, con el cuerpo sostenido sobre sus poderosos brazos, observándola como si fuese una extraña y preciosa gema. Un suspiro de alivio se le escapó de la garganta, porque comprendió al punto que, durante esos once años de ausencia, ella no había pertenecido a ningún otro hombre.

—Esta vez no te dolerá —le dijo, con evidente satisfacción—. Te lo prometo.

Y no dolió. No al menos como ella esperaba, porque toda su piel vibraba y se erizaba y se contraía como si tuviera vida propia, buscando su contacto, ansiando una liberación que no llegaba y que, cuando al fin alcanzó, pareció descoserla por completo.

—Madeleine, Madeleine... —oyó mientras sentía cómo Nicholas aceleraba el ritmo y salía de ella para derramarse sobre su vientre.

* * *

Nicholas abrió los ojos y echó de menos el cuerpo de Madeleine pegado al suyo. Su parte de la cama estaba fría, como si la hubiera abandonado horas atrás. Era su esposa, por Dios, no era necesario que huyera en mitad de la noche. La situación, sin embargo, le hizo sonreír.

Dedicó unos minutos a pensar en todo lo ocurrido. Algo había cambiado entre los dos, lo intuyó en el momento en el que la besó y lo confirmó en cuanto la hizo suya. No tenía ni idea de lo que iba a suceder a partir de ese instante. Aun no lograba confiar del todo en ella, ni sabía qué había estado haciendo durante la última década.

Era pronto para tomar decisiones, se dijo. Por el momento se limitarían a conocerse un poco mejor, a tratar de averiguar si su matrimonio tenía alguna posibilidad. De lo que sí estaba convencido era de que en la cama no habría problemas. Era tan apasionada como él, generosa y entregada. Le pareció un buen punto de partida.

Se aseó y se vistió. Un rato después bajó perfectamente arreglado y dispuesto a desayunar. El comedor estaba vacío. Miró el reloj. Solo eran las diez de la mañana. Todos se habían acostado muy tarde, no era extraño. Sin embargo, algo no iba bien, lo sentía en los huesos.

—Buenos días, milord —le saludó Miles—. Ordenaré que le preparen el desayuno de inmediato.

—¿Aún no se ha levantado nadie? —preguntó él, sin querer mencionar directamente a Madeleine.

—Eh... solo lady Sedgwick, milord —respondió el mayordomo, aunque esquivó su mirada.

—¿Ha salido? —Con lo cansada que se encontraba la noche anterior le extrañaría mucho. Igual estaba en la biblioteca, pensó, sabiendo que no era así.

—Lady Sedgwick se ha ido esta mañana.

—¿Que se ha ido? ¿Adónde?

—A Herefordshire, milord. —Miles parecía atragantarse con sus propias palabras—. Le ha dejado una nota en el despacho. ¿Quiere que se la traiga?

Nicholas se dejó caer contra el respaldo de la silla. ¿Se había marchado? ¿Por qué? Sabía que el acuerdo era que asistiera a la fiesta del rey, pero había supuesto que no partiría de forma inmediata, sobre todo después de lo sucedido la noche anterior. Y sin despedirse, dejando una nota como si fuese una desconocida, una furtiva.

Nicholas se sintió traicionado, otra vez. Y por la misma mujer.

—¿Milord? —preguntó Miles, que no se había movido de la puerta.

—La leeré luego, gracias —musitó.

—Por supuesto, milord. Ahora mismo le traigo el desayuno.

—Gracias, Miles.

Nicholas cogió la prensa del día, pulcramente apilada en un rincón de la mesa, y se dispuso a comenzar la jornada del mismo modo en que la había comenzado en los últimos años, tratando de no pensar en el agujero que se le estaba comiendo el centro del pecho.

TERCERA PARTE

BLACKROSE MANOR

37

Los contornos de Falmouth se dibujaron sobre la línea del horizonte como un espejismo. Madeleine los vio crecer a través del cristal de la ventanilla del carruaje, sintiendo que por fin llegaba a casa, volvía a su hogar. Solo que la mujer que regresaba no era la misma que había partido de allí hacía unas semanas. Se notaba incompleta, como si se hubiera dejado atrás una parte importante de sí misma.

Dos noches había hecho en el camino, durmiendo en sábanas distintas, en camas diferentes, y aun así todavía llevaba cosido a su piel el aroma de Nicholas. Se obligó a repetirse por enésima vez que había hecho bien en marcharse, que no tenía otra opción. Su vida estaba en Blackrose Manor. La de él en Londres. Las distancias eran demasiado grandes como para conjugarlas.

Había abandonado aquella alcoba como un ladrón y había despertado a Ruth para que la ayudara a preparar el equipaje, luchando contra unas incomprensibles ganas de llorar que le atenazaban la garganta. ¿No era acaso aquello justamente lo que quería? Mientras esperaba a que despuntara el alba, se sentó en el secreter para redactar una carta a Nicholas, la más difícil que había escrito jamás. Tuvo que hacer verdaderos esfuerzos para no dejarse llevar por la pena que insistía en dictarle las palabras. Al final encontró una pizca de coraje entre los pliegues de su espíritu y logró escribir una nota de despedida amable pero fría, en la que le daba las gracias por esas semanas en Londres y le anunciaba que, ahora que había cumplido con su deber, regresaba a casa, donde sus obligaciones la aguardaban.

Y así fue como abandonó la mansión Sedgwick, con la luz del amanecer arrancando destellos a su piedra blanca y con el pecho asaltado por la congoja. Mientras el carruaje recorría el camino de acceso, aún miró una última vez hacia la casa, hacia la ventana de la habitación de Nicholas, o la que ella suponía que sería su alcoba. Y mentalmente escribió una carta totalmente distinta, en la que le hablaba de todo lo que se llevaba de allí. Del sabor de sus labios bajo el roble del jardín, de la sensación de sus brazos envolviéndola en el salón de baile aquella vez en la que Sophie tocó para ellos, de aquella charla sobre Byron y su oso en la biblioteca, y de esa noche en la que él la había amado por última vez mientras ella lloraba por dentro sabiendo que no se repetiría. Que no podía repetirse.

Durante años había olvidado que estaba casada con Nicholas Hancock, como si él no fuese más que un personaje secundario en la novela de su vida. Ahora, en cambio, se había convertido en uno de los protagonistas, y no sabía cómo relegarlo de nuevo al olvido. Pasarían páginas y páginas, vendrían los meses y los años, y Nicholas seguiría estando allí, en renglones sueltos, presente y lejano al mismo tiempo, sin posibilidad de cerrar el libro para siempre.

Madeleine no quería llorar, ni que Ruth se preocupara por ella, pero se ahogaba, se ahogaba dentro de su propio pecho y no podía respirar. Y no pudo volver a hacerlo hasta que liberó todas aquellas lágrimas, hasta que se sintió tan vacía por dentro que pensó que se había muerto. Solo entonces volvió a tomar aire y a pensar en su futuro, en su familia, en su vida en Falmouth. El porvenir le depararía nuevas lágrimas, estaba convencida de ello, pero aprendería a convivir con ellas, a convertirlas en una nueva coraza con la que se vestiría para el mundo.

Casi tres días llevaba cosiendo su nuevo destino cuando el carruaje enfiló la alameda que conducía a Blackrose Manor. Contempló los jardines y luego la mansión, cuya puerta se abrió para dar paso a Jake y a Eliot, que salía con Nelson en brazos. Casi no esperó a que el vehículo se detuviera antes de abrir la portezuela. Bajó de un salto, corrió hacia ellos y los estrechó entre sus brazos, mientras el gato maullaba y se restregaba contra sus tobillos.

En casa, estaba en casa al fin. Y llegaba vestida de lágrimas.

* * *

—¡Habéis crecido mucho! —Los miró con orgullo. Hacía más de un año que Jake la superaba en altura y Eliot no tardaría en hacerlo.

Se habían sentado los tres en el salón y Madeleine no podía dejar de contemplarlos, como si hubiera temido olvidar sus rostros, como si eso fuese siquiera posible.

—No te esperábamos todavía —señaló el mayor.

—Os dije que volvería después de la fiesta del rey. —Forzó una sonrisa, desterrando con ella la imagen de Nicholas.

—Sir Lawrence nos dijo que a lo mejor te quedabas en Londres unos días más.

—¿Y renunciar a estar con vosotros?

—¿Cómo fue la fiesta? —se interesó Eliot.

—¡Increíble! Bailé toda la noche —contestó, aunque decidió no contarles el motivo de aquella frase tan literal—. ¿Y sabéis una cosa? ¡Sirvieron piña de postre!

—¡¿Piña?!

—¡¿Y cómo es?!

—Por dentro es de un color amarillo intenso, y tiene un sabor extraño, dulce y ácido a la vez.

—¡Mis amigos en la escuela no se lo van a creer! —sonrió Eliot.

—¿Lord Sedgwick...? —preguntó Jake, aunque pareció pensárselo mejor.

—¿Sí?

—¿Ha sido...? Ya sabes. ¿Amable?

Madeleine tuvo que tragar saliva antes de contestar.

—Oh, sí, todos han sido muy amables conmigo —aseguró, intentando que su voz sonara convincente.

Los chicos guardaron silencio, como si no se atrevieran a preguntar nada más.

—¿Eso es todo lo que queréis saber sobre mi viaje? —preguntó Madeleine en tono burlón.

—Eh... ¿no estás cansada? —Eliot parecía algo tímido.

—No lo suficiente.

Los hermanos intercambiaron una mirada y luego se volvieron hacia ella.

—¿Cómo es el rey?

—¿Estuviste en el puente de Waterloo?

—¿Tienen gato en la mansión Sedgwick?

—¿El busto de Ramsés es tan grande como dicen?

Madeleine soltó una carcajada. Aquellos sí que eran sus chicos. Se arrellanó en el asiento y comenzó a responder a sus preguntas. Tenía muchas cosas que contarles.

* * *

Si le hubieran dicho unas semanas atrás que iba a sentirse extraña en su propia casa, Madeleine no se lo habría creído. Todo a su alrededor le resultaba familiar y al mismo tiempo rodeado de un halo de irrealidad desconcertante. En cuanto llevara unos días allí, todo volvería a ser como antes. Necesitaba que todo fuese como antes.

Con la casa en silencio, se tomó unos minutos para recorrerla a sus anchas, reencontrándose con todos sus rincones y con esas pequeñas imperfecciones con las que había aprendido a vivir. Se asomó al cuarto de Eliot, que ya no compartía con su hermano, y vio a Nelson acurrucado a sus pies. Le dio un beso al niño y acarició la cabeza del gato, que ronroneó con suavidad pero que no se movió de su sitio. Sí, a él también lo había extrañado.

Luego fue a ver a Jake. En los meses que habían transcurrido desde la última vez que lo viera, se había convertido casi en un hombre. Y eso le causó orgullo y, al mismo tiempo, un intenso dolor en el pecho. Apenas quedaba en él resto alguno de aquel niño hosco y decidido que le había robado las joyas. Pronto se iría a la universidad, y luego al mundo, a hacer su vida, a convertirse en un hombre de provecho. Y ella volvería a quedarse sola, tan sola como lo había estado la primera vez que llegó a aquella casa.

«No te adelantes —se dijo, luchando contra esa nueva tristeza que se le había instalado en el alma—. Aún queda mucho para eso, y mucho más para que Eliot también se vaya.»

Pero la tristeza no se marchó. Se pegó a ella como un sudario y con ella se acostó en su cama por primera vez en siete semanas.

* * *

Percy Evans tenía la sensación de que la mujer que se hallaba sentada frente a él no era la misma que había partido a Londres a principios de mayo. Su aspecto era el mismo, y hablaba casi igual, aunque con la voz algo más ronca. Sus ojos poseían el mismo color, pero el tono verdoso parecía más opaco, como si hubiese perdido la luminosidad. También aparentaba estar más distraída, porque ya había comenzado dos veces a explicarle el último episodio protagonizado por Gordon Burke sin que hubiese escuchado ni una sola palabra.

—Burke quiere más tierra —le dijo, de nuevo.

—¿A su edad? —Esta vez sí tenía la impresión de que le prestaba toda su atención.

—Sus hijos han crecido y tiene nietos que pueden ocuparse ya de trabajarlas —la informó—. Ha solicitado los campos de Gambler, los que están junto al bosque.

—No vamos a quitarle acres a Gambler para dárselos a Burke.

—Al parecer han llegado a un acuerdo. El hijo mayor de Gambler trabaja en Leominster. Ya sabe que no ha querido dedicarse a la granja.

—Pero aún le queda el pequeño —repuso ella.

—Me temo que tiene intención de seguir los pasos de su hermano.

La vio fruncir los labios, contrariada. Sabía que no le gustaba que los hombres abandonaran la zona, con lo mucho que había costado repoblarla.

—Bueno, entonces no podemos hacer nada por impedirlo —le dijo—. No me hace feliz pero, si ambos están de acuerdo, ocúpese de redactar los documentos pertinentes.

—Así lo haré.

—Y hablando de nietos, ¿qué tal están Lauren y el pequeño William? —preguntó la mujer.

Percy no pudo evitar hinchar el pecho de orgullo. La llegada del varón, hacía solo unas semanas, los tenía embelesados de nuevo. Le parecía increíble ser el abuelo de aquellas dos criaturas que lograban sorprenderle a diario. No recordaba que la primera infancia de Tommy hubiera estado tan cargada de momentos memorables, aunque también era cierto que había estado fuera una gran parte de ella.

—Maravillosos, milady. Son la alegría de nuestra vida —reconoció sin pudor.

—Mañana iré a visitar a Grace y a Tommy para darles mi enhorabuena —repuso ella—. Por cierto, espero que Jake y Eliot no le hayan causado muchos problemas desde que volvieron de la escuela.

—Oh, no, en absoluto.

—¿Ha llegado el nuevo médico? —preguntó entonces, cambiando por completo de tema.

—Una semana después de su marcha, milady. Parece un joven bien dispuesto.

—Bien, me alegro. Falmouth no puede permitirse no disponer de uno. ¿Le ha gustado la casa?

—Esa es mi sensación, sí.

Unos años después de aquella terrible epidemia de tifus, en cuanto los negocios comenzaron a prosperar, lady Sedgwick había hecho construir una bonita casa en el pueblo y había traído a un médico desde Warwick, un hombre algo mayor que deseaba vivir en un lugar tranquilo. La condesa estaba obsesionada con la idea de que Falmouth careciera de galeno y había hecho todo lo posible para remediarlo. Siete años había estado allí el doctor Spike, hasta que había decidido jubilarse y regresar a Warwick a vivir con su hija y sus nietos. En cuanto les comunicó su decisión, lady Sedgwick escribió a varias universidades en busca de alguien que quisiera sustituirle. Se presentaron varios candidatos y el escogido fue Leonard Maxwell, un hombre en la treintena que había logrado impresionarles. Se había instalado durante la ausencia de la condesa y, hasta la fecha, había demostrado ser una excelente elección.

Evans estaba a punto de pasar a otro tema cuando llamaron a la puerta de la biblioteca. Lady Sedgwick tenía visita y decidieron dejar la conversación para más tarde. De todos modos, no quedaba nada urgente sobre lo que informar.

*　*　*

Sir Lawrence sabía que Madeleine había llegado el día anterior. Él mismo había visto pasar el carruaje por el centro de Falmouth. A la primera sensación de alegría le siguió otra de desconcierto. Era imposible que hubiese llegado tan pronto de Londres, a no ser que hubiera salido al día siguiente de la fiesta del rey, lo que no dejaba de resultar extraño. Batalló consigo mismo sobre la conveniencia de acudir a verla de inmediato, para cerciorarse de que no había ocurrido nada malo durante esa celebración, y al final acabó venciendo su parte más sensata. La visitaría al día siguiente por la tarde, para darle tiempo a disfrutar de los muchachos y a descansar del largo viaje. Si ella necesitaba verle antes, mandaría recado.

Y allí estaba ahora, en la salita, observando a aquella Madeleine que parecía casi una sombra de la Madeleine que tan bien conocía. Lo había saludado con efusividad, como de costumbre, pero sintió los labios fríos sobre su mejilla, los ojos más oscuros y la sonrisa más opaca.

—La noto distinta —le dijo, preocupado.

—Es solo la fatiga, sir Lawrence. Londres está muy lejos.

—A mí no necesita mentirme, ya lo sabe. ¿La fiesta fue bien?

—Todo lo bien que cabría esperar, sí.

—Entonces se trata de otra cosa.

—Solo necesito unos días para recuperarme, es todo.

La vio hacer una pausa y aguardó, paciente.

—Se quedará a cenar, espero —le dijo ella entonces.

—Sería un placer, pero hoy no es viernes. —En los últimos años habían adquirido la costumbre de reunirse todos los viernes, como una familia convencional. Sin contar con las muchas veces que acudía a desayunar con ellos.

—No importa. Tenemos que recuperar todas las semanas perdidas. —Madeleine sonrió, y solo entonces sir Lawrence vislumbró un atisbo de la joven que tan bien conocía.

—Entonces acepto encantado.

—Avisaré a la señora Evans —le dijo, y desapareció por la puerta.

Sir Lawrence permaneció pensativo hasta su regreso, preguntándose si existía algún modo de conseguir que Madeleine Hancock volviera a sonreír como antes.

*　*　*

Hacía calor en Londres. Nicholas sentía la camisa pegada al cuerpo mientras bailaba con una joven viuda que no cesaba de insinuarse. Era hermosa y de trato agradable y, en otras circunstancias, tal vez se habría planteado convertirla en su nueva amante. Sin embargo, no lograba despertar en él ni el más mínimo interés.

Era una fiesta pequeña. La mayoría de los miembros de su círculo social se habían marchado a sus propiedades en el campo y solo quedaban en la ciudad un puñado de ellos, retenidos sobre todo por algún negocio o algún asunto personal. Su propia familia, incluyendo a lady Claire y su cuidadora, había salido también hacia su casa de Essex. Su madre y su tía Margaret, que al parecer se encontraba mucho mejor, no tardarían en unirse a ellos, como cada año. Nicholas aún no se explicaba por qué él permanecía todavía en Londres.

De repente, sintió la imperiosa necesidad de salir de aquella casa. En cuanto finalizó el baile, se disculpó con la dama e hizo llamar a su cochero. Solo había una persona en el mundo a la que le apeteciera ver y, por fortuna, no partiría hasta dos días después.

—Tu hermana se fue a la cama hace media hora, igual aún no está dormida. Puedo avisarla si lo deseas —le dijo Julien en cuanto vio a Nicholas entrar en su biblioteca.

—No es necesario. —Se fue directo a la mesa de bebidas y se sirvió una generosa ración de whisky escocés.

Nicholas no se sentía culpable por su intempestiva visita. Sabía que su hermana y su amigo se acostaban tarde y que su presencia nunca era mal recibida.

—Creí que esta noche ibas a una fiesta.

—Ya he estado en ella.

—Has batido tu propio récord —ironizó—. Brindo por ello.

Nicholas alzó su copa, imitando el gesto, y le dio un buen sorbo a la bebida, que le calentó el esófago como si fuese una fragua.

—¿Puedo hacerte una pregunta? —Nicholas lo miró, algo indeciso.

—¿Podría impedírtelo?

—Creo que no.

—Adelante pues.

—¿Cuándo supiste...? —Nicholas carraspeó—. ¿Cuándo supiste que estabas enamorado de Sophie?

—¿Sufres mal de amores, viejo? —Nicholas había sido el mayor de los tres amigos, aunque solo por unos meses, y en muchas ocasiones a Julien le gustaba llamarlo así.

—No —se apresuró en contestar—. No lo sé.

—¿Cuánto hace que se marchó?

—Once días —contestó con rapidez, sin necesidad siquiera de pensarlo.

Julien alzó una ceja.

—Pues te diría que fueras a buscarla y trataras de averiguar lo que sientes.

—No sé si ese es un buen consejo.

—Probablemente no. Además, ¿quién sabe dónde andará ahora?

—¿Eh? —Nicholas lo miró, confuso.

—¿No estamos hablando de Isobel Webster? —preguntó Julien, aunque Nicholas no logró descubrir si se estaba burlando de él.

—Isobel...

—Si tuvieras la menor idea de dónde se encuentra, podrías presentarte allí, cortejarla tal vez y tratar de averiguar si es la mujer por la que se te derriten todos los huesos del cuerpo.

—Sí, claro.

—Es una pena.

—¿Qué es una pena?

—Que no se trate de Madeleine. —Julien bebió de su copa—. Al menos de ella sí conoces su paradero.

—¿Y tú crees que... eh... Isobel se mostraría encantada de verme?

—Oh, no, probablemente te arrancaría la cabeza.

—¿Hablas en serio? —Nicholas lo miró con estupor.

—Seguro que encontraría un buen puñado de razones para hacerlo.

—Julien, sabes que no estoy hablando de Isobel, ¿verdad?

—Por supuesto, viejo. ¿Lo sabes tú?

Nicholas se bebió el resto de su copa de un solo trago y se levantó para servirse otra. Cuando volvió a ocupar su lugar, ambos se miraron. A veces no necesitaban palabras, a veces ambos sabían lo que el otro pensaba. Así había sido desde que se conocían, así había sido durante la guerra y en los años que vinieron después.

—Por Arthur —brindó Nicholas.

—Por Arthur, siempre.

38

Madeleine y Ruth tomaban el té en casa de Eve Foster.

—Su hija ya le habrá comentado que sus creaciones fueron un éxito —le dijo—. Todo el mundo me pedía sus señas para encargarle vestidos.

—¿Lo ve, madre? —Ruth sonrió, emocionada—. Se lo dije.

—Mi cuñada Evelyn casi me hizo prometerle que hablaría con usted para tratar de convencerla.

—Oh, eso es un gran honor. —La modista se sonrojó.

—Madre, si quisiera podría instalarse en Londres y confeccionar vestidos para las damas de la alta sociedad —aseguró su hija.

—¿Qué piensa usted, milady? —Eve se volvió hacia ella.

—No tengo la menor duda de que tendría mucho trabajo —contestó Madeleine—. Sus creaciones son maravillosas y originales. Pero también es arriesgado.

—¿Arriesgado? —Ruth la miró, confusa.

—A muchas damas les encanta encargar guardarropas enteros, pero en ocasiones se olvidan de abonar esos vestidos, a veces durante meses, años incluso. Hay nobles que piensan que su apellido les exime de la mundanal obligación de pagar por lo que obtienen. —Madeleine hizo una pausa—. Cuando era jovencita oí hablar de Madame Lanchester, una de las más reputadas modistas londinenses, que acabó arruinada.

—Entonces, ¿no me lo aconseja?

—Eve, si usted quiere instalarse en Londres y abrir un negocio allí, la ayudaré y la apoyaré en todo lo que necesite —contestó—. Solo le pido que tenga cuidado y que sea prudente.

—Por otro lado, reconozco que no me hace especial ilusión abandonar Falmouth, ni dejar atrás a mi hija —dijo la mujer—. Me gusta vivir aquí, y hemos hecho muchas cosas en los últimos años a las que no querría renunciar. Pero es inevitable soñar con vestir a algunas de las damas más elegantes de Inglaterra. ¡Tengo tantas ideas! ¡Tantos bocetos nuevos!

—En ese caso tal vez no sería necesario que abriera un negocio en Londres. Puede vestir a un puñado de damas selectas, bien escogidas, confeccionar sus vestidos aquí y enviarlos a la capital, igual que mandó los míos.

—Oh, eso sería... ¿posible?

—Le aseguro que mi cuñada Evelyn estaría encantada y no dudo que se convertirá en su primera clienta.

Madre e hija intercambiaron una mirada.

—Será un poco complicado a la hora de tomar medidas, pero imagino que su doncella podría hacerlo sin problemas si le doy las indicaciones pertinentes —aseguró la costurera.

—Más adelante incluso podría viajar usted misma a la ciudad de vez en cuando y ocuparse de ese menester —le aseguró Madeleine—. Mientras tanto, escribiré a mi cuñada con mucho gusto.

En el camino hacia Blackrose Manor, Madeleine pensó en esa carta que tendría que escribir a su cuñada. Llevaba queriendo hacerlo desde que había regresado. A ella, a lady Claire y a Sophie, incluso a Beatrice. Solo que no había encontrado el valor para colocarse frente al papel. ¿Qué razón podía esgrimir que explicase su huida casi en mitad de la noche? En ocasiones, ni siquiera ella lograba entenderlo. Lo había ido posponiendo, inventando todo tipo de peregrinas excusas, y Eve Foster acababa de proporcionarle un excelente motivo para escribir la primera de ellas.

* * *

Nicholas Hancock le había dado muchas vueltas a las palabras de Julien, demasiadas para su gusto. Se jactaba de ser un hombre pragmático y resolutivo, pero aquel asunto se estaba convirtiendo en un auténtico fastidio. No sabía qué sentía exactamente por Madeleine, y había decidido que tampoco deseaba averiguarlo. Su comportamiento era excesivamente volátil y había descubierto que no poseía la paciencia suficiente como para lidiar con él. Lo mismo se mostraba afectuosa y cercana que retraída y esquiva. La última noche que habían compartido era un magnífico ejemplo. Tras entregarse sin reservas y con evidente agrado, había abandonado su cama y su vida con una escueta misiva carente por completo de encanto. En los días transcurridos desde entonces, había llegado incluso a considerar que aquello había sido una especie de venganza por lo sucedido años atrás.

Subió al carruaje que aguardaba frente a la mansión Sedgwick. Miles sostenía la portezuela, tan servicial como siempre.

—Espero que disfrute de su descanso en Essex, milord —le dijo cuando ya se hubo instalado en el interior.

—Aproveche usted también para hacer lo mismo.

—Por supuesto, señor.

—No bromeo, Miles. Tómese unos días, vaya a ver a su familia, pasee por la ciudad.

—¿Por la ciudad? —Lo miró extrañado.

—Pues levántese tarde, desayune en la cama... en fin, lo que usted prefiera. ¿Lo hará?

—Por supuesto, milord —repitió Miles, y Nicholas supo que no haría nada de eso. Como mucho, se relajaría un poco y luego contrataría a un ejército de criados para que limpiaran la casa de arriba abajo. Como cada año.

Nicholas se acomodó mientras el vehículo se ponía en marcha. Apenas habían dado las ocho de la mañana. Calculaba que llegaría a su destino al atardecer. Se preguntó si algún día ese sueño del ferrocarril sería una realidad y si podría hacer el mismo viaje en la mitad de tiempo o incluso menos. Las posibilidades eran tan numerosas que daba vértigo. Y él quería estar allí para verlas.

Abandonaron Londres en dirección Este antes de que el sol de julio golpeara la ciudad y se adormiló en el asiento una vez que el carruaje comenzó a circular por la campiña. Despertó cuando el cochero hizo una parada a media mañana para refrescar los caballos y se bajó para estirar un poco las piernas. Se encontraban en el patio de una espléndida posada donde tenían por costumbre detenerse. Nicholas disfrutó de un refrigerio servido por una moza de ojos verdes que, sin poder remediarlo, le trajeron a Madeleine de vuelta.

Cuando volvieron a ponerse en marcha, el recuerdo de su esposa aún no lo había abandonado. Trató de concentrarse en el paisaje, que le hizo pensar en las suaves colinas de Herefordshire, y cogió uno de los periódicos que Miles había dejado en el interior de un compartimento situado en la portezuela. En cuanto lo abrió sus ojos tropezaron con una noticia donde se mencionaba a Henry Salt, el diplomático británico, que pretendía vender otra colección de objetos egipcios al gobierno, en la que figuraba el supuesto sarcófago de Ramsés III. La imagen de Madeleine admirando la piedra Rosetta se superpuso a las columnas del diario, que Nicholas cerró de sopetón. ¿Estaría el Universo enviándole alguna señal?

Sin pensarlo demasiado, abrió la mirilla que comunicaba con el pescante y le pidió al cochero que se detuviera. Cuando le comunicó que había cambiado de planes y que se dirigían hacia el Oeste, el hombre alzó las cejas, sorprendido, y asintió.

Nicholas se acomodó de nuevo, pero ya no fue capaz de relajarse. ¿Estaba cometiendo una locura? «Probablemente», se dijo, comenzando a arrepentirse de inmediato de su impulsiva decisión. Estuvo a punto de volver a hablar con el cochero para que retomara la ruta original y vaciló durante unos minutos. Al final, sin embargo, se mantuvo firme. Nicholas Hancock nunca había sido un cobarde, y no iba a empezar a serlo a causa de una mujer.

* * *

Esa mañana, Madeleine había decidido echar un vistazo al armario de los chicos. Habían crecido mucho en los últimos meses y probablemente necesitarían ropa nueva. Con la ayuda de Doris comenzó con el de Jake y desechó varias camisas y pantalones, e incluso un par de chaquetas.

Le sorprendió descubrir, al fondo, una bolsa de viaje que parecía llena. La criada le aseguró que habían deshecho todo el equipaje que habían traído de la escuela. Madeleine la abrió y descubrió varias prendas de ropa pulcramente dobladas, así como utensilios de aseo. Se sentó en la cama con la bolsa sobre los muslos, sin saber muy bien qué pensar sobre aquello. Como si su mente le hubiera convocado, Jake apareció en el umbral. Supo que algo iba mal en cuanto vio cómo la miraba, a ella y al equipaje que tenía entre las manos.

—Doris, ¿podrías dejarnos un momento?

—Por supuesto, milady —contestó la criada, que desapareció de inmediato.

—Jake, ¿qué significa esto? —le preguntó una vez que se quedaron a solas.

—Nada —contestó, aunque esquivó sus ojos.

—¿Vas...? —carraspeó—. ¿Tienes intención de irte a algún sitio?

—Eh, no, ya no.

—¿Ya no? —Alzó un poco la voz, más de lo que pretendía.

—Ahora ya estás aquí. —Lo vio morderse el labio y meterse las manos en los bolsillos, un gesto que hacía cuando estaba nervioso.

—¿Qué?

—Eliot y yo pensábamos ir a buscarte si lord Sedgwick decidía retenerte en Londres.

Madeleine bajó la cabeza y contempló de nuevo el contenido de la bolsa de viaje antes de volver a dirigirse a él.

—¿Habríais ido a rescatarme? —Madeleine luchaba entre las ganas de reírse y las de cubrir su rostro de besos.

—¡Por supuesto!

—No hubiera sido necesario. —Bajó la voz y le dedicó un guiño—. Habría encontrado el modo de escaparme.

Se levantó y le dio un corto abrazo.

—¿A quién habíais convencido para ayudaros?

—A nadie. Sir Lawrence no nos hubiera dejado ir, y Evans tampoco.

—¡No puedes estar hablando en serio! ¿Te das cuenta de lo peligroso que podría haber sido un viaje así?

—Claro que sí, pero teníamos nuestros caballos —contestó, ufano—. Y somos muy buenos en esgrima, sobre todo yo.

—Oh, Jesús. Es una locura. —Madeleine se retorció las manos, nerviosa—. Jamás, jamás debéis hacer una cosa así. Yo siempre volveré, no importa lo lejos que me vaya. ¿Lo has comprendido?

—Sí —asintió, con los ojos brillantes.

—¿Seguro? —Jake asintió, enérgico, y ella le dio un beso en la frente—. ¿A qué has venido? Creí que estabas con Eliot.

—Vamos a montar un rato. Me está esperando en los establos.

—Está bien, te dejo para que te cambies. —Madeleine se dirigió a la puerta—. Estaré en mi habitación.

Se retiró, conmovida. La idea de que sus niños hubieran pensado en rescatarla le parecía tan entrañable como alocada.

* * *

Aquello estaba mal. Fue la conclusión a la que llegó Nicholas en cuanto se aproximaron a Falmouth. Tras casi tres días de viaje alcanzaba al fin su destino, y esta vez por el camino reglamentario, sin tomar ningún atajo a través de los campos.

Los límites del pueblo se habían extendido. Según podía apreciar, había casi doblado su tamaño, y las primeras casas se veían bastante nuevas. Los campos circundantes estaban cultivados en su totalidad y, a las afueras de la población, se alzaban una serie de grandes edificios que parecían almacenes, construidos de tal modo que no desentonaban con el conjunto.

El carruaje aminoró la marcha y atravesó la localidad de calles concurridas y negocios florecientes y llegaron a la plaza principal. Se dio cuenta de que la gente observaba el vehículo con suma atención, seguramente fijándose en el escudo que adornaba las portezuelas, tal vez en el cochero de librea que iba en el pescante. Un niño incluso se atrevió a alzar la mano para saludar su paso. Fue reprendido de inmediato por la madre, pero no antes de que Nicholas devolviera el gesto con una sonrisa.

En cuanto el vehículo enfiló la alameda que conducía a Blackrose Manor y atravesó las verjas, sintió los nervios atenazando su estómago. Ya no había vuelta atrás. Descendió del carruaje tan pronto los caballos se detuvieron y dedicó unos minutos a contemplar el conjunto. El jardín delantero era una profusión de setos bien recortados en forma cónica, rodeados de cuidada hierba. El patio cubierto de gravilla crujía bajo sus pies mientras avanzaba hacia la puerta principal. Buscó aquel mordisco en los peldaños de acceso que había visto la primera vez que había estado allí, pero ya no existía. Los escalones eran nuevos. Alzó la vista y contempló el grabado sobre la piedra, aquella rosa negra que daba nombre a la casa, y sus ojos se desviaron hacia las ventanas, cuyos marcos habían sido restaurados y pintados. Ni siquiera la puerta principal era la misma, con aquellos desconchones y grietas en la parte inferior. Esta era recia y fuerte, de excelente factura. Estaba a punto de alcanzarla cuando se abrió para dar paso a un jovencito de cabello castaño y ojos oscuros vestido con suma elegancia, con pantalones y botas de montar. Nicholas apenas tuvo tiempo de pensar, solo llegó a la conclusión de que se trataba de algún vecino de la zona.

—Oh. —El muchacho, que no tendría ni trece años, se sorprendió al verlo allí—. Buenos días, milord. ¿Deseaba algo?

—Entrar. —Eso fue lo único que Nicholas fue capaz de contestar.

—¿Entrar? ¿En mi casa? —El chico se envaró y lo miró desconfiado.

—¿Tu... casa?

—Vivo aquí. ¿Quién es usted?

—¿Made...? ¿Lady Sedgwick vive aquí? —Nicholas no sabía qué pensar. Si aquel muchacho vivía allí con su familia, ¿dónde estaba Madeleine?

—Sí, por supuesto.

Nicholas respiró, aliviado, e hizo ademán de subir el último peldaño. El chico se interpuso en su camino.

—Lo acompañaré a la salita de recibir y avisaré a la señora.

—No será necesario.

—Me llamo Eliot. Y sí es necesario —contestó, huraño—. ¿A quién debo anunciar?

Nicholas lo miró de hito en hito, cruzó los brazos a la altura del pecho y separó un poco las piernas.

—Puedes decirle que lord Sedgwick ha venido a verla.

El rostro del chiquillo empalideció y solo entonces se dio cuenta de lo joven que era. Abrió la boca como si fuese a decir algo, pero volvió a cerrarla sin haber emitido sonido alguno. Sin embargo, se mantuvo firme y no se retiró de la puerta.

—Acompáñeme, por favor.

Nicholas no quería empezar aquella visita con mal pie, así es que siguió a Eliot hasta la misma salita en la que se había encontrado con ella dos meses atrás, donde le dejó a solas sin ofrecerle siquiera una taza de té. Imaginó que era uno de los jóvenes sirvientes de la casa, tal vez incluso el hijo del administrador, y que la sorpresa le había impedido recordar sus modales. Decidió que no se lo contaría a su esposa. El muchacho había demostrado coraje, no quería que lo despidiera por algo tan nimio.

Tomó asiento en uno de los butacones y durante unos minutos se dedicó a contemplar la belleza del cuarto. Era evidente que había sido remodelado en los últimos años y que había perdido aquel aspecto desangelado de una década atrás. Toda la casa en realidad parecía haber sido trasplantada desde algún otro lugar. Le parecía increíble que aquella modesta propiedad hubiera comenzado a producir beneficios como para llevar a cabo obras de ese calibre o para que sus empleados llevasen ropas de la mejor calidad. Porque las prendas que llevaba aquel muchacho no se diferenciaban mucho de las que él mismo tenía en su armario. ¿Habría descubierto Madeleine una mina de oro en sus tierras y no le había comentado nada?

Se puso en pie en cuanto escuchó abrirse la puerta. Allí estaba, tan hermosa como la última vez que la había visto, sobre su lecho, solo que su rostro no expresaba un éxtasis absoluto. De hecho, parecía estar molesta. Solo entonces recordó las palabras de Julien cuando le preguntó si creía que se alegraría de verle. «Probablemente te arrancará la cabeza», le había dicho.

Estaba por darle la razón.

* * *

Madeleine y Ruth repasaban las prendas que había sacado del armario de Jake. Una de las chaquetas estaba casi nueva. Con unos pequeños arreglos, Eliot podría usarla. El resto lo repartiría entre los criados de la casa. Unos golpes en la puerta las interrumpieron y Ruth se acercó a abrir. Al alzar la cabeza, Madeleine vio a Eliot en el umbral, muy serio.

—Creí que estabas montando con Jake —le dijo.

—He venido a cambiarme de botas —respondió de forma mecánica—. Tienes... tienes visita. Dice que es lord Sedgwick.

Madeleine se apoyó contra el borde de la cama. Nicholas estaba allí, en Blackrose Manor. A solo unos metros de distancia, a toda una vida. El corazón comenzó a golpear furioso sus costillas, como si quisiera echar a volar antes de que el resto de su cuerpo le siguiera.

—¿Qué hago? —preguntó Eliot, que no se había movido del sitio.

—¿No ibas a cabalgar con tu hermano? —Procuró que su voz sonara distendida.

—¿No quieres que me quede?

—Estaré bien —le aseguró.

Lo vio hacer una mueca, poco convencido.

—Disfrutad del paseo. Nos veremos a la hora del almuerzo. —Trató de que el niño no viera cómo le temblaba todo el cuerpo.

—Está bien —aceptó Eliot a regañadientes y salió de la habitación.

Madeleine se dejó caer sobre la cama.

—¿Se encuentra bien, milady? —Ruth se había aproximado a ella en cuanto Eliot había pronunciado el nombre de la visita que la aguardaba en el piso de abajo—. ¿Quiere que la acompañe?

—Gracias, Ruth. No será necesario.

Madeleine se tomó unos segundos, en los que se obligó a recordar cómo se respiraba. ¿A qué habría venido Nicholas? Rememoró el contenido de su escueta carta. Nada en ella implicaba ninguna invitación para que la visitase, ni siquiera había dejado en ella ni un atisbo de los sentimientos que él le provocaba. Había sido distante de forma deliberada precisamente para no dar lugar a equívocos.

Le pidió a Ruth que le retocase el peinado y luego comprobó que sus ropas estuvieran en perfecto estado. Solo entonces se aventuró a abandonar su refugio, con la sensación de que el eje de su mundo acababa de cambiar de rumbo.

39

Tenía aspecto cansado, pero estaba tan guapo como la última vez que lo había visto. Tuvo que luchar contra el impulso que a punto estuvo de arrojarla en sus brazos.

—¿Qué haces aquí? —le preguntó, más arisca de lo que pretendía.

—Hola, Madeleine. Veo que me has echado de menos —contestó él en cambio, con aquella sonrisa medio burlona que tan bien conocía.

—No has respondido a mi pregunta —insistió, seca, empezando a perder la paciencia.

Él la miró, confuso ante su beligerante reacción.

—Eh... pues... te dejaste unos botines en Londres. —Nicholas se pasó la mano por el cabello.

—¿Qué?

—Aquellos blancos que llevaste a la fiesta del rey. Se quedaron en la biblioteca.

Madeleine enrojeció a su pesar en cuanto él hizo mención a aquella noche, y sintió cómo toda su piel se erizaba.

—¿A eso has venido? —inquirió, con una ceja alzada.

—Más o menos.

—Bien, ¿dónde están?

—Los olvidé.

—¿En el carruaje?

—En Londres —contestó, apurado.

—Has venido a decirme que olvidé unos botines, pero no los has traído contigo.

—Sí, exacto.

—¿Te estás riendo de mí? —La situación comenzaba a parecerle cómica, pero aún estaba demasiado nerviosa como para reírse por el embarazo que adivinaba en Nicholas.

—¿Qué te hace pensar tal cosa?

—¿No se te ha ocurrido una excusa mejor?

—La verdad es que no. —Nicholas volvió a pasarse la mano por el cabello—. Lo cierto es que me gustaría pasar unos días aquí, si no tienes inconveniente.

—Unos días... ¿Por qué?

—¿Tan extraño te parece? Eres mi esposa...

Las piernas comenzaron a temblarle, y apoyó la mano sobre el respaldo de uno de los sillones para mantener el equilibrio. Nicholas permaneció en el mismo lugar, contemplándola. No le gustaba el modo que tenía de mirarla, el modo en que su cuerpo respondía a su presencia, como si ya no le perteneciera, como si ya no fuera la Madeleine de siempre. Aquello no podía ser, no podía ser de ninguna de las maneras. Ambos acabarían heridos.

—Es tarde para eso, Nicholas —musitó, con las palabras convirtiéndose en arena entre sus labios.

—No lo entiendo... No nos despedimos en malos términos. ¿Acaso aquella noche...?

—Aquella noche pertenece al pasado —le interrumpió, brusca—. Me obligaste a ir a Londres y me encerraste en tu preciosa mansión, igual que me encerraste aquí muchos años atrás. Cumplí con mi obligación y me marché. ¿Qué más quieres de mí?

—Empiezo a creer que esto ha sido un grave error —masculló él, de mal humor.

—Estamos de acuerdo. —Dolía, cada frase que pronunciaba dolía.

Nicholas contempló aquel rostro que pretendía permanecer impasible pero que, sin embargo, reflejaba muchas más cosas de las que quería ocultar.

—No voy a irme, Madeleine. —Dio un paso en su dirección y ella retrocedió otro tanto—. No todavía, al menos.

—Esta es mi casa. —Vio cómo su labio inferior comenzaba a temblar.

—Lo sé. —Alzó la mano con la intención de acariciar su mejilla, pero apenas la rozó con la yema de los dedos antes de que ella la retirara.

Madeleine no podía respirar. Debía salir de allí cuanto antes, alejarse de él y de todo lo que iba a suponer saberle tan cerca, porque era evidente que no podía negarle su hospitalidad. Blackrose Manor aún le pertenecía.

—Tu habitación está preparada —musitó—. Pediré que suban tu equipaje.

—¿Sabías que venía? —Lo vio alzar las cejas.

—Tu cuarto siempre ha estado listo, Nicholas.

Abrió la puerta con la intención de abandonar la salita, pero se quedó allí, inmóvil. Jake y Eliot, que habían estado sentados en el suelo, se levantaron con precipitación. Madeleine sintió la presencia de Nicholas pegada a su espalda y se volvió hacia él.

—Te presento a Jake y Eliot —le dijo—. Mis pupilos.

* * *

¿Sus pupilos? Nicholas miró a los dos adolescentes. Al menor lo conocía, era el mismo que lo había recibido al llegar y guardaba un gran parecido con el otro, que tendría tres o cuatro años más. No había duda de que eran hermanos. La misma nariz recta, las mismas pecas salpicando sus mejillas, el mismo rictus desafiante alrededor de la boca... ¿Cuándo se había hecho cargo Madeleine de aquellos niños? ¿Y por qué?

—Lord Sedgwick pasará unos días con nosotros —anunció ella.

Vio cómo los muchachos la miraban sin poder ocultar su sorpresa, pero no dijeron nada.

—Es un placer conocerlos, jovencitos —dijo él, en un intento de mostrarse cordial.

—Bienvenido, milord. —Fue el mayor quien habló, aunque su voz no destilaba ni una gota de simpatía.

—Creí que os ibais a montar —señaló Madeleine.

—Eh, sí, pero hemos cambiado de idea. —El joven respondió sin apartar la mirada de él y Nicholas comenzó a sentirse molesto.

—Me temo que lady Sedgwick y yo no hemos finalizado nuestra conversación —apuntó él, aunque procuró que su voz sonara, si no amable, al menos neutra.

Miró a Madeleine y la vio morderse el labio. Era evidente que entendía que aún tenía muchas más cosas que contarle, y que eso la disgustaba.

—Por favor, continuad con vuestros planes. —Les rogó ella—. Donna servirá la comida en un par de horas.

Los muchachos intercambiaron una mirada entre ellos y asintieron. Y entonces hicieron algo que Nicholas encontró sumamente revelador. El más pequeño se acercó a ella y le dio un beso en la mejilla antes de irse, y el mayor hizo lo mismo, solo que añadió un pequeño gesto que no le pasó desapercibido: cogió la mano de Madeleine y la apretó ligeramente. ¿Por qué tenía la sensación de que, de algún modo, trataban de protegerla dc él?

* * *

Tendría que haberle hablado de ellos mucho antes, eso fue lo que pensó Madeleine cuando vio cómo Jake y Eliot se marchaban, renuentes. Unos minutos antes, mientras estaba en la salita con Nicholas, ni siquiera había pensado en ello de tan concentrada como estaba en intentar asimilar su presencia allí.

Miró a Nicholas, cuyos ojos estaban clavados en ella, y no parecían precisamente amables. Eso, no obstante, no enturbió la agradable sensación que los niños habían dejado en ella con su muestra de afecto. Como si le hubieran proporcionado una coraza invencible, entró de nuevo en la salita dispuesta a batirse por ellos.

—¿Quiénes son esos chicos? —preguntó Nicholas en cuanto cerró la puerta.

—Ya te lo he dicho, mis pupilos —contestó ella, con calma—. El mayor se llama Jake y el pequeño Eliot.

—¿De dónde han salido?

—¿Por qué te importa?

—Viven en mi casa.

—Viven en *mi* casa —recalcó ella.

—¿Desde cuándo?

«Desde siempre», quiso contestar ella, porque era así como lo sentía.

—Desde 1816.

—Oh, aquel año. —El gesto de Nicholas se suavizó. Sin duda recordaba lo terrible que habían sido aquel verano y los meses subsiguientes.

—Fue antes de aquel verano.

—¿Antes? —La miró, extrañado.

—Los conocí en Worcester. —Madeleine fue escueta a propósito, no deseaba proporcionarle más información, como el motivo que la había llevado a aquella ciudad—. No tenían a nadie y... los traje aquí.

—¿Así, sin más? ¿Sin saber nada de ellos? —Alzó ligeramente la voz—. ¿Y si hubieran sido unos delincuentes?

Si Nicholas supiese lo cerca que estaba de la verdad le daría un ataque, así es que Madeleine trató de desviar la conversación.

—¿Con siete y tres años? —ironizó—. Oh, sí, eran unos delincuentes *muy* peligrosos.

—No estoy bromeando, Madeleine. Esto es un tema muy serio.

—Gracias por ilustrarme, Nicholas —repuso, mordaz—. Hasta hoy no había sido consciente de ello.

Nicholas hizo una mueca y se pasó la mano por el cabello, a esas alturas bastante desordenado.

—¿Conociste al menos a su familia?

—Su familia soy yo. —Sabía que se estaba mostrando excesivamente parca y protectora, pero no podía evitarlo.

—Por Dios, Madeleine, ¡estoy tratando de entenderte! —le gritó.

—¡No necesito que me entiendas! —Ella también alzó la voz—. Son lo mejor que me ha pasado en la vida y si intentas hacerles daño te juro que, que...

—¿Hacerles... daño? —Nicholas la miró boquiabierto—. ¿Pero qué clase de hombre crees que soy?

—Uno capaz de abandonar a su esposa en un páramo, ese es el tipo de hombre que eres —le espetó.

Nicholas bufó. Era evidente que la respuesta no había sido de su agrado.

—¿Hay algo más que deba saber? —preguntó, cáustico.

—*Querido*, podría escribir un libro con todo lo que no sabes de mí —contestó ella, en el mismo tono. Sabía que su respuesta había sonado prepotente, pero en ese instante se sentía poderosa, casi invencible—. Y ahora he de volver a mis obligaciones.

Sin darle lugar a réplica, abandonó la habitación. Sobre la mejilla aún podía sentir la huella de los besos de Jake y Eliot. Su talismán.

* * *

Donna Evans se había esmerado, Madeleine tenía que reconocerlo. Ensalada de brotes tiernos, faisán al jerez, pescado con salsa de ostras y una deliciosa tarta de pera y almíbar que siempre había sido la favorita de Jake. Los chicos, de costumbre tan hambrientos, parecían haber perdido el apetito y casi no tocaron los platos. La presencia de lord Sedgwick presidiendo la mesa era sin duda alguna la razón. Ella apenas podía tragar lo que se llevaba a la boca.

Antes de entrar en el comedor, Madeleine había llamado a Percy Evans para presentarle a Nicholas y luego había reunido al servicio. Contempló orgullosa la docena larga de empleados que trabajaban en Blackrose Manor, todos con sus uniformes relucientes, y no pudo evitar acordarse de cómo habían sido las cosas al llegar. Era cierto que podría escribir un libro con todo lo que le había sucedido desde aquel lejano otoño de 1813, y con todas las personas que habían contribuido, para bien o para mal, en convertirla en la mujer que era ahora.

Nicholas se mostró amable y cercano, especialmente con Evans, y dedicó incluso unas palabras de alabanza a la calidad del ágape. Luego, ya en la mesa, trató también de iniciar algún tema de conversación con los chicos, que contestaron con monosílabos y eludieron cualquier intento de confraternizar con el enemigo. Así era como lo veían ellos, Madeleine lo sabía. Sin embargo, no deseaba prolongar esa animadversión. Más tarde charlaría con ellos. Nicholas Hancock también tenía cosas buenas, las había visto, y era un hombre poderoso con quien, tal vez, podrían contar en el futuro. El miedo a que a ella le sucediera algo y quedaran desamparados de nuevo estaba demasiado enraizado en su espíritu.

En aquella casa, las horas de las comidas siempre habían sido los momentos favoritos del día. Se charlaba, se reía, se debatía... Las sobremesas se alargaban con los temas más variados y Nicholas les estaba robando eso. Jake y Eliot no tardarían en regresar a la escuela y ella volvería a comer y cenar sola. Pese a su intención de hablar luego con los chicos para suavizar un poco la situación, ella misma se sentía soliviantada y de mal humor.

Cuando Eliot solicitó permiso para retirarse y Jake le imitó, Madeleine no pudo negarse. Nicholas debió de intuir su estado de ánimo porque también se disculpó y abandonó la mesa. Ella, desalentada, se retiró a la biblioteca. Tal vez allí, concentrada en sus libros y en sus documentos, lograra desprenderse de esa sensación de abatimiento.

*   *   *

—¿Qué vamos a hacer? —preguntó Eliot a su hermano.

Ambos se habían refugiado en la habitación de Jake tras pasar por la cocina y hacer buen acopio de provisiones, sobre todo de tarta. Olvidaron coger cubiertos, así es que se comieron el faisán y el dulce con las manos. Si Madeleine los sorprendía, con toda seguridad se ganarían una buena reprimenda.

—Aún no lo sé —contestó Jake, con la boca llena y masticando a dos carrillos.

—¿A qué habrá venido? —preguntó Eliot, mientras le daba un trocito de faisán a Nelson, sentado a su lado.

—Hummm, a nada bueno, seguro.

—¿Y cuánto se va a quedar?

—Eliot, sé lo mismo que tú —contestó Jake, con fastidio—. Ni siquiera sé si Madeleine conoce las respuestas.

—¿De qué habrán estado hablando en la salita?

—Eliotfff... —resopló Jake, que en ese momento masticaba un pedazo de tarta. Varias migas salieron despedidas de su boca y salpicaron los pantalones de su hermano.

—¡Jake! —exclamó el pequeño, sacudiéndose los restos de comida de la ropa—. ¡Eres un cochino!

—Y tú un preguntón.

—¿Es que no estás preocupado?

—Pues claro que sí.

—¿Tú crees...? —Eliot se calló de repente y se concentró en acariciar la cabeza del gato.

—¿Qué?

—Nada, es igual.

—Cuéntamelo.

—¿Crees que ese hombre nos obligará a volver a Worcester?

Jake ni siquiera había contemplado esa posibilidad. A veces, olvidaba incluso que, en otro tiempo, las calles de aquella ciudad habían sido su hogar.

—No creo que pueda hacer eso. Madeleine no lo consentiría.

—Claro, porque somos algo así como sus hijos, ¿no?

—Exacto.

—Entonces, si somos sus hijos no pueden separarnos.

—No, no pueden. Adonde vaya Madeleine, iremos nosotros.

Eliot dio un suspiro de alivio y solo entonces cogió un trozo de tarta y se la comió con deleite.

—Entonces me da igual.

—¿Qué es lo que te da igual?

—Volver a Worcester, o adonde sea. Si Madeleine va a estar con nosotros, el lugar no importa. ¿Verdad?

—Verdad —repuso su hermano, con una sonrisa—. De todos modos, vigilaremos a ese tipo.

—¿Para qué?

—No quiero que la haga llorar. ¿No te diste cuenta de que cuando volvió de Londres estaba triste?

—Un poco, sí.

—Creo que fue por culpa de ese hombre.

—Vaya, ¿y tú cómo lo sabes?

—Soy mayor que tú, enano. —Jake le revolvió el cabello. Eliot se lo volvió a atusar, con el ceño fruncido.

—¿Y qué haremos si... ya sabes?

—Hummm, aún no lo he pensado. De momento solo le vigilaremos.

—De acuerdo. —Eliot asintió con energía.

—Y hay que avisar a sir Lawrence.

—Hoy está en Hereford. —Eliot torció el gesto—. Vuelve mañana.

—Pues le llevaremos una nota para que la lea en cuanto llegue.

Ambos apuraron los restos de tarta y luego se quedaron tumbados sobre la alfombra, contemplando el techo.

—Jake.

—¿Sí?

—¿Cuándo comenzamos con la vigilancia?

*　*　*

Decir que el almuerzo había sido tenso sería quedarse corto. Nicholas aún tenía los restos de comida atravesados en la garganta, y no precisamente porque los platos no estuvieran deliciosos.

No entendía la animadversión de Madeleine, ni que hubiera sacado de nuevo a relucir aquel viejo asunto. Él ya la había perdonado por aquello, ¿por qué ella no podía hacer lo mismo? ¿Era posible que aún le guardara rencor? Después de la noche que habían compartido juntos, había esperado un recibimiento más cariñoso, más acorde con los últimos recuerdos que conservaba de ella. Aquella Madeleine no se parecía a la mujer que había conocido en Londres, a la mujer de la que podría haberse enamorado.

Y luego estaban aquellos dos muchachos, con los que había intentado entablar conversación durante la comida. Sus modales le parecieron más que aceptables, pero su actitud distaba mucho de parecerle acorde con las reglas de etiqueta que tan bien parecían conocer. Madeleine tampoco había contribuido a facilitar la situación, tan tensa como ellos, y de peor humor, según pudo apreciar. En cuanto los chicos solicitaron permiso para retirarse, tuvo que reprimir un suspiro de alivio, y aprovechó para abandonar la mesa también.

Hacía un día magnífico. El cielo despejado y la suave brisa invitaban a pasear por los jardines. La temperatura era mucho más agradable que en la ciudad, lo que no le resultaba extraño. Ese era el principal motivo por el que los nobles la abandonaban durante el estío. Necesitaba despejar la cabeza, reevaluar las decisiones que había tomado en los últimos días y decidir qué iba a hacer a continuación. No sabía qué tipo de recibimiento había esperado al llegar, pero desde luego no contaba con aquel frente de batalla contra el que no sabía cómo lidiar.

Salió por la puerta principal y dio la vuelta a la casa. Vio de lejos los establos, nuevos y más grandes que los anteriores. Aquello le hizo pensar de nuevo en la procedencia de los fondos que habían permitido todas aquellas mejoras. Le pediría al administrador que le mostrara los libros. Estaba ansioso por descubrir de dónde procedía tanto dinero.

Iba a continuar su recorrido cuando se detuvo, atónito. Aquella parte del jardín, y hasta donde alcanzaba la vista, era una profusión de rosales primorosamente recortados y llenos de rosas. Las más asombrosas e increíbles que había visto en su vida. Su color negro destacaba sobre el verde de la vegetación que las rodeaba, como pedazos de noche que hubieran caído del cielo. Recorrió los senderos de gravilla, apreciando con deleite aquel pequeño Edén. Contempló la fuente de piedra del segundo nivel, una sirena rodeada de peces de cuyas bocas manaban los chorros de agua, y los bancos distribuidos por doquier que invitaban a sentarse bajo la sombra de los robles. Se aproximó hasta uno de los rosales, embelesado, y contuvo un suspiro de admiración hasta que recordó que ya había visto esas flores en una ocasión, y no hacía mucho de ello.

La vista se le nubló de repente, y la cabeza se le llenó de imágenes, al tiempo que una oleada de furia comenzaba a trepar por su cuerpo.

Si sus sospechas resultaban ser ciertas, ya tenía la explicación que había estado buscando.

40

—¿Eres la amante de William Cavendish? —bramó en cuanto cruzó la puerta de la biblioteca.

—¿Qué? —Madeleine dio un respingo, sobresaltada.

—¡El duque de Devonshire! ¿Sois amantes?

—¿De qué estás hablando?

Nicholas se atusó el cabello y comenzó a pasear por la habitación como si fuera a ir a toda prisa a algún sitio y no terminara de decidirse.

—Por eso abrió el baile contigo —masculló—. ¿Cómo he podido ser tan estúpido?

—¡No soy la amante de Devonshire! —gritó ella, aturdida por el comportamiento de su esposo—. ¿De dónde has sacado esa estúpida idea?

—¿Estúpida, dices? —Nicholas apoyó los puños sobre la superficie de la mesa tras la que ella estaba sentada—. Vi las rosas. Tus rosas, Madeleine. No creo que exista otro lugar en Inglaterra donde crezcan de ese color. ¡Devonshire las tenía en el vestíbulo!

—¿Y por qué no dijiste nada?

—¿Eh? —Alzó las cejas, sorprendido—. ¿Pero qué querías que dijera?

—¡No las reconociste!

—¡Por supuesto que no! ¿Crees que de haberlo hecho me habría quedado allí?

—Cuando viniste en mi busca en mayo, el jardín ya estaba lleno de esas flores, Nicholas —musitó ella, dolida.

—No me fijé.

—No, no te fijaste. No le dedicaste ni una sola mirada a nada que no fuera tu propio orgullo.

—Estás tratando de desviar la atención.

—En absoluto —repuso ella, abatida—. Siempre se ha tratado de lo mismo. De ti. Lo demás no te ha importado, ni ahora ni entonces. No soy ni he sido la amante de Devonshire. De hecho, no le conocí hasta que viajé a Londres. Pero, aunque así hubiera sido, perdiste el derecho a pedirme explicaciones el día que me dejaste aquí.

—¡Aún soy tu marido!

—¿Lo eres, Nicholas? —preguntó ella, sarcástica—. ¿Y crees que eso te da derecho a comportarte como un mentecato y lanzar falsas acusaciones?

—Pensé que habías cambiado. Que ya no eras la misma mujer con la que me casé.

—Lamento decirte que tú sí eres el mismo cretino de entonces.

Nicholas le sostuvo la mirada, tan furioso como un incendio. Madeleine aguantó el envite, destilando ira por todos sus poros.

—Me iré mañana —dijo él al fin.

—¡Bien! —repuso ella—. Con un poco de suerte, en unos días olvidaré de nuevo que estoy casada contigo.

Nicholas abandonó la habitación con aquellas palabras pisándole los talones. Recordó que, once años atrás, él había usado esas mismas o unas muy parecidas contra ella. No pudo evitar una sonrisa torcida. Madeleine era, después de todo, digna hija de su madre.

* * *

Sir Lawrence llegó esa misma noche desde Hereford, desechando la idea de permanecer en la ciudad hasta el día siguiente. A lo largo de toda la jornada se había sentido intranquilo, incapaz de despegarse de una sensación de urgencia que parecía apremiarle a regresar. Llegó pasada la medianoche y, en cuanto entró en su casa y vio la nota sobre la bandeja de la entrada, supo que algo iba mal. Era la letra de Jake, la habría reconocido entre un millón. La abrió con premura y leyó su contenido. Era escueta pero extremadamente reveladora. En ella le anunciaba la llegada de lord Sedgwick y le pedía que se presentara en la mansión en cuanto le fuera posible.

Apenas pegó ojo cuando al fin logró meterse en la cama. ¿Qué habría venido a hacer aquel hombre allí? Sospechaba que entre Madeleine y él había sucedido algo en Londres, algo importante, e intuía de qué podía tratarse. La nota de Jake, sin embargo, no transmitía la imagen de un hombre enamorado en busca de la mujer a la que amaba. Así que no podía tratarse de eso.

Durmió a retazos, con miedo a quedarse dormido y despertar a media mañana. Debía estar en Blackrose Manor a primera hora, aunque sabía que ni Madeleine ni los niños se levantaban tan temprano. Era necesario que averiguase lo que estaba sucediendo y ver si podía ayudar de algún modo.

En cuanto despuntó el alba llamó a su ayuda de cámara, se vistió con su mejor traje y, tras un desayuno frugal, salió de su casa. Estaba cansado, sus huesos ya no respondían como antaño a los excesos, pero al mismo tiempo se sentía pletórico, como si fuese a entrar en batalla.

Norton, el mayordomo de Blackrose Manor, se sorprendió al verle allí.

—Milady aún no se ha levantado —le dijo, echándose a un lado.

—No he venido a verla a ella —aclaró el anciano, que entró en el vestíbulo y le hizo entrega de su sombrero—. ¿Lord Sedgwick está en la casa?

—Desayunando. Partirá en breve.

—¿Se marcha?

—Eso he entendido.

Después de todo, tal vez había ido para nada. Sir Lawrence estuvo a punto de darse la vuelta y marcharse por donde había venido. Sin embargo, sus piernas se movieron por voluntad propia en dirección al comedor.

—¿Puede decirle a Donna que me prepare el desayuno?

—Por supuesto, sir Lawrence.

En aquella casa todo el mundo le trataba como si fuese parte de la familia, y en aquel momento supuso una gran ventaja. De otro modo le habría resultado imposible moverse por allí con total libertad.

Lo vio en cuanto entró en el comedor. Era un hombre joven y atractivo, con el cabello rubio oscuro peinado hacia atrás y unas espaldas anchas y fuertes. Se levantó tan pronto se apercibió de su presencia. Sir Lawrence le echó un rápido vistazo. No parecía un mal hombre, aunque no sabía qué aspecto esperaba que tuviese en realidad. ¿Igual unos cuernos asomando entre su cabello?

—¿Desea algo? —le preguntó con educación, limpiándose la comisura de la boca con la esquina de la servilleta.

—Usted es lord Sedgwick, imagino.

—Pues sí. ¿A quién tengo el gusto de conocer? Miles no ha anunciado ninguna visita.

—Norton. El mayordomo se llama Norton.

—Eh, sí. Disculpe. Miles es... en fin, da igual. ¿Quién es usted y qué hace aquí?

—Vengo a desayunar.

—¿Qué?

En ese momento entró uno de los lacayos con un servicio completo, que colocó en la mesa, a la izquierda de Nicholas. Sir Lawrence no tenía hambre, pero no se le había ocurrido una excusa mejor para su presencia allí.

—¿Café o té, sir Lawrence? —preguntó el criado.

—Creo que hoy tomaré té, Alfred.

Con gran calma, sir Lawrence recorrió la distancia que lo separaba de la mesa, ante la atónita mirada de su anfitrión.

—¿Usted...? —Lord Sedgwick carraspeó—. ¿Usted vive también aquí?

—¿Yo? Oh, no, vivo en mi casa, aunque no está lejos.

—Ya. ¿Y viene a... desayunar muy a menudo?

—Siempre que me es posible. —Sir Lawrence se sentó, tratando de reprimir la sonrisa que luchaba por aflorar a sus labios.

—Imagino que debe de ser usted algún familiar de Madeleine, la condesa quiero decir.

—En realidad no.

—De los niños entonces.

—Oh, son unos chicos fabulosos, ¿no le parece?

—¿Es usted su abuelo?

—No, no. Los conocí cuando Madeleine, la condesa quiero decir, los trajo aquí.

El joven lo miraba con una ceja alzada, sin saber a qué atenerse.

—Y viene usted a desayunar con frecuencia.

—Eso es.

—Pero no duerme aquí.

—Bueno, alguna que otra vez, aunque no es lo habitual. Ya me entiende.

—¿Cómo... dice?

—Ya sabe, a mi edad uno no puede permitirse muchos excesos.

—¿Cuál ha dicho que es su nombre?

—Oh, no se lo he dicho. —Sir Lawrence se levantó y le tendió la mano—. Sir Lawrence Peacock.

—Un caballero. —Lord Sedgwick se la estrechó sin mucho entusiasmo.

—En efecto.

—Bien, sir Lawrence Peacock, ¿a qué excesos se refiere usted concretamente? —Lo vio apretar la mandíbula y detectó un brillo peligroso en su mirada.

—A los excesos de la edad, por supuesto. Aún tengo la fortuna de tolerar bien la bebida.

—¿Y cuál es la relación que lo une a Madeleine, la condesa quiero decir?

—Somos amigos.

—Amigos.

—Debo confesar que a mí me habría encantado que la relación fuese mucho más estrecha, ya sabe, pero por desgracia uno no puede elegir.

—Porque el sitio ya estaba ocupado por otro.

—Una forma peculiar de decirlo, pero sí. No le conocí, claro. Creo que murió hace muchos años.

—¿Murió? —Las cejas de lord Sedgwick casi se habían unido al nacimiento de su cabello.

—Cuando ella era niña.

—¡¿Madeleine tenía un amante cuando era niña?! —bramó el aristócrata, dando un golpe sobre la mesa.

—¿Un amante? ¿Pero es que está usted enfermo? —Sir Lawrence lo imitó, aunque su golpe no sonó tan fuerte.

—Me ha dicho que murió.

—Su padre. Su padre murió cuando era niña. —Lo miró con los ojos entrecerrados—. Es usted un tipo realmente extraño, milord, si me permite que se lo diga.

—¿Que yo soy... extraño?

—En fin, como le iba diciendo. Nada me habría hecho más feliz que ser el padre de esa encantadora joven, y el abuelo de esos niños. ¿Le he dicho ya que son fabulosos?

—Sí, fabulosos —masculló lord Sedgwick.

—Tengo entendido que regresa a Londres. —Sir Lawrence untó mantequilla en su tostada con gran parsimonia.

—En realidad a Essex, mi familia está esperándome allí.

—Creí que Madeleine, la condesa quiero decir, era su familia.

—Bueno, sí, eh... también. Me refería al resto de mi familia.

—Comprendo.

—¿Hace mucho que se conocen? —Lord Sedgwick tomó un sorbo de su taza.

—Desde que llegó. Creo que nunca había visto a una joven tan desvalida —le dijo, clavando en él su mirada.

—Ya. —El joven carraspeó, incómodo, lo que le produjo gran satisfacción—. Es una suerte que pudiera contar con su ayuda.

—¿Con mi ayuda? —Sir Lawrence se echó hacia atrás.

—Bueno, ya sabe, para arreglar las cosas aquí.

—Joven, usted no tiene ni idea de con quién está casado, ¿verdad?

—Mejor de lo que usted se imagina —musitó.

—¡Sir Lawrence! —Una voz infantil interrumpió la charla entre los dos hombres.

Eliot entraba en ese momento en el comedor y se aproximó a sir Lawrence, que se levantó para darle un corto abrazo. Luego saludó con cortesía a lord Sedgwick, pero sin un atisbo de simpatía.

—Creo que será mejor que me retire —dijo Nicholas, levantándose y dejando la servilleta sobre la mesa.

—Si me permite un consejo, joven, pídale a Evans que lo lleve a dar una vuelta por la propiedad.

—No tengo tiempo.

—Pues búsquelo —le reprendió, como si fuese un niño pequeño y él, su padre.

Lord Sedgwick se quedó mirando al anciano, sin saber cómo responder a un comentario tan inapropiado. Pudo verlo en su mirada, que él mantuvo sin pestañear. Aquel cachorro no era rival para él, pensó sir Lawrence. Cuando hubiera enterrado a sus padres con sus propias manos, cuando hubiera sepultado a su mujer y a su hijo, cuando hubiera despegado el cadáver de su hermano del muro de una casa azotada por las balas de los cañones, entonces, quizá, podría medirse con él. Lo vio inclinar la cabeza casi de forma imperceptible y salir por la puerta, con los hombros mucho más hundidos que cuando había llegado.

Solo entonces se volvió hacia Eliot, que había asistido a la última parte de aquella conversación mudo de asombro.

—Menos mal que ya está aquí, sir Lawrence —suspiró el pequeño.

—Sí, menos mal —respondió, aunque no sabía si su presencia serviría para algo.

* * *

En aquella casa estaban todos locos, fue lo que pensó Nicholas nada más salir del comedor. Aquel viejo excéntrico casi lo había sacado de sus casillas. Parecía un hombre educado, e iba vestido impecablemente, pero hablaba de una forma extraña. Quizá estaba perdiendo la cabeza, como lady Claire.

Nicholas permaneció inmóvil unos segundos en el vestíbulo, pensando en las palabras del anciano. Un par de criadas pasaron a su lado con cubos y trapos y subieron las escaleras. Observó la alfombra que cubría los peldaños y la balaustrada, tan nueva y reluciente que parecía recién colocada. No podía negar que albergaba cierta curiosidad por lo que había sucedido allí durante la última década, y unas pocas horas más en aquel lugar no supondrían una gran diferencia.

—¿Desea ver algo en particular, milord? —le preguntó el administrador un rato después mientras ambos subían a un carruaje Gig tirado por un solo y espléndido caballo.

—Eh, no, lo que a usted le parezca —repuso él—. Una vuelta por el camino principal ya estará bien.

—Como guste.

Evans puso en marcha el vehículo y abandonaron el patio. Nicholas solo había visitado aquellas tierras en una ocasión. La mañana antes de partir para Londres, tras pasar la noche con Madeleine, había tomado un caballo y recorrido la zona con rapidez, solo para cerciorarse de que no iba a dejarla al mando de un diamante en bruto. Volvió a la ciudad satisfecho con el resultado de su veloz visita. Lo que ahora se desplegaba ante sus ojos, en cambio, no tenía nada que ver con el recuerdo que conservaba de aquella propiedad.

—¿Todos los campos están cultivados?

—En efecto, milord —repuso el administrador, con cierto orgullo—. Vamos alternando los cultivos para no agotar la tierra, así nos podemos permitir una o dos cosechas por año.

Nicholas observó los alrededores. Era evidente que la propiedad contaba con más arrendatarios, y que el resto de los campos debían de trabajarse por cuenta de la casa para vender las cosechas.

—¿Eso son... invernaderos? —Entrecerró los ojos para observar mejor aquella cantidad de construcciones que se alzaban en uno de los campos más alejados del camino.

—Sí, para las fresas. El señor Knight convenció a lady Sedgwick para comenzar a hacerlo, y lo cierto es que es un cultivo muy rentable —contestó Evans—. Además, con los frutos dañados o de mal aspecto hacemos una deliciosa mermelada.

—Lo cierto es que no recordaba que esta propiedad fuese tan próspera.

—Hasta hace pocos años no lo era. Casi todos los campos estaban baldíos, no había ni hombres ni recursos para trabajarlas.

Pero lady Sedgwick es una mujer muy tenaz. —Hizo una breve pausa—. ¿Quiere ver el ganado? Tenemos más de doscientas vacas y casi cuatrocientas ovejas.

—No creo que sea necesario —carraspeó, impresionado con todo lo que abarcaba su vista.

—Mire, en aquellos edificios de allí —señaló Evans una serie de construcciones de piedra— se hacen la mantequilla y el queso. Y en el de más allá se crían cerdos, conejos y gallinas.

—Interesante.

—Y solo ha visto una parte, milord.

Nicholas lo miró, con las cejas alzadas. Evans manejaba las riendas con gran concentración, atento a la aparición de alguna carreta o de algún grupo de campesinos que se desplazara por el sendero.

—¿Quiere ir hasta el puente? —le preguntó entonces—. Pasaremos junto a Falmouth de regreso.

—Aquí no había ningún puente —comentó Nicholas, que recordaba bien que, en aquella ocasión, se había visto obligado a dar la vuelta de regreso a Blackrose Manor.

—Se reconstruyó hace cinco o seis años, no lo recuerdo con exactitud. Lady Sedgwick quiso hacerlo antes, pero la riada del 16 se llevó lo poco que se había hecho, además de todo el ganado y las cosechas. Terrible año aquel. Y para colmo de males luego llegó el tifus. ¿En Londres también sufrieron la epidemia? —Evans le lanzó una mirada de reojo—. Aquí enfermó mucha gente, los chicos incluidos. Y la criada de lady Sedgwick fue una de las víctimas.

—No... no sabía nada —musitó Nicholas, abrumado con toda aquella información.

Nicholas tragó saliva. Imaginó a aquella Madeleine de entonces, con veinte años recién cumplidos, enfrentándose sola a todo aquel desastre. No por primera vez desde entonces, pero sí de forma contundente, sintió el mordisco del remordimiento.

—Han hecho un excelente trabajo aquí, señor Evans —le felicitó. Era evidente que su esposa había sabido rodearse de personas competentes y trabajadoras.

—Muy agradecido, milord, aunque el mérito no es solo mío.

—Supongo que sir Lawrence habrá supuesto una gran ayuda —señaló.

—En todo caso, sir Lawrence debería estar agradecido a los Sedgwick. Ha ganado una pequeña fortuna con la sidra.

—¿También elaboran sidra?

—Ya le he dicho que solo había visto una parte, milord. Aquí se hace una de las sidras más reputadas de Herefordshire. Mi hijo Tommy está a cargo de esa parte del negocio. Sidra Colton, ¿ha oído hablar de ella?

—¿Está bromeando? —Nicholas recordó aquella noche en la mansión en la que habían servido precisamente aquella bebida. ¿Por qué Madeleine no había comentado nada sobre ello?

—La elaboramos desde hace años. Lady Sedgwick probó muchas combinaciones antes de dar con la que usamos ahora.

Nicholas estaba abrumado con todo lo que veía y con todo lo que Evans le explicaba. Aquello era casi un erial cuando dejó a Madeleine allí y había conseguido convertirlo en una propiedad próspera y bien dirigida. Ahora comprendía las palabras de sir Lawrence cuando le había comentado que no sabía con qué tipo de mujer se había casado. Comenzaba a vislumbrar un pedacito del tipo de persona que era en realidad.

—¿Por qué Colton? —preguntó cuando ya se hallaban de regreso.

—Creí que lo sabía, milord. —Evans carraspeó—. Colton es el apellido de Jake y Eliot.

41

Había pensado tanto en él en los últimos días que a Madeleine se le antojaba extraño desear que Nicholas se marchara cuanto antes. De hecho, deseaba con todas sus fuerzas que jamás hubiera vuelto a Blackrose Manor. Hubiera preferido conservar el recuerdo de aquella última noche, cuando lo vio dormido, tan distinto al hombre con el que se había casado, tan diferente al que había ido a buscarla a Herefordshire muchos años después. Ahora, la última imagen que tendría de él sería la mirada de desprecio al acusarla de ser la amante del duque de Devonshire, juzgándola sin darle la oportunidad de defenderse, como antaño, como siempre.

Lo mejor era que se fuese, lo más lejos posible, y que se olvidara de ella. Madeleine también intentaría olvidar y confiaba en que, con el tiempo, sería capaz de conservar solo los recuerdos hermosos, como si esa breve visita no hubiese tenido lugar. Con ese ánimo se levantó al fin después de remolonear un rato en la cama, para darle tiempo a marcharse sin tener que cruzarse con él.

Los hados, sin embargo, no parecían estar de su parte, porque fue precisamente a Nicholas a quien encontró nada más bajar la escalera. Estaba en el vestíbulo, y no sabía si entraba o salía.

—Creí que te ibas hoy —le dijo, con acidez.

—Eh, sí, pero he cambiado de idea.

Madeleine se detuvo entre dos peldaños, como si hubiera quedado suspendida de unos hilos invisibles. La voz de Nicholas era suave y la miraba de una forma distinta. ¿Era posible que estuviera arrepentido de lo sucedido la noche anterior?

—Evans me ha mostrado la propiedad —dijo él.

—Yo lo habría hecho encantada si hubiera sabido que te interesaba.

—¿Cómo no iba a interesarme?

—¿Quizá porque no lo has comentado? ¿Porque no has hecho ni una sola pregunta sobre lo que hacemos aquí? ¿Sobre cómo es mi vida?

—Te debo una disculpa —dijo él, y subió un peldaño—. Muchas, en realidad. Pero la primera debería ser por el modo en que me comporté ayer.

—Basta, Nicholas. Estoy agotada. —Hizo una pausa, tratando de reprimir el sollozo que pugnaba por partirle el pecho en dos—. No deberías haber venido.

—Tal vez, pero no voy a marcharme. Ahora no.

—¿Por qué ahora no?

—Porque creo que empiezo a conocerte. —Subió otro peldaño más.

—Oh, vaya —comentó, sarcástica—. Has dado una vuelta por la propiedad y lo has descubierto todo sobre mí.

—No, todo no, pero sí lo suficiente como para desear quedarme y descubrir el resto. Eres valiente, decidida, tenaz y trabajadora.

—No trates de adularme.

—¿Eso es lo que crees que hago? —Nicholas subió otro peldaño. Ya había llegado casi a su altura—. Ha sido un paseo corto, es cierto, pero estoy impresionado. Me gustaría que me lo mostraras todo con más detalle.

—No lo entiendo, Nicholas. No hace ni veinticuatro horas me acusabas de ser la amante de un duque. Soy la misma mujer que era ayer.

—Pero ayer yo era un hombre ciego. —Alcanzó el siguiente escalón y estiró la mano para acariciar su mejilla con el dorso de sus dedos.

Madeleine se permitió un instante para bucear en aquella mirada. Parecía sincera, pero no le conocía lo suficiente como para asegurarlo. Le hubiera gustado confiar en él, pero eran demasiadas las cosas que les separaban, demasiados años de ausencia y rencores.

—Creo... creo que será mejor que te marches, Nicholas.

Pasó a su lado con el alma haciéndosele astillas en el pecho y no volvió la vista atrás cuando abrió la puerta y salió al jardín, a llenarse de aire porque se había quedado vacía por dentro, tan hueca como un nido abandonado.

*   *   *

Pero Nicholas no se marchó, ni siquiera se planteó hacerlo. Sin embargo, sí que decidió darle algo de espacio, para que se habituara poco a poco a la idea de que estaba allí y de que no iba a desaparecer. Decidió comer a solas en sus aposentos, para no invadir la intimidad de Madeleine con los chicos, y daba largos paseos por los alrededores, observándolo todo con suma atención.

Le gustaba pasear por el jardín para contemplar aquellas extrañas rosas cuya historia le contó el jardinero, a veces solo y a veces en compañía de aquel gato que se pegaba a sus talones a la menor oportunidad. Muchas tardes, desde la ventana de su habitación, observaba a Madeleine cuidando de los rosales y pasando el rato con los muchachos. En una ocasión, incluso los vio en compañía de aquel extraño caballero a quienes todos parecían apreciar mucho. Formaban una auténtica familia, una que iba más allá de los lazos de sangre, una que había encontrado su fuerza en la adversidad. Pensó en Arthur y en Julien. Nada los había unido tanto como aquella maldita guerra contra Napoleón. De hecho, se había sentido más próximo a ellos que a Howard y a Patrick, y así seguía siendo. Intuyó que en el caso de Madeleine no había sido muy distinto.

Unos días más tarde le dijo al mayordomo, cuyo nombre ya conocía a la perfección, que esa noche bajaría a cenar. Apenas había coincidido con Madeleine, aunque siempre que salía encontraba a alguno de los hermanos merodeando, o a los dos juntos. Aquella propiedad no era tan grande, no resultaba extraño, pero siempre había algo en la actitud de los chicos que le llamaba la atención, como si estuvieran en el lugar equivocado y a destiempo.

Se presentó en el comedor a la hora acostumbrada, y los encontró a los tres ocupando sus asientos. Les dio las buenas noches y se sentó frente al servicio que Norton había hecho colocar para él. Percibía la tensión en el ambiente, que no se disipó cuando trajeron el primer plato y todos comenzaron a comer.

—¿Vais a la escuela? —les preguntó a los jóvenes mientras desplegaba su servilleta. Le parecía un tema inocuo con el que poder romper la tensión.

—Sí, señor —contestó Eliot, sin mirarle siquiera.

—¿Cerca de aquí?

—No, milord.

—¿Sería posible obtener una respuesta un poco más elaborada? —inquirió Nicholas, sin acritud.

—Estudiamos en el King Edward's de Birmingham —contestó Jake, que miró a Madeleine.

—Oh, una buena institución. —Nicholas se retiró un poco para que un lacayo le retirara el primer plato—. ¿Tienes intención de ir a la universidad?

—Sí, señor, a Oxford. El señor Knight me escribirá una carta de recomendación.

—Oxford. No está mal. Yo estudié en Cambridge. Si necesitas alguna otra referencia, no dudes en pedírmela.

Los hermanos intercambiaron una mirada un tanto extrañada y luego buscaron los ojos de Madeleine, que aún no había pronunciado palabra.

—Eh, no es necesario. Gracias.

—¿Ya sabes lo que vas a estudiar?

—Botánica, como el señor Knight.

—Interesante, no hay duda. ¿Y tú, Eliot? ¿Ya sabes lo que quieres ser de mayor?

—Médico —musitó el pequeño, sin levantar la vista del plato.

—Una profesión muy loable, y muy bien remunerada.

—Yo solo quiero curar a la gente. —Eliot alzó la vista, con el semblante inusitadamente serio—. Así, cuando haya otra epidemia, no morirá nadie.

A Nicholas le costó tragar el trozo de verdura que tenía en la boca. Vio cómo Madeleine posaba su mano en la del chico y le dirigía una mirada cargada de afecto. ¿Qué podía decir uno sin quedar como un pazguato ante una declaración de ese calibre, y proveniente de un chiquillo de doce años? Nada, esa fue la conclusión a la que llegó. Así es que permaneció en silencio durante el resto de la comida, hasta que los chicos pidieron permiso para retirarse.

—¿Qué es lo que estás haciendo? —le espetó Madeleine cuando se quedaron a solas.

—Solo trataba de ser amable.

—¿Por qué?

—Ellos son importantes para ti. Y tú eres importante para mí. No hay ningún motivo oculto.

Ella lo observó con el ceño fruncido. Era evidente que no le creía. No importaba. Nicholas no tenía ninguna prisa. Cuando vio que se levantaba y abandonada el comedor no hizo ningún comentario, ni sucumbió al deseo de salir tras ella.

Nicholas Hancock era un hombre paciente.

* * *

Sir Lawrence se preparaba para pasar una tranquila velada. No recordaba cuándo había sido el último viernes que no había acudido a Blackrose Manor a cenar. Desde la llegada de lord Sedgwick, ni siquiera había vuelto a desayunar. De algún modo, intuía que su presencia estorbaba. Había visto el modo en el que el conde observaba a su esposa, y el modo en que ella lo miraba a él. Confiaba plenamente en el criterio de Madeleine y si ella había descubierto virtudes suficientes que justificaran aquella corriente que existía entre ellos eso significaba que lord Sedgwick, después de todo, no era el monstruo que él había creído siempre. El conde solo necesitaba un poco de tiempo, tiempo para conocer a aquella familia que se estaba perdiendo y enamorarse de ellos igual que había hecho él.

A mediodía había enviado una nota excusándose y el resto de

la tarde se había convertido en una cumbre difícil de coronar. Quince minutos antes de la cena, su mayordomo entró en el salón y sir Lawrence comprobó la hora en el reloj situado sobre la repisa de la chimenea.

—Tiene visita, señor —le dijo.

—¿A estas horas? —Sir Lawrence se extrañó. No había escuchado la llegada de ningún carruaje, aunque eso no le sorprendía. La estancia en la que se encontraba estaba en el lado contrario a la entrada principal y, por si eso fuera poco, su sentido del oído había menguado mucho en los últimos años.

Estaba a punto de preguntarle de quién se trataba, cuando la pregunta se le quedó prendida de los labios. Madeleine, Eliot y Jake entraron por la puerta de la biblioteca, cargados con varias cestas.

—Pero... pero...

—Hoy es viernes, sir Lawrence —le dijo Eliot, como si únicamente señalara un dato.

—Y todos los viernes la familia se reúne. ¿Acaso lo ha olvidado? —Madeleine le sonrió y entregó las cestas al mayordomo—. Le he pedido a Donna que empaquetara todos los platos que había preparado.

—Además, no ha venido a desayunar en toda la semana —apuntó Jake—. Le hemos echado de menos.

Sir Lawrence no supo qué decir. Se limitó a observarlos a los tres durante unos segundos y luego se levantó. Sus viejas piernas apenas fueron capaces de contener aquel saco de emociones en el que se había convertido. Abrazó a los muchachos y recibió el acostumbrado beso en la mejilla de Madeleine.

Tal vez su presencia ya no fuese necesaria, reflexionó. Pero no había duda de que jamás sería un estorbo.

* * *

Madeleine disfrutó de la velada, a la que no habría renunciado por nada del mundo. Ni siquiera por Nicholas, que se había molestado con la idea de que fueran a casa del caballero.

—¿Qué significa que no vais a cenar aquí? —le había preguntado poco antes de salir, cuando ella lo había puesto al corriente de sus planes.

—Todos los viernes sir Lawrence viene a cenar con nosotros.

—Entiendo que os une cierta amistad, pero él no es miembro de esta familia.

—Hasta hace unos días tú tampoco lo eras —le recriminó ella—. Y él es importante para nosotros.

—Tampoco creo que sea tan grave que se pierda una cena o dos, ¿no?

—Puedes venir o quedarte aquí, tú decides. —Madeleine se mantuvo firme.

Le había pedido a Donna Evans que empaquetara todos los platos que tenía pensado servir esa noche. Si sir Lawrence no quería acudir, irían ellos con la cena.

—No me parece apropiado que os presentéis en su casa, Madeleine. No deja de ser un caballero soltero.

—Te recuerdo que no voy sola. Y que puedes acompañarme si lo deseas. Sir Lawrence te recibirá encantado.

—No, gracias. ¿No pueden ir los chicos solos?

—¿Me estás prohibiendo que salga?

—No pongas en mi boca palabras que no he pronunciado —le dijo él, molesto—. No te estoy prohibiendo que salgas, solo que no me parece bien que lo hagas. Visitar a un hombre soltero, de noche, en su casa...

—Creo que es suficiente. —Madeleine alzó una mano para interrumpir su perorata—. Buenas noches, Nicholas.

Unos minutos más tarde, Madeleine, Jake y Eliot subían al carruaje. En el breve trayecto hasta su destino, tuvo tiempo de pensar en Nicholas y en lo poco, en realidad, que había cambiado. Por mucho que se empeñase en demostrar lo contrario.

* * *

La relación entre Nicholas y Madeleine continuaba siendo tensa. Él parecía no haberle perdonado que fuese a cenar a casa de sir

Lawrence, de donde volvieron bastante tarde, y ella seguía molesta con él por haber tratado de impedírselo.

El domingo por la mañana, la sorprendió llamando a su puerta a una hora bastante temprana. Cuando lo invitó a pasar la miró un tanto extrañado.

—¿Vas a ir a la iglesia así vestida? —le preguntó, señalando su sencillo atuendo.

—Oh, no voy a la iglesia.

—¿Cómo? —Nicholas alzó las cejas.

—El reverendo Wilkes y yo no estamos en buenos términos.

—Eso no es excusa para saltarse el oficio. —Nicholas no era un hombre especialmente religioso, pero aquella había sido la única excusa plausible que había encontrado para pasar un rato con ella.

—Ya lo creo que sí. No estoy dispuesta a protagonizar sus sermones.

—¿Quieres decir que te ha atacado desde el púlpito? —Nicholas estaba atónito, aunque convencido de que exageraba.

—No de forma directa. Jamás ha pronunciado mi nombre, pero tampoco ha hecho falta.

—¿Sería entonces mucho pedir que me acompañaras?

—Probablemente.

—Aun así, me gustaría insistir.

—¿Por qué? No recuerdo que acudieras a la iglesia mientras estuve en Londres.

—Aquí es distinto. Digamos que mi ausencia sería mucho más visible. El pasado domingo prácticamente acababa de llegar, pero no acudir hoy sería imperdonable —improvisó.

—Nicholas, no...

—Por favor —la interrumpió.

Madeleine lo miró y durante unos segundos calibró su petición. Era lo único que le había pedido desde su llegada.

—De acuerdo —concedió al fin—. Pero los chicos se quedan. No quiero que la tome con ellos.

—¿También son objeto de sus sermones? —preguntó él, burlón.

—Aún no conoces al reverendo.

Ruth la ayudó a vestirse y a peinarse y luego se reunió con Nicholas en el vestíbulo.

—A veces olvido lo preciosa que eres —musitó él junto a su oído, lo que hizo que toda su piel se erizase.

Entre la cercanía del cuerpo de Nicholas y la perspectiva de acudir de nuevo al oficio, a Madeleine el viaje se le antojó una tortura. Casi se le escapó un suspiro cuando al fin bajaron del carruaje. Aceptó el brazo de su esposo y juntos recorrieron la escasa distancia hasta la iglesia, ante las asombradas miradas de los vecinos que aún no habían entrado en el edificio.

✳ ✳ ✳

El oficio acababa de iniciarse y el reverendo interrumpió la liturgia mientras ellos recorrían el pasillo hasta el banco de la primera fila, envueltos en una nube de murmullos. El religioso clavó sus ojos saltones en Nicholas con evidente satisfacción y cruzó las manos a la altura de su prominente barriga. Lo saludó con una inclinación de cabeza, aunque Nicholas notó que el gesto no incluía a Madeleine, tensa y rígida a su lado.

Por fortuna, el sermón no versó sobre ningún asunto que pudiera resultarle ofensivo, aunque se le hizo extraordinariamente largo. Nicholas no paraba de mover los pies, ansioso por salir de allí y hacer cualquier otra cosa que no fuera escuchar la voz engolada de aquel individuo, que parecía estar dedicándole el sermón por lo mucho que lo miraba. Lejos de sentirse halagado por su atención, Nicholas estaba deseando que concluyese.

Miró de reojo hacia el banco situado al otro lado del pasillo. Sir Lawrence lo había saludado al llegar con un cabeceo y Nicholas había respondido del mismo modo. Aún le molestaba que su esposa le hubiera desafiado para acudir a cenar a su casa, así es que su gesto fue mucho menos simpático que el del caballero. ¿Acaso estaba celoso de aquel hombre que bien podría ser el padre o incluso el abuelo de Madeleine? Por el modo en que sentía moverse sus entrañas esa parecía ser la razón. Y era injusto, lo sabía. Según había podido averiguar hablando con Evans y con los chicos, sir Lawrence había sido un gran apoyo para todos, en especial para Madeleine. Le escocía que ese caballero hubiera estado allí para ella, y sin embargo él no.

El oficio concluyó al fin y le ofreció el brazo a Madeleine para salir. Notó su cuerpo cálido pegado al suyo y un ligero temblor que intentó tranquilizar apoyando su mano en la de ella y apretándosela con suavidad. Madeleine lo miró y bajó la cabeza, con media sonrisa asomando a su boca. ¡Dios! ¡Era preciosa!

Una vez en el exterior, vio cómo un hombre de mediana edad se aproximaba con una mujer mucho más joven del brazo.

—Usted debe de ser lord Sedgwick —lo saludó, tendiéndole la mano—. Soy Edward Constable, el corregidor de Falmouth. Y esta es mi esposa Lucy.

—Encantado de conocerlos —respondió—. Tiene usted una bonita ciudad, señor Constable.

—Bueno, el mérito es de los dos, ya me entiende. —El hombre se atrevió a guiñarle un ojo, y Nicholas forzó una sonrisa. ¿De qué diablos estaba hablando?—. Lady Sedgwick, es un inmenso placer verla de nuevo. ¿Debo suponer que será su esposo quien acuda a la reunión mensual en esta ocasión?

—Eh, aún no lo hemos decidido, señor Constable —oyó a Madeleine a su lado. No comprendía muy bien lo que ocurría, pero no quiso dejarla en evidencia delante de aquellas personas. Ya habría tiempo luego para las explicaciones.

A continuación conoció a otro caballero del lugar y a su esposa, los Jenkins, y volvió a saludar a sir Lawrence, que se alejó un par de pasos y charló con un hombre joven y bastante atractivo que, según le comentó Constable, era el nuevo médico de Falmouth.

—Creo que usted y su esposa han hecho una buena elección —señaló el corregidor—. Parece un joven preparado y se ha adaptado con facilidad.

—Eh, sí, gracias.

—¡Lord Sedgwick! —El reverendo hizo su aparición y estrechó su mano con energía—. Es un inmenso honor contar al fin con usted en nuestra humilde villa.

—Gracias, para mí también lo es —respondió de forma mecánica.

—Si me permite decírselo, milord, había llegado incluso a dudar de su existencia —continuó el religioso, como si le hiciera una confidencia. Si el tono y la excesiva confianza no le hubieran molestado lo suficiente, sintió a su vera cómo el cuerpo de Madeleine se envaraba—. Espero que ahora que está usted aquí pueda ocuparse personalmente de ciertos asuntos. Las mujeres, ya se sabe, tienen cierta propensión a olvidar su papel en el mundo.

Pronunció las últimas palabras lanzando una mirada reprobatoria a Madeleine.

—Confío en que no esté refiriéndose a mi esposa, reverendo —contestó con dureza—. Siempre ha contado con mi beneplácito y con mi protección.

—Oh, ¿incluso en el tema de esas mujeres descarriadas? —inquirió con sorna.

—¡No son unas descarriadas! —La voz de Madeleine sonó con fuerza.

—Especialmente en ese, reverendo —respondió Nicholas, que no tenía la más mínima idea de a qué se refería, pero que por nada del mundo habría tolerado que aquel individuo insultase a su esposa.

—El sermón de hoy ha sido precioso. —La señora Jenkins salvó la situación y acaparó la atención del reverendo—. ¿Dónde encuentra usted la inspiración para esas palabras tan elocuentes?

Nicholas no recordaba ni una sola palabra del sermón, pero se congratuló de la oportuna intervención de aquella mujer. En ese momento, Madeleine se soltó de su brazo y se acercó a saludar a sir Lawrence, que permanecía algo retirado. Nicholas sintió frío en el costado en cuanto se separó de él, y no pudo evitar una punzada de envidia al ver el modo en el que ambos charlaban.

Varias personas se aproximaron para saludarle o darle las gracias. Un par de mujeres, una de ellas con el rostro oculto por un velo que no lograba disimular una cicatriz reciente en el pómulo, le agradecieron el haberlas acogido en Falmouth. Luego se acercó una familia para hacerle saber que le habían puesto su nombre al bebé que la mujer llevaba en los brazos. Tras ellos llegó una pareja joven que le dio las gracias por la casa que habían podido adquirir con su ayuda, y la muchacha incluso trató de besarle la mano. Nicholas se sentía aturdido, como si de repente hubiera caído por un agujero en el suelo y hubiera ido a parar a un mundo distinto en el que todos parecían conocerle y en el que él no conocía a nadie.

Durante varios minutos charló con varios extraños, todos bastante amables. Gentes sencillas que le agradecían infinidad de favores que él ni siquiera era consciente de haber realizado. Un hombretón de cierta edad, acompañado por otros dos tan corpulentos como él e igual de parecidos, se aproximaron también.

—Soy Gordon Burke —se presentó—, y estos son mis dos hijos mayores.

—Oh, usted es uno de los arrendatarios de Blackrose Manor, ¿no es cierto? —Nicholas recordó lo que Evans le había contado sobre aquel personaje—. Imagino que viene a agradecerme el excelente modo en que mi querida esposa ha dirigido la propiedad en mi ausencia. ¿Me equivoco?

—Eh... no, milord —contestó el hombre, confuso.

—Me alegro entonces, porque estoy convencido de que yo mismo no podría haberme ocupado con más acierto.

Nicholas se despidió con educación pero sin darle opción a réplica y fue a reunirse con su esposa, preguntándose cómo una jovencísima Madeleine habría sido capaz de lidiar con hombres como Burke y el reverendo. ¿Cuántas personas en aquella zona la habrían tratado con desprecio al creerla abandonada por el hombre que debía cuidar de ella?

La localizó junto a sir Lawrence y al joven que le habían señalado como el nuevo médico. Al llegar a su altura, el galeno se había despedido ya.

—¿Te parece bien si nos marchamos ya? —le preguntó con amabilidad.

—Eh, sí, por supuesto.

—Sir Lawrence —dijo Nicholas, mirando fijamente al anciano—. ¿Nos haría el honor de acompañarnos a la hora del almuerzo?

—Será un placer, milord —contestó el hombre, algo sorprendido con su gesto.

Nicholas le ofreció el brazo a su esposa y ella lo aceptó de buen grado. Conforme se había ido acercando a ellos, no había podido evitar pensar que, pese a todos los Wilkes y Burkes que hubiera en la zona, seguramente también habría un puñado de Lawrences y Constables que habían cuidado de Madeleine.

Nicholas estaba en deuda con todos y cada uno de ellos.

42

En el carruaje que los llevaba de vuelta a Blackrose Manor, Madeleine observaba a Nicholas con disimulo. Él parecía inmerso en sus pensamientos mientras contemplaba el paisaje a través del cristal, pero, de tanto en tanto, la miraba y sonreía. Una sonrisa auténtica, de esas que calientan de los pies a la coronilla. Y ella correspondía a su gesto. De hecho, tenía que hacer verdaderos esfuerzos para no echarse a sus brazos y besarle hasta morir. El modo en que la había defendido ante el reverendo, sin saber siquiera de qué la estaba defendiendo, le había tocado algún punto entre el pecho y el alma que todavía no había logrado apagarse. Luego lo había visto charlar brevemente con Burke y cómo el semblante del arrendatario había mutado de la satisfacción al estupor, y supo que había puesto a aquel hombre en su sitio.

—Nicholas... —comenzó a decir, sabiendo que le debía algunas explicaciones.

—Creo que lo más sensato es aguardar a que lleguemos a casa. Hablaremos esta tarde, si te parece bien. No quiero interrupciones.

—Sí, claro —convino, aunque sintió cómo los nervios comenzaban a trepar por sus piernas. El tono empleado había sido amable, pero sabía que tras aquella apariencia serena y aristocrática se escondía un hombre apasionado y de fuerte carácter. Se preguntó, no sin temor, si aprobaría todas las cosas que ella había hecho en su nombre.

* * *

Sir Lawrence acudió a la hora convenida y tomó asiento a la mesa junto a Eliot. Era un hombre elegante y de modales exquisitos, y Nicholas pensó que en esos años habría sido un buen ejemplo para los muchachos. Su presencia sin duda lo era, porque el almuerzo transcurrió de forma distendida y casi cordial por primera vez desde su llegada. Hasta Madeleine parecía mucho más relajada.

—Jake dice que estuvo usted en la guerra, lord Sedgwick —le comentó entonces Eliot. Parecía entusiasmado con la idea.

Nicholas se envaró, miró a los dos niños, luego a Madeleine y por último a sir Lawrence.

—Sí, es cierto.

—¿Contra Napoleón? —preguntó el anciano, interesado.

—Así es, en Portugal y España, aunque no me agrada especialmente hablar sobre ese tema.

—Lo comprendo. Una guerra nunca es un buen tema de conversación —apuntó el caballero.

—Lo siento, señor, yo no sabía... —se disculpó Eliot.

—No es culpa tuya —se apresuró Nicholas en contestar, viendo la desazón del chiquillo. Luego se dirigió a sir Lawrence—. Intuyo que cuenta usted con experiencia.

—Para mi desgracia, aunque hace ya muchos años de ello.

Ambos hombres se miraron, reconociéndose como iguales, comprendiendo sin palabras que habían compartido las mismas miserias.

—La guerra no es divertida —dijo Nicholas, dirigiéndose a los muchachos—. Lo parece cuando estás en casa y piensas en todo lo que podrías hacer. Te imaginas matando a cientos de enemigos y convirtiéndote en un héroe del que hablarán todos los libros.

Los niños le prestaban toda su atención, con los ojos muy abiertos. No se atrevió a mirar a Madeleine, sentada a su derecha.

—Pero la guerra es sucia, y fría. Pasas hambre y miedo. Y cuando vuelves no eres un héroe —continuó.

—Usted volvió —señaló Eliot.

—Pero allí dejé a uno de mis mejores amigos.

—¿Se quedó allí?

—Quiere decir que murió, Eliot —apuntó sir Lawrence.

—Oh, lo siento.

—Yo también —balbuceó Jake.

—¿Cómo se llamaba?

—Arthur. Arthur Chestney.

Jake cogió su copa y le hizo una seña a su hermano para que le imitara.

—Por Arthur —dijo, alzándola.

—Por Arthur —repitió Eliot.

Nicholas no podía ni respirar, pero logró reunir el aire suficiente para tomar también su copa y beber un buen sorbo a la memoria de su amigo y a la salud de aquellos dos muchachos que acababan de rozarle el corazón.

＊　＊　＊

Después de comer, sir Lawrence se despidió y estrechó la mano de Nicholas envolviéndola con las suyas, como si con ellas trenzara un puente entre ambos. Los chicos subieron al piso de arriba y Madeleine y Nicholas se reunieron en la biblioteca, su estancia favorita.

—Háblame de esas mujeres —comenzó él.

—No son ningunas descarriadas —se defendió.

—No he dicho tal cosa, pero me intriga saber por qué el reverendo las ve de ese modo.

—Hay varias viviendo en Falmouth, sin sus maridos.

—Continúa.

—Mujeres abandonadas, viudas sin recursos o maltratadas a las que yo he dado cobijo. Construí una casa hace años, con varias habitaciones, y viven en ella.

—¿Cuántas?

—Ahora mismo hay diecisiete.

—¿Mantienes a diecisiete mujeres?

—Oh, no, solo les proporciono la vivienda. Ellas trabajan. La mayoría en las fábricas.

—¿Esos edificios que hay a la entrada del pueblo?

—Sí.

—¿Quién es el dueño? ¿Constable?

—Yo. —Nicholas alzó las cejas, asombrado con la respuesta—. Allí envasamos la sidra, la mermelada, la mantequilla... Y hay un taller que confecciona guantes, sombreros, sombrillas... complementos femeninos. Se venden principalmente en Londres.

—Creí que no habías ido a la ciudad.

—No lo he hecho. Se ocupa un intermediario. ¿Conoces una tienda en Bond Street llamada The Black Pearl? Es nuestro principal cliente.

—Por Dios bendito. ¿Esto tiene que ver con tu idea sobre diversificar?

—¿Cómo sabes eso? —enarcó una ceja.

—Lo comentaste en Londres, aquella noche en la que hablamos sobre el ferrocarril.

—Oh, sí, claro. —Madeleine arrugó la nariz—. No pienso disculparme por nada de lo que he hecho durante estos años, Nicholas.

—Ni yo espero que lo hagas. Solo estoy... reponiéndome de la sorpresa.

—¿Sorpresa?

—¿Tienes idea de cuántas personas habrían logrado lo que tú has conseguido en unos pocos años?

—La necesidad es una buena maestra —sentenció ella.

Nicholas la miró. No había pronunciado las últimas palabras como un reproche, al menos el tono no lo indicaba, pero las sintió como una bofetada. Estaba a punto de contestar algo cuando escuchó el sonido de un carruaje llegando al patio. Se levantó, preguntándose quién podría ser. En ese momento necesitaba estar a solas con Madeleine y no aceptaría ninguna interrupción.

Se aproximó a la ventana y allí se quedó helado.

—¿Quién es? —preguntó ella, que no se había movido del sillón.

—Si te lo dijera no me creerías.

* * *

A Beatrice Hancock le costó convencer a su marido de que debían acudir a Blackrose Manor de inmediato. Habían recibido una nota de Nicholas, que llegó el mismo día en el que debía haberse presentado en Essex, en la que les anunciaba su intención de pasar unos días en la propiedad de Herefordshire. Era evidente que iba a visitar a Madeleine. Howard trató de convencerla de que aquel no era asunto de ellos, y de que su hermano era capaz de cuidarse sin ayuda de nadie, pero Beatrice perseveró hasta que logró que accediera. Insistió en que Nicholas podía necesitarles cerca. A fin de cuentas, eran su familia.

Beatrice no sabía qué había ocurrido entre ellos. Madeleine se había marchado sin despedirse, lo que ni siquiera le extrañó. La idea de que aquella mujer no pertenecía a aquel lugar se reafirmaba. Por más preciosos que fueran los vestidos que lucía, no podían cubrir el tipo de persona que era. A saber con qué malas artes había atraído a Nicholas hasta su guarida, pues así era como ella imaginaba aquel agujero en medio de la nada.

La guarida en cuestión no se parecía en nada a la imagen que Beatrice se había hecho de ella. Era una coqueta y pequeña mansión rodeada de feraces campos, cerca de un pueblecito encantador. Todo a su alrededor hablaba de prosperidad y buen gusto, lo que no hizo sino aumentar las sospechas de Beatrice. Era imposible que aquella mujer hubiera logrado todo eso con la renta que Nicholas le había asignado.

El hombre que salió a recibirles, sin embargo, no expresaba siquiera un atisbo de agradecimiento por verles allí. De hecho, su gesto contrariado expresaba justo lo opuesto.

—¿Qué hacéis aquí? —les preguntó, sin saludarles siquiera—. ¿Están todos bien? ¿Lady Claire...?

—Todos están bien, hermano. —Howard le palmeó el hombro—. Solo hemos venido a hacerte una visita.

—¿Una visita? —Nicholas miró a Beatrice—. ¿Aquí?

—Estábamos preocupados —señaló ella.

—¿Preocupados? —inquirió, con sorna—. ¿Por mí o por vosotros?

Beatrice se mordió el labio, nerviosa. Howard los miró a ambos, sin comprender muy bien a qué se refería su hermano.

—¿No nos vas a invitar a entrar?

—Esta no es mi casa, Howard.

—Pero ¿qué estás diciendo? —preguntó Beatrice, molesta—. Esta propiedad nunca ha dejado de pertenecer a la familia. Estamos cansados del viaje, Nicholas —señaló, y dio un par de pasos en dirección a la puerta—. ¿No podemos hablar más tarde?

—Beatrice —la llamó Howard. Nicholas no se había movido del sitio y su postura denotaba una irritación creciente.

Ella se dio la vuelta y se enfrentó a su marido.

—Estoy agotada. Necesito un baño y una buena cama. Espero que en este lugar tan alejado de la civilización se puedan encontrar ambas cosas.

—No estamos tan lejos, Beatrice. —Una voz femenina que conocía muy bien sonó a su espalda. Al darse la vuelta, vio a Madeleine de pie en el umbral. Serena, elegante, más dueña de sí misma que nunca.

—Lamentamos habernos presentado sin avisar, Madeleine —señaló Howard, incómodo—. Ha sido uno de esos impulsos que a veces cuesta explicarse. Me alegro de volver a verte, por cierto. No tuvimos la oportunidad de despedirnos.

—Tengo entendido que Falmouth cuenta con una excelente posada —señaló Nicholas, impertérrito.

Beatrice miró a su cuñado, incapaz de creer que los estuviera enviando a una taberna pueblerina, a buen seguro con las camas llenas de chinches. Estuvo a punto de replicar cuando sintió la mano de Howard cerrarse alrededor de su brazo.

—Por supuesto, hermano —dijo Howard—. Nos alojaremos allí encantados.

—Mi casa no es muy grande —Madeleine bajó un par de peldaños—, pero sois bienvenidos si deseáis quedaros aquí.

—No tienes por qué —señaló Nicholas, sin apartar la vista de Howard, que comenzaba a lamentar de veras que su mujer lo hubiera enredado en aquel sinsentido.

—Eres muy amable, Madeleine —aceptó Howard—. No queremos ser una molestia.

—Un poco tarde para eso —insistió Nicholas.

—Pediré que suban vuestro equipaje y que os preparen un baño caliente —Madeleine se dio la vuelta para volver a entrar en la casa—. La cena se sirve a las siete.

Beatrice había esperado hacer una entrada triunfal, pero allí, en medio del patio, se sintió ridícula y totalmente fuera de lugar. No se atrevió a volver a mirar a Nicholas, ni tampoco a Howard. Temía lo que pudiera ver en sus ojos.

* * *

Madeleine ni siquiera podía imaginarse la razón por la que Beatrice y Howard habían viajado hasta allí. Volver a ver su cuñada la había hecho recordar las humillaciones que había sufrido en la mansión Sedgwick y, durante un breve segundo, estuvo a punto de secundar la propuesta de Nicholas para que se alojasen en la posada. Solo que no fue capaz de hacerlo. Por poco que le gustasen, también eran su familia.

Fue a ver a Jake y Eliot, que estaban como casi siempre en la habitación del mayor, y los puso al corriente de las nuevas. Se mostraron extrañados con aquella intempestiva visita, pero Madeleine fue incapaz de contestar a sus preguntas.

Quien sí tenía una vaga idea era Nicholas, aunque no se sentía con ánimos como para ahondar en ella. Estaba demasiado furioso, y seguía estándolo cuando Howard bajó un rato después y se reunió con él en el salón grande.

—Lo siento, Nicholas —se disculpó—. Beatrice me convenció de que podías necesitar ayuda.

—¿Ayuda para qué?

—No lo sé. —Howard alzó los hombros y los volvió a bajar—. Te juro que, a veces, no entiendo a las mujeres. Por lo menos a la mía.

Nicholas hizo una mueca, pero no dijo nada. Howard miró alrededor y contempló la decoración de la estancia.

—Tenía entendido que esta propiedad estaba casi en la ruina.

—Lo estaba cuando se la entregué a Madeleine.

—¿Y qué ha sucedido desde entonces?

—Muchas cosas, al parecer. ¿Te apetece dar un paseo?

—¿No esperamos a Beatrice? —Howard miró hacia la puerta, como si esperase ver a su mujer materializándose bajo el umbral.

—Prefiero que salgamos solos. ¿Te importa?

—No, claro que no.

* * *

Madeleine había preparado el menú a conciencia con Donna. Deseaba impresionar a sus invitados, aunque sabía que era un gesto pueril. ¿Qué podía importarle a ella lo que pensaran Howard y Beatrice? Sin embargo, por algún extraño motivo, deseaba que supieran que le iba bien, que no les necesitaba, ni a Nicholas ni a ninguno de ellos. Jake y Eliot pidieron permiso para cenar en sus habitaciones y ella, que no estaba muy segura de cómo iría la velada, se mostró conforme. Temía que Beatrice pudiera hacer algún comentario que les hiriera.

A las siete en punto entró en el comedor y se sorprendió al verles ya allí, aguardándola. Tuvo un breve instante de duda, como si el papel de anfitriona no le perteneciera, como si fuese en realidad una impostora, pero se recuperó enseguida y ocupó su lugar en la mesa. Había elegido para la ocasión otro de los vestidos de Eve Foster, uno confeccionado en un tejido drapeado que combinaba el dorado y el verde.

—Nicholas me ha llevado a conocer un poco la propiedad —dijo Howard una vez que se hubieron sentado los cuatro—. Debo decirte que estoy impresionado.

—Han sido duros años de trabajo —apuntó ella, que consideró aquel comentario condescendiente y hasta paternalista.

—Beatrice y yo tenemos una propiedad en Sussex —continuó Howard—. Es bastante mayor que esta, pero sus rentas son modestas. ¿Crees que también sería posible cultivar fresas?

Madeleine lo miró. Parecía realmente interesado en la respuesta, como si de verdad admirara el trabajo que ella había realizado allí. Quizá le había juzgado mal.

—Las fresas son un cultivo exigente y que requiere de unas

condiciones específicas —contestó—. En primer lugar precisa de invernaderos. Nuestro clima es demasiado frío y son unas plantas delicadas.

—No tendría problema en construir algunos y probar.

—Mañana si quieres puedo llevarte a verlas, si Nicholas no lo ha hecho ya.

—Solo los hemos visto desde el camino. ¿Lo que hay en los campos más al sur es lúpulo?

—Sí, en efecto.

—Nosotros plantamos trébol o alfalfa para oxigenar la tierra, y además son un excelente forraje.

—Más al norte también hay campos de tréboles, pero el lúpulo es más rentable y aporta los mismos ingredientes a la tierra. Los fabricantes de cerveza pagan un buen precio por las flores, y los boticarios, para elaborar infusiones contra el insomnio o los problemas digestivos.

Howard asintió y parecía dispuesto a hacer otra pregunta cuando entraron los lacayos con el primer plato y con la bebida. Madeleine se sorprendió al comprobar que llevaban varias botellas de sidra, de su sidra. Ella no había dado orden de servirla, pero solo le bastó intercambiar una mirada con Nicholas para saber de quién había sido la idea. Miró a Beatrice quien, sentada junto a Howard, aún no había pronunciado palabra. En Londres había alabado su sabor.

—Oh, magnífica elección para la cena, Nicholas —dijo su cuñada, dando por sentado que había sido él el encargado de elegir la bebida.

—Me alegra que te guste —repuso él, con media sonrisa.

Beatrice dio un largo sorbo y miró a Nicholas.

—¿La trajiste contigo?

—En realidad no —contestó Nicholas, echándose hacia atrás en el asiento—. Solo he tenido que bajar a la bodega.

—Oh. —Beatrice miró por primera vez a Madeleine a los ojos—. Veo que las cosas le van francamente bien si puede permitirse un producto como este.

—En realidad, puedo permitirme toda la que quiera —respondió ella, molesta con el tono burlón de su cuñada—. La fabrico yo.

Beatrice alzó las cejas, como si no hubiera comprendido sus palabras, y luego miró a Howard, que contemplaba absorto el contenido de la copa.

—Estás bromeando, Madeleine —musitó Howard.

—No te he llevado a la sidrería porque yo mismo aún no he tenido la oportunidad de visitarla —intervino Nicholas—, pero te puedo garantizar que es cierto.

—Pero... ¿por qué no dijiste nada? —preguntó Howard—. La servimos una noche en la mansión Sedgwick.

—Lo sé. No creí que fuese una información que os pudiera interesar —contestó Madeleine, con la espalda bien erguida.

La mirada de Beatrice fue de uno a otro, sin saber muy bien cómo reaccionar a aquella información. En ese momento, por fortuna, servían ya el segundo plato, un delicioso pollo asado con ciruelas y pequeñas patatas de guarnición.

—Está exquisito —anunció Howard tras el primer bocado.

—¿Recuerdas aquellos edificios que hemos visto tras los establos? —preguntó Nicholas a su hermano—. Allí se crían las gallinas más grandes que he visto nunca.

—Oh, por favor. —Beatrice soltó el tenedor ruidosamente sobre el plato.

Ya había tenido suficiente.

43

—¿Por qué lo has hecho?

Madeleine y Nicholas estaban en la biblioteca. Después de la cena, mucho más corta de lo que ninguno esperaba, Beatrice y Howard se habían retirado a su habitación, la misma que en otro tiempo habían ocupado los Powell. Madeleine pensó que no podía haber escogido una alcoba mejor.

—No sé a qué te refieres —contestó Nicholas.

—Lo sabes perfectamente.

—¿No te ha parecido divertido? —Nicholas sonrió, como un niño que hubiera disfrutado de una travesura.

—Esa no es la cuestión. Los has hecho sentir incómodos.

—Se lo merecían, por presentarse aquí sin invitación.

—Te recuerdo que hace poco más de una semana tú hiciste exactamente lo mismo.

—Pero yo soy tu esposo. Aunque reconozco que no estuvo bien. Debí haberte avisado con antelación.

—Sí, debiste hacerlo.

—Oh, pero estaba convencido de que me habrías dicho que no.

—Probablemente.

—¿Lo ves? No tenía otra opción —contestó él, risueño.

Madeleine lo miró. Aquel era el hombre que había conocido en Londres, que la había fascinado con su sonrisa, su inteligencia y su ingenio. Debía andarse con cuidado, se recordó. Nicholas era una tentación demasiado grande.

—¿Por qué crees que han venido? —inquirió, tratando de volver a centrarse.

—Tengo mis sospechas.

—¿Piensas compartirlas conmigo?

Nicholas apretó los labios, como si estuviera sopesando aquella opción.

—Creo que Beatrice teme que tú y yo... en fin... ya sabes. Que de algún modo podamos reconciliarnos.

Madeleine quiso contestar que eso le parecía, más que poco probable, imposible, pero se mordió la lengua a tiempo.

—¿Qué puede importarle a ella eso?

—Podríamos tener hijos propios —contestó él.

—Sigo sin entenderlo.

—Hace unos años designé a su hijo Brendan como heredero al condado de Sedgwick. Imagino que teme que pueda cambiar de opinión.

—Oh, comprendo.

—Pareces decepcionada.

—¿Decepcionada? En absoluto. Nunca quise ser condesa.

—Por supuesto —contestó él, mordaz.

—Hablo en serio, Nicholas —replicó ella, ofendida—. Además, fuiste tú quien me besó aquella noche.

—Oh, claro, y tú estabas allí por casualidad.

—Por casualidad no, fui a buscar algo para mi madre.

—Ah, sí, la historia del famoso chal.

Madeleine se echó hacia atrás, casi horrorizada.

—¿Qué sabes tú del chal?

—¿Crees que yo fui allí por mi propia voluntad? —inquirió él, ceñudo—. Tu madre insistió en que tenía frío y en que se había dejado aquella prenda en la salita.

—Oh, Dios. —Madeleine se cubrió el rostro con las manos, sintiendo que se mareaba. Hasta ese momento no había sabido cómo había logrado su madre que Nicholas y ella se quedaran a solas.

—¿Tú...? ¿No lo sabías? —Parecía realmente sorprendido.

—¡Por supuesto que no!

—Pero entonces... —Vio un mar de dudas navegando en su mirada—. ¿Por qué permitiste que yo...? En fin...

—No lo sé —reconoció ella, con pesar—. Me miraste, me besaste y... no pensé en nada más. —Madeleine se frotó la frente con las yemas de los dedos—. Yo solo quería que aquella horrible temporada acabase, ¿sabes? Quería volver a Hampshire, a mi casa, y olvidarme de aquellas fiestas interminables y de aquellos vestidos tan espantosos. —Madeleine se levantó. Todas las piezas comenzaban a encajar—. Siempre has creído que yo lo preparé todo con mi madre, ¿verdad? —le preguntó, hastiada—. Por eso me castigaste y me obligaste a quedarme aquí.

—Es más complicado que eso. —Nicholas se levantó también, y comenzó a pasear por la habitación, manteniendo una prudente distancia con ella.

—¿Más?

—Durante la guerra hice una promesa, a Arthur.

—El amigo que murió allí.

—Sí. Prometí... casarme con su hermana. Julien tenía que hacerlo con Sophie. Y Arthur con la hermana de Julien.

—Pero... ¿por qué?

—No queríamos separarnos después de la guerra. Pensamos que siendo una familia eso jamás sucedería. Y tú me robaste eso. —La miró fijamente—. O al menos pensé que lo habías hecho.

Madeleine se dejó caer sobre el sillón. Las piernas no la sostenían. Llevaba once años odiando a ese hombre, que tenía casi los mismos motivos que ella para odiarla a su vez.

—Deberíamos haber mantenido esta conversación hace mucho tiempo —murmuró.

—Sí —respondió Nicholas con tristeza mientras volvía a ocupar su asiento.

Aquellas palabras dieron vueltas por la habitación hasta asentarse.

—¿Has estado sola todos estos años? —preguntó Nicholas en voz baja, como si temiera arañarla con su voz.

—Tenía a los niños. Y a sir Lawrence. A los Evans, a Ruth... Y al principio también a Nellie.

—La sobrina de los Powell —recordó él.

—Sí. Murió durante la epidemia de tifus. No sé qué habría sido de mí sin ella.

—Madeleine, yo —dijo, con la voz ronca—. Lo siento. Lo siento tanto que ni siquiera soy capaz de encontrar el modo de expresarlo.

Ella lo miró, sin saber qué responderle. Las cosas entre ellos podrían haber sido muy distintas si alguno de los dos hubiera tenido el coraje de hablar en el momento apropiado.

—¿Por qué no viniste a Londres? —le preguntó él, con un hilo de voz.

—¿Para darte el placer de echarme de allí?

—Yo no... —Nicholas cerró la boca. Eso era justamente lo que habría hecho, lo sabía muy bien. ¡Si incluso había fantaseado con ello!

—Te odié durante años, ¿lo sabías? —La voz de Madeleine fue casi un susurro.

—¿Y ahora ya no? Porque motivos no te faltan. Para odiarme en esta vida y en la siguiente.

—No, ahora ya no. Olvidé incluso que estaba casada contigo. Imagino que tú también me odiaste.

—Tan fuerte que dolía —reconoció él, contrito—. Durante el primer año especialmente. Después ya no sentía nada. Hasta que viniste a Londres.

Madeleine se removió, inquieta de repente, y con la piel hormigueándole por todo el cuerpo. La mirada de Nicholas le quemaba y solo se le ocurría una manera de apagar ese fuego.

—Creo que voy a retirarme ya. —La voz le salió ligeramente temblorosa mientras se ponía en pie.

Nicholas se aproximó a ella y lo sintió tan cerca que a punto estuvo de abrasarse.

—No te vayas... —susurró él, arañando con sus palabras la frágil coraza de Madeleine.

—Buenas noches, Nicholas —balbuceó ella, sin atreverse a mirarlo por miedo a caerse en el abismo de sus ojos.

* * *

Nicholas había sido incapaz de pegar ojo en toda la noche, aturdido por aquellas revelaciones. Ambos habían sido víctimas de la ambición de una mujer. No era extraño que muchas matronas maniobrasen para que sus hijas obtuvieran el mejor partido posible, solo que él había decidido desquitarse con la persona equivocada.

A la mañana siguiente, cuando bajó a desayunar, descubrió que Madeleine no presentaba mucho mejor aspecto que él. Profundas ojeras circundaban sus hermosos ojos, oscureciendo aún más su tono verdoso, y la piel estaba más pálida de lo acostumbrado. Intercambiaron una breve mirada, que sobrevoló el océano que los separaba. Howard y Beatrice también estaban allí y maldijo en su interior, por enésima vez, su intempestiva aparición.

No vio ni a Jake ni a Eliot. Sin duda los chicos se escondían de su familia, lo que a él le habría encantado hacer. Durante el paseo, le había hablado a Howard sobre ellos y, a esas alturas, Beatrice también debía de conocer ya su existencia. Le dejó muy claro a su hermano que no toleraría ninguna falta de respeto hacia los muchachos, a los que había tomado cierto afecto. Que el sentimiento no fuese mutuo era irrelevante. Eran la familia de Madeleine, y los protegería incluso de los de su propia sangre.

Tras el desayuno, partieron los cuatro en compañía del administrador. A bordo de la berlina que él le había enviado años atrás, y que se conservaba en perfecto estado, visitaron primero los invernaderos de fresas, donde Evans y Madeleine le explicaron a Howard algunos de los secretos de su cultivo.

—La propiedad casi ha doblado su tamaño —explicó ella después, mientras continuaban recorriendo el camino principal—. Hace unos años adquirí otras mil hectáreas, propiedad del pueblo y de sir Lawrence Peacock, uno de los vecinos de la zona.

—Es imposible que haya logrado todo esto con la asignación de Nicholas —observó Beatrice, con cierto retintín.

—¡Beatrice! —la increpó su marido.

—De hecho, Madeleine renunció a esa renta en 1815 —la informó Nicholas, cáustico—. Lamento decirte que todo esto lo ha logrado ella sola.

—Sola no —se apresuró a contestar Madeleine—. Muchas personas han trabajado para hacerlo posible, al principio a cambio de un salario mínimo porque no podía pagarles más. Otras, como sir Lawrence, aportando capital para poner en marcha negocios como la sidrería.

—Aun así... —insistió su cuñada.

—El secreto está en la apariencia.

—¿Eh?

—Ya has visto las botellas de sidra —contestó Madeleine a su cuñada. Nicholas recordó el recipiente de cristal tallado, con aquella etiqueta tan elegante—. Tienen una forma muy característica. Esa silueta tan sofisticada la convierte en un producto único, y ya sabes lo mucho que les gusta a los ricos parecer exclusivos.

—Hummm. —Beatrice se removió en el asiento.

—Aunque la sidra es deliciosa, ese recipiente la transforma en un producto de lujo, y así lo vendemos. Lo mismo ocurre con los guantes y los complementos femeninos que confeccionamos. Cada par va envuelto en papel de seda, en una caja exquisita. La mermelada o los quesos, lo mismo. Envases exclusivos que hagan pensar en dinero. Así es como se llama la atención de los clientes adinerados, haciendo que deseen poseer esas cosas.

—¿Todo eso... se te ha ocurrido a ti sola? —preguntó Howard, que no salía de su asombro.

—Oh, no, en absoluto. Bueno, algunas sí. Otras fueron idea de sir Lawrence o de Eve Foster, mi modista y la actual directora del taller de costura. A Jake se le ocurrió lo de la botella de sidra. Jake es...

—Sí, Nicholas ya nos ha hablado de tus pupilos —la interrumpió con una sonrisa.

—Los conoceréis a la hora del almuerzo. —El carruaje se detuvo en ese mismo momento frente a la sidrería, un gran edificio de ladrillo rojo con varios anexos. Madeleine se volvió hacia ellos, con una sonrisa de orgullo—. Bienvenidos a Sidras Colton.

* * *

Nicholas no podía parar de contemplar a Madeleine. Cuanto más sabía de ella, más cautivado se sentía. La escuchó con deleite explicar el proceso de la fabricación de la sidra, desde la recogida de las manzanas y sus distintas variedades hasta el proceso de embotellamiento, pasando por el macerado, el apretado o la fermentación.

—La primera sidra que fabricamos era terrible —les dijo, tras la prolija exposición—. Hasta que encontramos la combinación exacta de variedades que le dan ese sabor único.

—Es fascinante —reconoció Howard.

Nicholas vio cómo los ojos de Madeleine brillaban de satisfacción ante el cumplido y deseó acercarse a ella, tomarla en brazos y marcharse de allí, a ser posible a algún lugar donde nadie los conociera ni adonde nadie se le ocurriera acudir a visitarles.

Regresaron cerca de la hora del almuerzo. Beatrice y Howard subieron para refrescarse, y ellos se quedaron solos en el salón.

—¿Puedo hacerte una pregunta? —dijo él mientras ocupaba uno de los sillones.

—Claro.

—Toda esa gente que me daba las gracias ayer en Falmouth.

—Hummm, ¿sí?

—Te has sonrojado.

La vio llevarse las manos a las mejillas. Nicholas sintió que todo su cuerpo se descosía ante aquella visión.

—¿Qué me estaban agradeciendo exactamente? —La voz apenas encontró el camino de su boca.

—Bueno, ya sabes, pequeñas cosas —apuntó ella, sin mirarlo.

—Madeleine...

—Hummm, de acuerdo. Construí una casa para el médico, y siempre he procurado que haya uno en Falmouth desde... desde 1816 —respondió, algo cohibida—. Y una escuela nueva, la que había era demasiado pequeña y tenía goteras, ¿sabes? Y un embarcadero en el Lugg, para transportar las mercancías con más rapidez. Yo solo aporté una parte, el resto fue cosa del pueblo. —Hizo una pausa—. A algunos les has prestado dinero para comprar herramientas o para arreglar sus casas.

—¿Eso son pequeñas cosas para ti? —contestó él, enarcando las cejas.

—Bueno, comparadas con el puente de Waterloo...

Nicholas soltó una risotada. Aquel puente había costado una auténtica fortuna.

—¿Y las has hecho en mi nombre? ¿Por eso me lo agradecían?

—Me pareció lo más adecuado. A fin de cuentas, esta propiedad te pertenece. —Hizo una pausa, y se mordió los labios antes de continuar—. ¿Puedo hacerte yo ahora una pregunta?

—Por favor.

—¿Fue en la guerra donde perdiste los dedos del pie? —le preguntó Madeleine.

—¿Qué?

—En Londres. Aquella noche, antes de irme, te miré. Creí que no iba a volver a verte y quería... no sé, recordarte como eras en aquel instante.

—No lo sabe nadie —musitó.

—¿Ni siquiera tu familia?

—Ni siquiera ellos.

—Pero has tenido amantes.

—Y ninguna se ha fijado en ese detalle.

—Tal vez deberías quitarte las botas cuando te acuestes con una mujer, Nicholas —bromeó.

Él rio bajito, aunque en ese instante la idea de acostarse con alguien que no fuese Madeleine se le antojaba poco menos que una locura.

—Eres la mujer más increíble y asombrosa que he conocido jamás. —Se levantó y fue hacia ella. Tendió su mano y ella, renuente, acabó aceptándola. Besó la punta de su nariz y la rodeó con sus brazos. La sintió temblar pegada a su pecho—. Y yo soy el hombre más estúpido y arrogante sobre la faz de la Tierra.

No aguardó contestación. Bajó la cabeza y pegó sus labios a los de ella, primero con suavidad, luego con un ansia que le mordía el alma. Deseó arrancarle la ropa allí mismo y hacerla suya sobre la mullida alfombra. Ella respondía a sus besos con el mismo ardor, con el mismo ímpetu, con la misma sed.

—Quisiera tomarte en brazos y llevarte arriba —le susurró él—, y pasarme el día recorriéndote entera.

—No podemos —suspiró ella, con la voz entrecortada.

—Entonces me contentaré con besarte hasta que Norton anuncie que la comida está servida.

—De... acuerdo —claudicó ella, que pegó su boca a la de él como si la vida le fuese en ello.

Cuando acudieron al comedor un rato después, Madeleine llevaba los labios hinchados y las mejillas coloreadas.

Nicholas, el pelo despeinado y el nudo de la corbata torcido.

Solo Norton se dio cuenta.

44

Madeleine ni siquiera sabía por qué había dejado que Nicholas la besara. Ni por qué ella había respondido con tanto entusiasmo. Solo era consciente de la necesidad de sentirle cerca, alrededor, tan adentro que jamás quisiera irse. Aún seguía aturdida cuando Jake y Eliot se reunieron con ellos. Cuando aparecieron Beatrice y Howard, ya estaba de nuevo en guardia.

Hizo las presentaciones oportunas y le alegró comprobar que sus cuñados, lejos de mostrarse distantes, se comportaron incluso con amabilidad. Beatrice les preguntó por sus estudios y sus aficiones, como si de verdad le importaran sus respuestas. Y ellos respondieron con educación, aunque sin explayarse, un tanto inseguros sobre el modo en el que debían comportarse.

—¿Nicholas os ha enseñado algunos de sus golpes? —preguntó Howard durante la comida.

—¿Qué golpes? —preguntó Jake, curioso.

—¿No practicáis boxeo en la escuela?

—Eh, sí.

—Nicholas entrena con Bill Richmond, ¿no os lo ha comentado?

—¿*Ese* Bill Richmond? —Eliot miró a Nicholas, con los ojos completamente abiertos.

—Ese mismo —contestó el aludido, con media sonrisa.

—Yo también, por cierto —repuso Howard—. A lo mejor después de comer podríamos practicar un poco.

—¿Vais a pelear con los muchachos? —Beatrice miró acusatoriamente a su esposo y a su cuñado, y luego buscó la complicidad de Madeleine—. No irás a permitirlo, ¿verdad?

—¡¡¡No les haremos daño!!! —repuso Nicholas—. Solo les enseñaremos algunos trucos.

—Oh, ¡por favor! —Eliot parecía entusiasmado con la idea, aunque esperó la aprobación de Madeleine.

Esta miró a Jake y a Eliot, que aguardaban ansiosos su respuesta.

—Si alguno aparece con el ojo morado, esta noche dormiréis en los establos —anunció, dirigiéndose a Nicholas y a Howard.

—En el carruaje tengo una buena provisión de mantas —bromeó Nicholas con su hermano.

Howard soltó una carcajada y los niños lo imitaron. Por primera vez desde su llegada, parecían una familia de verdad. Madeleine no quiso hacerse ilusiones, aquello solo era un paréntesis, un pequeño acercamiento debido a un interés común. Tampoco deseaba que Jake y Eliot se encariñaran demasiado con él. Cuando el verano terminase y Nicholas regresara a sus obligaciones en Londres, no quería que le echasen de menos.

Como lo iba a hacer ella.

*　*　*

—Me gustaría charlar un momento contigo, si dispones de unos minutos —le dijo Beatrice.

Madeleine se había retirado a la biblioteca mientras los hombres practicaban en el salón. En cuanto Nicholas se quitó la camisa sintió que todo el aire de la habitación era absorbido por aquel simple gesto. Su única opción era huir si no quería caer fulminada por su propio deseo. Beatrice no había tardado ni diez minutos en seguirla.

—Por supuesto, pasa —le dijo, invitándola a sentarse—. Pediré que nos sirvan un poco de té.

La vio ocupar uno de los sillones, y retorcerse las manos sobre el regazo, como si no supiera cómo iniciar aquella conversación. Madeleine se temió lo peor.

—Te debo una disculpa. —La voz de Beatrice sonó alta y clara, aunque sus palabras no lograron alcanzar el cerebro de Madeleine.

—¿Qué?

—Howard me lo ha contado. Que tú no tuviste nada que ver con... con lo que sucedió con Nicholas años atrás. Siempre habíamos creído que le habías tendido una trampa para conseguir su título.

—No fue así. —Al parecer, Nicholas no había tardado en poner al corriente a su hermano.

—Te juzgué sin conocerte, y me he comportado como una... como una...

—¿Como una bruja? —completó Madeleine, con una sonrisa, haciendo alusión al modo en que la había llamado su hijo Brendan.

—Oh, por Dios. —Beatrice se cubrió el rostro con las manos—. No soy mala persona, Madeleine, de verdad. Adoro a esta familia y creí que tú les habías hecho daño, que aún querías hacérselo.

—Jamás he pretendido tal cosa.

—Mi comportamiento no tiene justificación posible, lo sé. Nos marcharemos mañana mismo. —Se levantó y se dirigió a la puerta con intención de dejarla sola.

—Beatrice... —Su cuñada se volvió.

—Creí que te gustaría conocer a mi modista. Tal vez podría hacerte algún vestido.

Beatrice se limitó a asentir, con un par de lágrimas bailando sobre sus pestañas, antes de abrir la puerta y salir por ella.

*   *   *

Nicholas estaba en su cama. No podía ser de otra manera. Después del beso de unas horas antes, todo su cuerpo lo anhelaba con avidez. Ni siquiera había hecho falta que él se lo pidiera, ni había sido necesario que ella lo insinuara. Como si fuese la conclusión apropiada para un día extraño y lleno de emociones.

Se desvistieron en silencio, observándose como si fuese la primera vez, cubriéndose de besos y de suspiros. Él arrancó de nuevo destellos de su piel y ella voló bajo sus manos y su cuerpo. La sensación de derretirse entre sus brazos era tan poderosa que asustaba. Asustaba mucho.

El cuerpo de Madeleine se tensó. Nicholas se alzó sobre uno de sus brazos para observarla, y lo que vio no le gustó ni un ápice. Había miedo en aquella mirada, y algo más que no fue capaz de identificar.

—¿Qué ocurre? —le preguntó.

—Debes marcharte —musitó ella.

Nicholas suspiró, hastiado.

—¿Ahora?

—Quizá por la mañana.

—¿Marcharme de Blackrose Manor? —Se incorporó, sorprendido—. ¿Por qué?

—Esto no puede suceder.

—¿De qué estás hablando?

—¿Qué pasará cuando vuelvas a Londres, cuando acabe el verano?

—Vendrás conmigo, por supuesto.

Madeleine se sentó en la cama y se cubrió con la sábana.

—Yo no pienso ir a ningún sitio, Nicholas. Esta es mi casa, aquí tengo a mi familia.

—Yo también soy tu familia, ¿lo has olvidado?

—Tú lo hiciste durante años —espetó ella.

—Volvemos otra vez a ese asunto —resopló, herido.

—Ese asunto como tú lo llamas siempre estará entre nosotros, Nicholas.

Él la miró, estupefacto. A pesar de todo lo que habían hablado y compartido durante las últimas horas, nada parecía haber cambiado. Tal vez, después de todo, sí era demasiado tarde para ellos.

—Como quieras —le dijo. Se levantó y comenzó a vestirse—. Me marcharé en un par de días.

—Es lo mejor.

—Madeleine, si me voy, esta vez no volveré. Nunca —susurró, con todo el peso de su corazón.

Ella no dijo nada, se limitó a mantenerle la mirada, pero sus ojos parecían haberse cubierto de lágrimas, convirtiendo aquellos estanques verdes en aguas traicioneras. Sin embargo, no le detuvo, y Nicholas abandonó aquella habitación con el alma rota, aunque esta vez por distintos motivos.

* * *

Madeleine y Beatrice habían salido a ver a la modista, y Nicholas se encontró a solas con su hermano. Había visto a los chicos rondar por las cercanías, como siempre, como si él no supiera que lo estaban vigilando. Por fortuna, ninguno de los dos pensaba trabajar para la Corona. Serían unos espías terribles.

—¿Qué te sucede? —preguntó Howard. Ambos paseaban por el camino principal, observando a los peones trabajar los campos.

—Nada —refunfuñó.

—Ayer estabas contento. Feliz diría yo.

—Eso era ayer.

—¿Y qué ha pasado desde entonces? A mí solo me ha dado tiempo a dormir unas horas y a desayunar.

—Nada —repitió—. ¿Cuándos os marcháis?

—Mañana probablemente. Pasado a lo sumo. ¿Por qué?

—Me iré con vosotros.

—¿Qué? —Howard se detuvo en medio del camino—. ¿Es que has perdido la cabeza?

—Es posible.

—¿Qué has venido a hacer aquí, Nicholas?

—No es asunto tuyo.

—Sé que no es asunto mío, pero eres mi hermano y te quiero, aunque no te lo diga.

—Eh, sí, yo también te quiero —masculló.

Howard soltó una carcajada.

—Dios, te ha costado decirlo, ¿eh? No quiero ni imaginar lo que te habrá supuesto decírselo a Madeleine.

Su hermano esquivó la mirada y reanudó la marcha.

—¿Pero es que no se lo has dicho?

—Howard...

—Sí, lo sé, no es asunto mío.

—Es más complicado que todo eso.

—Pero no se lo has dicho.

—No hace falta, ya lo sabe.

—Oh, claro. Además de ser una de las personas más emprendedoras que conozco, también es adivina.

—No quiere vivir en Londres, conmigo.

—No quiere vivir en Londres. Punto. ¿Y te sorprende?

Nicholas resopló.

—Levanta la vista, hermano, y dime lo que ves —pidió Howard.

—Tierras, trabajadores, árboles...

—No, Nicholas. Estás viendo sueños, un hogar, una familia. Le estás pidiendo a Madeleine que renuncie a la mujer en la que se ha convertido. ¿Tú lo harías por ella?

—Tengo deberes en el Parlamento, responsabilidades. Negocios que atender.

—Igual que ella.

A Nicholas le hubiera gustado gritarle que la situación no era la misma, que sus responsabilidades superaban con creces a las de Madeleine. Pero entonces volvió a mirar los campos y a todas las personas que trabajaban en ellos. Pensó en los habitantes de Falmouth, en sir Lawrence y, sobre todo, en los niños.

Era cierto. No podía pedirle que renunciara a todo eso, ni siquiera por él.

*　*　*

Nicholas ya había preparado las maletas y el carruaje estaba listo para partir. Se despidió de Jake y de Eliot con un fuerte apretón de manos.

—Escribidme para cualquier cosa que necesitéis —les dijo—. Sois unos buenos chicos, y habría sido un honor conoceros un poco mejor.

—Gracias, milord —repuso el mayor, un tanto incómodo.

—Cuidaréis de Madeleine por mí, ¿verdad?

—Desde luego —contestó el pequeño—. Aunque usted puede volver siempre que quiera.

—Eh... no lo creo. —Nicholas ignoró el pequeño empujón que Jake le había dado a su hermano—. Me temo que esto es una despedida. Pero espero veros alguna vez por Londres. Por favor, si acudís a la ciudad hacédmelo saber.

—Sí, señor.

Luego bajó en busca de Madeleine. En los dos últimos días apenas habían intercambiado unas cuantas frases de cortesía. Le dolían todos y cada uno de los huesos, como si se los hubiesen triturado y luego vuelto a juntar, solo que con las piezas cambiadas de lugar. No la encontró en el piso de abajo y salió al patio. Allí estaba también el carruaje de Howard y Beatrice, aunque ellos tampoco estaban a la vista.

Dio la vuelta a la casa y los vio en el jardín, contemplando aquellas rosas tan bellas como imposibles. Al fondo vio al fin a Madeleine. Llevaba un cesto plano colgado del brazo y cortaba rosas, capullos perfectos que aún no se habían abierto. Al menos llevaba ya una docena. Nicholas se aproximó a su hermano y su cuñada.

—¿Ya os habéis despedido? —les preguntó, con la boca pastosa.

—Aún no —contestó Howard.

—¿Qué está haciendo? —preguntó Beatrice, que llevaba un par de guantes en color mostaza, a juego con un coqueto sombrerito, un lazo en la cintura y una sombrilla. Nicholas supo sin lugar a dudas de dónde procedían aquellos complementos.

Stuart Landon pasaba en ese momento junto a ellos.

—Señor Landon —lo llamó Nicholas—. ¿Qué está haciendo mi esposa?

—Corta rosas para llevarlas a un entierro, milord.

—Oh, por Dios. ¿Quién se ha muerto?

—La señora Spencer.

—¿Quién? —Nicholas ni siquiera la había oído nombrar antes de ese instante.

—Una anciana del pueblo, milord —contestó el hombre.

—Oh, ¿estaban muy unidas? —preguntó Beatrice.

—En realidad apenas se conocían, milady —contestó el jardinero—. Hace siete u ocho años la señora Spencer acudió en compañía de su nieta. Llevaba una Biblia enorme bajo el brazo, ¿sabe? Lady Sedgwick y yo estábamos podando los rosales y la mujer se acercó, abrió el libro y sacó un capullo de rosa, tan aplastado que parecía una hoja de papel, y le pidió permiso para visitar el jardín.

»Llevaba más de cincuenta años sin ver una rosa Elsbeth, y no quería morirse sin volver a hacerlo. Al parecer, aquella que conservaba se la había entregado su marido cuando aún eran novios. Siendo muchacho, se había colado una noche en los jardines para robar una que regalarle y pedir su mano. La había conservado todos aquellos años, y el hombre ya llevaba muerto más de treinta. Desde entonces, cada primavera, lady Sedgwick le ha enviado la primera rosa del jardín.

—Oh —suspiró Beatrice, conmovida—. ¿Y esa anciana ha muerto hoy?

—Anoche, milady. La entierran esta tarde. —El jardinero se despidió de ellos y continuó con su labor.

—Ese es el tipo de mujer que vas a dejar atrás, Nicholas —dijo Howard—. Espero que sepas lo que haces.

Madeleine alzó la cabeza y los vio allí a los tres. Howard comenzó a caminar hacia ella.

—Sabes que te quiero como a un hermano, Nicholas —le susurró Beatrice—. Pero a veces eres un condenado idiota.

＊　＊　＊

Hacía una mañana espléndida, eso pensó sir Lawrence cuando se sentó en el jardín a leer la prensa. Por el rabillo del ojo vio una figura moverse junto a la puerta de acceso a la casa y alzó la vista.

—¡Lord Sedgwick! —Sir Lawrence se levantó, sorprendido.

El mayordomo apareció por detrás del conde en ese momento.

—Lo siento, señor, no he podido detenerle.

—No pasa nada —repuso él, moviendo la mano en el aire. Luego volvió a centrar su atención en Nicholas—. Creí que a estas horas ya estaría camino de Essex.

—Yo también.

—Ha cambiado de idea, entonces.

—¿Le sorprende?

—En absoluto. ¿Le sorprende a usted? —El anciano sonrió, divertido con el visible embarazo del joven.

—Más de lo que quisiera.

—¿A qué debo el placer de su visita?

—He venido a... he venido a pedirle la mano de Madeleine.

45

—Muchacho, ¿ha perdido usted el juicio? —Sir Lawrence lo miró con suspicacia.

—Totalmente.

—Será mejor que se siente. ¿Quiere que le pida un té?

—Un brandy mejor.

—Lord Sedgwick, no son ni las once de la mañana.

—Es posible que usted también necesite uno, entonces.

Sir Lawrence tocó una campanilla y el mayordomo acudió, solícito. Luego volvió a sentarse.

—A ver, ¿podría repetir lo que acaba de decirme?

—Tengo que hablar con Jake y Eliot —musitó Nicholas, como si no le hubiera oído.

—Lord Sedgwick.

—¿Sí?

—¿Qué es lo que desea?

—Ya se lo he dicho, pedirle la mano de Madeleine.

—Pero usted ya es su esposo. Lo recuerda, ¿verdad?

—Eh, claro. Pero esa boda no vale.

—¿Que no... vale?

—No, verá, yo no quería casarme con ella en aquel momento, ¿lo comprende?

—Y ahora sí.

—Oh, sí. Ya lo creo que sí.

Sir Lawrence sonrió.

—Se ha enamorado usted de su esposa.

—Hasta la última fibra de mi ser.

—¿Y qué ha dicho ella?

—¿Eh?

—¿También está enamorada de usted?

—Pues... supongo.

—¿Supone? ¿No le ha dicho lo que siente?

—Eh, primero quería hablar con usted. Y con los chicos.

—¿Conmigo?

—Usted es como un padre para ella. He tardado en comprenderlo, pero es así. No puedo proponerle matrimonio sin contar primero con su bendición.

Sir Lawrence tragó saliva, visiblemente emocionado con aquellas palabras.

—Hijo, ¿cuánto ha bebido esta mañana?

—Todavía nada, ¿por qué?

—Todo lo que está diciendo no tiene sentido, ¿se da cuenta?

—¿Podría mandar recado a Jake y Eliot para que vengan? Sí, creo que será más fácil hacerlo aquí.

—¿Hacer el qué? —Sir Lawrence comenzaba a perder el hilo de aquella estrambótica conversación.

—Pues hablar con ellos, claro.

—Eh, sí, supongo que sí.

—Dese prisa, por favor. En unas horas tengo que acudir a un entierro.

—¿No a una boda?

—Es que se ha muerto la anciana de las rosas. Y Madeleine estaba en el jardín, cortando un montón de ellas para llevarlas a su entierro. Yo tengo que estar con ella, ¿lo entiende?

Sir Lawrence pensó que sí, que comenzaba a entender a aquel hombre que parecía un niño perdido, solo que no fue capaz de decírselo. La emoción se le había asentado en la garganta y tuvo que carraspear para dejar hueco a su voz. Se levantó y volvió al interior de la casa, para escribir una nota a Jake. En ese momento, el mayordomo pasó a su lado con una bandeja que contenía un vaso de brandy. Sin pensárselo, lo cogió y se lo bebió de un trago.

—Será mejor que le sirva otro a lord Sedgwick.

* * *

Media hora después, Jake y Eliot estaban sentados en ese mismo jardín, junto a sir Lawrence. Los tres contemplaban a Nicholas, absortos.

—Sé que no me tenéis en gran aprecio —les dijo—, y que no me he portado bien con Madeleine. Tenía mis razones, que ya os explicaré en otro momento.

—¿Qué razones? —preguntó Jake, con las mandíbulas apretadas.

—Fue algo que sucedió hace mucho tiempo. Ahora no es importante.

—Es importante para nosotros —repuso Eliot.

Nicholas se pasó la mano por el cabello revuelto y dio un profundo suspiro. Entonces les habló de la promesa que le había hecho a Arthur durante la guerra y de cómo se había visto obligado a romperla al casarse con Madeleine. Cómo creía que ella le había tendido una trampa y cómo hacía poco había descubierto que no había sido así en absoluto.

—Se comportó usted como un auténtico cobarde —le espetó sir Lawrence.

—Lo sé. Y sé que no merezco su perdón.

—¿Sabe lo que sufrió cuando la dejó aquí? —continuó sir Lawrence, que al fin conocía los auténticos motivos que habían conducido a Madeleine allí—. Usted la abandonó porque había herido su orgullo. ¡Era solo una niña!

—No tengo excusa. Era joven, acababa de volver de la guerra. Uno de mis mejores amigos había muerto allí, y el otro podía hacerlo en breve. He tratado de intentar comprender lo que hice y los motivos que me llevaron a ello. —Hizo una pausa y miró aquellos rostros que lo contemplaban con dureza—. Lo cierto es que pensé que ella encontraría el modo de volver a Londres, solo que no lo hizo.

—Madeleine también es orgullosa —señaló el anciano.

—Sí, ¿verdad? —contestó él, con una sonrisa bobalicona.

—¿Ha bebido mucho? —preguntó en un susurro Eliot a sir Lawrence, señalando con la cabeza el vaso de brandy que había en una mesita junto a lord Sedgwick.

—Ni siquiera lo ha probado —contestó el anciano, en el mismo tono.

—Estoy tan arrepentido que no sé ni cómo expresarlo. Pero Madeleine es maravillosa y he de creer que puedo ser digno de su perdón. Necesito creerlo para poder perdonarme a mí mismo. —Nicholas los miró, suplicante.

—¿Usted la quiere? —preguntó Jake.

—Con toda el alma.

La voz estrangulada de Nicholas reverberó en el jardín.

—¿Y para qué nos necesita? —Eliot lo contempló con las cejas alzadas.

—Vosotros sois sus hijos, su familia —respondió—. Mi familia a partir de ahora. Jamás me atrevería a pedirle que se casara conmigo sin vuestra aprobación.

—¿Casarse con ella? —Eliot volvió a contemplar el vaso de brandy.

—¿Se ha dado un golpe en la cabeza? —preguntó Jake, dirigiéndose a sir Lawrence.

—Cree que la primera boda no vale —contestó el anciano en voz baja.

—He estado pensando mucho —continuó Nicholas—. Si me aceptáis, tengo un plan, aunque para llevarlo a cabo necesito vuestra ayuda.

Los dos hermanos se miraron y luego alzaron la vista hacia sir Lawrence.

—¿Qué plan? —preguntó Eliot al fin, volviéndose hacia Nicholas con media sonrisa.

* * *

Madeleine se vestía para asistir al entierro de la señora Spencer, y se sentía tan triste y abatida como las ropas oscuras que llevaba. Hacía unas horas se había despedido de Howard y Beatrice, y le sorprendió descubrir que lamentaba su marcha. Nicholas, al fondo del jardín, la había mirado durante unos minutos y luego había desaparecido, sin una nota siquiera. Durante un instante casi le pareció mejor, habría resultado demasiado doloroso decirle adiós. Solo que ahora, en cambio, fantaseaba con la idea de haber acariciado su rostro una última vez, de que el tacto de su piel se hubiera quedado prendido para siempre en las yemas de sus dedos.

—Milady, ¿le importa que no la acompañe? —le dijo Ruth a su lado—. Me duele un poco la cabeza.

—Eh, no, claro, por supuesto. Descansa.

—Sí, eso haré —contestó la muchacha, llevándose la mano a la frente.

Madeleine bajó las escaleras mientras se ajustaba los guantes. La casa estaba tan silenciosa que dolía. Jake y Eliot habían acudido a ver a sir Lawrence y se habían quedado a almorzar. Aquello se parecía demasiado a los meses que no tardarían en llegar, cuando estuvieran en la escuela, otra vez lejos de ella.

Su paso se detuvo entre dos peldaños. Nicholas ocupaba su pensamiento de tal modo que creyó verlo aguardándola en el vestíbulo, con el ramo de rosas entre los brazos.

—Espero que me permitas acompañarte. —Su voz la acarició desde la distancia.

—Creí que te habías marchado —musitó ella.

—Todavía no. Quería ir contigo al entierro.

—No era necesario. Será una ceremonia pequeña —contestó, intentando no trabarse con las palabras.

Tal vez, después de todo, sí que tendría oportunidad de despedirse de él.

—Aun así.

Cuando llegó a su altura ni siquiera se atrevió a mirarlo. ¿Por qué no se había ido aún? ¿Y dónde había pasado todo el día?

Se sentó junto a él en el carruaje, tan nerviosa y sorprendida que no atinaba a enhebrar un pensamiento coherente. Lo miró de reojo y parecía... ¿satisfecho? Una sonrisa bailaba sobre las comisuras de su boca y sus ojos brillaban de una forma especial, como si hubiera atrapado con ellos un puñado de estrellas.

Decidió no pensar demasiado en ello, porque comenzaba a dolerle la cabeza, como a Ruth. Oh, por Dios, ¿sería otra epidemia de tifus o de cualquier otra cosa?

«Madeleine, para», se dijo.

El reverendo Wilkes, junto a la tumba abierta, ofició un acto más corto de lo esperado y, al finalizar, Madeleine tomó las rosas de brazos de Nicholas. Él le dio todas menos una, lo que le resultó extraño. Las depositó sobre la caja de madera y se dirigió a darle el pésame a la nieta, que le agradeció su presencia con lágrimas en los ojos.

Luego se reunió con Nicholas para abandonar el camposanto.

—¿Tienes prisa? —le preguntó él.

—Eh, no, no especialmente. ¿Por qué?

—Tal vez podrías mostrarme la tumba de Nellie —respondió él, alzando aquella solitaria rosa, las más bonita de todas las que había cortado esa mañana.

*   *   *

Nicholas se comportaba de forma extraña, más extraña de lo acostumbrado. Tras salir del cementerio, le había pedido dar un paseo por los alrededores, y ella no pudo negarse. Verle depositar aquella rosa sobre la tumba de Nellie la había conmovido. ¿Por qué tenía que ser tan encantador?

—¿Cuándo...? ¿Cuándo te marchas? —le preguntó mientras paseaban, con el miedo a su respuesta aleteando bajo su piel.

—Aún no lo he decidido. Hay un asunto que debo resolver antes.

—¿Qué asunto?

—En cuanto volvamos a casa te lo haré saber —respondió, enigmático.

Si hasta ese momento Madeleine se había sentido nerviosa, esa última afirmación alertó todos sus sentidos. Sin embargo, había pronunciado aquellas palabras con un atisbo de sonrisa, lo que aún acabó por desconcertarla más.

En cuanto regresaron, él solicitó hablar unos minutos con ella en la salita.

—¿Te importa si voy antes a cambiarme de ropa?

—No puedo esperar —contestó, muy serio.

Madeleine alzó las cejas. ¿Qué era tan urgente que no podía aguardar unos minutos?

Para su sorpresa, Nicholas la tomó por los brazos y la colocó justo en el centro de la estancia. Luego hincó una rodilla en tierra y la miró como si ella fuese lo más preciado que hubiera contemplado jamás.

—Madeleine Radford, ¿me harías el inmenso honor de convertirte en mi esposa?

—¿Qué? —contestó, aturullada.

—¿Quieres casarte conmigo?

—Nicholas, no...

—Así debió ser nuestra primera vez, Madeleine.

—¿Por qué...? —Pestañeó para contener las lágrimas—. ¿Por qué estás haciendo esto?

—Porque te amo, ¿no es evidente? No es tarde para nosotros, Madeleine, no lo es. Recuperaremos el tiempo perdido. —Nicholas se alzó y la tomó de las manos—. Te amaré el doble, te lo juro, por todos los años que no lo hice.

—Por favor, Nicholas. —Madeleine dejó escapar un sollozo.

—Dime que no me quieres.

—Sabes que no se trata de eso.

—Entonces sí que me amas.

—Pues claro que sí, maldito arrogante —le espetó.

Nicholas le tomó el rostro con las manos y la besó, la besó como solo se besa una vez en la vida, con toda el alma asomada a los labios. Cuando se retiró, Nicholas sonreía.

—No sé qué te hace tan feliz —le dijo ella, con el ceño fruncido.

—Has aceptado ser mi esposa.

—Yo no he dicho tal cosa.

—Pero has dicho que me amas.

—¿Y?

—Eso es un sí.

—Nicholas...

—Lo tengo todo pensado, Madeleine. Viviremos aquí todo el tiempo que sea posible —comenzó a decirle—. Compraremos una casa en Birmingham para estar cerca de los niños mientras estén en la escuela, lo bastante grande para hospedar también a sir Lawrence, y luego compraremos otra cerca de Oxford, para cuando vayan a la universidad.

—¿Eh?

—Yo tendré que viajar a Londres de vez en cuando, claro, no puedo abandonarlo todo. Y me gustaría que tú me acompañaras siempre que te fuera posible. Howard me ayudará haciéndose cargo de mis asuntos, y estaremos en contacto permanente.

—Te has vuelto loco.

Nicholas volvió a besarla y a beberse sus suspiros.

—¿Cuándo has pensado en todas estas cosas? —preguntó Madeleine, incapaz de asimilar todo lo que estaba sucediendo.

—Esta mañana, con sir Lawrence y los chicos. Fui a pedirles tu mano —respondió, mirándola fijamente.

—¿Qué? —balbuceó.

—La idea de la casa en Birmingham fue de Eliot, por cierto. Sir Lawrence sugirió comprar otra en Oxford, y a mí me pareció excelente. Y Jake quiere viajar a Londres cuanto antes para visitar los jardines Kew. ¿Crees que Thomas Knight tendrá algún inconveniente en hacernos otra visita guiada?

Madeleine ya era incapaz de contener las lágrimas. Contemplaba a aquel hombre que continuaba parloteando sobre todas las cosas que iban a hacer juntos a partir de ese instante, tan nervioso y excitado como un niño.

—Te amo, Madeleine —le dijo, poniéndose serio de nuevo—. Y estoy dispuesto a esperar todo el tiempo que sea preciso hasta que aceptes convertirte en mi esposa.

Madeleine sintió que todos los muros que había construido a su alrededor se resquebrajaban al mismo tiempo, y que los cimientos de todas sus corazas se hacían añicos a sus pies. De un solo paso salvó la distancia más grande del mundo y se arrojó en los brazos de Nicholas, su nuevo hogar.

*   *   *

Madeleine no entendió por qué Nicholas insistió en que subiera a cambiarse hasta que abrió la puerta de su alcoba y se encontró allí a Ruth Foster y a su madre Eve. Sobre la cama, extendido, el mismo vestido blanco de satén y tul que había llevado en la fiesta del rey.

—¿Pero qué...? —preguntó, desbordada por las emociones de la última media hora.

—Debemos darnos prisa, milady —le dijo Ruth, tomándola suavemente del brazo.

—¿Para qué?

—Pues para la boda, naturalmente —repuso Eve, comenzando a desabrocharle el vestido.

—¿Os habéis vuelto todos locos? ¡Ya estoy casada con ese hombre!

—Sí, sí —dijo la señora Foster, obligándola a tomar asiento—. Ruth, cariño, ¿qué te parece un recogido sobre la cabeza, con algunos rizos sueltos por aquí?

—¿Me estáis escuchando? —insistió, divertida a su pesar.

—Oh, me encanta la idea, madre. Milady tiene una diadema preciosa que será perfecta para ese peinado.

Madeleine cerró la boca. Recordaba perfectamente esa joya. Era la misma que llevaba el día en que se había casado con Nicholas por primera vez. Por única vez, se corrigió mentalmente.

Antes de que se diera cuenta, madre e hija habían terminado. Cuando se contempló en el espejo ahogó una exclamación. El vestido aún era más bonito que aquella noche, y la señora Foster había confeccionado un largo velo a juego cuyos extremos había sujetado a la diadema.

—Está preciosa, querida.

—Yo...

—No diga nada ahora. Debe bajar ya, vamos con retraso.

—¿Con retraso?

Ruth la tomó nuevamente del brazo y la acompañó hasta el pie de la escalera. En el vestíbulo, tan elegante como un dandi, la aguardaba sir Lawrence. Madeleine tuvo que sujetarse a la barandilla.

—No sé lo que está ocurriendo, sir Lawrence —musitó, con los ojos llenos de lágrimas, una vez que logró descender.

—Lo que debió suceder la primera vez —le dijo él, y depositó un beso en su mejilla—. Estás absolutamente maravillosa, Madeleine. Y para mí es un honor acompañarte hoy.

—Oh, por Dios. —Madeleine se llevó una mano al pecho—. Jake y Eliot, ¿dónde...?

—Fuera, esperándote.

Sir Lawrence le ofreció el brazo y juntos cruzaron el umbral. La tarde caía lánguida, pintando de púrpura el horizonte, y una suave brisa barría el calor de la jornada. El caballero la condujo hacia el lateral de la casa, donde comenzaban los jardines. Madeleine se detuvo. Docenas de lámparas habían sido colocadas delimitando el sendero, arrancando destellos de los pétalos negros de las rosas Elsbeth.

Al fondo, en un pequeño claro que había antes de bajar al segundo nivel, la esperaba Nicholas, con Jake y Eliot a ambos lados. Un arco confeccionado con cientos de flores los enmarcaba y, tras ellos, vio a Edward Constable quien, al parecer, iba a oficiar aquella ceremonia improvisada. Al otro lado se había reunido un nutrido grupo de personas: Lucy Constable, Donna Evans junto a su hijo Tommy y su nuera Grace, Doris, Stuart Landon... todos los criados de la casa estaban allí. Por el rabillo del ojo vio pasar a Ruth y a su madre para unirse a los demás. Allí se encontraban todas las personas que le importaban, todas las personas a las que quería.

Sir Lawrence la condujo hasta Nicholas. Soltó la mano que ella mantenía sobre su brazo y la extendió hacia su esposo.

—Yo... me he permitido traer algo para la ceremonia —dijo, llevándose la mano al bolsillo.

—No era necesario, sir Lawrence —comentó Nicholas.

—Lo sé, pero es importante. —El anciano sacó un delicado

anillo de oro, con un pequeño diamante engarzado—. Fue la sortija que le regalé a mi esposa, lord Sedgwick, espero que lo acepte como anillo de bodas.

—Nicholas —susurró y estrechó su mano con firmeza—. Para usted, solo Nicholas. Y es un honor aceptar ese presente, sir Lawrence. Yo no podría haber escogido uno mejor.

Madeleine se abrazó al caballero sin poder contener el llanto.

—Lo honraré, sir Lawrence, se lo prometo.

Sir Lawrence fue incapaz de contestar, y se limitó a palmear su espalda con suavidad antes de ocupar su lugar junto a Jake y Eliot, tan emocionados como él. Los contempló con satisfacción. Él mismo los había ayudado a escoger el atuendo correcto para aquella ocasión, y no podía estar más conforme con el resultado. Jake llevaba uno de sus chalecos, y Eliot una de sus mejores corbatas, que ni siquiera había llegado a estrenar. Estaba muy orgulloso de su familia.

Nicholas cogió la mano de Madeleine y la miró a los ojos, a aquel estanque estrellado donde esperaba sumergirse para siempre.

Ambos se giraron en dirección a Edward Constable.

Estaban listos para iniciar una nueva etapa.

La más fascinante de sus vidas.

Epílogo

Blackrose Manor, agosto de 1833. Nueve años después

La brisa mecía el trigo maduro en los campos y se enredaba en los cabellos de Madeleine. Desde la colina contemplaba a los peones recogiendo la cosecha y hasta ella, traídas por el viento, le llegaban sus voces y risas. Más allá del puente casi podía adivinar los contornos del invernadero en el que Jake y el señor Knight pretendían cultivar piñas, que tanto le habían gustado a Madeleine. Había sido idea de Nicholas, y el joven, convertido ya en un hombre, la había acogido con gran entusiasmo. Desde que finalizase sus estudios trabajaba estrechamente con Knight y pasaba largas temporadas en Blackrose Manor, desarrollando nuevas variedades de fresas y plantando nuevos manzanos.

Eliot estudiaba medicina en Oxford, como había soñado desde niño, y ese verano ayudaba a Leonard Maxwell, el médico de Falmouth, en su consulta. El mismo médico que había logrado conquistar el corazón de Ruth Foster siete años atrás y con la que ya había tenido tres maravillosos hijos. Madeleine no podía sentirse más feliz por ellos. Ruth se había convertido en una de sus más queridas amigas y se veían con frecuencia.

Contempló la silueta de Blackrose Manor recortándose contra el cielo estival, brillando como una estrella caída del cielo, y aspiró una bocanada de aquel aire que sabía a lo que saben las cosas por las que uno ha trabajado con denuedo.

Por el camino vio acercarse un calesín. Entrecerró los ojos, momentáneamente cegada por la luz del sol. «Nicholas», se dijo, con la piel erizada. Hacía más de dos semanas que no se veían, el período más largo que habían pasado separados desde que se casaran por segunda vez. O por primera vez, como a ambos les gustaba señalar, como si los once años previos no hubieran existido.

Con una mano se alzó los bajos de la falda y con la otra se sujetó el sombrero de paja que cubría su cabeza. Comenzó a correr colina abajo, dejando que el viento arrastrara un par de lágrimas que, sin poder evitarlo, se habían deslizado por sus mejillas. Lo vio alzar la cabeza y sonreír, de ese modo en que le descosía todos los huesos. Nicholas detuvo el caballo, se bajó de un salto y corrió también hacia ella.

La envolvió con sus brazos y se sumergió en su boca, sin importarle que los peones hubieran alzado la cabeza y los contemplaran entre asombrados y divertidos.

—¡Cuánto te he echado de menos! —le decía él, besando sus pómulos, sus sienes y sus párpados mientras la abrazaba con tanta intensidad que apenas podía respirar.

—Mi amor, ¡ya estás en casa! —respondió ella, entre risas y más besos.

—¡¡¡Papá!!!

La voz de su hija mayor sonó a su espalda y ambos se volvieron. La pequeña Eleanor, a punto de cumplir los ocho años, bajaba corriendo la colina. Tras ella, de la mano de la niñera, descendía también Arthur llamando a su padre. Durante un breve segundo, Madeleine pensó en lo mucho que había crecido su hijo de cinco años en los últimos meses. Alzó la vista y vio a sir Lawrence aún arriba, apoyado en su bastón y sonriendo. Junto a él estaban Jake y Eliot. La familia volvía a estar completa de nuevo. El picnic de la merienda tendría que esperar un poco más.

Nicholas la soltó en cuanto Eleanor llegó a su altura y la tomó en brazos.

—¡Nellie! —le dijo, cubriendo su cara de besos—. ¡Cuánto has crecido, pequeña!

—¿Y yo, papi?

Arthur había llegado a su altura y reclamaba su parte de atención. Nicholas se inclinó y tomó en brazos a su hijo.

—Oh, cuánto pesas —bromeó Nicholas—. Has crecido tanto que muy pronto ya no tendré fuerzas para levantarte.

Los dos niños rieron y abrazaron a su padre. Madeleine le miró y vio los ojos de Nicholas fijos en ella. Cada día le sorprendía descubrir que aún podía amarle un poco más que el anterior.

—¿Vas a merendar con nosotros? —preguntó Arthur, una vez que Nicholas los dejó a ambos en el suelo.

—No me lo perdería por nada del mundo —aseguró él.

Nicholas se aproximó y cogió a Madeleine por la cintura, mientras los niños comenzaban a subir la colina de nuevo para reunirse con el abuelo, como llamaban a sir Lawrence.

—Ya está hecho, mi amor —le dijo él, que ralentizó el paso para disfrutar de unos minutos a solas—. La ley para abolir la esclavitud ya se ha votado. Hemos ganado.

Madeleine lo sabía, continuaba recibiendo la prensa a diario, pero oírselo decir a él, con la voz contenida, la hizo más real, más auténtica.

—Y Wilberforce ha podido ver cumplido su sueño antes de morir —continuó Nicholas—. He llegado a pensar que había hecho un trato con la Parca para que le concediera solo unos días más antes de llevárselo, para comprobar que era cierto, que su esfuerzo no había sido en vano. Solo ha sobrevivido tres días a la votación de la ley, ¿te lo puedes creer?

Madeleine asintió, tan emocionada que no encontraba las palabras.

—Por cierto, espero que no le tuvieras mucho apego a tu título de condesa —dijo entonces.

—¿Qué? —Lo miró, sorprendida por aquel cambio de conversación.

—Mi trabajo ha terminado, Madeleine. —Se detuvo y le tomó el rostro entre las manos—. Le he pasado el relevo a Howard y, a su muerte, será Brendan quien lleve el título de conde de Sedgwick.

—Brendan es un muchacho maravilloso, Nicholas. Será un excelente conde —respondió ella, que hacía poco más de un mes que había visto a todos los Sedgwick en Essex.

—Lo sé. Y eso significa también que ya no tendré que viajar a Londres con tanta frecuencia.

Madeleine le abrazó con fuerza y volvieron a besarse. Nicholas le pasó el brazo por los hombros y continuaron el ascenso.

—Ahora serás *solo* la baronesa Falmouth.

—¿Cómo... dices? —Madeleine se detuvo y lo miró. Nicholas sonreía.

—Al rey Guillermo no le ha parecido apropiado que me quedara sin título —le dijo, aludiendo al nuevo rey, el hermano de Jorge IV, que le había sucedido en 1830—. Al parecer, cierto duque le ha contado maravillas sobre lo que has hecho aquí.

Ese duque al que se refería no podía ser otro que Devonshire, que se había convertido en uno de los mejores amigos de la pareja.

—¡Dios mío! ¿De Falmouth?

—¿Acaso hay alguien que se lo merezca más que tú?

Madeleine se hundió en los ojos de Nicholas y acarició su mejilla. Junto a sus ojos comenzaban a perfilarse las primeras arrugas, y algunas canas salpicaban ya su cabello, pero jamás le había parecido más hermoso que esa tarde de agosto, al pie de la colina en la que había jurado no rendirse jamás.

Él había sido el premio a su perseverancia, el triunfo a su coraje.

Su más preciada recompensa.

«Para viajar lejos no hay mejor nave que un libro.»
Emily Dickinson

Gracias por tu lectura de este libro.

En **penguinlibros.club** encontrarás las mejores
recomendaciones de lectura.

Únete a nuestra comunidad y viaja con nosotros.

penguinlibros.club